夜光虫

由利・三津木
探偵小説集成

2

横溝正史

日下三蔵［編］

柏書房

目次

由利・三津木
探偵小説集成 2

夜光虫

夜光虫

発端

隅田川の舟遊び――愛の花束《ブーケ・ダムール》――奇怪な腫物《しゅもつ》のある美少年のこと

一

昭和十一年七月二十一日のことである。

――と、こういうふうに、小説の冒頭に正確な年月日を記すということは、ちかごろではあまり流行《はや》らないらしいのであるが、この物語において、それが是非《ぜひ》とも必要だったというわけは、この日が両国の川開きにあたっていたということを、読者諸君に思いだして戴《いただ》きたかったからである。

江戸の名残の濃紫《こむらさき》。

両国の川開きこそは、いくらも残っていない大江戸情緒の、もっとも華やかな一つであったろう。

よし、両岸に鉄筋コンクリートの建物が櫛比《しっぴ》し、セメント会社の煙突が林立するとも、夜空に揚がる花火の色と、それを映す水の流れには、今も昔もかわりはない。

玉屋ア。鍵屋ア。

昇り竜、下り竜、虎《とら》の尾。

――しかし、いまではそんなことは言わないようである。花火の名称もかわったのだ。

大輪変化菊、薄《すすき》に唐松《からまつ》、滝の白糸。――そういう古風な名称《なまえ》のなかにまじって、ネオン・パラダイスというのがある。光のパノラマというのがある。更に、南進日本などという、おっかない名の奴もあろうというわけ。

さて、冒頭にかゝげた昭和――年七月二十一日の夜の八時ごろ、浜町河岸に古風な屋形船をうかべて、この花火見物としゃれこんでいる、老若男女の一群があった。

舳艫《じくろ》千里とも譬《たと》えつべき、折柄《おりから》の夥《おびただ》しい見物船のなかにあって、どうしてこの屋形船だけが眼についたかといえば、ほかの船の賑《にぎ》やかなのにひきくらべて、この船ばかりが妙にひっそりとしていたからなのである。

目の細い葭簾《よしず》のなかを覗《のぞ》いてみると、岐阜提灯《ぎふぢょうちん》のしたに、ちんまりと坐《すわ》っているのは、人形のように綺麗な少女だ。としは十七か八であろう。結綿《ゆいわた》の頭も重たげに、伏目がちに坐っている項《うなじ》が抜けるように白いのである。

朱鷺《とき》いろのながい袂《たもと》を行儀よく膝《ひざ》のうえに重ねて、花火の音がするたびに、ちらと黒い瞳《ひとみ》をうごかして、空を仰《あお》ぐのだ。そのたびに前髪にさした花簪《はなかんざし》がキラキラと銀色にゆらめいて、いかさま由緒《ゆいしょ》ありげに見えるのが、人の眼を欹《そばだ》たせた。

船のなかにはこの少女のほかに、乳母《うば》とも見える品のいゝ老女がひとり、女中が一人、それに爺《じい》やと、ほかに船頭ふたり、――という、都合六人の同勢でありながら、それでいてついぞ話声が外にもれるようなことのないのが、とんとお通夜でも思わせるように侘《わ》びしげなのである。

たまに、老女のほうから話しかけることはあっても、少女はかすかに頷《うなず》いてみせるだけ。美しい花火が空に七彩の虹《にじ》を描いて、少女の頰《ほお》に驚異の表情《いろ》がうかぶ時も、彼女は嘆声《たんせい》ひとつ洩《も》らさないのだ。

黙って、ひっそりとして、それこそ人形のように静かなのである。

主人がそういうふうだから、ほかの人々もなるべく遠慮をして、必要以外のことは、口を利《き》かないように心懸けているらしい。たまに話をするときも、囁《ささや》き以上に出ないのである。さてこそ、この船が、お通夜でもしているように陰気に見えたのも無理ではなかった。

ところが、この不思議に静かなお通夜船に、とつぜん大変なものが訪れた。そして、そこからこの物語はひらくのである。

二

夜の九時。――花火のもっとも酣《たけなわ》となったころである。

河岸を埋《うず》める黒山のような見物のあいだから、突如、思いがけない騒ぎが持ちあがった。

「掏摸《すり》だ！　掏摸だ！」

と、叫ぶ者があるかと思うと、

「いや、泥棒だ！　泥棒が逃げたのだ！」

「あっちだ、あっちだ！　あ、河へとびこんだぞ！」

「人殺し、助けて！」

などと、たいへんな騒ぎである。

何しろ錐《きり》を立てる隙間もないほど、折重なって見物していた人々が、いっせいにわあ〳〵と騒ぎだしたのだから大変だ。前へ押されて河へはまった奴も二三人はあったろう。浮きあしだった見物に、押し潰《つぶ》されて悲鳴をあげている連中もある。

群集心理という奴は恐ろしい。

騒ぎはそれからそれへと大きくなって、やがて、収拾のつかないほどの大騒動になった。

後でわかったところによると、騒ぎの原因《もと》というのはこうである。

さる重大犯人を捕えた刑事がひとり、犯人護送の途中、この両国へさしかゝったのだ。

今夜の雑沓《ざっとう》を知らぬでもあるまいに、こんな場所《ところ》へ犯人をひっぱりこんだのが、そも〳〵刑事の大失態であった。

両国へさしかゝると、犯人の奴、いきなり刑事に頭突きを喰《くら》わせておいて、捕縄《ほじょう》のまゝ群集のなかへ躍りこんだのである。

さてこそ、この大騒動なのである。怪我《けが》人も五六人は出たであろう。騒ぎはやがて、陸から水の上へ波及して来た。

いまゝで陽気にさんざめいていた屋形船の妓《おんな》どもが、きゃっ〳〵と騒ぎたてるかと思うと、

「そら、そっちだ。向うの船にとび移ったぞ」

「あっちだ。あっちだ。あの船だ」

と、あちこちの船の中で、右往左往《うおうさおう》する人影が、ほのかな提灯のともしの下で、走馬灯《そうまとう》のように動いているのが見える。

騒ぎはやがて、あの静かなお通夜船のほうまで、つたわって来た。

「まあ、どうしたのでしょう。なにをあんなに騒いでいるのでしょうね」

と、わかい女中の立ち騒ぐのを、

「静かにしておいで。むやみに騒いで川へでも落ち

たらどうするんだね」

と、おだやかにたしなめた老女は、それでも用心深く少女のそばにすり寄ると、

「お嬢さま、大丈夫ですよ。何も恐いことはないのですよ。すぐおさまりましょうから、暫《しばら》くじっとしていらっしゃい」

と、かばうように肩を抱いてやる。少女は物問いたげな眼で老女の顔を仰いだが、それでもやっぱり口を利こうとはしない。どうやら彼女は、口が利けないらしいのである。

「船頭さん、何事が起ったのか、ちょっと向うの船のかたに聞いてみて下さいな」

「へえ、へえ」

と、舳《へさき》のほうで船頭が立ちあがろうとした時である。

艫《とも》のほうでバサリと音がしたかと思うと、船がぐらりと大きく横に傾いた。誰かゞとびこんで来たのである。

「…………」

と、無言のまゝ啞《おし》少女は、怯《おび》えたような眼の色をして、ひしとばかりに老女の胸にすがりつく。

半身でそれをかばいながら、

「誰です！」

と、きっと身構えをした老女、

「無断でひとの船にとびこんだりして、いったい、どこのどなたですか」

と、声を顫《ふる》わせた。その声に、うす暗い艫に蹲《うずく》まっていた男が、ヒョイと顔をあげた。まだ年若い青年なのである。暗くて、よくわからないが、白地の浴衣《ゆかた》のまえがはだけて、長い髪が額《ひたい》にばさと垂れている。まえに組合せた両手には、どうやら捕縄が絡《から》みついているらしいのである。

「あっ」

と、さすが気丈者の老女も、思わず呼吸《いき》をつめたのである。

「失礼！」

青年がつと身を起した。

その時なのである。ドカーンという砲音《つつおと》とともに、両国の夜空高く、あの美しい七色花火が虹のような光の渦を描いたのは——愛の花束《ブーケ・ダムール》。——今宵《こよい》の呼物《よびもの》なのだ。

うわッと両岸からあがる凄《すさま》じい歓声に、艫に突立《つった》

った青年も、思わずハッと空を振仰ぐ。

その瞬間、蒼白《あおじろ》い花火の光をうけて、青年の顔がくっきりと艫の闇に浮きあがった。

恐ろしい。——いや、恐ろしくなるほどの美少年なのだ。顔色の、青貝のように澄んだなめらかさは、花火のせいであったとしても、すゞやかな眼もと、爽《さわや》かな口もと、厚すぎず、薄すぎぬ小鼻の肉の程のよさ、さや〳〵と額に垂れた髪の毛は、栗色に波打っていて、からだ全体が、柳の鞭《むち》のようにしなやかにふるえているのである。

その肩の上から、パラ〳〵と星屑《ほしくず》のような花火が降って来た。

「…………！」

少女は思わず息を呑《の》んだ。蒼白い顔にさっと血のいろがさして、唇《くちびる》がわな〳〵とふるえた。彼女ははげしく乳母の袖《そで》をひきながら、

「…………！」

と、もどかしげに身もだえをしながら、はだけた青年の肩を指《ゆび》さすのである。乳母もようやくその意をさとって、青年の姿を振り仰いだが、そのとたん、思わず、あっと顔色をかえたのである。

はだけた青年の、象牙《ぞうげ》のように白い右肩に、むくむくと盛りあがっているのは、えたいの知れぬ腫物《はれもの》なのである。ちょうど野球に使うスポンジ・ボールぐらいの大きさもあろうか。人魚のように白い肌のなかで、そこだけが、黝《くろず》んだ赭《あか》さをもって、むくむくと膨《ふく》れあがっている気味悪さ！

「あゝ、ちょっと」

乳母が声をかけた。

そのとたん、

「失礼！」

と、声をのこして、青年はさっと身を翻《ひるが》えしたかと思うと、はや隣の船へとんでいた。

「あゝ、ちょっと待って！」

と、乳母は思わず舷《ふなべり》から身を乗りだしたが、なにしろ凄じい喧騒《けんそう》のなかである。そんな言葉が青年の耳に入りようはなかった。

隣の船から更にその向うの船へと、蝗《いなご》飛びに飛んでゆく青年の姿は、ゆく先々に悲鳴と叫声の波紋をまきおこしながら、みる〳〵うちに河上の闇に消えてしまった。空には金色の花火が流星のように降って、両岸はまた物凄《ものすご》い歓声だ。

犇《ひし》とばかりに舷にとりすがって、そのあとを見送った唖少女の眼には、その時、どうしたわけか、いっぱい涙がうかんでいたのである。

三

「金太郎《きんたろう》さん、そろ〳〵引き揚げようじゃないの」

　浜町河岸の向い側、東両国の橋の袂《たもと》に、舟を繋《つな》いで見物していた、若い洋装の女が、そういって舳のほうに蹲《うずく》まっている船頭に声をかけた。

「もう、あらかた雑沓もおさまったし、それにどうやら、雨でも来そうな空模様になって来たわ」

　漕《こ》ぎもどすあとは闇なり花火船。花火のあとの川のうえほど淋《さび》しいものはないのである。われがちにと、見物船が引き揚げた後には、暗い水が満々と膨れあがっていて、国技館の大ドームの灯が、王冠のように輝いているのもひとしお淋しかった。橋のうえに鈴なりになっていた見物も、どうやらひと通り整理がついたようである。

「そうですね。それじゃそろ〳〵引き揚げましょう」

　と、若い船頭の金太郎が櫓《ろ》を握ったとき、

「おゝ、寒い」

　と、肩をふるわせた洋装の女。

「まるで夢みたいね。さっきまでのあの混雑を思うと、まるで嘘《うそ》みたいな気がするわね」

「花火のあとはいつもこうですよ。おや、降って来やがった」

　女は暗い空を仰いで、

「降られちゃ困るわ。急いで頂戴《ちょうだい》な」

　小さな牀几《しょうぎ》に腰をおろした女は、眼もさめるような緑色のドレスのうえに、淡紅《ピンク》いろのケープをかきあわせた。短いスカートの下に組んでいる脚が、牝《め》鹿《じか》のように細く、すんなりとしているのである。

　女はカチッと器用に点火器《ライター》を鳴らすと、細巻の紙巻に火をつけた。水をきる櫓の音がギチ〳〵と鳴って、くらい河面《かわも》をうつ波紋がしだいに多くなって来る。

「とうとう本降りになって来たわ。いやあね」

　女はチェッと舌打ちをして、ポイと煙草《タバコ》を河のうえに投げすてたが、

「おや、あの船はなにかしら」

「水上署のランチですよ。こちらへ近寄って来るようですね」

その言葉も終らぬうちに、タヽヽヽヽと機関《エンジン》の音をさせながら、汽艇《ランチ》がそばへ近寄って来たかと思うと、青白い探照灯《サーチライト》の光が、さっと女の姿を掃いた。

「おい〳〵」

と、汽艇《ランチ》のなかゝら声をかけた若い警部、意外にも相手が美しい女だったので、びっくりしたように、

「どこへ行きますか」

と、言葉を改めた。

「はあ、あのあたしざますか」

女は断髪《だんぱつ》の頭をかしげて、眩《まぶ》しそうにパチ〳〵と瞬《また》きをしながら、

「宅へ帰ろうと思っておりますの。今まで花火見物をしていたのですけれど……」

「お宅は？」

「茅場町《かやばちょう》ですの。すぐ宅のまえまで舟が着くものですから」

「ついでにお名前もうかゞって置きましょうか」

「諏訪鮎子《すわあゆこ》」

「おや」

と、警部は手帳にひかえかけた手を止めて、

「あの、レコードの……」

「まあ、御存じでございますか。嬉《うれ》しゅうござんすわ。ほゝゝほ」

女の嬌声《きょうせい》が快《こころよ》く水のうえをうった。

諏訪鮎子。――警部がこの有名なレコード歌手を知っていたのは、彼がファンであったせいか、それとも近頃、彼等《ら》の仲間のひとりが浴場でその美声を認められて、一躍レコード歌手に転身したという、あの羨望《せんぼう》すべき挿話《エピソード》以来、とかく歌手に対して関心をたかめていたせいか、――そのいずれともわかりかねたが、とにかく彼は、鮎子の聞きしに優《まさ》る美しさに、思わず眼を欹《そばだ》てたのであった。

「では、気をつけてお帰りなさい」

「有難《ありがと》うございます。でも、何かございましたの。さっき、向うのほうで大変騒いでいたようですけれど……」

「なに、護送中の犯人が捕縄のまゝ逃亡したのですよ。怪しい奴を見かけませんでしたか」

「いゝえ」

「じゃ、さようなら、……おや」

と、警部はもう一度舟をとめると、

「そこにあるの、何んですか」

「あゝ、これ?」

と、鮎子はさりげなく、舟の中に積み重ねた雨合《あまがっ》羽《ぱ》のようなものを、軽く靴《くつ》の先でつゝきながら、

「これ、襤褸《ぼろ》ですわ。あたしの合羽ですの」

「そうですか。じゃ、失敬」

汽艇《ランチ》はふたゝびタゝゝゝゝと、水を切って鮎子のそばを離れた。その赤い灯《ともしび》が、はるか向うのほうに消えていくまで、じっと後を見送っていた鮎子は、やがて金太郎と意味深い眼を見交すと、ニッコリと微笑《わら》った。

「これよ、金太郎さん、ロマンチックな冒険《アヴァンチュール》というのは」

金太郎はほっと溜息《ためいき》をついて、

「あなたの大胆なのにも呆《あき》れましたね。それはなんだって警部にやられた時には、男の俺《あっし》でさえ冷汗が出たのに」

「フゝゝゝ、なんでもありゃしないわ。見つかったら謝《あやま》っちまうだけのことですもの」

「その度胸がさ、大したもんですよ。いったいあなたはその男を知っているんですか」

「知るもんですか。でも譬《たと》えにも言うじゃないの。窮鳥懐《きゅうちょうふところ》中に入れば猟師もなんとやらって。あら、雨がだん〳〵ひどくなって来たわよ。早くやってよ」

「とんだ物好きだ。いまにその物好きが身を滅ぼすんでさ」

「いゝわよ。そんなこと」

やがて舟は大川を横切って、中洲へんからくらい横河へ入ると、蠣殻町《かきがらちょう》から茅場町。雨はいよ〳〵激しくなって、黒い河面に音を立てゝ降っている。花火のあとの早じまい、両側の家はひっそり戸を閉していた。

やがてとんと舳をぶっつけたのは、この辺には不似合な、ささやかな和洋折衷《せっちゅう》の建物の裏っ側。五六段の危《あぶな》っかしい石段があって、その石段のふもとまで、くらい水がひた〳〵と押し寄せているのである。

「へえ、着きました」

「御苦労さま、じゃついでのことにちょっと手伝ってよ。ね、いゝでしょう」

「そりゃ構いませんが、あとで飛ばっちりを喰うのはまっぴらですよ」

「大丈夫よ。そんなこと。あんたこそ、他人《ひと》に喋舌《しゃべ》っちゃ駄目よ」

「ようがすとも」

鮎子が雨合羽をはらいのけると、そこに蹲《うずく》まっているのは、驚いたことに、例の美少年なのだ。捕縄のまゝ、肌もあらわにぐったりと項垂《うなだ》れた横顔が、雨に塗《まみ》れて、夕顔のようにほの白く、暗い泥《ど》溝川《ぶがわ》のなかに浮き出しているのだった。

「可哀《かわい》そうに、気を失っているのね」

「そんなことはようございます。人に見られぬうちに、早く、始末をつけなきゃ。……」

と、急《せ》きたてられて石段へとびあがった鮎子のあとから、美少年を背負《しょ》った金太郎もつゞくのである。裏の木戸をひらくと、暗い庭の植込みが、雨に濡《ぬ》れてキラ〳〵と光っているのであった。

「只今《ただいま》」

と、ガラス戸のはまった縁側のまえで声をかけたが、返事はなかった。

「ちょうどいゝわ。婆《ばあ》やは寝ているらしいの。うちの婆やと来たら、年寄りのくせにそれはよく寝るんだから」

と、クス〳〵笑いながら、鮎子はガラス戸をひらいて、自分の居間へ案内する。カチッと壁ぎわのスイッチをひねると、ぱっと薔薇《ばら》いろの灯が室内に溢《あふ》れた。ピアノ、蓄音器《ちくおんき》、化粧台、フランス人形など、いかにも女主人に相応《ふさわ》しい、優しい趣味で飾られた、快適な洋室なのである。

「じゃ、その寝椅子のうえにでも寝かせておいていたゞこうかしら」

「そうですか。どっこいしょ」

と、正体なく眠りこけている美少年の体を、お誂《あつら》えの寝椅子のうえにおいて、

「とんだお土産《みやげ》だが、まあせい〴〵可愛《かわい》がっておやんなさい。だけど、旦那《だんな》に知れちゃそれこそ大変ですぜ」

「いゝわよ、そんなこと。それよか早く捕縄でもとってあげなさいよ」

「へえ〳〵」

と、美少年のうえに乗りかゝって、

「だが、見れば見るほどいゝ男ですね。雨に濡れた髪の毛が、白い額にこうべったりと吸いついているところなんざ耐《た》まらないね。ちょっと今の福助《ふくすけ》に似てるじゃありませんか。油壺《あぶらつぼ》から出たような男というのはこういうのをいうのですかね。あゝ、俺《あっし》もいゝ

男にうまれたかったよ、全《まった》く。――」

と、金太郎が無駄口を叩きながら捕縄をといている間、鮎子は三面鏡に向って、雨の中を帰って来た婦人の、誰でもが必要とするようなお化粧直しに余念がなかったが、そのうち、金太郎がふいに素頓狂《すっとんきょう》な声をあげて跳びあがったので、びっくりして振りかえると、

「まあ、どうしたのよ。ずいぶん大袈裟《おおげさ》な声を出すじゃないの」

「だって、まあ、あれを御覧なさい、こいつはとんだ因果物だ」

と、顔をしかめた金太郎が、しわ〳〵と眼を瞬いているのを見て、不思議に思った鮎子、なんの気もなく美少年のほうを覗《のぞ》きこんだが、そのとたん、これまたあっと小さく叫んだかと思うと、持っていたパフを思わず床のうえに取り落したのである。

美少年の肩に盛りあがっている、あの気味の悪い肉瘤《にくりゅう》が、その時はじめて、明るい灯の下にさらけ出されたのだ。

しかもその肉瘤たるや、たゞの腫物《おでき》とは少からず趣《おもむき》を異にしていた。大きさはちょうど、スポンジ・ボールくらいもあったろうか、テラ〳〵と赤味をおびた柔かそうな肉塊なのである。だが、それだけならまだ辛抱《しんぼう》ができた。我慢のならないのは、その腫物《おでき》のうえに横に二条、縦に一条、更にその下に一条と、都合四つの深い皺《しわ》が刻まれているのだが、それがなんと、人間の顔の眼、鼻、口とそっくり同じ恰好《かっこう》をしているのである。

ぶよ〳〵と土左衛門《どざえもん》のように水ぶくれのした、眉毛のない顔なのだ。盲《めし》いた眼をくわっと見開いて、喰いしばったように見える唇の間から、タラ〳〵と一筋の血が垂れている気味悪さ！　奇怪とも、おぞましとも、なんとも申しようのないほど凄じい形相《ぎょうそう》なのである。

さすがの鮎子も、思わず全身にゾーッと総毛立つのをかんじた。

この美少年にこの腫物《おでき》！

なんともいえない恐ろしさだ。全身の毛孔《けあな》から、冷たい空気がゾッと浸《し》みこんで来るような怖さなのである。

「人面瘡《じんめんそう》ね」

よっぽど暫くたってから、鮎子はやっとそれだけ

のことを呟《つぶや》いたのである。

さて、読者諸君よ！

以上がこれからお話しようとする、この世にも不思議な物語の発端なのである。あの奇怪な人面瘡に呪われた稀代《きたい》の美少年と、物言わぬ唇をもった可憐な唖少女と、それからこの妖麗なレコード歌手と。

——これから先、かれらのあいだがどういう風に縺《もつ》れていくか、それではそろ〳〵読者諸君を、この不可思議な愛と憎しみの物語のなかに、案内していくことにしよう。

第一編

由利先生と三津木俊助——俊助人面瘡について蘊蓄《うんちく》を傾けること——潮吹《ひょっとこ》長屋の住人達——稚《ち》児文殊《ごもんじゅ》のこと

一

「おい〳〵、三津木《みつぎ》君」

と、銀座のまんなかで声をかけられて、ふとうしろをふりかえった三津木俊助《しゅんすけ》。

「あ、由利《ゆり》先生」

「ちょうどいゝところで会ったね。いま、君のところへ、訪ねていこうと思っていたところだったよ」

よく晴れてはいたが、初秋の風がひえ〴〵と身にしみるような、十月上旬《はじめ》の、黄昏《たそがれ》どきの銀座なのである。太いステッキに寄りかゝって、俊助のほうを見て微笑《わら》っているのは、四十をいくらか越しているのだろう、羽織袴《はおりはかま》に、黒い中折帽という扮装《いでたち》の、あまり肥《ふと》っているほうではなかったが、見るからに精《せい》悍《かん》そうな顔貌《かおつき》をした紳士だった。

不思議なことに、この人の容貌《かお》なり体つきなり、どこを見ても実に若々しい精力が十分溢れているのに、帽子の下からはみだしている髪の毛を見るとまっしろなのである。若白髪にしてもこんなのは珍らしい。まるで針を植えたように、銀白に輝いているのだ。

「これは妙ですね。実は私も、これから先生のところへお訪《と》いしようと思っていたところでした」

「ほゝう」

と、白髪の由利先生は鋭い眼をすぼめて、

「なにか、また事件かね」

「えゝ、それが実に妙な話でしてね。なんともこう、得体の知れぬ事件なんです。しかし、先生の御用とおっしゃるのは？」

「俺《わし》のはちょっとした捜《たず》ね人なんだがね。多分、君に訊《き》けばわかるだろうと思って。……だが、こんなところで立話《たちばなし》もなるまい。どうだ、社のほうが抜けられるようだったら、俺んところまで来ないか」

「えゝ、お供しましょう」

由利先生が通りかゝった円タクを呼びとめると、二人はそれに乗りこんで、麹町三番町《こうじまちさんばんちょう》と命令した。

銀座から三番町まで、どう自動車を急がせたところで、七八分はかゝるだろう。そのあいだに筆者《わたし》は、手っ取り早くこの二人を紹介しておこうと思うのである。

今から数年まえ、警視庁に由利麟太郎《りんたろう》という名捜査課長がいて、令名一世を風靡《ふうび》したかの感があったのを、諸君のなかには、まだ記憶している人があるかも知れない。それがこの由利先生の前身なのである。

いまではその方面と一切関係を断《た》って、三番町に悠々たる閑居をかまえているのだが、それでも、どうかすると難事件の際に引っ張り出されることがある。いわば一種の私立探偵みたいなものであった。

俊助は、昔から、この由利先生にひとかたならぬ知遇を得ていたものである。彼は新日報社《しんにっぽう》に籍をおいている花形記者であったが、新聞記者としての彼の華々しい勲功《くんこう》の大部分は、由利先生の助力に負うところがすくなくないという人の噂《うわさ》だ。ちかごろでは専《もっぱ》ら由利先生の引っ張り出し役をつとめているようなもので、何か不思議な事件が突発すると、先《ま》ず第一に訪れるのが、市ケ谷のお濠《ほり》を眼の下に見晴らす、三番町の邸宅だった。

「それで？」

と、俊助は狭苦しい二階の、書斎兼応接間へ案内されると、大きな事務机《デスク》の向うがわに、どっかりと腰をおろしながら、由利先生の顔を振り仰いだ。

「先生の御用とおっしゃるのは？」

明るいガラス窓をとおして、葉の落ちかけた濠端《ほりばた》の柳が、ひら〳〵風に靡《なび》いているのが見えている。いくらか風が出たようだ。

「それがね、ちょっと妙な捜《たず》ね者なんだ。まあいゝじゃないか、ゆっくり煙草でもやってくれたまえ」

と、卓上の葉巻を俊助のほうへ押しやりながら、

「君も知っているだろうが、今年の川開き、——両国の川開きだね、——あの晩の大騒ぎのことを。

——」

「え？」

と、いって、俊助は急にあんぐりと口をひらいた。ひどく吃驚《びっくり》したという表情《かおつき》なのである。

「どうしたんだね。何かあるのかい」

「いいえ、その話はいずれあとでしますがね、あの晩の騒ぎがどうかしたというのですか」

と、俊助がにわかに膝を乗り出すのを、由利先生は不思議そうに見守りながら、

「そうなんだ、実はあの騒ぎの原因《もと》となった人物、それを捜《さが》して貰《もら》いたい、とそういう依頼をさる人物から受けたのでね」

「ほゝう」

と、俊助はなにか言おうとしたが、すぐ思い直したように、先生のつぎの言葉を待っている。

「なんでもあれは、さる重大犯人が、護送の途中、刑事をまいてあの群集のなかにまぎれ込んだ、それが原因《もと》だということを、当時の新聞で読んだように思うのだが、それがどういう種類の犯人であったか、また、犯人の名がなんというのか、そういうことが一向、新聞には出ていないんでね。あれは君、記事差止《さしと》めにでもなっているのかい？」

「そうなんです。そうなんですが実に妙ですね。僕が今日、先生のところへ御相談にあがろうと思っていたのも、実はそのことなんですよ」

と、俊助は急に体をまえに乗り出して、

「先生、先生は人面瘡というものを御存じですか」

「人面瘡——？」

今度は由利先生のほうが驚く番だった。先生もさっき俊助がしたと同じように、あんぐりと口をひらいたまゝ、まじ〳〵と相手の顔を眺めていたが、

「それが何かこの話と関係があるのかね」

「えゝ、非常に重大な関係があるのです」

「それは、――小説や物語では、読んだことがないでもないが……実際にはそんなもの、見たことがないね。人間の顔と同じような恰好をした腫物《おでき》のことだろう」

「えゝ、そうなんです」

「そんなものが実際あるかね」

「それがあるらしいのだから不思議なんですね。先生、構わなかったら僕が一つ、博識ぶりをお眼にかけましょうか」

「博識ってなんだい」

「人面瘡に関する蘊蓄《うんちく》のほどを聞いていたゞこうというのですがね、まあ聞いて下さい」

俊助は葉巻に火をつけると、つぎのような不思議な話をはじめたのである。

「ちかごろ僕は、非常な興味をもって、この人面瘡に関する文献をあさってみたのですがね。昔、仙台にこういう奇怪な腫物《おでき》を持った男があったそうです。それは左の膝関節のところにあったそうですが、その腫物《おでき》のうえにある皺が、ちょうど目を閉じて笑っているように見えたそうです。それから江戸にもこれと同じような腫物《おでき》を持っていた男がありましたが、このほうは痛みがとても劇《はげ》しくて、口のところへ砂糖を塗ってやると、暫くその疼痛《いたみ》がとまるというのです。これもやっぱり膝関節のところにあったのだそうですが、それよりもっと奇怪なのは、鬼玄《かいげん》という修験者《しゅげんしゃ》があって、こいつは腹に人面瘡があって、しかもこの人面瘡が時に歌をうたったというのですが、これは与太《よた》でしょう。そのほか、酉陽雑俎《ゆうようざっそ》、本《ほん》草綱目《ぞうこうもく》、医説などという旧《ふる》い書物にもこの人面瘡の考証があります。あの織田信長《おだのぶなが》を殺した安田作兵衛《やすださくべえ》なども、肩のところに人面瘡が出来て、そいつが昼夜のわかちなく、声をあげて作兵衛を嗤《わら》うので、耐《たま》らなくなってそいつを抉《えぐ》りとったところが、そのまゝ死んでしまったという説があります。とにかく、こういう風にいろんな文献に遺《のこ》っているところを見ると、まんざら根もないことではなかろうと思って、この間さる医者に訊《たず》ねて見たのですがね。するとそ

の医者先生の曰《いわ》くに、それはおそらくゴム腫《しゅ》であろうというのです。ゴム腫というのは、不品行からくる病気の、第三期に現れるものだそうですが、押せばゴムみたいに引っ込むところから、その名があるんだそうで、ひょっとすると、このゴム腫が人間の顔みたいな形にならないことはあるまいという説です。つまり人間の顔みたいな恰好をしているところから、いろんな因縁話がうまれるわけで、あの有名な谷崎潤一郎《たにざきじゅんいちろう》という小説家なども、こいつを種に優れた小説を書いていますが、この医者先生のような説をきくと、まあ、なんの変哲もないわけですが。……」

と、俊助はそこまで話すと、急に気がついたように、にっこりと微笑《わら》いながら、

「どうです？　僕の博識ぶりは……？」

「うん、わかったよ。わかったがしかし、その人面瘡というのが、いま僕の訊ねた事件と、いったい、どういう関係があるんだね」

「つまりですね。いま先生のおっしゃった人物のからだに、どうやらこの人面瘡がありはしないかと、推定すべき重大な根拠があるのです」

「ふうむ」

由利先生は鼻から、太い煙をもく〳〵と吐きながら、

「しかし俺《わし》のきいているところによると、その人物というのはなんと言ったらいゝか、つまり旧《ふる》い譬《たと》えにある、油壺から出たような男、それこそ透徹《すきとお》るような美少年だというぜ」

「そうなんです。その美少年の体に、そういう忌《いま》わしい人面瘡があるらしいのだから、気味がわるいんですよ」

と、俊助は顔をしかめながら、

「しかし、勿体《もったい》ぶるのはこれくらいにして、お訊ねの事件というのをお話しましょうか」

そう言って俊助は、長くつもった葉巻の灰を、ホロリと灰皿のなかに叩きおとした。

二

「本所の横網に潮吹《ひょっとこ》長屋というのがあります。ござんじですかどうですか。……」

と、俊助がゆっくりと葉巻の煙を輪にふきながら話しだしたのは、およそ次《つ》ぎのような物語であった。

「妙な長屋でして、近所でひょっとこ長屋といえば誰知らぬ者もないくらいなのです。一名、化物《ばけもの》長屋ともいって、というのは、そこに住んでいる人間ときたら、一人として満足な体を持った奴はいないのです。よくもまあ、あんなに片輪者ばかり集めたものだと思われるくらいで、盲人《めくら》がいる、躄《いざり》がいる、跛《びっこ》がいる、兎口《みつくち》がいる、そうかと思うと、骨なしの水母《くらげ》みたいな奴がいるというわけで、そういう連中がなにをして食っているかというと、中には因果物の見世物に出ている奴もありますが、たいていは、路傍《ろぼう》で物を乞うのを商売にしている、いわば職業的な乞食《こじき》ばかりです。したがって、不潔なことゝいったらお話になりません。その辺で、ひょっとこ長屋ときいたら、誰でも怖気《おぞけ》をふるわぬ者はないというくらいなのです。

ところが、このひょっとこ長屋へ今年の六月ごろ、どこから流れこんで来たのか、二人づれの親子がありました。自分では親子と名乗っていたものゝ、果してこれがほんとうの血をわけた親子かどうか、甚《はなは》だ疑問だったというのは、この親爺《おやじ》、としはかれこれ六十ぐらいでしたろうか、右の頬に大きな痣《あざ》があって、見るからに陰惨な面構《つらがま》えをしているのに、息子《むすこ》ときたら、これはまた珠《たま》のように綺麗な小倅《こせがれ》なんです。

年は十九だといってましたっけ。そう〳〵、さっき先生もおっしゃったとおり、油壺から出たような、それこそぞッとするほどいゝ男だったといいます。どうせこんな場所のことですから、ほんとうの名前など名乗りゃしません。親爺のほうは簡単に『黒痣《くろあざ》』と称《よ》ばれていましたが、小倅の方にはそれでもちゃんと姓まであって、白魚鱗次郎《しらうおりんじろう》というんだそうです。なアに、これだってほんとうの名かどうかわかりゃしませんやね。おそらく白魚みたいに綺麗な児《こ》だというので、勝手にそんな名をくっつけたんだろうと思います。

とにかく、それが六月ごろのことで、どうせこんな長屋へ流れこむくらいの奴ですから、前身などもおよそ知れていますが、誰も、そいつを詳しく知っている者はなかったようです。たゞこの黒痣という親爺ですが、こいつは太股《ふともも》のところに、ひどい弾丸《たま》傷《きず》をうけていて、その時分、跛を引いていたといいます。

ところで、この長屋で采配をふるっている男に、関羽髯《かんうひげ》の長次《ちょうじ》といって、まあ長屋の親分ですが、名前のとおり、髪を大本教《おおもときょう》の布教師みたいに長く伸ばした、関羽髯のいやに勿態《もったい》ぶった口を利く男です、こいつがいろ〳〵、この不思議な親子の面倒を見ていたんですが、この男がのちになって申し立てたところによると、黒痣という親爺は、なにかしら、よっぽど大きな仕事を企《たくら》んでいたらしいんです。

(今に親分、万というまとまった金をつかんでみせるから、そうなったら、必ずこの御恩返しはしますよ)

そんな事を口癖のように言ってたというんですが、さて、その仕事というのが、どんな種類のものであるか、その点になると、頑として口を噤《つぐ》んでひとことも言わなかったそうです。しかし関羽髯親分のいうのに、どうもその仕事というのは、息子の鱗次郎の身のうえに、関係があるんじゃなかろうかと思ったというんです。

それはともかくとして、黒痣はこの長屋へ身を寄せるようになってからというもの、閑《ひま》さえあれば不自由な脚をひきずって市中を歩き廻っていたということで、そのあいだに、二三度、どこかへ手紙を出したこともあったようですが、返事らしいものは一度も来なかったというんです。そうしているうちに、こいつが殺されちまったんですね」

「ほゝう。――」由利先生は思わず、ひくい声をあげて俊助の顔を見直した。なにかよっぽど心を動かしているらしい様子なのだ。

「殺されちまったのかい、そいつが……」

「そうなんですよ」

俊助は息つぎに冷くなった茶をすゝると、

「それがあの川開きの日の前日のことなんです。関羽髯の親分が朝、見廻ってみると、黒痣の奴、うすぎたない畳のうえで、虚空《こくう》をつかんで息絶えていたというわけですね。首にはよごれた日本手拭《てぬぐ》いが、蛇《へび》みたいに巻きついていたというんです。そして、その側《そば》には倅の鱗次郎の奴が、馬鹿みたいな顔をして、べったりと坐ってたというんですよ」

「なるほど」

と、由利先生はじっと虚空に眼をすえて、

「それで、その殺人の嫌疑が鱗次郎のうえにかゝっているというわけなんだね」

「それもあります。が、それ以上に警察を驚かしたのは、この黒痣という男ですがね。こいつが当時、全国の警察で手配中の人物だったらしいんです。なんでも大阪かどこかで、富豪の邸《やしき》へしのびこんで、主人に一発、短銃《ピストル》のお見舞いをうけて、泡を食って逃亡したという、かなり兇悪なお尋《たず》ね者なんです。さてこそ、息子の鱗次郎も同類だろうというんで検挙されたというわけです」

「そして、鱗次郎はなんといっているんだね」

「それが、何も申立《もうした》てる暇はありませんやね、御承知のとおり、拘引《こういん》される途中、あゝして逃亡しちまったんですからね。警察では躍起《やっき》となって捜索していますが、いまだに行方《ゆくえ》がわからないというわけです」

「ふうむ」

由利先生はしばらく、無言のまゝ、もく〳〵と葉巻きの煙を吐きだしていた。長い間の経験で、先生がこういう煙草の喫《す》いかたをする時は、何かしら、容易ならぬ考えが頭脳《あたま》のなかで醱酵《はっこう》しつゝあることを、俊助はよく知っているのだ。

しばらくして先生は俊助の方を振りかえると、

「ときに、その鱗次郎という美少年に、人面瘡があるらしいというのは、いったい、どうしてわかったんだね。誰かそいつを見た人間があるのかい」

「いや、そうじゃないのです。後で聞いたところによると、鱗次郎という少年は、いつも行儀よく着物のまえを合せていて、絶対に人に肌を見せなかったというんですが。……ところがこゝに妙なものがあるんです。黒痣という親爺ですが、こいつが死んでた時に、手に妙なものを握っていたんですね」

「妙なもの？」

「絵なんですがね。礬水《どうさ》をしいた紙に、筆で画《か》いた絵なんですが、僕はそいつを、警視庁の等々力《とどろき》警部、御存じでしょう、あの人に頼んでソックリそのまゝ敷写《しきうつ》しにさせて貰って持っていますが、それがこれなんです」

そう言って、俊助が手帳のあいだから取り出した絵を見ると、さすがの由利先生も思わず、フームと太い溜息《ためいき》をもらして眉をひそめた。

それは半紙のうえに、細い線画きで画《え》がいた世にも不思議な稚児《ちご》の絵像なのである。

水々《みずみず》しい稚児髷《まげ》に、女にしても見まほしいような美しい顔容《かんばせ》、曙染《あけぼのぞ》めの振袖《ふりそで》に、茶宇《ちゃう》の袴をはいた、水の垂れそうな美少年が、一頭の獅子のうえに悠然とまたがって、右手には智剣を持ち、左手には蓮華《れんげ》を捧げているのである。

だが、不思議なのは、それのみにとゞまらなかった。少しばかりはだけた稚児の右肩に、なんともいえぬほど醜《みにく》い、もう一つの貌《かお》が、くわっと眼を見開き、唇を喰いしばって覗いているのだ。あゝ、それはすぐる夜、レコード歌手の諏訪鮎子が、あの不思議な美少年の肩に発見した人面瘡と、そっくり同じ恰好をしているではないか。

「ふうむ」

由利先生は思わず低いうめき声をあげると、

「こりゃ、稚児文殊《ちごもんじゅ》の絵像だね」

「稚児文殊というと？」

「文殊菩薩《ぼさつ》を童形《どうぎょう》で表現したものだがね、しかし、人面瘡のある稚児文珠など、いまゝで見たことも聞いたこともないが、フーム」

「僕はいろんな意味から、この絵が、あの白魚鱗次郎を具顕《ぐけん》しているのではないかと思うのです。で、もし僕の想像があたっているとすれば、鱗次郎の右肩にも、この絵と同じような人面瘡があるにちがいないと思われるのですが、それにしても、一体、誰がこのような絵を画いたのか、そしてまた、鱗次郎という美少年は、どのような秘密を持っているか、黒痣という親爺が、生前語ったことが事実だとすると、この奇怪な美少年のうえには、何万円という、素晴らしい秘密がかくされているらしいのですが、それがどういう意味であるか、僕はそいつを突止《つきと》めたいと思って、一度先生のところへ御相談に来ようと考えていたんですよ」

「よし、わかった。それで君のほうの話はすっかりわかったが、それでは今度は、俺《わし》の話というのをしよう」

由利先生はしばらく、眼を細めて、じっとこの不思議な、童形の稚児文殊の絵像をながめていたが、

「もっとも、俺《わし》の話というのは至極《しごく》、簡単なんだ。十日ほどまえのことだった。五十ぐらいの品のいゝ老女が訪ねて来て、川開きの夜捕縄のまゝ逃亡した男を捜索してくれという依頼なんだ。名前はたしか磯貝《いそがい》ぎんといったが、どっか大家《たいけ》の乳母といった風の人品の老女なんだ。川開きの晩、舟のなかでその

男を見たというんだが、不思議なことには、彼女もその男の名前はおろか身分も知らぬというんだ。何故《なぜ》また、そのように縁も由縁《ゆかり》もなさそうな男を捜すのか、それにはよっぽど複雑《こみい》った理由があるらしいのだが、何《な》んといってもそれを打明けようとはしない。その点が甚だ妙なんで、ふと君に相談してみたらという気になったんだよ」

「ほゝう」

俊助は急に膝を乗りだして、

「するとその老女を叩いてみれば、あるいは美少年の秘密というのがわかるかも知れませんね。そして、その女の住居《すまい》というのは、どちらなんですか」

「それがわからないんだ」

「わからない？」

「言わないんだよ。どうしても打開《うちあ》けないのだ。妙な話だが、自分の住居《すまい》を知られることが、ひどく困るらしいんだ」

「しかし、それじゃこちらから報《し》らせることがあった場合、どうするんですか」

「向うから毎日一度ずつ電話をかけて寄越《よこ》すんだ。それもね、毎日別の自動電話からかけてよこすんだよ。よっぽど用心をしていると見えるんだ。……おや、もうかれこれ六時だね。そろ〳〵電話がかゝって来そうな時分だが。……」

その言葉も終らぬうちに、卓上の電話のベルがけたゝましく鳴りだした。

由利先生は急いで受話器を耳にあてたが、すぐしいっというような眼つきで俊助をみた。

問題の老女からの電話なのである。

「由利先生ですね。こちら磯貝ぎんです。なにも変ったことはございませんか」

そういう、低いしゃがれた声が、電話の線を伝ってきこえて来たが、やがてその調子が急にたかまって来たかと思うと、

「先生、実はわたしのほうで、今日たいへんなものを発見したのでございます。えゝ、それは〳〵恐ろしいもの。……」

と、そこで急に声をふるわすと、

「あゝ思い出してもぞっとします。十八年間の秘密――それがいま解けかゝっているのです。あゝ、恐ろしい。先生！　わたし達を助けて下さいまし。――今にわたし達も殺されてしまうかも知れません。

――お嬢さまもわたしも――わたしは今日見たのでございます――窖《あなぐら》のなかにかくれている恐ろしい怪物を。――あゝ、十八年まえのあの世にも恐ろしい殺人事件――わたしはその実証を今日はじめてこの眼で見たのでございます。――先生、お願いします。捜して下さい。あの人面瘡のある美少年を。――なにもかも恐ろしいことばかり。――あゝ、誰かがわたしを尾行しています。――では後ほど、――八時ごろわたしの方からお訪《と》いします。――どこへも行かないで待っていて下さいまし。今日こそは何もかも申上《もうしあ》げてしまいますわ。――あゝ、ではその時――」

息も絶えぐ〵にそこまでいうと、電話はそのまゝプッツリと切れてしまった。

由利先生はしばらく呆気《あっけ》にとられたような顔をして、じっと受話器を握りしめていたが、急に気がついたように交換局をよび出して、いまの電話の番号を調べてもらった。

「はあ、あの電話は、万世橋《まんせいばし》の自動電話からでございます」

由利先生はチェッと舌を鳴らすと、この奇妙な電話の一伍一什《いちぶしじゅう》を俊助に語って聞かせた。そして二人で九時すぎまで、磯貝ぎんという老女の来るのを待っていたが、あの不思議な女は、電話の約束を裏切って、とうとうその晩、姿を現わさなかったのである。

第二編

銀座裏に仮面《めん》を鬻《ひさ》ぐ男のこと——覆面の歌手
——ミッキー・マウスとベッティー・ブープ
——二重眼鏡の紳士のこと

一

年の内には珍らしい大雪だった。

北東の風、曇、後《のち》雪模様あり。これが新聞の天気予報であった。前夜のラジオの放送でも、風は大したことありませんが、お午《ひる》過ぎより雪となり、夕刻までには相当積りましょうとあったが、この天気予報は見事に的中したのだ。

正午をすぎる頃よりちらほら降りはじめた雪は、しだいに勢いを加えて、日暮ごろには、広い東京じゅうを、すっかり白銀の一色に塗り潰してしまった。

しかも今日は師走《しわす》の二十四日。降誕祭前夜《クリスマス・イヴ》なのである。雪の降誕祭《クリスマス》なんて、なんとなくロマンチックな情緒をそゝられるではないか。

さればにや、銀座の鋪道《ほどう》は日が暮れると同時に、この大雪にもめげぬ人出でごった返すような混雑を呈していた。裾《すそ》の長いオーヴァをゾロリと着流した青年たち、紅《ルージュ》の濃いお河童《かっぱ》あたまの娘たち。——降りしきる牡丹《ぼたん》雪のなかを、傘もさゝずに肩を組んで、腕を組んで、いかにも楽しげなのだ。どの顔を見ても特別に用事などありはしない。楽しい降誕祭《クリスマス》に、アパートに引込んでいるなんて、おかあしくってと言った顔ばかりなのである。

街には迎春の装いと、クリスマス・デコレーションが華やかに交錯《こうさく》して、店頭から溢れる薔薇いろの灯も輝かしく、降りしきる雪のなかに、青く赤く明滅しているネオンの灯も、なんとなく、慌《あわただ》しい楽しさをそゝるのだ。

しかし、筆者《わたし》がこれからお話しようとするのは、そういう明るい表通《どおり》についてゞはなかった。この表《おもて》通からちょっと曲った薄暗い横町の一劃《いっかく》、どこからともなく賑《にぎ》やかなジャズ・レコードの音が、ほのかに流れて来ようという淋しい路傍《みちばた》に、一人の不思議な物売りが立っていた。

夜の八時ごろのことである。

くちゃ〳〵に形の崩れたお釜帽《かまぼう》、垢《あか》じんだ菜っ葉服、無精髭《ぶしょうひげ》をもじゃ〳〵と生やして、黒眼鏡をかけている。――そういう男が、太いステッキに凭《よ》りかゝるようにして、さっきから降りしきる雪の中に、しょんぼりと佇《たたず》んでいるのである。ちょっと見ると、物乞いのようにも思えたが、物乞いではなかった。

胸のまえにブラ下げた箱の中には、赤だの、青だの、黄色だの、けば〳〵しい彩色をされた仮面《めん》がならんでいる。つまりこの男は仮面《めん》売りなのである。降誕祭《クリスマス》のお座興に使う、奇妙な仮面を売っているのだ。

それにしても、撰《よ》りに撰って、こんな淋しい場所に立たずとも、もっとほかにいゝ場所がありそうなものをと、思っている折から、この仮面売りのまえに立った一人の男。

「おい、仮面を一つおくれ」

「へえへえ、どうぞお持ちなすって」

「こいつがいゝや、この道化師《ピエロ》をひとつ貰っていくぜ。幾《いく》らだい」

「五十銭でございます」

「五十銭? いゝ価《ね》だね。まあいゝや。ひとつ貰っていこう」

客は五十銭玉《ギザギザだま》一枚投出《なげだ》すと、道化師《ピエロ》の仮面を取りあげたが、この時、素速い視線が二人のあいだに交されたかと思うと、何やら白い紙片《かみきれ》が、仮面売りの手から、仮面と一緒に客の手へ渡された。

「S――ホテルの大広間《ホール》」

「よし!」客は手早く紙片をポケットに突込むと、

「あゝ、ひどい雪だな。なか〳〵歇《や》みそうにゃ見えないや」

と、軽い台詞《せりふ》をのこして立ち去った。見ると、その男はひどい跛なのだ。それに外套《がいとう》の下に、タキシードかなんかを着込んでいるらしいのだが、そういう扮装《いでたち》にどことなく板につかぬところが見える。顔にも体にも、ひどく不調和なところがあって、なんとなく、借着でもしているような窮屈さと、ぎごちなさとが見えるのだ。

ところが、この跛の客が跛を曳《ひ》きながら立去ってからすぐ後のことだ。

仮面売りの立っている場所から二三軒はなれたところに、薄暗い一軒の酒場《バー》がある。この酒場《バー》のなかゝら、こっそり外を覗いていた一人の女給が、ふと内のほうを振りかえると、

「まあ、いよ〳〵変だわ、今度のお客は跛なのよ」

と、押し殺したような声で囁いた。

「ふふん、今度は跛かい。はゝゝゝは！」

薄暗いボックスの中で笑ったのは、まだ年若い男の声だ。女給はそのそばへ来て坐ると、

「そうよ。ずいぶん変だわ。三津木さん、これには何か理由《わけ》があるのでしょう」

「さあ、どうだかね」

男は煙草の煙を輪に吹きながら、にや〳〵と笑っている。

「そうよ。きっと何か深い理由《わけ》があるのよ。だってあまり変ですもの。最初の客が佝僂《せむし》でしょう。それから次ぎが木の義足をはめた跛だったし、その後が片腕の男、つぎが唖で、そのあとから来た二人連れは、たしかに眼っかちに兎口だったわ。それからまた今のが跛でさ、何人かしら、一《ひ》イ二《ふ》ウ三《み》イ——と、都合七人ね、ところがこの七人が七人とも、みんな片輪者ばかりじゃないの。片輪オン・パレードだわね。いったい、来る客も来る客も、あの仮面を買うのが、みんな片輪者だなんて、これはどういう理由《わけ》なのよ。三津木さん、あんた知ってるでしょう。教えてよ。その理由《わけ》というのをさ」

「ところが、この俺にもさっぱり理由《わけ》がわからないんだ」

と、ふいに青年はボックスから立上った。

「あら、どこへいらっしゃるの？」

「帰るんだよ。さようなら。また来る」

と、五六枚の銀貨を投げだして、

「どれ、俺もひとつあの仮面でも買ってみるかな。あばよ」

と、重いドアを肩でぎいと押した。いうまでもなくこの青年は、新日報社の花形記者、三津木俊助なのである。

二

外は相変らずひどい雪。

綿をちぎったような牡丹雪が、風もまじえずさらさらと舞い落ちている。俊助は帽子の廂《ひさし》をぐいとおろし、外套の襟《えり》を立てると、

「おゝ、寒い」と、わざと大袈裟に肩をすぼめて、とっさの機転の千鳥足、よろよろと仮面《めんう》売りのほうへ近づいていったが、何を考えたのかそのまゝつい

と行きすぎた。その時また、ひとりの男が仮面売りのまえに立ったからである。

「おい、仮面《めん》をひとつくれ」

今度の客は片輪ではなかった。

黒紋附きの羽織袴に、脊《せ》が高くて、眼つきのするどい男だ。大本教の布教師みたいに、長い髪の毛を肩にたらして、漆黒《しっこく》の関羽髯が、ふさ〳〵と見事に胸にたれ下っている。

俊助はこの男の顔を見ると、はっとしたようすだったが、すぐ眼をそらすと、ウィーとげっぷを吐きながら、雪の中を行きすぎる。

その後を見送った関羽髯の男、急に声を落すと、

「どうだ、みんな集まったか」

「へえ、みんな集まりました」

「よし」と、普通の声になって、

「それじゃ、五十銭こゝへおくぜ」と、仮面をうけとると、折から通りかゝった空《から》の円タクを呼びとめた。

「日比谷のSホテルまでやってくれ」

それをちらと小耳にはさんだ俊助、雪の中でにやりと微笑をもらすと、つかつかと仮面売りのまえに取ってかえした。

「おい、俺にもひとつ仮面をくれ」

「へえ」と、仮面売りの眼が、黒眼鏡の奥でギロリと光るのもお構いなしに、

「こりゃ何んだね」と、仮面をとりあげて、

「はゝあ、ミッキーマウスか。こいつは縁起がいゝや。これをひとつ貰っていくぜ。ほら五十銭」

と、銀貨を一枚投げだした三津木俊助、相手の表《かお》情《いろ》に頓着《とんちゃく》せず、これまた通りかゝった円タクを呼びとめたのである。

銀座裏から日比谷まで、雪の中とはいえ、自動車は三分とはかゝらなかった。

Sホテルの、ホールの入口に自動車をとめると、今しも関羽髯を運んで来た自動車が、向うのほうへ立ち去って行くところだった。

玄関の石段をあがると携帯品預り所《クローク・ルーム》。外套を脱いでいると、白い上衣を着たボーイが、

「切符をお持ちですか」

「ところが、その切符を忘れて来ちゃったんだよ。まあ、いゝじゃないか。僕はこういう者なんだが」

と、社名入りの名刺を見せながら、素早く銀貨を

握らせる。

「はあ、さようで。――それではどうぞ」

　ボーイが先に立ってホールの扉《ドア》をひらいてくれると、ふいに賑やかなジャズ音楽の音《ね》が高くなった。俊助は階段の上に立ったまゝ、思わずフームと、太い吐息《といき》を洩らすのだ。

　今夜はホテルの催しにかゝる降誕祭前夜《クリスマス・イヴ》の仮面舞踏会なのである。俊助の立っているところから、一段ひくゝなっている広いホールの中は、それこそ、絵具箱でもひっくり返したようなケバ〳〵しい色彩で塗り潰されている。

　大きなクリスマス・ツリーを中心に、蜘蛛《くも》の巣のように張りめぐらされた金モール銀モール、五色のテープが虹のように天井にかゝって、耀《きら》めくシャンデリヤ、団子つなぎの紅提灯、赤、青、黄色、いろとり〴〵のゴム風船が、爆発するようなさんざめきの中に、ゆら〳〵と揺れている。

　ジャズ音楽の中にまじって、シャムパンを抜く音がする。ステップを踏む音がする。衣擦《きぬず》れの音がする。時々びっくりするような爆竹《クラッカー》の音がする。

　俊助は呆然《ぼうぜん》として、階段のうえに立ったまゝ、広いホールの中を見廻した。いる、いる！　あちらに一人、こちらに二人と、みんな仮面で顔をかくしているけれど、体の恰好からひとめでそれとわかるのだ。関羽髯の男も、今しも隅《すみ》のテーブルに腰をおろすところだった。

　俊助はそれを見ると、持っていたミッキーマウスの仮面をつけ、静かに階段をおりて、空いていたテーブルに陣取った。

　何んと考えても、俊助は不思議でたまらないのだ。この間から秘かに、潮吹《ひょっとこ》長屋の住人たちを、それとなく監視していた俊助は、今夜という今夜、とうとうこうして彼等を、このSホテルまで追いこんで来たのだが、果してこゝで、何事が持ちあがろうとしているのか、さすがの俊助にもさっぱり見当がつかないのである。

　潮吹長屋に巣喰うあの乞食の群と、Sホテルの仮面舞踏会。――この取り合せは最初から少し無理である。もし現に、自分の眼でそれを見ているのでなかったら、俊助とて、とうていそれを信用することは出来なかったろう。

　しかし事実はあくまでも事実だ。変てこな礼装に身を固め、奇妙な仮面で顔をかくした潮吹長屋の住人たちは、今しも関羽髯の命令一下、素破《すわ》といえばいつでも立ちあがれるように、待機の姿勢をとっているのだ。

ミッキーマウスの仮面の下から、その様子を見てとった俊助は、思わずぶるゝと身顫《みぶる》いをすると、その拍子に、卓上にあった一枚のプログラムがふと彼の眼についた。

今夜演奏されることになっている、音楽の曲目を印刷したものなのである。

その中に、

独唱　　諏　訪　鮎　子
同　　　覆　面　歌　手

という一項のあるのを、俊助はなんの気もつかず、くる〳〵と、鳥の子紙に刷られたそのプログラムを指のあいだで廻していた。

と、その時。

一人の男がつか〳〵と側《そば》へ寄って来ると、断りもせず、いきなり俊助の前に腰をおろしたのである。顔はむろん分らない。仮面はベッティー・ブープなのである。両手をズボンのポケットに突込《つっこ》んだまゝ、体を反らして傍若無人《ぼうじゃくぶじん》に笑っているのだ。

俊助は、なんとなく厭《いや》な野郎だと思った。それで、ふとテーブルから立上ろうとすると、いきなりベッティー・ブープが上体をのばして、俊助の腕をとらえると、

「三津木先生、妙なところでお眼にかゝりましたな。今夜の君の獲物《えもの》はなんですか」と、その男が囁いた。

その声を聞くと俊助は思わずはっとして、

「なあんだ。君だったのかい?」

と、相手の仮面を見なおしたのである。

三

「やあ、今晩は」

芸術家控え室。——芸人といわずに芸術家と開き直ったところに、いかにも近代的なホテルらしさがあるのだが、そういう札のかゝったホール裏の小部屋へ、今しも一人の男が入って来た。

「あら、いらっしゃい」と、三面鏡に向って化粧直しに余念のなかった鮎子は、くるりと椅子ごと振りかえって、

「お待ちしていたわ。あんまり遅いから、今夜は来

て下さらないのかと思って」

「失敬、失敬、つい、詰まらない会にひっかゝってね。津田《つだ》君や山下《やました》君は来ているかね」

「えゝ、さっきいらっしゃいました。ホールのほうで踊っていらっしゃるでしょう」

「そう」

と、男は程よい椅子にどっかと腰をおろすと、モーニングのポケットから銀色の莨函《シガレットケース》を取り出して、パチッと開きながら、

「あゝ、疲れた。時にあれはまだゝろうね」

と、鮎子と、鮎子のうしろに固くなって控えている、覆面の青年とを見くらべた。

年齢は四十七八、ひょっとすると五十を越しているのかも知れない。剛《こわ》そうな胡麻塩《ごましお》の髪を綺麗に撫《な》でつけた小肥《こぶと》りの紳士だ。いくらか酒が入っているのだろう、赭顔《あからがお》をてら〳〵と光らせているのは別として、どこから見ても、まあ、申し分のない紳士《ゼントルマン》というべきであろう。強《し》いて欠点《あら》を探せば、この男のかけている二重眼鏡である。

よっぽど眼の性が悪いのにちがいない。度の強い近眼鏡のうえに、もう一つ黒眼鏡をかけているのである。それがなんとなく、一抹《いちまつ》の迂散臭《うさんくさ》い印象を、この男の容貌のうえに投げかけているのだった。

「えゝ、まだなの。でももうじきよ。そのまえに御紹介しておきますわ」と、鮎子はうしろに固くなっている青年のほうをふりかえって、

「鱗次郎さん、こちらが芹沢《せりざわ》さんよ。芹沢万蔵《まんぞう》さん、わかっているでしょう、東邦《とうほう》レコード会社の専務さんよ。あなた、この人が、つまり、その――覆面歌手よ」

「お名前はなんというのだね」芹沢は二重眼鏡の奥から、じっと青年の顔を眺めていたが、その眼には、ふいと驚異の表情《いろ》がうかんだのである。相手の男の、あまりにも素晴らしい美貌が、なんとなく彼の不安を掻《か》きたてたらしい。

紫繻子《むらさきじゅす》の覆面《マスク》で顔半分を隠しているので、よくは分らない。しかし、その覆面《マスク》の下から耀《かがや》いている黒耀石のような双《そう》の眸《ひとみ》といい、ギリシャ人のように恰好のいゝ鼻といい、紅《あか》い唇といい、さてはふさふさと栗色に波打っている髪の毛といい、――芹沢は一瞬間、心臓に冷たいものを当てられたような、一種崇高ともいうべき、美の恐怖にうたれたのである。

「名前？　名前はどうだっていゝじゃありませんの。ねえ、覆面歌手というのはどう？　この方が大衆の好奇心に投じて売出《うりだ》せると思うわ。そして、どんな場合でも覆面《マスク》をとらないという条件はどうかしら。今時、ふつうの事ではなか〳〵売出せやしませんものねえ。もっとも、それでいけなければ、なんとでも、別に芸名をこさえて戴いてもいゝのですけれど」

「ふむ、それもまあ、一つの宣伝の手だが、しかし問題は声だよ。レコードじゃ、要するに声だけが価値を決定するのだから」

「あゝ、それならあたしが保証するわ。甘くて、柔かで、そりゃとても魅力のあるテノールよ。でも、その事ならあなた御自身、お聴きになって判断して頂戴。あたしそう思って、今夜わざ〳〵、津田さんや山下さんに来ていたゞいたのだから」

「よし、聴かせて貰おう」

芹沢は妙に不安そうな顔をしながら、

「時に諏訪君、俺《わし》はちょっと君に話があるんだがねえ」

と、言った。それを聞くと、覆面の男はつと立上って、

「鮎子さん、僕ちょっと外へ行って来ます」

「あら、いゝのよ。ねえあなた、こちらがいらしっても構わないでしょう」

「ふむ、いや」

と、芹沢が口籠《くちごも》るのを、青年は見て見ぬふりをしながら、

「僕、ちょっとホールの様子を見て来たいのです。いざとなって、逆上《あが》っちゃ大変だから」

「そう、それじゃ行ってらっしゃい」

青年が大股に出ていくのを見送っておいてから、鮎子は芹沢のほうに向き直ると、

「あなた、話って何よ」と、俄《にわ》かにぞんざいな口調になった。

「いや、そう開き直られると困るんだが」

と、芹沢は二重眼鏡の奥で、鋭い眼を光らせながら、

「諏訪君、君は俺の面《つら》に泥を塗るような真似《まね》はしないだろうな」

「あら、それ、なんのこと」

「まあさ、そうけしきばむんじゃない。これはこゝだけの話だが、俺はどうも不安になったよ」

「まあ何んのことを言ってらっしゃるのよ。もっとはっきり仰有《おっしゃ》いよ。男らしくもない」

「いったい、君はあんな男をどこから見附けて来たんだ」

「あら、あの人の事を言ってるの」

まあ、呆れたというふうに鮎子は眼を見張って、

「ウプッ、もう妬《や》きもちなの。やりきれないわ」

「まあ、そういうなよ。考えても見ろよ。俺だって少し心配になるだろうじゃないか。この間から何度電話をかけても、留守だ留守だの一点張りで、ちっとも会ってくれようたアしないし、そこへ持って来てあの男だ。いったい、名前も知らさず、顔も見せないというのは、どういうわけだね」

「いゝわよ。わかったわよ。つまりこうなんでしょう。そんな素性《すじょう》の曖昧《あいまい》な人間は、うちの社では使えないと仰有るんでしょう。そんなら無理にといってお願いしやしない。ヴィクターへでもコロムビヤへでも話してやるから。あんな声なら、どこだって飛びつくに違いないんですもの。それにあたしだって、そんな水臭《くさ》い会社に、いつまでも使って戴かなくってもいゝのよ。こう見えてもずいぶん方々からおいでをされてるんだから」

「馬鹿！」

「えゝ、どうせあたしは馬鹿よ。馬鹿だからこそ、あなたなんかの玩具《おもちゃ》になっているんだわ」

鮎子は急に渋面《じゅうめん》つくって泣き出した。芹沢は、もてあましたという風に、大きく肩をゆすりながら、それでもどこかヤニ下った顔色になって、

「止《よ》せよ、見っともない。何もあの男を入れるのに反対だと言ってるわけじゃなしさ。そう一々先く〴〵りをしちゃ話も出来ないじゃないか」

「いゝのよ、もう伺《うかが》わなくっても分ってるの」

鮎子はプイと立上ると、プリ〳〵として扉《ドア》のところまでいったが、外へ出ていくのかと思ったら、案外にも扉《ドア》をうちがわから締めると、まるで牝鹿のような勢いで芹沢の膝に跳びあがった。そして戸惑いしている相手の頬《ほ》っぺたに滅茶苦茶《めちゃくちゃ》に接吻《せっぷん》しながら、

「いゝわ、憤《おこ》らないでね。さっき言ったの、みんな嘘なの。だからさ、あなたも機嫌直して。そしてあの人を入れてくれるわね。入れてくれる？　きっとね、よし、話はきまった」

鮎子は洒々《しゃあしゃあ》として男の胸からはなれると、

「あたし、まだ〳〵あなたに未練があるのよ。だって、あたしずいぶんお金が要るんだもの」

そういう彼女の手を見ると、いつの間に抜きとったのか、大きな芹沢の紙幣入《かねい》れを探っているのである。芹沢は、びっくりして、

「おい〳〵、それをどうしようというんだ」

「どうでもいゝじゃないの。あなたの物はあたしの物、あたしの物はあたしの物」

鮎子が紙幣入れを開きにかゝろうとするのを見て、芹沢は俄かにあわて出して、

「こら〳〵、こちらへ寄越さないか。金が欲しけりゃやる。勝手にあけるのは止せ」

「いゝじゃないの。そんな水臭いこと！」

「よかあない。止せったら止さないか」

芹沢がムキになって、紙幣入れを奪いにかゝろうとするのを見て、

「怪しい」

「何が怪しいんだ。こちらへ寄越せよ」

「ラヴ・レター？　写真？　よし見てやる。この浮気者め！」

鮎子は芹沢の手をはらいのけながら、紙幣入れの中から、紙幣束《さつたば》と一緒に、一枚の紙片を取り出した。

「これだな」

「馬、馬鹿！　止さないか」

「なんだ、これ？　絵じゃないか。はゝあ、オブシーン・ピクチュアー？」

丁寧に畳んである礬水《どうさ》半紙を、手早く開いた鮎子は、ふいに眉をしかめて妙な顔をした。

彼女が驚いたのも無理はない。

それはいつか三津木俊助が由利先生に見せた、あの人面瘡のある稚児文殊の絵姿ではないか。しかも筆つきといい、構図といい、すっかり同じもの、同じ人間の手になったものに違いなかった。

「馬鹿だなあ、だからこんなもの、見るもんじゃないと言ったのに」

芹沢万蔵が黒眼鏡のおくで、狼狽の表情《いろ》をいっぱいうかべながら、手早くその絵像をポケットの中に畳みこむのを、鮎子は茫然《ぼうぜん》として眺めていた。

第三編

等々力警部と三津木俊助――鱗次郎放れ業を演ず――美しき夜光虫のこと――廊下での出来事

一

「なあんだ、君かあ」

と、いう俊助の声に、ベッティー・ブープは肩を揺《ゆす》って微笑《わら》いながら、仮面《めん》をちょっと額《ひたい》のほうへあげた。その仮面のしたから現れた、髭《ひげ》の濃い、精力的な顔を見ながら、俊助は驚いたように、

「こんなところで会おうたあ思わなかったね。何か捕物でもあるのかい。まさか御遊興じゃあるまいな」

「馬鹿にするな」

ベッティー・ブープはにや／＼と微笑《わら》いながら、

「俺だってたまにゃ、ダンスもするさ。浩然《こうぜん》の気を養うって奴さ。それとも警察官がこんな場所へ足踏みをしちゃいけないという法律でも出来たのかね」

「へん、仰有《おっしゃ》いましたね。誰がそんなことをほんとうにするものか。おい、教えろよ。事件はなんだ。ダイヤの密輸事件かい、それとも、この間の運転手殺しかい」

相手はにや／＼と微笑《わら》っていて答えない。俊助はチェッと舌を鳴らすと、

「そういう男だ。いつもこちらから素晴らしい手懸《てがか》りを提供してやるのも忘れて、君と来たら今まで一度だって、この僕に材料《ネタ》を提供してくれたことがあるかい。いやだ／＼。だから警視庁の連中は嫌いさ」

「まあ、そういうな。それより君こそ、どういうわけでこんな所へ来ているのだ。それを聞かないうちは、こちらだってうっかり喋舌《しゃべ》れないよ」

そういうと、相手は刺しとおすような眼で、じっと仮面のうえから俊助の様子を眺めるのである。

この男は等々力《とどろき》警部といって、警視庁の捜査課でも、目下敏腕《びんわん》をもって鳴りひゞいている人物である。いったい新聞記者と警察官とは、とかくそりが合わぬものとされているのに、この二人だけは昔から妙にうまがあって、今までにもお互いに助けたり助けられたりした事も一度や二度ではない。

しかし、その等々力警部が、どうしてまた仮面舞踏会へなど来ているのだろうか。

むろん、踊るのが目的でないことはよくわかっている。はてな、ひょっとすると、この男と自分とは、同じものを覘《ねら》っているのではなかろうか。――俊助は、さりげなく煙草《タバコ》に火をつけながら、

「なあに、僕は単に踊りに来ているんだ。こう見えても僕はまだ若いんだからな」

「よし／＼、君の目的というのを当てゝ見ようか」

等々力警部は、ふと声を落すと、

「ほら、向うの隅《すみ》にいる関羽髯《かんうひげ》の人物だろう。どうだ。当ったろう。はゝゝゝ、駄目々々、白《しら》ばくれても駄目だよ。あの男の後から泡を喰ってとび込んできたじゃないか。しかし、三津木君、ありゃいったい何者だね」

俊助は思わずはっとした。すると等々力警部の覘《ねら》っているのは、あの男ではないらしいのである。では、警部の獲物というのは何《な》んだろう。俊助の新聞記者本能は、俄《にわ》かに活潑《かっぱつ》となったが、しかし、表面は至極《しごく》さあらぬ態《てい》で、

「よして下さいよ。僕がいかにしがない新聞記者だからって、そういつもガツ／＼していると思われちゃ迷惑だよ。なんと言ったけな。そう／＼、浩然の気を養うって奴よ」

「畜生《ちくしょう》！　やりやがったな」

等々力警部が、ドシンとテーブルを敲《たた》いた時である。それが合図でゝもあったかのように、ホールの中に万雷のような拍手が湧《わ》きおこった。

見ると、オーケストラ・ボックスの向うにしつらえられた仮舞台のうえに、今しも紫繻子《むらさきじゅす》の覆面《マスク》をつけた青年が、悠然として現れたところであった。

「はゝあ、覆面の歌手というのはあれだな」

俊助は、そういいながら、ふと等々力警部のほうを見て驚いた。

警部の様子がすっかり変っているのだ。生憎《あいにく》、仮面をかぶっているので、表情《かおいろ》まではわからなかったが、前踞《まえかが》みになって、じっと向うを凝視《みつめ》ているその眸《ひとみ》には、どこか、餌物《えもの》を狙う猫属《びょうぞく》の眼のような鋭さがあった。

（奴《やっこ》さん、何を見つけたのかな）

何気なく警部の視線の方向を辿《たど》っていくと、俊助の眼は、ふと例の覆面の歌手につき当った。

（はてな、おかしいぞ。すると、警部の獲物というのはあの歌手なのかしら）

そんなことを考えながら、ふと思い出して、例の関羽髯のほうへ眼をやった三津木俊助、そこで思わずごくりと生唾《なまつば》を呑み込んだのである。

なんということだ！

関羽髯の男もまた、警部とそっくり同じ恰好《かっこう》をして、ずっとあの覆面の歌手を凝視《みつめ》ているではないか。いやいや、関羽髯の男ばかりではない。ホールの中に散らばっている潮吹長屋《ひょっとこ》の住人たちは、いっせいに、同じ姿勢をして、舞台のほうへ油断のならない眼《まなこ》を注いでいるのである。

俊助の神経はピーンと緊張して来た。

（こいつはいよいよ妙だぞ。誰も彼も、みんなあの男を覘っている。いったい、あいつは何者だろう）

——と、その時、

指揮者《コンダクター》の指揮棒がさっとあがった。と思うと、緩やかな楽の音とともに、咽《むせ》び泣くような、甘い、柔かいテノールが、嫋々《じょうじょう》として広い大ホールの中に流れて来たのである。

鮎子の保証に間違いはなかった。

素晴らしく綺麗な声だ。それに、なんとも言えない遣瀬《やるせ》ない哀調を帯びているのである。例えば行きずりの秋のたそがれに、ふと洩《も》れきいたヴィオロンのように、うっかり聴いていると、そのまゝ魂をどこかへ持っていかれそうな、そういう声なのだ。おそらく胸を破り、腸《はらわた》を断つというのは、こういう声と調子をいうのであろう。

一曲終った。

魂をしびらせるような快い陶酔《こころよ》《とうすい》と幻想の世界から、はっと我れにかえった人々は、そこでわれるような喝采《かっさい》を送った。

この時である。さっきから熱心に、関羽髯の挙動を注視していた俊助が、ビクッとして体を起した。相手が何やら合図めいた事をしたからである。

と、思うと、どこかで火事だ！　という声が起った。続いて天井にブラ下っていたシャンデリヤが、地震にでもあったようにゆさゆさと揺れはじめたのだ。

人々は思わずわっとばかりに総立ちになったのである。

二

鱗次郎はしばらく茫然《ぼうぜん》として舞台の中央に突立《つった》っていた。

あの美声の覆面の歌手が、奇怪な人面瘡《じんめんそう》を持った美少年、白魚鱗次郎であったことは、今更、こゝに申し述べるまでもあるまい。

憂鬱《メランコリー》な一曲を唄いおわって、今度は少し陽気な奴をと、身構えているところへ、突然、持ちあがったのがこの騒ぎ。

「火事だ、火事だ！」

「いや、地震だ、地震だ！」

と、いやもう、言語道断《ごんごどうだん》な騒ぎかたである。こうなると紳士も淑女もあったものではない。われがちに逃げ出そうとするから、混雑はますく激しくなるばかり。

「お静かに願います。なんでもありませんから、皆様、安心してお静かに願います」

誰かゞ声を嗄《か》らして叫んでいるが、そんなことが耳に入ろう道理がない。

それに不思議なのはあのシャンデリヤだ。まるで、時化《しけ》にあった船のラムプのように、ゆさく揺れて、その度に切子《きりこ》硝子《ガラス》の瓔珞《ようらく》が凄《すさま》じい音を立てゝ触れ合うのである。やがて、あまり激しい動揺のために、根元からプッツリと千切《ちぎ》れた硝子の顆《たま》が、霰《あられ》のようにパラくと人々の頭から降って来る。

「助けてえ！」

「あれ、人殺し！」

右往左往《うおうさおう》に逃げまどう人、人、人。仮面《めん》、仮面、仮面。――なんのことはない、まるで子供が玩具箱をひっくり返したような騒ぎだ。

鱗次郎はいつの間にか、舞台からホールへ飛びおりていた。

と、この時揉《も》み合う人々の間から、腕をのばして、やにわにむんずと彼の肩をつかんだものがある。振りかえってみると、松葉杖《まつばづえ》をついた義足の男である。

「おい、鱗ちゃん、こっちへ来ねえ」

鱗次郎は、その声を聴くとぞっとしたように、あわてゝ相手の腕を振りはらった。

「おい、おとなしくしろよ。逃げようたって逃がすものか―」

今度は片腕の男である。あっという間に、バラバラと鱗次郎を取りまいたのは、揃《そろ》いも揃って片輪者ばかり。

「みなさん。いったい私を――私をどうしようというのです」

鱗次郎は思わず声をふるわせて、自分を取りまいている奇妙な仮面の群を見渡した。

「どうもこうもありゃしねえ。親分の命令で、もう一度、おめえを長屋へ連れていくのだ」

「あれ、勘忍《かんにん》して下さい。私はもう、あの長屋には用事はないのです。どうぞ、このまゝ見遁《みのが》して下さいまし」

「畜生！　うまく言やがる。てめえのほうに用はなくとも、こちらにゃ、うんと言い分がおあんなさるんだとよ」

「おい、面倒だ。例のものをかぶせて、引っかついでしまいねえ」

「おっと合点だ！」

誰かゞ、うしろから鱗次郎を羽搔締《はがいじ》めにしようとする。まえから大きな麻袋をもった男が、そいつを無理矢理に鱗次郎の頭からかぶせようとするのである。

だが、この時、不思議なことが起った。

象牙《ぞうげ》のような鱗次郎の白い頰《ほお》に、さっと血の気がさし、綺麗な歯並《はなみ》の奥がバリ〳〵と鳴ったかと思うと、

「えい！」と懸声諸共《もろとも》、大きく腰をひねったかと見るや、筋斗《もんどり》うって投げ出されたのは大の男が二人。顔には似合わぬ物凄《ものすご》い力なのである。

「チェッ！　しゃら臭《くせ》え真似《まね》を！」

義足が叫んだ。

松葉杖をあげてうってかゝろうとする。その弱腰をどんと片脚あげて蹴《け》とばした白魚鱗次郎、ひらりと身を飜《ひるが》えして舞台にとびあがると、ギラリとポケットから引抜いたのは白鞘《しらさや》の短刀だ。

こいつを逆手に、きっと群がる片輪者を睨《にら》まえた鱗次郎。

「野郎、寄りやがるとそのまゝじゃおかねえぞ」

なんと！

時代と風俗とがちがうので、些《いささ》か恐れ入るが、芝居ですると、「橘屋《たちばなや》ア」と、声を掛けたいところである。

片輪者の群も、さすがに一瞬気を吞《の》まれて、舞台のしたで茫然《ぼうぜん》と立ちすくんだ。

と、その時。

「警官だ、逃げろ！」

と、いう声。それを聞くと、いまゝで犇《ひし》めきあっていた片輪者の群は、まるで蜘蛛《くも》の子を散らすようにバラ〳〵と群集の中にまぎれ込んだ。いや、その逃げ足の早いこと。

鱗次郎がはっとして向うを見ると、ベッティー・ブープとミッキー・マウスが人波を肩で押しわけてこちらへ近づいて来る。その背後には数名の警官が、がちゃ〳〵と佩剣《はいけん》を鳴らしてつゞいているのだ。

鱗次郎はさっと顔色をうしなった。

一難のがれてまた一難という奴である。うしろを見ると楽師やホテルの使用人がひし〳〵と詰めかけている。どうやら彼等《ら》も、騒動の原因が分ったらしく、成行《なりゆき》いかにと固唾《かたず》をのんで、この場の様子を窺《うかが》っているのだ。

まえには夥《おびただ》しい紳士淑女の群、とてもその中を突き抜けて逃げようなど、思いも寄らぬ芸当である。しかも、警官の群は、しだいに舞台のほうへ近づいて来るのだ。

進退こゝに谷《きわ》まった。——という言葉は、おそらくこんな場合に使うのだろう。

鱗次郎はまるで追いつめられた鼠《ねずみ》のように、きょろ〳〵とあたりを見廻していたが、そのうちに、彼の眼がちかりと光った。急にその頬が喜悦《きえつ》に輝いた。何か、逃げのびる成算がついたらしいのである。

その時、ベッティー・ブープがやっと舞台の下に辿りついた。

「白魚鱗次郎！」

仮面をとりながら等々力警部が呶鳴《どな》った。

「神妙にしろよ」

「はい」

案外、素直に鱗次郎が答えた。

「兇器を捨てろ！」

「はい」

鱗次郎はポロリと短刀を床のうえに投げ出した。

「よし〳〵」

等々力警部が部下のほうを振りかえって、

「捕縄《ほじょう》をかけろ」と命令した。

言下に二人の刑事が舞台のうえにとびあがった。

ところが、この時鱗次郎は、ふいに身をすくめたかと思うと、舞台のうえにブラ下っている金モールの綱に、さっとばかりに飛びついたのである。

金モールと言っても、芯は太い綱で、それに金や銀の紙を巻きつけてあるのだから、十分、人間一人の重量に耐えるのである。

「こら、逃げるか!」

等々力警部が思わず狼狽《ろうばい》して叫んだ。

それを尻目に、鱗次郎はする〳〵と天井へのぼってゆく。まるで猿《ましら》のような身軽さなのである。やがて、天井に縦横に張られた綱まで辿りつくと、今度は素晴らしい綱渡り。

あゝ、今夜の人気者は、遂にこの覆面の歌手と極《き》まった。

最初はあの素晴らしいテノールで人々を魅了し、そのつぎには、不思議な怪力で潮吹長屋の住人たちの胆《きも》を奪ったこの奇怪な美少年、今度はまた綱渡りの離れ業《わざ》で、あっとばかりに満堂の紳士淑女を驚かしたのである。

「まあ、綺麗!」

蜘蛛手に張られた綱の中心に辿りついて、ほっとひと息入れている鱗次郎の姿を下から見あげて、浮気らしい年増《としま》女が思わず溜息《ためいき》を洩らした。

「まあ、なんて綺麗な男なんでしょうね。あゝしているところを見ると、まるで人間の夜光虫だわ。ほら、体中から後光がさしているように見えるじゃないの」

まさか、後光はさしていなかった。しかし、大シャンデリヤの光を背にうけた彼の体が、女が呟《つぶや》いたとおり、夜光虫のように美しく輝いていたことは事実である。

しかし、等々力警部にしてみれば、それどころのことじゃないのだ。

思いがけない相手の隠し芸に胆《きも》を抜かれた警部は、声を嗄《か》らして部下を督励《とくれい》している。

「摑《つか》まえろ。誰でもいゝから摑まえろ! 重大犯人だぞ。誰かあの後を追っていかぬか」

しかし、これは少し無理な註文《ちゅうもん》である。綱渡りなんて、誰にも彼にも出来るというわけのものではない。さすがに勇敢な警官たちも手を束《つか》ねて、相手の降りて来るのを待っているよりほかに仕様がないのだ。

この時、ひと休みした覆面の歌手は、綱のうえで、つと身を起した。と、思うと、そこに垂れ下っている一本の綱に手をかけて、する〳〵と降りて来る。いったい、どうしようというのだろう。

もし、降りて来れば、警官にとらえられるのはわかりきっている。

だが、途中まで降りて来ると、彼は、ふと手を止めた。それからじっと下を俯瞰《ふかん》していたが、やがて、次第に彼は体を前後に振り出した。

分った、分った。サーカスの芸人がよくやるように、彼はどこかへ跳び移ろうとしているのだ。

しだいに揺れ方が大きくなる。広いホールの中で、意気なタキシードを着込んだ体が、まるで時計の振子のように大きく弧を描いた。

わっと人々は思わず頭をかゝえて雪崩《なだれ》をうつ。

――と、そのとたん、どうしたのか、フーッとホールの中の電灯が消えてしまったのだ。

「しまった！　相棒があるぞ、灯りだ、灯りだ！」

人々の悲鳴にまじって、警部の怒号が聞える。

天の助けのこの停電！　鱗次郎はこの機逸《いっ》すべからずとばかりに、反動をつけて、さっと闇の中でとんだ。

慣れたものである。床へ落ちても転びもしない。すぐ体を起すと、見当をつけておいたホールの入口から、一散に外の廊下へとび出した。廊下もまっくらである。

この暗闇のなかから、ツゝーと彼の側《そば》へ近寄って来たものがある。

「早く、早く、こちらへ！」

鮎子なのである。

「有難《ありがと》う。電気を消してくれたのはあなたですか」

「そんなことはどうでもいゝわ。こちらへ――あら」

ふいに鮎子が押し殺したような悲鳴をあげると、何やら真黒《まっくろ》なものがふら〳〵と、彼等の周囲に群がって来た。潮吹長屋の住人たちなのである。執念ぶかく、彼等は今まで鱗次郎を待ちかまえていたのだ。

闇のなかで、手と手と手がからみあって、五つ六つの体が団子のように縺《もつ》れあった。そのなかを、どこをどうして切り抜けたものか、暗闇のなかを五六間《けん》、手探りで落ちのびた鱗次郎、じっと息を殺していると、どた〳〵と入り乱れた足音はすぐ歇《や》んだ。

「おい、気をつけろよ」

「大丈夫だ」

「首尾は」

「上首尾」

合言葉のような短いやりとりが、闇の中を遠ざかっていって、後は、気の重くなるような静寂《しずけさ》なのである。

「鮎子さん、鮎子さん」

暫《しばら》くしてから鱗次郎は呼んでみた。

返事はない。

「鮎子さん、鮎子さん」

もう一度呼んでみた。やっぱり返事はないのである。鱗次郎はハッとした。

(若《も》しや。――)

彼がギョッとして体を起した時である。

ふいに誰かゞ、うしろから抱きすくめたかと思うと、何やらムッとするような匂いのものを、いきなり彼の鼻孔に押しつけたのである。

「あゝ! あゝあゝ!」

すゝり泣くような声と共に、しばらく鱗次郎の手足が虚空《こくう》をかいていた。

しかし、それもつかの間、しだいにその動作が緩《かん》慢《まん》になっていったかと思うと、やがて、ぐったりとなった。

彼は暗闇の廊下に突っ伏した。

「ふゝゝ、うまく眠ったようだわい」

濃い闇の奥で、黒い影がそう呟いたのである。

第四編

恐怖群像――猛獣使いジョン・柴田のこと――
黄金護符――猛獣ネロ曲馬団を騒がす

一

深更《しんこう》に及んでも、雪はなお、なか〳〵歇みそうなけしきは見えないのである。

いや、シベリヤの高気圧がどうしたとか、八丈島の不連続線がなんとやらで、夜とともに、いよ〳〵激しさを加えた雪は、やがて風さえまじえて、後日新聞が筆をそろえて、前代未聞と書きたてたほどの猛烈な吹雪になってしまった。

十時ごろには、早くも山の手線の一部が途絶する。するとそれにあいついで、市内各所で電車が立ち往生をするやら、自動車が二重三重の衝突騒ぎを惹起《ひきおこ》すやら。――こうなると、人間の力なんて惨憺《さんたん》たるものなのだ。降誕祭前夜《クリスマス・イヴ》の祝盃に酔い痴れていた帝都は、今やまったく、白魔の威力のまえに屈服してしまったのである。

何しろ、当夜の吹雪がいかに猛烈であったかは、銀座から早稲田までかえる者が、自動車でたっぷり、一時間かゝったというのでも、想像することが出来るだろう。

この大吹雪をついて、さっきから気狂《きちが》いのように、ぐる〳〵と駆けずり廻っている、一台の貨物自動車がある。どこからどこへ行くのやら、横なぐりに吹きつけて来る風雪のなかに、大きな図体《ずうたい》をガタ〳〵とゆすぶりながら、まるで喘息《ぜんそく》病みのような唸《うな》り声をあげて、よた〳〵と走っていくのである。

見ると運転台に坐って、ハンドルを握っているのは、醜《みにく》い兎口《みつくち》の男なのだ。その背後《うしろ》なる無蓋《むがい》の車体のうえには、五六人の男がひとかたまりになって、降りしきる雪のなかに濡《ぬ》れそぼちながら、もぞ〳〵と蠢《うごめ》いているのである。よく見ると片腕の男がいる。松葉杖の男がいる。佝僂《せむし》がいる。眼っかちもいる。いわずと知れた、あの奇妙なひょっとこ長屋の同勢なのだ。どこをどうして切り抜けて来たのか、いましも、Sホテルの帰途《かえり》であるらしいことはいうまでもない。

「ぶるゝ、おゝ冷てえ、背中へ雪が入りやがった。またやけに降るじゃないか」

と、松葉杖の男が、真白《まっしろ》にくるめく空を仰《あお》いで呟くのを、

「まあ、そういうもんじゃねえ」

と、これは片腕の男だ。さっき鱗次郎にいやというう程、ホールの床に敲きつけられた跡が、黒い痣《あざ》になっているのを、しきりに指で揉《も》みながら、

「この雪のお蔭《かげ》でこちとら、無事に逃げのびることが出来るんだあな。それにしても、親分はどうしたろうな。うまく逃《ず》らかったかな」

「大丈夫さ。親方のことだもの。そこに抜かりがあるものか。一足さきに帰ってこちとらを待っていなさらあ。それよりも一件のほうは大丈夫かえ」

「ふむ、大丈夫だよ。気を失ってるんだろう。すっかりおとなしくしてらあ」

「この寒さに凍《こご》え死にでもしたら大変だ。おい、眼っかち、手前《てめえ》の外套《がいとう》を脱いで、ちょいとこいつに着せておいてやんねえな」

「あいよ」

眼っかちが気軽に外套を脱いで渡すのを、受取った松葉杖の男、足もとに転がっている大きな麻袋の

うえに、ふうわりと着せてやった。見るとこの麻袋というのは、中に人でもはいっているのか、長くなって横たわっている恰好が、とんと人間とそっくり同じ形をしているのである。

「それにしても、野郎いやに骨を折らせやがったじゃねえか。お前《めえ》をとって投げた手際《てぎわ》なんぞちょいと胆を潰《つぶ》させやがった」

「ほんによ」

片腕の男は苦笑を洩らしながら、

「あれにはおっ魂《たま》消げたが、それよりも、あの綱渡りの鮮《あざや》かさだ。驚いたね。不思議な男があればあるもんだな」

「なあに、あれはなんでもねえのよ。野郎、昔はサーカスにいたっていうんだからな」

「サーカスって何よ」

「手前、サーカスを知らねえのか。ほら、綱渡りをしたり、ブランコからブランコへ飛び移ったりするじゃねえか。あれよ」

「あゝ、曲馬団《きょくばだん》って奴だね。なある。道理でいやに敏捷《すばしっこ》い野郎だと思ったぜ。——あっ、いけねえ、交番だ」

数人の男がいっせいに車体のうえにからだを伏せた。その時トラックは両国橋を渡って、その橋袂にある交番のまえに差しかゝっていたのである。秩父おろしがゴーッと物凄い唸りをあげて、河のうえには真白な吹雪が渦を巻いている。伏せの姿勢をとったこの奇怪な片輪者の群のうえに、見る〳〵うちに白い雪がつもっていった。

幸い交番のまえも難なく通りすぎた。

時ならぬ吹雪に驚いて早じまい、両側の店舗がことごとく大戸をおろしている、そのまっくらな雪の夜道を、それから二三度くね〳〵と曲り曲ったトラックは、とうとうある横町の角にピッタリとその大きな図体《ずうたい》をとめたのである。

「おい、大丈夫かい。誰も見てやしないだろうな」

「大丈夫ってことよ。見ようたってこの大雪のことだ。眼なんか暢気《のんき》にあけていられるものじゃねえ。一尺《しゃく》先たあ見えやあしねえよ」

「よし。それじゃ誰か先にいって、親分に注進して来ねえ。それから兎口、手前はトラックをもとのところに返してくるんだぞ」

松葉杖の采配で、バラ〳〵とトラックからとび出した片輪者の一群は、例の麻袋をかついで、そのまゝ真白な闇のなかにまぎれ込んでしまった。

狭い、くね〳〵と曲りくねった、迷路のようなひょっとこ長屋なのである。

日頃はとてもお話にならない不潔さなのだが、今夜は折からの大雪で、どうやら醜陋《しゅうろう》さを覆われた、その長屋のいちばん奥まったところに、いくらか他よりましな住居《すまい》、――というよりは巣があって、その破れ畳のうえに、今しも大胡坐《おおあぐら》をかいて盃《さかずき》をふくんでいるのは、いわずと知れた例の関羽髯の大男なのだ。羽織《はおり》はうしろに脱ぎすてていたが、黒紋附《くろもんつき》に仙台平《せいだいひら》の袴《はかま》、総髪《そうはつ》を肩の辺りまで垂れて、眼附きがむやみに鋭いのである。こいつが袴の下から毛むくじゃらの脛《すね》を出して茶碗酒を呷《あお》っている気味悪さ。

いうまでもなくこの大男こそ、長屋の主で、俗に髪長とも、関羽髯の長次ともよばれている親分なのだ。この親分の関羽髯の長次が、今しも乾分《こぶん》の注進によって、盃をおいて立ちかけたところへ、どや〳〵と入って来たのは、例の片輪者の一行だ。どいつもこいつも、泥溝鼠《どぶねずみ》のように雪をかぶっている。

「御苦労、御苦労。して鱗次郎の奴は」

「袋詰めにして参りやしたが、どうやら気を失っている様子です」

と、どたりと麻袋を破れ畳のうえに投げ出すのを、チロリと鋭い眼で見やった関羽髯。

「可哀《かわい》そうに、寒さで凍えやしなかったかい、早く袋から出して暖めてやんねえ」

「おっと、合点」

松葉杖が素速く袋の口を解いてやると、とたんに中から嬌声《きょうせい》一番。

「まあ、お前さんたち、このあたしをいったいどうしようというのよ」

ぬっと顔を出したのは、意外も意外、鱗次郎にはあらで諏訪鮎子なのだ。

これには関羽髯はじめ、並居《なみい》る一同あっと度胆《どぎも》を抜かれたが、同時に鮎子の頬にもさっと恐怖の表情《いろ》が濃くなった。無理もない。彼女を取り巻いている荒くれ男の恐ろしさ。揃いも揃って不具者ばかり。気の遠くなりそうなほど、厭《いや》らしい、気味の悪い恐怖群像。

さすがの鮎子も思わずジーンと、全身の血が凍るような恐ろしさをかんじたが、折も折、ゴーッと凄じい音を立てゝ屋根のうえで、吹雪が渦を巻いたかと思うと、隙間から舞いこんで来た粉雪のなかに、電灯の灯が心細く二三度パチ〳〵とまたゝいた。

停電でもするのかしら。……

二

話変ってその時分、鶯谷《うぐいすだに》附近の空地でテント興行をしていたサーカスの一団があった。

新年をあてこんだ興行であろう、昭和サーカス団と赤地に白く染めぬいた幟《のぼり》が数十本、師走の風にハタ〳〵とひるがえって、けば〳〵しい絵看板が、道行く人の足を引きとめる。

近頃珍らしい大がかりな一団で、たった一頭だったけれど象もいれば、ライオンも二三頭はいる様子。桃いろの肉襦袢《にくじゅばん》いちまいの娘たちが、馬に乗ったり、ブランコにブラ下ったり、さま〴〵な曲芸を演じてみせている。その曲馬団の表口へ、ある夜消え残りの雪を踏んで訪ねて来た、白髪の一紳士があった。

降誕祭前夜《クリスマス・イヴ》からかぞえて、二三日のちのことである。

「親方はいるかね。親方がいたらちょっと会いたいのだが」

と、表方に渡した名刺を見ると由利麟太郎とある。さてこそ、この白髪の一紳士は、三津木俊助が師とも兄とも仰ぐあの名探偵の由利先生なのだ。それにしても由利先生、サーカスの親方になど、いったい、どういう用件があるのだろう。

名刺をもっていったん奥へ引っこんだ表方は、すぐ引返《ひっかえ》してくると、

「どうぞ、こちらへ」

と、慇懃《いんぎん》にとおしたのは、表のすぐ近くにある狭い事務所、粗末《そまつ》ながらもそこには椅子もあればテーブルもある。由利先生がゆっくりとそれへ、腰をおろして待っているところへ、急ぎあしで入って来たのは、これが親方であろう。小肥《こぶと》りに肥った赭《あか》ら顔の男で、鼻下に太いカイゼル髭《ひげ》をピンと生やしているのが、いかにもサーカスの芸人らしく見えるのである。肉襦袢のうえに、派手なガウンを引っかけて、手に太い革の鞭《むち》をもっているところを見ると、猛獣を扱うのが、この男の職業であるらしい。ジョン・柴田というのがこの男の名であった。

「やあ、先生、これはお珍らしい。先生がお訪ねく

ださるなんて、どういう風の吹きまわしですかな」

「いや、君も相変らず元気で結構、なか〳〵景気がよさそうじゃないか」

こういう挨拶《あいさつ》から見ると、二人はすでに相識《そうしき》の間柄らしく見えるがこれには別に不思議はないのである。由利先生の今までの冒険談を読まれたら、諸君はきっと、先生が嘗《かつ》て曲馬団の道具方として働いていた事実を知られるだろう。

「それにしても、今日はどういうご用ですか。何かまた例のほうの調べ物でも……」

と、ジョン・柴田は大きな宝石《いし》のはまった指輪を、きらりと光らせながら、いくらか心配そうにカイゼル髭《ひげ》をひねった。

「ふむ、ちょっと訊《たず》ねたいことがあってね」

「まさか、一座の者が不都合をしでかしたのじゃないでしょうね」

「いや、そういうことじゃないから安心したまえ。訊ねたいというのはほかでもないが、君は白魚鱗次郎という少年を憶《おぼ》えているだろうね」

「あゝ、あの男のことですか」

ジョン・柴田はいくらか驚いたように、大きな眼をくる〳〵させながら、

「憶えておりますとも。惜しい芸人でしたな。しかし、あの男がどうかしたのですか。つい先達《せんだっ》ても、あの男のことを聴きに来た人物がありましたよ」

「ほゝう、それは〳〵。――して、それはなんという男なんだね」

「名前は存じません。とうとう名乗らずじまいでしたからね。しかし、なんというか、妙な人間でしたね。見たところ別に大して変ったところはないのですが、それでいて、話していると、非常に強く不具者のような感じのする男でした。年齢《とし》は相当いっているのでしょうね、髪も髯も灰色で、そして背中や手脚が妙に彎曲《まが》っているのです。例えば長い間、狭苦しい土牢《どろう》にでも押籠《おしこ》められていたら、あゝいう風になるのではないかと思われるふうにね。しかし、私が不具者のようなかんじを強烈に感じたのは、体のうえの、そういう特徴ではなしに何かこう精神的に狂っているのではないかと思われるような、妙によぼ〳〵とした中に、一種熱狂的な精神力、そういう異常な、怪物のような感じを受けたからなんですが……」

「ふうむ、それでその男は何を知りたいというのだね」

「何をって、鱗次郎に関するあらゆることをですね。例えば御存じですかどうですか、鱗次郎のからだにあるあの奇妙な人面瘡《じんめんそう》――」

「ふむ〳〵。すると、その男は人面瘡のことも知っていたのだね」

「そうなんですよ。その人面瘡が今でもあの男の体にあるかといって訊ねていましたから、かなりまえから鱗次郎のことは知っているらしいですね。それから、鱗次郎がいま何処《どこ》にいるか、心当りはないかって、そのことをしつこく訊ねていましたっけ」

「それに対して、君はなんといって答えたのかね」

「答えようがないじゃありませんか、私自身一向知らないのですもの。いったい、あん畜生、どこで今、なにをしているのですかね」

「いや、私もそれはよく知らないのだが……」

と、いいかけて、由利先生はふと言葉を切った。その時、若い女が肉襦袢のまゝあわたゞしくこの一室へ入って来たからである。

「先生！　先生！　ちょっと来て下さい」

女が上ずった声でいうのを、ジョン・柴田はおさえつけるように、

「どうしたのだ。騒々しい。お客様のいらっしゃるのがわからないのかい」

「でも、あの……」と若い娘はどぎまぎしたように、「ネロの様子がなんだか妙なんですわ」

「よろしい、今すぐいく。あまり逆らわないようにそうっとしておけ」

「はい、では、出来るだけ早く来て下さい」

娘はそう言い捨てると、そゝくさとして天幕《テント》の向うに立ち去っていくのだ。

三

「ネロというのはなんだね」

「いや、私の使っているライオンなんですがね。この二三日、どういうものか妙に気難しくなりましてね……」

と、ジョン・柴田は由利先生のほうへ向き直ると、

「それより、さっきの話を片附けようじゃありませんか。それで先生のお訊ねになりたいと仰有るのは……？」

「実は、最近その白魚鱗次郎という男に関してね、妙なことを二三聞き込んだので、是非《ぜひ》そいつを徹底的に調べあげたいと思っていたところが、はからずも、君のところでそういう人物を見かけたことがあるということを聞き込んだものだから、こうして訪ねて来たのだが、いったい、君はあの少年をいつ頃から知っているのだね」

「そうですか。それでは私の知っているだけをお話しましょう」

ジョン・柴田は太い革の鞭を持ちかえると、勿体《もったい》らしくカイゼル髭をひねりながら、古い昔のことを追想するような眼つきをして、

「あいつと来たら何かこう、実にえたいの知れぬところがありましたな。あの人面瘡も人面瘡ですが、いったい体全体が、まっくろな秘密に包まれているというかんじでしてね。さよう、あいつがはじめてこの一座へ転げ込んだのは、今からざっと十二三年も昔のことになりましょう。たしか一座が上海《シャンハイ》で興行をしていた時のことでしたよ」

「上海？　今から十二三年前だとすると、あの男がまだやっと七つか八つ頃の事だが、その時分、一人で上海にいたのかね」

「そうじゃないのです。鱗次郎をご存じだとすると、あいつの親爺《おやじ》というのも多分知っていらっしゃるでしょう。顔中にまっくろな痣のある男でしたね」

「あゝ、そう、そいつと一緒だったのだね」

「そうですよ。二人で上海へ流れこんで来てましてね、食うや食わずの、それこそ乞食《こじき》のような生活をしていたらしいですよ。それがある日私のところへひょっこり訪ねて来て、この子供を使ってくれというわけです。見るとあのとおりの可愛《かわい》い子供でしょう。少し仕込むには年齢《とし》がいき過ぎているかとも思ったのですが、ご存じのとおり、非常にしなやかな体をしているし、それに、なかなか敏捷《びんしょう》なところもあります。言ってみればまあ掘り出しものなので、親爺ぐるみ引きとってやりました。親爺ですか。親爺は佐藤定市《さとうさだいち》と名乗っていましたが、ほんとうの名ですかどうですかね。われわれは痣、痣とよんでいましたが、主に道具方のような仕事をしていたのですよ。ところが、この息子の鱗次郎の奴ですが、こいつが実に器用な奴でしてね。歌も歌えればアコーディオンも弾《ひ》ける。それに離れ業のほうも、またゝ

く間に覚えこんでしまって、ほんのちょっとの間に、すっかりこの一座の花形になっちまったのです。だからあの親子がふいにどろんを極《き》めこんだ時には、私もがっかりしましたね」

「いったい、いつ頃からいなくなったのだね」

「あれは一昨年のことでしたかね。いや、一昨々年の春でしたろう。大阪で興行をしている時、ふいに、何んの前触れもなく姿を消してしまったのです。実際、あの時にゃ腹が立ちましたね。こちらも随分骨を折って面倒を見てやったのですからな。あゝいう恩知らずの真似をされちゃ、誰だって腹が立ちますがあ。われ〳〵の仲間はこれで至って義理固いところがあるもんです。たとえどのような事情があったにしろ、十年ちかくも同じ釜《かま》の飯を食って来た仲であってみれば、一言の断りもなしに姿を隠すって法はないと思うんです」

ジョン・柴田は真実腹が立つらしく、持っている革の鞭を、やけにピシ〳〵と鳴らすのだ。

「すると君には、相手がふいに姿を隠した理由はわからないのだね」

「いや、それはちょっと思いあたる節《ふし》がないでもありません。姿を消す少しまえに、あの男、親爺のほうを訪ねて来た一人の紳士があるのですよ」

「ほゝう、それはしかし、この間鱗次郎のことを訊ねに来た人物とはちがうのかね」

「ちがってました。立派な紳士でしたよ。しかしなんとなく気に喰わないのは、眼鏡を二つもかけているんですよ」

「眼鏡を二つ？」

「えゝ、そうなんです。近眼鏡のうえに、もう一つ黒眼鏡をかけているんです。だいたい、あの親爺にはそれまで訪ねて来た人間なんて、ひとりもなかったんですが、この紳士を見るとひどく吃驚《びっくり》したようすでしたね。顔色が真蒼《まっさお》になったのを憶えていますよ。しばらく楽屋の隅でひそ〳〵話をしてましたっけが、その晩、二人は姿をくらましてしまったのです。だから私の思うのに、あの親爺二重眼鏡の紳士に対して、その昔何かよからぬ事を働いたのが、尻が割れそうになったものだから、あわてゝ姿を隠したのだと思っていますよ」

「大きにそうかも知れない。しかし、その紳士は、鱗次郎を見て何かいってやあしなかったかね」

「ところがね、その日鱗次郎は小屋にいなかったのですよ。怪我《けが》をして入院していたのです。なあに、大した怪我じゃなかったのですが、何しろ大事な花形のことだから、病院へ入れてやったのですが、野郎、その恩も忘れて、病院からそのまゝ、親爺と一緒に逃《ず》らかっちまいやがったんですよ」

親方の話はまたしても、彼等親子の忘恩に対する愚痴《ぐち》になるのだ。由利先生はこれらの話をゆっくりと翫味《がんみ》するように、しばらく無言のまゝ、まじくと煙草をくゆらしていたが、

「なるほど、それでだいたいの話はわかったが、まだその他に鱗次郎という少年について、気がついた事はないかね」

「それがあるのです。そしてこいつが一番重要なことなんですがね」

と、ジョン・柴田は急にテーブルのうえに乗り出すと、由利先生の顔をきっと眺めながら、

「これは親爺が、たった一度口をすべらしたことなんですが、その鱗次郎という奴には、非常に大きな秘密がある。出るところへ出れば、今でも莫大な財産を握ることが出来ると、こういうんです。その時分には私も、こいつが何を言やがると鼻であしらっていたんですが、いま先生がこうして訪ねていらっしゃったところを見ると、まんざら出鱈目《でたらめ》でもなかったんですね。ね、そうでしょう」

「いや、私はまだ何も知らないのだが、しかし妙だね。それなら、さっそく、その手続きをとったら、よかりそうなものだがね」

「そうなんですよ。私もそう言ってやったんです。ところが、あいつの言うのに、それには是非とも黄金の護符《ごふ》がいる。それがまだ手に入らないから、さし控えているんだ、とこういうんです」

「黄金の護符? なんのことだね。それは」

由利先生はびっくりしたような眼で相手の顔を見直した。

「なんのことだか、私にだって分るもんですか。その時には、大方奇妙な夢でも見ているんだろうと思ってそう言ってやりましたがね」

「黄金の護符? 妙だね、なんのことだろう」

由利先生がぼんやりとそんなことを眩いた時だ、さっきとは別の娘がはいって来ると、

「先生、先生の出番なんですが」

と報《し》らせる。

「よし、いま行く」と、すばやく椅子から腰を浮かしたジョン・柴田、「先生、まだそのほかに話がありますか。私はちょっとネロの奴を使って来なければなりませんが……」

「あゝ、行って来たまえ。私はまだちょっと聞きたいことがあるから、しばらくこゝで待たせて貰《もら》おう」

「どうぞ、ごゆっくり」

ジョン・柴田が勢いよく鞭を鳴らしながら出ていったあと、由利先生は、今きいた話を、もう一度頭の中で整理しようとするのだ。

考えれば考えるほどわけが分らなくなる。

いったい白魚鱗次郎というこの奇怪な美少年は、どういう秘密を持っているのだろう。莫大な財産といい、黄金の護符といい、それはなんのことであろう。更にまた、この曲馬団を訪れた二人の人物とは何者であろうか。

そんなことを取りとめもなく考えこんでいた由利先生は、ふいに夢からさめたように、はっとして顔をあげた。その時、天幕《テント》の中で凄《すさま》じい騒ぎが持ちあがったからだ。

わっという叫び、女の悲鳴、子供の泣声。それにまじって雪崩をうちかえすような人の足音。——何事が起ったのかと、事務室を跳び出した由利先生のまえを、二三人の団員が血相かえてとおりかゝった。

「どうしたのですか。あの騒ぎは？」

「ネロが、ネロが」

「ネロ？　あゝ、ライオンだね。ライオンがどうかしたのですか」

「逃げたのです。団長を斃《たお》して」

素破《すわ》一大事！　由利先生がほとんど一跳びの早さで、奥の円型舞台まで来て見ると、あゝ無残、猛獣使いのジョン・柴田が朱《あけ》にそまって倒れているではないか。

「柴田、しっかりしろ、獅子はどうした！」

「あゝ、先生！」

ジョン・柴田はうっすらと眼をひらくと「ネロの奴——ネロの奴、気が狂ったのです。お客さまにすまない。先生！　あいつを摑まえて——あいつを射《い》殺《ころ》して下さい」

「よし！」

由利先生がきっと立ちあがった時には、しかし既におそかった。鉄柵《てっさく》を躍りこえたネロは、観客席の大混乱の中をくゞり抜け、消え残る雪を蹴散《けち》らして、早、いずこともなく走り去っていたのである。

第五編

座敷牢の中の啞娘――押絵の稚児文殊のこと
――魑魅《ちみ》――鱗次郎芹沢万蔵にはかられること

一

「お嬢さま、ごらんあそばせ。なんてまあ綺麗なお月様でしょう」

薄暗い座敷のなかなのである。深い物思いに沈んだ老女の声が聞えた。

名月や畳のうえに松の影、これは其角《きかく》の名句だが、しかしこれはまた何んという奇怪なことであろう。このさむ〴〵とした座敷の畳のうえに、くっきりと影を落しているのは、松の影ならで四つ目に組まれた太い格子《こうし》の跡。こゝは不思議な座敷牢《ざしきろう》の中なのである。

老女の声に、さっきから炬燵《こたつ》のうえに顔を伏せていた結綿《ゆいわた》の娘が、ふとものうげに頭をもたげた。花簪《はなかんざし》のビラ〳〵がきら〳〵と闇のなかにきらめいて、焚《た》きしめた香の匂いがプーンと鼻を打つ。

「お嬢さま、そう物思いにばかり沈んでいずと、ちょっとこちらへ出ていらっしゃったらどうでございます。雪をかぶったお庭の綺麗なこと、そしてまた、あの梅の古木の見事なことゝいったら」

しかし、少女はかすかに、物思わしげな微笑を唇《くちびる》のはしに刻んだだけで炬燵から出ようともしない。格子につかまって外を眺めていた老女は、そっとひくい溜息をもらすと、思い出したように肩をふるわせた。

この二人こそ、すぐる川開きの夜、浜町河岸に船をうかべて、花火見物をしていたあの唖《おし》娘と、その乳母《うば》なることはこゝにいうまでもあるまい。そしてまた、由利先生に人面瘡のある美少年の捜索を依頼した磯貝ぎんという女が、この乳母であったことも、諸君はすでに御存じの筈《はず》である。

あの夜、約束を裏切って由利先生の許《もと》を訪れなかったのも道理、彼女はこうして座敷牢のなかにとらわれの身となっているのである。

「お嬢さま、少し元気をお出しあそばせ、双六《すごろく》でも致しましょうか。それともまた、あの稚児《ちご》文殊《もんじゅ》の絵姿でもお写しになっては」

老女のぎんは、格子のそばを離れると、炬燵のそばへかえって来て、紅《あか》い友禅《ゆうぜん》の掛蒲団《かけぶとん》のしたに手を入れながら、いとしそうに唖娘の横顔《かお》を見るのだ。唖少女はしかし、相変らず浮かぬ表情をして、じっとひとゝころに眼を注いでいる。その様子には虚空に耳を傾けて、何かしら人知れぬ音信をでも待ちうけているような、深い、味のある趣《おもむ》きが見られた。

炬燵のそばには金蒔絵《きんまきえ》の双六盤が一つ、その上に象牙の骰子《さいころ》が月影をうけて、寒々と光っている。双六盤の向うには、経机《きょうづくえ》があって、その上にいくまいかの半紙が重ねておいてあった。

「ほんに、こう暗いとます／＼気が滅入《めい》るばかり、どれ、灯《あかり》でもつけましょう」

乳母のぎんがそう呟きながら、炬燵からつと立ちあがって、電灯のスイッチをひねると、そのとたん、明るくなった座敷のなかに、あゝ夢かまぼろしか、不思議なものがくっきりと浮きあがったのである。

格子こそはまっておれ、京風の立派な日本座敷、違《ちが》い棚《だな》つきの床脇《とこわき》をもった本式の床《とこ》の間《ま》に、それこそ幽霊のようにゆら／＼と浮きあがったのは、なんと等身大の押絵《おしえ》の稚児。あゝ、いつか三津木俊助が由利先生に示した、あの不思議な稚児文殊の絵姿は、まがうかたなく、この押絵を粉本《ふんぽん》として写しとったものにちがいなかった。

曙染めの振袖に、金襴《きんらん》の袴をはいた稚児姿の、眼もさめるばかりの美しさ。悠然と一頭の獅子にまたがり、右手《めて》に智剣、左手《ゆんで》に蓮華《れんげ》の花を持った稚児の顔容《かんばせ》の、いうばかりない艶《なま》めかしさ。そしてまた、軽く前をはだけた右肩より、にょっきりと覗《のぞ》いているあの人面瘡のなんという妖《あや》しさ。しかも、慈悲円満なるべきその稚児の相貌に、どこかあの奇怪の美少年、白魚鱗次郎に似かよったところのあるのは、なんという不思議な話であったろう。

唖少女は、しばらく恍惚《こうこつ》としてこの押絵の稚児に見いっていた。すると、白蠟《はくろう》のような頬にしだいに血の気がさし、息使いがだん／＼荒くなったかと思うと、やがて美しい双眸《そうぼう》には、うっすらと涙さえうかんで来るのであった。

乳母のぎんは、しばらくその様子を、いとおしげな眼差《まなざ》しで眺めていたが、やがて慰《なぐさ》めるように静かに言うのだ。

「お嬢さま、何もそんなにお歎《なげ》きになることはないのですよ。いつかは必ずこの人にお会いなさる時が参ります。えゝえゝ、参りますとも。前の世から、神様がお結びになったお二人ですもの、めぐり合わずに何んとしましょう。ごらん遊ばせ、お庭に咲くあの牡丹《ぼたん》は、雪にしいたげられ、霜《しも》にあらされても、やがて春が来れば、また美しい花を開くではございませんか。さあ、気をたしかにお持ちになって、またこの稚児の絵姿でもお写しあそばせ。百枚かいて、二百枚かいて、それでも想うお人に会えないときは、千枚もおかきあそばせ。千枚かくうちには、きっときっと、想いがとゞきましょう」

あゝ、何んという不思議な恋だろう。この美しい唖少女は、人面瘡をもったこの稚児文殊の絵姿に、当世風ならざる想いをこがしているのだった。そして、この座敷牢の中で、ひそかにその絵姿を写しとっては、押絵の本人にめぐりあわん日を神に祈念しているのである。

乳母の言葉にはげまされて、唖少女はしずかに炬燵の中からすり抜けると、端然《たんぜん》と経机のまえに坐って筆をとった。経机のうえに、ひろげられた紙のうえに、白魚《しらうお》のような指が妖しく躍って、見憶えのあるあの細い線画きの絵がえがかれていく。

慣れているのだ。粉本も見ずに、流るゝように、筆が走っていく。

と、どうしたのであろう、ふいに少女の指が軽くふるえたかと思うと、彼女は思わずからりと筆をとり落した。

「おや、また」

と、老女のぎんが呟いた。

「あの歌が聞えますのねえ」

どこからか、甘い、すゝり泣くような歌声が、雪の庭をこえて嫋々《じょうじょう》として聞えて来る。行きずりの秋のたそがれに、ふと洩れきいたヴィオロンのように、切々として胸を打つあの哀調、腸《はらわた》をたつような魂のすゝりなき。

少女はつと経机のまえをはなれると、裾をふみしだいて牢格子にとりすがり、のびあがりつ、のびあがりつ、雪に覆われた梅の古木のかなたに眼をやった……

二

どこかでどさりと雪の落ちる音。

同じ邸《やしき》のなかの、しかしこれはさっきの日本座敷とはうってかわった、気の利《き》いた洋風の寝室なのだ。

歌いつかれた鱗次郎は、窓のカアテンもそのまゝに寝台《ベッド》のうえに身を横《よこた》えると、うち続く心労にくたびれたのか、間もなくうと〳〵と眠りはじめた。

窓からさしこむ月の光に、部屋の中はんぶんは、まるで昼のように明るいのだ。その月光を半面にうけて、何も知らずにうと〳〵と眠っている鱗次郎の妖しいまでの美しさ。

併《しか》し、それにしても何という不思議なことだろう。庭一つ隔てた向うの座敷には、死ぬほど彼を想い、恋《こ》いこがれている少女がいるというのに、どちらもそれに気がつかないのである。

どさりと、またもやどこかで雪の落ちる音。

鱗次郎は軽く寝返りをうった。なんの夢を見ているのか、その眦《まなじり》にはぽっつりと、一粒の涙がうかんでいる。

――と、この時、どこかでカチリと低い物音がした。それにつゞいて、スーッと扉《ドア》のひらく気配。やがて皎々《こうこう》たる月光の中に、音もなくすべりこんで来たのは、あゝ、なんという奇怪な姿だろう。

背中が佝僂のように曲っているのだ。いや、背中ばかりではない、手も脚もゴリラのように彎曲《わんきょく》して、そいつがスー・スーと音もなく床のうえを歩いて来るところは、歩くというよりも這《は》っていると形容したほうが、よっぽど似つかわしいのである。

怪物は用心ぶかくうしろの扉《ドア》をしめた。そして静かに鱗次郎のそばに這い寄ると、月光に照らし出された美しい鱗次郎の横顔を、覗《のぞ》きこむようにしてジッと眺めている。

しばらくそうして、身動きもせず、喰い入るように鱗次郎の横顔をながめていたが、やがてかすかな溜息が、怪物の唇から洩れたかと思うと、さっと、怪物は身を起して扉《ドア》の方へいった。

扉《ドア》をひらいて、外へ出るのかと思ったらそうではない。暗い廊下のあちこちに、鋭い眼をくばっておいて、再びのろ〳〵と、ゴリラのように床のうえを這いながら鱗次郎のそばにかえってくると、つと手をあげた。その手の先には細身の短刀を握っている。それが月光をうけて、きらりと水のように光った。

怪物がその短刀をさっと鱗次郎のひたいの上に擬《ぎ》したから、あなや！　と思ったが刺すつもりはないらしい。

短刀を振りかざしたまゝ、別の手で鱗次郎のパジャマの襟に手をかけた。ゴツ〳〵と節《ふし》くれ立った指なのだ。

そいつが器用にパジャマの釦《ボタン》を外すと、ふるえるように襟《えり》をくつろげる。と、その襟の下からにょっきりと現れたのは見るもおぞましいあの人面瘡！

怪物の唇からは、ふいに喜ばしげな叫び声が洩れた。その声に、鱗次郎はふと眼をさましたのである。

「…………！」

何かいおうとしたが声が出ないのだ。

彼は自分のうえにのしかゝっている奇妙な姿を意識した。それから、額のうえにかざされた、冷たい短刀の匂いをプーンと嗅《か》いだ。声を立てたら、身動きをしたら、忽《たちま》ちその短刀がぐさっと咽喉《のど》ぼとけめがけてとんで来るであろう。……

悪夢に襲われたような感じなのだ。払おうとしても払い落せない、夢の中の不思議な怪物。——ちょうどそれと全《まった》く同じかんじだった。鱗次郎はゾーッとして全身に粟《あわ》立つのを憶えた。

怪物のほうでは、それと知るや知らずや、相変らず短刀を振りかざしたまゝ熱心に、人面瘡をしらべている。低い歎声と溜息にまじって猛獣を思わせるような荒々しい息使いが、はっはっと鱗次郎の頬をうつ。鱗次郎はそれでもしだいに大胆になって来た。おとなしくさえしていれば、相手に害意のないらしいことがわかって来たので、そっと薄眼をひらいてみると、ちょうど幸いすぐ眼のまえの壁に大きな鏡がかゝっている。その暗い鏡の上に、自分の姿と、自分のうえにのしかゝっている怪物の姿がはっきりと映っているのである。鱗次郎は眸《ひとみ》をこらして、じっと鏡のうえを凝視する。

あゝ、なんという気味の悪い顔だろう。長い灰色の髪をもじゃ〳〵と伸ばして、顔全体が同じ色の髯《ひげ》で覆われている。まるで熊のような怪物なのだ。

たゞ不思議なのはその眼のいろ、形相《ぎょうそう》の恐ろしいのにも拘《かかわ》らず、そしてまた、その行動の奇怪なのにも拘らず、その眼だけは、何かしら奇妙な優しさと温かさに満ちている。これは決して悪人の眼ではない！

ふいに、短刀を持った怪物の手がはげしくふるえた。と、思うと、不思議、不思議、怪物の眼にはいっぱい涙が溢《あふ》れて来たではないか。

ポトリ。――一滴の涙が鱗次郎の頸《くび》に落ちた。その熱い涙がシーンと体じゅうに浸《し》みわたる時、鱗次郎は忽然《こつぜん》として、なんとも名状しがたいような、不可思議な甘い感じに誘われた。それはかつて、物心ついてから感じたことのないような、遠い〳〵昔の夢、おぼろげな記憶のかなたに、かすかにゆらめいている甘い揺籠《ゆりかご》の思い出。――あゝ、その時鱗次郎の心のそこから、湧然《ゆうぜん》として湧《わ》き起って来たのは、この怪物に対して、なんともいえない親愛の情であった。

彼はもう少しで、われにもなくベッドから跳び起きて、その怪物に縋《すが》りつくところであった。

だが。――ふいに怪物がぎくりとしたように体を起した。それからそわそわとあたりを見廻していたが、急に低い、笛のような唸り声をあげると、風のような速さで部屋の中を横切り、ドアの外へ消えてしまった。

びっくりしてベッドのうえに起き直った鱗次郎、何事が起ったのだろうと、しばし呆気《あっけ》にとられたように、ドアの方を眺めていたが、怪物のあわてゝ立去った理由はすぐ分った。

　廊下の外に軽い足音が近づいて来たのだ。足音はドアのまえでとまった。ドアが静かにひらかれた。パチッと壁ぎわのスイッチをひねる音がきこえた。

「なんだ、君はまだ起きていたのか。今こゝから誰か出ていきゃしなかったかね」怪しむような口吻《こうふん》でそういったのは、余人ではない、二重眼鏡の怪紳士、芹沢万蔵。

三

「たしかに今、誰かこゝを出ていったようだったね」

　念を押すようにそう言った時、黒眼鏡の奥で芹沢の眼がきらりと光るのだ。

「えゝ」

「誰だね、いったい？」

「私にもよく分らないのです。なんだか化物《ばけもの》のような男でした。顔中熊みたいに髯を生やした、ゴリラのような男です」

　芹沢の顔にはさっと恐怖のいろがうかぶ。彼はあわてゝ一度部屋を出てみたが、すぐ引返して来ると、きっと鱗次郎の面《おもて》を睨《にら》みすえて、

「君、それはほんとうかね。本当にそんな怪物を見たのかね」

「本当だと思います。それとも私は夢でも見ていたのかしら」

「いや、誰かこゝを出ていったのは確かだ」

「それじゃ、やっぱりほんとうでしょう」

　鱗次郎はしわ〳〵と眩《まぶ》しそうに瞬《また》きをしながら、思い出したようにゾッと肩をすくめるのだ。

「いったい、そいつがこの部屋の中で何をしていたのかね」

「何だか知りません、眼がさめると、そいつが私のうえにのしかゝって、じっと顔を覗き込んでいるんです。私はあまり気味が悪かったものだから、眠《ね》た態《ふり》をしていると、あなたの足音が聞えたものだから、そいつは慌《あわ》てゝ逃げ出したのですよ」

「たゞそれだけのことかね」

「えゝ、それだけですとも」

「何も話しゃしなかったかね」

「話すもんですか。とてもそんなひまなどありゃしませんや」

　芹沢はやっといくらか安心したように色をやわら

げた。

　それにしても、どうして芹沢がこの家にいるのか、そして鱗次郎はなぜ、このように芹沢の詰問《きつもん》に対して、一々おど〳〵と答えなければならないのか、これは別に不思議でもなんでもない。第一、こゝは芹沢の別荘なのだ。そしてSホテルで危《あや》うく警官に捕えられるところを、どうやら切り抜けることが出来た鱗次郎は、今では芹沢万蔵にかくまわれる身となったのだ。いやかくまわれるというより、檻禁《かんきん》されているといったほうが正しかったかも知れない。何故《なぜ》ならば、あの晩、鱗次郎に魔睡薬《ますいやく》を嗅《か》がして、巧みにSホテルから連れ出したのは、実にこの芹沢万蔵だったからだ。

「芹沢さん、鮎子さんに電話をかけて見てくれましたか」

　しばらくして、鱗次郎がおず〳〵と訊ねた。うすうす芹沢と鮎子の関係を感附いている鱗次郎は、なんとなくこの質問を切り出すのがうしろめたかったのだが、さりとて訊《き》かずにはいられない。鮎子はどうしたであろう――？　それが目下鱗次郎のいちばん気になるところなのだ。

「いゝや、かけなかった」

　芹沢は何故かニタリと気味悪い微笑をもらすと、

「忘れていたのだよ。忙しかったものだからね。しかし、君はよっぽどあの女《ひと》のことが気になるもようだね」

「えゝ、――それは、だって、あの女《ひと》がずいぶん親切に面倒を見てくれたのですからね」

「親切？　ほゝう、そんなにあの女が親切にしてくれたのかね」

　そういう言葉の中に、何やら毒々しい棘《とげ》があるのを感じて、鱗次郎は思わず顔を赤らめながら、

「えゝ、――そ、それは親切でした。でも、それはあなたのお考えになるような、怪しいものではなく、まことに清らかな、ちょうど姉さんのような親切なのです」

「姉さんのような親切？　はゝゝゝは！」

　芹沢は声をあげて笑うと、

「大きにそうかも知れないな。いや、鱗次郎君、何も心配することはないのだよ。私は決して君たちの仲を疑ったりしやしないさ。時に鱗次郎君、私はちょっと君に見せたいものがあるのだがね」

「はあ、なんですか」

　鱗次郎はちらと不安そうな眼をあげて芹沢の顔を眺めた。鱗次郎はなんとなく、この芹沢という男が恐ろしくて耐《たま》らないのだ。この男はなぜ、自分に対してこのように親切らしく振舞うのだろう。どういうわけで、お探《たず》ね者と知っていて、自分をかくまったりなどするのだろう。

「いや、なんでもないのだが、君、ちょっとその外套を着て私について来てくれないか」

「どこかへ行くのですか」

「いや、すぐそこだ。邸の中だよ、手間はとらせない」

　鱗次郎は薄気味悪く思いながらも、否《いな》みもならず外套をひっかけると、芹沢の後についていく。芹沢は廊下を抜けると庭へ出た。この庭というのは、座敷牢のある方とは反対側の、ゴミ〳〵とした裏手だった。

「こゝだよ」

　芹沢が立ちどまると、足下を靴の先で示した。見るとそこには、地下室へおりる石段が月光の中に黒々と口を開いている。

「地下室ですね。この中に何かあるのですか」

「そうだよ。こゝに是非君に見せたい物があるのだ。来たまえ」

　鱗次郎は何かしら、冷たい風が全身にしみ渡るような気がした。彼が思わず躊躇《ちゅうちょ》して二の足を踏むのを、芹沢は叱《しか》りつけるように、

「何も怖いことはありゃしない。さあ、来給《たま》え」

　自ら先に立ってトン〳〵と雪の積った石段をおりていく。鱗次郎も仕方なくその後につゞいて行く。石段を下りると、大きな鉄の扉《ドア》がある。その扉《ドア》を用心ぶかくひらくと、

「ほら、あれだ」

「…………」何気なく扉《ドア》の向うがわを覗きこむ鱗次郎の背後《うしろ》から、やにわにどんと突いたから耐らない。あッと叫んでよろ〳〵と、穴蔵の中にのめりこむ隙に、ピシャリと扉《ドア》をしめると、急《いそ》がしく錠をおろす音。

（計られた！）と気が附いた時には遅かった。

「鱗次郎君、君に見せたいというのはその穴蔵の中だ。窓から差しこむ月光で、眺めるのに不自由はない筈、まあ、ゆっくりと注意して見給え。はゝはゝ

は！」

嘲《あざけ》るような笑い声。

鱗次郎はふとうしろを振りかえった。と、そのとたん、彼の髪の毛は恐怖のためにまっさかさまに逆立ったのである。

鉄格子をはめた窓から差しこむ月光が、斜《ななめ》に照らしたその穴蔵の隅に、鬣《たてがみ》を逆立て、背を丸くして今にもとびかゝらんずの勢いを示している巨大な生物の眼。――それは昭和曲馬団から逃げ出したライオン、あの血に狂った兇暴なネロではないか。

第六編

新アンドロクラス物語――琴絵鱗次郎相合傘のこと――怪物と唖少女――ネロ血に狂うこと

一

骨の髄まで凍りついてしまいそうな、真夜中の寒さと、静寂《しずけさ》の底から、ときおり、どさりと雪の落ちる重い物音が響いてくる。

雲が出たのであろうか、月光がかげって、一瞬窖《あな》蔵《ぐら》のなかをスーッと、ほの暗い影が走っていった。そのさむ〴〵とした薄暗がりのかたすみに、あの恐ろしい猛獣の眼が、爛々《らんらん》として、二個の鬼火《おにび》のように輝いているのである。

（うゝッ！）

と、ひくい唸《うな》り声をあげると、獅子は背中をまるくして、今にもとびかゝりそうな姿勢を示すのだ。大きな鬣《たてがみ》がわら〳〵と怒りにふるえて、くわっと開いた顎《あご》のあいだから、血に塗《まみ》れた牙がニューッと覗《のぞ》いている。

鱗次郎は、もう駄目だと思った。へな〳〵と、その場に崩《くず》折《お》れそうになるのを、辛うじて扉《ドア》で支えた鱗次郎は、それでも必死の勇気を振りしぼって、上から凝《じ》っと獅子の眼を睨《にら》みすえている。それこそ生命《いのち》がけの恐ろしい、息詰まるような睨み合いなのである。ちょっとでも、眼を反らしたが最後なのだ。

骨を刺すような窖蔵のなかの寒気にも拘《かか》わらず、鱗次郎の白い頬《ほお》は、ぽっと上気したように紅味《あかみ》がさし、額《ひたい》は汗でビッショリと濡れている。きっと嚙《か》みしめた唇《くちびる》は、血が滲《にじ》んでいるように真赤《まっか》だった。

(うわうッ、うゝッ!)

ふたゝび、三度《たび》、獅子は物凄《ものすご》い咆哮《ほうこう》をあげると、巨《おお》きな蹠《あなうら》でガリ〳〵と床のうえを搔《か》く。その度に、四方を煉瓦《れんが》でかこまれた狭い窖蔵の空気が、とまどいしたようにブン〳〵と重苦しく旋回して、鱗次郎はいまにも気が遠くなりそうであった。

あいつが跳びかゝって来たら! あゝ、その時こそは何もかもおしまいなのだ。身に寸鉄も帯びていない自分に、どうしてあの恐ろしい猛獣と格闘することが出来るだろう。

鱗次郎はうしろ手に、そっと扉《ドア》の把手《ハンドル》を探ってみたが、重い鉄の扉《ドア》はびくともしない。外から芹沢万蔵が錠をおろしていったのである。

助けを呼ぼうか。——いや、助けを呼んだところで無駄なことはわかっている。あの不思議な二重眼鏡の男は、自分を欺《あざむ》いてこゝへ誘《おび》き出し、獅子の餌《え》食《じき》にしようと最初から企《たくら》んでいたのに違いない。何故《なぜ》——? どういうわけで自分を殺さなければならないのか、鱗次郎にもその理由《わけ》はよくわからなかったけれど、今更、救いを求めたところで、この扉《ドア》をひらいてくれる筈《はず》のないことだけは分りきっている。

鱗次郎の額からは、玉のような汗がポタ〳〵と流れおちた。一瞬、彼の眼のまえを、過去のいろんな出来事が、走馬《そうま》灯《とう》のようにあわたゞしく通りすぎていく。鮎子の面影《おもかげ》、黒髯《くろひげ》の顔、ひょっとこ長屋の住人たちのものすさまじい形相《ぎょうそう》。——そして最後には、とおい〳〵昔に聴いた、甘い、懐しい揺籠《ゆりかご》の唄が、ふと胸のそこに甦《よみがえ》って来た。

(あゝ、お母さん、お母さん!)

われにもなく、鱗次郎が声に出して絶叫したときである。雲が月の行手《ゆくて》から離れたのであろう。再びひとはゞの光が、狭い窓からパッと流れこんで来た。

――と、そのとたん、不思議なことが起ったのである。

今まで鬣を逆立て、背を丸くして、太い、憤《おこ》ったような唸り声をあげていた獅子が、ふいにゴロ〳〵と咽喉《のど》を鳴らしながら、のっし〳〵と鱗次郎のそばに歩みよったかと思うと、あっという間もない。ドタリとそこに腹這《はらんば》いになって、ペロ〳〵と鱗次郎の手を舐《な》め出したのだ。

鱗次郎はこの荒々しい猛獣の媚態《びたい》に、しばらく呆《あっ》気《け》にとられたように立ち竦《すく》んでいた。猛獣の舌の痛さが、身にしみて、彼は思わず顔をしかめた。だが、つぎの瞬間、ふいにさっと喜悦の表情《いろ》をうかべると、

「ネロ！――ネロじゃないか」

と、叫んだ。

ネロはそれを聞くと、いかにも嬉《うれ》しそうに尻尾《しっぽ》で床のうえを掃《は》きながら、いっそう激しく、ゴロ〳〵と咽喉を鳴らしだした。

「ネロだ、やっぱりネロだったのだ！」

鱗次郎の眼からはふいに、滝のような泪《なみだ》が溢《あふ》れだして来た。

何《な》んという不思議なことであろう。ネロと鱗次郎はその昔、サーカスにいる頃、一番仲のいゝお友達だった。そしてあれから、もう何年経《た》ったことであろう。人間のほうではとっくの昔に忘れているのに、却《かえ》って獣のほうでは、未《いま》だにその当時のことを忘れずに、昔通りに、愛撫《あいぶ》の手欲しさに、ゴロ〳〵と咽喉を鳴らしているのだ。

「ネロ、おまえはどうしてこんなところにいるのだ。おまえ今までサーカスにいたんじゃなかったのかい。え？　そしておまえ、誰かを傷つけやしなかったかい。その血は――その血はどうしたのだね」

鱗次郎は巨《おお》きな獅子のそばに蹲《うずく》まると、優しく顎のしたを掻いてやった。ネロはうっとりと眼を細めて、鱗次郎のなす儘《まま》にまかせているが、その様子には、なんとなく極《きま》りの悪そうなところが見えるのだ。

「いけないねえ、人を傷つけたりしちゃいけないよ。その血が人間の血でなかったらいゝけれど、もし、人の血だったら大変だ。いったい、どうしておまえはこんなところへ来たのだ。――だが、まあいゝや、久し振りだ、さあ、昔のように抱いてあげよう」

鱗次郎はゴロリと床のうえに横になると、両手で優しくネロの首を抱きしめてやった。ネロはいかにも嬉しそうに、ゴロ〳〵としきりに咽喉を鳴らしている。若《も》し芹沢万蔵がこの場にいて、獅子と戯《たわむ》れている、この不思議な新アンドロクラスを眺めたら、どんなに驚いたことだろう。

二

鱗次郎はしばらくそうやって、ネロを愛撫していたが、やがて相手がすっかり柔順《おとな》しくなったのを見ると、つと身を起して、さて改めて窖蔵のなかを見廻すのだ。

牢獄《ひとや》のように狭い地下の一室なのである。漆喰《しっくい》の剝《は》げたボロ〳〵の煉瓦の壁が、窓からさしこむ青い月光に濡《ぬ》れて、くっきりと鮮《あざや》かな明暗を画《えが》いている。その寒いような明るさに、鱗次郎は思わずゾク〳〵と体をふるわせたが、その拍子にふと眼についたのは、隅《すみ》の方にある、小さい扉《ドア》だった。

それは四つん這いになって、漸《よう》く潜ることが出来るほどの、小さい扉《ドア》だったが、錠の下りていない証拠には、かすかに隙間が出来ているのである。

（ひょっとすると、あそこからでも外へ出られるのではなかろうか）

そう思ったものだから、鱗次郎はつか〳〵と側《そば》へよると、扉《ドア》をひらいて、向う側を覗いてみたが、扉《ドア》の向うもやっぱり同じような煉瓦の壁に取りかこまれた、狭い一室なのである。鱗次郎はいくらか、がっかりしたように、身を引きかけたが、その時、ふと妙なものが眼についた。

この部屋には粗末《そまつ》ながらも、一つの寝台《ベッド》が置いてあるのである。いや〳〵、寝台《ベッド》ばかりではない。椅子もあれば卓子《テーブル》もある。卓子《テーブル》のうえには水差しから、喰べ残した皿小鉢のようなものまで載《の》っかっているのだ。

（おや〳〵、こんなところに誰か寝起《ねおき》をしているものがあるのかしら）

鱗次郎は好奇心に駆られて、思わずその狭い入口を通って奥の部屋へはいっていった。その後からネロも、不安そうに上眼づかいで鱗次郎の顔を仰《あお》ぎ視《み》ながら、のっし〳〵と蹤《つ》いて来る。

「不思議だね。ネロ。この窖蔵にはたしかに近頃まで誰か住んでいた人間があるに違いないよ。ほら、御覧、その皿のうえには食い残した飯がこびりついているじゃないか」

しかし、その人間はかなり前にこの部屋を立ち去ったと見えて、飯粒はカチ〱に凍りついていた。それにしても、こんな場所《ところ》に寝起をしていた人間は、いったいどういう人物であろう。自らの意志でこんなところを選んで住んでいたのだろうか。それとも、誰かに幽閉されていたのだろうか。

「妙だね、ネロ、この邸《やしき》はまるで化物《ばけもの》屋敷みたいだね」

そんなことを呟《つぶや》きながら、鱗次郎は何気なく寝床の端に腰をおろしたが、その拍子にまた妙なものが眼についた。

この部屋にも、やっぱりまえの部屋と同じように、小さい窓があって、そこから一条の月光が流れこんでいるのだが、その月光に照らし出された向うの壁のうえに、何やら妙な文字がいっぱいに書いてある。何気なく側《そば》へよって、その文字を読みとった鱗次郎は、思わずはっと顔色をかえた。

それは折釘《おれくぎ》か何かの先で、彫りつけたものに違いないのだ。

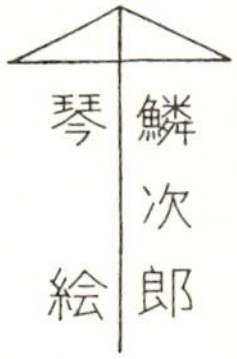

と、まるで子供の楽書《らくがき》のようなものが、しかも、そこ一ケ所ではない、広い壁いっぱいに彫りつけてあるのだった。あるいは大きく、あるいは小さく、ある時は顫《ふる》える手蹟《しゅせき》で、あるときはまたしっかりとした筆つきで、まるで呪《じゅ》文《もん》のように彫りつけてあるその不思議な相合傘《あいあいがさ》を見た時、鱗次郎はなんとも名状しがたい程の妙な気持ちに打たれた。
こゝにある鱗次郎とは果して自分のことだろうか。まさか。――と思う下から、いや〱そうではない。やっぱり自分のことかも知れない、暗合《あんごう》にしてはあまり不思議な暗合だとも思われて来る。
それにしても、相合傘の相手の琴絵とは、いったい誰であろう、自分の生涯に、いまだ嘗《かつ》て琴絵という名の女性に出会ったことはないのだ。いや〱、それよりも第一、こんな不思議な楽書をのこしたのは、いったいどういう人物であろうか。その人と自分とのあいだには、何かしら奇怪な因縁でもあるのだろうか。――
鱗次郎は突如として眼に見えない壁にぶつかった

ような気がした。思えば鱗次郎が己《おの》れを囲繞《いにょう》している不可思議な空気に、頭を悩ますのはこれがはじめてゞはない。物心ついてからこの方、彼の周囲に渦巻いているのは、いつも奇妙な秘密の濃霧だった。彼はその濃霧を衝《つ》き破って、秘密の本体をつき詰めたいと焦《あせ》りながら、焦れば焦るほど、ます〱抜きさしのならぬ泥土の中に脚を踏み入れていく自分をもどかしがって来た。

そして、今またこの不思議な相合傘である。

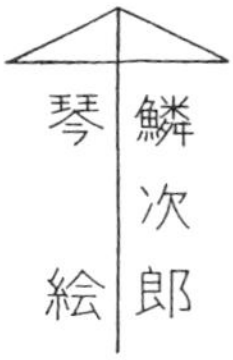

――と、いうこの奇妙な楽書は、いったい何を意味するのだろう。鱗次郎はもう一度、どっかと寝台《ベッド》のはしに腰をおろすと、思わず両手で自分の頭を掻きむしった。

ネロはさっきから、鱗次郎のそういう様子を、不安そうに眺めていたが、やがて彼の膝《ひざ》に巨きな頭をすりつけると、猫《ねこ》が甘えるように、荒いザラ〱とした舌で彼の脚の先《さ》きを舐めだした。その様子を見ると、いかにも私がこゝにおります、何も心配することはありませんよと言いたげなのである。

「ネロ」

鱗次郎はふと気がついたように、ネロの首を抱いてやると、

「何も心配することはないのだよ。俺は気が狂ったわけじゃないんだ。だがねえ、おまえ知っていたら言っておくれ。いったい、この俺は何者なのだ。白魚鱗次郎という男は、いったいどこから、この世に生れて来たのだ。ねえ、ネロ、おまえ知っていたらそれを言っておくれ」

ネロは黙って主人の顔を見守っている。ゴロ〱と咽喉を鳴らせながら、大きな脚を鱗次郎の膝に乗せようとした。

だが、その時である。

ふいにネロの鋭敏な耳がピクリと動いたかと思うと、さっと鬣をふるって、一散に扉《ドア》のほうへ走っていった。

「ネロ！　ネロ！　どこへ行くのだ」

鱗次郎があわてゝ声をかけたが、既におそかった。狭い扉《ドア》のあいだを潜りぬけたネロは、

うわうッ！

と、物凄い咆哮《ほうこう》をあげながら、隣りの部屋へ跳び出していくのである。

「ネロ！　ネロ！」

と、そのうしろから叱咤《しった》しながら、鱗次郎が扉《ドア》を潜って、隣の部屋へもどって見ると、誰がひらいたのか、入口の扉《ドア》が大きく開けっぱなしになっていて、ネロの姿はすでにその辺には見えなかった。

「ネロ！　ネロ！」

と、不吉な予想にまっさおになった鱗次郎は、そう連呼しながら扉《ドア》の外へとび出したが、そのとたん、はっとしたようにその場に立ちすくんでしまった。

ざゝゝゝ――と、雪を踏みしだく荒々しい足音と、物凄いネロの咆哮にまじって、突如、パン〳〵とピストルをぶっぱなす音が、真夜中のしずけさを破って、きこえて来たからである。

三

さて話は少しさかのぼって、このピストルの音が聴こえるより、ちょっと前のことである。

あの奇怪な座敷牢《ざしきろう》のなかでは、不思議な唖《おし》少女がいまだに寝もやらず、牢格子にとりすがったまゝ、飽きもせずに庭のかなたへ眼をやっているのだった。

さっきから見ると、大分《だいぶ》西へ傾いた琥珀色《こはくいろ》の淡い月光が、唖少女の髪から白い襟脚《えりあし》にすべりおちて、少女の眸《ひとみ》が不思議な情熱に、きら〳〵と炎《も》えあがっているのが見えるのだ。

「お嬢さま、もうお寝《やす》みあそばせ。さ、いつまでそうしていらしても際限はありません。お風邪《かぜ》を召すといけませんから、さあ、雨戸をしめて寝みましょう」

老女がうしろから、抱きすくめるようにして、優しく声をかけたが、少女はそのほうに振り向こうともしない。何かしら確信あるものゝ如《ごと》く、彼女は牢格子にすがりついたまゝ動こうとはしないのだ。

冷たい風がザワ〳〵と庭樹の梢《こずえ》をゆすぶって、あちこちで、雪の落ちる音がしきりにする。少女の手足は氷のように冷たくなった。それでも彼女はそこを動こうとはしない。

さっきふと洩《も》れきいた、あのはかなげな歌のひと節をもう一度聴くまでは、このまゝ凍《こご》え死ぬとも、彼女はそこを立ち去るまいと決心しているのだ。何故――？　どういうわけで、あの歌声がこんなにまで、彼女の心を惹《ひ》きつけるのか、それは唖少女自身にもわかっていない。いや、その事を考えて見ようともしなかった。たゞ、彼女は聴きたいのだ。あの切々《せつせつ》として胸を打つ歌のひと節《ふし》を。——

しかし、彼女の願いはなかく、聞きとゞけられそうにはなかった。雪に覆われた庭のおもては、さむざむと更《ふ》けてゆくばかり、歌声は二度と聴こえて来ようとはしない。

「…………」

少女は涙ぐんだ眼で、ふと軽い溜息《ためいき》をもらした。それから急に、おそわれたように激しく身顫《みぶる》いをする。

「ほら、御覧あそばせ。そんなところにいつ迄《まで》もいらしたら、しまいにはきっと凍え死んでしまうばかりですよ。さあ、お炬燵《こた》へはいりましょう」

乳母《うば》がたしなめるようにいったが、それでも少女は強く頭《かぶり》を横にふるばかり、頑として肯《うなず》こうとはしないのだ。いま彼女が激しく身顫いをしたのは、決して寒さのためではない。何かしら、ある切迫した感情が——自分でも理由《わけ》のわからぬ不安が、彼女の胸をついてほとばしって出たのだ。

少女はやにわに乳母の指をつかんだ。それから何かいおうとして、口の利《き》けぬもどかしさに、思わず身悶《みもだ》えをして、さめぐと泣き出すのだ。

「まあ、どう遊ばしたのでございますか。今夜に限って駄々《だだ》ッ児《こ》のように。——そうくあまり長く月にあたっていると、お体に毒だと申します。きっとそのせいで、気が昂《たか》ぶったのでございましょう」

少女はそうでないというふうに、激しく頭を横にふってみせる。が、途中で、彼女はその動作をやめると、はっとしたように、もう一度、牢格子にすがりついた。その時、うわうッ！　という物凄い野獣の咆哮がきこえて来たからである。

「おや、あれは何んの声でしょう」

乳母もよっぽど驚いたらしい。この落ち着いた女が、思わずそう息を弾《はず》ませたときである。突如、老梅のかなたから、一個の人影がこちらへ急ぎあしに近附いて来るのが見えた。

走るというよりは、むしろ這うといったほうが似つかわしいのである。ゴリラのように背の曲った、そして顔中、熊のような髯《ひげ》で覆われている男だ。

「あゝ、またあの化物がやって参りますわ。お嬢さま、お嬢さま。そこにいらしちゃいけません」

乳母は怯《おび》えたような声で叫んだが、少女は身動きもしない。化物と呼ばれた男は、呼吸《いき》を切らして這うように、座敷牢のまえまでやって来たが、その男を見る少女の眼は、決して怯えても、怖れてもいなかった。却《かえ》って無限の懐しさを宿しているようにさえ見えるのだ。化物は、座敷牢のまえまで来ると、いかにも嬉《うれ》しそうに、髯だらけの顔のあいだから、白い歯をにっと見せて微笑《わら》いながら、ポケットから大きな鉄の鍵を取り出して見せた。

座敷牢の鍵なのだ。

「まあ、あなた、私たちをいったいどうするつもりなの」

乳母は唖少女の体をうしろにかばいながら、きっとなって、格子越しに、無気味な、髯だらけの顔を見た。

「おまえたちを救ってやるのだ。おまえたちをこの牢獄から救い出してやるのだ」

奇怪な男は、昂奮《こうふん》のために歯をガチ〳〵と鳴らせながら言った。恐ろしい形相にも似合わず、大変優しい声だった。

「いゝえ、いゝえ、放っておいて下さい。あなたのような方に救われたくはありません。あゝ恐ろしい、人殺し！」

「人殺し？　ぎんや、この私が人殺しかえ」

「えゝ、えゝ、人殺しですとも！　十八年前に琴絵さまのお父様を殺したのはあなたではありませんか。お嬢さん、いけません、いけません、その人の側《そば》へ寄ってはいけませんよ。その人はあなたのお父様を殺した、恐ろしい、恐ろしい大悪人ですよ」

「ちがう、ちがう、ぎんや。志摩《しま》君を殺したのは私じゃないのだ。――だが、あゝ、今はそんなことを言っている場合じゃない。さあ、早くおいで。琴絵もぎんも早くこの牢獄から抜け出しておいで。愚図《ぐず》愚図《ぐず》していると、また、あの恐ろしい万蔵につかまってしまうよ」

髯だらけの怪物は、そういうと、ガチ〳〵と歯を鳴らせ、体じゅうを昂奮のためにふるわせながら、戦《おのの》く指で錠を外し、重い座敷牢の扉《ドア》を外からひらいてやった。

それと見るより、飛び立つように、外へ出ようとした唖少女を、片手でしっかと引きとめた乳母のぎんは、

「いけません、いけません、お嬢さま、琴絵さま、

そいつに欺《だま》されちゃいけません。そいつは私たちを欺して、あなたのお父様のように、また殺してしまうのです」

「馬鹿な！　何をいうのだ。私がこの可愛《かわい》い琴絵を殺してなるものか。琴絵や、さあおいで、おまえのお婿《むこ》さまが向うに来て待っているよ。ほら、そこにある押絵《おしえ》の稚児《ちご》の本人が――」

その言葉は、少女にとっては非常な効力《ききめ》があった。彼女は必死となって止めようとする乳母を、突きはなしておいて、座敷牢の外へ転《まろ》び出た。

「…………」

何かいおうとして、花簪《はなかんざし》のビラ〳〵が激しくふるえるのだ。怪物はその手を取ると、

「あゝ、いゝ児だ。いゝ児だ。さあ小父《おじ》さんと一緒においで。いまにお婿さんに会わせてあげるよ」

「お嬢さま！」

乳母もあとから転び出る。

「いっちゃいけません。欺されちゃいけません、その人は――その人はあなたのお父様の敵《かたき》です！」

喘《あえ》ぎ、喘ぎ、縋《すが》りつく乳母のぎんを、

「えゝい、しつこい！」

と、邪慳《じゃけん》に振りもぎった怪物は、唖少女琴絵の手をひいて向うの築山《つきやま》のかげに小走りに消えていった。

一旦、雪のうえに膝をついた乳母のぎんは、すぐ起きなおると、

「お嬢さま！」

と、絶叫しながらその後を追おうとしたが、その時である。ふいに、パン〳〵とピストルの音が庭のどこやらで聞えたかと思うと、風のようにこちらへ飛んで来たのは、二重眼鏡の芹沢万蔵。手に持ったピストルからは、まだ薄白い煙が立っているのである。

万蔵は全身を恐怖にふるわせながら、ドシンと乳母の体にぶつかったが、夢中になって縋りつく乳母を、その場に突き倒しておいて、さっとばかりに座敷牢の中に躍りこんだ。

「あれ！」

雪のうえに仰向《あおむ》けざまに引っ繰り返った乳母のぎんが、あわてゝ起き直ろうとした時だ。何やら巨きな獣が、うわうッ！　と凄《すさ》まじい唸り声をあげながら、彼女の体に躍りかゝったかと見るや、あな無残、ガップリとばかりに鋭い牙を、ぎんの腿《もも》にうちこん

だのである。

「ネロ！　ネロ！」

そういう声を、どこか身近に聞きながら、ぎんはしーんと気が遠くなっていった。

第七編

ネロを追う由利先生——月下の幽霊塔——乳母の語る秘密の一端——三すくみ

一

芹沢万蔵のぶっぱなしたピストルの音に、驚かされたのは、鱗次郎やぎんばかりではなかった。

ちょうどその頃、池袋附近の広《ひろ》っ場《ば》を、二人の男が、めい〳〵手にピストルを携《たずさ》えて、きょろ〳〵とあたりを見廻しながら、歩いて来るところだった。

消え残った雪のうえに、月光が白く凍りついて、遠く武蔵野につゞいている、深夜の原っぱは身を刺すように寒かった。二人とも外套《がいとう》の襟《えり》をふか〴〵と立てゝ、寒そうに体をゆすぶりながら、一人の方が持っている懐中電灯で、注意深く地面のうえを眺めながら歩いているのである。

「ほら、そこにあるの、それそうじゃありませんか」

若い方が持っているピストルの先端《さき》で、地面のうえを指さしながらいうと、年寄ったほうが、

「どれ、どれ」

と、地面に顔を近づけて、

「あ、やっぱりそうだ。確かに獅子《ライオン》の足跡にちがいないよ。そうすると、鶯谷から、こちらの方角に逃げ出して来たのだね。さて、これからどこへ行ったろう」

「とにかく、もう少し、その足跡をつけていって見ようじゃありませんか」

　幸いそこは人道をはなれた広っ場のまんなかだったので、人通りも少く、したがって降り積った雪はそのまゝ乱されもせずに、消え残っているのである。

「ほら、そこにも大きな足跡が残っています。さっきの足跡から、こんなにあいだがあいているところを見ると、非常な勢いでとんで行ったらしいですね」

「ふむ、そうらしい、この雪を蹴立《けた》てたような足跡から見ても、奴《やっこ》さん、鬣をふるって、無我夢中でとんでいったんだね」

　年寄ったほうは、眉根にふかい皺を刻みながら、溜息を吐《つ》くようにそう言った。

　いうまでもなく、この二人とは由利先生と三津木俊助なのである。

　昭和サーカスのあのテントの中で、計らずも大惨劇を目撃した由利先生は、それからすぐに三津木俊助を電話で呼び出し、こうしてたった二人きり、ほかの捜索団の一行にわかれて、ネロのあとを追跡して来たのだが、ゆくりなくも、こゝに、兇暴なライオンの足跡を発見したのであった。

「いったい、この原っぱを向うへ突っ切ると、どこへ行くことになるのかね」

「向うへ行けば長崎町の方角になります。このへんはちょうど、池袋のはずれになりますかね、何しろ真夜中のことで、よく方角がわからないので困りますが。……おや、先生、あれはなんでしょう」

　立ちどまって、凍えた手に息をふきかけていた三津木俊助は、何気なく向うのほうに眼をやると、びっくりしたようにそう叫んで由利先生の袖《そで》をひっぱった。

　原っぱの向うには、雪をかぶったなだらかな丘《きゅう》陵《りょう》が、まるで銀の砂を盛りあげたように、柔かく盛りあがっていたが、その丘陵のうえに、葉の落ちた武蔵野の疎林《そりん》にとりかこまれて、何やら不思議な建物が、折からの月光に照り渡った空を背景《バック》に、くっきりと鮮かな影像《シルエット》を作っているのである。

「妙な建物だね。塔——かな」

「そうらしいですね。こんなところに、あんな妙な塔が建っているなんて、今までちっとも知りませんでした。おや、時計塔じゃありませんか」

「なるほどね、そうらしい。しかし、妙なところへ時計塔を建てたものだね」

俊助の言葉にまちがいなかった。だん〳〵近附くにしたがって、塔の側面にとりつけられた白い文字盤が、冷たい月光を浴びて、きら〳〵と怪物の眼のように輝いているのが見えた。由利先生や俊助こそ知らなかったけれど、この塔は附近では有名な塔なのだ。

建てられてから、すでにかなりの年月《としつき》が経っているのだろう、風雨にさらされた外壁《そとかべ》がボロ〳〵に朽ち腐れて、風の強い日など、時おり妙な音響を発するというところから、附近では幽霊塔といって、人々に恐れられているものなのである。

幽霊塔。——

あッ、この奇怪な、あやかしの物語に登場する建物としては、まことにうってつけの名前ではないか。

由利先生も三津木俊助も、まだその名前を知っていたわけではなかったが、折からの皎々《こうこう》たる月光の中に、屹然《きつぜん》と聳《そび》えているその建物を見た時には、なんとも名状しがたいような寒さに打たれたものである。

「いやな塔だね。何かこう、啾々《しゅうしゅう》として人の心に訴えるようなところがあるじゃないか。不吉な、凶々《まがまが》しい、ゾッとするような恐ろしさのある塔だね」

由利先生はわれにもなく、そんな感慨を洩らしたが、後から思えば由利先生のこの予感は間違ってはいなかった。あゝ、この幽霊塔に於《おい》て、それから間もなくどのような恐ろしい惨劇が演じられたことか。

それはさておき二人は、塔から眼を反らすと、再びネロの足跡について、無言のまゝ原っぱを横切っていった。ところが不思議なことには、ネロの足跡は点々として、原っぱを突切《つっき》り、丘陵をのぼって、例の幽霊塔のほうまで続いているのである。

「これは妙だ。して見るとあの気味の悪い塔と、われわれの間には、何かしら眼に見えぬ因縁で結ばれているのかも知れないぜ」

丘陵の途中まで来たとき、由利先生はふと冗談らしくそんなことをいった。奇怪な塔は、すぐ眼のうえまで迫って来て、見れば見るほど気味が悪い。疎《まば》らな林に取りかこまれて、赤黒い煉瓦塀が月光のなかに隠顕《いんけん》している。巨きなネロの足跡は、その煉瓦塀のほうへ続いているのである。

「どうしてもこの建物が、われ〳〵を招き寄せているようですね。誰の邸かしら。とにかく行って見ようじゃありませんか」

あのピストルの音が、二人を驚かせたのは、その瞬間だったのである。

「なんだ、ピストルの音じゃないか」

「あの邸の中らしかったですね」

と、いいかけて、俊助ははっと息をのんだ。その時、うわうッ！　と凄《すさま》じい猛獣の猛《たけ》り狂う声が聴えて来たからである。

「ネロだ！」

叫ぶと同時に、由利先生は、殆《ほと》んどひとっとびの速さで、煉瓦塀のふもとまで辿《たど》りついていた。ネロの声がまた聴えた。

「三津木君、どこかそこらに入口はないか」

「さあ！」

「えゝ、面倒だ。躍りこんでしまえ！」

さっと煉瓦塀のうえに躍りあがる由利先生のあとにつゞいて、俊助もおくれじとばかりにとびついた。塀のうえに積った雪がザラ〳〵とこぼれ落ちたが、二人ともこんな事には慣れているのである。ひらりと塀を躍り越えて、二人の姿が邸のなかに見えなくなったとき、煉瓦塀の向うの角から、急ぎあしにこちらへ近づいて来た二個の影がある。

「さあ、早く逃げよう。お婿さまはいずれ後から救い出してあげる、早く、早く！」

と、逡巡《しゅんじゅん》している唖少女の琴絵を、うながし、うながし、引《ひ》き摺《ず》るように出て来たのは、あの奇怪な、ゴリラのような髯男。

「…………」

琴絵は何か言いたげに、その男の腕をとらえて身悶えをする。

「あゝ、いゝよ、分っているよ。お婿さまのことだろう。大丈夫だ。後からきっと連れて来てやる。それより、お前のからだのほうが今は大切なのだ。さあ、一刻も早くこの恐ろしい邸を逃げ出そう」

と、いやがる琴絵の腕をひったて、引き摺るようにその髯男が、ゆるやかな丘陵を下っていったあとには、たゞ、月ばかりが凄いように蒼《あお》かった。

二

「ネロ！　ネロ！」

と叱咤しながら、築山の角から現われた鱗次郎は、その場の様子を見ると、ぎょっとしたように立ちすくんでしまった。

死んだようにぐったりとして、雪のうえに倒れている乳母の側《そば》に兇暴な眼を光らせながら、ネロがふたゝび、みたび物凄い唸り声をあげた。口をあける度に、大きな顎のあいだから、ボタ〳〵と血が垂れて、踏みしだかれた雪のうえは一面に唐紅《からくれない》。

「ネロ、お止《よ》し。何故そんな事をするのだ」

鱗次郎は出来るだけ優しくなだめると、急いで乳母のそばへよって、その体を抱きあげた。死んでいるのではない。体にはまだ温味《あたたかみ》がのこっているし、しどけなくはだけた胸が荒々しく波打っているのである。

「もしもし、しっかりして下さい。傷は浅いですよ。もし〳〵」

鱗次郎のその声が耳にはいったのであろうか、ぎんはやがて微《かす》かに眼を見開いて、しばらく、うっとりとしたような眼差《まなざし》で鱗次郎の顔を眺めていたが、ふいにドキリとしたように、激しく呼吸《いき》をうちへ引くと、

「あ、あなたは——あなたは鱗次郎さん！」

「え？」

と、鱗次郎はびっくりして、思わず抱いていた手に力を入れた。

意外なのだ。いまゝでついぞ見たことも、会ったこともない女から、いきなり我が名を呼ばれようとは、全《まった》く、思いも設けぬことだった。

「ど、どうしてあなたは僕の名を知っているのですか。あなたはいったい誰です」

「あゝ、やっぱり鱗次郎さんだったのですね」

ぎんは大きく息を内へ引きながら、

「御不審はご尤《もっと》もです。私はいつぞや、両国の川開きで、あなたにお眼にかゝったことのある女なのです。あゝ、それから後《のち》、私たちはどんなにあなたをお探しした事でしょう」

「いって下さい、さあ、言って下さい。あなたには

その時、どうして僕だということが分ったのですか。そして、そして、僕にどういう御用があるのですか」

「あゝ。——」

乳母のぎんは切なげに息をつきながら、ともすれば途絶えそうになる力をふりしぼって、

「それは、とても〳〵長いお話なのですわ。私たちは長いあいだ、あなたをお探ししていました。あなたのその肩にある人面瘡《じんめんそう》をたよりに。——」

「あ」

鱗次郎は思わず肌着のうえから、あの忌《いま》わしい腫《しゅ》物《もつ》をおさえながら、

「言って下さい。言って下さい。この人面瘡——この恐ろしい腫物《おでき》には、いったいどういう因縁があるのですか。そしてまた、この僕はいったいどこの何者なのです」

「あなたの——あなたのほんとうの、お名前は芹沢——芹沢鱗次郎というのです」

「え！」

今度こそ鱗次郎は、文字どおりのけぞらんばかりの驚きに打たれた。

「芹沢——芹沢といえば、あの芹沢万蔵の親戚《みより》になるのですか」

「そうです。芹沢万蔵はあなたの叔父《おじ》にあたります。そして、あなたのお父様は——」

「お父様は——？」

「お父様は——」

といいかけて、ぎんは急に思い出したように、雪の上に身を起すと、

「あ、琴絵さま！」

「なに、なんですって、琴絵だって？」

あゝ、たった今、鱗次郎はその名を地下室の壁のうえに発見して、疑問をかんじたばかりでないか。長い間、自分の周囲に渦巻いていた疑惑の霧が、この一瞬に霽《は》れようとしているのだ。この女の一言《いちごん》で、この手傷を負った老女の一言《ひとこと》で、自分の身にまつわる深い秘密がとけようとしている。

鱗次郎はなんとも形容の出来ない昂奮《こうふん》をかんずるのだ。薄い肌着のまゝの彼の体が、チリ〳〵と独楽《こま》のように戦慄《せんりつ》するのも無理ではなかった。

「いって下さい、その琴絵というのは一体どういう人ですか。そしてこの僕と、どのような関係があるのですか」

「琴絵さんは、あなたの奥さんになる女《ひと》です。あなたのお父様と、琴絵さんのお母さまとが、そういうふうに約束を極《き》めておいたのです。しかし、しかし、あなたのお父さまは、琴絵さんのお父さんを殺して姿をくらましました。——いまから、丁度、十八年昔のことです」

「なんですって。僕の父は人を殺したのですって?」

鱗次郎には、聞くことすべてが意外なことばかりなのだ。あゝ、殺人犯人の子——そうだったのか。どうせ碌《ろく》でもない者の子ではあろうと、半ば諦《あきら》めていたけれど、殺人犯人の子とはあまりに恐ろしい。何んということだ。父が人殺しをして、その子がまた、殺人犯の嫌疑で、警官から追いまわされているのだ。なんという皮肉といえば皮肉、恐ろしいといえば恐ろしい因縁だろう。

秘密の霧はいくらか霽《は》れたけれど、その奥からは決して金色の光は差さなかった。反対に、忌わしい、不名誉、汚辱《おじょく》、罪悪が顔を出したのである。

鱗次郎は一瞬間、聴かなければよかったと後悔しながら、それでも尚《なお》つゞけて、

「そして、僕の父というのはまだ生きているのですか」

「生きています」

そう言った時、さすがのぎんも思わず激しく身顫《みぶる》いをした。

「名前はなんというのですか」

「芹沢圭介《けいすけ》」

「芹沢圭介。——」と、諳誦《あんしょう》するように、鱗次郎は繰り返したが、その時、急に思い出したように、

「あゝ、もう一つ訊ねておくことがあります。黒痣《くろあざ》という男は、いつも僕のからだに、莫大な財産が隠されていると、口癖のようにいっていましたが、それはどういう意味ですか」

「それは——それは——」と、ぎんが何か言おうとした時だ。突如、ズドンと鋭い砲音が聞えたかと思うと、一発の弾丸が、鱗次郎の耳をかすめて、うしろにとんだのである。

「あ!」と、危《あや》く土のうえに身を伏せたとき、あの二重眼鏡の芹沢万蔵が、牢格子のあいだからピストルを覗かせて、じっとこちらの方に狙いを定めているのに、鱗次郎ははじめて気がついた。

うわうッ! と、その時まで、おとなしく鱗次郎

の足もとに寝そべっていたネロは、これを見るや、再び猛然としてとびあがる。その鬣をかすめて、第二、第三の弾丸がとんで来た。しかもこのピストルの狙いは、ネロに向けられているのではなくて、明《あきら》かに鱗次郎のほうに注がれているのである。芹沢万蔵はネロを口実として、鱗次郎を射殺しようと企んでいるのだ。

三

猛り狂うネロを小楯にとった鱗次郎の眼と、牢格子のあいだから、じっとこちらを見据えている芹沢万蔵の眸が殺気をおびて、鋭い剣《つるぎ》のように渡りあっている。

一瞬、二瞬――恐ろしい、息詰《いきづま》るような数秒間だった。やがて芹沢は二重眼鏡の奥で、にやり無気味な微笑をもらすと、又もや、腕をのばして、牢格子のあいだから、鱗次郎の胸のうえに狙いを定めた。

ズドン！　牢格子のまえに、ぱっと白い煙が立ったかと思うと、鱗次郎はそれと同時に左腕にズシーンと焼けつくような重い痛みをおぼえた。

「あ！」と、今まで虚脱したように、この場の様子を眺めていたぎんが、たまぎるような声をあげた時である。

「こちらだ！　こちらだ！」という声とともに、築山のうえに姿を現わしたのは由利先生と三津木俊助。

パン、パン！　座敷牢のなかからは、再び、三度《たび》ピストルの弾丸《たま》がとんで来る。二発とも、危《あや》く鱗次郎の耳もとをかすめて、うしろの土のうえに落ちた。築山の上で、すばやくこの場の様子を眺めた由利先生は、

「止《や》めろ！　撃つのを止めろ！」

と、絶叫しながら、俊助とともに、用心ぶかく、一歩々々、築山のうえから降りて来る。さすがの芹沢万蔵も、こうなっては、まさか鱗次郎を狙うわけにいかない。格子のうえに手をおいたまゝ、じっとこの場のなりゆきを眺めているのである。

鱗次郎はおかげで、芹沢のピストルからのがれることは出来たが、しかし、まだ〳〵助かったというわけにはいかない。

築山の途中までおりて来た三津木俊助が、月明りに鱗次郎の姿を認めると、ぎょっとしたように、

「あ、白魚鱗次郎！」

と、叫んだからである。

「え？　白魚鱗次郎だって？」

由利先生がびっくりしたように問いかえす。

「そうです。そこにいる男が、お訊《たず》ねの白魚鱗次郎です」

俊助がつか〳〵と築山をおりようとすると、ふいに、ネロがうゝゝと低い唸り声をあげながら、跳びかゝって来そうになったので、あわてゝ彼はまた、築山のうえに駆け登った。

「ネロ！　ネロ！」

鬣を逆立てゝ、勢《きお》い立とうとするライオンを片手で制しながら、鱗次郎は築山のうえに立っている二人と、座敷牢のなかにいる芹沢万蔵のほうを等分に眺めている。

白い寝間着の腕から、血が滴々《てきてき》と雪のうえにおちて、満身に月光を浴びた鱗次郎の顔は、降りつむ雪よりも更に白かった。

「白魚鱗次郎！」

由利先生が、ひくい、おごそかな声で言って、一歩築山をおりた。鱗次郎はそれを見ると、ネロの頸に手をかけたまゝ、じり〳〵とうしろへさがる。

築山のうえの由利先生と三津木俊助、座敷牢のなかの二重眼鏡の芹沢万蔵、それから少しはなれたところに、ライオンをかたえに従えて、屹然と立っている蠟《ろう》人形のように美しい白魚鱗次郎。——劇的な、息づまるような三すくみの一瞬なのだ。

第八編

俊助ネロを斃《たお》す——由利先生と芹沢万蔵——座敷牢で狂死せる薄倖の佳人のこと——黄金観世音菩薩

一

しいんと凍りつくような、一瞬の静けさだった。棘々《とげとげ》しい臘梅《ろうばい》のうえに、消えのこった雪が白く凍りついて、冴えかえった師走《しわす》の月の冷さが身にしみる。

鱗次郎はじり〳〵と後退《あとしざ》りをしていく拍子に、ふと手に触った臘梅の幹を小楯に取りながら、じっと二人のほうを窺《うかが》っている。美しい瞼際《まぶたぎわ》に、一刷毛《はけ》さっと血の色がさして、潤《うる》みをおびた瞳《ひとみ》が、星のようにきら〳〵と瞬《またた》いているのである。

「白魚鱗次郎、君に話がある！」

言葉は穏《おだや》かだが、その態度には儼然《げんぜん》たるものがあった。由利先生はそう言いながら、ピストルを身構えたまゝ、築山から一歩おりて来る。そのうしろからは、三津木俊助がこれまた油断なくピストルを身構えながら、じり〳〵と詰め寄って来るのだ。

（うゝ、うわう！）

鬣をふるわせながら、ネロが物凄い咆哮をあげた。そのネロを必死となって制《おさ》えている鱗次郎の、きっと嚙《か》みしめた唇のはしには、ほんのりと血潮さえ滲《にじ》んでいる。傍《そば》を見れば、座敷牢の中から、この場のなりゆき如何《いか》にと、固唾《かたず》を飲んで見護っているのは二重眼鏡の芹沢万蔵。そしてその牢格子のまえには、乳母のぎんが朱《あけ》に染まって倒れているのである。ぎんは恐怖と痛手と寒さのために、半ば意識をうしないかけているらしい。

鱗次郎はもう駄目だと思った。

突然現れたこの二人の人物を、どこの何者とも知らぬ鱗次郎だったが、相手の儼然たる態度なり、気《き》魄《はく》からして、警察関係の者であろうとは、およそ見当がつく。鱗次郎は追いつめられた獣のように、眼を光らせてこの二人を見護《みまも》っているのだ。

「白魚鱗次郎」

由利先生が再び一歩まえに踏み出した。

「君に話がある。われ〳〵は警察の者ではないのだから、君を縛ろうとは言わない。そのライオンを何んとか始末したまえ。でないと……」

「でないと？」

半信半疑の鱗次郎が、鸚鵡《おうむ》がえしに問い返すのだ。

「でないと、止《や》むを得ない。われ〳〵はそのライオンを射殺しなければならぬ」

「ネロを殺す？」

鱗次郎の頬が、さっと怒りのためにふるえた。彼は思わずきりゝと奥歯をかんで、

「いやだ。いやです！　ネロは私の友達です。何んの咎《とが》があって、あなたがたに殺されなければならないのです」

「なんの咎？　そうだ、ネロは射殺されねばならぬような大きな罪を犯したのだ。ネロは人を殺《あや》めたのだよ。ねえ、鱗次郎君、聞きたまえ、ネロは人を殺めたのだよ。しかも、君の知っている人物をね」

「え？　私の知っている人ですって？　誰です。誰をネロが殺めたのですか」

「ジョン・柴田――憶《おぼ》えているだろうね。君が暫《しばら》く身を寄せていたサーカスの親方。――ひとかたならず、君に眼をかけていたあのジョン・柴田――あの男をネロが傷つけたのだよ」

「え！」

鱗次郎は思わず臓梅の根元からとび上ると、

「そ、それはほんとうですか。そ、そして親方は死んでしまったのですか」

「そう、恐らくいまごろは、最期《さいご》の息を引きとっているところだろう。さあ、分ったね、鱗次郎君、分ったらそこを退《の》きたまえ。ネロは人を殺め世間を騒がせた。どっちみち活《い》かせてはおけないのだよ」

「ネロ！」

鱗次郎は足下を見た。そこにはネロが、いかにも彼の宥《ゆる》しを乞うように、大きな頭をこすりつけているのだ。あゝ、この可哀《かわい》そうな獅子をどうしてこのまゝ見殺しに出来よう。

「いやです！　いやです！　ネロを殺されるくらいなら、私自身が死にます」

「誰も君を殺そうなんて言やしない。鱗次郎君、君は誤解をしているようだ、お互いに武器をおさめて、ゆっくり談合してみようじゃないか」

「いやです！　真平《まっぴら》です。私は誰の言葉にも耳を傾けたくはないのです。自分のことは自分で始末をつけますから放っておいて貰《もら》いたいのです」

「自分のことは自分で始末をつける？　なるほど、君も強情な男だね。よし、それなら仕方がない。こちらも勝手に処分することにしよう」

俊助に眼配《めくば》せをしながら、静かにピストルをあげる由利先生を見ると、鱗次郎は満面に朱を注ぎながら、

「あ、何をするのです！　無法な！」

「どうもしない。退《の》きたまえ。そのライオンから片附けてしまおう。三津木君、気をつけて、獅子を狙うんだよ。間違って人間のほうを射っちゃ大変だぜ。さあいゝか、用意――そら！」

轟然《ごうぜん》たるピストルの音とゝもに、ネロの物凄い咆哮が、凍《い》てついた深夜の大地を撼《ゆる》がして、――パッと立った白い煙が、冷い空気の中に溶けこんでいくと同時に、由利先生は、ガックリと片脚折って倒れた獅子の姿を見た。が、それも一瞬、

「危い！」

と、絶叫する俊助の言葉に、思わず身をかわしたとたん、猛然と起きあがったネロが、死にもの狂いの咆哮をあげながら、由利先生の肩をかすめてうしろに飛んだ。

ダン、ダン！

ふたゝび、三度《たび》、由利先生と三津木俊助のピストルから、青白い火花が散る。

（うわう！　うわう！）

一旦、由利先生の頭のうえを躍り越えたネロは、そこでくるりと向きをかえると、ガリ〳〵と前脚で雪を掻いている。鬣が怒りのためにわら〳〵とふるえて、巨きな口をくわっと開いた、その形相の恐ろしさ。弾丸《たま》は横腹と肩に命中したらしい。滴々として赤い血が雪のうえに滴《したた》っているのである。

ふいにネロはさっと身をすくめると、最後の力を振りしぼって、再び由利先生目がけて躍りかゝって来る。

「先生、危い！」

俊助の声と共に、ダン、ダン！　又もや青白い火花が散った。と、思うと、ふいに、

（う、うわう！）

と、一声長く、嘯《うそぶ》くような声をあげると共に、ネロの体が筋斗《もんどり》うって宙に跳ねかえったかと思うと、やがてどたりと、巨木を倒すような音を立てゝ、巨きな体が落ちて来た。

それが最期だった。

あと、暫くひく〳〵と四脚《てあし》を痙攣《けいれん》させていたが、逸速《いちはや》くそばに駈けよった俊助が、その脳天に一発撃ちこんでやると、それきり、ピッタリと動かなくなってしまった。

「いやに骨を折らせやがった」

雪のうえを唐紅《からくれない》に染めて斃《たお》れている、凄惨《せいさん》なネロの死体を見ると、さすがの由利先生も思わず身顫《みぶる》いをしたが、すぐ気がついて、

「あ、鱗次郎は？」と、あたりを見廻した。

この格闘の間に逃げ出したのであろう。鱗次郎の姿はすでにその辺には見えなかった。

「逃げた！」

「とにかく、一応その辺を探して見たまえ。まだ遠くへはいくまい」

まだ薄白い煙を吐いているピストルを携えたまゝ、二人が鱗次郎の行方を求めて、築山の向うに消えていった時である。

ふいに座敷牢の格子をうちから開いて、あの二重眼鏡の芹沢万蔵が、きょろ〳〵とあたりを見廻しながら出て来た。しばらく彼は、築山のうえに立って、由利先生たちの後姿を見送っていたが、やがてニヤリと気味悪い微笑をうかべると、そろ〳〵と忍び足で牢格子のまえに引き返して来た。

そこには気をうしなった乳母のぎんが、ぐったりと冷い雪のうえに倒れているのだ。万蔵は暫くその姿を、まじ〳〵と打ち見護っていたが、やがてキラリと眼を光らせると、身をこゞめ、大きな手でぎゅっと、ぎんの首っ玉をつかまえたのである。

二

「どうやら、この塀を乗り越えていったらしいですね。ほら、そこんところの雪が、摺《す》れてなくなっています」

「ふむ、そうらしい。とにかく、一度この上へのぼって見ようじゃないか」

広い庭の隅っこにある、あの奇怪な時計塔の傍《そば》なのである。そこまで、点々として続いている鱗次郎の足跡を追って来た由利先生と三津木俊助は、そこから鱗次郎が塀を乗り越えていったらしい跡を発見すると、すぐ身を躍らせて塀のうえに掻きのぼった。

見渡せば、塀の下にはゆるやかな丘陵が続いてい

て、所々に葉の落ちた武蔵野の疎林が、箒《ほうき》を逆立てたように叢立《むらだ》っている。雪をかぶった丘や畑が、冷い月光の下に濤《なみ》のような起伏を作って続いているのである。その寒々とした枯野の風景を、しばらく見廻していた俊助が、突然、指をあげて叫んだ。

「あ、あそこへ逃げていく」

なる程《ほど》、白い月光のなかに、くっきりと黒い縞《しま》を落している疎林のあいだを、転げるように下っていくのは、たしかに白魚鱗次郎。——邸との距離は、すでに二百米《メートル》以上も離れていただろう。

「一つ、後を追っかけて見ますか」

「ふむ」

と、由利先生はちょっと考えるような眼つきをして、

「まあ、いゝだろう、今から追ったところで、とても間に合うまい。相手は何しろあの通り敏捷《はしっこ》い奴だからね。それよりこの家《うち》の中を一応調べて見ようじゃないか。あの男はどうしてこんなところにいたんだろう。どうもこの屋敷には、何んとなく曰《いわ》くがありそうな気がしてならないよ」

夜空に屹然と聳えているあの凶々《まがまが》しい幽霊塔を仰ぎ、そして再び、広々とした丘陵《おか》の麓に眼をやった時である。突然、

「や、あれはなんだ！」

と、由利先生が叫んだ。

見ると丘の麓《ふもと》を走っていく鱗次郎の行手に、忽然《こつぜん》として一つの人影が現れたのである。それはゴリラのように腰の曲った、大人だか小人《こども》だか分らないような怪物なのである。怪物は鱗次郎のまえに立ち塞《ふさ》がると、何やら二言三言手真似《てまね》で話している様子であったが、やがて手を組むようにして、急ぎ足で立ち去っていく。瞬く間にその姿は見えなくなった。

その後姿を見送っておいて、由利先生は思わず俊助と顔を見合わした。

「どうも妙だね。この時計塔の周囲には、いろんな怪物が巣喰っているようだ。だが、まあいゝ、もう一度さっきのところへ引返して見よう。何んだか座敷牢のようなものがあったね」

「そう、それに、女が一人、獅子にやられたらしく倒れていましたぜ」

「あゝ、そうだった。それに座敷牢の中からピストルを撃《ぶ》っ放《ぱな》していた男、あいつは一体何者だろう。

とにかく引き返して調べて見ようじゃないか」

そこで二人が、急ぎ足でもとのところへ引返して来ると、今しも芹沢万蔵が、ぎんのうえにのしかゝって、傷口を調べているところだった。由利先生はその側《そば》へかけよると、

「あゝ、獅子にやられたのですね。傷は深いですか」

芹沢は二重眼鏡の奥から、きらりと眼を光らせて、由利先生の顔色を窺いながら、

「そう、相当深傷《ふかで》のようです。今のところ、かすかに呼吸《いき》をしているが、この様子じゃ、恐らく助かる見込みはありますまいね」

「どれ〳〵私が一つ診《み》てあげましょう。見れば御婦人のようですが、とんだ御災難でお気の毒でしたね」

と、ピストルをポケットにおさめると、芹沢に代って、ぎんの体を抱き起したが、蠟のように白い顔を一眼見ると、

「あ！」

と、脇腹を小突かれたような声をあげた。

「こ、この女《ひと》は……」

「御存知ですか。先生！」

「ふむ、知っている。いつか君にも話した、ほら、この事件を最初に俺《わし》のところへ持ち込んで来た女、磯貝ぎんという婦人だ」

と、俊助に向って激しく眼配せをしながら、さて改めて芹沢の方へ振りかえると、

「失礼ですが、あなたはこの御婦人の親戚《みより》の方ですか」

「親戚《みより》――？　滅相《めっそう》もない。この女はこの家《や》の雇人なんですよ」

「いったい、こゝはどなたのお屋敷ですか。あなたがこの家《や》の御主人なんですか」

「さよう、まあ、私が主《あるじ》のようでもあり、そうでないようでもあり、しかし、そういうあなたこそ、いったいどなたですか」

「いや、これは失礼、私は由利麟太郎という者です。こちらは新日報社の三津木俊助君、獅子《ライオン》を追ってだしぬけに飛び込んで来たのです。失礼しました」

芹沢はこの名を聞くと、さすがにぎょっとしたように、激しく瞬きをしたが、すぐ狡猾《こうかつ》そうな微笑を口辺にうかべると、

「これは失礼、御高名はかねてから承《うけたま》わっております。あの獅子《ライオン》を追って？」

「そうです。鷲谷のサーカスから逃げ出した奴でしてね。ちょうど私がその場に居合せたものですから、一役買って出たのです。さぞお驚きになったでしょう。時に、この御婦人をどこかへお連れしようじゃありませんか。妙なものがそこにありますな、座敷牢ですか」

「さよう」

芹沢は平然として嘯いている。由利先生はちょっと俊助と眼を見交せたが、すぐさりげなく、

「どうでしょう、その座敷の中へでも、取《と》り敢《あえ》ずこの御婦人をお連れすることにしたら」

「どうぞ、私は少しも構いませんよ。なんならお手伝いしましょうか」

「いや、結構です。おい、三津木君、君、その足のほうを持ちたまえ」

由利先生と三津木俊助の二人が、ぎんの体を抱きあげて、座敷牢の中へ運びこむ間、芹沢は黙って見ていたが、後からのこ〳〵入って来ると、

「何か私に出来る事がありましたら、お手伝い致しましょうか」

「そうですね」

と、由利先生は手早くぎんの傷口を調べながら、

「この家《うち》に電話はありませんか」

「電話？　ありますよ」

「では、恐れ入りますが、医者をひとりお呼び願いたいですね。あ、それから序《ついで》に、警察へお懸け下さいませんか。ネロを射殺したことを御報告願いたいのです」

「ネロ？　あゝ、ライオンですね。承知しました。御用はそれきりですか」

「恐縮ですが、そのあとでちょっとお訊ねしたいことがあるんですが」

「いゝですとも。何んなりとお答えしますよ」

芹沢はちょっと、薄ら笑いを唇のはしに浮べたが、すぐ何気ない顔になって出ていった。その後では、由利先生と三津木俊助の二人が思わず顔を見合せて、

「妙な奴ですな。どうも、いやに人を喰っているじゃありませんか」

「ふむ、一筋縄でいく相手じゃないね。こゝに鱗次郎がおり、磯貝ぎんがいたとすると、何かよっぽど、複雑《こみい》った事情が、この家《うち》の中にあるにちがいないね。

――おや、あれは何んだ！」

由利先生が、ふいに弾《はじ》かれたように立ちあがった。うす暗い座敷の隅にもうろうと立った、あの押絵の稚児に気がついたのである。

「あゝ！」

と、俊助は思わず呼吸《いき》を嚥《の》むと、

「あれだ！　あれですね」

と、低声《こごえ》で囁《ささや》いたが、そういう彼の目にふと映ったのは、琴絵が画《か》き散らしたあの悲恋の絵姿なのである。その一枚を手に取りながら、俊助はぎょっとしたように、

「先生、やっぱりそうです。黒痣《くろあざ》という男が握っていた稚児文殊、――恰好《かっこう》といい、筆つきといい、たしかにこれに違いありませんよ」

「そうだ、すべての秘密の根本は、この座敷牢の中にあったのだね。見たまえ」

と、由利先生はちか〳〵と押絵のうえに顔をこすりつけると、

「この押絵の稚児にもやはり人面瘡がある」

と、コツ〳〵と、その赤黒い、見るも凄惨な形相をした人面瘡を指で弾いていたが、そのうちにふいにゾーッと悪夢におそわれたような顔をして、思わず俊助と眼を見交したのである。

三

「電話をかけて来ましたよ。医者も警官もすぐやって来るそうです」

黒い二重眼鏡の底から、いつも無気味な微笑を洩《も》らしている芹沢万蔵なのである。座敷牢の中へかえって来ると、ふと、由利先生のたゞならぬ面持《おもも》ちに気がついたが、すぐさりげない調子でそう報告するのだ。

「いや、御苦労様でした。時に、えゝ――と、なんとお呼びすればいゝのですかね」

「芹沢――芹沢と呼んで下さい。芹沢万蔵という者です」

「それでは芹沢さん、どうせこの夜更《よふけ》のことですから、医者も警官もすぐ来るとは言っても、相当ひまがかゝるでしょう。それで、そのまえにちょっとお訊ねしたいことがあるのですが」

「どうぞ、何んなりと――。私の知っていることならなんなりとお答えしますよ」

予《あらかじ》め覚悟をしていたらしい。そういう芹沢は何ん

の動揺も示さなかった。

「先《ま》ず第一にこの邸ですがね、これはいったい、何誰《どなた》のお邸なんですか。先程、あなたは妙なことを仰有《おっしゃ》ったが。……」

「あゝ、あの事ですか。私がこの家《うち》の主人のようでもあり、そうでないようでもあると申上げた、あの事ですね。実はこれは私の兄が建てた家なんです。ところがその兄というのが、長い間行方《ゆくえ》不明なんで、つまり、それで、この家は今のところ、私の所有《もの》のようになっているわけなんです」

「お兄さんと仰有ると——?」

「御存知ありませんかねえ、芹沢圭介といってね、もう二十年ちかくも失踪《しっそう》しているのですよ」

「芹沢圭介?」と、由利先生はちょっと小首をかしげて、

「どこかで聞いたような名前ですが」

「これは驚いた。あなたのような方があの事件を御記憶じゃありませんかねえ。芹沢圭介といえば、二十年まえには、日本の時計王といわれて、相当鳴らしたものですがね」

「時計王? 芹沢圭介?」と、口のうちで繰りかえしているうちに、ふいに由利先生はぎょっとしたように、

「あ、芹沢圭介——たしか友人を殺して失踪したという、あの芹沢圭介氏ですか」

「そうです。その通りです。それが私の兄なんですよ。こんな事はあまり吹聴《ふいちょう》したくないのですがねえ」

果然! 事件は単なる探《たず》ね人ではなかったのだ。いつかぎんが、電話で一言《いちごん》洩らしたとおり、この奇怪な物語は、遠い昔において、恐ろしい殺人事件と関連を持っていたのである。そしてその殺人事件が、今や漸《ようや》く事件の表面に顔を出そうとしている。……由利先生と俊助とは思わず息をのんで顔を見合せた。

「そうでしたか。それは全く意外でした。私もあの事件なら、未《いま》だにうす〳〵と記憶していますが、その後圭介氏の消息は分りませんか」

「分りません。一説には、人知れず自殺したのだろうといいますが、また現にまだ生きているという説もあります。つまり、その生死が確定しないものですから、この家《うち》なども、私の所有であるような、ないような、妙な具合になっている訳なんです」

「なるほど、よく分りました」

由利先生は必ずしも、相手の言葉をそのまゝ信用したわけではない。いやく、妙に人を喰ったような芹沢の態度からは、なみくならぬ疑惑を感ずるのだが、表面は至極《しごく》さりげなく粧《よそお》いながら、

「こうなれば、私のほうでも率直に打明けて申しますが、実は私は、こゝにいる磯貝ぎんという婦人に、一度妙なことを頼まれたことがあるのです。つまり、体に人面瘡のある不思議な美少年を探して欲しい、とそういう依頼なんです。ところが今夜ネロを追ってこの邸にとびこんで来ると、偶然その問題の美少年をこゝに発見し、あまつさえ、磯貝さんはこの通り瀕死《ひんし》の重傷を負うて倒れている。おまけに、この座敷の中には随分妙なものがいろくとある。——というわけで、さっきから三津木君と共に驚いている次第なんですが、一つ、これらの事情について御説明願えませんか」

由利先生はそう言いながら、相手の返答や如何《いか》にと、きっと眼を光らせるのである。だが、芹沢は案外平気で、

「なるほど、何も御存知ない方から見れば、この座敷牢など、随分妙にお思いになるでしょうが、それを説明するためには、どうしても十八年前のあの殺人事件に遡《さかのぼ》らねばならんのです。一つそれからお話しますかな」

「どうぞ」

芹沢は、ちょっと二重眼鏡の奥で、考えるような眼つきをしたが、

「これは些《いささ》か草双紙《くさぞうし》めいた、妙に複雑《こみい》った話なんですが」

と、やがてぽつくと語り出した一場《いちじょう》の物語。

——

「兄の圭介に殺されたのは志摩耕作《こうさく》という人物でしたが、この耕作の夫人の京子《きょうこ》というのと、兄の圭介とは猛烈に恋し合っていた仲なんです。二人はむろん、末は夫婦になるつもりでいたんですが、そこにまあ、いろくな事情があって、とうとう、その想いを遂げることが出来なかったと思って下さい。京子は兄の親友志摩耕作と結婚し、兄もまた別の婦人を妻にしたのです。つまりこれが悲劇の発端なんで、ここに二組の夫婦が出来あがったわけなんですが、結婚後も二人はお互いに相手のことを忘れることが出来ない。ところがそのうちに、二組の夫婦にはお

のおの一人ずつの子供が産まれたのですが、兄の方のは男の子、志摩夫妻の間に産まれたのは女の子でした。それで、兄と京子とは、ゆく〳〵はこの二人を夫婦にしようと約束を定《き》めたのですね。つまり自分たちがこの世で遂げられなかった恋を、その子供たちによって成就《じょうじゅ》しようというわけで、まあ一場の涙物語と思って下さい。ところが、そのうちに突然、あの事件が起った。——つまり、兄が京子の良人《おっと》の志摩耕作を殺害《せつがい》して行方をくらましてしまったというわけです」

芹沢はそこまで語ると、ふと言葉を切って二人の顔を見較《みくら》べる。奇怪な恋物語なのである。そして、ほの暗いこの座敷牢のなかの空気が、なんとよくその物語に相応《ふさわ》しかったことよ！　由利先生も俊助も、固唾《かたず》をのんで、この古めかしい物語に耳を傾けている。

「可哀そうなのは京子です。こうして良人と愛人とを同時にうしなった彼女は、間もなくあまりの歎《なげ》きのために発狂してしまったのです。しかも親戚《みより》とて誰一人ない彼女には、その面倒を見てやる者がないので、見るに見かねて、私が彼女を子供ぐるみこの邸へ引きとって、その座敷牢のなかに住わせておいたのです。こういうと、いかにも自分の親切を吹聴《ふい》《ちょう》するようですが、実はその時分、私も困っていたというのは、兄の遺児の始末です。嫂《あによめ》というのはその子供を産むと同時に死んでしまったので誰一人その世話をする者がない。どうしても一人乳母が必要なのですが、同じ乳母を雇うくらいなら、ついでに京子の子供も育てさせてやれというわけで、そこでこの座敷牢の中で、気の狂った京子と、その子供の琴絵というのと、甥《おい》の鱗次郎と、この三人の面倒を見るために雇ったのが、そこにいる磯貝ぎんという女です。ところが、そのうちに又しても一つの不幸が持ちあがった。というのは甥の鱗次郎というのが、突然、何者かに盗まれてしまったのですね」

「ほゝう！」

由利先生は思わず眼を欹《そばだ》てる。

「盗まれたというと？」

「それがどうも、私にもよく説明出来ないのですが、とにかくある日、突然いなくなったのです。多分あれが、四歳か五歳の時だったでしょう。何しろ非常に可愛い子供でしたからね、悪者に狙われたのだろうと思うのです。ところで京子という女は、この甥の鱗次郎というのを、多分愛人の遺児《わすれがたみ》というわけでしょう、わが子以上に可愛がっていたのですが、それが急にいなくなったものだから、いよ〳〵気も狂乱のていで、日夜その名を呼びつゞけていましたが、そのうちに、気の狂った手で拵《こしら》えあげたのが、その稚児文殊の押絵なんです。おそらく彼女はその押絵の中に、鱗次郎の俤《おもかげ》、――ひいてはその父である愛人の俤を写そうとしたのに違いありません。そして、その押絵が完成すると間もなく、兄の名、鱗次郎の名を呼びつゞけながら亡くなってしまったのです。そう、今からちょうど十五六年も昔のことになりますかね」

月が翳《かげ》ったのであろう。あたりはシーンとして暗くなって来た。そのほの暗い座敷の隅々《すみずみ》から、どっとばかりに襲い来る、美女の哀れな執念をかんじて、さすがの由利先生も思わず寒々《さむざむ》と肩をすぼめるのである。

「なるほど」

由利先生はもう一度、あの奇怪な押絵の稚児の側《そば》に立ち寄って見る。そう言われて見れば、その美しい稚児の面影のどこやらに、一抹《いちまつ》の哀愁と、はかなげな歎息《たんそく》が秘められているのが、切々として胸をうつ。

「そして鱗次郎というその少年の肩には、この押絵と同じような人面瘡があったのですね」

そう言いながら、コツ〳〵とその人面瘡を指で弾いていた由利先生は、ふいに、おやというふうに首をかしげたが、ふと俊助のほうを振りかえると、

「三津木君、君、ナイフを持ってやしないか」

「ナイフ？　どうなさるのですか」

俊助が怪訝《けげん》そうな顔をしながら取出したナイフを受取ると、由利先生は何も言わずに、それを押絵の人面瘡に当てがって、スーッと縦に引いた。と、その切目から何やらチカリと光ったものがある。

「やっぱり、そうだ、ほら見たまえ。この人面瘡の中に、こんなものが隠してあるよ」

と、由利先生が摘《つま》み出したのは、勿体《もったい》なや、金色《こんじき》燦然《さんぜん》たる豆粒ほどの観世音菩薩《かんぜおんぼさつ》。あゝいつか、黒痣という男が、サーカスの親方ジョン・柴田に洩らしたという、黄金護符とは、この観世音ではないだろうか。押絵の人面瘡には、こんな不思議な秘密があ

ったのだ。

それと見るより、芹沢万蔵の眼が、あの二重眼鏡の奥できらりと光ったのである。

第九編

レコード歌手争奪合戦のこと——転がる金貨——諏訪鮎子の冒険——嘔吐を催す悪臭のこと

一

渋谷にある東邦レコードの吹込室で、今しも流行歌を吹込んだばかりの諏訪鮎子が、会社の表門を出ようとすると、うしろから、

「諏訪君、ちょっと」と、呼止《よびと》めた者がある。振りかえって見ると作曲家の山下という男だった。

「何か御用？」

「うん、ちょっと君に話があるんだが、どこかでお茶でも飲まない？」

「そうね、あたしちょっと急いでるんだけど」

「なに、手間は取らせやしない。ほんのちょっとだ。ね、いゝだろう」

山下は鮎子の返事も待たずに、通りがかりの円タクを呼びとめると、その中へ彼女を押し込むようにして、自分も後から乗込んだ。

「まあ、まるでギャングね」

と、鮎子はちょっと相手を睨《にら》む真似《まね》をしたが、しかし、別に憤《おこ》っているようでもない。コムパクトを出して鼻の頭を叩きながら、

「御用って、いったいどんなことなの？」

「今に話すよ。運転手君、ともかく銀座までやってくれたまえ」

前に述べた事件があってから、一ケ月ほど後《のち》のことで、街路には春日が麗《うらら》かに躍っている。暦《こよみ》一枚をめくると同時に、急に陽《ひ》の光さえなごやかに見えて来るような、ちょっと気狂《きちが》いじみた陽気だった。

銀座へ着くと、山下は人眼につかない、とある茶房の奥まった一室に鮎子を連れ込んで、

「諏訪君、君、会社を変える気はないかね」

と、いきなり切り出した。

鮎子にも内々《ないない》、山下の用事というのに、当りがついていたのである。しかし、そこはさすがに慣れたもので、

「まあ！」

と、さも意外そうに眼を瞠《みは》りながら、

「随分、だしぬけね。いったいどうしたの」

「実はね、これは極《ご》く内々の話だが、今度出来るヴィーナス・レコード会社だね、あそこで君を欲しがっているんだよ。率直にいうと僕もこの間、入社の交渉をうけたんだが、何しろ今の会社《うち》のやりかたに、いろ〳〵慊《あきた》らぬところもあるんで、この際、思いきって転社《かわ》っちまおうかと思っているんだ。どうだ、君も一緒に行かないか」

「そうね、それは条件にもよりけりね」

鮎子は細巻の煙草《タバコ》を取り出して、それに火をつけると、気があるような、ないような、至極曖昧《しごくあいまい》な態度を見せながら、フーッと紫《むらさき》色の煙を輪に吹いた。

「条件の点ではむろん、十分君を満足させるように取り計らうよ。実は、君に対する交渉は、全部僕が責任を負うて引受けちまったんだ。君は別に、今の会社に特別の契約はないんだろ。例えば前借《ぜんしゃく》というような」

「そんなものないわ」

「なら、いっそう好都合だ。どうだ、君が契約書に署名してさえくれたら、即金で五千円渡すというんだが、どうだろう」

「五千円。――そうね」

鮎子は五千円と聞いてちょっと心臓をとゞろかせたが、しかし、相手がいきなりそれだけ切り出すくらいなら、交渉のしようによっては、もう少し出すかも知れないと思ったので、わざと煮え切らぬ態度を見せながら、

「それはね、あたしだって、今の会社には随分不満なところもあるのよ。だから、動きたいという気も満更《まんざら》ないでもないのだけれど、しかし、義理ってものもあるしね」

「君、今時、義理だの何《な》んだのって言ってる場合じゃないぜ。実は、これはこゝだけの話だけれどね」

と、山下は急に仔細《しさい》らしく声を落すと、

「今の会社もそろ〱危くなりかけているんじゃないかと思うんだ。だから動くなら今のうちだよ。会社がポシャッてしまったら、動くにしても足下を見られるから、とてもこんないゝ条件で呼びに来てくれやしないよ。悪いことは言わない、ねえ、諏訪君、変るならいまのうちだぜ」

「まあ！　会社《うち》が危くなりかけているなんて、それほんとうのことなの？」

「ほんとうだとも、君は全《まった》く知らないのかね。ちかごろ何んとなく重役の間がごた〱しているのに気がつかないかね」

そう言われて見れば、なるほどそんな気がしないでもなかった。現に彼女のパトロンの芹沢万蔵なども、ちかごろ何んとなく浮かぬ顔をしているのに気がついていた。

「そうね、そういえば何んだか妙な空気があるわね」

「これは驚いた。君は、芹沢さんとも特別の関係があるようだし、そんなこと何もかも御承知のうえだと思っていたが、なるほどね、灯台下《もと》暗しというのはこのことかな」

山下の意味ありげな言葉に、鮎子はふっと肚胸《とむね》をつかれるような気がして、

「まあ、それ、何か芹沢さんに関係のあることなの？」

と、思わず体をまえに乗り出したのである。

山下はしすましたりというような顔附きを、露骨《ろこつ》に表わしながら、

「君がほんとうに知らないなら話すが、むろん、真偽のほどは保証の限りではないぜ。しかし、人の噂《うわさ》によると、芹沢さんの身辺が危いんじゃないかと思

われるんだ」

「まあ！」

「背任横領《はいにんおうりょう》という奴だな。費《つか》い込みはかなり多額の金額にのぼっているという話だ。あの人もちかごろ御乱行が過ぎるようだからね」

　いくらか皮肉を交えた山下の言葉をきくと、鮎子はドシンと一撃脳天から喰《くら》わされたような気がした。芹沢の乱行については、もとより鮎子も熟知するところなのだ。あの年になるまで定まった妻というものを持たない芹沢が、現に自分のほかにも、いろんな女に関《かかわ》り合っていることはよく知っている。しかし、こんな事は芹沢に対して特別の愛情を持っているわけではない鮎子には、なんでもないことだった。たゞ、そのために、自分まで引き合いに出されるようなことがあったら、助からないという気が強くするのである。

「それにね、もう一つ妙なことがあるんだが」

　と、山下はいよ〳〵得意になって、

「これとは別に、芹沢さんはまだほかに警察から睨まれるような事をやっているらしいんだ。君も知っているだろ、池袋のほうにある芹沢さんの別荘」

「えゝ、知ってるわ」

「あの別荘に、芹沢さんは何んでもある刑事事件の重大容疑者をかくまっていたらしい、という疑いがあるんだそうだ」

「まあ！」

　と、鮎子は呆然《ぼうぜん》として、暫《しばら》く口も利《き》けなかったが、その途端かしこい鮎子の頭にさっとひらめいたのは、白魚鱗次郎のことである。ひょっとすると、その容疑者というのは、鱗次郎のことではあるまいか。そう考えると、鮎子は豁然《かつぜん》として、ちかごろの芹沢の曖昧な態度の謎《なぞ》が解けるような気がした。

「いったい、その容疑者ってどんな人物なの」

「さあ、そこまでは知らない。何しろ又聞きのことだから――だがねえ、諏訪君、君もいまのうちに、さっぱり手を切っておいたほうが為だろうと思うぜ」

　山下はぐさりと、最後のとゞめを刺すようにそう言った。

二

　それから一緒に、晩御飯を食べたりして、鮎子が山下と別れたのは七時すぎのことだった。それまでには、山下との交渉も九分《ぶ》通りまで話がまとまっていたが、相手が即座にも契約書に署名しろというのを、鮎子が一時のばしに伸ばしたのは、その前に一度芹沢に会っておきたいと思ったからである。

鮎子は別に芹沢に未練があったわけではない。むしろ、こんな際に、綺麗さっぱりと手を切って独立することが出来たら、どんなにサバ〳〵するかも知れないと思っているくらいなのだが、気になるのは、芹沢がかくまっていたという刑事事件の容疑者のことなのだ。話の模様から考えて、どうもそれが白魚鱗次郎のように思えてならない。

もし、それが鱗次郎だったとしたら。――むろん芹沢が彼をかくまっていたのが、好意からでないことは分りきっている。

芹沢の陰険な性質をよく知っている鮎子は、それを考えると、怒りのために体がふるえるような気がするのである。

あゝ、白魚鱗次郎！――何んだって、自分はあの男のことがこんなに心配になるのだろう。ひょっとすると、自分はあの男を恋しているのではないかしら。あら、いやだ。あんな忌《いま》わしい人面瘡《じんめんそう》のある男なんて。――だが、そう考えながらも、鮎子の心は、何んともいえない熱さを感じて来る。

何んという不思議な男だろう。あの降誕祭前夜《クリスマス・イヴ》のパーティの席から、鱗次郎と間違えられて、ひょっとこ長屋へ拉致《らち》された鮎子は、はじめてそこで鱗次郎の前半生の一頁《ページ》を覗《のぞ》かされたのだ。幸いその場は、親分の関羽髯《かんうひげ》との間に、一種の妥協が成立して、無事に切り抜けることが出来たが、彼女の困難は、それだけではすまなかった。それから後《のち》彼女は、何度となく警察へ呼び出されると、鱗次郎との関係をしつこく追求されたりしたが、そういう迷惑を蒙《こうむ》れば蒙るほど、彼女の心は不思議と、鱗次郎に惹《ひ》かれて行くのだ。

その鱗次郎を自分から隠してしまって、一言もいわないなんて、何んという卑劣《ひれつ》なやりかただろう。そう考えると鮎子は、芹沢に対して制御することの出来ない憤懣《ふんまん》を感ずる。

（よし、これから行って、ひとつ芹沢の奴を取っちめてやらなければ――）

鮎子は山下と別れると、すぐ通りがかりの円タクを呼びとめて、芝にある芹沢の本宅へ駆けつけたのだが、もしこの時彼女が、ちょっとでも自分の行手に待ちかまえている、あの恐ろしい事件を予想することが出来たなら、勿論《もちろん》、そんな無鉄砲な真似はしなかったであろう。

それはさておき、鮎子が芝の白金《しろかね》附近で自動車を降りたのは夜も八時すぎの事だった。芹沢のうちは、表通《おもてどお》りからちょっと引込んだ小高い台地のうえに建っているのだが、鮎子が急ぎ足に、その邸宅の附近まで来た時である。とつぜん、チリンとこころよい音を立てゝ、彼女の足下までコロ〳〵と転がって来たものがある。見ると、何やら円《まる》いものが、暗い路上にピカピカと光っているのだ。

（おや！）と、身をかゞめてよく見ると、それは一枚の金貨だった。はっとした鮎子が、思わずそれを拾おうとしたとき、ふいにうしろからいやというほど、その腕を摑《つか》んだものがある。

「芹沢のうちへ行くんだね。そうだろう」

太い、ガラ〳〵とした声だ。はっとした鮎子が、うしろを振り向いてみると、松葉杖《まつばづえ》をついた男が、暗闇のなかから物凄《ものすご》い眼を光らせているのである。

「あ！」

鮎子が思わず声を立てそうにするのを、叱《し》っと制《おさ》えつけた松葉杖の男。

「ちょうど幸いだ。お前、芹沢の家《うち》へ行ってよく様子を見て来てくんねえ。どうやら、間違いが起っているらしいぜ。いゝかえ、そいつを見とゞけたら、早速親分のところまで報告するんだぜ」

松葉杖の男は、それだけのことを早口に囁《ささや》くと、金貨を拾いあげて、すました顔でのこ〳〵と立ち去っていく。暗い夜道の向うに、その姿が見えなくなるまで見送っていた鮎子は、ふいにゾーッとしたように身をふるわせた。言うまでもなく、この男はひょっとこ長屋の住人の一人なのだ。

この様子で見ると、どうやら彼等《ら》も芹沢に眼をつけはじめたらしいのである。鮎子はなんとも言えない悪寒が背筋を走るのを感じた。いっそ、このまゝ引き返そうかとも思う。しかし、彼等に命令されたことゝあれば、善《よ》かれ悪《あ》しかれ、絶対に服従しなければならぬ義務を、鮎子は背負わされてしまったのだ。もし、その命令にそむいたら。――彼女はふいと、過ぐる吹雪《ふぶき》の夜の、あの気味の悪い恐怖群像を思い出して、眼のまえがまっ暗になるような絶望感に襲われた。

ともかく、行って見よう。何か変ったことがあるらしいという。鮎子自身にもそれを知りたいという好奇心があるのだ。

鮎子はふらつく足を踏みしめて、斜《ななめ》についた石段をのぼって行くと、玄関の呼鈴《ベル》を鳴らした。森《しん》としている。人気《ひとけ》のないその邸宅の奥のほうで、ジリジリと鳴っている呼鈴《ベル》の音が、鮎子の胸のうえに黒い影を落した。

（誰もいないのかしら）彼女は呼鈴《ベル》を押すのを止めて一歩退《しりぞ》くと、家の中を覗いて見る。どの部屋も電気が消えてまっくらだった。この家には芹沢をのぞいて、すくなくとも三人の召使がいる筈《はず》なのである。その中《うち》の一人もいないとはちょっと受取れない。

鮎子は試みに玄関の扉を押して見た。扉は意外にもなんなく開いて、そのとたん、冷い風がゾッと鮎子の頬《ほお》をなでた。

鮎子は玄関で靴《くつ》を脱ぎ捨てると、手探りでうえへ上る。勝手知った家なのである。鮎子はとっつきの応接室を覗いてみた。誰もいない。

（二階かしら）鮎子が首をかしげながら、ホールの正面についている階段をのぼりかけた時である。うえのほうで、パラ〳〵と何かバラ撒《ま》くような音がした。続いてミシ〳〵と忍びやかに床を踏む音。

「誰？　誰か二階にいるの？」

声をかけたが返事はない。しかし、鮎子は構わず、まっくらな階段をのぼっていった。と、その時彼女は、何んともいえない厭《いや》な匂いがプーンと鼻を衝《つ》くのを感じた。それは実に名状することの出来ないような、今にもムカ〳〵と、嘔吐《おうと》を催《もよお》しそうなほどの、気持ちの悪い、物の焦《こ》げるような匂いなのである。

（何だろう。何の匂いだろう）まっくらな階段の途中に立ちどまって、鮎子はふと小首を傾《かし》げたが、そのとたん、彼女はつめたい手でスーッと、顔を逆様《さかさま》に撫《な》でられたような恐ろしさを感じた。

誰かゞ、彼女の体とすれ〳〵に階下《した》へ降りていく！

あやめも分《わか》ぬ闇の中なのだ。むろん相手の姿など見えっこないっ。だが、荒々しい心臓の音が、はげしい息遣《いきづか》いが、むっとするような温かい体温が、嵐のように彼女のからだに迫って来る。

「誰？」金切声《かなきりごえ》をあげて、鮎子がしがみ着こうとしたとたん、ド、ド、ド、ド！　と床を踏み抜くような音を立てゝ、相手は階段を駆け降りたかと思うと、鮎子が今、開けっ放しにして来た玄関の扉《ドア》を風のように潜《くぐ》り抜けていった。

それは真に一瞬の印象だった。その男が玄関の外へ消え去ろうとするその瞬間、鮎子はハッキリとそいつの姿を見た。——それはゴリラのような恰好《かっこう》をした、気味の悪い髯男だったのである。

鮎子はふいにゾーッと冷水を浴せられるような怖さを感じると、逃げ出す代りに、反対に二階へ駆けあがって、洋室になっている芹沢の居間へとび込むと、夢中になって壁際《ぎわ》のスイッチをひねった。

だが——

こゝも彼女にとっては安息の場所ではなかったのだ。彼女は一瞬、気が遠くなりそうな気がしたのである。見よ！　部屋いっぱいにバラ撒かれた夥《おびただ》しい金貨の数。それだけでも十分彼女を驚かせるに足りるのに、その金色燦然《こんじきさんぜん》たる床の片隅に、倒れている一人の男。——着衣からして、ひとめで芹沢と知れるのである。そいつが、赤々と燃えさかっている煖炉《ストーブ》の中に、顔と両手をつッ込んでいるその恰好《かっこう》の恐ろしさ！

あの嘔吐を催すような厭な匂いというのは、芹沢の顔の皮膚が破れ、肉が焦げ、血の煮えつく匂いだったのである。

第十編

鱗次郎哀傷の歌を歌うこと——恐怖におののく
唖娘——隅田河上の大捕物——逃げた大魚

一

「琴絵さん、君はどうして口が利《き》けないのかしら、妙だねえ」

湿《しめ》りを帯びた土が、しっとりと暖かい春の陽《ひ》ざしを吸って、ひろい庭のあちこちには、この二三日、目立って青い色がふえて来ている。

こゝは向島、白鬚橋《しらひげばし》にほどちかいかくれ住居《すまい》、庭のかなたには、隅田の流れがゆるやかに、春の陽をはらんでゝめっきりと陽気は春にむいている。そのかくれ住居の奥ふかく、日当りのいゝ縁側に、お雛《ひな》様《さま》のようになかよく肩をならべて、うっとりと小鳥の囀《さえず》りに耳をかたむけているのは、言わずと知れた鱗次郎と琴絵の二人なのである。

「ふつう世間でいう唖《おし》というものは、たいてい耳が聞えないせいなんだろ。琴絵さんはそうして、耳のほうはよく聞えるのに、どうして口が利けないのかしら」

「…………」

琴絵はだまって、長い袂《たもと》のはしをいじくっている。陽気のせいだろう、耳たぼが真紅《まっか》に上気して、くろい円の瞳《つぶらめ》がうっとりと濡《ぬ》れかゞやいていた。

鱗次郎はいまゝで、こんな綺麗な女《ひと》を見たことがないと思う。なんて可愛《かわい》いんだろう、まるでお人形のようだ。——とも考える。あのつや〳〵とした、柔かそうな肌にそっと手を触れてみたら、いったいどのような気がするであろう。——ふと、そんなことを考えてみて、我《わ》れにもなく、ぼうっと頰《ほお》を紅《あか》らめたりする鱗次郎だった。

「君のはきっと、ほんとうの唖ではないんだね。幼い時分になにか病気をして、それで舌の筋が引き釣るかどうかしたんじゃないかしら」

「…………」

琴絵はそうだ〳〵というふうに頷《うなず》いて見せる。

「若《も》し、そうだったら、お医者様に診《み》て貰《もら》うと治るかも知れないよ。私の知っている人で、やっぱり琴絵さんみたいに、耳は聞えながら、口の利けない人があったが、その人は九州の病院にしばらく入院しているうちに、まあどうだろう、すっかり口が利けるようになったじゃないか。ねえ、琴絵さんもそのうちに、是非《ぜひ》、誰か偉いお医者様に診て貰うとい丶よ」

「…………」

「琴絵さんは、口が利けなくてもそんなに美しいんだもの、もし、それで口が利けたら、まあ、どんなだろうね」

「…………」

琴絵は瞳《め》をかゞやかし、胸を抱きしめて、うっとりとしたように鱗次郎の顔を瞶《みつ》めている。あゝ、口が利けたら、鱗次郎の言葉に一々応答《うけこたえ》をすることが出来たら、どんなに嬉《うれ》しいことだろう。琴絵はそっと溜息《ためいき》をもらすと、侘《わ》びしげな影を頬にきざんで、膝《ひざ》のうえに眼を落す。

しかし、口が利けなくとも、現在彼女は必ずしも幸福でないことはない。ながい、ながい間、恋いこがれて来たその人と、今こうして二人きりでいられるその嬉しさ、口はよく利けずとも、彼女には男の言葉を聞きわける耳があるのだ。この際、それ以上のことをどうして望もうぞ。

暫《しばら》くたってから、琴絵はふと顔をあげた。それからそっと鱗次郎の膝に手をおくと、羞《はじ》らい勝ちな瞳《め》で、相手の顔を仰《あお》ぎながら、

「…………」

と、なにごとかを強請《ねだ》るような素振《そぶ》りなのである。

「なあに？」

「…………」

「あゝ、又あれかえ？」

「…………」

「だって、小父《おじ》さんに叱《しか》られるよ。あんまり歌を歌っちゃいけないって、小父さんが出ていく時、あれほどかたく言っていったじゃないか。ねえ、私たちはこゝで、誰にも知られないように、住んでいなければならないのだからね」

「…………」

琴絵は合点々々をしながらも、ちょっと悲しげに眼を伏せる。

いかなればこそ彼女は、こんなにまで鱗次郎の歌に心を惹《ひ》かれるのであろう。鱗次郎が歌う。そして彼女が恍惚《ほれぼれ》とそれに聞きとれる。――その時こそ、

琴絵は憂《う》いも辛《つら》いも、自分の身の悲しい不具であることも忘れてしまうことができるのだ。

　しょんぼりと首うなだれた、琴絵の様子を見ると、鱗次郎は思わずいじらしさがこみあげて来るのだ。

「いゝよ、歌ってあげるよ」

と、鱗次郎はそっと彼女の肩を引き寄せると、にっこりと美しい相手の瞳《め》のなかを覗きこみながら、

「だけど、たった一度きりだよ。だって、ほら、もう日が暮れようとしている。いつ何時、小父さんが帰って来るか知れやしないからさ」

　鱗次郎と琴絵とが、このかくれ家《が》に住むようになってから、もうかなりの日が経《た》っている。

　あの、凍るような雪の夜、池袋の幽霊屋敷を抜け出して以来、二人はあの不思議なゴリラのような老人と一緒に、人眼のない向島のこの屋敷のなかに、世間を憚《はばか》って住んでいるのだった。

　それにしても、あの老人はなんという不思議な人物だろう。鱗次郎はその人が決して悪い人でないことはよく知っている。しかし、その人の身辺には、いつも奇怪な秘密が渦を巻いているのだ。第一、自分たちを手篤《てあつ》くこゝにかくまってくれながら、ついぞその理由を話してくれたことがない。何んのために、自分や琴絵をこのように大切にしてくれるのか、一体、その人は自分の何に当る人なのだ。――鱗次郎はそれさえもまだ知らないのだ。

　分っているのは、その人がいつも悲しげな物思いに沈んでいること、琴絵や自分の顔を見る眼附きが尋常《じんじょう》でないこと。そして、時々、どこへともなく出ていって、帰って来る時は、いつもピカ〳〵とする金貨で、ポケットの中をふくらませていること。

――いったい、あの金貨はどこから持って来るのだろう。

　鱗次郎は、ふといつかあの幽霊屋敷の地下室で見た、

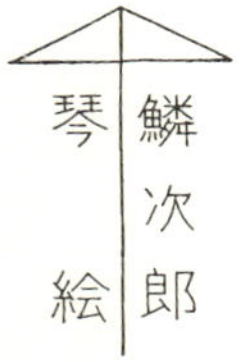

という、相合傘《あいあいがさ》の楽書《らくがき》を思い出した。
　ひょっとすると、あの楽書は、この不思議な、ゴリラのような老人の手になったものではなかろうか。――
「…………」
　琴絵がふいに催促《さいそく》するように、激しく膝をゆすぶったので、鱗次郎はハッと我れにかえって、

「あゝ、御免々々《ごめんごめん》、少し考えごとをしていたものだからね。それじゃ、歌って聞かせようか」

鱗次郎はちょっと胸を張った。

それから、幅の広い、綺麗な声で静かに歌い出したのである。

二

「おや！」

三津木俊助はふと足をとめた。

「あの声は――？」

「どうしたんだね。何かあるのかい？」

振りかえったのは由利先生である。百花園のほうから、白鬚神社の横を抜けて、白鬚橋のほうへ歩いていた二人だった。

「先生、ちょっとお聞きなさい、あの歌声を」

春とはいえ黄昏《たそがれ》の風はまだ冷いのだ。蒼茫《そうぼう》と脹《ふく》れあがった隅田川は、細い縮緬皺《ちりめんじわ》をきざんで流れている。その河風の中にまじって、いずこともなく聞えて来るのは、腸《はらわた》を断つような、切々《せっせつ》たる哀傷の歌声。

――

「ほゝう、なか〱いゝ声だね。しかし、あの歌がどうかしたというのかね」

「先生、私は、前に一度、あの歌を聞いたことがあるのですよ。そう、同じ歌です。そしてどうやら、歌の主も同じらしい」

「誰だい、その歌の主というのは？」

「白魚鱗次郎です」

「なんだって？」

「そうです、たしかにあの男です。私はいつかあの男が、ホテルの降誕祭前夜《クリスマス・イヴ》の席で、あれと同じ歌を歌うのを聞きましたよ」

「それじゃ、鱗次郎の奴、この近所に隠れているのかな。まさか、聞き違いじゃあるまいね」

「どうして聞きちがえるものですか。誰だって、一度あの歌声を聞けば、生涯忘れることはありませんよ」

「よし、それじゃ一つ、あの声をたよりに探して見ようじゃないか」

歌声は卒然として断《き》れた。が、しばらくすると又もや野面《のづら》を渡る風にまじって、嫋々《じょうじょう》として聞えて来る。

由利先生と三津木俊助の二人は、その歌声をたよりに、白鬚橋のほうから足を返して、河沿いに道を拾って行く。

「こゝですね」

やがて、俊助が声をひそめて立ち止《どま》ったのは、河沿いに建った、別荘風な冠木門《かぶきもん》のまえである。歌声はたしかにこの別荘の奥から聞えて来るのだ。

「踏みこんで見ましょうか」

「まあ、待ちたまえ。ひとつ近所で様子を聞いて見てからにしようじゃないか」

幸いその別荘から程遠からぬところに、一軒の小《こ》粋《いき》な茶店があった。その茶店の爺《じい》さんに、何気なく聞いてみると、

「そうですね、あの別荘はひと月ほど前まで空いていたのですが、近頃誰か住んでいるようです。どういう人が住んでいるのか、ついぞその姿を見たことがありませんが、時々あゝして、悲しげに歌を歌っているのが聞えますよ。あゝ、それから、もう一つ妙なことがあるんですがね」

と、そこで茶店の爺さんが急に顔をしかめていうには、

「時々、変な男が出入をするんですよ。ひょっとするとあれが別荘の主かも知れませんが、何にしても妙な人間ですね。なんというか、顔中髯だらけでしてね、そしてゴリラみたいな恰好をしているんですよ」

「ゴリラみたいな恰好をした男？」

由利先生と三津木俊助は思わず顔を見交せる。

「そして、そのゴリラみたいな男は、今でもあの屋敷の中にいるだろうか」

「さあ、今日のお昼頃、このまえを通ってどこかへ出かけていくのを見ましたが、帰って来るのをまだ見ませんから」

「そう」

由利先生はちょっと考えて、

「三津木君、ちょうど幸いだ。時分どきだから、こゝで飯を食わして貰おうじゃないか。爺さん、二階は空《あ》いてないかしら」

「さあ〳〵、どうぞ、こんな場所ですから何も出来ませんが」

二階の障子をひらくと、前の道から向うの別荘までひと目で見渡せるのだ。

「ふむ、これはいゝ都合だ。三津木君、こゝで奴の

帰るのを待ち受けていようじゃないか」

　由利先生と三津木俊助は、そこで簡単な食事をすませると、根気よく、あのゴリラ男の帰って来るまで待つつもりなのである。だが、それはなんという長い辛抱《しんぼう》だったろう。

　やがて日はすっかり暮れてしまって、暗い河の上を下って行く荷船の灯が、チラ〳〵と水のうえに瞬《またた》く頃になっても、まだあのゴリラ男の姿は見えないのである。

　七時が過ぎ、八時となった。しかしあの男は家の前を通らない。やがて九時の鳴るのが聞えた。たっぷりと祝儀《しゅうぎ》をはずんでおいたものゝ、そろ〳〵茶店の親爺《おやじ》が迷惑そうな顔色を見せはじめた時である。ふいに待ちあぐんでいた三津木俊助が、窓から顔を引っこめると、いきなり由利先生の方を振りかえった。

「来た！」

「来た？」

「来ましたよ、たしかにあいつです。ほーらごらんなさい。例のゴリラのような恰好でこちらへやって来ますよ」

　由利先生が覗いてみると、なるほど、暗い河沿いの道を、ヒョコヒョコと跳ぶような足どりで、こちらへやって来る姿が見える。冷い河風に肩をすぼめて、ちょうど真黒《まっくろ》な風のように地上を這《は》って走って来るのだ。

　むろん、相手はそんなところに自分を監視している者があろうなどと知る道理がない。

　チラと茶店の軒灯《けんとう》の中に姿を浮きあがらせたかと思うと、再び濃い闇のなかに溶け込むように消えていく。由利先生は黙ってその後姿を見送っていたが、ふいにぎょっとしたように俊助の方を振りかえった。

「見給《たま》え！　誰かあいつを尾行している奴があるぜ」

「え？」

　俊助が驚いて、ゴリラ男が今来たほうへ眼をやると、なるほど、物蔭《ものかげ》から物蔭へと伝わるようにして、こちらへ近づいて来る男がある。妙な歩きかただ。ピョンピョンと土のうえを飛ぶようにして、闇の中をこっちへやって来る。やがてその男の姿が、茶店のまえまで来たところを見ると、どうだろう、これは例の松葉杖の男なのだ。

「あっ！」

俊助が思わず首を引込めたその窓の下を、松葉杖の男は飛ぶようにして走り過ぎていった。

「ひょっとこ長屋の連中らしいね」

「そうですよ。私はたしかにあの男に見覚えがあります。いったい、どこから尾《つ》けて来やがったのだろう」

「何かまた、面白い芝居が始まるかも知れないぜ。どれ、我々もひとつ見物に出かけようじゃないか」

由利先生が腰をあげかけた時だ。一旦、まえを通りすぎた松葉杖の男が、再び引返して来ると、風のように茶店のなかへ躍り込んだ。

「爺さん、ちょっと電話をかりるぜ」

「さあ、さあ、どうぞ」

と、そういう声が聞えたかと思うと、松葉杖の男がせわしく電話の鈴《ベル》を鳴らしているのが聞える。

「ひょっとこ長屋へ、注進しているんだよ」

それを聞いた由利先生が、ドキリとしたような眼で俊助の方を振りかえった。

時刻からいうと、それは実に諏訪鮎子が芝にある芹沢万蔵の宅で、思いがけなくも芹沢の死体に躓《つまず》いた、そのちょっと後《のち》のことなのである。

三

「鱗次郎や。これ鱗次郎、起きないか。大変だよ」

そういう声に、仮睡《うたたね》の夢からふと眼覚めた鱗次郎が、顔をもたげてみると、いつの間に帰って来たのか、薄暗い座敷の隅にあのゴリラ男が物《もの》の怪《け》のように佇《たたず》んでいるのだ。

「あ、小父さん、いつ帰ったのです」

「そんなことはどうでもいゝ。さあ、大急ぎで身支《みじ》度《たく》をおし」

「身支度？　身支度をしてどうするのです」

「しっ！」

と、不思議なゴリラ男は、電灯の光から顔をそむけながら、

「そんな大きな声を出すんじゃない。この家《うち》を出ていくんだよ。こゝにいられなくなったのだ」

鱗次郎は、ぎょっとしたように息を呑《の》むと、

「誰かゞまた、このかくれ家を見附けたのですか」

「あゝ、そうだ。そうなんだよ。だから我々は大急ぎで、また隠れ家を変えなければならぬ。琴絵は――琴絵はどうしたね」

「琴絵さんは隣の部屋で寝ています。ついさっきまで待っていたんですけれど。起しましょうか」

「あゝ、起しておくれ、そしてすぐに身支度をさせておくれ。一刻もこゝに愚図々々《ぐずぐず》してはいられないんだから」

鱗次郎は不思議そうに眼をすぼめて、相手の顔を見ていたが、無言のまゝ立上ると、間《あい》の障子を開いて琴絵を呼び起した。この間に奇怪なゴリラ男は、手早く身のまわりの物をまとめて、荷作りをしている。

あわたゞしく鱗次郎に起された琴絵は、何ごとが起ったのかと、大急ぎで身仕舞いをすると、こちらの部屋へ出て来たが、ひと眼そのゴリラ男の姿を見ると、どうしたのか、きゃっと叫んで鱗次郎の胸に縋りつく。

「ど、どうしたのです、琴絵さん、何も怖いことはないじゃないか。小父さんだよ、お前さんの大好きな小父さんじゃないか」

「…………」

琴絵は何かいおうとして、激しく手真似をするのだけれど、口の利けないもどかしさ、蒼白《そうはく》の面《おもて》をひきつらせ、唯《ただ》おろ〱とわけの分らぬことを口走るばかり。

「どうしたんだい、琴絵さん、妙だねえ、今夜に限って、何をそのように怖がるのだい。小父さんがどうかしたというの」

と、不思議そうにゴリラ男のほうを振り返った鱗次郎、何を発見したのか突如、さっと顔色をかえたのだ。

「あ、小父さん、それ血じゃないか」

なるほど、ゴリラ男の羽織っている長い二重廻《にじゅうまわ》しの裾《すそ》に、べったりと附着しているのは、紛《まが》うかたなき生々《なまなま》しい血潮なのである。ゴリラ男は、あわてゝそれを隠しながら、

「いや、何んでもないのだ。さあ、用意が出来たらすぐに出かけよう。琴絵や、何をそのように愚図愚図しているのだえ。さあ、小父さんが手を引いてあげよう」

「…………」

琴絵はまるで毒虫にでも刺されたように、顔色をかえてとびのくと、やにわに鱗次郎の蔭にかくれようとする。

「どうしたのだえ。妙な娘《こ》だねえ。あゝ、お前は鱗次郎と一緒にいきたいのだね。よし〳〵、それじゃ鱗次郎、お前その娘の手を引いて、後から来ておくれ」

全《まった》く妙だった。琴絵はふだんからこの奇怪なゴリラ男をまるで親のように慕《した》っているのだった。それが今夜に限ってどうしてこんなにビク〳〵するのだろう。何かこのゴリラ男の様子に変ったところでもあるのだろうか。

鱗次郎はしかし、そんなに深く考えて見る余裕がなかったのだ。又しても追手が迫っているという。一刻も早く逃げ出さなければならない。彼は手早く身支度をとゝのえると、何《なん》に怯《おび》えてか、しきりに尻込みをしている琴絵を、叱《しか》りつ、すかしつしながら、ゴリラ男の後《うしろ》について部屋を出る。

外はねっとりした春の薄闇なのだ。ゴリラ男はツーと例の這うような歩きかたで庭を横切ると、河ぶちに建っている倉庫をひらいた。中には河から引込んだ水の上に、一艘《そう》のモーター・ボートがうかんでいる。

「さあ、早くお乗り、早く、早く、――あ、あそこへ来たのがそれではないかしら」

その時、土堤《どて》の闇をついて、わら〳〵とこちらへ群がり近づいて来る一団の人影が見えた。むろん、折からの闇の中、顔かたちまではっきり見えたわけではない。しかし、その姿の異様さ、罵《のの》しりあう声の気味悪さ、鱗次郎には、すぐにそれが何者であるか分ったのだ。

「あ、ひょっとこ長屋の連中だ」

鱗次郎にとっては、世にもこれほど恐ろしい連中はない。彼はいきなり琴絵の体を横抱きにすると、ボートの中に飛びうつる。ゴリラ男が纜《もや》いを解いて、ボートを河心《かしん》へ向けて出発させたのは、実に間髪を入れぬその瞬間だった。

ダダダダダダ、ダダダダダ！

けたゝましく水を切って進む機関《エンジン》の音に、ふと土堤の途中で立止ったのは、ひょっとこ長屋の総帥、関羽髯《かんうひげ》の長次なのである。長次はちょっと闇の中をすかして見て、

「野郎、あのボートに乗っているのが、そうじゃないか」

「あ、そうらしいですね、畜生《ちくしょう》、逃げやがった」

「おい、誰でもいゝ。その辺に舟はねえか、探して来い」

言下に二三の影がバラ〳〵と土堤をおりていったが、暫くすると、どこで徴発して来たのか、三艘のモーター・ボートに乗って、勢いよく帰って来た。

「親分、お乗りなすって」

「よし」

長次をはじめ、一同が、それに分乗すると同時に、けたゝましい爆音を立てながら、三艘のモーター・ボートは、まっしぐらに下流の方へ向って突進していく。

その頃には、鱗次郎を乗せた前なるモーター・ボートは言問の渡しをすぎ、橋場から今戸へとさしかゝっていた。

「見失うな。どこまでも追っかけろ」

静かな河上《かじょう》に、時ならぬ波紋を描いて、世にも奇妙な追跡なのだ。追う者はこれ、ひょっとこ長屋の片輪者ばかり、追わるゝは奇怪なゴリラ男に唖娘、そして稀代《きたい》の美少年。――夜の闇を破って、水煙が八方に散った。

モーター・ボートの機関《エンジン》が張り裂けそうな唸《うな》り声をあげる。

隅田公園をすぎ、吾妻橋から駒形橋へとさしかゝると、河上はしだいに舟の往来《ゆきき》が激しくなる。厩橋《うまやばし》へさしかゝった頃、砂利を積んだ数艘のつなぎ舟が悠々と先頭のボートの行方をさえぎった。そのために、鱗次郎の舟は、やむなく速力《スピード》を落さねばならなかった。

「そら、邪魔者が現れたぞ。今のうちだ」

ボートの中に棒立ちになった関羽髯の長次が声を嗄《か》らして叱咤《しった》する。先頭のボートとの間隔は刻々に狭まって来た。やがて、鱗次郎や琴絵の姿が、手に取るように見えて来る。

「しめた。あとひと息だぞ」

長次が叫んだ時である。突如、ビューッと風を切る音と共に飛んで来たのは一発の弾丸、長次の耳もとをかすめてすぐ傍《そば》の水に落ちると、さっと小さい飛沫《しぶき》をあげる。

「あっ」

と長次は体を伏せながら、

「気をつけろ、向うは飛《とび》道具を持っているぞ！」

見ると、向うのボートでは、運転を鱗次郎にまかせた、あの奇怪なゴリラ男が背中を丸くしてこちらを狙っているのだ。二発、三発、続けさまに弾丸《たま》は、長次の耳もとをかすめてうしろへとんだ。危くて、とてもこれ以上、近寄れそうもないのである。

その間に、ようやく砂利舟をやり過した鱗次郎が、ふたゝびスピードを増したから、見る見るうちに追跡して来るボートとの間に水をあけてしまった。

「畜生！」

長次が関羽髯を逆立てゝ口惜《くや》しがったが追いつかぬ。暗い河の上には、こうして再び四艘のモーター・ボートの不思議な追跡が絵巻物のように繰りひろげられていくのだ。

やがて先頭のモーター・ボートが蔵前から両国橋、浜町河岸から新大橋へとさしかゝったその時だ。

突如、暗い河岸から十数艘のモーター・ボートが現れたかと思うと、あっという間もない、魚を掬《すく》う投網《とあみ》のように、バラバラと追って来る三艘のボートを取り巻いたのだ。

「しまった！　水上署のボートだ」

最早《もはや》どうすることも出来ない。逃げようとすれば、いよ〳〵ボートは網の口をしぼるように、ジリ〳〵とこちらへ迫って来る。やむなくスピードをおとして待っているうちに、口惜《くや》しや先頭のボートは、やゝみくもにその包囲をつッ切って、河下へ姿を消していった。やがてタタタタと水を切りながら、長次の舟に近づいて来たのは、赤い灯をつけた一艘の汽艇《ランチ》。

「とまれ！　停まらぬと汽艇《ランチ》をぶッつけるぞ」

乱暴な話だ。汽艇《ランチ》をぶッつけられた日には、ひとたまりもなく、けし飛んでしまうだろう。

「旦那《だんな》、どうなさるんで、俺《あっし》たちは決して怪しいものじゃありませんので」

「まあいゝ、今河上から手配があったところだ。このまゝ暫く待っていろ」

警部らしいのが汽艇《ランチ》の中から叫んでいる時、やがて一艘のモーター・ボートが水煙をあげながら、河上から下って来たかと思うと、ピタリと水上署の汽艇《ランチ》の側《そば》に横着けになった。

言うまでもなく由利先生と三津木俊助なのである。由利先生は警部と二言三言、言葉を交していたが、やがて順々にモーター・ボートの中を見廻って、

「おや〳〵、肝腎《かんじん》の奴はいないじゃないか」

と、大声で、

「警部さん、この他にもう一艘河上から下って来た奴がある筈なんですがね。ゴリラみたいな奴を乗っけた舟ですが」

「あゝ、それなら我々がこいつを取り巻いている間に、まっしぐらに河下へ向って走っていきましたぜ」

取り巻いた警官のボートからそう答える声がする。

「なんだ。チェッ！　捕《つかま》えて貰いたいのはそいつだったんじゃありませんか」

俊助が、地団駄《じだんだ》を踏んで口惜しがっても追ッつかない。暗い闇の中に溶けこんだ空と水との間には、もはやどこにもその姿は見えなかった。大魚は遂に網の目を破って逸《いっ》し去ったのだ。

由利先生は、長次のそばにボートを廻すと、

「まあいゝ。雑魚《ざこ》でもこれだけ掬《すく》えば十分だ。おい、関羽髯」

長次はギロリと眼を光らせた。

「貴様はどういうわけで、そんなにあの男をつけ廻しているんだね」

「旦那」

長次は傲然《ごうぜん》として由利先生の眼を見返すと、

「俺《あっし》は人殺し野郎を捕えてやろうと思っていたんでさ」

「人殺し野郎？」

「そうですとも、あのゴリラ野郎の人殺し野郎でさ」

「いったい、彼奴《あいつ》が誰を殺したというんだね」

「芹沢でさ」

「芹沢――？」

由利先生はドキリとしたように、

「芹沢万蔵かね」

「そう〳〵、その芹沢万蔵なんでさ。旦那は何も御存知ねえと見えるが嘘《うそ》だと思うんなら、芝の屋敷へ行って御覧なさい。芹沢の野郎が冷たくなって伸びているって話ですぜ。俺《あっし》はたった今、その報告を受けたばかりなんです」

由利先生は思わず俊助と、深い驚愕《きょうがく》の眼を見交したのである。

第十一編

隠された財宝のこと――由利先生人面瘡の謎を解く――秘中の秘――時計塔にブラ下る人間蜘蛛のこと

一

「いったい、ひょっとこ長屋の連中が、どういうわけで鱗次郎の後を、あんなに、しつこくつけ廻わしているか、君には、その理由《わけ》がわかるかい」

あの隅田河上の大捕物があってから、二三日後のことだ。市ケ谷のお濠《ほり》を見下ろす、由利先生の宅の二階の書斎には、和《なご》やかな春の陽ざしが斜めにあたって、室内にたてこもった煙草《タバコ》の煙が美しい虹をつくって渦巻いていた。

「どうも、あれは変ですね。奴《やっこ》さん、どんなに詰問《きつもん》されても泥を吐かないそうです。しかし、彼奴《きゃつ》も鱗次郎の身にまつわっている秘密を、いくらか知っているんでしょうな」

俊助は上気した頬をなでながら、真正面から由利先生の顔を見返していた。

「いくらかどころじゃないぜ。彼奴《あいつ》はなか〳〵抜目《ぬけめ》のない奴だ。この事件に於《お》ける最も重大な秘密を彼奴はちゃんと嗅《か》ぎつけているんだ」

「一番重大な秘密というと？」

俊助は不思議そうに目をまたゝく。由利先生は急に体を前へ乗り出して、

「君はこの間、芹沢が語った鱗次郎の身の上を聞いたゞろう。鱗次郎の親父の芹沢圭介というのが、友人を殺して未《いま》だに行方《ゆくえ》をくらましているということを。――ところで、あの時、芹沢の奴、故意にかそれとも忘れていたのか、一番重大なことを言い落しているのだ。というのは他でもない、芹沢圭介は行方をくらますまえに、あらゆる財産を金貨にかえて、どこかへ隠匿《いんとく》したらしいんだよ」

「あ、なるほど」

俊助は驚いたように、

「すると、ひょっとこ長屋の連中が覘《ねら》っているのは、その財宝なんですな」

「そうなのだ。その当時の金《きん》にしても、それは相当なものだったというから、金の値の上っている現在

では、おそらく莫大もないものだと思われる。あの連中が死者狂《しにもの》いになって鱗次郎のあとを追っかけ廻しているのも無理のないことだろう」

「わかりました。しかし」

と、俊助はふいに興奮の表情《いろ》をうかべると、

「しかし、誰かその財宝の所在を嗅ぎつけた奴があるんじゃありませんか。ほら、芹沢の死体の側に転がっていた、あの夥《おびただ》しい金貨――」

「そうなんだ」

由利先生は考え深そうに、

「しかし、今のところ、その財宝の所在《ありか》を知っていると思われる人間はたゞ一人しかない。つまり、そいつを隠した圭介のほかにはね」

「すると、圭介はまだ生きているということになりますね」

「そう、生きている。そして、あのゴリラのような怪物が、その圭介なんだよ」

「なんですって!」

俊助は思わず拳を握りしめて由利先生の顔を見た。この事件は最初から、人の意表に出るような不思議な出来事の連続だった。しかし、隠された財宝と、芹沢圭介の生存説ほど、俊助をしん底から驚かしたものはない。

「すると、――すると圭介の奴は弟の万蔵を殺した――ということにもなりますね」

「そう、現在のところそうとしか思えないね。しかし、あの芹沢万蔵の殺害事件には、いろ〳〵と辻褄《つじつま》のあわないところがあるから、尚いっそう、よく調べて見なければ、何んともいえないね。それより――」

と、由利先生は火の消えた葉巻を灰皿のなかに投げ捨てると、改めて新しいのを手にとりながら、

「今のところ一つ、この財宝について研究して見ようじゃないか。もし、そういう財宝が夢物語でなくて、現実に存在するとしたら、それは当然われ〳〵の親愛なる白魚鱗次郎君のものになるわけだからね」

由利先生はうっとりしたような眼で、葉巻きの先を眺めながら、

「ひょっとこ長屋の連中も、おそらくこの財宝のことを嗅ぎつけているにちがいない。それにも拘《かかわ》らず、彼等はその財宝の所在《ありか》を探そうともしないで、鱗次郎の後ばかりつけ廻しているのは、いったいどうい

うわけだろう」

「それはむろん、鱗次郎がその所在を知っていると思っているからでしょう」

「しかし、鱗次郎がそれを知っていたら、今迄《まで》あんなに苦労しやしないよ。当然、自分でその財宝を取り出して使うだろうからね。そして、そのことをひょっとこ長屋の連中もちゃんと知っている筈《はず》だ」

「そういえばそうです。しかし、では何故《なにゆえ》、あんなに血眼《ちまなこ》になって、鱗次郎のあとを追っかけ廻すのでしょう」

「それだよ」

由利先生はギロリと眼を光らせると、

「鱗次郎はおそらく、そんな財宝のあることとさえ知らないだろう。しかしね、鱗次郎を手に入れることによって、その財宝の所在が分ると信じられるような節《ふし》があるんだね」

「と、仰有《おっしゃ》ると？」

「つまり、鱗次郎の体のどこかに、財宝の隠し場所を示した何物かゞ、隠されているということになるのだ」

俊助は一瞬間、呆然《ぼうぜん》とした。そんな不思議なことが世にあり得るだろうか。莫大もない財宝の秘密を、自分の身に背負《しょ》いながら、しかも世間から隠れ住まなければならぬ男。――あゝ、なんという不思議な存在だろう。

「しかし、しかし」

と、俊助もしだいに興奮して来ると見えて、思わず吃《ども》りながら、

「それなら、鱗次郎も自分でそれに気がつかなければならない筈じゃありませんか」

「ところが、それは誰の眼にも気附かないようなところに隠されているのだ。三津木君！」

と、由利先生は急に声を低めると、

「君はこの間、池袋の座敷牢《ざしきろう》のなかで、不思議な稚《ち》児文殊《もんじゅ》の押絵《おしえ》を見たね」

「えゝ、見ました」

「あの押絵の稚児にも、奇怪な人面瘡のあったことを覚えているだろう」

「覚えています」

「しかも、あの押絵の人面瘡の中からは、妙な黄金観世音《かんぜおん》が出て来たじゃないか。この事実は、いったい何を示していると君は思うのだね」

「あっ！」

俊助は、ふいに低い叫び声をあげた。それから俄《にわか》にテーブルのうえに体を乗り出すと、

「すると、もしや鱗次郎の人面瘡の中にも――」

と、言いかけて、しかし、あまり事の不思議さに、思わず呼吸《いき》を呑込んだのである。

由利先生は初めてにっこりと微笑をうかべると、

「そうなのさ。それがこの事件に於ける最も神秘的な秘密の一部分なのさ。あの押絵はね、鱗次郎の体にも、これと同じような秘密がかくされているぞという、無言の啓示なのだよ」

「しかし、まさか鱗次郎の人面瘡に――」

「いや、一概に否定するわけにもいかないのだよ。俺はまだ、鱗次郎の人面瘡というのを、直接見たことがないから、はっきり断言するわけにはいかないけれど、この間さる外科の大家に質問して見《き》たところが、一旦肉を断り裂いて縫合《ほうごう》したその跡が、妙な瘢痕《はんこん》としてのこり、それが人間の顔みたいに見えないこともあるまいという説だった。殊《こと》にそれは、施術者が未熟な場合には、いっそうあり得ることだというのだ。ところで、鱗次郎の場合は、俺《わし》の想像が当っているとすれば、当然施術者は親父の圭介であらねばならない。つまり全くの素人《しろうと》なのだ。そこにあゝいう奇妙な瘢痕が残るというのも、頷《うなず》けないことではないじゃないか」

あゝ、何んという奇怪な秘密、秘中の秘、謎の中の謎というも、全くこれ以上不思議な事実は、またとこの世にあろうとは思われない。

俊助が、しばし呆然として、いう言葉もなかったのは、全く無理もない話であった。

「すると、芹沢圭介は、財宝の所在を示す鍵《キー》を、自分の息子《むすこ》の中にかくしておいたのですね」

「そうなんだ。自分の最も愛する息子。――もし自分の身に万一のことがあった場合には、是非《ぜひ》ともその財宝を継承させたい。その息子の体に人知れず黄金の護符《ごふ》を縫い込んでおいたのだよ。ね、だからこの財宝を手に入れようとする者にとっては、およそ鱗次郎の体が大切なものになって来る。あの男こそは、生きながら、莫大な財宝を示す秘密を背負った、一つの不可思議な鍵《キー》、人間鍵なのさ」

由利先生はそういうと、名状することのできない複雑な表情をして見せるのだった。

由利先生と三津木俊助のあいだに、以上のような話が取り交された、その同じ夜のことだ。

若《も》し人が、真夜中の二時頃、池袋附近にあるあの幽霊塔のそばを通りかゝったとしたら、この人は世にも不思議なものをそこに発見したであろう。

武蔵野の疎林《そりん》にとりかこまれた小高い丘のうえに、屹然《きつぜん》として聳《そび》えている奇怪な時計塔。――折からの冷い月光に、きらきらと光りかゞやいているその時計塔の盤面に、その時一匹の蜘蛛《くも》のようなものが、もくもくと蠢《うごめ》いているのを発見したことに違いないのだ。

むろん、これが蜘蛛などである筈がなかった。丘の下から見れば、それ程大きいとは見えなかったけれど、側《そば》へよって見れば、それでもその時計の文字盤は、畳八畳を敷けるくらいの大きさは、優に持っているのだ。その文字盤のうえにいてさえ、相当大きく見えるのだから、その蜘蛛はよっぽど巨大なものにちがいない。――もし、その通りがかりの人が、双眼鏡か何《なん》かで見たとしたら、彼はすぐそれが人間であることに気がついた筈である。

しかし、一体、誰が何んのために、そんな危っかしい場所で、綱渡りのような真似をしているのだろう。まさか、この夜更けに軽業《かるわざ》の稽古でもあるまいに。

全く鱗次郎――その奇怪な人影こそ鱗次郎その人にちがいなかったのだ――にとっては、それは軽業どころの暢気《のんき》な沙汰《さた》ではなかった。

彼は今、生命がけでその時計塔から逃げ出そうとしているのだった。見ると白っぽい寝巻を着た彼の右の肩からは、まっかな血が泉のように吹き出して、胸から腹へかけて、一面の血潮が流れている。その痛手を必死となってこらえながらも、鱗次郎は時計の長針から短針へと渡って逃げ出そうとしているのだ。針は今、ちょうど二時五分のところを指し示していた。

ふいに、その文字盤の上方にある小さい孔から、あのゴリラのような髯男が顔を出した。

「鱗次郎や、鱗次郎や、さあ、もうあんな手荒な真似はしないから、おとなしくこちらへ還《かえ》っておいで。お前、そこから落ちたことなら、それこそ、生命も何もあったものではないぞ」

鱗次郎は太い鋼鉄の針にブラ下ったまゝ、真蒼《まっさお》な顔をして、その不思議なゴリラ男の顔を見上げている。美しい面差《おもざし》が恐怖のために引き釣って、唇が歔欷《すすりな》くようにわな〳〵と顫《ふる》えているのだ。

「いやです、いやです。小父さんは気が狂っているのです」

鱗次郎は、はげしく身顫いをしながら、やっとそれだけのことを言った。

「馬鹿な、気が狂ってなどいるものか」

「だって、だって」

と、鱗次郎は今にも泣き出しそうな声で、

「私が寝ているところを、だしぬけに斬りつけたりして。――小父さんは、気が狂って私を殺してしまうのでしょう」

「そうじゃないよ、鱗次郎、まあお聞き」

ゴリラ男は小窓からます〳〵体を乗り出して来たけれど、まさか鱗次郎の真似をして、危い曲芸を演ずるほどの勇気はないらしい。

「理由《わけ》も話さずにいきなり斬りつけたのは、私が悪かったけれど、お前を殺そうなんて、誰がそんなことを思うものか。ねえ、鱗次郎、私にはどうもお前の人面瘡が気になってならないのだよ。お前だってそうじゃないか。そんな忌《いま》わしい腫物《おでき》を、いつまでも肩にくっつけておくことはないだろう。さあ、今度は決して手荒な真似はしないから、おとなしく上へあがっておいで」

「いやです、いやです！」

鱗次郎はいよ〳〵必死となって、

「だって、あなたは琴絵さんを殺してしまった。あんなに可愛がっていた琴絵さんを殺すなんて、あなたはやっぱり気が狂っているのだ」

「馬鹿な、誰があの娘を殺すものかね。怖がって騒ぎ立てゝもしたら困ると思ったから、ちょっと薬で睡《ねむ》らせておいたゞけのことさ。さあ、あの娘が睡っている間に、手っ取り早く手術を済ましてしまおう。そうすれば、お前だってどんなにせい〳〵するか知れないよ」

鱗次郎は返事をしなかった。返事はしなかったけれど、しだい〳〵に文字盤の下のほうへ降りていくところを見ると、まだその男の言葉を信用する気にはなれないと見える。

全く鱗次郎にとっては、今夜のその男の行動は気が狂っているとしか思えないのだ。かつて、この同じ幽霊屋敷から救い出されてからというもの、その人はいつも親切で優しい小父さんだった。自分にとっても、琴絵にとっても、まるで親のように慈悲深く寛大な人だった。

それがこの二三日、忽然《こつぜん》として性格が一変してしまったのだ。ついこの間まではあんなに慕い、懐しがっていた琴絵が、ちかごろではこの人を見ると、毛虫に触られたように悲鳴をあげるのだ。いやいや、琴絵ばかりではない、そういう鱗次郎自身も、このごろでは、この人が側《そば》へよると、どういうわけかゾーッと寒気立つような不気味さを感ずることがある。何故《なにゆえ》だか分らない。分らないから、いっそう気味が悪いのだ。

そこへもって来て、今夜彼がこの幽霊塔の中にある密室に眠っていると、ふいにその人が刃物を持って忍びこんで、いきなり、彼の右肩にあるあの人面瘡に斬りつけたのだから、鱗次郎がテッキリ相手を発狂したものと考えたのも無理ではなかったのである。

「さあさあ、そう強情を張らずに早くうえへ上っておいで。ほらほら、そんなに血が吹き出しているじゃないか」

「いやです、いやです。小父さんはそこにまだ、あの恐ろしい刃物を持っているじゃありませんか。上って行けば、きっと私を殺してしまうのに違いありません」

だが、そういううちにも、彼の右肩から流れ出る血潮の量は、ますます多くなって来る。やがて、それが寝巻の襟《えり》をつたって、タラタラと、銀色の文字盤のうえに流れ落ちた。

鱗次郎はしだいに全身から力が抜けていくのを感ずる。何しろ体を支える場所とては、どこにもない滑々《すべすべ》とした時計のうえなのだ。長短二本の針だけが、彼にとっては生命の綱なのである。

しかし、その針を持った手もしだいにしびれて来る。いかにその昔、サーカスで鍛えた体とはいえ、いつまでもそんなところにブラ下っていられるわけのものではない。

上へあがろうか。——しかし、そこには気の狂った男が、血刀を提《さ》げて待っているのである。下は

――下は十数丈《じょう》もあろうという塔の側面なのだ。どうしてこれを降りることが出来よう。鱗次郎は真蒼になった。全身に汗がいっぱい浮いて来る。

――と、その時、ふいにゴリラ男が鋭く歯を嚙《か》み鳴らす音がきこえた。早春の冷い月光を浴びて、その男は髯だらけの顔のあいだから、きらきらと光る、猛獣のような歯を出して冷嘲《あざわら》った。

「よし、よし、お前が飽《あ》く迄《まで》あがって来るのがいやだというなら、どうせ、同じことだ。こうしてやろう」

そういったかと思うと、ふいにその男は、覗き孔《あな》から半身乗り出して来たのである。鱗次郎はそれを見ると、全身にツーッと冷い悪寒を感じて歯がガタガタと鳴った。乗り出したゴリラ男の手の先には、血に塗《まみ》れた刃物が光っているのである。

「ほら、こうしてやればお前はどうする!」

そう言いながら、男はいきなり、さっとその刃物を鱗次郎の手のうえに振りおろした。

「あっ!」

鱗次郎が周章《あわ》てゝ、長針を握っていた手を握りかえようとした時である。一度空《くう》を切った刃物が、再び、さっと彼の小指のうえに落ちて来た。

「あ、ああ、――!」

魂《たま》消《げ》るような絶叫とともに、手をはなしたからたまらない。さあーっと黒い尾を曳《ひ》いて鱗次郎の体は礫《つぶて》のように塔のうえから落ちていった。

時計塔は何も知らぬげにギリ〳〵と、機械的な音を立てゝ動いている。冷い風がその時、ドッと時計塔をゆすぶって、どこやらで月夜鴉《つきよがらす》が寒そうに鳴いた。

第十二編

檻の中の唖娘のこと――恐ろしき手術――血塗れ観世音のこと――「九時、七時、三時」

一

時計塔がくる〳〵と旋廻して、大地が恐ろしい勢いで盛りあがって来る。

まっくろな旋風なのだ。

その旋風に揉《も》まれもまれて、葉の落ちた武蔵野の疎林《そりん》が、屏風倒《びょうぶだお》しに四方から、どっとのしかゝって来たかと思うと、その瞬間、万華鏡《まんげきょう》のように鱗次郎の眼底に交錯したのは、恋しい琴絵の眼差《まなざし》、鮎子の面影《おもかげ》、由利先生や三津木俊助の顔から黒痣《くろあざ》の物凄《ものすご》い形相《ぎょうそう》、さては、ぞっとするようなひょっとこ長屋の住人たちの顔、顔、顔――

(あ、あゝッ!)

恐ろしい悲鳴が鱗次郎の唇《くちびる》をついて丘の空気をゆるがした。

まっくろな死の翼が、すっぽりと彼の周囲をつゝんで、鱗次郎はやがて、底知れぬ闇のなかへと墜《お》ちていくのだ。

ドサリ。――枯枝を折るような鈍《にぶ》い物音。

(あ、あゝッ!)

切《せつ》なげな呻吟《しんぎん》とともに、鱗次郎は二三度、痙攣《けいれん》するように四肢《てあし》を大きく顫《ふる》わしたが、それきり彼は動かない。塔の周囲はしいんとしたもとの静けさに立ちかえる。空には吹きちぎったような黒雲が片々《へんぺん》として飛んで、その雲の切間から、異様に明るい星が二つ三つ、チカ〳〵と瞬《また》いている。嵐が近いのだ。

一分、――二分――。

鱗次郎はまだ動かない。あゝ、彼は死んでしまったのであろうか。いや〳〵、安心したまえ、鱗次郎はまだ死んでいるのではなかったのだ。なんという幸いなことだったろう。彼の墜落した場所には、なにゝするのか、枯木や枯草が山のように積上げてあったから、身にはかなりの打撲傷を負うたものゝ、鱗次郎はまだ死んではいなかった。たゞ気をうしなったゞけなのだ。

静かだ。万物が死んだように動かない。どこか遠くで、ホー〳〵と梟《ふくろう》の鳴く声がきこえる。

——と、この時。

コト〳〵とせわしげな跫音《あしおと》がきこえて来たかと思うと、あの恐ろしいゴリラ男が、きょろ〳〵とあたりを見廻しながら近附いて来た。さすがに顔中の髯《ひげ》が逆立って、血走った眼は怯《おび》えたように戦《おのの》いている。手にはまだ血に塗《まみ》れた短刀をひっ提《さ》げているのである。

ゴリラ男はふいにぎょっとしたように立ち止ると、枯草のうえをすかして見る。それからにやりと気味悪い微笑をうかべると、猫《ねこ》のように音のしない歩きかたで近づいて来た。短刀を懐中におさめ、恐る恐る鱗次郎の胸に手をあてゝ見て、

「ふゝん、後生《ごしょう》のいゝ奴だな。まだ生きていやあがる」

ひくい呟《つぶや》きをもらすと、いきなりズル〳〵と鱗次郎の体を、枯草のうえから引きずりおろして、軽々と抱きあげた。

「ふゝふ、どうせこうなるとわかっているんだ。初手からじたばたしなきゃいゝのに」

キイ〳〵と歯を嚙《か》み鳴らして、嘲《あざけ》るような笑い声をあげると、あのよぼ〳〵の風采にも似合わしからぬ歩調《あしどり》で、塀を廻って屋敷の中へ入っていく。

がらんとした人気のない屋敷うち、その一隅にそそり立っている、土蔵のような白堊《はくあ》の塔のなかへ、ゴリラ男は足早に入っていく。

塔のなかはまっくらだった。逃げ場のない空気が、どろんと澱《よど》んで、埃《ほこり》っぽい匂いがぷんと鼻をつく。しかしゴリラ男は平気なのだ。ぐったりとした鱗次郎の体を胸に抱いたまゝ、物《もの》の怪《け》のように、一階、二階、三階と、危《あぶな》っかしい階段をのぼっていく。一歩ごとにキイ〳〵と足のしたで階段が軋《きし》って、おりおり蜘蛛《くも》の巣が顔にかゝるのである。

「えゝい、気味の悪い」

ゴリラ男はそいつを払いのけ、払いのけ、やっと三階まで辿《たど》りついた。

ぼろ〳〵に壁の剝《は》げた廊下に、蝶番《ちょうつがい》の外れた扉《ドア》が、跛《びっこ》を曳《ひ》くようにな ゝめに傾いている。ゴリラ男はそいつを足で押しひらいて、くらい部屋のなかへはいっていくと、どっさりと音をたてゝ、鱗次郎のからだを木製の寝台のうえにおいた。

「あゝあゝ、こん畜生《ちくしょう》、自棄《やけ》にまた骨を折らせやがったな」

とん〳〵と腰骨を叩いて、脚長蜘蛛《あしながぐも》のようにうんと大きく伸びをすると、きょろ〳〵とあたりを見廻し、それから、消えていた洋灯《ランプ》に灯をいれる。この時計塔には電気の設備がなかったのである。

煤《すす》けた洋灯《ランプ》に灯がはいった。

見るとこの部屋には窓もなければ、敷物も敷いてない。剝げちょろけの漆喰《しっくい》の床には、木製の寝台がひとつ、古びた椅子卓子《テーブル》、それから塗《ぬり》の剝げた西洋戸棚《とだな》のうえには、二三本の洋酒の瓶《びん》と、粗末《そまつ》な盃《グラス》が二つ三つ。だが、そのほかにもう一つ奇妙なものがそこにある。

檻《おり》なのだ。

太い鉄格子の嵌《は》まった檻——猛獣を入れる檻なのだ。いったい、なんのために、こんなところに檻などがおいてあるのだろう。

ゴリラ男はにやりと薄気味の悪い微笑をもらした。それからクッ〳〵と咽喉《のど》の奥で笑いながら、戸棚のうえから洋酒の瓶と盃《グラス》をとり出し、二三杯、立てつゞけに呷《あお》った。

やがて髯《ひげ》だらけの顔に、ニューと太い血管が膨《ふく》れあがって来たかと思うと、からりと盃《グラス》を投げ出して、鱗次郎の側《そば》へよろ〳〵と寄り添うと、見るみるうちに、太い荒縄でその体を寝台の脚に縛りつけてしまった。

と、この時である。

はた〳〵と軽い足音がしたかと思うと、花の崩れるように、この部屋のなかへ駆けこんで来たものがある。

琴絵なのだ。琴絵は一瞥《ひとめ》、鱗次郎のすがたを見ると、裾《すそ》を乱して、

「…………！」

世にも悲痛な叫び声もろとも、その体に縋《すが》りついた。

「…………！」

あゝ、物言わぬ唇のもどかしさよ、琴絵は狂気の如《ごと》く、両の袂《たもと》で犇《ひし》とばかり、鱗次郎のからだを掻《か》いだき、かき抱き、頰《ほお》ずり、接吻《くちづけ》、熱い泪《なみだ》が雨となって鱗次郎の頰に降り灑《そそ》いだが、蠟《ろう》のように蒼褪《あおざ》めた鱗次郎は、死んだように動かないのだ。

「…………！」

琴絵はつと鱗次郎のそばを離れると、あの恐ろしいゴリラ男に取り縋り、身振り、手振りで哀訴、歎《たん》

願《がん》、両手を合せて伏《ふ》し拝《おが》むようすのいじらしさ。

「琴絵や、琴絵や、どうしたものじゃ。何も心配することはありゃせん。鱗次郎は死んじゃいない。ね、あのとおり静かに呼吸《いき》をしている。さあ、そっちへ退《ど》いておいで」

琴絵はきかないで、駄々《だだ》っ児《こ》のように首をふるばかり、白い項《うなじ》におくれ毛がはら〱とかゝって、涙が頬を伝うのだ。

琴絵はふいに相手の懐中《ふところ》に手を入れた、と見るやズラリと引き抜いたのは短刀だ。

「あ、危い、何をする」

琴絵は無言のまゝ短刀をひっ提げて、鱗次郎のそばへ駆けよると、縛《いまし》めの縄を切ろうとするのだ。

「えゝい、何をするのだ、危いからお止《よ》しといったら」

揉みあうはずみに、琴絵はあっとひくい叫び声をあげて短刀をとり落した。見ると白魚《しらうお》のような小指の先から、ポッチリと紅《あか》い血が噴き出しているのである。

「そら、言わぬことじゃない。さあ向うへいっておいで、何も心配することはないのだから向うへ。

——えゝい、面倒な」

ガッキリとうしろから羽掻締《はがいじ》めにしたゴリラ男、いやがる琴絵のからだをズル〱と引きずっていくと、ぽんと放りこんだのはあの檻の中である。がら〱どしんと鉄格子《てつごうし》をおとすと、ピンと鎖《かけがね》をはめて、

「はゝゝは、こりゃいゝ、こいつは思いつきだ。こうしておけば邪魔される心配はないて。琴絵や、そこで見ておいで、いまに面白いことがはじまるからな」

言いつつゴリラ男はふと気がついたように天井からブラ下っている太い綱に眼をつけると、これを檻のうえの環《わ》に通し、そしてその一端をかたわらにあるハンドルに巻きつけた。

「ふゝゝふ、こいつはいよ〱面白い。高見《たかみ》の見物とはほんとうにこのことじゃ。琴絵、おまえも面白かろう、ふゝゝふ、おまえも面白かろうな」

ハンドルをぐる〱廻すにしたがって、あゝ何んということだ、檻はしだいに床をはなれて、ゆらりゆらりと、高い天井へのぼっていくのだ。やがて程よいところで、ハンドルを巻く手をやめたゴリラ男、

三間《げん》ほどうえにブラ下っている檻を見あげて手をうって喜んだ。子供のように腹をかゝえ、地団駄《じだんだ》を踏みながら笑うのだ。笑って、笑って、しまいにはポロポロ涙さえこぼした程だ。

その笑いがやっとおさまると、ケロリとして盃をとりあげた。そして五六杯、たてつゞけに呷っていたが、そうすると、さっきからの疲れが一時に出たのであろう、よろ〳〵と傍《かたわ》らの椅子に腰をおとすと、そのまゝ、ぐっすりと眠りこんでしまったのである。

二

さて、その次《つ》ぎにゴリラ男が眼をさました時には、夜はとっくに明けはなれて、暁とともにやって来たひどい嵐が、今にも吹き倒しそうにガタ〳〵と塔をゆすぶっているのだった。

その物音にふと眼をさましたゴリラ男、寒そうにひとつ嚏《くさめ》をすると、ぶる〳〵と体をふるわしながら立上った。薄白い光が壁のすき間から這《は》いこんで、その中に消え残った洋灯《ランプ》が、おぼつかなげに瞬《また》たきながら、まるで時計の振子のように激しく左右に揺れている。

ひゅうッ、ひゅうッ。——と、鞭《むち》を鳴らすような風の音、めり〳〵と根太《ねだ》の裂けるような無気味な響、おり〳〵、パラ〳〵と壁を打つ音がするのは、雨であろう。何にしてもひどい嵐なのだ。

ゴリラ男は、もう一度大きく嚏をすると、気がついたようにあたりを見廻した。鱗次郎は依然として昏々《こんこん》と眠りつゞけている。ほの暗い天井には、琴絵を閉じこめた檻が、ゆら〳〵とかすかに揺《ゆら》めいている。

ゴリラ男はそれを見ると、にやりと髯のなかから白い歯を出して微笑した。それから、戸棚の抽斗《ひきだし》をひらいて、鋭いメスを取り出すと、忍びあしで鱗次郎のそばにすりよった。

あゝ、その時、もし誰かゞこの塔の一室を覗《のぞ》いたとしたら、その人はおそらく、地獄絵巻を見るような気がしたことであろう。

檻の中の美少女、寝台に縛りつけられた美少年、それから、鋭いメスを逆手に持ってうかゞい寄る、物の怪のようなゴリラ男。——しかも塔の外には、物凄《ものすご》い雨と風とが渦巻いている。

さすがの怪物も、昂奮《こうふん》しているのだ。膝頭《ひざがしら》がガクガクとふるえ、額《ひたい》には汗がびっしょり。それでも勇を鼓して、わなゝく指でひとつ〳〵寝間着の釦《ボタン》を外していく。

――と。

にょっきりとそこに顔を出したのは、あゝ世にも奇怪なあの人面瘡《じんめんそう》なのだ。

（あっ！）

さすがのゴリラ男も、思わずメスを取り落しそうになった。

あゝ、何が恐ろしいといって、その時古塔のほの暗い洋灯《ランプ》の灯影に、ゆら〳〵と浮きあがったこの人面瘡ほど、浅間《あさま》しくもまた物凄いものがほかにあろうか。

水膨《みずぶく》れがしたような、ぶよ〳〵とした肉塊、焼傷《やけど》をした顔のように、赤黒くてら〳〵と照り輝いた凄《すさま》じい形相。――そいつが盲《めし》いた眼をくわっとみひらき、歯を食いしばって、声のない笑いを笑っている

その恐ろしさ。

不快とも、厭《いや》らしいとも、おぞましいとも、なんともいいようのない代物《しろもの》なのだ。

ゴリラ男もあまりの恐ろしさに、思わず声を立てうしろへとびのいた。

しかし、すぐ気を取り直して、またそろ〳〵と側《そば》へ近附いて来ると、いきなりさっとメスをそのうえに振りおろした。

（あ、あゝあ！）

さっきから、檻の鉄格子に必死とつかまって、下を見ていた琴絵が、思わずそう叫び声をあげたとたん、鱗次郎はふかい眠りから眼覚めたのである。彼はまず第一に、自分の顔のうえにのしかゝっている、髯だらけの顔に気がついた。さや〳〵と髯のはしが頬をなでて、獣のような息使いが、せわしく耳もとで喘《あえ》いでいる。

「あ、小父さん。――」

と、呼びかけたが、その舌の根は途中で硬《こわ》ばってしまう。どろりと、生温い血膿《ちうみ》が、肩から腋《わき》の下に流れて、激しい、やけつくような傷口の痛さ。

「あゝ、鱗次郎、気がついたかえ。辛抱《しんぼう》おし、もう暫くだ。すぐ快《よ》くなる。もそっと辛抱しておいで」

「小父さん」

鱗次郎は身を起そうとしたが、荒縄の痛さが肌に喰い入るばかり。

「あ、あ、あゝあ！」

体中の筋肉という筋肉が、苦痛にのたうって、額からはジリ〳〵と玉のような汗が湧《わ》き出ずる。

「鱗次郎や、苦しいかえ。あゝ、よし〳〵、すぐだからの。もうじきじゃ。ほら、もうすぐよくなる。

──あ、あった、あった」

「あ、あ、あゝあ！」

肉をもぎとられるような痛さ。鱗次郎は全身の筋肉を硬直させて絶叫したが、つぎの瞬間、ふたゝび彼は、ワーッと気をうしなってしまったのである。

檻の中では琴絵が、身も世もあらぬ思いで、身悶《みもだ》えをしている。

そんなことにはお構いなし、つと側《そば》を飛びはなれたゴリラ男は、毛を逆立て昂奮のために歯をガチガチと鳴らせている。

あったのだ。あったのだ。人面瘡のなかゝら出て来たのは、勿体《もったい》なや、金無垢《きんむく》の観世音菩薩《かんぜおんぼさつ》、全身に血を浴びさせたまい、まだ生々《なまなま》しい肉片さえこびりついているが、しかもなお燦然《さんぜん》として光を放っている。

「あゝ、あった、あった、あゝ、あった、あった！」

およそ、手の舞い足の踏むところを知らずというのは、かゝる場合をこそ指して言うのであろう。両手でその尊像を握りしめたゴリラ男、伏し拝み、掻き抱き、頬擦りし、接吻《くちづけ》し、殆《ほと》んど正気の沙汰《さた》とは思えぬほどの狂態を演じながら、薄暗い部屋じゅうをピョン〳〵と飛びまわった。独楽鼠《こまねずみ》のように駈けずり廻った。腹をかゝえて、ゆすぶるような笑い声をあげた。

「あゝ、あった、あった、とうとう手に入ったぞ、俺のものだ。俺のものだ」

キイ〳〵という笑い声、歔欷《すすりなき》、呻《うめ》き声、呟《つぶや》き。

──そいつが外の嵐の音と入り交って、気味悪くも塔の空気を掻きまわすのだ。全《まった》く、正気の沙汰とは思えない。

だが、暫《しばら》くすると、ふいとゴリラ男は自分に立ちかえった。勝負はまだこれで終ったわけではないのだ。観世音菩薩の尊像が手に入ったゞけではなんにもならない。そうだ。まだ彼には謎《なぞ》解きという大きな仕事がのこっている。この尊像が何を示しているのか。それを解かないことには、せっかくの宝も持ちぐされなのである。

ゴリラ男は檻の中の琴絵と眼を見交すとふいにはげしく身顫いをした。懸念《けねん》がさっと彼の額を曇らせる。歯をくいしばってゴリラ男、しばらくじっとこの尊像を眺めていたが、やがてソワ〳〵とあたりを見廻すと、ふと眼についたのは水瓶《すいびん》である。急ぎあしでつか〳〵とその側《そば》へよると、改めて血にまみれたこの金無垢の観世音をゴシ〳〵と洗い浄める。血も落ち、肉もとれた。立派な、拇指大《おやゆび》の観世音だ。慈悲円満の御尊貌が、薄暗い部屋のなかに、ピカリと金色の後光を放っている。

だが、たゞそれきりの事なのである。別にどこといって変ったところも見られない。ゴリラ男はその首を捻《ね》じて見た。額の白毫《びゃくごう》をひねってみた。台座を外そうとあせってみた。しかし、どこにもバネ仕掛けの抽斗《ひきだし》なんかなさそうである。

不安の色が、しだいに濃くなる。ゴリラ男の息使いがだん〳〵はげしくなった。尊像をひねくりまわす手が、わな〳〵と顫える。

だが、そのうちに、ふと彼の顔が明るくなった。台座の裏になにやら得体の知れぬほど小さな文字が彫りつけてあるのだ。

なあんだ。彼は少し考えすぎていたのだ。謎は彼が思っていたより、遥か手近なところに隠されていたのである。

ゴリラ男は戸棚の抽斗《ひきだし》をひらいて、あわてゝ大きな虫眼鏡を取り出した。そしてわな〳〵と唇をふるわせながら、この虫眼鏡を覗いてみた。

あった、あった、長い年月にも拘らず、その不思議な咒文《じゅもん》は磨滅することもなく、明瞭にそこにのこされていたのだ。

我が子よ、
時計塔の底を探りて、我が遺《のこ》せし財宝を得よ。
宝庫の扉をひらく鍵は、
「九時、七時、三時」
されど我が子よ、心せよ、——

たゞ、それだけの文字なのである。

しかし、これだけで十分であった。あゝ、何んという簡単な謎だろう。

「九時、七時、三時」——それは明《あき》らかに、あの大時計の示すべき時刻を暗示しているのだ。最初時計の針を九時に合せる。ついで、七時、それから三時。——たゞそれだけのことなのだ。そして、あの莫大な財宝は自分のものになる。

突然、ゴリラ男は歓喜にふるえる声をあげた。それから猛然として部屋を出ていくと、よろめき、よろめき、時計台へ通ずる狭い階段をのぼっていったのである。

だが、しかし、ゴリラ男がもしこの時、あの不思議な咒文にある最後の一節に、もっとふかい注意をはらっていたら！

「されど、我が子よ、心せよ」

この一句が何を暗示していたか、それに少しでも気がついていたら！

第十三編

二代にわたる執念のこと――「獅子の顎《あぎと》に陥るな」――鮎子狂女に邂《あ》う――乱舞する針

一

「おい、関羽髯《かんうひげ》、もういゝ加減に兜《かぶと》を脱いだらどうだね。こちらにゃ、ちゃんとネタはあがっているんだ。貴様が狙っているものが何であるか、何をそのように、血相かえて追っかけ廻しているか、たいていの事はわかっているんだ。剛情を張るのもいゝ加減にして、素直に申立《もうした》てたらどうだね」

薄暗い警視庁の地下の一室。重罪犯人を取調べるために設けられた、その地下の取調室で、今しも関羽髯の長次と差しむかいになっているのは、言わずと知れたわれ等《ら》が由利先生なのである。

「へゝえ」

薄笑いを唇にうかべながら、関羽髯の長次は上眼づかいに相手の顔を窺《うかが》っている。うっかりその手にのって、耐《たま》るもんかといった面構《つらがま》えなのである。

「ふゝん、貴様はまだ俺《わし》の言葉をうたがっているな。よしく、それじゃ貴様にひとつ、いゝものを見せてやろう。長次、驚いちゃいけないぜ」

言いながら、由利先生が懐中から取り出したのは、恭しく紙に包んだ金無垢の観世音菩薩、これがコロリとテーブルのうえに転がり落ちた時の関羽髯の様子ったらなかった。

「あゝ！」

と、叫んで猿臂《えんぴ》をのばすと、いきなりこいつを摑《つか》もうとする。どっこい、そうさせる由利先生ではなかった。素速く左手でおさえると、嘲笑《あざわら》うように長次の面《つら》を見返しながら、

「どうだ、長次、欲しいかえ、これが……、はゝは、さぞ欲しいだろうな。駄目、駄目、白《しら》ばっくれてもよくわかっているぜ。なんだ、その態《ざま》は。咽喉から手が出そうな恰好《かっこう》じゃないか」

「だ、旦那《だんな》」

長次は喘《あえ》ぎく、

「旦那はどこでそいつを手に入れたんです」

「分ってらあな。貴様も知っての通り、鱗次郎の人面瘡のなかゝらよ」

「あっ！」

無論、由利先生の言葉が嘘《うそ》であることは、諸君もすでに御存じのとおりである。いま、由利先生の手許《もと》にあるそれは、いつぞや、池袋の座敷牢のなかで、あの稚児文殊《ちごもんじゅ》の押絵《おしえ》から発見したものなのである。

しかし、長次はむろんそんな事とは知るよしもない。実際、その時の長次の様子ほど惨《みじ》めなものは、ちょっとほかに較《くら》べるものがなかったであろう。

「旦那」

長次は押し潰《つぶ》されたような声をあげた。

「恐れ入りました。そうして、そいつが旦那の手に入っちまったとなりゃ、俺《あっし》の苦心も水の泡でさ。はゝは、俺《あっし》の負けでさ、兜を脱ぎます。しかし旦那、宝物《ほうもつ》はありましたかえ」

「あったよ」

「え、ほんとうに？」

「ほんとうだとも、誰が嘘を言うもんか」

「いったい、どこにあったのですえ」

「そんなことはこゝで言う必要もなかろう。あれは当然、鱗次郎の手に帰《き》すべき物なんだ。長次、そいつを横奪《ど》りしようてな、貴様もちょっと肝《きも》が太すぎ

るぜ」

「そういわれりゃ、旦那一言《いちごん》もありません。しかしね、満更《まんざら》自分一人で猫糞《ねこばば》をきめこんじまうほどの肚《はら》もなかったんで。うまく手に入りゃ、鱗次郎の手に引き渡し、その代りたんまり分けまえに与《あずか》ろうと思っていたんでさあ」

「はゝゝゝは、うまく言ってるぜ」

「本当ですとも」

長次はいくらか憤然《むっ》としたように、頬をふくらまして、

「だが、旦那、こうして無事に宝が鱗次郎の手に入ったとなりゃ、なにもかも、これで大団円《だいだんえん》でさあ。なにをこの上、旦那は俺《あっし》から知りたいと仰有《おっしゃ》るんですかえ」

「さあ、そこだよ、長次」

由利先生はぐっと体をまえに乗り出すと、真正面から長次の顔を見据《みす》えながら、

「俺はね、物事はなんでもきちんとやっておかぬと気がすまぬ方なんでね。なあに、宝物のことなんか、俺にゃどうでもいゝのさ。それより、俺にはこの事件の妙にこんがらがっているところの方が、はるかに興味がある。それで貴様に訊《き》きたいというのも、ほかでもない、いったい、貴様はどうしてこの事件に首をつっ込むようになったのだね」

長次はしばらく黙っていた。そして探るような眼差で、由利先生の面《おもて》を眺めていたが、

「旦那、煙草《タバコ》をいっぽんおくんなさいよ」

と、言った。

「よし、よし、いくらでも喫《す》うがいゝ」

由利先生の差出《さしだ》した煙草をいっぽん吸いつけると、長次はいかにもうまそうに吹かしていたが、

「あゝあ、これでサバ〳〵した。隠してたって仕様がありませんやね。何もかも申上げちまいましょうよ」

と、ぽんと吸い殻を投げすてると、更に新しいのに火をつけながら、

「実は、俺《あっし》がこの事件に首をつっ込むようになったなあ、みんな兄貴から聞いたからなんで」

「兄貴」

「さようさ。兄貴といって分らなけりゃ黒痣でさ。旦那、いつぞやひょっとこ長屋で殺された黒痣というなあ、ありゃ、俺《あっし》の真実の兄貴なんです」

「ほゝう」

さすがの由利先生にも、こればかりは初耳だった。

「そうか、あの男は貴様の兄弟だったのか」

「そうなんです。兄貴は悪い奴でしたな。俺《あっし》だって満更善人たあ思いませんが、兄貴のように悪《あく》どい真似をしたことはありませんや。彼奴《あいつ》は恐ろしい人殺しの秘密を知っていたんですよ。しかも、そいつを長い間飯《めし》の種《たね》にしていたんでさ」

「人殺しの秘密？」

由利先生はドキリとしたように瞳《ひとみ》をすえる。あゝ、もしや長次の言っているのは、あのことではなかろうか。

「そうですよ」

長次は平然として煙草の煙を輪に吹きながら、

「こうなったら、何もかも洗いざらい喋舌《しゃべ》っちまいましょう。旦那は憶《おぼ》えていなさりゃしませんか。今からかれこれ、十八年も昔のことですが、志摩耕作という男の殺されたのを」

「ふむ、知っている。犯人はなんでも、当時の時計王、芹沢圭介、つまり鱗次郎の親父だな。その圭介ということになっているが」

「なるほど、いや恐れ入りました。思ったより、旦那の取調べは行きとゞいていなさるようだ。しかしね、旦那、圭介が犯人だというなあ、大間違いですぜ。ありゃ全くの濡衣《ぬれぎぬ》、真犯人はほかにあるんですぜ」

「誰だね。その真犯人というのは」

「もうこいつも死んじまったから、誰憚《はばか》らず言いますが、圭介の弟の芹沢万蔵でさ」

一瞬間、由利先生はしいんと体がしびれるような驚駭《きょうがい》に打たれた。あゝ、何んということだ、今計らずもこの男の口から洩《も》れた秘密の、なんという恐ろしくも重大なことか。

鱗次郎の父は犯人でないという、そして真実の犯人は弟の芹沢万蔵だという。世にこれ程意外な告白がまたとあろうか！

「貴様、出鱈目《でたらめ》を言ってるんじゃあるまいね」

「旦那、そうお思いになるなら止しましょう。くそ面白くもない。俺《あっし》ゃ何も好きこのんで、こんな話はしたくはねえんです」

「よし、分った、分った。これは俺が悪かった。しかし、長次、これには何か証拠があるかね」

「証拠？　そうさね、そんな気の利《き》いたものはねえが、俺《あっし》は現に、その人殺しの現場を見た男の口から聞いたんですぜ」

「誰だい、それは」

「兄貴の黒痣でさ」

長次はそこまでいうと、いかにももどかしそうに、煙草の吸殻《すいがら》をぽんと床に投げすて、そいつを足で踏みにじりながら、

「旦那、こうなったら兄弟の恥をお話しなきゃなりませんが、兄貴は当時押し込みを専門にやっていたんです。ところが、ある晩忍びこんだのが、志摩耕作のうちなんで。そこで兄貴が何を見たと思います。芹沢万蔵の野郎が耕作を殺すところを見たんですよ。しかも芹沢の野郎、どう細工をしたものか、その罪をまんまと兄の圭介になすりつけやがったのです」

そうなのだ。あの男ならいかにもそれぐらいのことはやりかねまい。ありそうなことだ。由利先生はもはや、この男の言葉を少しも疑う気にはなれなかった。

「この秘密を知っているのは兄貴の黒痣たゞ一人です。そこで兄貴の奴は芹沢を強請《ゆすり》にかゝったんですが、ところがその時、芹沢がなんといったと思いますか。鱗次郎を誘拐《ゆうかい》してくれたら、貴様のいう額の二倍やろうとね。太《ふて》え野郎でさ。兄貴は馬鹿だから、まんまとその口車に乗って、鱗次郎を奪って姿をくらましちまったんです」

「しかし、芹沢はなんだって、志摩耕作を殺す必要があったんだね」

「分りませんかね。万蔵の奴は、当時耕作の女房になっていた京子という女に首ったけだったんでさ。ことの起りはみんなこの女で、万蔵は後に、気の狂った女を引きとって面倒を見ていましたが、それが死ぬと、今度はその娘に眼をつけやがったのです。つまり母親で果せなかった想いを、娘のほうで遂げようというわけでさあね」

あゝ、何んという奇怪な恋だろう。二代に亙《わた》る執《しゅう》念《ねん》の恋。恋う者も、恋われる者も、怪しい因縁の糸に操られて、世にも凄惨《せいさん》な地獄絵巻を展開しているのだった。

「ところが、どっこい、この娘がまた母に似て、なかなか剛情でうんと言わない。おまけにこの娘にゃとても頑固な乳母《うば》がついていて、うっかり手が出せ

ない。業《ごう》を煮やした芹沢万蔵、太い奴じゃありませんか。とうとうこの娘に毒を嚥《の》まして、生れもつかぬ唖《おし》にしてしまったということです」

耳が聞えながら口の利けぬ琴絵には、こんな恐ろしい過去があったのだ。彼女の唖は天成の唖ではなかった。実に恐ろしい執念のために呪われた、人工的な唖だったのだ。

「よし、分った。それで芹沢のほうは万事分ったが、そこで貴様の兄貴のことをもう少し聞こう」

「よござんす。お話しましょう。兄貴は鱗次郎を連れて東京を立ち退きましたが、いろ〳〵苦労しているうちに、ふと、鱗次郎の親父が、莫大な財産を隠して姿をくらましたことを聞き知ったのです。そこで、東京へ舞い戻って、いろ〳〵調べているうちに、鱗次郎の親父が黄金観世音を二体作って、どこかへ隠したということを嗅《か》ぎつけたんですな。そこでまあ、いろ〳〵苦労しているうちに、芹沢が隠れ家としている池袋の別荘で、人面瘡のある不思議な稚児の絵姿を手に入れたんです。兄貴はそこではじめて、鱗次郎の肩にある人面瘡の秘密に感附いたんですが、その矢先に、兄貴の奴は人手にかゝって殺される。なあに、下手人《げしゅにん》は分ってまさあ。芹沢の野郎にちがいありませんやね。ところが、その疑いが鱗次郎の身にふりかゝって、あの野郎、刑事に連行される途中で、河へとび込んで行方《ゆくえ》をくらましちまったんです。そこでまあ、ひょっとこ長屋の連中が総出で鱗次郎捜索という一幕になったんですな」

こゝまで話すと、関羽髯の長次は、はじめて重荷をおろしたように、白い歯を出してにっこりと微笑ったのである。

あゝ、こうして万事はいま由利先生のまえに曝《さら》け出されてしまった。怪奇な恋、悲惨な恋、恐ろしい執念、不可思議の秘密。――それらのひとつ〳〵が、まるで陽のまえに消えていく朝霧のように解けていく。

由利先生は暫《しばら》く無言のまゝ考えていたが、ふと、かすかな微笑《ほほえ》みを口辺にきざむと、

「よく話してくれた。それで万事わかったよ。しかしなあ、長次、貴様はいま芹沢圭介の作った黄金観世音は二体あるといったね。そのひとつは鱗次郎の人面瘡のなかにあるとして、もう一体はどこにあるか知っているかね」

「知りませんねえ、俺《あっし》ゃ一向」

「はゝゝゝは！　長次、驚くな。いま貴様の眼前《めのまえ》にあるのがそれじゃないか」

長次はしばらく唖然《あぜん》として、由利先生の掌にある黄金秘仏をながめていたが、やっと相手にかつがれていたことを覚《さと》ったのであろう。

憤然として、

「こん畜生！」

つかみかゝろうとする手の下を、すらりと潜った由利先生、哄然《こうぜん》と声をあげて笑いながら、

「はゝゝゝは！　さすがの関羽髯もまんまと一杯喰ったな。まあいゝ。憤《おこ》るな。これだってまんざら贋物《にせもの》じゃないぜ。見ろ、この台座の裏にゃ不思議な咒文が彫りつけてあるぜ。読んで聞かせてやろうか。俺にゃどうも、意味《かおいろ》が汲《く》みとれないんだが」

横眼で長次の表情をよみながら、
されど我が子よ、心せよ
獅子の顎《あぎと》に陥るな
「どうだ、関羽髯、この言葉の意味が貴様にゃ分るかい。俺にはわからない。だがまあいゝよ」

相手がなんの反応も示さないのを見てとると、由利先生はそのまゝ黄金秘仏をポケットにおさめて立上った。

「俺はこれから、貴様がさっきいった京子という女の、娘の乳母を訪ねて見よう。可哀《かわい》そうにあの女は、大怪我《けが》をしていま入院しているんだが、そいつに聞けば、何かまた分るかも知れない。さようなら、おとなしくしていろよ長次、いずれお慈悲を願ってやるからな」

だが、それから間もなく、三津木俊助を誘った由利先生が、磯貝ぎんを病院に訪ねていった時には、ひとあし違いで磯貝ぎんは、病院を脱出して行方がわからないという。

ひどい嵐の朝だった。

二

嵐はこゝにも渦を巻いている。

西銀座の角、太陽ビルの三階にあるヴィーナス・レコード会社の事務室で、今しも新しい契約書に署名したばかりの諏訪鮎子は、ガタ〳〵と鳴るガラス窓を気にしながら、

「まあ、ひどい嵐ね」

と、鹿皮の手袋をはめている。

「まあ、いゝじゃありませんか、ゆっくりしていらっしゃい。帰りには自動車で送らせますよ」

諏訪鮎子。――とインキの痕《あと》もまだ新しいその契約書を畳みながら、満足そうに微笑しているのは作曲家の山下である。彼はとうとう鮎子を口説《くど》きおとして、近頃できたばかりのヴィーナス・レコード会社へ入社させることに成功したらしい。

「えゝ」

と、鮎子は煮えきらぬ返事をしながら、もいちどそこへ腰をおろしかけたが、すぐまたつと立上ると、

「やっぱりあたし帰るわ。なんだか妙に胸騒ぎがしてならないんですもの」

「胸騒ぎ？　はゝゝは、妙なことを言いますね。君は。――君みたいな人でも、胸騒ぎなんてことがあるのですか」

「なんとでも仰有い」

蒼白《そうはく》の面《おもて》に、鮎子は強《し》いて微笑をうかべながら、

「でもね、ほんとうに妙なのよ、今朝からあたし、なんだか変にいらく〳〵しているの、なんだか分らないの。分らないんだけど、やっぱり気になることがあるらしいのよ。ほゝゝゝほ」

と、鮎子は妙に淋《さび》しい、翳《かげ》のある笑いかたをして、

「でも、山下さん、さっきお願いしたことは、きっと頼んでよ」

「あゝ、鱗次郎という人のことですか。ははあ」と、山下は手をうって「分った、諏訪君、君の胸騒ぎの原因というのは、その鱗次郎という人のことじゃないですか」

「あら、嘘よ！」

鮎子は素早く打消したが、争われないもので、そのとたん、彼女は耳たぼまで真赤《まっか》に染まってしまったのである。

「いゝですよ、いゝですよ。いどころが分ったらすぐ連れていらっしゃい。一度テストして見て、よかったらうちの会社で働いて貰《もら》うことにしましょう。でも諏訪君、君も妙な苦労をするもんだね」

「あら、そんなわけじゃないのだけど、あの人の声に、最初から妙に心がひかれるのよ。だからいつぞやも、ホテルの余興であなたにも聴いて戴《いただ》いたんだけど」

「つまり、声に惚《ほ》れたというわけですか」

「いや。そんなにひやかすなら、あたしもう帰るわよ」

「いや、御免々々《ごめんごめん》。あの人の声なら、あの時も聴いてよく知っている。僕がのみこんでいるから、行方がわかったら、必ずこゝへ連れて来たまえよ」

だが、鮎子はその言葉を終りまで聴いていなかった。さっと肩で扉《ドア》を押すと、廊下から昇降機《エレベーター》へ、そして降りしきる雨のなかへと出ていった。

嵐はいよ〳〵激しくなった。ゴーッと渦を巻く風の音。たとえにもいう、車軸《しゃじく》を流すような雨がアスファルトの道に叩きつけて、銀座街頭はまだ午前十一時だというのに、黄昏《たそがれ》のように薄暗いのである。

鮎子は通りがかりの自動車を呼びとめると、

「茅場町まで」と、いって、ぐったりとしたようにクッションに体を投げ出す。

いったい、どうしたというのだろう、彼女自身にもわからないのである。昨夜《ゆうべ》二時頃、鮎子はふと、鱗次郎の恐ろしい悲鳴を聞いたような気がして、がばと寝床のうえに起き直った。それから朝まで、鮎子は一睡もしない。あの妙な胸騒ぎというのは、それからこっちのことなのである。

(鱗次郎の身に何か間違いが起っているのではなかろうか。あらいやだ、あたしとしたことが、夢のようなことを気にするなんて。それにあの人があたしの何んだろう、あの人に何が起ったところで、あたしの身に関《かか》りのあることはないじゃないの。あゝ、詰《つま》らない、忘れよう、忘れよう——)

だが、その時ふいに鮎子は、ひどく激動を感じて、前へのめろうとする体を、危《あやう》く吊皮につかまって支えた。

「運転手さん、どうしたのよ」

「済みません、ひとを轢《ひ》いちまったんで」

運転手はそゝくさと自動車から降りると、泥濘《ぬかるみ》のなかに倒れている老婆《ろうば》を扶《たす》けおこした。別に、怪我をしているようでもない。しかし、その老婆が、運転手の顔を見ると、いきなり獅嚙《しが》みついて来るのを見た時には、鮎子はちょっと妙な気がした。

「おまえさん、あたしを池袋まで連れてっておくれ。お願いだから。あゝ、お嬢さま、お嬢さま、すぐ参ります。婆《ばあ》やは今すぐ参ります」

「気が狂っているのね」

「そうらしいですよ」

老婆はその声にふと鮎子のほうを見た。

「あ、鱗次郎さま」

「え？」

「あ、鱗次郎さまだ。鱗次郎さまだ。お嬢さま、いますぐ参ります。池袋へ、池袋へ、お願いだ、あたしを池袋へ連れてっておくれ」

「運転手さん」

ふいに鮎子が魂消《たまげ》るような声をあげた。

「その人をこゝへ乗せておくれ」

「へえ？　この人を――？　だってお客さん、泥だらけですよ」

「いゝから乗せておくれ。お礼はいくらでもするわよ。それから大急ぎで池袋までやって頂戴《ちょうだい》」

「お客さん、この人を御存知なのですか」

「いゝのよ、いゝのよ、なんでもいゝの。さあ、あなたこゝへ乗って頂戴」

鮎子は自らドアをひらいて、無理無体にその老婆をひきずりこんで、

「お婆さん、参りましょうよ、鱗次郎さんのところへ参りましょうよ」

「あゝ、鱗次郎さま」

「いゝのよ、分っているのよ。鱗次郎さんは池袋にいるんでしょう。あたしちゃんと知ってるわ。池袋の芹沢の別荘に」

鮎子の眼からふいに涙が溢《あふ》れて来た。

（虫の知らせってやっぱりあるものだわ。鱗次郎さんは池袋の別荘で、なにか恐ろしい災難に出あっているのに違いないわ。そして神様が気の狂ったこの老婆の口をかりて、あたしにそのことを知らせて下すったのだ）

人間はどうかするとひょいと迷信的になるものだが、いまの鮎子がそれだった。鮎子は気の狂った老婆を、犇《ひし》と抱きしめながら、折からの嵐をついてまっしぐらに池袋へと向っている。老婆はいうまでもなく、病院をさまよい出た磯貝ぎんだった。

だが、この時、鮎子たちを乗せた自動車のほかに、もう一台、嵐をついて池袋へ疾走している自動車があった。

「磯貝ぎんの行くところといえば、池袋の芹沢の別荘よりほかにないのだよ。あそこへ行けば、きっとあの女を見つけることができる。運転手君、大急ぎで頼むぜ」

乗客はいうまでもなく、由利先生と三津木俊助だった。

そして、この二つの自動車は、ほとんど同時に、あの時計塔の聳《そび》えている丘の下まで駆けつけたのだが、その時彼等は世にも奇怪な光景を目撃したのである。

嵐にもまれ〳〵て聳えているあの時計塔、その時計塔の文字盤の針が、今しも気狂《きちが》いのように廻っているのだ。

酒に酔った蜘蛛のように、くるり〳〵と気狂い踊り、二本の針が嵐の中に、廻り、廻り、廻り、廻る――。

第十四編

地底に横わる黄金宝庫のこと――墓場よりの歌声――獅子の顎――唖娘卒然として歌うこと

一

由利先生と三津木俊助。諏訪鮎子と磯貝ぎん。この二組の客を乗せた自動車が、折からの嵐をついて駆けつけて来る、その少しまえのこと。

話かわってこちらは塔のてっぺんである。大小無数の歯車がかみあっている、その狭い時計室では、例のゴリラ男がさっきから、ハッ〳〵と犬のようなはげしい息使いをしながら、必死となって大時計のネジを巻いているのだった。

乱れた頭髪《かみ》は箒《ほうき》のように逆立って、大きく見開かれた眼は、いまにも眼窩《がんか》からとびだしそう、太い血管がニューッとふくれあがった額には、粟粒《あわつぶ》のような汗がいっぱい浮かんでいる。

(九時、七時、三時、――九時、七時、三時――九時、七時、三時)

酔いしれたようなゴリラ男。

歯をかみ鳴らし、咽喉をゴロ〳〵いわせながら、赤錆《さび》のついた鉄のハンドルを廻すたびに、塔の外では二本の針が気狂い踊り、それに伴奏するかのように、嵐がゴーッと渦を巻いて、その都度壁のすきまという隙間から、しぶきのような雨がさっと吹きこんで来る。

(九時、七時、三時、――九時、七時、三時)

ゴリラ男はネジを巻く。

やがて時計の針が九時を示した。――と、そのとたん、ゴトリと塔をゆすぶるような大きな物音。

(九時、七時、三時、――九時、七時、三時)

ゴリラ男はふたゝびネジを巻きにかゝる。

針が七時を示した。――と、またもやゴトリと、大きな鍵を外すような物音。

ゴリラ男の顔は今や、昂奮のために真紅に照りかがやいているのだ。身内に火が燃えているように、血管という血管が、こと〴〵くふくれあがって、全身の筋肉が歓喜《よろこび》のために戦慄《せんりつ》する。

(九時、七時、三時、――九時、七時、三時)

ゴリラ男は三度ネジを巻いた。

針が三時を指した。

――そのとたん、ゴリラ男は、

「あっ――」

と、叫んで二三歩うしろへとびのいたのである。

その時、塔を覆《くつがえ》すような大きな物音とともに、床板の一部分にがっくりと大きな孔《あな》があいたからだ。

開いた、開いた。

これこそ秘密の宝庫へ通ずる路《みち》にちがいないのだ。富貴と黄金の天国へ通ずる路――だが、それは何んという暗い道なのだろう。

ゴリラ男が、おそる〳〵歩みよって覗いて見ると、底知れぬ闇のなかゝら、さっと吹きぬけて来る風の冷たさ。天国へ通ずるみちは、同時に地獄へも通じているのではないかと思われるほど、暗くて陰気なのだ。

ゴリラ男はふいに、はっとしたように身を起してとびのいた。それから、きょろ〳〵と不安そうに部屋のなかを見廻す。折からの嵐をついて、はげしい自動車の警笛《サイレン》が聞えたように思ったからである。

ゴリラ男は物の怪のように、うす暗い、歯車と歯車の噛みあう間に佇《たたず》んだまゝ、じっと耳をすましている。

しかし、警笛《サイレン》の音はもう聞えなかった。

その代り、噎《むせ》びなくような、かすかな、弱々しい唄声が聞えて来る。鱗次郎が唄っているのだ。

だが。――

（おや？）

ゴリラ男はふいに小首をかしげた。

聞きおぼえのある鱗次郎の唄声にまじって、もうひとつ、得体の知れぬ、弱々しい声が聞えて来たからである。

しかも、その声もやっぱり唄っている。鱗次郎の唄声に合せて、たど〳〵しく、おぼつかなげに、綿々として尽きぬ怨言《うらみ》を掻き口説くように唄っているのだ。

ゴリラ男は、ふいにゾーッと怯えたような眼をして身をすくめた。

旧《ふる》い、ふるい記憶の底から、忽然《こつぜん》として甦《よみがえ》って来たようなその唄声。――ゴリラ男にはその声に聞きおぼえがあった。しかも、彼の記憶に間違いがなかったとしたら、その声の主は、とうの昔に墓場へ行っている筈《はず》なのだ。――その昔、恋人に対して、はかない悶々《もんもん》の情を抱いて狂死した京子の声。座敷牢《ざしきろう》のなかで狂い死んだ、琴絵の母の声なのだ。

ゴリラ男は、ふいに冷水を浴びせられたような怖さをかんじた。歯がガタ〳〵と鳴って、体中の毛孔という毛孔から、いちどにどっと冷たい汗が吹きだして来た。

「畜生！」

ゴリラ男は眼に見えぬその金縛りに抵抗するかのように、双の拳をにぎりしめ、足を踏み鳴らした。

――と、そのとたん、墓場よりの声はふいにつーッと聞えなくなったのである。いや、まだ続いているのかも知れないが、おりからまたもや、どっと吹き募って来た嵐の音に掻き消されてしまったのだ。

ゴリラ男はほっとしたように、手の甲で額の汗を拭《ぬぐ》う。

（俺もよっぽどどうかしている。いまになって昔の罪業におびえるなんて、畜生！　敗《ま》けるものか。呪うならいくらでも呪いやがれ）

ゴリラ男は気がついたように、床においたカンテラを取りあげた。

暗い孔のなかを覗いてみる。底知れぬ、その深い竪孔には、一条の鉄梯子《てつばしご》が綱を垂らしたように垂直に続いていて、その先はカンテラの光のとゞかぬ、深い闇のなかに溶け込んでいた。

ゴリラ男は嶮《けわ》しい眉をぎゅっとひそめた。もう何者をもおそれない。冥府《めいふ》からの声も、地獄の孔も、黄金に対する強い渇望のまえには朝靄《あさもや》のように消えてけしとんだ。

ゴリラ男はカンテラを持ったまゝ、すっぽりと孔の中へ潜りこむ。何年、いや何十年という長いあいだ、日の眼を見ぬその濃い闇のなかに、黄色いカンテラの灯がおぼつかなげにゆら〳〵と揺れて、一歩《ひとあし》ごとに鉄梯子が、ギチ〳〵と足の下で鳴る。

ゴリラ男はその闇の坑道を一歩々々おりていった。黄金を採掘にいく坑夫のように。――

孔は随分ふかいのだ。おりてもおりても、まだ足の下には鉄梯子のつぎの階段が待っている。おそらく、壁と壁との間をくり抜いた、狭いこの竪孔は、塔のてっぺんから、その底までつゞいているのだろう。いや〳〵、ひょっとしたら、このまゝ地獄の底まで続いているのかも知れない。

その時、またもやあの弱々しい唄声が、どこからか聞えて来た。歎《なげ》くような、掻《か》き口説《くど》くようなあの唄声が。――

「畜生！」

叫ぶ拍子に、手に持っていたカンテラが、闇のなかに大きく弧をえがく。ゴリラ男はあわてゝそれを持ちかえると、うしろから追い立てられるようないそぎあしで、暗い鉄梯子を駆けおりていった。

嬉《うれ》しや、彼の足が固い土のうえにおり立ったのは、それから間もなくのことである。

ゴリラ男はほっとひと息入れると、恐るおそるカンテラをかゝげて、闇の底をすかして見る。膝頭がガク〳〵とふるえて、動悸《どうき》が嵐のように波立った。

そこは八畳敷きくらいの、狭い、息苦しい地下の窖蔵《あなぐら》なのだ。カンテラをかゝげて、おず〳〵とあたりを見廻すと、その隅っこに祭壇のようなものが設けてある。祭壇のまえには、何やらギザ〳〵としたものが、上と下から覗いていた。

カンテラを掲げたまゝ、ゴリラ男がおそる〳〵その側《そば》へ近づいてみると、それはくわっと壁いっぱいに口をひらいた、巨大な獅子の顎《あご》なのだ。ギザ〳〵としたものというのは、その顎のなかに植えこんだ、剣《つるぎ》のように鋭い獅子の牙だった。

「フフーム」

ゴリラ男は一瞬ひるんだような眼のいろをしながら、その獅子の顎のあいだから中を覗いてみる。

奥のほうに大きな支那鞄《シナかばん》が置いてあった。しかもその支那鞄の蓋《ふた》はあいたまゝになっていて、中に見えるのは金色燦然《こんじきさんぜん》たる金貨の山。金貨は支那鞄のなかばかりではない。溢《あふ》れ落ちた金色の花弁が、あちらに一枚、こちらに二枚と、獅子の顎のなかに蒼然として冷たい光を放っているのだ。

ゴリラ男はふいに奇妙な唸《うな》り声をあげた。手に持ったカンテラがはげしく顫《ふる》えて、額からタラ〳〵と汗が流れおちた。それでいて彼は俄《にわ》かにその金貨の方へ手を出そうとはしない。恐れているのではない、惜しいのだ。あんまり易々《やすやす》と、その宝が手に入るのが、何んとなく心残りのような気がするらしい。

それに、あの鋭い獅子の牙が、何んとなく気懸りにもなるのである。暫く彼は罠《わな》のなかにしかけられた、囮《おとり》の餌《え》を狙うように、不安と希望をまじえた表情《かおいろ》で、山吹色の金貨の山を眺めている。

だが。——

結局、誘惑のほうが速かった。決勝点《ゴール》はいまや目前に横たわっているのだ。どうして手をつかねて引返すことが出来よう。

ゴリラ男は思い切って、獅子の顎に首をさし入れた。そして冷たい金貨の肌に手をふれた。

その時である。またもや、あの弱々しい、すゝり泣くような歌声が、まるで輓歌《ばんか》のように、暗い壁を這《は》ってきこえて来た。……

二

「誰？　いま唄ったのは？」

鱗次郎は弱々しい声でそういいながら、そっと頭をうごかして見た。もっと沢山身を起したかったのだけれど、肌に喰いいる荒縄の痛さに、それだけしか体を動かすことができなかったのだ。

それにさっきから、ずいぶん沢山の血をうしなって、かなり衰弱していたので、あまり強い声を出すことができなかったのである。

「誰？　いま唄ったのは？」

もいちどそう言って、鱗次郎は固いベッドに縛られたまゝ、見える限りの部屋の中を見廻してみる。

身動きをするたびに、あの肩口の人面瘡から、ごぼごぼと音を立てゝ血が溢れるのだ。

誰もいない。

そして誰も返事をする者はない。

（気の迷いかしら）

鱗次郎はかすかに首を振りながら、

（自分はもう死にかけているのだ。だから、あのような、ありもしない幻聴《げんちょう》を聞くのだ）

鱗次郎はほっと軽い溜息《ためいき》をついた。眦《まなじり》からひと滴《しずく》の涙が、ほろりとこめかみを伝ってベッドの上に落ちた。

しかし、鱗次郎はもう何んの苦しみも、何んの悲しみもかんじない。のしかゝるように身内に襲って来るのは、睡気《ねむけ》を誘うような物憂《ものう》いけだるさばかり。

鱗次郎にはいまやはっきりと分っている。おのれの今死にかけているということが。……この固いベッドに縛りつけられたまゝ、しだいに血をうしなって、やがて屍蠟《しろう》のように冷たくなっていくのであろうということが。……

だが、鱗次郎は何んの不平も恐怖もかんじない。たゞ、最後に残された彼の唯一の希望というのは、もう一度、思いのまゝに歌って見たいということだった。琴絵が、あんなに愛していた、あの悲しい恋の唄を。

鱗次郎はそこで仰向《あおむ》けに寝たまゝ、かすかに胸を張った。そしてあの悲しい、遣瀬《やるせ》ない歌を唄いはじめた。

黄昏のいきずりに、ふと洩《も》れきいた秋のヴィオロン。あの切々《せつせつ》として胸をうつ、はかない歌声が、ひそやかに壁から壁へと伝わって、五体しびれるばかりの旋律を奏でる。

だが。——鱗次郎の唇《くちびる》から、ふと歌声がとぎれると、彼はまたもやはっとしたように首をもたげる。

間違いではない。気の迷いでもない。たしかに誰かが、自分の歌声の後を追って、同じ歌を唄っている。妙におぼつかなげな、子供っぽいその歌い振り。しかし、それは物にたとえて見るならば、澄みきった岩蔭《いわかげ》の水のせゝらぎにも似て、何ともいえぬほど綺麗な声だった。

「誰？　いま歌ったのは？」

鱗次郎はまたもや同じ問いを投げかける。

「ア、タ、シ」

この度は忽然として返事《いらえ》があった。漸《ようや》く片語《かたこと》を喋舌《しゃべ》りはじめた子供のように、妙に顫えをおびた声だった。

「あたし？」

鱗次郎は首をかしげて、

「あたしって誰のこと？」

「アタシよ。コ、ト、エ――よ」

ふいに鱗次郎のからだが荒縄のなかで戦慄する。あゝ、やっぱり自分は死にかけて、幻を見ているのだ。唖の琴絵が口を利ける道理がない。ましてや、歌などどうして歌えるものか。

「あゝ、神様、私は、やっぱり死ぬのですね。そして、臨終のまぼろしに、ありもしない歌声をきいているのですね」

「イゝエ、イゝエ」

ふいに激しく身悶《みもだ》えをするような声が、――身悶えをすればするほど、舌が縺《もつ》れて、しどろもどろになる声が、どこからか降って来た。

「あなたは死ぬのではありません。いま歌ったのは本当にあたしなのです。あなたに恋《こ》いこがれている琴絵なのです」

そういう意味の言葉が、とぎれ〳〵にたゆたいつつ、いずくともなく聞えて来る。

鱗次郎は愕然《がくぜん》とした。

「琴絵さん」

「ナーニ？」

「それじゃ、――それじゃ、今唄ったのは本当に琴絵さんなのかい」

「エヽ、ソウよ」

「そして、琴絵さんは口が利けるのだね」

「エヽ」

「いつから――いつから口が利けるようになったの？」

「イマ」

「いま？」

「エヽ、アナタノ歌ヲ聞イテイタラ、悲シクテ、悲シクテ、アタシモ一緒ニ歌ッテ見タクナッタノ。ソシテ歌ウ真似《マネ》ヲシテイタラ、フイニ舌ガ動イテ、声ガ出テ来タノヨ」

あゝ、琴絵の唖が天成の唖でないことは、今まで幾度《いくど》も言っておいた。琴絵の舌は、芹沢万蔵に盛られた薬のために、不自然に萎縮《いしゅく》していたのだ。それがいま、愛する者の生死の境を目《ま》のあたりに見て、激しい感動と同時に、忽然として、あの緊迫された舌が動き出したのである。

「琴絵さん、琴絵さん、それじゃお前、ほんとうに口が利けるのだね」

「えゝ、利けるのよ」

慣れるにしたがって、琴絵の舌はしだいになめらかになって来る。

「そして、おまえはいまどこにいるの？　何故《なぜ》、僕のそばへ来てくれないの」

「あたし、こゝにいます。でも、あなたのおそばへは行けないの」

「どこ——？　どこにいる。僕、ひと目でいゝからおまえの姿を見たい」

「こゝよ、こゝよ」

ざわ〳〵と衣擦《きぬず》れの音がした。手を叩く音がした。それでも鱗次郎はまだ気がつかないのである。

「どこ？　琴絵さん、どこなのだ」

「こゝよ、鱗次郎さん、こちら、あなたの頭のうえ」

声とゝもに、ひら〳〵と胡蝶《こちょう》のように闇をきって、鱗次郎の胸のうえに舞いおちたのは一本の花簪《はなかんざし》。

「あ」

と、鱗次郎はそれを胸でうけて、

「琴絵さん」

はじめて彼は、宙に吊《つる》された檻のなかなる琴絵と眼を見交したのである。

琴絵は檻の鉄格子《てつごうし》にとりすがって、伸びあがり、のびあがり鱗次郎の顔を眺めている。彼女が身動きをするたびに、ゆら〳〵と檻が揺れて、鉄格子からはみ出した振袖《ふりそで》が、虹《にじ》のように虚空《こくう》を掃く。

鱗次郎はびっくりして、

「琴絵さん、おまえどうしてそんなところにいるの？」

怪しむというよりは、むしろ呆《あき》れたような口吻《くちぶり》なのだ。

「あいつよ、あいつがこんなことをしたの」

「あいつ？」

「えゝ、あいつ、芹沢の奴」

「え？」

鱗次郎はどきりとして、

「芹沢の奴がこゝへ来たの？　どうしてこゝへ来たの？　そして何だって、おまえをそんなところにブラ下げていったの？」

畳みかけるような鱗次郎の問いに対して、琴絵は一々答えようとするのだが、漸く口を利けるようになったばかりの、不慣れな彼女の舌は、複雑な言葉になると、たゞもう気ばかりあせって、たゞおろおろと泣くばかり。

「だって、だって……」

「いゝよ、いゝよ、何も聞かなくってもいゝよ。どうせ僕は死んでしまうのだ。芹沢に殺されようが、あの不思議なゴリラ男に殺されようが、どうせ同じことなのだ」

「いや、いや、死んじゃいや」

「有難《ありがと》う、おまえがそうして泣いてくれるのは嬉《うれ》しいよ。しかしもう、どうにもならないじゃないか。おまえはそうして檻の中に入れられているのだし、僕はまた僕で、身動きもできないように縛りあげられている。そのうちに、あのゴリラ男が帰って来て、今度こそ僕を殺してしまうだろう」

「いやよ、そんなこといっちゃ厭《いや》」

「いやだといっても仕方がない」

鱗次郎は淋《さび》しげに、

「琴絵さん、旧《ふる》いことをいうようだが、おまえと僕とはきっと悪縁というのだろうね。僕の父はおまえのお父さんを殺して、行方をくらましたというじゃないか。するとさしずめ、おまえと僕とは敵《かたき》同士だよ。そのおまえの眼のまえで、僕が殺されるというのも、きっと何かの因縁にちがいない」

「あなたが死んだら――あなたが死んだら、あたしも死にます」

「おまえも死ぬ？」

「えゝ、死にます」

琴絵はふいに、よゝとばかりに檻の底に泣き伏した。

鱗次郎は黙っている。そういううちにも刻々と血が少くなって、ともすれば、気が遠くなりそうだ。嵐は大分《だいぶ》おさまったらしい。おり〳〵、ゴト〳〵と窓を鳴らすほかには、雨の音も聞えなくなった。

「琴絵さん」

しばらくしてから、鱗次郎がまた弱々しい声をかけた。いまにも絶え入りそうな声なのだ。

「なあに」

「歌おうか」

「え？」

「これが最後だ。僕は好きな歌を歌って死にたいよ。苦しいにつけ、悲しいにつけ歌って来たこの歌を、もいちどおまえに聞かせてあげよう」

「えゝ」

琴絵も粛然《しゃくぜん》と檻のなかで居《い》ずまいを正すと、

「あたしも一緒に」

「あゝ、おまえもお唄いかい。よかろう。それじゃ二人で一緒に歌おうよ」

鱗次郎が唄い出した。

その尾について、琴絵も歌った。唄声は嫋々《じょうじょう》と壁から壁をはって、塔いっぱいに響きわたる。

あのゴリラ男がいくどとなく脅《おびや》かされた、墓場からの歌声とは、このとき琴絵の唇から洩れたその歌なのであった。

第十五編

鮎子と琴絵――由利先生と三津木俊助窖蔵を探ること――恐しき最期――仮面墜つ

一

この歌声を聞いたのはゴリラ男ばかりではなかった。

自動車をおりて、まだ降り残ったパラ〳〵雨のなかを、いそぎ足で丘のほうへのぼっていく由利先生と三津木俊助の二人もこの歌をきいて、思わず歩調をゆるめると、互いに眼と眼を見交したのである。

「あ、鱗次郎が歌っている」

「塔のなかですね。やっぱり鱗次郎の奴、こゝにいたのだ。だが、あの歌いぶりは……」

「ひどく弱っているようだね。それに、誰か一緒に歌っているぜ。誰だろう。とにかく急いで行って見ようじゃないか」

二人は再びいそぎ足で丘をのぼりはじめたが、その時、さく〳〵とあわたゞしく土を踏み崩す音がう

しろから聞えて来たので、何気なく振りかえって見て、二人は殆んど同時に、

「あ、諏訪鮎子だ」

「磯貝の婆さんも一緒に来るぜ」

と、叫んだところへ、鮎子と磯貝ぎんが、呼吸《いき》もたえ〴〵に追いついて来た。

「諏訪鮎子さんですね」

鮎子はぎょっとしたように、うしろに老婆をかばいながら立ちすくむ。彼女はまだこの二人を、どこの誰とも知らないのであった。

「別に怪しい者じゃありません。僕は新日報社の三津木俊助、こちらは由利先生、名前は御存じのことと思いますが。――われ〳〵はそこにいる磯貝さんに頼まれて、白魚鱗次郎君の行方を捜しているものなのです」

鮎子はうしろに立っている狂女を見、俊助と由利先生の顔を見較《みくら》べて、すぐに万事を諒解《りょうかい》した。

「分りました。その鱗次郎さんなら、このお屋敷のなかにいるに違いありませんわ。あの歌声がそうなのです」

「そう、われ〳〵もそれに気がついていたところでした。とにかくあなた方も一緒に来て下さい」

そこで、四人の者が一団となって、この奇怪な秘密を包んだ屋敷のなかへ雪崩《なだ》れこんでいった。幸い塔の入口はあいている。

その中へ駆け込んだ四人の者は、あの歌声をたよりに、大急ぎで狭い階段をかけのぼっていく。鱗次郎の檻禁《かんきん》されている部屋を突止《つきと》めることは、そう大して困難なことではなかった。あの歌声が誘《いざな》うように、彼等の行手《ゆくて》から聞えて来るのだ。

「この部屋です」

俊助がほかの者を振りかえった。

「ドアをあけて見たまえ」

ドアには錠がおりてなかった。俊助が開いたそのドアの隙からバラ〳〵と中へ雪崩れこんだ四人の者は、その刹那《せつな》、部屋の中の光景を見ると、思わずそこに立ち竦《すく》んでしまったのである。

鱗次郎は足音におどろいて、ふと歌をやめると、かすかに頭《こうべ》を動かして、ドアの方を見た。しかし、彼の眼にはもう何人の姿もうつらなかったのである。快《こころよ》い昏睡《こんすい》が、けだるい麻痺《まひ》感がそのときどっとばかりに、彼の全身をおそって来たのだ。

「あ、鱗次郎さん」

一番はじめにわれにかえったのは諏訪鮎子だった。いそいでベッドのそばへかけ寄って、鱗次郎の頭を抱きあげようとした時だ。

とつぜん、鋭い、怒りに燃えるような声が、

「いけません、そばへよっちゃいや！　その人はあたしのものよ」

檻のなかから降って来たのである。

その声にはじめて彼等は、宙に吊された檻を見た。

「あ、お嬢さま」

叫んだのは磯貝ぎんだ。

「あゝ、乳母《ばあ》や」

琴絵は檻の中で身を揉みながら、

「その人をどけておくれ。その人を鱗次郎さんの側《そば》へ寄せないでおくれ」

乳母やはすぐその言葉にしたがった。儼然《げんぜん》として、気の狂った者の力強さで、鮎子をあとにつきのけると、

「あなた、お願いです。あの檻を下して。お嬢さまを助けて」

俊助はあとにも先にも、この時の鮎子のかおにうかんだ表情ほど、悲痛なものを見たことがなかった。瞬間、彼女はうちのめされたように真蒼《まっさお》になった。それから燃えるような眼を、じっと昏睡した鱗次郎の面上にそゝいだ。しかし、彼女はなんともいわなかった。黙って唇をかみながら身を退《の》くと、俊助が檻をおろすのを眺めていた。何かしら、遠い世界の出来ごとでも見るように。

檻の扉がひらくと、琴絵が裾を乱してとび出して来て、いきなり鱗次郎の体にすがりつくと、

「あなた、あなた」

狂気のように連呼しながら、

「この人は死んだのですか。この人はもう生き返っては来ないのですか」

「いや」

鱗次郎の腕をとり、心臓の鼓動を調べていた由利先生は、かすかに首をふると、

「まだ死んじゃいません。しかし、大至急医者の手当てが必要ですね」

「乳母や、乳母や、お医者様を呼んで来て」

「あたしが行って来ましょうか」

鮎子がいうと、

「いや、あなたじゃいや」

琴絵は瞼際《けんさい》をぽっと染め、敵意に燃ゆる眼差《まなざ》しを、鮎子の面上に注ぎながら、

「乳母や、何をぐず〳〵しているの。早くお医者様を呼んどいでったら」

「はい、はい、すぐに参ります」

半ば気の狂った乳母やが、おぼつかなげな歩調《あしどり》で、あたふたと塔をかけおりていった時である。突如、塔のどこからか、長い鋭い悲鳴が、つんざくように聞えて来たのである。

二

「なんだ、あの声は?」

由利先生は、愕然として首をあげる。悲鳴は一瞬にして終った。あとはまた、気が遠くなるほどの静けさなのだ。

「誰かゞ叫んだようだったね」

「えゝ、恐ろしい声でしたわ」

鮎子はゾッとしたように肩をすくめた。

「あいつよ、きっとあいつだわ。あいつの身に何か間違いがあったのよ」

「あいつって誰ですか」

「うえの時計室へいって御覧なさい。さっきあいつが、鱗次郎さんの肩から、何やら取出して、それから気狂いのように時計室へ駆けのぼっていきましたわ」

「よし、行って見よう。三津木君来たまえ」

「あたしも一緒に行って見ようかしら」

鮎子が心細そうにいうと、

「そうですね。それじゃあなたも一緒にいらっしゃい。鱗次郎君のことは、万事この婦人に任せといた方が無事でしょう」

「えゝ」

鮎子はかすかな笑みを唇の端に浮べながら頷いた。それは消えも入りそうなほど、淋しい微笑だったけれど、同時にまた、すべてを投げ出したような、意味深い微笑でもあった。

三人は鱗次郎と琴絵のふたりをそこに残して、いそぎ足で時計室へのぼっていった。

「あ、こんなところに孔があいている」

由利先生は床の陥穽《おとしあな》を見つけると、身をこゞめて、まっくらなその孔の中を覗いてみた。遥か下の方で、

黄色いカンテラの灯がかすかにまた〻いているのが見えた。

「そうだ。さっきの悲鳴は、この孔の底から聞こえて来たのだな」

「入って見ましょうか」

「ふむ、入って見よう。だけど暗いから気をつけなきゃいけないぜ。諏訪さん、あなたはどうします」

「あたしも行きます」

鮎子は素速く俊助のあとから滑りこんだ。

こうして三人は、あの長い〳〵鉄梯子を伝わって、さっきゴリラ男の入っていった窖蔵《あなぐら》へとおりていった。

窖蔵の中には、まだあのカンテラの灯がチロ〳〵とまた〻いている。三津木俊助がそのカンテラを取り上げた。そして狭い窖蔵のなかを見廻した拍子に、三人は思わずぎょっとして、そこに立ちすくんでしまったのだ。

見よ、あの獅子の顎に半身さし入れたゴリラ男が、片手を黄金の山のなかに突込《つっこ》んだま〻、ぐったりとして死んでいるではないか。あの鋭い獅子の牙が、真紅《まっか》にそまって、顎のなかにはいっぱい血がたまっているのだ。

「あ」

俊助が驚いて、思わず側《そば》にかけよろうとするのを、うしろから、しっかと抱き止めた由利先生。

「危い！　そばへ寄っちゃいけない」

と、言いながらあたりを見廻していたが、やがて床のうえに落ちていた太い棒切《ぼうきれ》に眼をとめると、それを拾いあげて、

「見ていたまえ」

と、いいながら遠くの方から恐るおそるその棒切を獅子の顎に突込んだ。そしてしばらく口の中をごそごそと掻き廻していたが、その棒の先《さ》きが、あの支那鞄のふちに触れたと思うと、突然、物凄《ものすご》い勢いで、獅子の顎ががっくりと嚙み合わされたのである。

「これだ」

由利先生は持っていた棒をはなしながら、

「ねえ、押絵の人面瘡の中から出て来た観世音のうえに彫ってあった、されど我が子よ、心せよ、獅子の顎に陥るな。という呪文は、これを意味しているのだよ」

「いったい、誰がこんな恐ろしい仕掛をしておいた

のでしょう」

「いう迄もない、芹沢圭介さ。あの男は二つの黄金観世音の一つに、この宝庫の所在を書き記し、そしてもう一つの方に、そこに横《よこた》わる危険を暗示しておいたのだ。つまり、この観世音のうち、どちらが一つ欠けても、無事にこの宝物を手に入れることは出来ないようにしておいたんだ。そしてその一つを息子の鱗次郎に、他《た》のひとつを、その鱗次郎の妻になるべき女に譲っておいたんだよ」

　由利先生の話のあいだに、一旦、嚙みあわされた獅子の顎は、しだいに又、そろ〳〵と開きはじめた。そしてそいつがすっかり元通りになったところで、由利先生がおそる〳〵棒切を取出してみると、その先きはまるでさゝらのように嚙み砕かれているのだった。

「さあ、それではそろ〳〵、この可哀《かわい》そうな犠牲者の顔を見てやろうじゃないか。しかし、気をつけたまえ。あまり、顎の側《そば》へ寄るなよ。いつ何時、さっきみたいな事が起るかも知れないからね」

　由利先生と三津木俊助が、両方からゴリラ男の体をかゝえてそっと床のうえに寝かせてやった。見ると、その首は骨も砕けるばかりの恐ろしい歯の跡をうけて、そこから、泡のような血がぶく〳〵と噴《ふ》き出している。実に何んとも名状できない程恐ろしい最期《さいご》なのだ。

　由利先生は、そっとカンテラの灯を近づけてその顔を覗きこみ、ふと鮎子のほうを振りかえって、

「諏訪さん、あなたこの男に見おぼえはありませんか」

　鮎子はちょっとその顔へ眼を落したが、すぐ怯えたような眼のいろをして飛びのくと、

「あ、この男です」

　鮎子は大きく呼吸《いき》を弾《はず》ませながら、

「芹沢が殺された晩、あたし、この男をあの家《うち》の中で見ましたわ。この男が芹沢万蔵を殺したのです」

「そう、そうかも知れません。しかしねえ、諏訪さん、それから三津木君もよく見たまえ、この事件に於《お》ける最も大きな、そして最も恐ろしい秘密は、この男の世にも意外な正体にあるのですよ」

　そういいながら、由利先生は血にまみれたゴリラ男の髯に手をかけた。そして、そいつをぐっと引張ると、これはまた、いったいどうしたというのだろ

う、まるで皮を剝《は》がれるように、その髯が根元からひと束になって抜け落ちたではないか。

「あっ！」

　さすがの俊助も思わず息を呑《の》みこんだ。

「はゝゝゝは、何んでもありゃしないのだ。こいつは附髯なんだぜ。ところで諏訪さん、恐れ入りますが、もう一度この男の面《つら》をよく見てくれませんか」

　鮎子はおそる〳〵死体のうえに身をかゞめて、カンテラの灯の中に、奇怪な陰翳《いんえい》をつくって浮きあがっている、恐ろしい顔を見た。

　その刹那、鮎子はふいに、心臓が咽喉のところまでこみあげて来るのをかんじた。周囲の壁がくるくると躍りながら、いちどにどっと、自分の方に倒れかゝって来るような気がした。

　鮎子は二三歩、踊るようなあしどりでうしろへたじろぐと、

「芹沢万蔵！」

　そう叫んだかと思うと、崩れるようにへな〳〵と床のうえに膝をついてしまったのである。

　あゝ、なんということだ！　附髯をとられ、カンテラの灯の中に浮きあがったその顔は、まぎれもない、一度死んだ筈の芹沢万蔵だったのである。

大団円

冬が去り、春が逝《い》って、両国の川開きから始まったこの不思議な物語は、再びさわやかな初夏を迎えた。

女が一番匂やかに美しく見えるこの初夏の宵《よい》のこと、見よ、軽やかな羅物《うすもの》に身も心もうき〳〵とした若い娘たちが、若鮎《わかあゆ》のように溌剌《はつらつ》として銀座街頭を闊歩《かっぽ》していくではないか。甘い、香《か》ぐわしい果物の匂いが、そこはかとなく街を流れて、ほのかな郷愁をそゝるのもまた嬉しいものである。

そういう銀座の一劃《いっかく》にある、とある酒場《バー》の二階で、さっきから、しきりにビールのジョッキをかたむけている二人づれがあった。

言わずと知れた由利先生と、三津木俊助の二人である。二人ともさっきから無言のまゝ、ビールの泡を眺めている。それは彼等が言葉の継穂《つぎほ》をうしなったからではなくて、折から聴えて来たラジオの歌に耳を傾けていたからなのである。

二人の顔には思い〳〵の深い感慨のいろがうかんでいる。それもその筈、その歌の主というのは白魚鱗次郎であり、そして今彼が歌っているのは、由利先生や三津木俊助がいくどとなく耳にした、あの悲しいやるせない、恋のすゝりなきに似た歌だったからである。

今日は鱗次郎の初放送の晩だった。

「やっぱりいゝ声をしていますね」

「そう」

「ヴィーナス・レコード会社から売り出されたあの男のレコードは、一ケ月の間に五十万売り尽したそうですぜ」

「そうかな。すると現代の果報者といえば、さしずめあの男にとゞめをさすことになるのかな。何しろ、恋と名と富を同時につかんだのだからな」

「はゝゝゝは、そういえばそうかも知れません。しかしまあ、あれだけの苦労をしたのだから、それだけの報《むく》いがあってもいゝのでしょう。何しろ恐ろしい事件でしたからね」

「そう、恐ろしい事件だった」

「ことに、あのゴリラ男の正体が芹沢万蔵だったと分った時には、さすがの私も驚きましたね」

「そうかね」

「先生」

俊助はふいに、テーブルのうえから身を乗り出すと、

「いったい、あの芹沢の屋敷で殺されていたのは、何者なんです。先生は今まで、その事については一言も仰有らないようですが」

「そう」

由利先生は眼を細めて、じっとビールの泡を眺めていた。

「俺《わし》はね、なるべくそのことを言いたくなかったのだよ。あの男に、余計な悲しみを味《あじあ》わせたくはなかったのでね」

「あの男というと?」

俊助が不思議そうに訊《き》き返す。

「鱗次郎のことだよ」

由利先生はふいに、むっくりと体を起すと、

「たいてい、君も想像がついているのだろうが、芹沢の屋敷で殺されていたのは、ありゃ鱗次郎の親父の芹沢圭介だったんだよ。君はいまでも覚えているだろう。あの死体はストーヴの中へ首を突込んで、殆んど識分《みわ》けがつかないくらい相恰《そうごう》が変っていたが、あれは決して偶然ではなかったのだよ。圭介は自分の意志からか、それとも万蔵に檻禁されていたのか、とにかく、二十年に近いあいだ、あの時計塔の地下室に住んでいたのだ。その不自然な生活のために、あゝしてゴリラみたいな体つきになってしまったんだが、それでも彼は、盗まれた鱗次郎と琴絵のことは忘れなかったと見える。いつも影身に添うように、二人の身を守っていたんだが、そいつをあの晩、万蔵の奴が自宅へ誘《おび》き寄せて、とうとう殺してしまったんだね。そうして、その顔を識分けがつかぬように焼くと、これを自分の身代りにしたのだ。そうしておいて、自分はそのゴリラ男になりすますと、鱗次郎に近づいて、ひそかにあの黄金観世音を取出す機会を狙っていたんだよ。何んといっても、あいつは一番恐ろしい男だった。あゝいう惨《みじ》めな最期を遂げたのもまったく自業自得《じごうじとく》というより外はないね」

由利先生は、感慨ふかげに言葉を切ると、黙ってテーブルの上のビールの泡を眺めている。

俊助も同じように無言だった。いつの間にか、白魚鱗次郎の歌も終ったらしい。

由利先生はふと思い出したように、

「それはそうと、鱗次郎の細君はその後どうしたろう。このごろでは相当自由に、口が利けるようになったろうね」

「えゝ、もうすっかり普通の人と変りはありませんね。この間会ったら、なんでも近いうちに、夫婦でヨーロッパへ行くんだと言って大はしゃぎでしたよ」

「ほゝう！」

由利先生は眼を丸くして、

「そうかね。するといよ〳〵可哀そうなのは、あの諏訪鮎子という女だね」

「どうしてゞすか」

「どうしてって、あの女も鱗次郎にゃ大分《だいぶ》参っていたらしかったじゃないか」

「はゝゝゝは」

俊助はたからかに笑うと、

「先生も、ずいぶん古いですね。今時の女が、そんなことをいつまでもくよ〳〵しているもんですか。このあいだ、あの女に会ったとき、ちょっとひやかしてやったら、こう言ってましたよ。――何しろ相手は親子二代がかりの恋なんだから、敵《かな》わないわ――って、さば〳〵したもんです。なんでも、近頃のゴシップによると、山下という作曲家と結婚するんだとか言いますぜ」

「そうかね、なるほどそんなものかね」

由利先生は憮然《ぶぜん》とした様子だったが、すぐ気を取り直すと、ジョッキを取りあげて、

「よし、それじゃこゝで乾盃してやろうじゃないか」

「鮎子のために？」

「そう、それから鱗次郎と琴絵のために」

「O・K」

二人は勢いよくビールのコップをあげた。ガラスの縁と縁とが触れあって冷たい音をたてた。

由利先生と三津木俊助はそこで顔を見合せると、いくらか擽《くすぐ》ったそうな、しかしわだかまりのない声をあげて、昂然《こうぜん》と笑ったのである。爽《さわや》かな初夏の蘭《らん》灯《とう》の下で――。

首吊船

立聴きする女

現代には怪談がないというが真実《ほんとう》だろうか。

発達した二十世紀の科学文明は、あの荒唐無稽《こうとうむけい》な怪談を、旧《ふる》い幻のなかに逐《お》いこんでしまった。あのナンセンスなお化《ばけ》や幽霊は、一種懐古的な情緒をわれわれに与えてくれるものの、最早《もはや》そんなものが、この世に存在すると信ずる人間は一人もいないであろうと、科学万能論者はわれわれに教えてくれる。

なるほど昔の人が信じていたようなお化や幽霊はいなくなったかも知れない。だがそれだけで、現代には怪談がないと言いきることが出来るだろうか。

いや、いや、人間が恐怖心を失わない限り、この世から怪談の種がなくなるということはあり得ないのだ。あの馬鹿々々しい、間の抜けたお化や幽霊はいなくなったかも知れないけれど、その代り、もっと気味の悪い、なんとも得体の知れぬ怪物が、ネオンライトに彩られた、この近代都市の一画《いっかく》にひょいとして顔を出すことがある。

三津木俊助《みつぎしゅんすけ》があの晩、隅田川《すみだがわ》で見た恐ろしい首吊り船などがちょうどそれなのだ。あゝ、あの不可思議な首吊り船と、世にも異様な風態をした絞刑吏《くびつりやくにん》の恐ろしさ。さすが豪胆をもって鳴る三津木俊助も、その夜の出来事を思い出す度にいまだにゾーッと背筋の冷くなるような恐怖を覚えるというのだが、まことに無理もない話だ。

しかし筆者はその出来事をお話する前に、一応、三津木俊助がどうしてこの事件に捲《ま》き込まれていったか、その事について先《ま》ずお話しておかねばならない。

新日報社《しんにっぽう》の花形記者三津木俊助。彼の勲功《くんこう》については、これまでいろいろな物語の中でお話してきたが、その俊助があの晩是非《ぜひ》にという招きをうけて、やって来たのが隅田川ぶちにある、五十嵐磐人《いがらしいわと》という、政府のかなり高い地位にあるお役人の邸宅。五十嵐夫人の絹子《きぬこ》さんが、是非とも俊助に依頼したい事件があるというのだ。

俊助はたいへん急《いそ》がしい体だった。現にその時も、二三ほかの事件に関りあっていて、体が二つあっても足りないくらいだったのだが、日頃から尊敬する先輩の言葉添えもあり、それに事件そのものにも、なんとなく彼の興味を唆《そそ》るものがあったので、急がしい中をさいて、その夜、川沿いにある五十嵐邸を訪問したのだ。

「よくいらして下さいました。こんな晩に、さぞ御迷惑だったでしょう。ほんとうに御無理ばかり申上《もうしあ》げて」

川に面した広い応接間なのである。絹子は初対面の挨拶《あいさつ》をすますと、そういって俊助に、贅沢《ぜいたく》な絹張りの椅子をすゝめるのだ。年齢《とし》は二十七八だったろう。美しい、落着《おちつ》きをもった婦人だが、なんとなく浮かぬ顔色が、内心の大きな屈託《くったく》を訴えているようで、俊助はひとめ見て惻隠《そくいん》の情を催《もよお》したものである。

「いや、そんなこと、なんでもないのです。それよりも奥さん、早速ですが用件というのにとりかゝろうじゃありませんか」

新聞記者というものは、冗《むだ》な会話を何よりも厭《いと》うのである。俊助はすゝめられた椅子に、遠慮なくどっかと腰をおろすと、早くも手帳を取り出して身構える。

「えゝ、それでは早速お話しましょう。大体のことは昨日もお電話でお話した通りですけれど。……」

「なんでも人を探していらっしゃるという話でしたね」

「えゝ、そうなんですの。是非あなたのお力で探して戴《いただ》きたい人がございますの。尤《もっと》もその人、生きているのか死んでいるのか、それすらよく分らないのですけれど」

「生死不明というわけですね。名前はたしか瀬下亮《せしたりょう》、そうでしたね」

「えゝ、そう、実はその人が。……」

といいかけて絹子は、突然、

「あら」

口を噤《つぐ》むと、ハッとしたように入口の方を見た。

その時、カタリと何か、床に落ちるような物音が聴えたからである。俊助も思わずその方へ眼をやった。

見るとドアの側《そば》に、二十《はたち》ばかりの美人が、途方に暮れたような顔をして立っている。手に銀盆を持っていて、銀盆のうえにはコーヒ茶碗《ぢやわん》が二つ。赤いスリッパをはいた足下に、銀のスプーンが一つ転がっていた。このはしたない粗相《そそう》に、美人は真蒼《まっさお》になって、いくらか顫《ふる》えているようにさえ見えるのだ。

絹子はそれを見るとほっとしたように、

「おや、千夜《ちや》さんだったの。コーヒならこちらへ戴きましょうか」

「すみません。とんだ粗相をしまして」

「いゝのよ。あたしの分は後から持って来て頂戴《ちょうだい》。それ、こちらへ先に上げたらどう」

「はい」

千夜は言葉少なにコーヒ茶碗をおくと、すぐ引返して代りのスプーンを持って来たが、彼女の出ていく後姿を、無言のままじっと見送っていた俊助、なんとなく腑《ふ》に落ちぬ面持《おもも》ちで、

「あの人、お宅の女中さんですか」

「いゝえ、そうね。なんといったらいゝのかしら。言ってみればあたしのお話相手みたいなものですわね。尾崎《おざき》千夜さんといいますの。半年ほどまえ、あるところで識合《しりあ》いになって、聴いてみると、親戚もなにもない、それは頼りない身体《からだ》だと仰有《おっしゃ》るので、我儘《わがまま》をいって宅へきて戴いておりますの。でも、あの方どうかしまして」

「いや、なんでもないのですが、今あの人がスプーンを落したの、瀬下亮という名を聞いたせいじゃないかと思ったものですから」

「まさか、そんなこと。あのひと、ほんとうにおとなしい、いい方ですわ」

絹子は一言のもとに打消したが、しかしこの五十嵐家では「おとなしい、いゝ方」に人の話を立聴くように躾《しつ》けてあるのだろうか。

千夜はドアをしめると軽い足音をさせて五六歩廊下を歩いていったが、ふと立止《たちどま》ると急にきびしい顔をして、そっと引返してくると、じっと鍵孔《あな》に耳をこすりつけたのである。

部屋の中ではむろんそんな事とは知る由もない。一旦途切れた話が、その時ふたゝび続けられていた。

「その瀬下亮という人ですが、それはいったいどう

いう人物ですか」

「それをお話するには、どうしても古い昔話からしていかねばなりませんの」

絹子はなんとなく安からぬ面持ちで逡巡《しゅんじゅん》しているる風であったが、やっと思いきったように、

「なにもかもお話しなければなりませんわね。どんな厭《いや》なことだって」

そういってそっと軽い溜息《ためいき》を洩《も》らすと、

「今からかれこれ八年ほど前のことですわ。その時分、あたし満洲にいましたの。父が事業に失敗したりして。……それはそれは悲しい思い出なんですの。瀬下亮という人に会ったのは、ちょうどその時分のことでした」

だが、ためらい勝ちな絹子の話を、その通り写していたのではとても際限《きり》がないから、こゝには出来るだけ簡単に要約してお眼にかけることにしよう。退屈でも諸君は、しばらくこの昔話に耳を傾けねばならない。何故《なぜ》なれば、この物語の中にこそ、これからお話しようとする、世にも怪奇な事件の謎《なぞ》が隠されているのだから。

幽霊の指輪

瀬下亮というのはその時分二十五六の、若い旅行者だった。満洲の地質学とやらに興味をもって、単身渡ってきていたのだが、ふとした機会に絹子と相識《あいし》ると、二人の仲は急速に進んでいった。そして間もなく、父には内緒で、互いの指輪を、愛の印として交換するまでになっていたのである。

絹子の父が事業に失敗したのは丁度その頃のことだった。父は苦しまぎれに、ある性質《たち》の悪い支那《シナ》人から多額の金を借り入れた。しかもその金の抵当として、絹子の体があてられたのである。

驚いたのは絹子だ。いやそれよりも更に驚いたのは瀬下だった。恋人をこの窮地から救い出そうとして、彼は必死となって金策に奔走《ほんそう》したが、何しろその金額は、瀬下のような若い学徒にとっては些《いささ》か大きすぎたのである。

あらゆる金策の途《みち》はつきた。絹子の体が好色な支那人のいけにえとなる日は、刻一刻と近づいて来た。

その頃になって乗り出して来たのが、五十嵐磐人氏なのである。

五十嵐氏はその時分土地の鉄道局に勤めていた、かなり高い地位のお役人だったが、これが絹子に想いをかけて、例の借金のことを承知のうえで、絹子を妻にと懇望して来たのである。

絹子の父にとっては渡りに舟だった。彼は一も二もなくこの縁談に承諾《しょうだく》をあたえたばかりか、絹子にも相談せず、五十嵐氏から多額の金を受取ってしまったのである。おさまらないのは絹子だ。彼女は別に五十嵐氏が好きでも嫌いでもなかったが、瀬下という意中の人があるのだから、なかなかこの縁談を承知しようとはしない。こうして、すったもんだとやっているうちに、突然、瀬下の行方《ゆくえ》がわからなくなったのである。

絹子は狂気のようになって瀬下の行方を探し求めたが、なにしろ警察制度の完備しない辺境の土地のことだから、捜索はなかなかうまく捗《はかど》らなかった。結局、匪賊《ひぞく》に拉致《らち》されて、殺害されたのだろうということになった。事実、その時分、その辺ではいつもそういう危険があったのだ。絹子はしかし、まだ断念《あきら》めてしまうことが出来なかった。彼女は五十嵐氏の執拗《しつよう》な求婚と闘いながら、一月《つき》待った、二月待った、三月待った。――ところがそこへ第二の不幸が突発したのである。

ある夜、酒に酔った絹子の父が、附近の大きな河に落ちて溺死《できし》しているのが発見されたのだ。絹子はひとりぽっちになった。

父の葬式やその後始末に際して、五十嵐氏の示してくれた親切の数々は、さすが頑《かたくな》な絹子の胸にもしみ通った。彼女はまだ瀬下の事を忘れてしまったわけではなかったが、それでも自分の心がしだいに五十嵐氏の方へ傾いていくのを感じていた。

そこへ到頭《とうとう》、あの恐ろしい事実が発見されたのである。絹子の住んでいた町から、数キロ離れた山蔭《やまかげ》に、血に染まった瀬下の背嚢《はいのう》や帽子が発見されたのだ。瀬下は匪賊のために殺害されたのに違いないと人々は想像した。

絹子は涙ながらにこの帽子や背嚢を葬《ほう》むると、五十嵐氏のもとへやって来て、はじめて結婚承諾の旨《むね》を述べたのであった。

「あたし達はそれから間もなく結婚しました。媒酌《ばいしゃく》人は倉石伍六《くらいしごろく》さんといって、その土地でも巾利《はばき》きの御用商人でした。それから一年程のち、五十嵐は帰国命令をうけて帰朝すると、現在の職についたのです。それから数年、あたしたちはついぞ、瀬下さんの噂《うわさ》を聴いたことはありませんでしたが、それが近頃になって、突然、妙なことが起って。――」

語りつかれた絹子の面には、その時ものに怯《おび》えたような表情《いろ》がうかぶのである。俊助は痛ましそうに、黙ってその顔を眺めている。

「でも、それをお話する前に、一応、ちかごろの良人《おっと》の妙な素振《そぶ》りについてお話しておかねばなりませんが。……」

と、絹子の語ったところによると。

五十嵐氏と絹子のために媒酌の労をとった御用商人の倉石伍六というのは、その頃から、五十嵐氏とひとかたならぬ因縁があったらしい。五十嵐氏が内地へ引きあげると、それから間もなく倉石も帰国して来たが、二人の間には依然として、しつこい因縁が絡《から》んでいるらしいのだ。

「ところが一月ほど前のことでした。倉石さんが真蒼になって訪ねて来られると、良人とふたり二階の書斎に閉じこもって、長いこと何やら密談をしているようすでしたが、それからというもの、良人の態度がすっかり変ってしまいましたの」

何か非常に気になることがあるらしい、五十嵐氏は始終ソワソワとしていて、どうかすると、恐ろしい眼つきをして、じっと考え込んでいることがある。それでいて、絹子にはその理由を語って聞かせようともしないのだ。

「あの奇妙な小包みがとゞいたのは、ちょうどその時分のことでした」

「小包みですって？」

「えゝ、そうなのです。あれはたしか前の日曜日のことでした。おそい朝御飯を良人と一緒にいたゞいているところへ、千夜さんが配達されたばかりの小包みをもって来たのです。差出人を見ると、まるであたし達の知らない人なのです。あたしなんだか気味が悪かったのですけれど、良人が開けて見たらよかろうというので開いてみると。……」

そういいながら絹子は、今更のようにゾッと肩をすくめるのだ。

「開いてみると？」

「開いてみると、それが……いいえ、これはあたしの口からお話し申上げるより、いっそ実物をお眼にかけた方が早うございますわ」

絹子は立上って、傍《そば》の戸棚の中から小さな木の函《はこ》を取り出すと、さも恐ろしそうに顔を反向《そむ》けながら、それを俊助のまえに置いた。

「これですの」

「なるほど」

見ると、それは別に変ったところもない普通の木の函だった。蜜柑函《みかんばこ》を少し大きくしたくらいの、木地の荒いザラザラとした函で、薄い蓋《ふた》の間から油紙のようなものが覗《のぞ》いている。

「開けて見てもいゝですか」

「えゝ、どうぞ」

俊助はきっと唇《くちびる》を噛《か》みながら蓋を開いた。油紙を取除《とりの》けると、その下にはおが屑《くず》がいっぱい詰《つま》っている。そのおが屑を少しずつ除けていくうちに、突然、俊助の頬《ほお》にさっと血の色がのぼった。

「こ、これは――」

さすがの俊助も思わずそう叫ぶのだ。

無理もない。中から出て来たのは白い人間の骨なのだ。指の具合から見ると左腕に違いない。肱《ひじ》のところから切断された、見るも無気味な人間の骨。しかもその薬指の根元には、細い金の指環《ゆびわ》がはまっていて、その指環のうえに鏤《ちりば》められた紅玉《ルビー》が、ちょうど白い骨のうえに垂らした一滴の血のように、冷く、人を刺すように光っている気味悪さ。

「その指環ですの。……」

と息を弾《はず》ませ、歯をガタガタと鳴らせながら、絹子が囁《ささや》いたのは。――

「いつかあたしが、瀬下さんに差上《さしあ》げたのが、その指環なんですの」

首吊り蠟《ろう》人形

「ふうむ」

と、俊助は思わずひくい唸声《うなりごえ》をあげると、

「すると奥さんは、この腕を瀬下君のものだとお考えになるのですかね」

「そうとしか考えられませんわ。だってその指環をそういう風に左の薬指に嵌《は》めている者は、瀬下さんよりほかにない筈《はず》なんですもの」

「だが、いったい誰がこんなものを送って来たのだろう」

「誰だか存じません。でもその人が、瀬下さんと何か深い関係のある人間だということだけは分りますわね」

「ひょっとすると、瀬下君自身じゃないでしょうか」

「まあ、それじゃ、やっぱりあなたもそうお考えになりますのね。瀬下さんが生きていて、何かしらあたしたちに対して、恐ろしいことを企《たくら》んでいるという風に。――」

「いや、そう結論するのはまだ少し早いかも知れませんが。……時に、この贈物を見られた時、五十嵐氏の態度はどういう風でしたか」

「あの時の良人の驚きようたらありませんでしたわ。まるで毒蛇《どくじゃ》にでも咬《か》まれたように、ピクッとして飛びあがると、

『あ、とうとう来た』

とそう叫んで。……」

「とうとう来た。――とそう言われたのですね」

「え〻、そうなんです。そして逃げるように二階の書斎へあがっていくと、内部《なか》からピッタリと錠をおろしてしまって、あたしがどんなに頼んでも開けてくれようとは致しません。でも、暫《しばら》くすると急に思いついたように電話で倉石さんを呼び、長いこと何かヒソヒソ談《ばなし》をしている様子でした」

「そのことについて、何か後に説明なさりはしませんでしたか」

「い〻え、何も言ってくれません。でも、それから後、良人は眼に見えて邸《やしき》の出入に気をつけるようになりました。まるでいつ何時、兇漢に襲われるかも知れないという風に。……」

「いや、よく分りました」

俊助はバッタリ音をさせて手帳を伏せると、

「ときに奥さん、お宅に瀬下君の写真はありませんか」

「はい、多分、そう仰有《おっしゃ》るだろうと思って用意しておいたのですが」

言下に絹子が取出した写真を見ると、多分満洲でゞも撮影したのであろう。旅行姿をした二十七八の青年が、小高い丘のうえに立っているところだったが、長い房々《ふさふさ》した髪の毛といい、くっきりとした眼もといい、引き緊《しま》った唇といい、いかにも誠実そうに見える美貌の青年だった。

「奥さん、この写真はしばらく借用しておいてもいいでしょうね」

「えゝ、どうぞ」

「それじゃ奥さん、今夜はこれで失礼する事にしましょう」

俊助は立上って、

「いずれ二三日のうちに、何かまとまった報告をすることが出来るだろうと思いますが、まあ、あまり御心配なさらない方がいゝでしょう」

「有難《ありがと》うございます。あたしもこれで、いくらか胸の閊《つか》えがおりたような気がいたします」

絹子もそういいながら立上った。

あの奇妙な出来事が起ったのは、実にその瞬間だったのである。

絹子に送られた俊助がドアの側《そば》までいった時だ。突然、川の方からけたゝましい警笛《サイレン》の音が聞えた。唯の警笛《サイレン》ではなかった。何かしら、注意をうながすような、異様に鋭い汽笛の響きなのだ。それを聴くと、二人は思わず窓の方を振り向いたが、そのとたん、

「あ」

とばかりに絹子は思わず息をのみこんだのである。カーテンをおろした大きなフランス窓の上に、その時、くっきりと異様な姿がうつっているのが見えたからだ。それは実に、なんとも言いようのないほど妙な影法師だった。

四角い、長方型の窓枠のうえの方から、太い二本の脚がぶらんとブラ下っていて、それが風に吹かれるへちまのように、ブラブラと左右に揺れている気味悪さ。生きている人間なら、とてもそんな風に揺れはしない。死人なのだ。おそらく首を吊っているのだろう。……

俊助は矢庭《やにわ》に窓の側までとんでいって、さっとカーテンをまくりあげた。その間に絹子が大きなガラス扉《ど》をひらく。二人は肩をぶっつけるようにして川に面した露台《ろだい》へとび出た。

川のうえはいっぱいの夜霧だ。その夜霧の中に一艘のランチが止まっているのが見える。そのランチの上から、強い白光がさっと河のうえを横ぎって、この応接室の大きなフランス窓のうえに、あの恐ろしい映像をつくっているのである。

「あれだ」

とつぜん、俊助が叫んだ。

ランチの中央にある太いポールのうえに、首を吊

った黒い影がブラブラと風に吹かれて左右に揺れているのである。さすがの俊助も一時はぎょっとしたが、しかし、よくよく考えてみると、その揺れ方というのが少し妙なのだ。これしきの風に、人間の体があんなにユサユサと揺れるだろうか。たといランチの動揺を勘定に入れるとしても、その揺れかたはあまり激しすぎる。――

「ナーンだ」

突然そう呟《つぶや》くと、俊助はほっとしたように絹子を振返って、

「奥さん、あれは人形ですよ」

「人形ですって?」

「そうです。ほら、あの白い頬をごらんなさい。夜霧に濡《ぬ》れて艶々《つやつや》と光っているじゃありませんか。あんな人間てある筈がない。あれは蠟《ろう》でこさえた人形。――つまり蠟人形ですよ。だが、おや、あれはなんだ」

二人の話声が耳に入ったのにちがいない。その時まで、ポールの根元にうずくまっていた黒い影が、ひょいと顔をあげると、こちらを向いてすっくと立ち上ったのである。そのとたん、絹子は思わず、

「あれ!」

と叫んで俊助の胸にしがみついた。

絹子が驚いたのも無理ではない。あゝ、その男の風態のなんという異様さ! 黒い二重廻《にじゅうまわ》しに三角型のトンガリ頭巾《ずきん》、しかもその頭巾の下から覗いている顔の世の常ならぬ恐ろしさ。そいつには鼻もなければ眉毛もない。唇もなければ耳もないのだ。象牙《ぞうげ》のように真白《まっしろ》な顔には、落ちくぼんだ眼窩《がんか》と、黒い鼻の孔が二つ、それから喰いしばった二列の醜《みにく》い歯並み。――ちょうど絵に画《か》いたしゃれこうべそっくりの顔をした怪物なのだ。

絹子の悲鳴をきくと、怪物は嘲笑《ちょうしょう》するように、カチカチと二列の歯を鳴らして笑った。それから黒い二重廻しの袖《そで》をハタハタと風に鳴らせながら、威嚇《いかく》するように右手をあげると、傍《そば》に首を吊っている蠟人形を指さした。そしてもう一度、あの醜い歯並みを鳴らすと、なんともいえないほど気味の悪い声をあげて笑ったのである。

その時まで、夢中になって俊助の体にしがみついていた絹子は、この笑い声をきくと、はっとしたように、俊助の体から離れた。そして、何《な》んともいえ

ないほど妙な顔をすると、ふいに露台の欄干《らんかん》につかまって、ぐっと体を前に乗りだしたのである。

「危い、どうしたのです」

「いえ、いえ、なんでもありません。あゝ、恐ろしい。あなた、あいつを摑《つか》まえて、あいつを摑まえて。

――」

だが、その時、突然、ダダダダダと、激しく水をきる推進機の音が聴えたかと思うと、この恐ろしい首吊り幽霊船は、まるで凱旋《がいせん》将軍のように体を左右に揺ぶりながら、濃い夜霧をついて、静々と川下のほうへ消えていったのである。あの奇妙な蠟人形と、世にも無気味な絞刑吏《くびつりやくにん》をそのうえにのせたまゝ。

――

頰に傷のある男

この時、俊助がいち速く、奇怪な首吊り船の後を追わなかったからと言って、みだりに彼を責めるのはあたらない。

何しろそれは、あまりに唐突《だしぬけ》の出来事だったのだ。それにあの暗示的な首吊り蠟人形といい、奇怪な絞刑吏の風態《ふうてい》といい、さすが、豪胆な三津木俊助も、思わず呆然《ぼうぜん》としてそこに立ちすくんでしまったのも無理ではなかった。

彼が漸《ようや》く気がついた頃には、怪汽艇はすでに、はるか川下の霧の中にかくれてしまっていた。あたりを見廻したところ、追跡の手助けになりそうな船も通らない。何しろ土のうえと違って、川の上なのだから、無鉄砲に駈け出すわけにもいかないのである。

こうして三津木俊助は、怪物を眼のまえに見ながら、みすみす取り遁《に》がしてしまったのだが、それではこの奇妙な首吊り船は、誰の眼にもとまらずに、無事に霧の中を逃げおおせることが出来たかというと、事実はそうではなかった。

怪汽艇が五十嵐邸から、一丁《ちょう》ほど下って来た時である。ふいに薄暗い物蔭《ものかげ》から一艘《そう》のモーター・ボートが飛び出して来た。

ハンドルを握っているのは、垢《あか》じみた菜っ葉服を着た男で、くちゃくちゃに形の崩れたお釜帽《かまぼう》の下からは、櫛《くし》の目を知らぬ髪の毛が、もじゃもじゃとはみ出している。痩《や》せこけた頰、とがった顎《あご》、鋭い眼光、――それに頰から顎へかけて、蚯蚓《みみず》のような大きな傷痕《あと》が、紫《むらさき》色に這《は》っているのが、この男の容貌をいっそう悽惨《せいさん》なものに印象づけている。

男は前こゞみになって、右手でハンドルを握っている。左手はどういうわけか、ポケットに突っこんだまゝなのである。

怪汽艇が白い波を蹴立《けた》てゝ通りすぎた。

それをやり過しておいて、モーター・ボートは静かにその後を追い出した。別に追いつこうというつもりはないらしいのである。一定の間隔を保って、どこまでも、どこまでもくっついていく。

霧はしだいに深くなっていく。やがて両岸の灯も見えないほど、あたりは真白な夜霧に包まれてしまった。しかし、このことは追跡していくモーター・ボートにとっては、不便どころか、却《かえ》って好都合だった。相手に尾行をさとられる可能性が、それだけ少くなったのだ。それに怪汽艇がひっきりなしに鳴らす警笛《サイレン》が、追跡者にとっては、なによりも都合のいゝ、標的となるのである。

不思議な男は依然として前こゞみになったまゝ、右手でハンドルを握っている。星のように輝く二つの眼が、しっかりと霧の中ににじんでいる。怪汽艇の赤い信号灯にくっついたまゝ離れないのである。

やがて二艘の船は永代橋《えいたいばし》の下を通りすぎ、石川島造船所の黒い煙突を左に見ながら、佃島《つくだじま》から月島の埋立地へとさしかゝる。聖路加《せいろか》病院、水上署、そういう建物が濃い霧の中に黒ずんで見えている。怪汽艇はそういう建物を尻目にかけ、隅田川からとうとう東京湾へ出てしまった。

ダダダダ、ダダダダ。——と単調な機関《エンジン》の音を夜霧の中に響かせながら、どこまでも、どこまでも進んでいく。波がしだいに荒くなった。赤い信号灯が蛍火《ほたるび》のように揺れている。

「おや」

と、その時、モーター・ボートの中で不思議な男が小首をかしげた。

ふいに怪汽艇がぐるっと大きく左へ迂廻《うかい》したからである。そのとたん、防波堤の向うから押し寄せてくる大きな波のうねりをくらって、モーター・ボートは危《あや》うく左にひっくりかえりそうになった。

東京湾はまっくらだ。はるか向うの方で明滅している灯台の灯が、霧に滲《にじ》んで星のように見えていた。

左へ迂廻した怪汽艇は、しばらく埋立地に沿って進んでいたが、やがてまたもや左へ大きく迂廻した。

隅田川の別の河口へと入っていくのである。

やがて向うのほうに、商船学校の練習船のマストが、ぼんやり霧の中から浮き出して来た。汽艇《ランチ》は越中島を目差してまっすぐに進んでいるのだ。

つまり、この不思議な幽霊船は、埋立地を一周しただけで、ふたゝびもとの隅田川へかえって来たのである。

間もなく向うに、東京湾汽船発着所と書いたイルミネーションが、霧の中にぼっと滲んでいるのが見えて来た。すると、汽艇は急にスピードを落して、しずかにその方に近づいていく。

桟橋《さんばし》の灯がしだいに明るくなって来た。霧の中に往来する人の姿が、スイスイと水中の魚を見るように、白い夜霧のなかに浮き出している。

桟橋のそばで、汽艇はぴったりと横着けになった。

これを見ると、後から追っかけて来たモーター・ボートは急にスピードを増して、汽艇がまだ横着けにならないまえに、すぐ後《うしろ》へ来てとまると、小鳥のような身軽さで、ひらりと桟橋へとびあがったのは、例の頰に大きな傷痕のある男だった。

男は帽子をいっそう眉深《まぶか》にかぶり直すと、すばやく傍《そば》の小蔭に潜りこんで、じっと怪汽艇のほうを窺《うかが》っている、帽子の下には、豹《ひょう》のような眼が鋭く光っているのである。

見るといつの間にとりはずしたのか、汽艇のうえには、もうあの気味の悪い蠟人形の姿は見えなかった。おそらくさっきの巡回の途中、東京湾のどこかへ流して来たのであろう。いまごろはあわて者の魚どもが、ほんとうの人間と間違えて、コツコツとその体をつゝいているかも知れない。

ふいに菜っ葉服の男の眼がギロリと光った。

今しも怪汽艇のなかから、洋服姿の紳士が出て来たからである。帽子の縁《ふち》を深く下ろし、外套《がいとう》の襟《えり》に顎を埋めるようにしているので、顔はよく見えなかったが、どっしりとした体格の、脊《せ》の高い紳士だった。紳士は桟橋へあがるまえに、素速くあたりを見廻したが、すぐ安心したように、ゆっくりと霧の中を歩いていく。

いまゝで物蔭にかくれていた男が、ふいに闇の中からとび出したのはちょうどその時だった。酔払いのような歩調《あしどり》で、よろよろと紳士の方へ近附いていくと、相手に避ける遑《いとま》もあたえず、いきなりドシンとぶつかったのだ。

「なんでえ、なんでえ。他人《ひと》に突当りやがって、どこのどいつだ、面《つら》を見せろ」

怒鳴りながら、ひょいと紳士の顔を覗きこんだ男、どうしたのか、ぎょっとして眼を瞠《みは》ると、そのまゝ、そこに立竦《たちすく》んでしまったのである。

「馬鹿、何をする！」

太い声が鞭《むち》のように鳴った。と思うと、紳士の姿はまるで鉄砲玉のように、深い夜霧の中に消えてしまったのである。

その後姿を見送った菜っ葉服の男、もう後を追っかける勇気もないらしい。あまりの驚きのために、茫然《ぼうぜん》として霧の中に突立《つった》っている。見ると、この男は左腕の肱から先がないのである。

あゝ、左腕のない男。――読者諸君はそれについて、何事か思い出しはしないだろうか。いつか五十嵐氏のもとへ送って来たのは、左肱の骨だった。ひょっとするとこの男こそ、瀬下亮ではないだろうか。

白昼の誘拐

そういう奇怪な小事件があった翌日のこと。

俊助は朝から新聞社の調査部へ潜りこんで、五十嵐磐人や倉石伍六についての覚書《メモ》を蒐集《しゅうしゅう》していたが、そこへ給仕が面会人を報《し》らせて来たのである。名刺を見ると倉石伍六とある。

これにはさすがの俊助もはっと驚いた。いま身許《みもと》調査中の本人が、向うからわざわざやって来たのである。いったい、どんな用件があるのだろう。――そう考えると俊助ははや、好奇心で胸がワクワクするのを覚えるのだ。

待たせておいた三階の応接室へ、暫くして入っていくと、

「三津木俊助というのは君かい？」

と、こちらの挨拶も待たずに、嚙みつくようにそう怒鳴りつけたのは、年の頃は四十五六の、脂《あぶら》ぎった顔をした男だ。横柄《おうへい》に懐手《ふところで》をしたまゝ、傲然《ごうぜん》として応接室の中央に突っ立っているのである。鼻の頭が柘榴《ざくろ》のように赤くなって、いやにテラテラと光っているのは、多分酒毒のせいであろう。帯に巻きついた太い金鎖、赤ん坊のような指にはめた太い金指輪。――倉石伍六というのはおよそこういう男なのである。

「三津木は僕ですが、何か御用ですか」

「用件は俺がいうまでもあるまい。貴様の胸に訊《たず》ねてみろ」

「妙ですな」

俊助はにやりと笑いながら、

「あなたの用件を僕の胸に訊ねたところで、分る筈がないじゃありませんか。まあ、お掛けになったら如何《いかが》です」

「小僧、舐《な》めるな！」

と、ドシンと卓子《テーブル》を拳固《げんこ》で叩いて、

「満洲三界を股《また》にかけて来たこの俺だ。貴様のような小僧っ児に馬鹿にされて耐《たま》るもんか」

「倉石さん、あなた何か誤解していらっしゃりはしませんか。何故そんなに憤慨していらっしゃるのか、その理由《わけ》が訊《き》きたいものですね」

「畜生《ちくしょう》、いやに落着《おちつ》いてやがる」

「倉石さん、御参考のために一言いっておきますがね、脅迫《きょうはく》や暴力沙汰《ざた》で新聞記者をへこますことが出来ると思っていたら大違いですよ。そんなことでビクビクしていた日にゃ、新聞記者という職業は一日だって勤まりゃしませんからね。ときに御用件というのは？」

倉石伍六は真赤《まっか》な顔をして、しばらくじっと俊助の顔を眺めていたが、急に気をかえたように、豪傑《ごうけつ》笑いをすると、

「いや、これは大きに俺《わし》が悪かった。今俺《わし》のいったことが気に触ったら、まあ勘弁して貰《もら》おう」

と、どっかりと前の椅子に腰を下ろして、

「率直にいうとね、三津木君、君にこの事件から手を引いて貰いたいのだ」

「この事件というと」

「おいおい、お互いに白《しら》ばくれるのは止《よ》すことにしようぜ。昨夜《ゆうべ》君が、五十嵐邸に招かれて絹子さんから、つまらない調査を頼まれたということはちゃんと分っているのだ」

「あ、あのことですか。それなら別に隠す必要はありません。たしかに奥さんから妙な調査を依頼されましたよ。それがどうかしたのですか」

「つまりだね、その調査をうちきって貰いたいのだ」

「理由は？」

「理由は、つまりなんだ、君が手を出さなければならないような事はなにもないのだ。あの細君はね、

少しヒステリー気味で、つまらないことに騒ぎ立てるのが癖で、いつもそれには五十嵐もこの俺も手古《てこ》摺《ず》っているんだ」

「なるほど」

と、俊助は煙草《タバコ》に火をつけながら、じっと相手の顔を眺めている。その時ふと、昨夜見た、あの奇妙な絞刑吏《くびつりやくにん》はこの男ではなかったろうかと考えたからである。

しかし、俊助はさあらぬ態《てい》で、

「ときに、それはあなた自身の意見ですか。それとも五十嵐さんの御意見なんですか」

「両方だ。五十嵐も俺も同じ意見なんだよ。ねえ、三津木君、君も急がしい体なんだろ。つまらないじゃないか。こんな家庭的なゴタゴタに首をつっこんでさ。結局、獲《う》るところって何もありゃしないのさ」

「御忠告はありがとうございます。しかし、倉石さん、残念ながら僕は、あなたの御要求に応じかねるのですがね」

「ナニ」

と、倉石は血圧の高そうな顔に、ピクリと稲妻を走らせると、

「それじゃ、どうしても俺のいうことが聞かれないというのかい」

「まあ、悪く思わないで下さい。元来この事件は五十嵐氏に依頼されたのではなく、夫人の絹子さんに頼まれたのですからね。その依頼人から直接取り消しでもあればとにかく。――」

「なるほど、するとあの細君が取消すといえば、君は手を引くかい」

「それは随分、手を引かないものでもありません」

「よし、そいつは面白い」

倉石はなんと思ったのか、いきなり卓上の電話を取りあげた。

「どうなさるんですか」

「なに、五十嵐の細君を呼び出して貰うんだ」

絹子はすぐに電話口へ出たらしい。

「あ、奥さんですか、ちょっと待って下さい」

倉石は俊助の方を振り返って、

「五十嵐の細君だよ。よく訊いてみたまえ」

俊助は受話器を受取った。そして暫く押問答《おしもんどう》を重ねていたが、急に困ったように渋面《じゅうめん》をつくって、

「はあ、なるほど、すると昨夜《ゆうべ》のことは全部取消す

とおっしゃるのですね。なに、はあ、はあ、何もかもあなたの思い違いだった、なるほど、それで昨夜言ったことは全部取り消す。僕の調査をうちきって貰いたい？　いやよく分りました。しかし、奥さん、念のためにお訊ねしますが、それは奥さんの御本心なんでしょうね。ひょっとすると、誰かの圧迫が——つまり誰かに脅迫されて、そんなことを仰有るのじゃありませんか。そうじゃない？　なるほど、そんなことは絶対にないと仰有るのですね。いや、よく分りました。むろん、依頼人であるあなたが取り消すというのに、余計な手出《てだし》をするようなことは絶対にありませんよ。潔《いさぎよ》く手を引きましょう。では。——」

俊助はガチャンと受話器をかけた。見るとすでに帰り仕度をした倉石伍六が、にやにやと笑いながらドアのところに立っているのである。

「どうだ、三津木君、五十嵐の細君はなんといったね」

「あなたの仰有るとおりです。僕に手を引いてくれということでした」

「よし、それじゃ三津木君、君はさっきの言葉を忘れやしないだろうな。細君の要求さえあれば、潔く手を引くといったあの言葉さ。はゝゝゝ、その約束さえまもってくれりゃ何もいうことはないのだ。ではさようなら」

肩を小山のようにゆるがせながら出ていく倉石伍六の後姿を、俊助はしばらく呆然として見送っていた。

なんだかわけが分らない。よって集《たか》って馬鹿にされたような気がするのである。俊助はやり場のない憤懣《ふんまん》に、ムカムカと胸を炎《も》やしながら、チェッと舌打ちをして、煙草を灰皿のなかに叩きこんだ。

その時、正面の玄関口で自動車を呼びとめている倉石伍六の姿が、ふと三階の窓越しに見えたのである。それを見ると、俊助は何を考えたのか、いきなり自分の部屋から帽子をつかんで来て、脱兎《だっと》のように三階から駆けおりていった。

「三津木さん、どうしたのです。ひどく泡を食ってるじゃありませんか」

危くぶつかりそうになった給仕が、びっくりしてそういうのを耳にもかけず、正面玄関へとび出した三津木俊助の眼のまえに、その時お誂《あつら》えむきに一台の自動車がとまった。

これ幸いとばかりに三津木俊助、

「おい、君、向うへいく自動車のあとを大急ぎで尾行してくれたまえ」

「どの自動車ですか」

運転手がなんとなく迂散臭《うさんくさ》そうに顔をそむけるのを、しかし俊助は気がつかなかった。

「灰色のセダンだ。ほら、いま向うの角を曲った奴。……」

「へえ、承知しました」

俊助が乗り込むと、自動車はすぐ駛《はし》りだした。その瞬間、俊助は何かなしに身に迫る危険を感じて、思わずハッと身構えたのだが、すでに遅かったのである。

助手台に乗りこんでいた屈強の男がくるりと振りかえると、いきなり拳固をかためて、発止《はっし》とばかり俊助の顎を突きあげたのだ。所謂《いわゆる》アッパーカットという奴である。

何しろあまり唐突《だしぬけ》だった。さすがの俊助も防ぎようがなかったのである。

「何をする！」

と、絶叫するところへ、更に第二の拳がとんで来た。俊助の眼から百千の火花が一時に散って、きな臭い匂いがツーンと鼻から眼へ抜けたかと思うと、やがてあたりはまっくらになってしまった。

俊助は気絶してしまったのである。

すると、今までハンドルを握ったまゝ、前方を見続けていた運転手が、はじめてうしろを振向いた。

「まあ、死んじまったんじゃない？」

意外！　そういう声は女なのである。

「なあに、大丈夫。たゞちょっと眠っているだけですよ」

「随分、ひどいことをするじゃないの。島木《しまき》さん」

「だって、こうしろというのが、君の命令じゃなかったのですか」

「えゝ、それはそうだけど、でも、こんなに手荒なことをして下さいってお願いしやしなかったわ。可哀そうに、顎があんなに脹《は》れあがっているじゃないか。島木さん、あなたもずいぶん野蛮ね」

「はゝゝは、野蛮はおそれいる。なにしろ今夜の仕事に、この男がいては少し邪魔だから、なんとかしてくれって、千夜ちゃん、君の頼みだろ。だから、

つい ハリ切ってしまったんだよ。まあ勘弁してくれたまえ。なに、すぐ気がつくさ。気を揉《も》むことなんかありゃしないさ」

無造作にそういうと、島木はいかにも屈托のなさそうに口笛を吹いている。若い、健康そうな童顔の青年だった。

その側《そば》でハンドルにしがみついている男装の麗人は、言わずと知れた尾崎千夜。

自動車は気絶した俊助を乗せたまゝ、白昼の新聞街を通りぬけ、やがていずこともなく駛り去っていったのである。

島木耕作の冒険

世の中には妙な偶然がある。

島木耕作《こうさく》と尾崎千夜との邂逅《かいこう》がそうであった。二人は子供時代の友達なのだ。彼等《ら》の郷里は中国の田舎《いなか》町で、家《うち》も近所なら学校のクラスも同じだった。つまり二人は振分髪《ふりわけがみ》の友達というわけであった。

しかしそういう交情も、小学校を出るまでのこと。学校を出ると同時に、あまり家の豊かでなかった耕作は、自ら運命を開拓すべく、志《こころざし》を抱いて赤手空拳《せきしゅくうけん》上京する。千夜は千夜で遠くの女学校へ入る。かくして相見ざること十年、それが図らずもこの大東京の真中《まんなか》で邂逅したのだから世間は広いようで狭いものだ。

あの時、千夜は急ぎの使いの途中通りがかりの円タクを呼びとめた。それが耕作の自動車だったというわけである。むろん十年も会わなかった二人だから、互いに顔を覚えている筈がない。何も知らずに乗りこんだ千夜が、ぼんやり車内に掲げてある運転手の名前を見ているうちに、ふと昔を思い出したのである。

「おや、島木耕作ってあの人じゃないかしら」

そこで言葉をかけてみると果してその通り、これはこれはということで、爾来《じらい》、旧交を温めることになったのである。

島木耕作の半生は苦闘そのものだった。小学校を出たばかりで社会へ放り出された彼は、あらゆる経験をしなければならなかった。死ぬような苦しみを味《あじわ》ったのも一度や二度ではない。

「でもね千夜ちゃん、喜んでおくれ。この自動車はこれでも借りものじゃないんだぜ。僕が苦労して蓄《た》めた金で買ったのさ。こいつでうんと稼いでね、僕は今に自動車会社をはじめるのさ」

耕作は誇らしげに童顔を紅潮させながらいうのである。苦労をしたという割にちょっとも擂《す》れていないのが、千夜には頼もしく思えた。

それから後、二人はちょくちょく会った。耕作の自動車で郊外へドライヴとしゃれることもあった。耕作はいつも元気で朗かだった。彼のように逞《たくま》しい体と、強い意志と、善良な魂をもっている人間には、世の中に不幸なんかないのかしらと思われるくらいだった。

それに反して千夜の生活には翳《かげ》があった。彼女のように美しく聡明な女が、どうして女中みたいな生活をしなければならないのか、耕作には不思議でならないのである。

不思議はそればかりではない。千夜はどういうものか、自身の身の上を語ることを好まなかった。千夜の一家はどうしたのだろう。彼女にはたしか一人の兄があった筈だが……そうだ、とても仲のいゝ兄妹だったのに。

「そうそう、亮さんといったね。亮さんはどうした？　元気かい？」

「死んだわ」

「死んだ？　いつ？」

「もうずっと先よ。だけど島木さん、そのことならいわないで頂戴。兄さんのことを言われると、あたし胸が苦しくなるのよ。あたしいま本当に不幸なの。だけど、だけど、今に忘れることが出来るようになるわ」

二人の心はしだいに結びついていった。千夜はこの単純で思案の影の少い青年にやがて好意以上のものを感じるようになった。耕作と来たら、このごろはまるでもう夢中だ。今迄漠然《ばくぜん》と励んでいた人生に、突如として素晴らしい目的が出来たのである。

その千夜が、あの日突然、耕作のもとへやって来て頼みこんだのが三津木俊助の誘拐《ゆうかい》という仕事であった。そしてその後へ、それよりももっと恐ろしい仕事を附加《つけくわ》えた。驚いたのは耕作だ。暫らく呆気《あっけ》にとられたように眼を丸くして千夜の顔を見詰めていたが、

「いゝよ、分ったよ。千夜ちゃん。何も訊ねやしない。君は上官で、僕は忠実な部下だ、さあ、何んで

も命令しておくれ」

こうして白昼、あの世にも大胆な誘拐《ゆうかい》が決行されたのであった。

だが耕作の仕事というのは、まだそれだけで済んだわけではない。更に彼は千夜と協力して、五十嵐邸へ忍びこんで、ある品物を探さなければならないのである。その品物というのが何んであるか、そして又、千夜が何故そのような物を探しているのか、それはもう少し後まで話すことを控えよう。

兎《と》に角《かく》、場合によっては暴力を揮《ふる》わなければならないかも知れないという千夜の言葉に、あらかじめ覚悟の臍《ほぞ》を定《き》めて、その晩耕作が五十嵐邸へ忍びこんだのは、真夜中の二時過ぎごろのことだった。

邸《やしき》の中はむろん真暗《まっくら》で、みんな寝静まっている様子。浴場の窓を開いておくから、という千夜の言葉を思い出して、いったい、浴場というのはどれだろうと、庭に立ってきょろきょろ見廻している時、突然二階の窓にボーッと灯がついた。

「おや、まだ誰か起きているのかしら」

そんなことを考えていると、その時、窓に奇妙な影が映ったのである。妙に頭の尖《とが》った、体のダブダブした大入道《おおにゅうどう》なのだ。場合が場合だから、耕作はなんともいえぬほど変梃《へんてこ》な気がしたが、それも一瞬のこと。再びスーッと窓の灯が消えて、あたりはまた元の闇である。耕作はしばらくあたりの様子をうかゞっていたが、別に変ったこともなさそうなので、そろそろと庭を這《は》っていくと、やっと眼についた湯殿の窓から中へ潜りこんだ。

家《うち》の中はまっくらだ。勝手知らぬ他人の邸、耕作はさっぱり方角がわからないのである。

それにしても千夜はどうしたのだろう。浴場の側《そば》で待っているといったのに、彼女の姿はどこにも見当らないのである。耕作はふと、さっき見た怪しい影を思い出した。千夜の身に、何か間違いが起ったのではなかろうか。

浴場を出ると広い廊下だ。耕作は手探りでその暗い廊下を歩いていった。とその時、誰か階段を下りて来る足音が聴える。何かしら重いものでもひきずっているらしく、妙にドタドタとした足音なのだ。

耕作ははっとして闇の中で息をのむ。

足音はやっと階段をおりきった。と、どこかでガチャリとドアの把手《ハンドル》をひねる音。すると廊下の右のほうからスーッと薄白い光が流れ込んで来た。応接室のドアが開いたのである。二階からおりて来た人物は、相変らず何か床のうえに引摺《ひきず》りながら、ドアの中へ入っていく。ちらとその姿が薄白い光のなかに浮き出した。尖った三角頭巾にダブダブの二重廻し。——あいつだ。さっき二階の窓にうつったあの怪人なのである。

耕作はわれを忘れてドアのところまで飛んでいった。覗いてみると応接室の中はまっくらだったが、その向うに、川に面したフランス窓が、映画のスクリーンのように白く光っている。例の怪人は今しもその露台を越えて、何やら重そうな物を川のうえに下そうとしているところだった。耕作はその時はじめて、怪人が二階から引き摺って来たものが何であるかを知った。それは実に人間の体なのであった。

耕作は思わずゾッと身顫《みぶる》いをした。ひょっとすると、あれは千夜の体ではなかろうか。——そう考えると耕作はもうこれ以上辛抱《しんぼう》していることが出来ないのだ。われを忘れて部屋の中へ躍りこんだのだが、その時彼は、非常に大きな失策《へま》をやらかしたのである。行手《ゆくて》に大きな安楽椅子があるのも知らずに、そいつへモロにぶつかったものだから耐らない。はずみを喰ってすってんころりと床のうえに投げだされた。

だが、その時耕作は非常に妙な気がした。というのは、今彼がぶつかった安楽椅子の中には、確かに人が坐《すわ》っているらしいのである。ぐにゃりとした温い感触。——だが、それにしても、そいつが一言も口を利《き》かないのはどういうわけだろう。——耕作は大急ぎで部屋の中を見まわすと、壁ぎわにあるスイッチを見附けた。思いきってそれをひねった。

そのとたん、耕作はびっくりして思わずそこに立ちすくんでしまったのだ。

安楽椅子の上には女がひとり、ぐるぐる巻きにされて縛りつけられている、口には猿轡《さるぐつわ》をはめられ、ぐったりと気を失っているのである。千夜ではないかと耕作はハッと胸を轟《とどろ》かせたが、それは千夜ではなかった。耕作は知らなかったけれど、それはこの家《うち》の主婦絹子だったのである。ぐったりと首うなだれた絹子の顔は、死人のように蒼《あお》かった。

だが、耕作をあのように驚かしたのは、そういう絹子の姿ではなかった。

今しも露台を越えて川へ下りようとしていた例の影が、ひょいとこちらを振り向いたのである。あゝ、その顔！　眼も鼻も唇もない、骸骨《がいこつ》のようなあの無気味な顔！　そいつが大きな歯をカチカチと鳴らせて、嘲《あざけ》るように笑うその声の恐ろしさ。さすがの耕作もそのとたん、ゾーッと骨の髄《ずい》まで冷くなるような恐怖をかんじたのである。

耕作のひるむ隙をみて、この時ばかりと怪物はひらりと川の中に身を躍らせた。いや、事実はその欄干の下に繋《つな》いであった、汽艇《ランチ》のうえに跳びおりたのである。

「待て！」

その時になってはじめて気がついた島木耕作、われを忘れて露台へとび出したが、時すでに遅し、怪汽艇は浪を蹴立て、はるか川下を疾走している。後尾甲板に無造作に投げだされた人の形が、浪の間に動揺しているのが折からの星明りで、ハッキリと見えた。

隅田の川口にある水上署員が、世にも怪奇な事件を発見したのはその翌朝のことであった。

早朝のことである。Sという水上署々員が、屋上の展望台から望遠鏡で、港内を視察していたのである。空は美しく晴れて、波も穏《おだや》かであった。太陽はちょうど、向うの埋立地のあちら側から昇ろうとしているところらしく、空は刻々と明るさを増していく。

その時S署員はふと不思議なものを波間に発見したのである。それはまるで主のない捨小舟《すておぶね》のように、ブカブカと波間に漂う一艘の汽艇だった。しかもその汽艇の周囲に、夥《おびただ》しく鷗《かもめ》の群れているのが、S署員になんとなく不吉な予感を抱かせた。

「妙だぞ。どうしたのだろう」

S署員はそこで念入りに望遠鏡の焦点をあわせたが、そのとたん、あっと叫んで思わず真蒼になってしまった。

なんということだ。汽艇の中央に立っているポールの上に、見るも無残な首吊りの男の死体がブラ下っているではないか。S署員は自分の眼を疑って見違いではないかと思った。そこでもう一度望遠鏡を取直したのだが、どうしてどうして見違いどころか、それは世にも恐ろしい現実だったのだ。しかも、それが普通の首吊りでない証拠に、白いパジャマようの着物を着た胸から腹へかけて、真赤な血がこびりついていて、そいつが折からの朝日の中でギラギラと光っている物凄《ものすご》さ！

この驚くべき報告によって、時を移さず水上署の汽艇が派遣されたことはいう迄《まで》もない。そして、この世にも奇怪な首吊り男の正体が、政府のお役人、五十嵐磐人氏であることが発見されたのは、それから間もなくの事であった。

五十嵐氏は首を吊るまえに、心臓を抉《えぐ》られて死んでいたのである。

さあ、五十嵐殺しの犯人は誰だろう？

謎の蠟人形

隅田川の川口にうかぶ怪汽艇のなかに、五十嵐磐人氏の、世にも怪奇な首吊り屍体《したい》が発見されたのと同じ頃、いっぽう当の五十嵐邸においても、つぎのような変事が発見されて大騒ぎになっていた。

その朝の七時頃である。

五十嵐家に長く仕える老女のお直《なお》さんというのが、いつものように応接室の掃除をしようと、なにげなくドアを開いてあっと驚いたのである。部屋の中は散々だった。昨夜《ゆうべ》たしかに閉めておいた筈の、フランス窓があけっぱなしになっていて、冷い朝の川風が、さやさやと重いカーテンを揺《ゆす》ぶっているのから して、唯事《ただごと》ではないと思われるのに、その部屋の中央に、猿轡をはめられた絹子が、ぐったりとして首うなだれているのだから、お直婆《ばあ》さんが腰を抜かさんばかりに、びっくり仰天《ぎょうてん》したのも、まことに無理ではなかった。

「奥さん、奥さん、しっかりして下さい。まあま、いったい、どこのどいつがこんな酷《ひど》いことをしたのだろう」

お直婆さんがおろおろしながら、それでも手早く猿轡や、縛《いまし》めの縄を解いてやると、絹子はやっと気がついたように、

「婆や、有難う。こゝは大丈夫だから、それより、一刻も早く、お二階の旦那《だんな》さまを見てあげて頂戴」

「え、旦那様がどうかなさいまして」

と、いいかけて、突然、婆やは怯《おび》えたような声をあげた。

「あ、奥さま、こりゃ、血じゃございませんか」

なるほど、泥靴《どろぐつ》で踏み躪《にじ》られた絨毯《じゅうたん》のうえに、点々として滴《したた》っているのは、たしかに血にちがいない。既に赤黒く凝固しかけて、応接室から露台《バルコニー》のほうまで続いているのである。絹子はそれを見るとハッと顔色をかえた。

「あ、たいへんよ。婆や、旦那さまがどうかなすったのじゃないかしら。おまえ、早くお二階へいってみて」

「はい」

と、いったものゝ婆やは、ガタガタと顫えていて、腰が立たないのである。

「なんだね、婆やは意気地のない。それじゃあたしも行くから、おまえも一緒に来ておくれ」

と、勝気な絹子が立上ろうとした時、ちょうど幸い、騒ぎをきゝつけて、ひょっこり顔を出したのが忠造《ちゅうぞう》という爺《じい》やである。

爺やは手短かにことのいきさつを承《うけたまわ》ると、合点《がってん》承知とばかり二階へあがっていったが、やがて聞えて来たのは、わっというような叫び声だ。すわこそと、絹子と婆やの二人が顔色をかえるところへ、転げるようにして階段を降りて来た爺や。

「タ、大変です。旦那が。……」

「え、旦那さまがどうかなすって？」

「いえ、なに、旦那のお姿は見えませんが、なにしろ書斎のなかは血だらけです」

「まあ」

と、絹子は息をのんだが、すぐ気を取直したように、

「ともかく爺や、すぐこのことを警察へとゞけておくれ」

と、こういうわけで、この変事が警察から警視庁へとゞけられたのは、ちょうど水上署から、あの恐ろしい報告がとゞいたのと、殆《ほと》んど同じころであった。

警視庁からは直《ただ》ちに、有名な等々力《とどろき》警部をはじめとして、大勢の係官が駆けつけてくる。新聞記者が続々としてやって来る。写真班が遠慮会釈《えしゃく》もなくフラッシュを焚《た》く。噂《うわさ》を聞き伝えた野次馬がわいわいと押しかけて来るというわけで、こればかりはどんな事件の際も同じである。

さて、こういう騒ぎのなかにあって、等々力警部は早速、訊問《じんもん》を開始したが、この時の警部と絹子と

の一問一答を、そのまま書いていては際限がないから、出来るだけかいつまんでお話をすると。――

前夜おそく、虫歯の痛みにふと眼をさました絹子は、たしか薬がこの応接間にあったことを思い出して、二階の寝室から降りて来たのである。一時過ぎのことであった。

「むろん、部屋のなかはまっくらでした。それであたし、なにげなくスイッチをひねったのですが、するとそのとたん。……」

彼女は恐ろしいものを見たのである。

眼も鼻も唇もない、髑髏《どくろ》のような顔をしたあの怪物なのだ。怪物はその時、フランス窓を破って、応接室へ侵入して来たところだったが、絹子の姿を見ると、やにわに躍りかゝって来た――

「あたし夢中になって抵抗しました。声をあげて救いを求めようと、必死となってもがきました。しかし、何しろ恐ろしい力でぐいぐいと咽喉《のど》をしめつけるのですから声も出ません。そのうちにしだいに気が遠くなって。……」

それから後のことは何も知らないというのである。

なるほど、そういう彼女の咽喉を見ると、紫色の指の跡が痛々しくついているのである。

「なるほど」

等々力警部は、じっと絹子の面《おもて》に眼を注ぎながら、

「時に尾崎千夜という女中が、今朝から姿が見えないそうですが、それについて奥さんは何かお考えはありませんか」

「まあ、千夜さんが……」

と、絹子はぎくりとした様子で、

「いゝえ、一向、……でも、あの方がこの事件に関係があるなんて、とても思えませんわ。だって、ほんとうにおとなしい方なんですもの。……」

絹子の訊問はこれで一時うちきりになった。

等々力警部はそこで、部下の刑事をしたがえて二階へとあがっていったが、ひとめ書斎のなかを見ると、

「これはひどい!」

と、思わずそこに立ちすくんでしまったのである。

無理もない。書斎の惨状と来たら、とてもお話にならないのである。

椅子がひっくり返っている。卓子《テーブル》の脚が折れている。電気スタンドが毀《こわ》れて、ガラスの破片《かけら》が木っ葉《こ ぱ》

微塵《みじん》となって散乱している。紙片《かみきれ》が一面に散らかっている。そのうえをむごたらしく彩色《いろど》っているのは、どろどろの血潮なのだ。ひとめ見て、恐ろしい惨劇がこゝで行われたことが明瞭だった。

「こいつは大変だ。これだけの騒ぎがあったのに、誰も気がつかなかったというのは、どうも変な話だね」

警部は顔をしかめて、

「ともかく、その辺を調べて見てくれたまえ。何か証拠になるようなものが遺《のこ》っているかも知れない」

警部の命令にしたがって、直ちに捜索が開始された。二三の刑事が手分けをして、そこの隅、かしこの隅《すみ》と覗き廻っていたが、そのうちに、一人の刑事がわっと叫んで跳びあがったので、

「どうした、どうした」

「あれ――あれはなんです」

見ると、隅のほうに積みかさねてある毛布の下から、ニョッキリと二本の脚が覗いているのである。

「あっ」

と、叫んだ等々力警部、やにわにその方へとんでいくと、さっと毛布をとりのけたが、そのとたん、

「や、や、こりゃ、どうじゃ」

と、開いた口が塞《ふさ》がらない。

それも道理、毛布の下に隠されていたのは、人間の屍体と思いきや、これは一個の、等身大の蠟人形なのである。

蠟人形は折からの朝日の光を斜《ななめ》にうけて、にんまりと白い微笑をうかべている。それがこの場合、なんとも言えぬほど、不自然な凄さで迫って来るのだ。

「それにしても妙ですね。人間と同じようにちゃんと着物を着ているじゃありませんか」

後でわかったことだが、この着物というのが、たしか昨夜《ゆうべ》まで、五十嵐氏の着ていた平常着《ふだんぎ》にちがいないというのであった。

「どうも気味の悪い事件だね。髑髏のような顔をした怪物といい、この蠟人形といい、何かよほど妙なところがある。いやな事件だね。ゾッとするような事件だね」

と、等々力警部は吐き捨てるように言ったが、それにしてもこの奇怪な蠟人形には、いったい、どういう意味があるのだろうか。

千夜の冒険

だが、筆者はこゝで筆を転じて、千夜の身の上について語らなければならないだろう。行方不明を伝えられた千夜はいったいどうしたのか。湯殿のそばで耕作を待っている筈の千夜は、不思議にも姿を見せなかったが、彼女の身の上には、いったいどのようなことが起ったのであろうか。

それをお話するためには、是非とも物語を数時間あとへ引戻さなければならない。

島木耕作の手をかりて、三津木俊助をまんまと誘拐してしまった千夜は、その晩、長い間苦労して来た目的を達するために、最後の非常手段をとる決心を定めていた。

彼女の目的。――それはいうまでもない。兄瀬下亮の死の秘密を探ることであった。

千夜にとって、亮はどんなに優しい兄であったろう。父ともなり、母ともなって自分をいつくしんでくれた兄、その兄が満洲の曠野《こうや》の果てに、非業《ひごう》の最《さい》期《ご》を遂げたと聞いたとき、千夜は気も狂わんばかりに歎《なげ》き悲しんだ。

その時分千夜は、遠い親戚筋にあたる尾崎家へ、養女として貰われ、何不自由なく暮していたのだが、兄のこの悲惨な最期を聞くと、矢も楯《たて》もたまらなかった。せめて兄の終焉《しゅうえん》の地を弔《とむら》おうと、それから間もなく、わざわざ満洲へ渡っていったのだが、そこでいろいろと、兄の最期について人々の話をきいているうちに、ふとある恐ろしい疑いが彼女の胸にきざして来たのである。

兄はほんとうに匪賊のために殺されたのだろうか。なるほど、外観はいかにもそうらしく出来ている。しかし、その裏面に、何かもっと恐ろしいカラクリがあるのじゃなかろうか。兄のために、終生の愛を誓ったという絹子。それから、恐ろしい執拗《しつよう》さで、その絹子を妻とした五十嵐磐人氏。

兄のあの悲惨な最期については、この二人がなんらかの意味で関係を持っているのではなかろうか。――この疑いは日を経るにしたがって、しだいに千夜の胸に成長していく。

とうとう千夜は恐ろしい決心を定めた。

事件の真相をあくまでも究《きわ》めよう。そしてもし、五十嵐夫妻にその責任があるのだったら、なんとかして復讐《ふくしゅう》をしなければならぬ。そうでもしなかったら、兄の霊魂は永遠に鎮《しず》まらないであろう。――

こういう秘密の目的を抱いて、五十嵐家へ住込《すみこ》んだ千夜だった。もし、五十嵐夫妻が兄の死に関係しているのだとしたら、何かの証拠がつかめるかも知れないと思ったからである。

しかし、このような恐ろしい証拠が、そう容易《やすやす》と発見されよう筈がない。千夜はしだいにあせって来た。もうこれ以上、待っていられなくなった。

そこでとうとう、島木耕作をかたらって、最後の非常手段にうったえようと決心したのである。非常手段。――それはほかでもない。五十嵐磐人氏から、直接告白をきくのだ。むろん、尋常《じんじょう》のことでは、こんな恐ろしい告白が得られようとは思えない。そんな場合にはやむを得ない。暴力にうったえてゞも、ほんとうのことを言わさなければならぬ。

そういう恐ろしい決心を定めて、あの晩千夜は、静かに夜の更《ふ》けるのを待っていたのである。二時には島木耕作が湯殿の窓から忍んで来る筈だ。そうしたら、二人一緒に、五十嵐氏の書斎へ押し込もう。

――

ところが、こゝに恐ろしい出来事が起って、千夜のこの計画はすっかり狂ってしまったのである。

その恐ろしい出来事というのはこうだ。

一時頃、千夜はひそかに五十嵐氏の書斎を鍵穴から覗いていた。絹子はすでに寝室へ退いて、家《うち》のなかはしいんと鎮もりかえっている。それだのに、五十嵐氏だけは、まだ起きていて、書斎のなかで何かやっているのだ。

いったい、この夜更《よふけ》に何をしているのだろう。

――そう思って千夜はそっと、鍵穴から覗いてみたが、そのとたん、彼女はハッとするような事実を目撃したのである。

部屋の中はまるで、狂人でもあばれ廻ったように乱雑を極めているのだ。椅子がひっくりかえっている。卓子《テーブル》の脚が折れている。電気スタンドが毀れて、ガラスの破片が一面に散乱している。

「まあ!」

千夜は思わずゴクリと咽喉を鳴らした。

「いったい、何事が起ったのだろう」

千夜が思わず体をまえに乗り出したとき、五十嵐氏の姿がひょいと鍵穴の正面に現れた。見るとまだ寝間着にも着更えないで、平常着《ふだんぎ》のまゝ、ジロジロとあたりの様子を見廻わしているのだが、その顔には、なんとも言えないほど恐ろしい表情が現れていた。

五十嵐氏はそうやって、暫くあたりの様子を眺めていたが、やがて、テーブルの上から大きな瓶《びん》を取上げると、何やらドロドロとした液体を床のうえにこぼしはじめたのである。はじめのうち千夜にも、それが何であるかよく分らなかったが、そのうち、何んともいえぬいやな匂いが、プーンと鼻をついたので、千夜は思わずハッと顔色をかえたのである。

それは血だった。

五十嵐氏は瓶のなかの血を、床のうえ一面に撒《ま》き散らしているのである。

さあ、分らない。部屋のなかをこんなに掻《か》き廻して、そのうえに血までベタベタと塗《なす》りつけて、五十嵐氏はいったい、どうしようというのだろう。千夜は恐ろしさと好奇心とで、思わず膝頭《ひざがしら》がガクガクと顫《ふる》えだした。

しかし、当の五十嵐氏は、むろんそんなことゝは知る由もない。瓶の中にある血を、すっかり床のうえに撒き散らしてしまうと、窓をひらいて、ポーンとその瓶を川の中に投げ捨てた。それから、画家《えかき》が今画きあげたばかりの絵を眺めるような恰好《かっこう》で、と見こう見、書斎のなかを見廻していたが、やがてニヤリと北叟笑《ほくそえ》むと、部屋の隅からズルズルと引き出したのが、例の等身大の蠟人形なのである。

しばらくじっとこの蠟人形を眺めていた五十嵐氏は、ふいに、

「フフフフフ」

と、気味の悪い笑い声を洩らすと、

「さあ、これでよし。後はこの人形を俺の身替りに仕立てるばっかりだ」

そんなことを言いながら、五十嵐氏はスルスルと帯を解いて着物を脱いだ。着物の下には、白っぽい寝間着《パジャマ》を着ているのである。五十嵐氏は脱いだ着物を蠟人形に着せはじめた。

いよいよ理由がわからない。いったい何を企んでいるのだろう。

やがて蠟人形に着物を着せてしまうと、五十嵐氏はまた、部屋の隅からなにやら大きな風呂敷包みを取り出した。包みをひらくと中から出て来たのは、

古ぼけた二重廻し。五十嵐氏はそれを寝間着の上から着ると、肩のところについていた三角頭巾をスッポリと頭からかぶった。

それから、向うを向いたまゝ、暫くゴソゴソとやっていたが、やがてひょいとこちらを振り向いたその顔を見たとき、さすが勝気な千夜もあまりの恐ろしさに、危《あやう》く声を立てるところだった。

眼も鼻も唇もない、髑髏のような顔をした怪物がそこに立っているのだ。ダブダブの二重廻しに、尖《さ》端《き》のとがった三角頭巾の気味悪さ。——ああ、いつかの夜、絹子と俊助の二人を脅《おびや》かした怪物というのは、実に五十嵐氏自身だったのだ！

あまりのことに、千夜はしばらく呆然として、この奇妙なお面を眺めている。なんという忌《いま》わしい、なんという無気味な仮面であろう！　千夜は一瞬間、ゾーッと全身に鳥肌の立つような恐ろしさを感じた。

五十嵐氏はしばらく、きょろきょろと身の周囲《まわり》を眺めていたが、やがて満足がいったのか、静かにこちらへやってくる。見つけられたら大変だ。千夜は飛鳥《ひちょう》の如《ごと》く身をひるがえすと、大急ぎで階段をかけおりた。自分の部屋へかえって来て、頭から蒲団《ふとん》をひっかぶった。それでもまだ、心臓がゴトゴトと鳴っているのである。いかに勝気なようでも、女はやはり女だ。あまりの恐ろしさに、千夜はすっかり今夜の計画のことも、島木耕作のことも忘れてしまったのである。

いったい、どのくらいの間、千夜はそうして蒲団をひっかぶっていたことだろうか。後から考えると、多分半時間ぐらいだったろう。

しだいに驚きがおさまってくるにつれて、千夜は再びもとの落着きをとりかえして来た。蒲団の間から、ふと頭をもたげてみる。邸の中は相変らずシーンと鎮もりかえっている。

千夜はそろそろと蒲団から這《は》い出した。

しばらく彼女はためらうように、虚空《こくう》にじっと瞳《ひとみ》をすえていたが、やがて決心したように、きっと奥歯を噛むと、もう一度そろそろと部屋から外へ出ていった。

どうしても彼女は、もう一度五十嵐氏の様子を見とゞけなければ、腹の虫が承知しないのだ。五十嵐氏はなぜあんな妙な真似《まね》をするのだろう。わざと部屋のなかを掻き廻したり、血を撒き散らしたり、蠟人形に着物を着せたり、それからあの奇妙な仮面だ。さっぱり理由《わけ》がわからない。いったい、何を企んでいるのだろう。

千夜はもう一度階段をのぼっていく。

書斎のまえまで来ると、ドアが細目にあいていて、相変らず電灯の光が洩れている。

千夜はそっとその隙間から覗いてみたが、そのとたん、くらくらと眩暈《めまい》がするような恐ろしさに打たれた。体中がシーンと痺《しび》れて、下顎がガクガクと顫えた。

部屋のなかには五十嵐氏が仰向《あおむ》けに倒れているのだ。いつの間にやら仮面も二重廻しも剝《は》ぎとられて、白い寝間着の胸のあたり、真赤な血が滲んでいる。白い電灯の光の中で、かっと見開いた双《ふた》つの眼が、貝の剝身《むきみ》のように光っている恐ろしさ。

その時ふと千夜の頭には、ひょっとするとこれも五十嵐氏の狂言ではないかしら、というような考えが浮んだ。そこでそっとドアを開くと、大胆にも書斎の中へ入っていって、五十嵐氏の体に触ってみたが、すぐ、

「あっ」

と、叫んでその手を引込めた。指先からゾーッとするような寒さがしみこんで来たからである。

五十嵐氏は間違いもなく死んでいる。誰かに胸を抉られて殺されたのだ。

千夜は急に、なんとも形容の出来ない恐怖に駆り立てられた。耳の中がジーンと鳴って、薄暗い部屋の隅々から、恐ろしい物の怪《もののけ》が、うわッと鯨波《とき》の声をつくって、押し寄せて来るような怖さをかんじた。最早《もはや》一刻も、この恐ろしい悪魔の棲家《すみか》に愚図々々《ぐずぐず》していることは出来ぬ。千夜は前後の分別もなく五十嵐家を飛び出すと、狂気のように深夜の町へ彷徨《さまよ》い出たのである。

由利先生登場

「妙な話ですな。僕にもどう考えてい〻のか判りませんねえ」

吐き出すようにそういったのは三津木俊助である。脹《は》れぼったい瞼《まぶた》、真赤に充血した眼、くしゃくしゃに乱れた頭髪、顎のあたりにジャリジャリと髯《ひげ》の伸びた俊助は、昨夜《ゆうべ》一睡もしなかったらしいのである。

「こんな話、とても真実《ほんとう》にして戴けないかも知れま

せんけれど、でも、決して嘘《うそ》じゃありませんのよ。たしかにあたしのこの眼で見たのでございますもの」

千夜は声を顫わせ、両眼には恐怖の表情《いろ》をいっぱい泛《うか》べている。その側《そば》には、島木耕作が、これまた憑《つ》かれたような顔をして、きょとんと控えているのである。

時刻はあの恐ろしい事件が発見されてから数時間の後、場所は島木耕作の経営しているギャレエジの二階なのである。

今やすっかり主客顚倒してしまった。

昨日、囚《とら》われの身として、このギャレエジの二階に幽閉された俊助は、今では千夜と耕作から、平身低頭して救いを乞われているのだ。さすがの俊助もこの不思議な運命の変転に驚かずにはいられなかった。

昨夜、五十嵐邸をとび出した千夜が、深夜の町を狂気のように彷徨《さまよ》い歩いた揚句《あげく》の果てに、やっと辿《たど》りついたのがこのギャレエジである。一足おくれて、島木耕作も、これまた五十嵐家をとび出してギャレエジへ帰って来た。こゝでゆくりなくも邂逅した二人は、すぐ善後策の協議にとりかゝったが、結局、彼等の到達した結論というのは、すべてのことを三津木俊助に打ち開けて、彼の助力を乞おうということであった。

これは甚《はなは》だ虫のいゝ考えであったかも知れない。昨日あんなにひどい目に遭《あ》わせ、現にその時も、高手小手に縛りあげて二階に押し籠《こ》めてある俊助が、快く彼等を許し、彼等の頼みをきいてくれるかどうか、甚だ疑問だったが、結局、それよりほかに彼等のとるべき方法はなかったのだ。

ところが俊助は案外淡白に彼等の罪を赦《ゆる》してくれた。いや、赦してくれたばかりか、彼等の打明け話をきくと、すっかりその立場に同情してくれたのである。

「ナニ、これしきの事、思いあがっている僕には、たまにはいゝみせしめですよ。それにしても、最初からあなたが瀬下君の妹さんだということが分っていれば、もっと都合がよかったかも知れませんがねえ」

そう言って俊助は、手頸《てくび》に喰い入っている縄目のあとを撫《な》でていた。千夜も耕作もこれにはすっかり恐縮してしまったのである。

「それにしても考えれば考えるほど妙ですね。あの奇怪な髑髏のような顔をした男が、五十嵐氏自身だったとすると、僕の考えはすっかり間違っていたことになる。すると五十嵐氏は自分で自分を脅迫していたことになりますね」

「そういうことになりますね」

と、島木耕作も狐《きつね》にでもつまゝれたような表情《かお》をして、

「しかし、そうすると僕の見た奴はどういうことになるのでしょう。時間的に見て、僕が五十嵐家へ忍びこんだ時は、すでに五十嵐氏の死んだ後だったと思われるのに、僕もやはり、あの奇妙な、髑髏のような顔をした男を目撃したのですからね」

「その点ですよ。この事件の中《うち》で一番奇怪なのは。……五十嵐氏は何かの理由で、あゝいう仮装をして、自分で自分を脅迫していた。ひょっとすると、あの気味の悪い片腕を送って来たのも五十嵐氏自身だったかも知れない。昨夜も五十嵐氏はそういう扮装で何か一芝居を打とうとしていた。そこへ、五十嵐氏のほんとうの敵が現れて、とうとう五十嵐氏を殺してしまった。と、こゝまではわれわれの考えでも辻《つじ》褄《つま》があっているようだが、その後で犯人自身が、五十嵐氏の扮装を奪って、自ら髑髏男に化《ば》けたらしく見える。何故だろう。何故、そんな馬鹿な真似をしなければならなかったのだろう」

俊助はそこまで言ってから、急に気がついたように、

「しかし、五十嵐氏はほんとうに死んでいるのだろうか。ひょっとすると。……」

「ひょっとすると？」

「殺されたと見えたのも、五十嵐氏のお芝居で、その実、まだ生きているのじゃないかしら」

「いゝえ、そんな馬鹿なことはございませんわ。あたしが現に、この眼で見たのですもの。いえいえ、見たばかりではございません。あたし、この手で触って見たのですから」

「いや、それならすぐわかる。ひとつ警視庁へ電話をかけて、等々力警部に訊ねてみましょう。ほんとうに殺人事件があったのなら、今頃は警視庁の方にもわかっている筈ですから。確かギャレエジに電話がありましたね」

俊助は電話をかけるために階下へ降りていったが、

すぐ、昂奮《こうふん》の表情《いろ》をいっぱいにうかべながらあがって来ると、

「やっぱりほんとうでした。五十嵐氏の屍体は今朝、月島沖にうかぶ汽艇《ランチ》のなかに、首を吊ってブラ下っているのが発見されたそうです」

「まあ！」

千夜はきくなり激しく身顫いをした。耕作も無言のまゝ息を呑《の》んでいる。

「どうもこの事件はよほど難物らしいですね。僕の手に負えないかも知れませんよ」

「まあ、あなたにそんな事を仰有られちゃ」

と、千夜が心細そうにいうのを俊助は制《おさ》えて、

「なに、大丈夫ですよ。僕の手に負えなくても、こういう事件を解決するのに、優れた手腕を持っている人を知っていますから、これから早速その人のところへ行きましょう」

「その人、なんという人ですか」

「由利《ゆり》先生というのです。御存じじゃありませんか。まえの捜査課長ですが、今では民間にあって、専《もっぱ》ら難事件にだけ手を出すという、いわば一種の私立探偵です。さあ、これから早速由利先生を訪問してみましょう」

快刀乱麻

麹町《こうじまち》区三番町《さんばんちょう》。

お濠端《ほりばた》の柳を眼の下に見る、瀟洒《しょうしゃ》たる二階の応接室で、俊助から一伍一什《いちぶしじゅう》の物語をきいた由利先生は、額《ひたい》に深い八の字を寄せて、難しそうな顔をして考えこんでいる。

由利先生はまだ四十そこその、いかにも精力的な体をした壮者だったが、不思議なことには、その頭だけが六十の老爺《ろうや》のように真白なのが、初対面の者には一種奇異な感じを抱かせるのである。

「なるほど、妙な事件だね」

由利先生は一通り俊助の話を聞き終ると、今配達されたばかりの夕刊に眼を落した。

そこには五十嵐磐人氏殺害事件の顚末《てんまつ》が、デカデカの標題《みだし》で報道されているのだ。

隅田川口にうかぶ幽霊汽艇。――マストにブラ下った首吊り惨屍体。――行方不明の美人女中。――そういった文字が、いかにも煽情《せんじょう》的な大活字でゴテゴテと印刷されている。

由利先生が注意ぶかく、これらの記事を読みながら、

「これで見ると尾崎さん、目下のところ、あなたが第一の容疑者として、その筋から捜索されているようですね」

「まあ」

千夜は思わず身を縮め、涙ぐみながら、

「あたしどうしましょう。やはり自分から警察へ出頭しなければいけないのでしょうか」

「むろん、当然そうしなければいけないでしょうね」

「だって、警察でもし、あたしの話が信用して貰えなかったら。……誰だってあんな妙な話、ほんとうにしてくれやしないわ。きっとあたしが五十嵐さんを殺したんだと思うに違いないわ。あゝ、怖い。あたしどうしましょう」

「大丈夫だよ。千夜ちゃん。そのためにこうして皆さんが心配して下さるんじゃないか」

耕作に慰《なぐさ》められて、千夜はやっと涙ぐんだ眼で微《わ》笑《ら》いながら、

「島木さん、あたし馬鹿だったのね。こんなことなら最初から三津木先生に何もかも打明けて、お願いすればよかったのだわ。あなたにまでこんな御迷惑をかけてしまって。……」

「そんな事ならいゝのです。それより、由利先生や三津木先生にお願いして、一日も早く犯人をつかまえて戴かなくちゃ。……」

「そうですとも。過ぎ去ったことをとやかく言っても始まらないのだから、これから先のことを考えねばなりません。それには先《ま》ず第一に、もう一度ゆっくりと、この事件を最初から考え直してみることです。三津木君、すまないが、もう一度、君の話を繰返してくれたまえ」

そこで俊助が再び、事件の最初に遡《さかのぼ》って話すのを、じっと瞑目《めいもく》して聞いていた由利先生、それが終ると、今度は千夜と耕作を促して、かわるがわる昨夜《ゆうべ》の冒険の顚末を語らせた。

そして暫く無言のまゝ沈思黙考していた由利先生は、やがておもむろに口を開くと、

「この事件で非常に興味があるのは、殺人事件そのものよりも、むしろ五十嵐磐人氏自身の得体の知れぬ行動にあるようだ。五十嵐氏はなんのために、髑髏の面なんか被《かぶ》って、自分で自分を脅迫していたの

だろう。いや、それよりも五十嵐氏は何をあのように恐れていたのだろう。今、三津木君の話を聞くと、五十嵐氏が、突然、理由《わけ》のわからぬ不安に襲われはじめたのは、あの無気味な片腕――瀬下君の指輪をはめたあの片腕の骨が送られてくるより、ずっと以前からのことなのだから、五十嵐氏の恐怖の原因というのが、それにあるとは思えない。それに、五十嵐氏のような地位もあり、常識も発達した社会人が、物語めいた脅迫をそのまゝうけいれて、子供のように恐れ戦《おのの》くなんてことは考えられないじゃないか。だから五十嵐氏の恐怖の原因というのは、むしろ瀬下君とは全《まった》く無関係な、もっと現実的な危懼《きく》であったろうと思われる。つまりこの事件には二つの大きな要素《ファクター》が絡《から》みあっているので、それで一見非常に不可解に、そして複雑に見えて来ているのだ。二つの要素というのは、一つは五十嵐氏を襲った現実的な恐怖、それからもう一つは瀬下君に関するこの物語的《ロマンチック》な脅迫の一件だ。だからこの二つがどこで絡み合い、どこで岐《わか》れているか、それを截然《せつぜん》と区別することさえ出来れば、この事件は案外、単純なものではないかと思われるのだ」

「なるほど、そういわれゝば確かにそうであるように思われます。しかし、では五十嵐氏の恐れていたその現実的な恐怖というのはなんでしょう」

「それは僕にも分らない。しかしこゝに大胆な推測が許されるならば、近頃頻々《ひんぴん》として摘発される瀆《とく》職《しょく》事件、――そういうものに、五十嵐氏が関係してはいなかったろうか。君は新聞記者だからよく知っているだろうが、五十嵐氏の勤めている××省においても、非常に性質《たち》の悪い瀆職の嫌疑があるとかで、目下秘密裡《り》に司直の手が動いているというような噂《うわさ》があるじゃないか。ひょっとすると、五十嵐氏はそれに連坐しているのじゃなかろうか」

「あ」

俊助は突如、ひくい叫び声をあげた。

「そうです、そうです。そういえば確かにそんな話を聞きました。そしてその事件には、倉石伍六という男が、非常に大きな役割を演じているという話も聞いたことがあります」

「そうだろう」

由利先生はにっこりと会心の微笑をうかべながら、

「五十嵐氏はそれを恐れていたのだ。――と、こう考える方が、あんな子供だましみたいな片腕の脅迫を恐れていたと解するより、より自然じゃないか。そこでこの仮定を、今かりに既定の事実として、そこからこの事件を考え直して見ようじゃないか。五十嵐氏は今将《まさ》に摘発されようとする瀆職事件の瀬戸際に立っていた。こいつが摘発されてしまえば、あらゆる社会的地位を失ってしまうばかりか、囹圄《れいご》の憂目《うきめ》を見なければならない。普通、こんな場合に、人はどうするだろう」

「僕なら高跳びをするでしょうね」

「高跳び、むろん結構だ。しかし、現在のように法の組織が完備した時代に、五十嵐氏のような知名の士が無事に逃げおおせるということは仲々困難だ。そこで、もう一つ悪賢《わるがしこ》い人間なら、自分を死んだものと見せかけるという術《て》を考える」

「あ」

俊助も耕作も千夜も、思わず低い叫び声をあげた。なんという明察！　なるほどそういえば、あの奇怪な五十嵐氏の行動が、すべて合点《がてん》がいくではないか。由利先生は一同の表情《かおいろ》にはお関《かま》いなく、さらに言葉をつぐと、

「おそらく、五十嵐氏の最初の計画では、自分を自殺したように見せかけようとしたのだろう。ところがそこへ思いがけないことが起った。誰からか、あの無気味な片腕を送って来たのだ。この恐ろしい贈物の主が誰だか、僕にもまだ分らない。しかし、五十嵐氏はさっそくそれを利用しようとしたのだ。誰かゞ自分を狙っている、自分はいつ殺されるかも知れない、と、そういう印象を夫人に持たせようとしたのだ。この計画はまんまと成功した。夫人は良人の身を気使って、三津木君の援助を求める。それと知った悪賢い五十嵐氏は、自分の計画をいっそう真実らしく見せるために、自らあの気味の悪い髑髏の仮面をかぶって現れ、いかにも誰かゞ、自分を狙っているという風に見せようとしたのだね」

「あゝ、それで分りましたわ。部屋の中をあんなに掻き廻したり、血をべたべたとそこらへ塗《なす》りつけたりした理由が。……」

「そう、おそらくあれは屠牛場《とぎゅうば》かどこかで手に入れて来た血でしょうね。そしてあの人形は、いかにも自分の屍体らしく仕立てゝ、持ち去ろうという計画だったのでしょう。つまり昨夜《ゆうべ》、髑髏の仮面をかぶ

った男が忍びこんで、五十嵐磐人を殺害し、その屍骸を持ち去った。屍体は発見されないけれど、五十嵐磐人は殺害されたものに違いない、とこういう印象を世間に与えるために、万事は計画されたのです。敵を欺《あざむ》かんがためには先ず味方よりという譬《たと》えの通り、五十嵐氏は先ず夫人から欺いてかゝろうとしたのですよ。ところが、その最後の土壇場になって何か起った。おそらく五十嵐氏の夢にも予期しなかったようなことが起ったにちがいない。何だろう。何が起ったのだろう。そして、五十嵐氏を殺害した後、あの髑髏の仮面をかぶって、屍体を持ち出したのは誰だろう。なにも分っていない。つまり我々は、この事件を修飾している奇怪な雰囲気の正体は、どうやら突止《つきと》めることが出来たものゝ、肝腎《かんじん》な点については何一つ分っていないことになる」

由利先生はそう言って凝《じ》っと虚空をながめていたが、突然、勢いよく椅子から立上った。

「行こう」

「え？　どこへ行くのです」

「五十嵐邸へ行って、夫人の話を聞いてみるのです。何かつかめるかも知れない。さあ、みんなで一緒に行って見よう」

髑髏男再生

快刀乱麻を断つが如き明察によって、由利先生が、一つ一つこの事件の謎をほごしているころ、五十嵐邸においても大変なことが起っていた。

主人を急変によって失った五十嵐邸は、宵《よい》のうち弔問《ちょうもん》客などによって、ひとかたならぬ混雑を見せていたが、夜も十時過ぎになると、客もみんな退《ひ》きあげて、奥座敷にぽつ然《ねん》と取残されたのは、絹子と倉石伍六の唯《ただ》二人。倉石は宵から飲みつゞけた酒のために、脂ぎった顔をギラギラと光らせていた。

絹子は元来、この倉石伍六が嫌いだった。満洲にいる頃から、この男は絹子に対してちょくちょく厭《いや》な目附きを見せることがあった。しかし、それはまだ許せる。許せないのは絹子が五十嵐氏に嫁《とつ》いでからも、この男はそういう態度を改めようとはしないのだ。

酒に酔払ったり、良人が不在の場合には、言語道《ごんごどう》断《だん》な冗談を口にする。良人が信頼している人物だからと思って、いゝ加減にあしらっていると、ますます増長して、時には肚《はら》にすえかねるような淫《みだら》な振舞いに及ぶことがあった。

良人が生きていてさえその通りだったのだから、良人が亡くなった現実《いま》、この男とこうして差向《さしむか》いになっていると、絹子はゾーッと鳥肌が立つような恐怖を感じるのだが、まさか帰ってくれとも言えない。

辛抱してお相手をつとめているうちに、倉石はそろそろと地金を現わして来た。宵から飲みつゞけた酒のために、眼がどろんと据《す》わって、顔中の毛孔がブツブツ膨《ふく》れあがって来たかと思うと、やがて気味の悪い舌なめずりを始めるのである。

絹子はハッとして身を退くと、

「あの、失礼でございますが、あたし頭痛がしますから、これで御免蒙《ごめんこうむ》りますわ」

と、立上ろうとする袖《そで》をやにわに捕えた倉石伍六。

「お、奥さん、何もそう逃げなくてもいゝじゃないですか。別に取って食おうたあ言やしませんよ」

「いえ、そういうわけじゃありませんけれど、朝から、なんだか頭が痛くて。……」

「いや、御尤《ごもっと》もですとも。御心中はお察しします。が、まあ、そこにいて下さい。あなたに折入って話があります。非常に重大な、――あなたにとって一大事の話があります」

「まあ、そんな大切な話なら、なおさらのことですわ。明日ゆっくりお伺いしますから、今夜はこれで御免下さいまし」

絹子が立上ろうとするのを、

「おっ、と、と、と、まあ、そういわずに、たまには俺《わし》の話も聞くもんです。や、これは失礼。……」

よろよろと立上るはずみにお膳《ぜん》を蹴ったから耐《た》まらない。あたりは落花狼藉《ろうぜき》のありさま。

「あら、そんなことよろしいのです。婆やを呼びますから、そんなことなさらないで」

「いや、婆やを呼ぶのは待って下さい。奥さん、話というのはほかではない。俺《わし》は五十嵐氏を殺したのは誰だか、ちゃんと知っているのですよ」

「え？」

絹子は思わず畳を拭《ふ》きかけた手を止めた。

「はゝゝゝは、そんな妙な顔をなさらんでもいゝ。話はゆっくり出来る。奥さん、一ついかゞです」

「いえいえ、それより話というのを聞かせて下さい。五十嵐を殺した人間を知ってるって、それほんとうでございますか」

「ほんとうですとも。だが、まあいゝじゃありませんか。一つくらい」

「聞かせて下さい、聞かせて下さい。誰が五十嵐を殺したのですか。それを言って下さい」

「そうですか。それじゃ言いましょう。五十嵐氏を殺害したのは。……」

と、倉石は急に声をおとすと、

「奥さん、あなたです」

「え？」

絹子は弾《はじ》かれたように身を退いた。顔が真蒼になって、体中ブルブル顫《ふる》えている。いまにも気を失うのではないかと思われたが、やっとそれを耐えた絹子は、

「まあ、何を——何を仰有るのです。冗談も——冗談も品《しな》によりけりですわ」

「はゝゝゝは、冗談か冗談でないか、それはあなたの胸に聞いてみれば分ることだ。だが奥さん。心配なさることはありませんよ。誰にも喋舌《しゃべ》りゃしませんよ。この倉石の胸一つにおさめておきます。その代り奥さん。……」

倉石が手を取ろうとするのを、つと払いのけた絹子は、全身で呼吸《いき》をしながら、

「あたしが五十嵐を殺したのですって。何を証拠に——何を証拠にそんなことを仰有るのです。そしてまた、あたしが何故、良人《おっと》を殺さなければならなかったのです？」

「動機ですか。動機というのはほかでもない。あなたは恋人やお父さんの敵《かたき》を討ったのだ」

「え？」

「そうですとも、瀬下君は匪賊に殺《や》られたのじゃない。五十嵐氏に殺されたのです。あなたのお父さんは、誤まって河へはまったのじゃない。五十嵐氏に突きおとされたのです。あなたはそれを知って、五十嵐氏を殺したのでしょう。俺《わし》は何もかも知っている」

「あゝ！」

絹子はとつぜん、畳のうえに突伏《つっぷ》した。しばらくそうやってさめざめと泣いた。だが、やがて涙に泣き濡れた顔をあげると、ふいに、ハッとしたように体を顫わせた。しかし、すぐさり気ない様子を取り戻すと、

「倉石さん、有難うございました。あなたは大変いいことを聞かせてくれました。厚くお礼を申しますわ。だけど倉石さん、それだけではあたしが良人を殺したという証拠にはならないじゃありませんか。警察では現に、髑髏のような顔をした男を犯人として捜しているのですし。……」

「はゝゝゝは、奥さん、それが大《おお》べら棒《ぼう》というものです。髑髏のような顔をした男なんて、五十嵐氏が死んでしまった以上、この世に存在する筈がないからです。まあ、奥さん、よくお聞きなさい。俺《わし》はいま、五十嵐氏の計画というのをよく話してあげる」

この時、倉石伍六がベラベラと喋舌った五十嵐氏の計画というのは、だいたいに於《おい》て、さきほど由利先生が下した推測と同じであったから、こゝには改めて繰返すことは控えよう。

「そういうわけで、髑髏男とは五十嵐氏自身にほかならんのですが、しかし、警察のほうでそいつを捜しているなら勝手に捜させておきましょう。この秘密を知っているのは、奥さん、俺《わし》とあんたばかりだ。だから奥さん、あんたの返事しだいでは、この秘密は永久に保たれる。しかし、あんたがもし厭だといえば。……」

「厭だといえば……？」

「可愛《かわい》さあまって、何んとやらという言葉を奥さん、あんたも知っていなさる筈だね」

「分りました。しかし、倉石さん、あたしもよく考えてみますわ。しかし、倉石さん、五十嵐が死んだ以上、髑髏男はもうこの世にいないと仰有るのはほんとうでしょうか」

「ほんとうですとも」

「ほゝゝゝほ、それじゃ今、あなたの背後《うしろ》に立っているのは、それなんですの」

倉石伍六は、ふいにギョッとしてうしろを振り返った。が、そのとたん、彼はがくんと顎を垂れ、全身をはげしく顫わした。眼がとび出して、血管が蚯蚓《みみず》のように膨れあがった。

ああ、なんたることぞ！

ダブダブの二重廻しに、三角型のトンガリ頭巾、眼も鼻も唇もない、あの髑髏男がそこに立っているではないか。

木っ葉微塵

由利先生の一行が駆けつけて来たのは、ちょうどその時だった。

自動車をおりて門を入ると、おそろしい悲鳴がきこえて来たので、

「おや」

と、足をとめた由利先生、

「たしかに邸の中のようだったね」

と、言いも終らぬうちに、玄関へ転がるようにして這《は》い出して来たのは、お直婆やだ。

一同の姿を見ると、

「あ、大変です。助けて下さい。奥さまが……奥さまが。……」

と、あとは激しい息使いのなかに消えてしまって聞えない。

しかし、これだけ聞けば十分なのである。

由利先生を先頭に、一行四名がドヤドヤと奥座敷へなだれこむと、いましも絹子のからだを小脇にかかえた髑髏男が、庭のむこうの石崖から、下に繋《つな》いであるモーター・ボートに飛び移ろうとするところだった。

「待て！」

と、由利先生、座敷をつきぬけて、縁側から庭へとびおりようとする拍子に、なにかに躓《つまず》いて思わずハッと立ちどまった。人が倒れているのである。あとから駆けつけた俊助が、ぐいとそのからだを起してみて、

「あ、倉石伍六だ」

「殺《や》られているのかい」

「見事に一突き、心臓を抉られています」

「ふうむ」

髑髏男にとっては、つまりこれだけのあいだ、余裕ができたわけである。ぐったりと気絶したような絹子のからだを右手に抱き、ひらりとモーター・ボートに飛び乗ると、すぐ綱を解いて、スターターを入れた。

ガタガタガタ、――

と、激しくエンジンの廻転する響き。その音にはっと気がついた由利先生と俊助が、あわてゝ石崖のうえまで駆けつけてみると、モーター・ボートはすでに、月下の隅田川をはるか下流のほうへ驀進《ばくしん》して

いるところだった。

「三津木君、大急ぎで水上署へ電話をかけたまえ。そのあいだに僕が舟を探しておこう」

俊助が電話をかけ終ってかえってくると、ちょうど幸い、通りかゝった水上署の汽艇《ランチ》を呼びとめて、由利先生が手短かにことのいきさつを話しているところだった。

「そうですか。じゃ、お乗り下さい」

「あの、先生。あたしたちも一緒にいっちゃいけません」

「あゝ、いゝですとも。尾崎さんも島木君も一緒に来たまえ」

四人を乗せた汽艇は、すぐ下流へむかって出発する。

幸い今宵《こよい》はうす月夜。満々と膨れあがった隅田川の、はるか下流を驀進していくモーター・ボートの姿が、豆粒ほどの大きさで見えている。

「あいつだ。あのモーター・ボートだ」

舳《へさき》にたった由利先生が指示する。汽艇は白銀の波を蹴って驀進をはじめた。汽鑵《かま》がいっぱいにひらかれて、今にもはちきれそうな音を立てゝいる。

しかし、汽艇《ランチ》がいかに全速力を出したからといって、たかゞ知れている。とうていモーター・ボートの敵ではないのだ。果して二艘の舟のあいだはしだいに遠くなっていく。

「おい、なんとかならないのか。これより速く駛れないのかね」

「そりゃ無理ですね。これ以上の速力を出したら、汽鑵《かま》が破裂してしまうばかりですよ」

事実、いっぱいにひらかれた汽鑵はまるで喘息《ぜんそく》やみのように、無気味な呻《うめ》きをあげているのである。

往来《ゆきか》う舟が、この狂気じみた汽艇の驀進に、びっくりして左右にけしとんだ。陸《おか》も、橋も、舟も、みんなうしろへうしろへと飛んでいって、水が銀色の飛沫《しぶき》となって、汽艇のうえから降ってくる。

それでも、船室へ潜りこもうとする者は一人もいない。みんな舳につかまったまゝ、しだいに遠ざかっていくモーター・ボートの姿を、地団駄《じだんだ》を踏みながら見送っているのである。

モーター・ボートは間もなく永代橋へ差しかゝる。そのとき、追跡する汽艇にとって、大変ありがたいことが起ったのだ。モーター・ボートの行手にあたって、突然、悠々たる曳舟《ひきふね》が現われたのである。砂利をいっぱい積んだ舟を、五六艘もうしろに従えた汽艇なのだ。

モーター・ボートはいやが応《おう》でも、そこで速力を緩めなければならなかった。

「しめた、追っつけるかも知れないぞ」

と、躍りあがって喜んだのは三津木俊助。

二艘の舟の間隔は刻一刻とせばまっていく。間もなく、ひらひらとうしろにひるがえる、髑髏男の二重廻しが見え出した。ボートの中に、ぐったりと倒れている絹子のすがたも見える。もう一息だ。もう一息で追いつける。

だが、このとき、漸《ようや》く曳舟をやり過した、モーター・ボートは、再び全速力で汽艇からはなれていった。

「畜生、畜生、もうひと息だというのに残念だなあ」

俊助が思わず呻《うめ》き声をあげたとき、突然、一艘のモーター・ボートが横からとび出してこの追跡に加わった。

「しめた！　水上署のモーター・ボートだ。や、向うに汽艇もやって来ている。畜生、こうなりゃもう袋の中の鼠《ねずみ》だ」

まったく俊助の言葉のとおり、いまゝで物蔭にかくれていた数艘のモーター・ボートが、その時、わらわらと跳び出して来たかと思うと、さっと、髑髏男を取り巻いたのである。

それを見るや件《くだん》の怪物、もうこれまでとばかりに、ボートの中に突っ立ちあがり、さっと仮面をかなぐり捨てた。折からの月光に、剪《き》りたてたような峻烈《しゅんれつ》な半面が浮びあがった。頬から顎へかけて、恐ろしく大きな傷痕。――あゝ、いつかの夜、首吊り船のあとを尾行していった、あの奇妙なルンペンなのだ。

しばらく、まじまじとその横顔を眺めていた千夜、なにを思ったのか、

「あっ」

と、叫んで舷《ふなべり》によろめいた。

「ど、どうしたのです」

と、驚いた耕作がその体を抱いてやると、

「兄さんですわ。あゝ、恐ろしい。あれ、兄の瀬下亮ですわ」

と、わっとその場に泣き伏したのである。

その時、モーター・ボートの中に突っ立って、群

がる警官どもを睥睨《へいげい》していた瀬下亮、突如さっと右手をあげたかと思うと、何やら梅の実ほどのものが、ボートの中に飛んだ。

と、同時に轟然《ごうぜん》たる音響。――

数丈《じょう》もあろうという水の柱がさっとあがって、青白い焔《ほのお》が稲妻のようにひらめいたかと思うとボートは木っ葉微塵《こばみじん》と砕けてとんだのである。

永遠《とわ》に変らじ

「ああ！」

担ぎこまれた聖路加病院の一室で、絹子はふと息を吹きかえした。全身に無残な火傷《やけど》を負うて、とても生命《いのち》は覚束《おぼつか》なかろうと思われたのに、奇蹟《きせき》的に彼女は意識を取り戻したのである。

「あの人は、――あの人は――瀬下さんは。――」

「静かに！　犯人を捕えましたよ。奥さん、安心して静かに寝ていらっしゃい」

「いゝえ、いゝえ」

絹子は激しく身動きをしながら、

「あの人に一度会わせて下さい。あの人に会って、あたし、よくお礼を申しあげなければなりません。あの人があんな恐ろしいことをしたのも、みんなみんなあたしのためなんですもの」

「いゝや、いけません。あなたは今、絶対に体を動かしちゃいけないのですよ」

「構いません、あたしの体はどうなっても構いません。お願いです。瀬下さんにひと眼あわせて。それとも、あゝ！」

絹子はふいにギョッとしたように、

「それとも、瀬下さんは死んでしまったのですか」

「いや、そんなことはないが、あちらも今が一番大切な時なのです」

「あゝ！」

絹子は激しく身を顫わせて、

「それじゃ、瀬下さんの生命も覚束ないのですね。お願いです。お願いです。ひと眼あわせて！」

絹子の願いがあまり切《せつ》であったので、立会いの医者は、由利先生や三津木俊助に相談して、どうせない生命なら、彼女の最後の願いをききとゞけてやったらどうだろうということになった。

そこで彼女の傷ついた体は、すぐさま担架《たんか》にのせられて、瀬下の病室へ運ばれていった。

ちょうどその時、全身に痛々しい火傷を負うた瀬下は、千夜と耕作に手をとられて、今将《まさ》に、最後の息をひきとろうとしているところだった。絹子はそれを見ると、いきなり担架からとびおりると、それこそ常人とは思えないほどの力をふりしぼって、瀬下の体に縋《すが》りついたのである。

「瀬下さん！　瀬下さん！」

その声が通じたのか、瀬下はうっすらと眼をひらくと、絹子の顔をながめた。その眼には心なしか、安らかな微笑の影が動いたように見えた。

「瀬下さん、瀬下さん、あなたばかりは殺しはしない。あたしもいきます。未来は――未来は必ず一緒に。――」

瀬下にもその言葉の意味がわかったのか、かすかに頷《うなず》いたように見えたが、それが彼の最期《さいご》だったのである。やがて、恐ろしい痙攣《けいれん》が、全身に這《は》いのぼったかと思うと、間もなく彼は、ガックリとして息絶えた。瀬下は死んでしまったのである。

絹子はそれを見ると、瀬下のからだに縋りついて、ひとしきり泣いた。涙が涸《か》れるばかり泣いた。だが、やがて泣くだけ泣いてしまうと、蒼白い顔をあげて、静かに並いる人々の顔をながめて、

「さあ、これで何もかもすんでしまいましたわ。みなさんはきっと、あたしにお訊ねになりたいことが沢山おありの事と思います。なんでも聞いて下さいまし。知っていることならなんでもお答えしますわ」

「奥さん」由利先生がすゝみ出て、「五十嵐さんを殺したのは瀬下君でしたか」

「ええ」

絹子は力なく頷きながら、

「それに違いございません。でも、瀬下さんは、あたしを救うために、――たゞ、それだけのために、あんな恐ろしいことをなすったのですわ。何もかも申上げてしまいましょう。三津木さん、いつかの晩、あたしがあの首吊り船の中にいる、髑髏男を見て非常に驚いたことは、あなたも憶《おぼ》えていらっしゃるでしょう。あたし、あの時すぐに、あの髑髏男が良人《おっと》であることに気がついたのです。良人が何故あのようなことをするのか、それはあたしにも分りませんでした。でも、あの身振り、あの笑い声。――それは確かに良人にちがいないのです。あたしは恐ろしくなりました。なんともいえない昏迷《こんめい》をかんじまし

た。良人が何を企んでいるのか、それはあたしにもわからない。しかし、あの髑髏男が良人である以上、この事件に、三津木さんのような敏腕の方に関係して戴くのはよくないと思いました。それで、あの翌日、電話で、手を引いて戴くようにお願いしたのです。それ以来、あたしは始終、良人の態度に気をつけていました。ところが、昨夜《ゆうべ》、良人は又、あの気味の悪い髑髏の仮面をつけて、あたしの寝室へ現れたのです」

絹子は、そこで息切れがしたように言葉を切ったので、千夜がすぐ側《そば》から水を飲ませてやった。絹子はうなずきながら、

「有難う。——千夜さん。——あなたも苦労したわね。さて、みなさん、その時、あたしはそれが良人であることを知っていたので、少しも恐れるところなく、いきなり仮面を剥《は》いでやると、何んのために、こんなことをするのか詰問《きつもん》してやりました。あゝ、その時の良人の凄《すさま》じい形相《ぎょうそう》！　仮面を剥がれるや良人は、いきなりあたしの咽喉に手をかけて、あたしを絞め殺そうとしました。その時です。瀬下さんがいきなり窓を破って躍りこんで来ると、たったひと突きで良人を殺してしまったのです」

絹子はそこで再び言葉を途切らせたが、すぐまた、非常な力をふりしぼって、

「あゝ、その時のあたしの驚き！　あたし達は実に、数年振りで対面したのです。あたし達は手をとって泣きました。瀬下さんは手短かに、満洲で起った出来事を話してくれました。良人のために片腕斬《き》り落されて、匪賊の群に引き渡されてからの、恐ろしい冒険の数々を話してくれました。瀬下さんは、ちかごろになって、やっと、その匪賊の群から脱出すると、日本へ帰って来て、ひそかに良人のあとをつけねらっていました。あの片腕を送って来たのは間違いもなく瀬下さんだったのです。瀬下さんはあたしを救うと共に、自分の復讐をもなしとげたのですわ。それから後のことは、もうお話するまでもありますまい。瀬下さんは、あたしに疑いがかゝってはならぬというので、わざとあたしを椅子にしばりつけ、良人の衣裳をはぎとり、それを身につけ、良人の体を外に運び出したのです。倉石伍六を殺したのもあの人です。あゝ、あたしは良人を殺した犯人を、身をもってかばっていたのです。その苦しみ、その悩

み。――でも、でも、今ではその悩みからも解放されましたわ。だって、だって、あの二人こそは、実にあたしにとって、父の敵《かたき》だったのですもの。――さあ、これで何もかも申上げてしまいました。みなさんとも間もなくお別れですわ。でも、あたし嬉《うれ》しいの。瀬下さんのお側《そば》にいけるのが嬉しいのですわ」

その言葉のとおり、彼女はそれから間もなく、千夜に死水《しにみず》をとって貰いながら、瀬下の後を追っていったのである。

安らかな臨終《りんじゅう》だったという話である。

薔薇《ばら》と鬱金香《うっこんこう》

歌時計鳴りおわる時

一

「先生、先生はあそこにいる婦人を御存じじゃありませんか」

「どれ、どの女《ひと》？」

「ほら向うの廊下の角で、五六人立話《たちばなし》をしている女があるでしょう。あのなかで向って右から二番目にいる女です。ほら、大きなチューリップの花を透《すか》し織《おり》にした、お召《めし》の羽織《はおり》を着た綺麗な女がいるでしょう。――あ、いまちょっとこちらの方を向いて微笑《わら》った、あの女です。御存じありませんか」

「知らないね。誰だねあれは？」

由利《ゆり》先生は不審そうな眼を、女から三津木俊助《みつぎしゅんすけ》のほうへ移した。

「御存じでありませんかねえ。ふうむ。ずいぶん、あれは有名な婦人なんですがねえ。いろんな意味において」

新日報社《しんにっぽう》の花形記者、三津木俊助は新らしい煙草《タバコ》に火をつけかえると、ぐったりとしたように、肱《ひじ》つきの大きな革椅子のなかで両脚をのばした。紫《むらさき》いろの煙が、ゆらゆらとのどかな輪を画いてたちのぼる。快《こころ》よいどよめき、むせるような人いきれ、脂粉と香料の匂い。――幕間《まくあい》の劇場の廊下というものはいつも楽しい社交場である。美しく着飾った老若男女の群が金魚のようにつながって、ゾロ〳〵と二人のまえを通りすぎる。

「御覧なさい。みんな先生のほうを振りかえっていきますよ」

「ふゝむ」

由利先生は苦っぽろい微笑をもらした。

「まったく、素晴らしいですからね、先生の銀髪《ば》は。光彩陸離《こうさいりくり》たるものがありますよ。ほら、あのお婆さん、あまり見惚れて躓《つまず》いちゃった。はゝゝゝは！」

まったく、三津木俊助の言葉に嘘《うそ》はなかった。由利先生はまだやっと四十五になったばかりだのに頭髪《あたま》を見ると、まるで七十歳の老爺《ろうや》のように見える。細い針を植えたような見事な白銀《しろかね》いろの髪の毛が豊かな波を打って、それが削《そ》ぎおとしたような浅黒い鋭角的な容貌と、不思議な対照を形造っていて誰でもひとめこれを見ると、思わず驚異の眼を欹《そばだ》てずにはいられない。お婆さんが見惚れて躓いたのも無理ではなかった。

「悪いことはいわないから先生、悪党を追跡するときには、忘れないで、その白髪を染めて下さいよ。でないと、俺は探偵だぞという看板をブラ下げて歩いているのも同じことですからね」

俊助はよくそういって、ちかごろ頓《とみ》に有名になったこの私立探偵を揶揄《やゆ》するのだ。

が、閑話休題。こゝではいちど、途切れた会話を、再びつゞけさせることにしよう。

「鬱金香《うっこんこう》夫人。あるいは、マダム・チューリップ、そういう名をお聞きになったことがありませんか」

と、三津木俊助は悪戯《いたずら》っ児《こ》らしく、両眼をキラキラと輝かせながら、

「ある有名な婦人雑誌の記者ですがね、その記者先生がある時、あの女のところに伺候《しこう》して、さて奥さん、あなたはどうしていつも、そうお美しいのですか、何かそれには特別な美容法でもおありなのではございませんか。ひとつ、わが百万の愛読者諸嬢のために、その秘訣のようなものを御公開願うわけにはまいらんでしょうか、とかなんとかまあ、愚にもつかぬ質問をしたとお思いなさい。その時彼女嫣然《えんぜん》として答えて曰《いわ》く、あたしは昔からチューリップの花がまことに好き《ばか》だったの。いゝえ鉢に植えて観賞する許りじゃございませんのよ。あの美しいつやつやとした花弁《はなびら》を、まいあさ、摘みとって、羹《あつもの》にしていたゞきますの。あたくしがいつまでも若さを保つことが出来るというのも、多分その精《せい》だろうと思いますわ——とこう答えたとか答えなかったとか。それ以来鬱金香夫人あるいはマダム・チューリップという綽名《あだな》がついたというのですが、先生、チューリップの羹って、いったいどんな味がするもんです

かね、機会があったらひとつ直接《じか》にきいて見たいものですよ」

「名前はなんというんだね」

「畔柳弓子《くろやぎゆみこ》。――いや、ちがった。ちかごろ再婚したというから、磯貝《いそかい》弓子というのですがね」

「あゝ、じゃ、あの畔柳事件の。……」

と、由利先生は思わず声をひそめて、

「そうかちっとも知らなかった。あれは何日頃のことだったかね、畔柳博士が殺害されたのは。――」

「あれはたしか、昭和七年頃の出来事でしたから、もうかれこれ五年になりますね。そろ〳〵再婚してもいゝ時期ですよ。なにしろあの美貌で、五年も空《くう》閨《けい》を守って来たのですから」

「あの事件の犯人はたしか十五年の刑だったと思うが。……」

「そう、ところがね、そいつは十五年間辛抱《しんぼう》する必要がなかったのですよ。というのは、一昨年の秋監獄で病死しましてね。どちらにしても、あの女の再婚には、だから暗い影が全《まった》くなくなったというわけです。おや」

ふいに俊助は口を噤《つぐ》むと、何かいおうとする由利先生の袖《そで》をはげしく引っぱった。

由利先生は気付いて顔をあげると、その時、ゾロリとした羽織袴《はかま》の中年の男が、若い事務員のような男と話しながら、二人のまえを通りすぎるところだった。色の白い、細面《ほそおもて》の、苦味ばしったいゝ男だった。

「ねえ、君、この『歌時計鳴りおわる時』ということの戯曲だがね、今筋書を読んだばかりなんだが、いったいこの作者は、どういう人物なんだかね。大利《おおと》根《ね》舟二《しゅうじ》なんて一向きいたことのない名だが、誰かの匿名《とくめい》かね」

羽織袴の男が、そんなことをきいているのが二人の耳にはいった。

いゝ男だが、少し神経質なところがあり過ぎる。物をいう時、ピクピクと頰《ほお》の筋肉が、白々と痙攣《けいれん》するのが二人の眼にうつった。もっとも、今からひと昔まえには、そういうのがいきだとか、芸術家らしいといって、若い女に騒がれた時分もあったが……。

それに対して、相手の男がなんと答えたかわからない。その時、開幕のベルがなって、あたりが俄《にわか》に騒々しくなったからである。

「なんだい、あの男は?」

由利先生はあとを見送りながら訊《たず》ねた。

「あれですよ。鬱金香夫人の新らしい御亭主というのは。磯貝半三郎といって有名な小説家ですがね、先生ひどく、『歌時計鳴りおわる時』というこの芝居の、作者のことが気になると見える」

俊助はわれがちにと、暗いドアの中に吸い込まれてゆく人々を見送りながら、ぼんやりとそんなことを呟《つぶや》いた。

二

いったい、今日はじめて客を招待して、華々しく開場式を行うことになったこの東都劇場というのは、その創立の最初から、いろんな悪い因縁につきまとわれていた。

最初地均《じなら》し工事が出来て、いよ〳〵足場が組みあがった時、大暴風雨に見舞われて、足場が倒れて五、六名の死傷者を出した。

それがそも〳〵ケチのつきはじまりだといわれている。それから後、鉄筋の組立てが終った時には、起重機の鎖が切れて、またもや数名の死傷者を出した。

それやこれやで、工事のほうがなか〳〵進捗《しんちょく》しないところへもって来て、今度は資本家のあいだに内紛が起って、俄然《がぜん》、資金難におちいった揚句《あげく》、請負師のほうで手を引くの引かぬのという騒ぎ。

その後資本家同士の内紛はます〳〵激烈になって来て、しまいにはお互いに訴訟しあうという泥試合、瀆職《とくしょく》事件が起って検事の活躍となる、まだ半分も出来ないうちからこの始末で、すっかり市民たちを面喰《めんくら》わせたものである。

帝都のまんなかに、いつまでたっても板囲《いたがこい》のとれぬ鉄筋コンクリートの建物が雨ざらしになっていて、一時は新聞などでも、幽霊屋敷だなどと悪口を叩かれたものだ。

その後、どういう風に和解がついたのか、とに角《かく》、ふたゝび工事が始められて、やっと竣成したのは半月ほど前のこと。最初の地鎮祭《じちんさい》からかぞえて、実に四ケ年の日子を費しているのである。

だから、今日招待された名士たちのあいだにも、いわず語らずのうちに、一種の妙な不安が動いていたのはやむを得なかった。外国の有名な劇場を摸したといわれる豪華な格天井《ごうてんじょう》にも燦然《さんぜん》とかゞやく装飾灯の瓔珞《ようらく》にも、さてはまた、金糸銀糸《きんしぎんし》で刺繡《ぬいとり》をされた緋色《ひいろ》のカーテンにも、ひとびとはみんな、犠牲となった工夫たちの血や、資本家たちの貪婪《どんらん》な闘争の匂いを、嗅《か》ぐことが出来るような気がしたのである。

はの十三号——これが弓子の席だった。

弓子は良人の半三郎と席をならべて、つゝましく幕のあくのを待っている。

もっとも本興行は明後日からで、今日はその中の一幕だけが、試演的に上演されることになっているのだ。その一幕というのはすなわち、作者不詳の「歌時計鳴りおわる時」という新作物なのである。

「弓さん、君、この芝居の筋書読んでみましたか」

「いゝえ」

弓子は良人の質問に対して、ほとんど上《うわ》の空で、

「どうかしまして?　面白そうなお芝居?」

「いや、そうでもないが、大利根舟二なんて、全くきいたことのない名前だから」

「そうね」

弓子はちょっとプログラムに眼を落したが、すぐ顔をあげた。彼女はちかくにいる知った顔と、目礼を交わしあうのに急《いそ》がしかったのである。

この時、あとから入って来た客のために、二人はちょっと席を立って、道をあけてやらなければならなかった。

「いや、これはどうも」

その男というのは、六十くらいの老紳士だった。半白の頭髪を綺麗になでつけて、身嗜《みだしなみ》のいゝ、黒い洋服、純白のカラーに紐《ひも》ネクタイを結んでいるのが、ちょっと意気に見えた。褐色の斑点のある白い顔に、黒眼鏡をかけているのも悪くはない。

だが、それにも拘《かか》わらず、この老紳士が小腰をかゞめて、二人の前を通りすぎるとき、弓子はなぜか、ぎょっとしたように身を固くした。そして老人の頭が、彼女の胸とすれ〳〵に通りすぎる時、弓子は思わず、

「あ!」

と、ひくい声を洩《も》らしてしまったのである。

「いや、これは失礼」

足を踏んだとでも感違いしたらしい老紳士は、弓子のすぐ隣席に腰をおろしながら、黒眼鏡の眼でじっとこちらを見ている。その鋭い視線にあうと弓子

はもう一度、ぶる〳〵と激しく身ぶるいをした。

「お痛みになりますか」

「いゝえ、なんでもありませんの、気になさらないで」

弓子はなるべく老人のほうを見ないようにして、腰をおろすと、半三郎のほうへ向って、甘えるように、

「ねえ、あなた、幕があくのまだでしょうか。ずいぶん待たせるわね」

と、プログラムをまさぐりながらいった。

が、その言葉のまだ終らないうちに、緋色のカーテンはスル〳〵とあがった。そしてそこに「歌時計鳴りおわる時」というお芝居がはじまったのである。

この芝居の内容というのが、諸君がこれから読まれようとする、この奇怪な物語に、たいへん深い関係を持っていたことが後日暴露されたから、こゝに、簡単ながら、その筋を紹介しておくことにしよう。

幕があくと、そこは婦人の化粧室ともいうべき、豪華な洋風の一室で、そこで二人の人物が話をしている。ひとりは六十歳ぐらいの老紳士で、もう一人は二十五、六の美しい女である。女はこの部屋のあるじらしく、派手なピンク色のガウンを、豊麗な肉体のうえにひっかけていた。対話の模様によると、この二人はひどく年齢《とし》がちがうにも拘《かかわ》らず、どうやら夫婦らしいのである。

しばらく、年寄った良人《おっと》と、若くて美しいその妻のあいだに、退屈な会話がつゞいた。会話の内容によると、良人はしばらく旅行をしなければならぬが、その留守中、この若い妻を、唯《ただ》一人のこして行くのが不安で耐《た》まらない、と、そういったことを、いかにも老人らしく、くど〳〵と訴えているのである。

それに対して若い妻はひどく不機嫌で、木で鼻をくゝったような挨拶《あいさつ》しかしない。彼女のようすには、明《あきら》かに良人が一刻も早く出ていけばいゝというところが見えるのである。

間もなく良人は悄然《しょうぜん》として、ひとり旅行に出てしまう。すると今までうんざりしていた若い妻が、急に元気になって来た。彼女は俄《にわか》にいき〳〵として、はしゃぎ廻りながらお化粧をしなおすと、やがて、かたわらにあった置時計をとりあげて、それにネジを捲《ま》いた。

すると、間もなく置時計のなかからゆるやかなオ

ルゴルの音が洩れてくる。曲はグノーの聖母頌歌《アヴェ・マリヤ》。

するると、この時まで無心に舞台をながめていた弓子が、とつぜん薄暗い観客席のなかで、はげしく身《み》顫《ぶる》いをした。見ると彼女の顔は蒼白《そうはく》になって、しかも額《ひたい》にはうっすらと、脂汗《あぶらあせ》さえ浮いている。彼女の様子には、容易ならぬ驚きを、必死となって制《おさ》えているというところが見えた。

しばらく、物憂《ものう》い、金属的オルゴルの音が、しいんとした場内にひゞき渡った。と、突然、舞台には新らしい登場人物が現れた。若い美貌の青年である。どうやらこの青年は若い妻の情人らしく、そしてあのオルゴルの音は、忍んで来いとの合図であったらしい。

劇がこゝまで進行して来ると弓子の奇妙な態度はますます顕著になって来た。一度など、彼女があまり大きな溜息《ためいき》を洩らしたので、周囲にいる人々が驚いて彼女のほうをふりかえったくらいである。

「弓子さん、君、気分でも悪いのじゃない」

半三郎が気遣《きづか》わしそうに囁《ささや》いた。だが、そういう彼自身の声も尠《すくな》からず顫えを帯びていたことは隠しきれなかった。

「いゝえ、あの、あたし、なんでもありませんの、でも、ずいぶん暑いのね」

弓子はかすれた声でやっとそういった。

しかし、この劇が予定通り最後まで演ぜられていたら、彼女はどんな醜態《しゅうたい》を演じたかも知れなかった。ところが幸か不幸か、その時起ったふいの珍事のためめに、劇はそこでプッツリと中断されたのである。

というのは、その時場内の一角から突如、

「火事だ！　火事だ！」

と、けたゝましい叫声《さけびごえ》が起ったからである。

三

四ケ年の日子を費して、漸《ようや》く竣成した壮麗なるこの建物を、一朝《いっちょう》にして烏有《うゆう》に帰せしめ、数百人の死傷者を出したといわれる、東都劇場の怪火については、未《いま》だに原因がよくわからないようである。

放火説、失火説など、諸説紛々《ふんぷん》として入乱《いりみだ》れてはいるが、当局もまだ確たる証拠をつかむには至っていないようだ。しかし、いずれにしても、近来の大珍事にはちがいなかった。

火は驚くべき速さでひろがった。最初あの火事だという叫び声がきこえて、満場ワーッと総立ちになった時には、妖蛇《ようじゃ》の舌のような焔《ほのお》は、すでに楽屋を呑《の》みつくして、恐ろしい勢いで観客席へひろがって来た。

うわッという悲鳴とともに、なだれを打って逃げ迷う人々。助けてという悲鳴、人殺しという叫び声。——押しあい、へしあい、揉《も》みあうようにして、狭《せば》い通路をわれがちにと、ドアのほうへ突進する人々で、さしも豪華を極めた場内も、一瞬にして修羅《しゅら》地獄を現出したのである。

「あなた！　あなた！」

弓子は夢中になって半三郎にしがみつく。

「大丈夫、大丈夫。気をしっかり持って、火事よりも人が怖い。踏み殺されないように気を落着《おちつ》けて！」

そういう間にも、火は容赦《ようしゃ》なくひろがって来る。真黄《まっき》な煙が、四方八方から濛々《もうもう》として襲いかゝって来る。

「弓子さん、しっかり僕の袖《そで》につかまっていたまえ、離しちゃ駄目だよ」

「えゝ、えゝ、でも、——あなた大丈夫？」

「大丈夫もなにも、行けるところまで行って見なければならん」

半三郎も必死となって群集を掻《か》きわけてゆく。やがて配電室が焼け落ちたのであろう。場内の電灯がいっせいに、フーッと消えてしまった。濃い煙《けぶり》が渦を巻いて、四方から観客席を包もうとする。その煙に巻かれて、早くも瀕死《ひんし》のうめき声をあげている婦人もある。パチ〳〵と物の焼け落ちる音。ゴー〳〵と渦巻く焔の唸《うな》り。

口々にわけも分らぬ事をわめき散らしている群集のなかに揉まれ揉まれて、二人はやっと狭いドアのところまで来た。ドアの外にも恐ろしい人の雪崩《なだれ》なのである。それに押されて、ドアは容易に開かない。

もしこの時人々が、もっと落着いていたら、被害ももう少し、少くてすんだかも知れないのだ。しかし、こういう大惨事に直面すると、日ごろの教養も躾《たしなみ》も、なんの役に立たぬことが遺憾《いかん》なく暴露されるのである。

紳士も淑女もあったものではない。人を押して倒してゞも、自分だけ助かろうとする本能。——しかし、その浅間《あさま》しさも、笑ってはいられないのである。

やがて、どこかの柱が焼け落ちたのであろう。ドーッという凄《すさま》じい物音と共に、パッと火の粉があがった。この世ながらの焦熱《しょうねつ》地獄である。

「あなた、あなた！」

弓子は群集に揉まれながら絶望的な声をあげた。いつの間にやら良人の姿は自分の側《そば》に見えないのである。窒息しそうな煙が鼻といわず口といわず襲って来る。熱い風がさっと頬を撫《な》でて、火の粉がバラバラと降って来る。

弓子はもう駄目だと思った。自分はこの火に包まれて、焼け死んでしまうのだ。あゝ！

だが、その時突然、力強い手がぎゅっと彼女の腕をつかんだ。

「大丈夫です、奥さん。私がお助けします。気をしっかり持っていらッしゃい」

ふりかえって見ると、隣席にいた黒眼鏡の老紳士なのである。

そのとたん、弓子はフーッと気が遠くなってしまったのである。――

それから、どのくらい経《た》ったか知らない。

弓子はふっと気がついた。気がついてみると、彼女はどこだか知らない、まっくらなところに寝かされているのである。いまだに彼女は激しい動揺を全身に感じていて、眼を閉じると、降りしきる火の粉が、ハッキリと眼底にうかびあがって来るのである。

しかし、彼女は助かったのだ。体のしたにある寝台《ベッド》がそれを証明している。それにしてもこゝはいったいどこだろう。それにまた何《な》んという静けさであろう。

弓子はじっと、くらやみの中に心耳《しんじ》をすました。――と、ふいに彼女はハッとして寝台《ベッド》から跳び起きた。あまりひどい勢いで跳び起きたので、寝台《ベッド》がギイと鳴ったくらいである。

どこか遠くのほうで金属的な音楽がきこえる。オルゴルだ。ポツ――ポツ――と、軒《のき》から落つる雨垂れのように、機械的な、佗《わ》びしいオルゴルの音。

しかもその曲はグノーの聖母頌歌《アヴェ・マリヤ》である。弓子は思わず両手で耳を覆うと、がばとばかりに寝台《ベッド》のうえに顔を伏せたのである。

恐怖の聖母頌歌《アヴェ・マリヤ》

一

「あゝ、気がおつきになりましたね」

闇のなかからそういう声が聞えると共に、どこかで、カチッと電気のスイッチをひねる音がきこえた。と同時に、部屋のなかゞパッと明るくなって、弓子はベッドのうえにしどけなく取り乱した自分の姿に気がついたのである。

「あら!」

弓子は思わず居《い》ずまいを直しながら、ドアの方を見ると、見覚えのある老紳士が、黒眼鏡越しに、じっとこちらのほうを見ているのだ。弓子は思わずさっと血の気をうしなって、ぎゅっと体を固くした。

「まあ、――あたし。――」

と、彼女は喘《あえ》ぐように、

「どうしてこんなところにいるんでしょう。こゝは一体どこですの」

「なにも御心配なさることはないのですよ。こゝは私の住居《すまい》です。どうです。御気分はよくなりましたか」

「えゝ、あの――有難《ありがと》うございます。それじゃ、あたし。――」

「そうですよ。気を失っていられたのですよ」

老紳士は穏《おだや》かな微笑《ほほえ》みをうかべながら、

「それで御無礼とは思ったのですが、こゝへお連れしたのです。お住所も、お名前も分らなかったものですから」

「まあ、そうですか、いろ〳〵お世話になりまして」

弓子はなぜか、なるべく老紳士の顔を見ないように努めながら、

「時に、いま何時ごろでしょうか」

「さあ、もうかれこれ八時ごろでしょうか」

「八時?」

「あゝ、そう〳〵、こういってもあなたにはお分りにはなりますまい。奥さん、あれからあなたは、二十四時間ちかくもお眠りになっていたのですよ」

「まあ!」

弓子は思わず眼を見張って、

「まあ、そんなに。――あたし、どうしましょう。随分、御迷惑だったでしょう」

「いゝえ、なに、相見互《あいみたが》いですよ」

「それにしても、良人《たく》はどうしたでしょうね、良人は。――あゝ！　でも、こんなことお訊ねしたところで、あなたは御存じじゃありませんわね」

「御主人？　あゝ、あなたのお隣にいられた方ですね。なあに、大丈夫でしょう、きっと、無事に逃げられたことでしょう。そうあることを神にいのります。随分、沢山死傷者があったということですから」

「まあ――」

弓子は思わず肩をふるわせた。

「火事は――？　火事はもうおさまりましたの」

「今朝方になってやっと鎮火しました。なにしろ、市中はたいへんな騒ぎですよ。まだ、死傷者の数《すう》も名前も判明しないのですから。ずいぶん知名の士で、犠牲になられた方もあるようです。が、こんなことをいっている場合じゃなかった。お宅のかたがさぞ心配しておられるでしょう。お名前とお住所を仰有って下されば、取《と》り敢《あえ》ず御無事であることだけをお報《し》らせしておきましょう」

「あゝ、それじゃ恐れ入りますが、電話をかけて下さいません？」

「電話を――？　承知しました。何番ですか」

弓子が電話番号と名前をいうと、老紳士は軽く一礼して、部屋を出ていったが、その後姿を見送っている弓子の眼には、なんとも名状することの出来ない、激しい惑乱の表情《いろ》が現れている。

そんなことが！　そんな馬鹿なことが！　あの人は死んだはずじゃないか。しかも刑務所の中で。――誰だって、それを疑うなんてこと出来やしないわ。しかし。

ふいに弓子はぶるると体を顫わせて、大きな息を吸いこんだ。

その時、またもやどこか遠くのほうで、佗びしいオルゴルの音が聞えて来たからである。咽《むせ》び泣くようなあの聖母頌歌《アヴェ・マリヤ》！

「あゝ！」

弓子は必死となって両手で耳を掩《おお》うと、物狂おしい瞳《ひとみ》をして、きっと唇《くちびる》をかみしめた。見る〳〵うちに顔色が蒼白になって、額に粒々の汗がいっぱい浮かんで来る。

何かしら彼女は、この聖母頌歌《アヴェ・マリヤ》について、容易ならぬ思い出を持っているらしいのである。

「おや、どうかしましたか」

老紳士がびっくりして駆けこんで来た。

「あゝ、あなた」

弓子は思わず息を弾《はず》ませて、

「あの音。——あのオルゴルの音。——」

「オルゴル？」

「えゝ、あの歌時計の音ですわ。あなたにはお聞えになりません？　あの聖母頌歌《アヴェ・マリヤ》が。——」

老紳士は軽く眉をひそめると、そっと弓子の額に手をあてた。魚のように冷たい手だった。

「奥さん、あなたはまだ昨夜の興奮が覚めないと見えますね。歌時計だの、聖母頌歌《アヴェ・マリヤ》だのって、昨夜の芝居のことでしょう」

「いゝえ、いゝえ、今たしかに、ほらほら、あゝ、あれがあなたには聞えませんの。あの音が。——」

老紳士は哀れむような顔をして軽く首をふった。弓子はそっと耳から手を離して見る。オルゴルの音はもう聞えない。

「あゝ！」

弓子はふいに歔欷《すすりなき》とも、溜息ともつかぬ深い、深い息を吐くと、

「あなた、さぞあたしを妙な女だとお思いになるでしょう。そう思われても仕方がありませんわ。でも、あたし、決して気がちがっているのでも、夢を見ているのでもありませんのよ」

弓子はそこで急にきっと顔をあげると、

「あたし、さっきから、あなたにお訊ねしよう、しようと思っていたのですが、あたし達、たしか以前にお眼にかゝったことがありますわね」

「さよう。昨夜劇場で」

「いゝえ、いゝえ、それよりずっと以前ですわ。今からもう五、六年も以前に」

「それはあなたの思いちがいでしょうね」

「そうでしょうか。あたしの思いちがいでしょうか」

ふいに弓子の眼からハラ〳〵と涙が溢《あふ》れて来た。

「あたし、その人にたいへん悪いことをしています。えゝ、あなたによく似た方に。その人は、あたしの先《せん》の良人を殺して、刑務所へ送られて、一昨年の秋病死しました。あゝ、やっぱりあたしの思いちがいですわね。その人は死んだのですもの。いゝえ、いゝえ、たとい生きているとしても、あなたのような御老人じゃありませんわ」

「奥さん！」

「はい」

「あゝ、いや。――いま御主人に電話で、これからあなたをお送りすると、約束をして来たところです。お差支《さしつか》えがなかったら、そろそろ参りましょうか」

二

小説家の磯貝半三郎はさっきからいても立ってもいられないというふうである。

無理もない。

昨夜の火事で焼死したとばかり信じていた恋女房が、無事で、間もなく帰って来るということがわかったのだから、かれの欣《よろこ》びはまるで例えようもないほどであった。

たった一晩のうちに、げっそりと肉が落ち、眼のふちに黒い枠が出来ているところを見ても、彼が妻の災難について、どんなに胸を痛めていたかということが分ろうというもの。

事実、鬱金香夫人の弓子は、彼にとっては妻というよりは主人も同じだった。あゝ、この女ひとりを手に入れるために、彼はどのような苦労をして来たことだろう。

元来彼は、物に凝《こ》り出すととめどがなくなるほうであった。そういう点で彼は子供も同様である。偏執狂。――芸術家というものは、誰でも多かれ少かれ、そういう傾向を持っているものだが、彼には殊《こと》にそれがひどかった。ちょうど子供がひとつの玩具《おもちゃ》に熱中するように、この数年来彼は、鬱金香夫人に傾倒しきって来たのだ。

この女を手に入れるためには、彼はあらゆる障碍《しょうがい》と闘って来た。実際、他人《ひと》にいえないようなことまでして来たのである。

半三郎は時々そっと自分の左手の小指を見る。その小指は途中から千切《ちぎ》れてなくなっているのだ。いつ、どうして、その小指を失ったのか、それは誰一人知らなかったけれど、半三郎はそれを見る度に、ゾッとして肩を顫わすのだ。

そうして、やっと去年手に入れたばかりの妻だ。彼にとっては、目下人生が最も楽しく見える時期だった。その掌中の宝玉ともいうべき妻を、昨夜不慮の災難にうしなったとばかり信じて、絶望のどん底にあったのが、思いがけなくも生きていて、しかも、怪我《けが》ひとつなく帰って来るというのだから、彼が有頂天《うちょうてん》になって欣んだのも無理ではなかった。

彼は女中を呼ぶために、何度めかの呼鈴《ベル》を鳴らした。まだ弓子は帰って来ないかと、分りきったことを訊ねるためである。

ところがその時、呼鈴《ベル》に応じて現れたのは、女中ではなくて、思いがけなくも、色の生白い青年だった。

「おや、堀見《ほりみ》君！」

青年の顔を見ると、何故《なぜ》か半三郎の白皙《はくせき》の面には、一瞬さっと暗い影がはしった。

「君、いつの間に来ていたのだい？」

「いま来たばかりですよ、先生、お目出度《めでと》うございます。奥さん、御無事だったそうですな」

「ふむ、有難う」

半三郎はそっけない調子でいった。堀見はそういう調子を気にかけるふうもなく、にやくと気味の悪い微笑をうかべながら、

「そこで先生、このお目出度い折《しお》を機会に、昨日のこと、潔《いさぎよ》くきいてやって下さいな」

「またかい」

と、半三郎は眉をひそめて、

「君は俺の顔さえ見りゃ金、金って、まるで俺が金の生《な》る木でも持っているようにいうじゃないか。今月ンなってからだって、もうこれで二度目だぜ」

「どうも済んません。なんしろここんところへ来て、すっかりぐれはまなんで、堀見三郎大世話場なんです。助けていたゞくわけにゃ参りませんか、ねえ」

「君の困るなア、君の勝手だよ。約束のものだけはちゃんとやってあるうえに、今月はすでに一度、臨時の分まで出してあるんだ」

「そこをなんとか」

「駄目だよ。癖になる」

「そんなこと、仰有《おっしゃ》らずに」

「くどいよ」

「厭《いや》ならよせ！」

「なんだと！」

半三郎は思わず椅子の背に手をやって腰をうかしかけた。堀見三郎は大きなデスクに腰をおろしたまま、脚をブランくさせている。ネクタイをしないワイシャツのまえをはだけて、腕を拱《こまぬ》いたまゝ傲然《ごうぜん》と嘯《うそぶ》いている。

瞬間、険悪な殺気がさっと二人の間を流れた。

突然、堀見三郎はとってつけたような声をあげて豪傑《ごうけつ》笑いをすると、

「御免《ごめん》なさい、先生、つい気が立っていたもんですからね」

と、遠慮なく卓上の煙草《タバコ》をつまみながら、

「僕だって、何もいやなことはいいたくないです」

「フン、俺だって別に、いやなことをいわれる覚えはないよ」

「まあさ、そう仰有らずに助けて下さいよ。ほんとうに困っているんだから、先生だってまさか、ほんとうに私と喧嘩《けんか》をなさるつもりはないでしょう。僕だって、あんなこと、世間に吹聴《ふいちょう》して廻りたくはないですからね」

「世間で、君のいうことを信用すると思っているのかい」

「証拠がない。――と仰有るんでしょう。そりゃまあそうですな。なんしろ、犯人もちゃんと検挙されたんですからね。しかしねえ先生、世間はともかく、奥さんの耳にちょっとでもこういう噂《うわさ》がはいってごらんなさい。私ゃ昔、あの人ンところに御厄介《ごやっかい》になっていたからよく知っていますが、鬱金香夫人は随分、気性のはげしい女《ひと》ですからな」

半三郎の白い額には、チラと不安の影がうごいた。

「君は、根も葉もないいいがかりをつけるんだね」

「まあ、なんと仰有っても構いませんが。――あ、奥さんが帰って来たらしいですよ。早く、早く。先生だって、こんなところを奥さんに見られたくないでしょう」

半三郎は機械的に懐中《ふところ》に手を突込《つっこ》んだ。そして紙《か》幣入《み》れから二三枚の紙幣を取り出すと、堀見の手に握らせた。

「仕方がない、君にあっちゃかなわないよ。こんなこと、彼女《あれ》にいうなよ」

堀見はにやりと微笑《わら》って、素速く紙幣をつかんだ手をポケットに突込みながら、

「済んません、大丈夫ですよ。誰がお喋舌《しゃべり》なんかするもんですか。それじゃ奥さんに見つからないうちに消えてなくなりましょう」

堀見がすばやく身を起して、ドアの外に消えるのと、殆《ほとん》ど同時だった。別の入口から弓子が小走りにはいって来た。

「あなた」

と、いきなり良人の胸にすがりついて、そのまゝ無言である。半三郎は愛情のこもった眼で、その肩を撫でてやりながら、

「よかったね。ほんとうによかったね。僕はどんなに心配したか知れないぜ。昨夜は一睡もしなかった。今日だって朝から焼跡に詰めきっていて、今にも弓さんの死体が出て来やしないかと、どんなに胸を痛めたことだろう」

「すみません。こちらの方に助けて戴《いただ》きましたのよ。あなた、よろしくお礼を仰有って。こちら、あの。

――」

名前をきいてなかった弓子が、思わずそう口籠《くちごも》るのを、後からはいって来た黒眼鏡の老紳士が、おだやかな微笑でひきとった。

「大利根舟二という者です。なに、なんでもないのですよ。そんなにお礼を仰有って戴いては恐縮です」

「大利根舟二?」

半三郎はハッとしたように顔色をかえた。

「あなたが、あの、大利根舟二と仰有るので。

……」

「はあ、そうです。御存じですか私の名を?」

「いえ、あの、そういうわけではありませんが」

と、そういったが、その時半三郎の白い額をさっと不安な影が横切ったのである。

彼が驚いたのも無理ではないのだ。大利根舟二。――それは昨夜彼があんなに気にしていた、「歌時計鳴りおわる時」の作者ではないか。

三

半三郎から二三枚の紙幣をまきあげた堀見三郎は、弓子に見つからないように裏口から抜け出したが、どういうものか、そのまゝすぐに立去ろうとはしなかった。

すぐ近所の電柱のところに身を寄せて、煙草を吹かせながら、さっきからしきりに、磯貝家の表門のほうを見張っている。

どうしたのか、その面には非常にふかい驚駭《おどろき》の表情《い》があらわれていた。

「畜生《ちくしょう》！　たしかにあいつだ。が、しかし、これはいったいどうしたわけだ。あいつは確かに死んだはずではないか。やっぱり俺の気のせいかな。いやい

や、そんな馬鹿なはずが！　あゝ、俺は夢でも見ているのだろうか。――」

堀見は口にくわえた煙草をポロリと落すと、その上からペッと唾《つば》を吐いた。それから帽子をぐいと目深にかぶり直すと、電柱に背をもたせて、低く口笛を吹き出した。しかし、そうしながらも、彼の視線は油断なく、磯貝家のほうに配られているのである。

いったい、この堀見三郎という青年は、弓子のまえの良人、畔柳博士のところで、長いこと書生をしていたことがあるのである。

亡くなった博士とは遠縁に当るという話であったが、その時分から不良性をおびていて、博士も弓子も持てあましていたものである。博士が不慮の事件で他界して間もなく、突然彼は、誰にも無断で姿をくらましてしまったが、それがちかごろになって、ちょく〳〵と弓子の新らしい良人のところへやって来ては、五円、十円と小遣《こづか》いをせびってゆくには、何かよほど重大な理由がなければならぬはずであった。

それはさておき、堀見はそうしてものゝ三十分も電柱の蔭《かげ》に佇《たたず》んでいたろうか。

ふいに彼の眼が、帽子の下でギロリと光った。その時、磯貝家の表門から人影が現われたからである。大利根舟二と名乗る不思議な老人だった。

老紳士はそんなところに、自分を覘《ねら》っている人間がかくれていようなどとは、無論知るよしもない。彼は急ぎあしに、スタスタと暗い夜道を明るい方へと歩いてゆく。それをやり過ごしておいて、堀見三郎はぶら〳〵と尾行しはじめた。

老紳士は大通りへ出ると、流しの円タクを呼びとめてそれに乗った。堀見も、ちょうど都合よく、その後からやってきた円タクを呼び止めて、それに乗って尾行をはじめた。

自動車はしばらく夜の街を走っていたが、やがて着いたのは、本郷の裏通りにある閑静《かんせい》な表構えの住家である。これには別に何の不思議もない。老人は現にこの家から弓子を送りとどけたのだから。

老人が玄関の格子《こうし》をひらいて、中へはいってゆくのを見送って、堀見は急ぎあしに門の側《そば》へ近よっていった。

表札を見ると、大利根寓《ぐう》と書いてある。

堀見はそれを見ると、鼻のうえに妙な皺《しわ》をよせて、ふふんと唸《うな》った。

それから一度、家のまえを通りすぎたが、間もなくブラブラと引返して来ると、急にきっと前後を見廻して、素速く家の中に忍び込んだ。

それから一時間ほど後のことである。

新宿のブルー・リボンというカフェへとびこんで来た堀見三郎の顔は、どうしたのか真蒼《まっさお》であった。

「おい、ウィスキーをくれ、ウィスキーを」

テーブルへつくや否《いな》や、そう命令した堀見は、女給の持って来たウィスキーを一息に呷《あお》ると、ほっとしたように大きな瞳をすえた。

「まあ、どうしたのよ、ホーさんあなた、顔の色が真蒼《まっさお》よ」

馴染《なじみ》と見えて、馴々《なれなれ》しくそばへ寄って来た女が、呆《あき》れたような顔をして堀見の様子を眺めている。

「そうかい、そんなに蒼《あお》い顔をしているかい」

「えゝ、とても。今とび込んで来た時の顔色ったらなかったわ。まるで幽霊にでも出会った人のようだったわ」

「ふふん、それに違いないんだ。俺はいま幽霊を見て来たばかりなんだから」

「あら、いやだ。詰《つま》らない冗談よしてよ」

「いや、冗談じゃない、ほんとうだ。君は薔薇郎《そうびろう》って男を知っているかい？」

「薔薇郎？　知らないわ。そんな妙な名の人」

「知らないかね。五、六年まえには大した評判だったんだがね。レコード歌手でね。それはもう今業平《いまなりひら》といわれたくらい綺麗な男だった」

「その人がどうかしたの」

「そう、そいつが人殺しをしたんだ。畔柳慎六《しんろく》といってね、有名な法学博士を殺して十五年の懲役よ」

「まあ。それじゃ今でも監獄にいるのね」

「いや、それが一昨年監獄ン中で死んだんだよ。ところが、俺は今日その男を見たんだ」

「誰を？」

「その薔薇郎をさ」

「だって、その人監獄の中で死んだのでしょう」

「ふん、だから幽霊を見たというのさ。あゝ、あいつが化《ば》けて出るのも無理はない。あいつはほんとうに人殺しなんかしなかったんだから」

その時、隣のボックスでコトリという音がしたので、堀見はハッとして口をつぐんだ。

そして恐る〳〵、臆病そうな眼をあげたが、そこには二人の男が静かにビールを飲んでいるのだった。

一人は三十ぐらいの青年だったがもう一人の方は雪のような白髪を頂《いただ》いた、それでいて、顔を見ると、まだそれ程の年配とも思えないまことに不思議な紳士である。いうまでもなくこの二人は、由利先生と三津木俊助であった。

薔薇の歌手

一

新宿のブルー・リボンというカフェで、はからずも、堀見三郎の奇妙な告白を洩れきいてから、二三日後のことである。

市ケ谷のお濠《ほり》を眼のしたに俯瞰《ふかん》する由利先生の邸宅の二階では、主の由利先生と三津木俊助の二人が、むつかしい顔をして向きあっていた。二人の間にある大きな事務机《デスク》のうえには、古びた書類や、新聞の切抜きなどが堆高《うずたか》く積みあげてあって、何やら重苦しい空気を室内に漂わせていた。

「なるほど、これが畔柳事件当時の新聞の切抜きなんだね」

由利先生は埃《ほこり》っぽい書類の山を指で弾《はじ》きながら、穏かな微笑《ほほえみ》を俊助のほうに向けた。

「しかし、まさか君は、このおびたゞしい書類を全部俺《わし》に読ませようというんじゃあるまいね。そんなことをしてちゃ君、三日ぐらいまるで潰《つぶ》れてしまうぜ」

「いや、大丈夫ですよ。まさか僕だって、それほど先生を酷使しようたア思いませんよ。なんなら、僕の口から、簡単に事件の経過をお話してもいゝのです」

「出来るならそう願いたいね。君は事件の核心をつかむのに、不思議な才能をもっているよ。こんな冗《くだ》らない、間違いだらけの新聞の記事より、君の話のほうがどれくらい信用出来るかわかりゃしない」

「いやお褒《ほ》めにあずかって恐縮です」

俊助は軽く頭をさげると、卓上にあった葉巻をとりあげて火をつけた。

いうまでもなく由利先生と三津木俊助の二人は、もう一度五年まえに遡ってあの畔柳事件を研究し直して見ようというのだった。

思えば妙な因縁だ。このあいだはからずも、東都劇場の廊下で鬱金香夫人にあって、ゆくりなくも五年まえの事件を思い出したのからして、何か眼に見えぬ糸が、二人をこの事件に結びつけようとしているのかも知れなかった。そこへ持って来て、その翌日、ブルー・リボンでちらと小耳にはさんだ、あの奇妙な告白だ。酔漢《よっぱらい》の囈語《たわごと》といってしまえばそれまでだがなんとなくそうとばかりは思えない節がある。さて、一旦、疑惑をかんじたとなると、最後までそれを突止《つきと》めずにはいられないのが二人の性分であった。

さてこそ、誰に頼まれたというでもないのに、二人は今こうして改めて畔柳事件の最初から見直そうとしているのである。

「話といっても至って簡単なんですがね」

俊助は膝《ひざ》のうえにメモをひらきながら、つぎのような話をゆっくりと始めたのである。

「畔柳慎六というのは、丸の内に事務所をもっている有名な弁護士でした。当時年齢は五十五、六でしたろう。法学博士という肩書もあり、一時は帝大で講座を受持っていたほどの学者です。自宅は芝にあって、博士はそこで夫人のほかに、数名の書生や女中とともに住んでいられた。夫人というのは弓子という名前で、当時年齢は二十四、非常な美人で結婚まえから才媛の誇高《ほこりたか》かった婦人で、二、三の歌集なども公《おおや》けにしている。いつかもお話したように、鬱金香夫人という綽名まであったくらいで非常にチューリップの花を愛していて、たしか歌集の中にも『鬱金香《チューリップ》の羹《あつもの》』というのがあるはずです。

さて、昭和七年十月十六日のこと。その晩夫人の弓子は音楽会か何かあって外出していた。この夫人の外出については確かな現場不在証明《アリバイ》があります。夫人はたしかに八時から十時ごろまで、音楽会の会場にいた。そして事件はその留守中に起ったのです。

九時半ごろのことです。書生の堀見三郎というのが玄関で勉強をしていると、奥のほうにあたってたゞならぬ物音が聞えた。駆けつけて見ると、弓子夫人の化粧室の窓から、いましも一人の男が庭のほうに跳び出そうとしている。捕《とら》えて見ると、それが当時畔柳家の隣家に住んでいた、流行歌手として非常な人気を持っていた薔薇郎という青年です。薔薇郎って妙な名前ですが、むろんこれは芸名で、本名は別にあったのです。しかし、こゝでは世間で知られていたとおり、薔薇郎と呼んでおきましょう。

さて、夢中になって逃げようとする薔薇郎を、無理矢理にとりおさえた堀見三郎が、部屋の中を見ると、思いがけなくも、そこに畔柳博士が朱に染《あけ》まって倒れているじゃありませんか、鋭い刃物で、滅多《めった》斬《ぎ》りにされた揚句、心臓を抉《えぐ》られていたというわけです。

さあ、博士邸は大騒ぎになりました。忽《たちま》ち事件は警察へとゞけられる。医者を呼びにやる、知人へこの急変を報らせる。と、ごった返しているところへ、弓子夫人が帰って来ました。そして、ひとあし遅れて、警察から係官が駆けつけて来た。というのがまあその夜の事件の概略なんです。

さて、それから、いろ〳〵と取調べが進められましたが、何しろ犯人がその場で捕えられているのだから、このほうは至って簡単だったわけです。薔薇郎はむろん、はじめのほどは頑強に犯行を否認していましたが、しからば、何がために、夜おそく彼が夫人の居間へなど忍びこんだかという点になると、薔薇郎は一言《いちごん》も答えることが出来ません。いや、たった一度だけ、彼は妙なことをいったそうです。というのは『聖母頌歌《アヴェ・マリヤ》』が聞えたからと、そう口走ったというのです」

「なに、聖母頌歌《アヴェ・マリヤ》が聞えた？　それはいったいどういう意味だね」

由利先生は思わずギョッとしたように、腰をうかした。

「さあ、それが一向どういう意味かわからないのです」

と、俊助は不思議そうに先生の顔を見ながら、

「誰もその晩、博士邸で聖母頌歌《アヴェ・マリヤ》など歌った者はないのですからね。もっとも刑事の中にひとり、空想力の発達した奴があって、この言葉のなかに、何か容易ならぬ秘密があるのじゃないかと思って、博士邸の蓄音器《ちくおんき》なども調べて見たそうですが、聖母頌歌《アヴェ・マリヤ》のレコードなんか一枚もなかったそうです。

結局、薔薇郎は一種の精神錯乱におちいっていて、意味のないことを口走ったのだろうということになり、間もなく彼は正式に起訴されました。検事の見込というのは大体つぎの通りです」

薔薇郎はかねて隣家に住む鬱金香夫人に懸想《けそう》して

いた。このことは夫人自身あくまでも否定しつゞけましたけれど、当時、隠れもない事実だったんですね。さて、その晩、日ごろの想いをうちあけるつもりで、夫人の居間に忍びこんだところが、思いがけなくも、そこに博士がいて、いろ〳〵と詰問《きつもん》されたものだから、思わずそこにあった刃物で、博士を刺《さし》殺《ころ》したのだろうというのです。

不思議なことには、薔薇郎ははじめのうちこそ、頑強に犯行を否認していましたが、途中からがらりと態度をかえると、検事の推定に対して、一切合財《いっさいがっさい》肯定したということですよ。そこで間もなく彼は十五年の刑を申渡《もうしわた》されたのです。

この時の公判をお目にかけたかったですよ。なにしろ薔薇郎という男は当時『失恋の杯乾せば』だの『君が移香』だのという感傷的なレコードで、一世を風靡《ふうび》していた折からですし、おまけにこれが、アドニスのような美青年と来ていますから、傍聴席は女学生でいっぱいだったといいます。そう〳〵薔薇《ばら》の歌手というのが、この男の綽名《あだな》でしたね」

俊助はそこまで話すと、はじめてほっと息をついて、何か意見を求めるように、由利先生の顔を見た。

由利先生は無言である。両手を膝のうえに組んで、ちょっと考えこんでいる。特徴のある銀色の白髪が、炎《も》えるように耀《かがや》いているのだ。

「ところで、その薔薇郎という男だが、そいつは監獄の中で死亡したといったね」

大分《だいぶ》しばらく経って由利先生がいった。

「そうなんです。あれは一昨年の秋でしたね。病気はなんだったか知りませんが、ともかく獄中で死亡したので、遺骸《いがい》は誰か友人の手に引きとられ、火葬に附されたはずです」

「その薔薇郎が生きているらしいという疑いがあるんだね」

「そうなんです。実に不思議なことなんですが、そうとしか考えられません」

俊助は急に膝を乗り出して、

「じつは、このあいだブルー・リボンで会った男ですがね。あいつの身許を内々調査したところによると、驚くじゃありませんか、あの男こそ、畔柳博士の邸宅《たく》にいた書生の堀見三郎なんですよ」

「ほゝう!」

これには由利先生も驚いたらしい。笛のような声をあげて体を乗りだしたのである。

「だからあいつは薔薇郎の顔をよく知っていたはずですし従ってあいつの言葉もまんざら出鱈目《でたらめ》ではなかろうと思われるのです。あいつはきっとどこかで、薔薇郎に生き写しの男を目撃したのにちがいありませんよ」

「すると、この新らしい調査は、あの男から出発すればよいということになるな」

「先生もそうお思いになりますか。僕もそう思っていたのですよ。ところが、そいつが急に駄目になりました。というのが、あの男が姿をくらましてしまったからなんです」

「姿をくらました？」

「そうなんです。僕はこの間《かん》に何か恐ろしいことがなければよいがと心配しているんです。例えば、あの男が発見したという男のために、逆に捕えられたというような。――」

由利先生は再び黙りこんだ。そして暫《しば》らくポキポキと両手の指を折っていた。これは先生が物を考える時の習慣《くせ》なのである。

「よろしい、それじゃ別の方面より調査を進めることにしよう」

「別の方面というと？　何か先生は別に緒《いとぐち》をお持ちですか」

「いろ〳〵ある。例えばあの『歌時計鳴りおわる時』の作者だ」

「なんですって？」

俊助はびっくりしたように由利先生の顔を見直した。先生が冗談をいっているのではないかと思ったからである。由利先生はしかし平然として、

「ねえ、君、君はこの事件と、この間見たあの芝居との間に、恐ろしい相似のあることに気づかないかね。君はいま何んといったね。薔薇郎は捕えられた時『聖母頌歌《アヴェ・マリヤ》』を聞いたから忍びこんだと、口を滑らしたというじゃないか。ところで、この聖母頌歌《アヴェ・マリヤ》の意味だが、それはあの芝居がよく説明してくれる。聖母頌歌《アヴェ・マリヤ》は逢曳《あいびき》の合図だったのさ。つまりこういうことになる。鬱金香夫人と薔薇郎とは、夫人が頑強に否定しているに拘らず恋仲だったのさ。二人は逢曳の合図に歌時計を用いていた。あの晩も、それが鳴ったから薔薇郎は大丈夫と思って忍びこんだ。ところが事実はその晩、夫人は外出中だったのだから、

したがって歌時計をかけはしなかっただろう。とすると、誰かほかにこの秘密を知っていて、ひそかに、この歌時計のネジを廻して、薔薇郎を招《おび》き出した者があるはずだ。つまり、誰がこの歌時計のネジをかけたか、これがわかれば、秘密は解けることになるのだよ」

俊助は驚いて眼を丸くした。

「先生、しかしまさかあの芝居とこの事件と。……」

「関係がなかろうというのかね。俺はそう思わないね。あの晩、鬱金香夫人も劇場へ来ていたじゃないか。あの芝居の作者は、夫人もこれを見るだろうと期待していたかも知れない。いや、夫人に見せるために、あんな芝居を書いたのかも知れないよ、とにかく、あの芝居の作者は、ある程度まで、畔柳事件の真相を知っているにちがいない、君、劇場の関係者にあって、あの作者のことを調べてくれないか。われわれはとにかく、それから手をつけていくより他に方法はなかろうと思う」

由利先生はそういって、俊助の顔を真正面《まともも》からじっと凝視したのである。

二

暗い雨が八ツ手の植込《うえこみ》のうえに侘《わび》しい音を立てゝ降っていた。本郷の横町に自動車をとめて、それから二、三度、薄暗い通《とおり》を曲り、大利根舟二という軒灯《あかし》のあがっている門のまえに立ちどまった時、磯貝夫妻は思わず顔を見合わせて、かすかな身顫いをした。

言わず語らずのうちに、夫婦のあいだには、今夜のこの招待に対して、一種の危惧《きぐ》の念があった。むろん二人の心は同じではない。しかし、大利根舟二なる人物に対して、かすかな不安をいだいている点においては、二人とも同じであった。

出来ることなら半三郎も弓子もこの招待を断ってしまいたかった。しかし、生命の恩人に対して、一度も答礼しないということは儀礼にかけているし、それに二人とも恐れながらも、はっきりと突止めておきたい何物かを持っていたものだ。

門柱についている電鈴をおすとはるか遠くのほうで、ジリジリと鳴っている、かすかな、その音がなんとなく二人をゾッとさせた。

間もなく軽い足音がして、玄関がうちがわから開かれた。現われたのは五十ぐらいの老女である。

「いらっしゃいまし。さあ、どうぞ」

老女は愛想よく二人を、奥まった洋室に案内すると、

「ほんとうに、生憎《あいにく》の雨で、どうかしらと旦那《だんな》様とお話していたのですけれど、よくいらっしゃって下さいました。しばらくお待ち下さいまし。すぐ旦那様はお見えになりますから」

老女が出ていった後、弓子はどうしたのか、憑《つ》かれたような顔をして、じっと扉《ドア》のほうを眺めている。その様子があまり妙だったので、半三郎はびっくりして、

「弓さん、どうかしたの。何かあったのかい」

弓子はふいに泣き笑いのような表情をうかべた。

「あたし——あの人を知ってますの」

「あの人？　あの人っていまの婆《ばあ》さん？」

「えゝ」

弓子はがっかりとしたように椅子に腰をおろすと、急にヒステリックな声をあげて、

「まあ！　いったい、どうしようというのだろう、何をあたしに企《たくら》んでいるのだろう。あたし、ちっとも恐れやしないことよ。なんとでもするがいゝ。ねえ、あなた！」

弓子はくるりと半三郎のほうへ向直《むきなお》ると、

「今の婆さんね、あれ、薔薇郎の乳母《うば》よ。薔薇郎。——御存じでしょう」

それをきくと半三郎は思わずドシンと音を立てゝ、椅子のうえに腰をおとした。と、その時である。ふいにどこかで、かすかな歌時計の音がきこえはじめた。雨垂れのように侘びしいオルゴルの音。曲はいうまでもなく聖母頌歌《アヴェ・マリヤ》なのである。

「まあ、聖母頌歌《アヴェ・マリヤ》ね」

弓子はかすかに眉をあげたゞけで、別にもう大して驚駭《おどろき》もしなかった。この家が薔薇郎に関係ある家とすれば、その音が聞えるのは当然なのである！

しかし、半三郎の驚駭《おどろき》はひどかった。

彼は思わず椅子からすべり落《お》ちそうになったくらいである。が、つぎの瞬間きっと立上《たちあが》ると、つかつかと部屋を横切って、いきなりさっとカーテンをまくりあげた。

そのとたん、彼は、や、やと不思議な悲鳴をあげ

て、思わずうしろに跳びのいたのである。

カーテンの向うには、大きなオレンジ色の寝椅子があって、その寝椅子の上に、長方形のガラスの箱が安置してある、そのガラス箱の中に眠っているのは、実に堀見三郎なのである。

死んでいるのだろうか、まさかそうではあるまい。しかし、あの顔色の蒼さはどうだ。

それに、枕もとにあるあの置時計だ。聖母頌歌《アヴェ・マリヤ》はたしかに、その時計のなかから聞えて来るのである。

半三郎と弓子は思わず顔を見合わせた。そして、探《さ》ぐるような視線で、しばらく、おたがいの腹の中をじっと読みあっていた。

その時、彼等の背後にあたってかたりとかすかな物音がした、その音にはっと後を振りかえった半三郎と弓子の二人は今度こそ、まるで幽霊をでも見たように、あっと悲鳴をあげて跳びのいたのである。

「薔薇郎!」

期せずして、二人の唇をついて出たのは、そういう叫びであった。

いかさまドアのところに立って冷い眼でじっとこちらを凝視《みつめ》ているのは、大利根老人の仮面を脱いだ薔薇郎なのだ。昔から見ればいくらか面窶《おもやつ》れがしているようであったが、それでもまだ照り輝くばかりの美しさ。

白い艶々《つやつや》とした頬、涼やかな眼もと、したゝるばかりの愛嬌《あいきょう》を湛《たた》えた口もと、あゝ、どうしてこの顔を見忘れよう。

「薔薇郎! やっぱりあなただったのね。あなたは生きていたのね。あなたは監獄の中で死んだという話だったけど、あれは噓《うそ》だったのね」

「いゝえ、奥さん」

薔薇郎は沈んだ声でいった。

「やっぱり私は死んだのです、そうです。私は一旦死んで、それからまた蘇生《いきか》えって来たのです」

「まあ! 一旦死んで、また蘇生えったのですって?」

「そうです。私の乳母が、そういう手段で、私を監獄の中から救い出してくれたのです。私は監獄の中で乳母の送ってくれた薬をのみました。薬をのむと間もなく、私の心臓は鼓動を停止し、私の手脚は固く硬直し、私の全身は氷のように冷くなりました。そこで医者は、私を死亡したものと認めたのです、しかし、私は死んだのではなかった、唯《ただ》しばらく、生命の活動を停止しただけだったのです。私の体は乳母に引渡されました。乳母は別の薬で、また私の体に生命の灯を吹きこんでくれました。そして私はいま、こうしてあなた方とお話しているのです」

「まあ!」

弓子はゾッとしたように肩をすぼめ、この不思議な美貌の蘇生者をみつめながら、

「そして、そしてあなたは、あたしたちを一体どうしようと仰有るの」

「奥さん、私は自分のあかしを立てたいのです。私は馬鹿だった。今だから私は何もかも申上げてしまいますが、私は畔柳博士を殺したのじゃなかった」

「だって、だって、あの時、あなたはその罪を認めたじゃありませんか」

「そうです。そして、それは奥さんを救うためだったのです」

「まあ、あたしを?」

弓子は思わずよろ〱とよろめいた。

「そうです。だから私は馬鹿だったのです。奥さん、私は畔柳博士を殺したのは、あなたゞとばかり信じていた。何故《なぜ》って、私はあの晩たしかに聖母頌歌《アヴェ・マリヤ》を聞いたのです。そしてあの聖母頌歌《アヴェ・マリヤ》の秘密を知っているのは、私と奥さんの二人きりしかないのだから、当然私は、あの晩私を誘《おび》き寄せて、私に罪をきせようとしたのは、奥さんの仕業《しわざ》だと考えた。だから私は潔く、奥さんの身替わりになろうと考えたのです」

「まあ!」

「許して下さい、弓子さん。私はあっぱれ小説の主人公にでもなったつもりで、いゝ気持ちになっていたのです。ところが、私が監獄へ入ってから、乳母が非常に、重大なことを報らせてくれました。というのは、奥さん、あの晩、畔柳博士が殺された晩に、こゝにいられる磯貝半三郎氏が、たしかに畔柳邸にいたと信ずべき、重大な根拠があるということを!」

「まあ!」

ふいに弓子は針にでも刺されたように、ピクリと跳びあがると、まるで嚙《か》みつきそうな顔をして良人のほうを振りかえったのである。

「あなた、それほんとうのこと?」

薔薇と鬱金香《チューリップ》花咲く園

一

「それがどうかしたのかね」

半三郎は冷たいせゝら笑いをうかべながら、ぐいと肩をそびやかした。

はじめて薔薇郎の顔を見た時の驚駭《きょうがい》の表情《いろ》はもはやどこにも見られない。追いつめられた鼠《ねずみ》が、却《かえ》って猫《ねこ》に嚙みつくように、ふてぶてしい色が、汗ばんだ白い額にうかんでいるのである。

「この男がそうだというのなら、そうかも知れないさ。しかし、それがどうしたというんだね」

「まあ、あなたは！　あなたは！」

と、弓子は大きく肩で呼吸《いき》をしながら、

「今まで一度だってその事を仰有いませんでしたわ」

「そりゃいわなかったさ。いう必要がなかったからだ。私はつまらない事件に捲き込まれたくなかったからね」

「あゝ！」

弓子は両手で顳顬《こめかみ》をおさえるとがばと椅子のうえに顔を伏せたが、すぐ真蒼な顔をあげると、怒りに炎《も》ゆる眼できっと良人を見ながら、

「分りました。今になって私ははじめて、何もかも分りました。畔柳を殺したのはあなたです」

「馬鹿な！　弓さん、君は何をいうのだ。なるほど、あの晩私は、博士に用があって、ちょっとお訪《うかが》いしたさ。しかし、私が博士を殺したなんて、そんな馬鹿なことが……それとも、何か証拠でもあってのことかい？」

「証拠？」

「そうさ。五年もまえの事件に遡って、改めて私を起訴しようというのなら、よほど重大な証拠がなくてはなるまい。弓さん、その証拠があるかどうか、この男にきいて見たまえ」

弓子はいくらか困惑したような眼で、薔薇郎のほうを振りかえった。薔薇郎はしかし悲しげな顔をしているばかり、何んともいおうとはしないのである。

「そうら、見ろ」

半三郎は勝ちほこったように、

「この男は出鱈目をいっているのだ。私があの晩、畔柳博士をお訪ねしたことを、誰からか――恐らく、

こゝにいる堀見にでも聞いたのだろう。そして、鬼の首でもとったように、私を罪に落そうとしているのだ。ねえ、弓さん、こんな男のいうことなんか信用するのじゃないよ。さあ、帰ろう、こんなところに愚図々々《ぐずぐず》してた日にゃ、どんな係合《かかりあ》いになるか知れやしないよ」

「いゝえ、あたし帰りません。たとい証拠がなくても、私はこちらの仰有ることを信用します。あなたがあの晩、畔柳をお訪ねになったということを、今まで黙っていらした、その事だけでもあたしには十分です。あゝ、恐ろしい。あたしは良人を殺した男と結婚したのだ。なんということだろう！」

「これ、何を馬鹿なことをいうのだ。俺はもう、こんな馬鹿な事件に係合っちゃいられない。弓さん、君が帰らないのなら、俺ひとり先に帰るぜ」

半三郎はつかつかと部屋を横切って、ドアのほうへ行きかけた。しかし、彼がそこに達するまえに、薔薇郎が、彼とドアの間に立ちはだかったのである。

「待ちたまえ」

「なんだ、まだ用があるのかい。おい、女たらしの色男」

その瞬間、薔薇郎の白い面上に、さっと怒りの表情《いろ》があらわれたかと思うと、ピシャリ！　という気味よい音を立てゝ、半三郎の横面に平手がとんだ。

「畜生！」

思いがけない襲撃に、タタタタと思わずうしろによろめいた半三郎は、やっと壁ぎわで体の姿勢を立て直すと、猛然として薔薇郎めがけて突きかゝって来る。それを巧《たくみ》にやり過しておいて、うしろから利腕《ききうで》をとって捻《ね》じあげた薔薇郎の握力には、美青年とも思えないほどの、鋼鉄のような強さがあった。

「あゝ、痛、タ、タ！」

「静かにしたまえ、色男に金と力がなかったのは昔のことだ。現代のアドニスはその両方とも持っている。そら！」

突きはなされて、大きな寝椅子のうえにつんのめった半三郎は、くるりとこちらを振りかえると、まるで化物《ばけもの》をでも見るような顔をして、薔薇郎を凝視《みつ》めているのである。

「いったい、き、君は――」

と、肩で呼吸《いき》をしながら、

「この俺をどうしようというんだ」

「僕は君に決闘を申込《もうしこ》むつもりだ」

「決闘？」

半三郎と弓子の二人が、思わず異口同音《いくどうおん》に訊《き》き返した。

「そうだ、まあ、聴きたまえ、磯貝君。僕は君が畔柳博士を殺したことを知っている。そして、あの歌時計によって、僕を陥れたこともよく分っている。しかし、残念なことには僕は証拠を持っていない。だが、証拠がないからといって、殺人者《ひとごろし》をこのまゝ赦《ゆる》しておくことは、断じて僕には出来ない。そこで君が遁れるか、僕が生きるか、二つに一つの決闘だ。君、用意をしたまえ」

「しかし、俺が――俺がいやだといったら」

「駄目だ。いやだ、とはいわせない。弓子さん、すみませんが、そこにある呼鈴《ベル》を押してくれませんか」

弓子が呼鈴《ベル》を押すと、待ちかねていた如《ごと》く、乳母が銀盆を捧げて現われた。盆のうえには二つのリキユール・グラスと、琥珀《こはく》色の液体を湛《たた》えた瓶《びん》が一本のっかっているのである。

乳母はそれをテーブルのうえに置くと、無言のまま、またドアの外に消えてゆく。半三郎と弓子の二人は、怪訝《けげん》な顔をして、その銀盆をながめていた。

薔薇郎は、その二つのグラスに、どちらも同じほど酒をつぐとポケットから白い紙包みを取り出した。

「この包みの中にあるのは、数秒間にして、人の生命《いのち》を断つ恐ろしい薬です。しかも無味無臭だから飲んだとて少しも分らない。いまこの薬を、二つのグラスのどちらかに入れて貰《もら》う。そして磯貝君、君と僕が一つずつ、そのグラスを飲み干すことにするのだ」

「そんな――そんな――」

半三郎は大きく喘《あえ》ぎながら、

「君はきっと、グラスに目印をつけるだろう」

「はゝゝは、その懸念《けねん》は無用、だが、念のために、この薬は弓子さんに入れて貰おう。弓子さん、あなた、私たちの決闘の介添人《かいぞえにん》になってくれるでしょう」

弓子は呼吸を弾ませて思わずよろめいた。そして、暫らく良人と薔薇郎の顔を見比べていたが、やがて決心したように、つと手をのばすと、薔薇郎の手から包みをうけとった。

「さあ、どうぞ」

しばらくして、二人のほうを振りかえった弓子の顔は唇の色まで真蒼だった。琥珀色の液体が、二つのグラスの中でゆら〳〵と揺れている。弓子の手から、空になった包み紙がひら〳〵と舞い落ちた。

「よし、磯貝君、われ〳〵は二人とも、どちらのグラスに薬が入っているか知らない。さあ、君から先にとりたまえ」

半三郎の眼が、恐怖に戦《おのの》きながら、二つのグラスから、弓子と薔薇郎のほうへいった。

「いやだ、いやだ！　弓子、おまえは良人《おっと》がこんな恐ろしいハメに陥っているのを止めようとはしないのかい」

弓子は無言のまゝ、怒りに顫える眼でじっと良人の額のあたりを眺めている。

「はゝゝゝは」半三郎は皺嗄《しわが》れた声で笑うと「お前は俺が死ぬのを祈っているのだな。そして俺が死んだあとで、この色男と一緒になるつもりだろう。よし」

半三郎の手が一つのグラスに触れた。そしてちらりと彼は弓子の顔を偸視《ぬすみみ》ると、すぐその手を引っ込めて、別のグラスに手をやった。それからまた、最初のグラスに手をやると、今度は思いきったようにそれを取上げた。

「よし、それが君のグラスだね。じゃ、僕はこちらのグラスを飲もう」

殆ど同時に、二人はグラスを飲み干した。

恐ろしい、息詰まるような数秒間だった。半三郎の額には、いっぱい脂汗がうかんで来た。彼はじっと薔薇郎の顔を覗きこんでいたが、相手の顔に、にやりと妙な微笑《ほほえみ》が現れるのを見ると思わず咽喉《のど》に手をやってたじ〳〵とした。

「磯貝君。気の毒だがどうやら君のほうが負けたらしいね」

ふいに、半三郎が激しく身顫いをしたかと思うと、まるで朽木《くちき》を倒すような音を立てゝ、どうと床のうえに突っ伏したのである。

二

物憂《ものう》い虻《あぶ》の羽音がどこからともなく聞えて来る。

陽《ひ》はさん〳〵として花園の中に降り灑《そそ》いでいた。

その花園の中には、一面に植えこんだ薔薇と鬱金香《チューリップ》の花盛り。海が近いと見えて、甘い潮の香《か》をふくんだ風が、そよ〳〵と美しい花のうえを渡って行く。

この香ぐわしい花園の中に、さっきから全身に陽を浴びて、寝そべっている二人の男女があった。いうまでもなく、薔薇郎と鬱金香夫人の二人である。

「弓子さん」

薔薇郎がふと顔をあげていった。

「あなたはこうなったことを後悔していらっしゃるんじゃありませんか」

「まあ、どうしてそんなことを仰有るの？」

弓子は相変らず寝そべったまゝ、自分の顔のうえに近々と寄せられた、美しい男の眼の中を覗《のぞ》きこみながら、

「あなた、まだあたしの態度に不足なことでもありますの？」

「勿体《もったい》ない。どうしてそんなことがあるものですか」

「なら、もうそんなこと仰有らないで頂戴《ちょうだい》。あたし生れてから、こんな幸福な一週間を過したこと、一度だってありませんわ」

「でも、でも、この幸福の裏には、恐ろしい破滅の淵《ふち》があるのだということを、あなたも知っているでしょう。僕はやっぱり自分ひとりで処決すべきだった。あなたを道連れにするなんてこと、考えないほうがよかったのだ」

「まあ、あなた、どうしてそんなこと仰有るの」

弓子は微《かす》かに涙ぐみながら、

「今日に限って妙だわ。それは弓子、悪い女だったわ。あの時、畔柳が殺された時、あたしあなたが自分の恋人だということ、ハッキリ世間に向っていうべきだったのだわ。でも、でも、あたしにはその勇気がなかったのよ。あたしはそういう風に、いけない女です。あなたはきっとそのことを憤《おこ》っていらっしゃるのでしょう」

「馬鹿な！　そんなことを——」

「いゝえ、そうよ、そうよ」

弓子は薔薇郎の胸に縋りついてシク〳〵泣き出した。薔薇郎は静かにその涙を吸いとってやると、

「その話はもう止《よ》しましょう。それより弓子さん、この花園を御覧なさい。これはなんという奇妙な花園でしょう」

薔薇郎はそういって、弓子の体を抱《いだ》き起してやると、

「私の乳母という女を、あなたも御存じでしょう。この花園はあの女の丹精《たんせい》で出来あがったのですよ」

薔薇郎は夢見るような眼で、薔薇と鬱金香の一面に咲き乱れた花園を見廻しながら、

「あの女はなんという不思議な思想をもっているのでしょう。彼女の考え方によると、男と女というものは、必ずその出生以前から、紅《あか》い糸で結ばれている。そして一旦紅い糸で結ばれた男女というものは、たとい途中でどのような障碍にぶつかろうとも、必ずいつかは一つになる。――それがあの女の思想なのです。そして弓子さん、あなたと僕とが、神に結ばれたその一対《つい》だというのですよ」

「まあ！」

弓子は涙の跡ののこっている眼に、輝かしい微笑《ほほえみ》をうかべた。うっとりと上気した頬が、咲きほこるチューリップの花よりも、更に更に美しく輝いているのである。

「だからあの女は、私たちが、冷たい法の手で引き裂かれた時も、決して失望しなかった。そして、将来必ず一緒になるであろう私たちのために、このような薔薇と鬱金香の花園を作っておいてくれたのですよ。だが、まさかこの花園が、二人の死の床になろうなどとは夢にも思っていなかったでしょうね」

薔薇郎はかすかな溜息を洩らした。

物憂い夢を誘うような虻の音が二人の周囲に踊り狂っている。弓子は男の肩に頭をもたせたまゝ、

「あたし達はやっぱり死ななければなりませんわね。――磯貝を殺したのだから」

「そうです。私たちは死ななければなりません。しかし、それは磯貝君を殺したゝめではありません。私は磯貝君を殺しはしなかった」

「そうね。磯貝は自分で勝手に毒の入ったグラスを撰んだのだから」

「弓子さん、あなたはほんとうにそう思いますか。磯貝君は毒を飲んだのだと思いますか」

薔薇郎は奇妙な微笑《ほほえみ》をうかべて弓子の頬をのぞきこむ。

「そうでしょう。だってあなたのお渡しになった紙包の中の――」

「ところがね、弓子さん、あの紙包のなかに入っていたのは、毒でもなんでもなかったのですよ。あれは単に乳糖といって、毒にも薬にもならない代物《しろもの》なのです」

「まあ！」

弓子はびっくりしたというような眼をみはって、薔薇郎の顔を見た。

「だからね、あの時磯貝君が死んだのは、毒のためではなく、恐怖、あるいは良心の苛責《かしゃく》のせいだったのでしょう。あの人は随分神経質な人だったから」

ふいに、弓子は声をあげて笑った。

「まあ、あなたはなんてロマンチックな方でしょう。だけどまさかあなたは、これからあたし達の飲もうとする薬に、そんなトリックをなさらないでしょうね」

「大丈夫ですよ。これこそ乳母が吟味《ぎんみ》に吟味を重ねたうえ、撰んでくれた薬なのです。飲みますか」

「飲みたいわ。こんな綺麗な花園の中で、あなたと一緒に死ねるなんて、あたし、随分幸福だわ」

二人は白い散薬を一服ずつ飲んだ。それから手をつないだまゝ、薔薇と鬱金香《チューリップ》にとりかこまれた青草のうえに身を横えた。

「あたし、――うれしいの。あなたは？」

「僕も。――」

それから二人は眼を閉じた。動かなくなった。陽はさん〳〵と降っている。虻の羽音が物憂く二人のうえを舞っていた。

三

だが二人は死ななかった。

それから間もなく、二人がポッカリと眼をひらいた時、陽は相変らずさん〳〵と花園のうえに降っていて、彼らの周囲には三人の男女が、気遣わしげな顔をして覗きこんでいたのである。

「あゝ、お眼覚めになった！」

そういう声を聞くと、薔薇郎ははっとしたように跳び起きて、

「婆《ばあ》や！　おまえ、私を裏切ったね」

「お許し下さいまし、旦那さま、でもこの方たちが、あなたがたはちっとも死ぬ必要がないのだといってお電話を下すったものですから。――毒薬の代りに睡眠剤《ねむりぐすり》を差上《さしあ》げたのでございます」

「まあ、それじゃ、あたし達、ちょっと快適なお午睡《ひるね》をしたというわけなのね」

弓子は起きあがると、薔薇郎に寄り添うて、乳母のうしろにいる二人の男を不思議そうな眼で見た。

薔薇郎は片手でそれを抱《いだ》いてやりながら、

「あなたがたは、一体誰ですか」

「私ですか」

不思議な白髪の紳士は、穏《おだや》かな微笑をうかべると、

「わたしは由利麟太郎《りんたろう》という者です。そしてこちらは三津木俊助君」

「あゝ、お名前はきいた事があります。それではわれわれを縛りにいらしたのですね」

「ところが、その反対なのですよ。われ〳〵はあなた方お二人を救いに来たのです。畔柳博士を殺害《せつがい》した犯人をわれ〳〵は見つけたのです」

「磯貝半三郎でしょう。そのことならわれ〳〵も知っています。しかし、証拠がないのです。あの男が犯人だという証拠を、われ〳〵は持っていないのです」

「ところが、私たちはその証拠を手に入れたのです」

「本当ですか」

「本当ですとも。三津木君、それを見せてあげたまえ」

俊助は手に持っていた包みをひらくと、中から綺麗な置時計を取り出した。

「奥さん、この時計に見覚えがありますか」

「あ」

弓子は思わず低い叫び声をあげた。

「それをまあ、いったいどこから。——」

「奥さんの手文庫《てぶんこ》から発見したのです」

「そうですわ。無論。これは畔柳が殺された時、枕もとにあった時計です。そしてあたし達がいつも、会う時に合図のために使っていた時計なのです。でも、なぜそれが殺された良人の枕もとにあったのか私には分りませんでした。でも、あたしなんとなく不安だったものだから、警官が来るまえに隠してしまったのですわ」

「そうでしょう。それからあなたには、この時計をかけて見たことがありますか」

「いゝえ、一度も。恐ろしくてそんなこと」

と、弓子は身顫いをしながら、

「でも、その時計がどうかしたのですか」

「そうです。これが非常に重大な秘密を語ってくれるのですよ」

と、由利先生は薔薇郎のほうに向き直って、

「時にあなたは、あの晩、この時計が歌うのを聞いたと仰有いましたね」

「えゝ、聞きました。聖母頌歌《アヴェ・マリヤ》です」

「その聖母頌歌《アヴェ・マリヤ》はしまいまで歌い終りましたか」

薔薔郎はちょっと考えるような眼をして、

「あ、そうだ、途中で急にプッツリと音が切れてしまいました」

「何故、音が切れたか、考えて見たことがありますか」

「いゝえ。でも――」

「それが非常に重大なことなのです。御覧なさい」

由利先生は時計をひっくり返すと、底にはめてある金属板を外した。すると、一面に突起のある真鍮《しんちゅう》の円筒と、沢山の薄い金属の板鍵《キイ》からなるオルゴルが現われたが、そのオルゴルの間に、何やら白いものが挟まっているのが見えた。

「御覧なさい。こいつが引っかゝっているから、円筒が廻転するのを歇《や》め、それで、オルゴルが鳴り歇んだのです。今こいつを取りますよ」

由利先生が白いものを取ると、ふいに円筒が廻転しだした。そして薄い金属が円筒の突起にふれて、そこから一旦、中断されていた、微妙な聖母頌歌《アヴェ・マリヤ》の続きが嫋々《じょうじょう》として洩れて来たのである。

「これが、五年まえに途切れた聖母頌歌《アヴェ・マリヤ》の続きです。ところでこの白いものが何だか御存じですか」

「骨みたいなものですね」

「そうですよ。人間の小指です。ところで奥さん、磯貝半三郎氏は左の小指の先が失《な》くなっていましたが、あれはいつからだか、お聞きになったことはありませんか」

「あ」

弓子は思わず息をのんで大きく喘《あえ》いだ。

「お分りになりましたか。畔柳博士は磯貝氏に刺される時、相手の小指を嚙み切ったのです。そしてそれを後日の証拠として残すために、死ぬまえに、そいつをこの歌時計の中に隠されたのです。犯人が取りかえしに来ることを恐れたからでしょう。いかゞです。これでも、あなた方は死ぬ必要がおありですか」

薔薇郎と弓子の眼からは、その時、ふいにどっと涙が溢れて来た。

歌時計はまだ鳴っている。薔薇と鬱金香《チューリップ》花咲く園に、響きわたったあの聖母頌歌《アヴェ・マリヤ》の曲は、野越え、丘越え、美しく晴れ渡った蒼穹《そうきゅう》のなかにまで達したであろう。

焙烙《ほうろく》の刑

一

日東映画のスター俳優で、近頃白熱的な人気を持っているといわれる桑野《くわの》貝三《かいぞう》は、新橋際で自動車を乗りすてると、人中へ出る時の癖で、帽子をちょっと眉深《まぶ》かにかぶり直し、外套《がいとう》の襟《えり》を立てると、それから少し急ぎ足で、銀座の舗道を西の方に歩き出した。

「あら、あれ桑野よ。やっぱりいゝ男ね」

「いやに済ましてどこへ行くんでしょう」

「きっといゝ人が待っているのよ。あの様子をごらんなさい。いかにも人目を忍ぶってふうが憎らしいじゃないの」

擦《す》れちがった女学生が二人、わざと聞えよがしにそんな話をしているのを、しかし桑野貝三はいつものことゝて、苦っぽろい微笑のまゝ聞き流すとそのまゝ足を急がせていった。

暦《こよみ》をいちまいめくると同時に、冬から春へうつったということが、万人の眼にもはっきりと意識されるような、そういう暖い日のたそがれ時のことで、名物の銀座の柳も、まだ芽こそふいてはいなかったけれど、どこか厳寒のころとはちがった、ゆったりとした趣《おもむ》きを見せていた。

(いゝ人が待っている――か、なるほど、それにちがいない。すると誰の眼にもそう見えるのかな)

貝三はちょっと心の中を見すかされたような苦笑をうかべながら、しかしそう考えることは少しも彼の心を浮き立たせないで、反対に、なんとなく彼の足を重くするのだった。

貝三はふと先程、撮影場へ電話をかけて来た葭枝《よしえ》の声を思い出していた。

「貝三さん、あたし是非《ぜひ》あなたにお願いしなければならぬことがございますの。あたしを助けると思って、どうぞどうぞ」

最後にどうぞどうぞと力をこめて繰りかえした、葭枝の切《せつ》なげに思いあまった声の調子が、話の繰返し《リフレーン》のように貝三の胸をつよく打って、すると孤独な葭枝のひとり心を痛めながら、あわれにも困惑しきったありさまが、はっきりと、眼のまえに見えるような気がするのである。

何事が起ったのだろう——と考えるまでもなく、葭枝の困っているその原因が、すぐ分るような気がして、貝三は一種の義憤に似た怒りが、胸のところからむらむらと湧《わ》きおこって来るのをどうしようもなかった。

（なにかまた彼女の良人《おっと》がしでかしたのに違いない。なんという良人だろう。これを思うと、ゆめゆめ芸術家などと結婚するものではない）

と、自分自身、浮薄《ふはく》な社会に身を置きながらも、鋭い正義感をもっていると自認している貝三は、不幸なこのまた従妹《いとこ》の良人に対して、はげしい嫌悪を感ずるのであった。

春とはいえ黄昏《たそがれ》の風はかなり冷かった。

その中に、デパートの広告気球《アド・バルーン》がぷかぷかと、さも暢気《のんき》そうにうかんでいるのを、横眼でにらみながら、尾張町の角からあまり遠くないところにあるS——茶房のまえでふと足をとめると、貝三はずかずかと店のなかへ入っていった。

「いらっしゃいまし」

顔馴染《なじ》みの家《うち》なのである。

店先にいた可愛《かわい》いキャッシャーが、嬉《うれ》しそうな微笑をうかべながら、何か言葉をかけて貰《もら》いたそうに挨拶《あいさつ》をしたが、いつになくむっつりとして、無言のまゝ通りすぎるのを見ると、

（おや、今日はどうかしているわ）

と、いくらか失望したような面持《おもも》ちで、すらりと背の高い貝三の後姿を見送っていた。

こんなことは貝三にとって珍らしいことなのである。愛嬌《あいきょう》のいゝ彼は、どんな場合にだって、自分の賛美者を失望させるなんて、思いもよらぬことだったけれど、今日はむやみに心がせいていたのだ。そのまゝトントンと大股《おおまた》に階段を登っていくと、ズラリと二列に並んだボックス。その中の一番奥まった席から葭枝が半身乗り出して、手招きをしているの

を、いち速く見つけた貝三、つかつかと側《そば》へよっていくと、

「待たせましたか」

「いゝえ、あの、それほどでもありませんの」

と、葭枝はいくらか鼻白《はなじろ》んだように答えたが、しかし、彼女のまえにある紅茶が、まだ手もつけないで、そのまゝ薄黒く濁《にご》っているところを見ると、既にかなり長い時間を、彼女がこゝで屈託《くったく》していたことが分るのだった。

「失敬しました。何しろ撮影の方が抜けられなかったものですからね。これでも大分《だいぶ》無理をして駆けつけて来たのですよ」

近くのボックスから、ジロジロと見られるのを避けるようにして、貝三は葭枝のまえに腰をおろすと、

「どうしたのですか。なんだか顔色が悪いじゃありませんか」

「えゝ、あの、大変困ったことが出来ましたの。瀬《せ》川《がわ》のことなんですけれど」

「瀬川さんがどうかしたのですか。またどこかへ嵌《は》まりこんだのじゃありませんか」

「実は、そうらしいんですの、でも。……」

と、葭枝が極《きま》り悪そうに口籠《くちごも》るのを、貝三は押しかぶせるように、

「それなら別に心配する事はないじゃありませんか。毎度のことだ。放っておきなさいよ。いずれそのうちに、困ったらまたのこのこと帰って来ますよ」

「えゝ」

と、葭枝はいったん伏せた眼を、またおずおずとあげると、

「でも。――今度はなんだか妙なのよ。実はさっき、瀬川が使いの者に手紙を持たせてよこしたのですけれど、ちょっと、これ読んでみて下さいません？ 中にあなた宛《あ》てのも入っているんですの」

「僕にあてゝ？」

「えゝ、ですからちょっとこれを読んで見て下さいません？ あたし、なんだか不安でしようがないのよ」

葭枝が差出《さしだ》した手紙を開いて読むまえに、貝三は肉の薄い、いかにも頼りなさそうな相手の顔を、もう一度つくづくと見直した。

特別に美人というのではない。特別に聡《さか》しげな女というのでもない。しかしいかにも善良そうで、ち

ょうど大木によりかゝっていなければ生きていかれない、蔓草《つるくさ》のような、なよなよとした哀れさがあるのが、男の保護慾をそゝるのである。

しかし、こういう性質の女は、どうかすると、別の種類の男にとっては、非常に都合のいゝ虐待《ぎゃくたい》の対象物となる危険があった。貝三は常日頃、画家である彼女の良人の瀬川が、どういうふうに、彼女を遇しているかよく知っているので、今こうして葭枝が、真剣になって良人の身を気遣《きづか》っているのを見ると、一種名状しがたい腹立たしさを感ずるのだ。

そこで貝三は、その不機嫌を露骨《ろこつ》に面《おもて》にあらわしながら、葭枝から渡された手紙に眼を落したが、少し読んでいくうちに、いつしかその不機嫌は奇妙な不安の表情に変って来たのである。

その手紙というのは次ぎのようなものであった。


——葭枝よ。使いの者に持たせてやるこの手紙を読んだら、お前は直《ただ》ちに以下記してある命令どおり行動して貰《もら》わねばならぬ。お前が私の命令どおりに行動してくれるか否《いな》かによって、私の生命は左右されるのだ。

——葭枝よ。私は今大変恐ろしい立場にいるのだ。それがどんなに恐ろしい立場であるか、いずれ後に話す機会もあるだろうが、もしお前がこゝに記してある通りに行動してくれなかったら、私は永遠にお前のもとへ帰っていかれないかも知れない。——私は殺されてしまうかも知れないのだ。この事をよく記憶しておいておくれ。

——さて、以下お前のとるべき行動について述べよう。

——この手紙を読むと、お前はすぐに桑野君に電話をかけて、銀座のS——茶房へ来てくれるように頼むのだ。そしてお前はすぐに銀行へ赴《おもむ》き、現金で三万円引き出すと、それを持ってS——茶房へ行き、この手紙に封じてある、桑野君宛ての手紙と共に、その三万円を桑野君に渡し、そして、桑野君宛ての手紙に書いてあるとおり、桑野君に行動して貰うようにくれぐれも頼むのだ、ひょっとすると、桑野君は私の頼みをきいてくれないかも知れない。しかし、そうなると、私はこのまゝ人知れず殺されてしまわねばならぬ。だから、お前の力でなんとか桑野君を説伏《ときふ》せてくれ。

——返すがえすも、この事は私の一命にかゝわる一大事なのだから、その事を忘れないように。尚《なお》、この事は桑野君以外には、絶対に他言無用のこと。

瀬川直人

貝三はびっくりしたような眼をあげて、葭枝の顔を見た。

「妙な手紙ですね。それで、僕に充《あ》てた分をお持ちですか」

「えゝ、こゝに持っています」

貝三は葭枝から渡された手紙を、忙しく封を切ると、中味を取り出して読んだ。

——桑野君。

——忙しい中を何《な》んともすまぬ。葭枝を可愛そうだと思ったら、彼女の頼みをきいてやってくれ。

——葭枝は君に三万円の金を渡すだろう。君はそれを持って、五時カッキリに尾張町の角に立っていてくれ。すると一台の自動車が君をそこへ迎えにいくだろう。使いの者は映画で君の顔をよく知っている筈《はず》なのだ。そこで君が注意しなければならぬ事は、絶対にその使いの者の命令に従わねばならぬということだ。少し不愉快な事があっても、逆らわずにその男の言うことをきいてやってくれ。この事は非常に大切なことなのだ。但《ただ》し、危険なことは少しもないのだから、その点安心してくれたまえ。

——尚、葭枝への手紙に書いておくのを忘れたが、彼女には、私の行くまで、そのまゝS——茶房で待っているように言ってくれたまえ。そして、君たちが私のこの奇妙な命令どおり行動してくれるならば、私の体には少しも間違いは起らないのだから、その事をよくよく葭枝に言いふくめ、決して無闇に、立ち騒いではならぬと申し伝えてくれたまえ。

瀬川直人拝

「一体、この手紙はどうしてあなたの手許《てもと》にとゞいたのですか」

貝三は、二三度繰返してその文面を読みかえすと、それを葭枝に見せながらそう訊《たず》ねた。

「二時間ほどまえに使いの者が持って参りましたの。

薄穢《うすぎたな》い服装《なり》をした、人相の悪い男でした。でも、まあ、こんなことをあなたにお願いして。……」

葭枝は蒼《あお》ざめた顔をして、貝三の眼を見かえすと、かすかに身ぶるいをするのだ。

「一体、瀬川さんはいつ家を出られたのですか」

「一昨日——いゝえ、そのまえの日でしたかしら。でも貝三さん、これはいったいどういう意味なんでしょうね。良人《おっと》はほんとうに、そんな恐ろしい立場に陥っているのでしょうか」

「なんともよく分りません。しかし、性質《たち》のよくない奴にひっかゝって、恐ろしい脅迫《きょうはく》を受けているらしいことは確かですね。いかにも瀬川さんのやりそうなことだ」

貝三は吐き捨てるように、

「それで葭枝さん、あなたはいったいどうなのですか。僕にこの手紙の命令どおりして貰いたいとお思いですか」

「えゝ、それは、あの、むろんですわ。さぞ御迷惑でしょうけれど、どうぞ、どうぞ。——」

貝三はしばらく無言のまゝ、やけに煙草《タバコ》を吹かせていたが、やがて、哀願するような女の眼をきっと見返すと、

「よろしい。ではまあやって見ましょう。しかし言っておきますが、葭枝さん、これは決して瀬川さんのためにするのではありませんよ。僕の思うのに、瀬川さんはもっともっと困らせた方がよいのです。しかし、それではあなたがお気の毒だから。——この手紙は実際うまく、僕の心の弱点をついておりますよ。はゝゝゝゝは。時に、金はそこにお持ちでしょうな」

「はあ、持っております。すみません」

「では、ちょうど今四時半ですから、僕はそろそろ、この奇妙な遠征に出かけましょうか。なに、心配する事はないのですよ。一時間もしたら、瀬川さんを連れて来ますから、あなたは手紙にある通り、こゝで待っていらっしゃい」

貝三は金を受取ると、強《し》いて元気よく椅子から立上ったのである。

二

「桑野さんでしたね」

角の時計店の大時計が、カッキリと五時を指した

時、貝三のまえにスルスルと一台の自動車がとまると、中から一人の男が出て来てそう言った。

「そうだよ。瀬川さんからの使いだろうね」

「そうです。どうぞお乗り下さい」

いやにのっぺりとした顔の男だった。三方白《さんぼうじろ》の眼で偸《ぬす》み視《み》るように、端麗な貝三の横顔を見ると薄い唇《くちびる》のはしに奇妙な微笑をうかべてそう言った。

貝三はなんとなく虫の好かぬ奴だと思ったが、無言のまゝ、スッと開いたドアの中に入っていった。男もその後から入るとパタンとドアをしめた。自動車は直《ただち》に日比谷のほうへ走り出した。

「失礼ですが、これをさせて戴《いただ》きます」

そう言って男がさしだした黒い布を見ると、貝三は驚いたように、せまい座席のうえで身を引いた。

「なんだ、眼隠しをするのかい」

「はい、瀬川さんのお手紙にも、何事も使いの者の命ずるまゝにと書いてあった筈でございますが」

三方白の眼が嘲《あざけ》るようにニヤニヤと微笑《わら》っているのを見ると、貝三はチェッと舌を鳴らして、男のするがまゝにまかせた。男は素速く貝三の眼に眼隠しをしてしまった。

「こんな事をして、いったい僕をどこへ連れていくつもりだい。これは何かの悪戯《いたずら》なのかね。それとも、真実眼隠しをしなければならぬ必要があるのかい?」

男は黙っている。しばらくもぞもぞと身動きをしていたが、やがてそのうちに、何やら固いものが、ピッタリと貝三の横腹に押しつけられるのをかんじた。

「おい、君、何んとか返事ぐらいしたらどうだね。いったいこんなお茶番に、……」

「黙っていらした方がおためですよ。あなたの横腹に押しつけられているものが、なんだかお分りになりませんか。声を立てたり、むやみに立ち騒ぐとこいつが物を言いますよ」

貝三はポケットに入れていた手を出して、その固いものを探って見たが、すぐギョッとしたように息をのんだ。それは明《あきら》かにピストルであった。

それきり二人は黙りこんでしまった。自動車はかなりの速力を出して、いずこともなく走りつゞけている。貝三ははじめのうちこそ、眼隠しをされながらも、その道順で判断しようと努めていたが、何んだか、うちにしだいに分らなくなってしまった。

同じ場所を何度もくるくると走り廻っているようで、方角がスッカリ分らなくなったのである。

自動車はこうして、半時間あまりも走りつゞけていたゞろうか。

やがて、その速力がしだいに緩《ゆる》くなったかと思うと、間もなくピッタリと停《と》まった。どうやら、目的の場所についたらしいのである。

「さあ、こゝで降りましょう。いや、眼隠しはまだお取りになっちゃいけません。私がよろしいというまで、そのまゝにしておいて戴きます。さあ、手をとってあげますから、足もとに気をつけて。――」

自動車を降りると、柔《やわら》かい砂利道で、それを五六歩いくと、五段ほどの階段があった。連れの男がその階段のうえでドアを叩くと、やがて、ギイと音を立てゝドアを開く気配。それから固い廊下を踏んで、間もなく、部屋の中へ入っていったらしい。なんだか、むっと人を酔わせるような匂いが貝三の鼻をうった。貝三は阿片《アヘン》の匂いというものを知らなかったけれど、ひょっとすると、これはそれではないかと思われたのである。

「さあ、眼隠しをおとりになってもよろしい」

男の声に急いで黒い布をかなぐり捨てた貝三は、あたりの様子を見廻《みま》わして、思わずあっと低い叫びごえをあげた。

大きさにして、六畳敷きぐらいもあったろうか、四方を真赤《まっか》なカーテンで包まれた、天井の低い、部屋というよりも、窖蔵《あなぐら》といったほうが当っていそうな場所なのである。天井から薄暗い裸電気がブラ下っていて、その下に粗末《そまつ》なベッドがおいてあった。そのベッドのうえに、殆《ほとん》ど全裸体にちかい恰好《かっこう》をした瀬川直人が、太い荒縄《あらなわ》でぐるぐる巻きにされて、まるで南京米《ナンキン》の袋のように投げ出されているのだ。

葭枝の良人としてはひどく年齢《とし》が違うのである。四十か四十二三にもなっているのだろう、放縦な生活のために、荒《すさ》んだ顔の筋肉がいっそう憔悴《しょうすい》して、血走った眼がどろんと白痴《はくち》のように濁っているのが目についた。

「あ、桑野君か、有難《ありがと》う。――なんとも済まぬ――お庇《かげ》で俺は救われたよ。――すまないが、君、この縄をほどいてくれたまえ」

「いったい、これはどうしたのです。おい君」

と、貝三は連れの男をふりかえって、

「君たち、この人をどうしようというのだ」

連れの男は答えようともしない。脚のぐらぐらした牀几《しょうぎ》に腰を下ろしたまゝ、ニヤニヤしながら、ピストルをおもちゃにしている。

「いや、いゝのだよ、桑野君、話は後でわかる。それよりこの縄をほどいてくれたまえ。あゝ、有難う。ときに、そこいらに僕の着物はないか。僕が逃げ出さないようにってね、こんな姿にしちまったのだよ」

貝三は手早く荒縄をほどいてやると、だるんとたるんだ相手の醜《みにく》い腹から、あわてゝ眼をそらしながら、そこら中を見廻わした。着物はすぐ見つかった。床のうえに襦袢《じゅばん》も足袋《たび》も二重廻《にじゅうまわ》しも、一緒くたに投げ出してあったのだ。

貝三はそいつを取りあげた拍子に、

「や、や、こりゃ何んだ！」

と、思わず頓狂《とんきょう》な声をあげてとびのいた。そのとたん、連れの男がきっと眼を光らせると、いきなり彼のまえに立ってピストルをつきつけたのである。

「いや、何んでもないんだよ、桑野君」

襦袢を着ていた瀬川氏が真蒼《まっさお》になって、

「なにも言っちゃいかん。何も。――話はあとで分る。なんでもないんだ。なんでも。――」

「しかし、――しかし、あれは」

と、貝三がいき込むのを、瀬川氏はいよいよあわてゝ、

「いや、何も言っちゃいかん、何も言っちゃいかん。君は何も見なかったんだ。ねえ、君は何も見なかったのだよ」

瀬川氏がやっきとなってなだめるので、貝三はやっと、その恐ろしい物から眼をはなしたが、しかし、瀬川氏がいかにしどろもどろになって言いくるめても、盲目《めくら》でない以上、貝三はしっかりとそれが何んであるか見てしまったのだ。

瀬川氏の着物のしたには大きな南京米の袋が投げ出してあったが、その袋は、ちょうど人間の形にふくれあがっているのである。しかも、その袋のはしからじっとりと滲《にじ》み出ているのは、まがう方なき血潮なのだ。つまりその袋の中には、誰か人間が――大きさからいって多分男であろう――怪我《けが》をして、或《あ》いは殺されて、詰めこまれているのに違いなかった。貝三はふいに、シーンと体内の血が凍るような恐ろしさを感じた。

瀬川氏はその間に、大急ぎで着物を着てしまうと、

「桑野君、それで頼んでおいたもの、持って来てくれたかね」

貝三は葭枝から渡された袱紗《ふくさ》包みをとり出すと、無言のまゝ、瀬川氏のほうに差し出した。瀬川氏はそれを見ると、すぐ眼を反らして、

「いや、君が持っていてくれたまえ」

と、例のピストルの男を振りかえって、

「金を持って来てくれたそうだ。その由を奥へ話してくれないか」

三方白の男は、ニヤリと笑うと、一方のカーテンを開いて、そのうしろにあったドアを軽くノックしながら、

「大将、金を持って来たそうですぜ」

すると、ドアのうえの方についている四角な覗《のぞ》き窓がスーッと開いて、中から大きなゴムの手袋をはいた手がヌーッと出て来た。誰かドアの向うがわに立って、さっきからこちらを覗いていた者があるらしいのだ。

「大将が金を渡せとおっしゃる。君、直接《じか》にお渡ししたらよかろう」

ピストルの男がいうのだ。

瀬川氏を見ると、眼をしょぼしょぼとさせながら、無言のまゝ頷《うなず》いているので、貝三は思いきってドアのまえに歩みよった。手袋をはいた手がしきりに催促をするように、指をヒラヒラさせている。その掌《てのひら》へ袱紗包みをのせようとして、貝三はふいにギョッとしたように息をのんだ。

手袋の小指の先が少し破れていて、その孔《あな》から綺麗にマニキュアをした指が覗いているのが見えたのだ。指をひらひらさせる拍子に、その爪《つめ》の先についた半月型の白い斑点《はんてん》が、ふと貝三の眼についたが、それよりも何よりも貝三をあんなに驚かしたのは、その綺麗な指が、まがう方なく、女のものである事に気がついたからである。

貝三が思わず、

「あ!」

とひくい叫び声をあげるのを、その手が袱紗包みを鷲《わし》づかみにするのと、殆んど同時だった。と思うと、その手は矢のような速さで、覗き窓の向うにひっこんで、パターンと小さいドアがしまった。そのとたん、貝三はプーンとえならぬ芳香に鼻をうたれ

て、思わず口のうちで、

「ヘリオトロープ！」

と、低く呟《つぶや》いたのである。

三

「いったい、これはどうしたのですか」

それから半時間ほど後のことなのだ。

瀬川氏と貝三のふたりは、あれからまた黒い布で眼隠しをされて、自動車でぐるぐると方々を引きずり廻された揚句《あげく》、放り出されたのは赤坂の溜池附近の路上だった。

自動車はふたりが、その車体番号を見とゞけようとする才覚もうかばぬうちに、黒い風のように走り去ってしまった。

その後で眼隠しを解いた貝三は、呆然《ぼうぜん》として瀬川氏の顔を見ながら、怒ったようにそう訊ねかけた。

「どうも済まなかったね。君までこんな恐ろしい事件に捲《ま》き込んで、何んとも申訳《もうしわけ》がない。まあ、堪忍《かんにん》してくれたまえ」

「そんなことはどうでもいゝのです。それより、あの南京米の袋に詰めこまれていた人間は、いったい、どうしたのですか」

「殺されたんだよ」

「殺された？」

「叱《し》っ、そう大きな声を出さないでくれ」

瀬川氏はすばやくあたりを見廻わすと、

「そしてね、あいつらは、この俺が犯人だというんだ」

「あなたが――？」

「そうなんだ。そして俺もそれに抗弁することが出来ないんだよ。何しろひどく酔っぱらっていたものだからね。気がついて見るとね、俺のそばにあの男が――綺麗な、絵に画《か》いたような美少年だったよ。――そいつが胸を短刀でえぐられて死んでいるのだ。そして、あいつらは俺が犯人だから、訴えて出るというのだ。それをやっとなだめて、三万円で内済《ないさい》にすることにしたのだよ」

貝三は呆《あき》れたような眼で、瀬川氏の横顔を見つめながら、

「しかし、いったい、あれはどこなのですか。そして、またどういう場所なんですか」

「俺にもよく分らないんだよ」

「分らない？」

「そうだ。分らないというよりほかにしようがないだろうな。あれは昨日だったかしら。それとも一昨日の晩だったかな。俺はいつもいきつけの酒場《バー》で飲んでいたもんだ。すると君を案内して来た男だね、あの、のっぺりとした男が一緒に飲んでいて、旦那《だんな》、面白いところへ御案内しましょうというんだ。俺はすぐ応じたね。すると相手がいうのに、只《ただ》ではいけない、眼隠しをしてくれなきゃ困る、何しろ相手は商売人じゃなくて、素人《しろうと》、それもかなり地位のある夫人だからと言いやがるんだ。その言い草が気に入ったので、つい向うの言いなりに、ふらふらと出かけちまったというわけだ」

瀬川氏はそこでいくらか面目なさそうに眼をしわしわとさせると、

「そういうわけで、あそこがどこか、またどういう場所なのか、俺にもさっぱり見当がつかないんだよ」

黒い風がゴーッと音を立てゝふたりの周囲を吹きすぎて行く。貝三は思わず外套の襟のなかで首をちゞめながら、暗い夜道のあとさきを見廻して、

「それにしても、あなたが人殺しをしたというのは本当なんですか。三万円の金で内済にしたのはいゝが、いずれ殺人事件は世間に知れるでしょう。そうすれば、あなたはいったいどうなるんですか」

「俺にもどうしていゝか分らない」

瀬川氏は心底《しんてい》から参ったというふうに、さむざむと肩をすぼめながら、

「しかしね、あいつらのいうのに、屍体《したい》の始末については絶対に心配することは要らない。必ず誰の眼にもつかぬように処分して見せるというのだ。どうもあいつの遣口《やりくち》から見て、その言葉は信用していゝように思うのだ。それに、あの殺人事件だって、ほんとうに俺が犯人なのかどうかわかりゃしない。あいつらが殺しておいて、俺に罪をなすりつけようとしているのじゃないかと思われる節《ふし》もある」

「その前後の事情をもう少し詳しく話していたゞけませんか。どうも僕には不安だから」

「うん、いゝとも、しかし君、煙草を一本持っていないかね。なんだか口が粘《ね》ばってしようがない」

貝三が煙草を出して火をつけてやると、瀬川氏はさもうまそうにそれを吹かしながら、

「あそこへ行くまえから、俺はかなり泥酔《でいすい》していた

んだ。それを又、あそこで強い酒を無茶苦茶《むちゃくちゃ》に呷《あお》ってね、それから、なんだかやけに匂いの高い煙草をやたらに吹かしたんだ。すると次第に意識が混沌《こんとん》として来て、なにか、こう、ふわふわと風船にでも乗っているような気持ちだったかな。すると女がやって来た。いや、やって来たように思うが、これもはっきり記憶にのこっていない。いや、やっぱりやって来たようだ。そこでなんだか悪ふざけをしたような憶《おぼ》えがあるから。——そのうちに眠くなって寝てしまった。そしてその次《つ》ぎに眼がさめて見ると、俺のそばに死人が寝ているんだ。驚いたね。びっくりして声を立てたんだ。すると、例の、のっぺりとした野郎が出て来て、俺が殺したんだと騒ぐんだ。そのあとは君も知っているとおりだよ」

瀬川氏の話は以上のごとく甚《はなは》だ曖昧《あいまい》極まるものであった。第一、話している瀬川氏にしてからが、どこからどこまでが夢で、どこからどこまでが現実なのか、分っていないらしいのだから、聞いている貝三に、何んとも判断の下しようがなかったのも無理ではなかった。

「とにかく」

と、貝三は暗い地面に眼を落しながら、

「この事件に女が関係しているのはたしからしいですね。あの袱紗包みを受取った手は、確かに女のようでしたから」

「それなんだ」

瀬川氏も急に活々《いきいき》と眼を輝かすと、

「しかもそいつが主領なんだよ。ところでね」

と、そこで急に声を落すと、

「俺はそいつの正体を探るために、一つの証拠をつかんでいるんだよ。いつか俺はこの証拠をタネにあの女の仮面をひんむいて、今夜の敵《かたき》を討ってやる!」

「あなたはまだこれ以上、この事件に深入りするつもりなんですか」

貝三は呆れたような眼のいろをして瀬川氏の顔を見直した。

「どうしていけないんだね。こんな馬鹿な眼にあわされて、このまゝ泣寝入《なきねい》りが出来ると思うのかい」

瀬川氏はいくらか激したようにそう言ったが、すぐ沈んだ調子になると、

「許してくれたまえ、桑野君、俺は実際、愛想のつきた人間だよ。君たちとは人種がちがうのだね。あ

んな馬鹿な目にあわされながら、実は、あの女のことを忘れることが出来ないのだ。――だが、まあいゝ。それより葭枝が心配しているだろう。一つ円タクでも拾おうではないか」

貝三は冷い夜風に身をふるわせながら、しみじみと葭枝の不幸を思いやったのであった。

四

それから一週間ほどのあいだ、貝三はあさ眼がさめると、とびつくようにして新聞の社会面に眼をさらしていた。ひょっとすると、あの殺人事件が、どこか隅《すみ》のほうにでも載っていはしまいかと、毎朝のように不安な胸をとゞろかせた。

しかし、それらしい事実もなく、至って平穏無事に過ぎているところを見ると、彼等《ら》は瀬川氏に約束したとおり、巧みに屍体を秘密裡《り》に葬ってしまったらしいのである。しかし、この事は少しも貝三を安心させはしなかった。反対にいつか発覚しやしないかという秘密の重荷が、鉛のように重苦しく彼の胸を圧迫するのである。

彼はふと友人の三津木俊助《しゅんすけ》という新聞記者のことを思い出した。三津木俊助というのは、新日報社《しんにっぽう》に席をおいている花形記者で、犯罪事件に対して、特殊な敏腕を持っている男なのである。

(あの男に相談してみたら。――)

と、貝三はよっぽど心を動かしたのだけれど、まさか瀬川氏に無断で、それを決行するわけにもいかなかった。

そこである日、貝三は、瀬川氏の意見を質《ただ》すために代々木の邸宅へ、久しぶりで訪ねていったのである。その日、葭枝は生憎《あいにく》不在だったが、瀬川氏は珍らしくアトリエに閉じ籠って製作に余念がなかった。

このアトリエというのは、主屋からかなり離れた庭の中に、ぽつんと一軒独立して建っている建物で、日頃から瀬川氏のほかには滅多《めった》に人を入れぬ習慣《ならわし》になっているのだが、今日は珍らしくそのアトリエへ貝三を案内した。

瀬川氏は貝三を迎えると、画きかけの大きなカンヴァスのうえに白い覆いをして、機嫌よく彼のほうに向き直ったが、用件を聞くとすぐ渋面《じゅうめん》を作って猛烈に反対するのだ。

「いけない、いけない!」

瀬川氏は大きな眼をむいて、

「その三津木俊助という人が、どういう人物だか知らないけれど、根が新聞記者じゃないか。新聞記者などにこんな事を話してたまるもんか」

「いけませんか。その男は、新聞記者とはいえ、十分信頼の出来る人物なんですがね」

貝三が残念そうにいうのを、瀬川氏は強く両手でおさえつけるようにして、

「駄目、駄目、相手がどういう人物であろうとも、こゝ暫《しばら》く絶対にこのことは秘密にしておいてくれたまえ。葭枝にすら秘密にしている俺の心遣《こころづか》いを、君もよくわかってくれるだろう。それにね」

と、そこで瀬川氏は急に声を落して、

「俺だって、決して懶《なま》けていたわけじゃないのだ。どうやら目星がつきかけて来ているんだよ」

「目星がつきかけているというと?」

「あの女の正体がわかりかけて来たのだ。恐ろしい女だ、実に恐ろしい女だ。いや、その女よりもね、そいつについている男が恐ろしいのだよ。桑野君」

と、瀬川氏は急に嚙《か》みつきそうな眼をすると、

「君も気をつけなくちゃいけないぜ。君も葭枝もだ。何しろ相手は悪魔のような男だからね。君、木の義足をはめている男でね、顔中にまっくろな痣《あざ》のある奴に出会ったら、気をつけなくちゃいけないぜ。そいつは悪魔だ、人を殺すことぐらい、なんとも思っていない、実に恐ろしい奴なんだ」

瀬川氏はそういうと、それきり魚のように黙りこんでしまったのである。

こうして貝三の不安は、瀬川氏に会って少しでも軽くなるどころか、いよいよ重くなるばかりだった。しかし、彼とても別に職業を持っているからだなのだから、いつまでも、正体の知れぬ事件にかゝりあっているわけにもいかないのだ。

木の義足をはめた、顔中に痣のある男。——

なんとなく、そんな事が気になりながらも、一つの撮影が終ると、すぐそれに追っかけて、目下《もっか》伊豆でロケーションをやっている、他の組へ単身加わらねばならなかった。

それは天城《あまぎ》の山が美しく晴れた午後だった。

貝三は修善寺《しゅぜんじ》から自動車を雇うと、たゞ一人先発隊のあとを追っていた。東京もこの二三日、めっきりと暖かになっていたが、さすがに伊豆半島の風光

は、それと較《くら》べものにならないほど春めいていた。自動車が山道にさしかゝると、あちらからも、こちらからも藪鶯《やぶうぐいす》のさゝ鳴きが聞えた。

こういう天候にめぐまれると、映画俳優という職業も、決して楽しくないこともない。貝三はうっとりと車窓にもたれて、暖かそうな伊豆の山々を眺めていた。

その時、ふいに奇妙な音がして、自動車がひと揺れ、大きく揺れたかと思うと、スーッと空気の抜けるような音とともにピッタリと動かなくなってしまった。

「ど、どうしたんだ」

「すみません、パンクしたようです」

運転手はすぐ路上にとびおりると、チェッと舌を鳴らして、

「畜生《ちくしょう》、こんなところへ瓶《びん》の破片《かけら》を投げだしていきやがったものだから」

「修繕に手間どる模様かね」

「どうも、これじゃお気の毒ですが」

「困ったね。二時頃までには向うへつくって電報を打っておいたんだからな」

腕時計を見ると一時半を過ぎているのだ。貝三も自動車から出ると、暖い春の路上へおりて見た。なるほど、ひどいガラスの破片なのだ。貝三が忌々《いまいま》しそうに靴《くつ》の先でそいつを蹴《け》っていると、運転手が突然声をあげた。

「あ、後から自動車が一台やって参りました。あいつに一つ交渉して見ましょうか」

「うん、そうして貰えると有難いな」

運転手はすぐ駈け出すと、手をふって自動車をとめ、しばらく立話をしていたが、やがてゆるゆるとこちらへ帰って来た。見るとその自動車の運転台に坐《すわ》って、ハンドルを握っているのは、軽やかな洋装をした美人だった。

「旦那、いゝそうです。どうぞお乗り下さいって」

「それは」

と、貝三はいくらか気おくれがしたように、帽子に手をやると、

「どうも御無理を申上《もうしあ》げてすみません」

「いゝえ、何んでもありませんわ。こんなところで故障を起されちゃ、困るのは誰しも同じことでございますもの」

「そうですか。ではお邪魔させて貰いましょう」

貝三がドアを開こうとすると、

「あら、それよりこちらへお乗りになりません？こんな日には、運転台のほうが気持ちがよろしゅうございますわ」

女はそう言って運転台のドアを開いた。

「そうですか。そいつはどうも」

貝三が運転台に乗り込むと同時に女はスターターを入れた。その拍子に貝三はプーンとヘリオトロープの匂いをかいで、思わず女の顔を見直したのである。

まだ二十五六の、眼もさめるような美人なのだ。着ていた外套をうしろに脱ぎすてゝ、すんなりとした肩から腕への曲線が、春日をうけて軽い動揺に躍っている。うっすらと汗ばんだ額《ひたい》が、輝くばかり美しかった。

「こちらはやっぱり暖かですわね。どちらまでいらっしゃいますの」

「湯《ゆ》ケ島《しま》までお願いします」

「そう、あたし天城を越えて、蓮台寺《れんだいじ》まで行って見ようと思っていますの。湯ケ島はロケーション？」

「え？」

「あら、お隠しにならなくてもよござんすわ。あたしよく存じあげていますわよ。あなた、桑野さんでしょう。あたし、こう見えてもあなたのファンよ」

「これは恐れ入りました」

「何も恐れ入らなくてもいゝのよ。桑野さんだと知ってたからこそお乗せしたの。でなければ誰が承知するもんですか。どう？　ロケーションなんか蹴って、あたしと一緒に下田まで駈落《かけお》ちをしない？」

「これはどうも。でも向うへ行けば待っていらっしゃる方がおありなんでしょう。いよいよとなって背負い投げを喰わされるなんざ、あんまり気が利《き》かない話ですから」

「あら、いやだ。あたしにそんなものがあると思っていらっしゃるの」

女はそう言って、それきりプッツリと言葉を切ってしまった。春風がゆるいウェーヴを快《こころよ》くなぶっている。ほんのりと上気したその横顔を眺めながら、これはいったいどういう女なのだろうかと貝三は考えるのである。

人妻とも見えないし、むろん処女ではない。さすが物慣れた貝三もちょっと判断に苦しむような種類の女であった。

「あら、どうなすったの。急に黙りこんでおしまいになったのね。今のは冗談よ。あなたなんかと駈落ちをするなんてあたし真平《まっぴら》よ」

「おや、それはどういうわけですか。ひどく愛想をつかされたものですね」

そういいながら、貝三はふと女が胸にかけている頸飾《くびかざり》のさきに、下っている奇妙な垂飾《ペンダント》に眼をやった。それは奇妙な垂飾なのである。縞瑪瑙《しまめのう》か何かであるらしかったが、女には不似合いな髑髏《どくろ》のかたちをしているのだ。しかもその髑髏が真二《まっぷた》つに割れて、あとの破片だけがブラブラとぶら下っているのである。

「その理由はね。あなたのような人気者をさらっていくと、沢山のファンに怨《うら》まれますもの。女の怨みってそれは怖いのだから。でも、折角《せっかく》こうして御懇意になったのだから、このまゝお別れするのは残念ね。あなた、その外套のポケットに、あたしの名刺入れが入っていますから、ちょっと出して下さらない」

貝三はいわれるまゝに、外套のポケットを探って名刺入れを出してやった。

「その中にあたしの名刺があるでしょう。あゝ、それそれ、それがあたしの名前よ。東京へ帰ったら一度そこへあたしを訪ねて頂戴《ちょうだい》よ」

名刺を見ると降旗珠実《ふりはたたまみ》とあった。ところは渋谷なのである。

「ねえ、お約束してよ。是非遊びに来て頂戴よ。あたし毎日、退屈しきってんの。遊びに来て下さらないと、こちらからお電話してよ」

「えゝ、是非お伺《うかが》いします」

「そう、じゃ約束もきまったわ。さあ、どうやら湯ケ島まで参りましたよ」

貝三が自動車からおりる時、珠実は自分のほうから手を出して握手を求めながら、しかも鹿皮《しかがわ》の手袋をはいたまゝ、それを脱ごうとしなかったのが、なんとなく貝三の気にかゝった。

五

湯ケ島のロケーションが思ったより長くかゝって、貝三が帰京したのは、それから一週間ほど後のことだったが、その間に東京ではちょっと変ったことが起っていた。久しぶりにアパートへ帰って来ると、留守中、葭枝から毎日のように電話がかゝって来たという女中の報告なのである。

はてな、何かまた瀬川氏がしでかしたのではないかしらと、貝三は不安になりながら、自分の部屋へかえって見ると、卓上に一通の封筒がおいてある。筆蹟《ひっせき》を見るとまがう方なき瀬川氏からの手紙であった。切手がはってないところから察すると、郵便で来たものではなく、誰か使いの者が持って来たらしい。「必親展《しんてん》」と書いた文字に、ドキッとしながら封を切って見ると、中には万年筆の走り書きで、つぎのようなことが書いてあるのだ。

――桑野君。俺はとうとう例の女を発見したよ。俺は早速、女の許《もと》に乗り込むつもりだ。その結果が果してどうなるか分らない。何しろ向うは恐ろしい怪物のことだ。再び生きてお眼にかゝれるかどうか、それすらも疑問なのだ。こゝにいつか話した証拠の品というのを同封しておく。しかし君はなるべくこの事件に近よらないようにしたまえ。葭枝のことをよろしく頼む。

――二伸、木の義足をはめた、顔中に痣のある男に出会ったら必ず警戒したまえ。

瀬川直人拝

そして、その手紙の間からころりと転がり出した品物を見たときには、貝三は思わずさっと顔色をかえたのである。

髑髏の形をした縞瑪瑙の垂飾《ペンダント》なのである。しかも真中から真二つに割れた、その破片なのであった。同じような縞瑪瑙の飾物が、絶対に二つないとは言えなかったかも知れない。しかし、真二つに割れたその破片が、そう方々にあるわけはなかった。

貝三はとるものも取りあえず、電話室へかけつけると、瀬川の家へ電話をかけてみた。瀬川氏の留守なことは、予《あらかじ》め期待していたところだったけれど、葭枝まで昨夜から帰宅しないという、向うの女中の言葉をきいて、貝三はハッと胸をつかれる思いがした。

「それで、瀬川氏はいつ頃からいないの」

「さあ、もうかれこれ一週間になりましょうか。奥さまは大変それを御心配なすって、毎日のようにあなた様のところへお電話したのですけれど、お留守だとのことで、大変お困りのようすでいらっしゃいました」

「それで、昨夜はいつ頃からお出かけになったの」

「それが妙なのでございますよ。誰一人お出かけになったところを見かけたものはありませんのに、今朝になって見ると、お姿が見えませんので」

いよいよ、唯事《ただごと》ではないと思った。瀬川氏と葭枝の身に何か間違いが起ったのにちがいないのだ。そしてそれを救うことが出来る者は、自分よりほかにいないのだ。

貝三は大急ぎでこの間、女から貰った名刺を探し出した。

(よし、この女のところへ乗り込んでやろう。この縞瑪瑙の垂飾《ペンダント》の破片が何よりの証拠ではないか)

しかし、そう考える下から、貝三はまたふっと、一種の不安を感ずるのだ。

(なんだか話があまりうますぎる。何かこれには罠《わな》があるのじゃなかろうか。第一、あの女と、あそこで会ったというのからして、自分を引っ張り出そうとする陥穽《おとしあな》ではなかったかしら。第一、証拠になるような垂飾《ペンダント》を、いつ迄《まで》もブラ下げているというのからして、甚だ怪しいじゃないか)

貝三は暫くとつおいつ思案を定めかねていたが、然《しか》し、結局、こゝから手をつけていくよりほかに方法がないと気づいた彼は、とうとう最後の決心を定めた。しかし、そのまえに詳しい事情を書き記した手紙を、友人の三津木俊助のもとに届けることを忘れなかったのである。そしてこの事が非常に有効だったという事を後になって気づいたのである。

六

「よくいらっしゃいましたわ。こんなに早くお眼にかゝれるなんて、あたし夢にも思っておりませんでしたの」

降旗珠実——これが本名であったかどうか甚だ怪しいものであるが——はそう言って貝三を美しい小房に招じ入れた。

見ると彼女の胸には、相変らずあの縞瑪瑙の垂飾《ペンダント》がブラ下っているのである。

(この狸《たぬき》め、何を吐《ぬ》かす)

貝三は肚《はら》の中で舌打ちをしながら、それでも表面《うわべ》

だけは愛嬌よく、

「すると奥さんは、僕がそんなに恩知らずだと思っていらしたんですか。それだと僕、いさゝか不服ですな」

「あら、そんなわけじゃ決してありませんの。それからお言葉を返して失礼ですけれど、あたし奥さんじゃありませんから、どうぞそのおつもりで」

「これは失礼。では、なんとお呼びしたらいゝのですか」

「珠実といって戴きますわ」

「それじゃ、珠実さん」

「なあに」

「この間は有難うございました」

「あら、いやだ。今頃になってお礼をおっしゃるの」

「いけませんか」

「いけませんとも。お礼というものはね、会った時、最初に言うものよ」

「はいはい」

「ときにお酒めしあがる」

「そうですね。あまり強くない奴なら。――だけど大丈夫ですか」

「何が――？」

「だって、こんな狭い部屋で差し向いになっているの、誰かに悪いような気がしますよ」

「あゝ、その事なら、あたしのほうは大丈夫なの。だけどあなた御迷惑ならお引きとり下すってもいゝのよ」

「いや、僕のほうは迷惑どころか。――」

と、いいさして貝三は思わずちかりと眼を輝かした。今しも貝三のまえの小さなグラスに、酒を注ごうとする女の小指の爪に、見憶《みおぼ》えのある半月型の白い斑点を認めたからなのである。

(やっぱり、この女なのだ！)

貝三は思わずふかい息をすいこんだ。

「おや、どうかなすったの、深呼吸なんかなすって」

「いや、なんでもないのです」

と、言ったはずみにグラスを取りあげた貝三は、勢いよくそいつを飲み干したが、その拍子に、しまった！　と心の中で叫んだ。

女の眼が狐《きつね》のように狡猾《こうかつ》に輝くのを見たからである。と、思うと、四方の壁がドッと自分のほうへのしかゝって来るような気がして、ふいに耳の中がジーンと鳴り出した。手脚が急に千鈞《せんきん》の重味となって、舌がツーンと釣りあがった。

「あら、あなた、どうかなすったの。お加減でも悪いのじゃありません？」

女はそう言って、じっと貝三の顔を見ていたが、やがてニヤリと微笑《わら》うと、卓上の鈴《ベル》を取りあげてそれを振った。すると、それに応じてコトコトと妙な足音をさせてこの部屋へ入って来た人物があった。

「お客様、御気分がお悪いようですからいつものところへお連れなさい」

「はい」

と、答えて、その妙な足音の主が、貝三の眼のまえに立ったところを見ると、この男は顔中に真黒《まっくろ》な引き釣りがあるのである。

あ、痣《あざ》の男！

そう思ったとたん、貝三はフッと気が遠くなってしまった。

――それからどのくらい経《た》ったか。

気がついて見ると貝三は固いベッドのうえに寝ているのだ。

そして、自分のうえにのしかゝるようにして、顔を覗きこんでいるのは、意外にも葭枝なのであった。

「あ、葭枝さん」

貝三はふらふらとベッドから立上ると、

「僕は――僕はどうしたのですか。あなたが僕を救って下すったのですか」

葭枝は悲しげに眼を伏せて黙っている。ふいに涙がポロリと彼女の頰《ほお》にこぼれ落ちた。

「どうしたのです。――どうしてあなたは泣いているのですか」

「だって――だって」

と、葭枝は怯《おび》えたような眼を見張って、

「あなたにはあの音が聞えませんの。あの釘《くぎ》を打つ音が――」

なるほど、どこか身近なところで、トントンと釘を打つ音がきこえる。

「あれがどうかしたのですか」

「あれはね、棺桶《かんおけ》に蓋《ふた》をする音なのですわ」

「棺桶――？」

「えゝ、そうよ。そうしてこの狭い部屋があたしたちには棺桶も同然なのよ。あの人たちはこゝへあたしたちを閉じ籠《こ》めて、殺してしまうつもりなんでしょう。あれはドアに釘を打つ音なんですわ」

貝三はそれを聞くと、ぎょっとして部屋の中を見渡したが、その途端、彼はハッキリとこゝがどこであるかを知ったのだ。この部屋こそ、いつか瀬川氏が捕虜にされていた、あの窖《あなぐら》蔵のような一室ではないか。

「葭枝さん、そして瀬川さんはどうなすったのですか。瀬川さんももしや殺されたのでは。——」

葭枝はそれを聞くと、急にがばと寝床のうえに泣《なき》伏《ふ》して、

「あゝ、あなたは何も御存じないのですわ。あゝ、恐ろしい。あたしだけならともかくも、何も御存じないあなたまで、こんな羽目におとし入れて。……」

葭枝はそこまでいうと、ふいに怯えたように顔をあげた。その時、ドアの上部にある覗き孔《あな》が開いたからである。

貝三が振りかえってみると、そこから例の顔中に痣のある男が、猿《さる》のように白い歯を剝《む》き出して、こちらを見て嗤《わら》っているのだ。その眼つきの恐ろしさは、一瞬間、貝三の血をシーンと凍らせたくらいである。

覗き孔はすぐしまった。

そして、コトコトと木の義足で引きずるような足音がしだいに、向うへ遠ざかっていった。

「いったい、あれは何者ですか」

「あなた、まだお気づきになりませんの。あれは——あれは——」

「え？　あれは誰ですか」

「あれは、——」

と、いいかけて、ふいに葭枝がきゃっと叫び声をあげた。その声に貝三が振りかえって見ると、部屋の隅にある小さな孔から、真黄《まっき》な色をした煙が、濛々《もうもう》と渦を巻いてこの部屋の中に入って来るのである。強い硫黄《いおう》の匂いがプーンとふたりの鼻をついた。

「あ」

貝三が夢中になってその孔を塞《ふさ》ぎにかゝろうとするのを、うしろから葭枝が抱きとめると、

「駄目よ貝三さん、どうせあたし達助かりっこないわ。だから無駄な努力はよしましょう。それより、貝三さん、あたしの体をしっかり抱いていて、ねえ、お願いだからあたしの体を離さないで。あたし、あなたに抱かれて死にたいのよ」

「葭枝さん、はっきり言って下さい。あなたはあの痣の男の正体を知っているのですね」

「知っています。そしてこゝがどこだかも」

「誰です。そしてこゝは何処《どこ》ですか」

「あゝ、何もかも言ってしまいましょう。どうせ二人とも間もなく死んでしまうのですもの」

強烈な匂いをもった煙は、ますます勢《いきお》いよく部屋の中に滲《し》みこんで来る。その煙に咽《むせ》びながら、葭枝は涙を流して、

「あれは瀬川なのよ。そしてこの部屋は、あなたも御存じのアトリエの一室なのよ!」

「なんですって!」

貝三はふいに床が真二つに裂けるような、大きな驚きにうたれた。

「こゝは、瀬川さんのアトリエですって?」

「そうなのよ。何もかも瀬川のお芝居なのよ。人殺しなんかありはしなかったのです。あなたを誘い出した男も女もみんな瀬川に雇われた役者なのよ。貝三さん、許して。あたしが毎日々々、あなたのことを日記に書いておいたのがいけなかったのよ。瀬川はその日記を読んで、嫉妬《しっと》のために気が狂ってしまったのだわ。そして、あたし達を殺すために、こんな廻りくどい方法をとったの、あの人は気狂《きちが》いよ。でも——でも、あたし幸福だわ。——こうして、こうして、あなたの手に抱かれて、あなたと一緒に死ねるのだもの」

七

しかし、彼等がそのまゝ死んでしまわなかったことは、諸君もお察しのとおりである。

古来多くの物語が示しているとおり、この物語に於《お》いても最後の土壇場《どたんば》になって、救いの主が現れた。

貝三が友人三津木俊助に書き送っておいた、あの手紙が役に立ったのである。三津木俊助はこの手紙を読むと、直《ただ》ちに有名な私立探偵の由利《ゆり》先生の許を訪れたのである。

そして由利先生の活動によって、このアトリエが突きとめられ、危《あや》うい瞬間に二人の生命は救い出されたのだ。

「あゝ、私たちは救われたのですね」

だゝっぴろいアトリエの床に寝かされて、パッチリと眼を見開いた貝三は友人の三津木俊助とその側

にいる白髪の由利先生の顔を見ると、歎息《たんそく》とも感謝ともつかない溜息《ためいき》を洩《も》らした。

「葭枝さんは？」

「大丈夫。今主屋《おもや》のほうに連れていって介抱《かいほう》させてあります。心配することはありませんよ。じき元通りになりますよ」

俊助が元気よく、てきぱきとした口調で言った。

「そして、瀬川氏は？」

貝三がおずおずとした声で訊ねると、由利先生が振りかえって、

「あゝ、瀬川氏というのはこの人じゃありませんか。カンヴァスに向って、絵筆を握ったまゝ、こゝに死んでいるのですがね」

貝三が恐ろしそうに覗いてみると、それは正《まさ》しく瀬川直人にちがいなかった。

「どうしたのでしょう。毒でも飲んだのでしょうか」

「いや、恐らく興奮のあまり心臓麻痺《まひ》でも起したのでしょう。ごらんなさい。この恐ろしい絵を。これはあなた方の断末魔《だんまつま》の光景を描こうとしたのじゃありませんか」

そう言われて覗いてみると、暗いカンヴァスのうえに、二人の男女が真裸《まっぱだか》にされて、大きな鉄鍋《てつなべ》の中で煎《い》られてもがき苦しんでいるところが画いてあった。

しかもその男女の顔というのが、貝三と葭枝にそっくり同じなのだ。

「妙な絵だね。そこに何んだか文字が書いてあるじゃないか。何んと書いてあるのだね」

由利先生の言葉に、三津木俊助がカンヴァスのうえに顔を近づけて、おぼつかなげにそれを読みとった。

「焙烙《ほうろく》の刑」

幻の女

黒ん坊アリ

日比谷のかどにたっている、グランド・ホテルの荘麗な表玄関。

秋風がプラタナスの萎《しな》びた落葉を、カラカラと弄《もてあそ》んでいる、その白い石甃《いしだたみ》のうえに、今しも一台の自動車がはいって来てとまったかと思うと、中からひらりと飛びおりたのは、さよう、年齢《とし》のころは十九か二十《はたち》ぐらい、小柄で、抜けるように色の白い青年だった。

柔かそうな天鵞絨《ビロード》の冬帽子をスッポリとかぶり、ちかごろ流行の裾《すそ》のながい外套《がいとう》をひきずるように着流して、眼には大きな青眼鏡をかけているのである。

「アリ、荷物を頼んだよ」

と、青年が背後《うしろ》をふりむいていうと、

「おゝ」

と、妙な返事とともに、ゴソゴソと自動車のなかゝら這《は》いだしたのは、これはまた、青年とは正反対な、雲つくばかりの大男。あわてゝ側《そば》へよろうとした表玄関《フロント》つきの玄関番も、びっくりして立止《たちど》まったくらいである。

無理もない。この男と来たら脊《せい》の高さは六尺《しゃく》有余、肩幅が衣紋竹《えもんだけ》のように広くて、胸の筋肉が隆々と盛りあがっているのである。太い猪首《いくび》が固いカラアに緊《し》めつけられて、まるで青竹のうえにゴム風船をのっけたよう、おまけにこの男の色の黒さはどうだ。まるで鍋墨《なべずみ》でもくっつけたように、黒光りに光っている顔の中で、二つの眼だけが、西洋皿のように白く光っているのである。

むろん日本人ではなかろう。いま青年がアリと呼んだところを見ると、ひょっとするとこの男、印度《インド》人ではなかろうか。

「アリ、荷物はいゝね」

「おゝ」

まるで牛の唸《うな》るような声なのだ。

驚愕《おどろき》のあまりキョトンとしている玄関番を尻眼にかけて、青年はホテルの中へはいっていくと、スタスタと大股《おおまた》にカウンタアのほうへ近づいていった。その後《うしろ》から例の大男が、大きなトランクを二個、軽々と両手にさげてついていくのである。

これが眼につかずにはいられない。控室《ロビー》にうろついていた数人の客が、思わず好奇に充《み》ちた眼を瞠《みは》って、この異様な二人づれを迎えた。午後三時。――ホテルとしては一番閑散《かんさん》な時刻であったのが、この二人連れにとってはまだしも仕合《しあわ》せだったのである。

「部屋がありますか」

カウンタアの側《そば》へ近寄った青年が、悠々として訊《たず》ねた。女のように、甘い、柔かい声だった。

「はあ、あの――ございますことはございますが、どういうお部屋がよろしいので。……」

うっかり大男のほうに気をとられていた番頭が、ドギマギしながら答えるのを、青眼鏡の青年はさりげなく聞き流して、

「二つゞきの部屋が欲しいのですがね、この男も一緒に泊るのですから」

と、色の黒い従者を顎《あご》でさしながら、青年はカウンタアのうえにひろげてあった宿帳を引き寄せた。

「はあ、ちょうどそういうお部屋がございますことはございます。しかし三階ですが如何《いかが》でしょうか」

「三階？」

と、青年は何気なく訊《き》きかえしながら、手袋をはめたまゝの指で、宿帳を撫《な》でていたが、その指がふと頁《ページ》のうえで止ると、

「おや、八重樫麗子《やえがしれいこ》？」

と、口の中で呟《つぶや》いて、

「君、この八重樫麗子というのは、ちかごろアメリカから帰って来た、ジャズの唄い手じゃありませんか」

「はあ、そうだそうですね。御存じですか」

「いや、知っているというわけじゃないが、向うでは相当有名な女だそうだね。そう、あの人もこのホテルに泊っているの。この二十三号室というのは何階ですか」

「はあ、お二階でございます」

「そう」

青年は軽く指で、頁《ページ》のうえを弾《はじ》きながら、しばらく考えているふうであったが、

「どうだろう、その二階に空《あき》部屋はないかしら。いや、別に八重樫さんがいるからというわけじゃないが、どうも三階は少し出入りに不便だからねえ」

この時、番頭がもう少し頭を働かしていたら、この青年の態度《ものごし》に、どことなく変なところがあるのに気がついた筈《はず》だった。カウンタアのまえに立つと、いきなり宿帳を調べたり、そして八重樫麗子が二階に泊っているときくと、急に二階の部屋にしてくれといい出したり、そこに何かしら、容易ならぬ企《たくら》みがあるらしいことに気づかねばならぬ筈であったが、番頭は深く考えて見ようともせず、

「はあ、あのお二階で。――こうっと。――」

と別の帳簿をバラバラ繰っていたが、

「あ、ちょうどいゝ具合に、今朝ほどお発《た》ちになったお客様がございました。二十八号室ですから、八重樫さんのお部屋とは相当はなれておりますが」

「いや、別に八重樫さんに用事があるというわけじゃないから、それでも結構、じゃ、それへ案内して貰《もら》いましょうか」

「はあ、どうぞ」

青年は手袋をはいたまゝの手でペンを取りあげると、スラスラと名前を記した。番頭が横眼で覗《のぞ》いてみると、

神戸市北長狭通三丁目
無職　及川《おいかわ》　隆哉《たかや》
従者　ア　リ

と、ある。番頭はなんとなく不安らしく額《ひたい》を曇らせたが、それでもすぐベルを鳴らしてボーイを呼んだ。

「二階の二十八号室へ御案内申上《もうしあ》げるんだよ」

それから、従者アリが下げている、二個の大トランクに眼をやると、いくらか安心したように頷《うなず》いた。青年のほうでは、むろんそんな事には気がつかない。二十八号室というのに案内されると、いきなり彼はボーイをとらえてこう訊ねたのである。

「君、二十三号室というのは、この廊下の並びかい？」

「はあ、そこの廊下を曲ってから、二つ目の部屋がさようでございます」

ボーイは窓のカーテンを開いたり、椅子《いす》のクッションをなおしたり、通りいっぺんのサービスをしてしまうと、それでもう用事はすんだ筈なのだが、それでもすぐに立ち去ろうとはしないで、なんとなくもじ〳〵としながら立っている。心附《チップ》にありつこうという、いちばん肝腎《かんじん》の用事が残っているからなのだ。

青年はそれと気がついているのかいないのか、煙草《タバコ》に火をつけると、ゆっくりと煙を吐きながら、

「八重樫さんというのは、ひとりでこのホテルに泊っているのかね」

と訊ねた。よっぽど八重樫麗子のことが気になるらしいのだ。

「はあ、いゝえ、あの、附添《つきそ》いのかたが一人ついております」

「そう、そしてその附添いの人、今いる?」

「つい今しがたお出掛けになりました。なんでも横浜まで御用がございますそうで」

「横浜?」

及川隆哉は青眼鏡のおくでちょっと眼を光らせたが、すぐさりげない様子になって、

「横浜とすると、帰って来るのに相当ひまがかゝるわけだね。八重樫さんはいる?」

「はあ、おいでの筈でございます」

「誰かお客様でも来てる様子かね」

「いゝえ、そういう模様はありませんでした」

「すると八重樫さんは今一人きりでいるわけだね。何をしているかしら」

「お風呂じゃありませんか。さきほど浴室《バス・ルーム》の具合を見てさしあげましたから。でも、何か御用がございますのでしたら、私がお使いにまいってもよろしゅうございますが」

心附《チップ》にありつきたいものだから、ボーイの奴、せいぜい愛嬌《あいきょう》をふり撒《ま》くのである。

「いや、有難《ありがと》う、何《な》んでもないんだよ。あゝ、アリ、例のもの用意出来ているだろうね」

「はい」

例によって牛の唸り声みたいな返事だ。及川青年は安心したようにボーイのほうに向きなおると、

「いや、御苦労様でした。それでは、君、これを」

青年がポケットに手を突込《つっこ》んだので、てっきり心附《チップ》にありつけると心得たボーイが、欣然《きんぜん》としてまえへ進み出た時である。

廊下のドアに音もなく錠をおろした黒ん坊のアリが、つゝゝゝと蛇《へび》のように這《は》いよったかと思うと、いきなり、ボーイの体をうしろからガッキリと羽交《はがい》締《じ》め。

「あ、何をするのです!」

驚いたボーイが身をもがいて、振りかえろうとするところを、いきなり大きな掌《て》が、鼻と口を塞《ふさ》いだ。──濡《ぬ》れたハンケチの甘酸っぱい匂いが、つーんと鼻から頭へぬけたから耐《たま》らない。

「あゝ、──誰か来てえ、──人殺し──」

という言葉も口のうち、舌が縺《もつ》れて、手足の動作が緩漫《かんまん》になって、眼の色が上ずって来たかと思うと、可哀《かわい》そうにボーイの奴、ぐったりと床のうえに丸くなって倒れたのである。

怪青年

「ふふ、うまく行ったようだね」

この様子を、眉毛一つ動かさずに見ていた怪青年の及川隆哉は、ボーイが倒れるのを見ると、口に銜《くわ》えていた煙草をポイと投げ捨て、にんまりと笑った。それからボーイの側《そば》によって、瞼《まぶた》を邪慳《じゃけん》に、ぐいとあけて見て、

「よし、この分なら大丈夫、二時間ぐらいは醒《さ》めやしない。それじゃ、アリ、頼んだよ」

「おお」

怪青年はつと身を起すと、外套を脱ぎながら、急ぎあしで隣室へ入っていく。あとに残った黒ん坊のアリ、ぐったりとしているボーイの体を抱き起したから、どうするのかと見ていると、衣服《きもの》を剝《は》ぎだしたから妙だ。

上衣《うわぎ》を脱がせて、洋袴《ズボン》を脱がせて、そいつを片手にブラ下げて、隣室との境までいくと、

「おお」

と、言いながら扉《ドア》を叩く。

「オーライ」

扉《ドア》が細目にひらいて、華奢《きゃしゃ》な腕がその洋服をうけとった。暫《しばら》くして、

「帽子、帽子」

と、いう声。黒ん坊のアリが見廻《みま》わすと、格闘の

はずみに、脱げてとんだのであろう、顎紐《あごひも》のついた赤い縁なし帽子が隅《すみ》のほうに転がっている。そいつを拾って持っていってやると、やがてドアが向うがわから開いて、にやにやと笑いながら姿を現わした怪青年、驚いたことには、今剝ぎとった制服を身につけて、どこから見ても一分《ぶ》の隙もないボーイの身ごしらえなのである。

「ほゝう」

と、黒ん坊のアリが眼を丸くして驚嘆するのを、尻眼にかけた怪青年、

「どうだ、似合う？」

と、左の踵《かかと》でくるりと一回転して見せた。似合うも似合わぬも、赤地に金ボタンの制服が、誂《あつら》えたようにピッタリと身にあって、意気な帽子を斜《はす》にかぶったところなど、どう見たって、立派なボーイさんである。

「よし」

と、頷いた及川青年、

「それじゃ、ひとあし先にいっているからね。お前は念のために、このボーイを縛りあげ、猿轡《さるぐつわ》をはめておいてから、すぐ来ておくれ。あゝ、ちょっと、廊下に誰もいやしないかい」

黒ん坊のアリがそっとドアを開いて外を覗いた。幸いあたりに人影はなかった。閑散なホテルの中は、ちょうど古城のように、ひっそりと静まりかえっているのだ。

「じゃ、いってくるよ」

と、さすがに緊張の色を眼にうかべた及川青年、廊下へ出るとつつつと急ぎあしにそこの角を曲って、一《ひ》イ二《ふ》ウ、と扉《ドア》の数を数えながら立ちどまったのは二十三号室のまえ。――八重樫麗子の部屋なのである。

コツコツと扉《ドア》を叩くと、

「誰？」

と、ずっと奥の方で声がして、

「珠子《たまこ》さんかい。鍵はかゝっていないわよ」

〆《し》めた！　とばかりに怪青年。ドアを押して部屋のなかへ滑りこんだ。とっつきは玄関代りの狭い部屋、その奥が麗子の居間兼寝室になっていて、更にその向うに浴室《バス・ルーム》がついている。多分、御入浴中でしょうといったボーイの言葉は間違っていなかった。

居間との境にかゝっている厚ぼったいカアテンの

向うから、バチャバチャと湯を使う音がきこえるのである。

「珠子さん、どうだった、首尾は？　横浜のほううまくいって？――おや、いまドアがひらいたような音がしたけれど、珠子さんじゃなかったのかしら」

「はあ、あの奥さま、私でございますが」

「あら」

と、驚いたような声で、

「誰？　他人《ひと》の部屋へ無断ではいったりして」

「いえ、あの、私、ボーイでございます。ちょっと奥さまにお話がございまして」

「ボーイさんがあたしに？　いやよ、あたし別にボーイさんに用事はなくってよ。駄目、駄目、はいって来ちゃーあ」

麗子は思わず浴槽《よくそう》のなかに身を沈めると、きりゝ柳眉《りゅうび》を逆立てた。

「まあ、失礼な。婦人が入浴しているのを覗く人がありますか。あゝ、お前さんはいつものボーイさんじゃありませんね。新米なんでしょう、今度だけは許してあげますから、早く向うへ行って頂戴《ちょうだい》」

「いえ、奥さま、それが是非《ぜひ》とも聞いていたゞかねばならぬことがありまして」

出ていくどころか、反対にカアテンを割って、ずいと中へ入って来たから麗子は驚いた。湯の中に浸《ひた》ったまゝ、あわてゝ、ありあうタオルで肌をかくしながら、

「失礼な、出ていかなければ支配人を呼びますよ。よござんすか。支配人に言って馘《くび》にして貰いますよ。まア呆《あき》れた。平気なのね、なんて図々《ずうずう》しいんだろう」

「奥さま、支配人をお呼びになろうと、馘にしようと、それは奥様の御随意ですが、そのまえに是非お話がございましてね」

と怪青年は麗子の面《おもて》に鋭い眼をそゝぎながら、また一歩まえへ進み出た。

思ったより美しくない女なのである。年齢《とし》は三十五六、あるいはもっといっているのかも知《し》れない、姥桜《うばざくら》の残りの色香を、化粧のちからで強いて若く見せようと苦労している種類の女の、脂粉の粧《よそお》いをこらさない時の醜《みにく》さが、あからさまに眼についた。麗子は気味悪そうに浴槽に身を沈めながら、

「話っていったいなんのことなの。ともかく言ってごらん、あ、側《そば》へ寄っちゃ駄目。そこで言いなさい」

「実は、奥さまに戴《いただ》きたいものがあるのです」

「欲しいものがあるのですって。あゝ、わかった、お金が欲しいというのでしょう。ほゝゝゝほ、そんなことなら、何も勿体《もったい》ぶらなくても、もっと早くいえばいゝのに。ともかく、今は見らるゝとおりの体《てい》だから、お風呂からあがってあげます。向うへ行って待っていて頂戴」

「いゝえ、奥さま、欲しいのはお金じゃありません」

「金じゃない？　じゃ、いったい何が欲しいというのです」

「はい、籾山《もみやま》子爵から、あなたへさしあげたお手紙が欲しいのです」

そのとたん、上気した麗子の頬《ほお》から、さっと血の気がひいた。

浴室の恐怖

「お前はいったい誰です」

麗子は浴槽の中で金切声《かなきりごえ》をあげると、

「あゝ、わかった。きっと籾山子爵に頼まれて来たのでしょう。それなら帰って子爵にお言い、手紙は破ってしまったって」

「嘘《うそ》だ！」

「嘘？」

「嘘だとも！　昨日も君は子爵に電話をかけて、いまもって古い手紙を持っていることをほのめかし、子爵を脅迫《きょうはく》したじゃないか。さあ、その手紙をこゝへお出し」

「いやよ」

「いやだ？」

「いやですとも！　子爵も男らしくない。手紙が返してもらいたいなら、自分で来るがいゝじゃないか。フン、こんな恐喝《きょうかつ》がましい手にのって耐るもんか」

「恐喝とはなんだ。恐喝とはお前のことじゃないか。古い恋文を種に男を強請《ゆす》る貴様こそ恐喝じゃないか」

「ほゝゝゝほ、何《な》んとでもいうがいゝ。お前さんはまだ若い。あたしと子爵の仲をよく知らないから、そんなことをいうのよ。兎《と》に角《かく》出せないものは出せないんだから、そう思っておくれ」

「よし」

怪青年はきっと振返ると軽く口笛を吹いた。それに応じて、カアテンの間からのっそりと首を出したのは黒ん坊のアリだ。

「どうだった。手紙は見つかったかい」

「いゝえ」

「そうだろう。どうせこの女のことだもの、尋常《じんじょう》の場所に隠しておく筈がない。少し痛い目を見せてやろうよ。アリ、構わないからそいつを縛りあげておしまい」

「はい」

「あ、何をしやがる！」

もがいたところで男と女の力の相違だ。麗子は見る見るうちに裸体のうえからタオルで巻かれ、そのうえから太い綱でぐるぐる巻きにされてしまった。

「どうだね、これでも手紙のありかを言わないかい」

「畜生《ちくしょう》！」

簀《す》巻《ま》きにされて、白いタイル張りの床に投げ出された麗子、満面に朱を注ぎながら、

「誰がいうものか。こんなことで驚く麗子さんたア、麗子さんがちがうんだよ」

「よし、その言葉を忘れるな。アリ、構わないから少し痛めておやり」

「はい」

黒ん坊のアリが、太い角棒をとりあげて、こいつを縄目《なわめ》のあいだに突込んできりゝきりゝと、揉《も》むようにこじるその痛さ。

「あ、あゝッ！」

と、麗子は唇《くちびる》をかみしめて、

「痛ッ、タ、タ！」

唇が破れてたらたらと血が流れた。

「どうだ、それでもまだ言わないか。アリ、少し手緩い。もっと強くやっておやり」

「おゝ」

黒ん坊が腕に力をこめたから耐らない。タオルの下からはみ出した麗子の筋肉が、柘榴《ざくろ》のように真赤《まっか》にふくれあがった。

「あ、痛ッ、タ、タ」

と、悶絶《もんぜつ》しそうな呻《うめ》きをあげながら、尚且《なおか》つ剛情に、歯をくいしばり、

「畜生！　畜生！　どんなにされたって、誰が――誰が――」

と、言いかけて麗子はふいと口をつぐんだ。その時、廊下のドアをノックするような音がきこえたからである。

「あ」

と、麗子は眼を輝かせて、

「誰か来てえ」

「畜生！」

いきなり怪青年が躍りかゝって、いやがる麗子の口の中に濡れタオルを滅茶滅茶《めちゃめちゃ》に押しこんだ。ノックの音はまだ聞える。怪青年は声をひそめて、

「アリ、誰だかちょっと様子を見ておいで。附添いなら構やしない。例の薬で眠らしておしまい。ほかの者ならまたその時のことだ」

アリは静かに棒をおくと、無言のまゝ浴室を出ていった。こんな時にはこの男の石炭のような無表情がたいへん便利なのである。

間もなく廊下のドアが開く音がして、それにつゞいて男の声。どうやら附添いではなかったらしい。浴室にいる二人の耳に、男の声が筒抜けに聞えて来るのである。

「さきほどお電話をかけておいた、新聞社の者ですがね」

浴室にいてこれを聞いた麗子が、さっと喜悦《い》の表情《ろ》をうかべ、激しく身動きをしようとするのを、片脚でしっかと踏んまえた怪青年、ポケットからすらりと細身の短刀をひきぬくと、そいつを麗子の胸に擬《ぎ》しながら、

「静かにしておいで。動くとこれだよ」

チクリと刃物の先が麗子の肌を刺す。麗子は唇の色まで真蒼《まっさお》になった。廊下のほうではまだ押問答《おしもんどう》が続いている。

「それは困りましたな。さきほどあんなに固くお約束しておいたのに。いや、まだ一度もお眼にかゝったことはありません。しかし、是非ともお伺《うかが》いしたいことがあるのです。あゝ、御入浴中ですか。それなら、お出になるまでこゝで待っていますよ。とにかく、この名刺だけ通じておいてくれたまえ」

客は玄関の間に坐《すわ》りこんで、梃《てこ》でも動こうとはしないらしい。間もなく一枚の名刺をもったアリが、困ったような渋面《じゅうめん》をつくって浴室へ引きかえして来た。

「どうしたい？　帰りそうにないかい」

「駄目です」

アリが牛のような緩《のろ》さで言った。

「とても剛情な奴です」

怪青年はさっと額《ひたい》を曇らせて、

「そいつは困ったな。愚図々々《ぐずぐず》していて、附添いにでも帰って来られたらそれこそ大変だ。畜生！　新聞記者とは厄介《やっかい》な代物《しろもの》が舞いこんで来たものだな。いったい、八重樫麗子にどんな用事があるのだろう。アリ。ちょっとその名刺をお見せ」

名刺を見ると新日報《しんにっぽう》社社会部、三津木俊助《みつぎしゅんすけ》とあった。怪青年はさっと顔色をうしなって、

「こいつは大変だ。同じ新聞記者でも三津木俊助と来たら、すばしこいので有名だ。いま売出《うりだ》しの男だよ。一体、何んの用事があってこゝへ来たのだろう」

麗子を見ると猿轡をはめられたまゝ、にやにやと微笑《わら》っている。

「畜生ッ、こいつ我々が困っているのを見て欣《よろこ》んでやがる。今に助けて貰えると思ってるんだろう。だが、どっこい、そうは問屋が卸《おろ》さないぞ」

ふいに、怪青年の頬《ほお》にぽっと紅《くれない》の色がさした。何か逃道《にげみち》を考えついたらしいのだ。

「アリ、そこにある湯上りのガウンを貸しておくれ、そうそうこの女のガウンだ。仕方がない。これよりほかに、うまく追っ払う手はありゃしないもの」

言いながら怪青年、すばやくボーイの上衣を脱ぎすてると、そのうえから麗子の派手なガウンを羽織った。そしてそこにあったクリームを、無茶苦茶に頬になすりつけると、

「それじゃね、アリ、湯上りですから、ほんの暫《しばら》くでおよろしかったら、麗子がお眼にかゝりますって、そう言って頂戴」

と、言いながらかぶっていたボーイの制帽を取れば、こはそも如何《いか》に、長い髪の毛がはらりと肩のうえにこぼれ落ちたではないか。

さすがの麗子も、これを見ると思わずぎょっとして眼を丸くしたのである。

あゝ、何んたることぞ！

今の今まで男だとばかり思っていたこの怪人物は、意外も意外、実に妙齢な美少女だったのである。

幻の女賊

「なんでございますか。こんな失礼な服装《なり》をしているのですけれどお許《ゆ》るしなすって」

奇怪な少女はガウンの褄《つま》をとりながら、俊助に椅子をすゝめた。窓のカアテンを下ろして、わざと薄暗くした一室なのである。

「失礼は私のほうこそですが」

と、俊助は大きな青眼鏡をかけた相手の顔に、鋭い一瞥《いちべつ》をジロリとくれると、

「あなたが八重樫麗子さんですか」

「はあ、さようでございます。あら、いやでございますわ。そんなに顔を御覧なすっちゃ。――何かおかしなことでもございまして」

「いや、そういうわけじゃありませんが、私はもっとあなたをお年寄りかと思っておりましたのに、こんなに若くてお綺麗なので、ちょっと意外に感じましたよ」

「あら、ほゝゝゝほ！」

怪少女は快《こころよ》い嬌笑《きょうしょう》をひゞかせると、

「あたしどうしましょう。日本の新聞社の方って、みんなそんなにお世辞がいゝのでございますの。アメリカじゃ、新聞記者っていうと、それはそれは無遠慮なものと相場がきまっておりますのに」

「そうそう、アメリカにはずいぶん長くおられたそうですね」

「えゝ、向うのほうが故郷のような気がするくらいですの」

「どのくらいになりますか」

「そうね」

と、指折って勘定しているふうであったが、急にはっとしたらしいのを笑いにまぎらして、

「まあ、お人の悪い、うっかり年齢がわかっちまうところでしたわ。それよりあなた、御用というのはなんですの」

「それがね、少し奇妙なお訊ねなのです」

と、三津木俊助はテーブルのうえにぐっと体を乗りだすと、

「あなたは長く桑港《サンフランシスコ》にいられたから、ファントム・ウーマンという名をお聞きになったことがあるでしょう。日本語に飜訳《ほんやく》すると、幻の女とでもいうのですかね。そういう名前で知られているあの恐ろしい女賊のことを。――」

「まあ、ファントム・ウーマンですって？」

怪少女はいくらか吶《ども》りがちに、

「えゝ、それは、あの、随分評判でしたから」

「そうでしょう、何しろ女のくせに人を殺すことを、大根を切るくらいにしか心得ていないという、実に恐るべき殺人鬼ですからね。にっこと笑えば人を斬《き》

るというと、まるで国定忠治《くにさだちゅうじ》みたいですが、まあ、そういった種類の女なのです。しかも、誰一人その女の正体を知っている者はいない。こゝ数年間桑港《サンフランシスコ》の警察では、血みどろになってこの殺人鬼と闘って来たのですが、しかも、相手が女性であるということ以外には何一つわかっていない。いや、少くとも、ついこの間まで分っていなかった。ところが最近になって、この幻の女の一味がとらえられて、そいつの口からはしなくも、驚くべき事実が暴露しました。というのは麗子さん、幻の女とは実に日本人だということがわかったのですよ」

怪少女はその時、何気なくテーブルの抽斗《ひきだし》をひらいた。見ると抽斗の一番うえに婦人用の小型ピストルがのっかっているのだ。

怪少女はすばやくそれをとって、ガウンのポケットに忍びこませると、

「まあ、あの、幻の女《ファントム・ウーマン》が日本人ですって？」

「そうなんです。しかもね、近頃、日本へ舞いもどった形勢があるというのです。たしかなことは電報ですからよく分りませんが、そう信ずべき筋があるらしいのですよ。これは向うの新聞社から、わが社へ極《ご》く内々に報《し》らせて来たのですが、どうやら幻の女は、先日横浜へ着いた春雷丸で日本へ渡ったらしいという電報なのです」

「まあ」

怪少女は驚いたように眼を見張って、

「春雷丸といえば、あの麗子——いえ、このあたしが乗って来た船じゃありませんか」

「そうなのです。私のお訊ねしたいというのもその点なので、あなたは船中、これは怪しいと思うような女を見かけはしませんでしたか」

「さあ」

怪少女は首をかしげて考えるふうであったが、急に恐ろしさに身ぶるいをすると、

「まあ、何んて恐ろしいことでしょう、あの幻の女が、この日本へ、しかもあたしと同じ船で——いえいえ、あたし気づきませんでしたわ。だってあたし、航海中ほとんど船室に閉じこもりきりでしたし、それに、そんな女のことですもの、きっと上手に変装していたにちがいありませんわ」

「そうです。桑港《サンフランシスコ》でつかまえられた乾児《こぶん》の自白によりますとね、幻の女というのは、非常に巧みに男

装をするのだそうです。男装をすると、ちょっと識別《みわけ》がつかなくなるといいます。尤《もっと》も、もともと女のことだから、いくらか小柄で、体つきも華奢《きゃしゃ》であったそうです。そこでお訊ねというのは、船中でそういう女のような男に、会いはしなかったかということなのですが」

怪少女はしずかにポケットに手を滑りこませると、ピストルの引金に指をかけた。汗ばんだ掌《て》の中で、ピストルの柄《え》が蒸《む》されたようにヌラヌラと濡れているのだ。

「さあ、あたし一向に。——何しろあたしと来たらそれはぼんやりなものですから、おゝ、寒い」

と身をふるわした拍子に、ピンク色のガウンが摺《ず》り落ちて、むっちりとした肩が現れた。

「あら」

と、怪少女はわざと仰山《ぎょうさん》そうに顔を紅《あか》らめて、

「少し湯ざめしたのかも知れませんわ。あの、そのことでしたら、あたしの秘書にでもお訊ねになって戴けませんかしら。あたしの秘書なら、何か気附いていることがあるかも知れませんわ」

「はあ、そしてその秘書のかたは？」

「えゝ、いまちょっとお使いにいっているのですけれど、もうすぐ帰って参りましょう。階下《した》の控室《ロビー》ででもお待ち下されば、お報らせ申しあげますわ」

その時、怪少女がまたもや、ピンク色のガウンの間から、素晴らしい素足の曲線をちらと覗かせたので、俊助はもうそれ以上、頑張るわけにはいかなくなった。

「あゝ、そうですか」

と、残り惜しげに立ちあがると、

「それではそういうことに致しましょう。階下《した》でお待ちしていますから、秘書のかたが帰って来たらすぐお報《し》らせ願います」

「えゝえゝ、承知いたしました。ほんとうにお役に立ちませんで失礼いたしましたわね。でも、なんて怖いことでしょう。あの恐ろしい幻の女が日本へやって来たなんて、いまにきっと、東京でも恐ろしい事件が起るのでしょうね」

「われわれもそれを心配しているのですよ。いや、御入浴中をどうも甚《はなは》だお邪魔いたしました」

俊助が出ていったあと、怪少女は急いでドアの錠をおろすと、ほっとしたように太い息を吐き出した。

いまゝで緊張していたので気がつかなかったけれど、全身にビッショリと汗をかいて、なんとも言えないほど気持ちが悪いのである。

　怪少女は思わずブルブルと身顫《みぶる》いをすると、ガウンの裾をさっと飜《ひるがえ》しながら、大急ぎで浴室のなかへ入っていった。

「アリ、愚図々々しちゃいられないよ。さあ、大至急この女に白状させなきゃ」

「おゝ」

　アリは邪慳に麗子の髪の毛をつかむと、ぐいとその顔をあげさせた。麗子の蒼白《そうはく》のおもてには、さっきとうって変った、恐怖の表情《いろ》がいっぱいにうかんでいる。怪少女は浴槽の縁《ふち》に片脚をかけ、相手の顔を覗きこみながら、

「ちょいと麗子さん、詰《つま》らない仁義なんか一切《いっさい》抜きにしましょうよ。ねえ、それで率直にお訊ねするんですけれど、例の手紙どこにありますの。さあ、言って頂戴よ」

　麗子は黙っている。無言のまゝ、孔《あな》のあくほど相手の顔を凝視しているのである。怪少女はその肩に手をかけて、激しく体をゆすぶりながら、

「さあ、言わないか。言わなきゃこちらにも考えがあるよ」

　そういう相手の顔をじっと凝視《みつ》めていた麗子は、ふと激しく身ぶるいをすると、

「あゝ、ちがいない、やっぱりそうだ。なんて恐ろしいことだろう！」

　と、何やら理由《わけ》の分らぬことを呟くのだ。

「まあ、何を言っているのさ。それより手紙のありかを言うか言わないか、言わなきゃ。――」

　と、すらりと引きぬいた鋭い刃物を相手の胸につきつけながら、

「これだよ」

　と、きっと唇を嚙《か》みしめた少女の、美しい双眸《そうぼう》には、その時野獣のような兇暴さが炎《も》えあがったのである。

恐ろしき花束

　麗子の部屋を出て、階下へおりていった三津木俊助は、ふと思いついたようにカウンタアのそばへよって宿帳を調べて見た。八重樫麗子の秘書として、鈴村珠子《すずむらたまこ》という名前が書きつけてある。

「君、君、この鈴村珠子というのは、八重樫さんとこの秘書の名前だろうね」

番頭が、

「はあ、多分そうだろうと思います」

「そう、それじゃこの人が帰って来たら、すぐ僕に報らせてくれたまえ。向うの控室《ロビー》で待っているからら」

「はあ、承知いたしました」

俊助は控室へはいると新聞の綴込《とじこみ》をとりあげて、しばらくあちこちと引っくりかえしてみた。するとその時ふと、

「八重樫麗子という女がこのホテルに泊っているかね」

と、聞いている声が耳に入った。

何気なく控室から覗いてみると、色の浅黒い、脊の高い、立派な顔立ちをした紳士が、カウンタアのまえに立っている。鼻下と顎にたくわえた美髯《びぜん》が、この紳士の秀麗な容貌のうえに犯しがたい威厳をそえているのだ。

俊助は思わずはっとした。この紳士の顔に見覚えがあったからである。

紳士というのは、貴族院の闘士として有名な、籾山子爵なのである。

（はてな、あの有名な籾山子爵が、八重樫麗子のような女に、いったいどういう用件があるのだろう。あのいかゞわしいアメリカ下りのジャズの唄い手に。

――）

俊助がぼんやりとそんなことを考えているうちに、子爵はカウンタアのまえを離れて、悠然《ゆうぜん》と大理石の階段をのぼってゆく。多分、八重樫麗子を訪問するのであろう。これが赤新聞かなにかの記者ならこれだけでも素晴らしい特種《とくだね》であるにちがいなかったが、俊助はこういうことに対して至って興味が薄いほうであった。忘れるともなく忘れてしまった彼は、ふたたび新聞を読みはじめた。

それから凡《およ》そ、どのくらい経《た》ったか。ふと急ぎあしに近づいて来る人の足音がしたので顔をあげて見ると、ボーイが側《そば》へよって来て、

「さっきお話のあった、八重樫さんの附添いのかたが今帰って来ました。ほら、あの階段をのぼっていく女がそうですよ」

言われて控室《ロビー》から外を覗いてみると、いましも大

理石の階段をいそぎあしで登っていく、女のうしろ姿がみえた。麗子の秘書というから、相当の年齢だと思っていたのに、なかなかどうして、まだ若々しい体つきをした、脊の高い女だった。黒っぽい、地味な洋装をしているからなんだけれど、もし派手な着物でも着せようものなら、まだまだ十分、男の心を惹《ひ》きつけるような、捨てがたい色気をうちに包んだ女なのである。

「あ、そう、あれが鈴村珠子なんだね」

俊助は新聞をおくと、ボーイにいくらかの金をつかませて控室を出た。珠子の姿はすぐ見えなくなった。

それにしても籾山子爵はどうしたろう。まだ麗子の部屋にいるのだろうか。それだと、珠子を訪ねていくのに、少し具合が悪いが——、と、そんな事を考えている時、階段の上にふたゝび鈴村珠子の姿があらわれたのである。

しかも、その様子が唯事《ただごと》ではない。髪振り乱し、悶絶《もんぜつ》するような恰好《かっこう》で両手をうちふっていたが、ふいに、

「人殺し！」

と叫んだかと思うと、ばったりと大理石の手摺《てす》りのうえに倒れかゝった。その瞬間、俊助は控室をとび出して、ひと跳びの早さで階段のうえへ駆けあがっていた。

彼はちょっと珠子のほうへ眼をやったが、何を思ったのか、そのまゝ彼女のそばを通りすぎると、急いで二十三号室のほうへとんでいった。見るとドアは開け放したまゝになっていて、そのまえに外人が二三人、不思議そうな顔をして立っていた。

俊助は肱《ひじ》でそれを突きのけるようにして部屋のなかへ入ると玄関を抜けて居間へはいっていった。そこはつい三十分ほどまえに、彼が八重樫麗子——彼はそう思っていたのだ——と会って話をしたところである。

見廻わしたところ別に異状があろうとは思えない。はてな、人殺しといったのはこの部屋の出来事ではなかったのかしら。そんなことを考えながら、浴室との境にかゝっているカーテンを、何気なくまくりあげた三津木俊助、突然ぎょっとしたように息をのんだ。

浴室の中には出しっぱなしになった湯がいっぱい

溢《あふ》れて、滝のような音を立てゝ渦巻いているのである。その中に女が一人、裸体のうえからタオルでぐるぐる簀巻きにされて、蠟《ろう》人形のようにブカブカと浮んでいた。見ると無残にえぐられた胸もとから、滾々《こんこん》と溢れ出した血潮が、あたりの湯をほんのりと桜色に染めているのである。

俊助はそれを見ると、すぐ洋袴《ズボン》の裾をまくりあげ、じゃぶじゃぶと湯の中へはいっていくと、屍体《したい》に手をかけた。が、そのとたん、どうしたのかふいに、わっというような悲鳴をあげると、あわてゝ側《そば》からとびのいたのだ。

無理もない。女の屍体には左腕がなかったのだ。何かしら、鋭利な刃物で、プッツリと断ち切られたと見える肩口から、ホースのように血が奔流しているその物凄《ものすご》さ。

「あ、大変だ！」

俊助のあとから駆けつけて来たボーイの一人が、ひとめこの態《さま》を見ると腰を抜かさんばかりのありさまで叫んだ。

「八重樫さんが殺されている！」

その声に驚いて振りかえった三津木俊助、

「なんだ、八重樫さんだって？　それじゃ君、この女が八重樫麗子かい」

「えゝ、そうですよ」

「間違いないかい。君、よくこの顔を見給《たま》え」

「間違いございませんとも。たしかに八重樫麗子さんですよ。しかし、おや、あれはなんでしょう」

ボーイにいわれて、ふと向うの壁を見ると、白いタイル張りのうえに何やら妙な模様のようなものが、大きく書いてある。多分、タオルか何かに血をしませて書いたのだろう、生乾きの血がギラギラと無気味な光沢をおびて輝いているのである。

「なんでしょう、字らしいですね。最初のは平仮名のまの字じゃありませんか」

「そうらしいね。次《つ》ぎはぼの字かな。ま、ぼ、ろ、し、の、女――」

と、一字々々区切って読んだ三津木俊助、さっと顔色をかえると、

「大変だ。君、すぐ警視庁へ電話をかけたまえ。それからこの部屋には絶対に誰も入れちゃいかん」

さあ、大変だ。ホテルの中は上を下への大騒動となった。すぐ眼と鼻の間にある警視庁からは、係官

がおっとり刀でどやどやと駆けつけて来る。その中には俊助と仲のいゝ等々力《とどろき》警部の顔も混っていた。忽《たちま》ちホテルの周囲には非常線が張られる。ホテルの出入には一々厳重な質問をうけなければならぬことになった。何しろ国際的なホテルのことだから、その迷惑というものは非常なものであったが、事件が事件であるから、これもまた止《や》むを得ないのである。

そのうちに、二十八号室の中から、猿轡をはめられたボーイが発見され、その口から、犯人はどうやら黒ん坊の従者をつれた、及川隆哉と名乗る怪青年であるらしいことが分って来た。しかも、三津木俊助の見聞によると、その及川隆哉というのは、実際は男ではなく、そいつこそ、まぼろしの女ではないかという疑問もうかんで来るのだ。むろんその頃には、当の怪少女も黒ん坊のアリも、とっくの昔に風をくらって逃亡していたのである。

「それにしても、君はまた妙なところへ来合《きあわ》せたものじゃないか。何か事件というと、いつも君が居合《いあ》わせるから、全《まった》く妙な廻合《めぐりあわ》せだね」

ホテルの中に臨時に設けられた捜査本部。その中で三津木俊助をとらえて、からかうようにそう言ったのは、お馴染《なじ》みの等々力警部、三津木俊助とは切っても切れぬ深い縁があるのである。

「そうだよ。今から考えるとわれながら、自分の迂《う》闊《かつ》さに腹が立ってならないんだよ」

と、俊助は吐き捨てるように、

「ひょっとすると僕は、まぼろしの女その人にむかって、まぼろしの女の消息をきいていたということになるのかも知れないのだ。なんて間の抜けた話だ。だが、――おや、誰か来たようだ」

その時一人のボーイが、大きなボール紙の函《はこ》をかかえて、この捜査本部の一室に入って来たのである。

「騒ぎに取りまぎれて忘れていましたが、先程、使いの者が参って、これを八重樫さんに差しあげてくれといっておいて行ったのですが」

「なんだろう」

「花じゃないかと思うのですが――」

「よし、そこへおいていきたまえ」

ボーイが出ていくと、等々力警部は俊助と顔を見合せて、

「誰か、贔屓《ひいき》客からでも贈って来たのだろうね。とにかく、開けて見ようか」

等々力警部が手早く紐を切って、蓋《ふた》を開いてみると、中から現れたのは案《あん》の定《じょう》美しいリボンで結ばれた薔薇《ばら》の花束だった。その馥郁《ふくいく》たる匂いに警部は思わず顔をしかめながら、

「可哀《かわい》そうに、嗅《か》いで貰いたい当の本人はとっくの昔に死んでいるのに」

「誰からだろう。贈り主の名刺はないかしら」

俊助はふと、さっき見た籾山子爵のことを思いうかべながらそう訊ねた。それにしても子爵はいったいどうしたのだろう。

「さあてね」

と警部は何気なく、パラフィン紙に包まれた花束を持ちあげたが、その拍子に、

「や、や、こりゃ何んだ!」

と、素頓狂《すっとんきょう》な声をあげたのである。その声に驚いて覗きこんだ三津木俊助、これまたさっと土色になった。あゝ、何んたる事だ！　その美しい薔薇の花束のなかには、見るも生々《なまなま》しい人間の片腕が一つ、ちょうど花に包まれた簪《かんざし》のように封じこめてあったではないか。

「麗子の片腕らしいですね」

大分《だいぶ》しばらくして、俊助がやっとそれだけのことを言った。

「そうらしい。しかし、なんのためにわざわざ送り返して来たのだろう」

見るとその片腕は、最期《さいご》の瞬間の苦痛を思わせるように、固く固く五本の指を握りしめているのだ。

俊助はその指を一本一本開きながら、

「ごらんなさい。薬指にはめていた指輪を抜きとったらしい跡がありますよ。ひょっとしたらこの指輪を奪うために、腕を斬《き》り落していったのかも知れませんね」

「大きにそうかも知れない。しかし、それなら腕を斬らずとも、指だけ斬っていけばよさそうなもの。――」

と、言いながら警部はふと、その片腕が握りしめている小さな紙片に眼をつけた。

「おや、なんだろう」

と、開いて見ると、
まぼろしの女
と、血のように真紅《まっか》なインキで。――

「三津木君、これは実に恐ろしい事件だぜ。君は単純に、犯人はまぼろしの女と極《き》めてしまっているようだが、俺《わし》にはどうも不可解なところがある。君の話を聴いたばかりじゃよく分らないが、なんだか妙に辻褄《つじつま》のあわないところがある。そいつが俺《わし》には気に喰わん。どうも妙だ。なんだか得体の知れぬ所がある」

グランド・ホテルの中に仮りに設けられた捜査本部の一室なのだ。三津木俊助の電話によって、たった今、駆けつけて来たばかりの由利《ゆり》先生は、相手からひととおり事件の輪廓《りんかく》を聴き終ると、しばらく考えを纏《まと》めるように、部屋のなかを歩き廻っていたが、急にピタリと立ちどまると、俊助のほうを見ながらそう言った。

あれから三十分程のちのことで、ホテルの中はまだ上を下への大混雑を極めている。その混雑のなかを、虱潰《しらみつぶ》しに捜索して見ようと、等々力警部が出ていったあとには、白髪の由利先生と三津木俊助の二人きり。

いまだ四十の壮者のくせに、七十の老爺《ろうや》の如《ごと》き白髪を頂《いただ》いている由利先生は、かつて警視庁に奉職していたことがあるとはいうものの、現在ではその職も退き、野《や》にあって専《もっぱ》ら閑日月《かんじつげつ》を楽しんでいるのだから、犯罪事件と云《い》えば、いつの場合でも必ず顔出しするというわけではない。しかし、新日報社の花形記者、この三津木俊助とは妙にうまがあって、彼の懇請に応じて、拠《よんどこ》ろなく乗出《のりだ》すというのは、決して珍らしい例ではなかった。

等々力警部にしても、嘗《か》っての大先輩ではあり、別に警視庁の捜査を妨《さまた》げるような人ではないので、厭《いや》な顔もせずに、なるべく便宜を計るように心掛けているらしい。

「それで先生、辻褄が合わないというのは、この片腕のことですか」

「そう、それもある。犯人はなんのために被害者の腕を斬り落したのか、いや、それよりも、折角《せっかく》斬りとった片腕を、なんだってまた送りかえして来たのか、それもたしかに疑問だ。しかし、それよりも俺《わし》には、もっと妙に思われることがいろいろとあるんだ」

由利先生はそういって、暫く考え込んでいるふうであったが、

「だが、こんなことをこゝで言っても始まらない。どうだろう、俺にも犯罪の現場を見せて貰えるだろうね」

「えゝ、それはいずれ鑑識課の連中が引き揚げたら、御案内するでしょう」

「よし、それじゃ、それまでに一つその片腕というのを調べて見ようじゃないか。どうも俺には、こいつが臭《くさ》くてならないんだが」

由利先生ははじめて、どっかと椅子に腰をおろすと、美しい花束のあいだから、あの生々しい片腕を取りあげた。

「なるほど、こいつは酷《ひど》い」

無残な斬口を見ると、さすがの由利先生も思わず眉をしかめる。栄養のいゝ四十女の片腕なのだ。ぎゅっと握りしめた五本の指が、いかにも断末魔の苦痛を物語っているかのようで、上膊部《じょうはく》に嵌《は》めた太い黄金の蛇の腕環《うでわ》が、きらきらと光っているのも、この場合、なんとなく不気味だった。

「三津木君、君はこの腕環を外して見たかね」

「いゝえ、しかし、その腕環がどうかしましたかね」

「女の趣味としては、こいつは少し悪《あく》どすぎる。見たまえ。巾《はば》二寸《すん》以上もあるぜ。こんな太い腕環を嵌《は》めているには、何かそれ相当の理由《わけ》がなければならんと思うのだが」

由利先生はそう言いながら、発条《ばね》仕掛けになっている腕環を、パチッと外したが、そのとたん、はっとしたように頬の筋肉を緊張させた。

「ド、どうかしましたか」

と、あわてゝ覗き込んだ三津木俊助は、これまたドキリとしたように息をのみこんだ。無理もないのである。今迄《まで》、腕環のために隠されていた筋肉が一ケ所、狼《おおかみ》にでも喰いきられたように、無残に、抉《えぐ》りとられて、バックリと生々しい口を開いているではないか。

「あ、これはいったいどうしたというのだ！」

と、驚く俊助を片手で制しながら、

「わからないかね。いや、今すぐ分るようにしてあげるよ。時に君は今、八重樫麗子には附添いの女が一人いると言ったね」

「鈴村珠子ですか」

「そうそう、その女をひとつこゝへ呼んでもらえないかね。ちょっと訊ねて見たいことがあるんだがね」

「承知しました。早速呼んで来ましょう」

俊助は足早に部屋を出ていったが、すぐ問題の女を連れて来た。まえにも言ったように、鈴村珠子というのは、黒っぽい洋服に身を包んで、地味に地味にと粧《よそお》ってはいるが、天性の麗質は覆うべくもなく、年齢《とし》こそ少し行きすぎたれ、残りの色香いまだ失《う》せやらぬ、素晴らしく色っぽい美人なのだ。珠子は由利先生の鋭い視線に会うと、思わずおどおどしながら、

「あの、何かわたくしに御用でございましょうか」

と、言いかけたが、ふと傍《かたわら》のテーブルのうえに眼をやると、

「あれ！」

と、二三歩うしろに飛びのいた。

「いや、これは失礼。唐突《だしぬけ》にこんなものを見せられて、さぞ吃驚《びっくり》なすったでしょう。実はあなたをお招きしたのは他ではない、この恐ろしい片腕なんですが、あなたはむろん、こいつに覚えがあるでしょうね」

「はあ、あの」

と、珠子は唇の色まで真蒼《まっさお》になりながら、それでも気丈者らしく、

「奥様のでございますわねえ。その腕環に見覚えがございますもの。まあ、何んて怖いことでしょう」

「そうそう、そのとおりなんですが、ところでお訊ねしたいというのは他でもない。この腕環の下に隠されていた八重樫さんの秘密なんですがね。ほら、こゝにはこうして、腕環の下に当る部分だけ、筋肉が抉りとられてあるでしょう。この抉りとられた部分のうえに、どういう秘密があったか、あなたは御存じじゃありませんか」

「まあ！」

珠子は思わず低い叫声《さけびごえ》と共に、激しく身顫《みぶる》いをすると、

「はあ、あの、よく存じております。奥様はそれを見られるのをひどくお嫌いになって、どんな場合だってその腕環をお外しになることはありませんでしたが、たった一度だけ、わたくし、ちらと見たことがございます。それがまた、大変妙なものでしたので、わたくしいまだにはっきりと覚えております」

「妙なものというと、痣《あざ》ですか、黒子《ほくろ》ですか」

「いゝえ、あの、刺青《いれずみ》なんでございますの」

「刺青？」

「はあ、奥様のような方に刺青があるなんて、わたくしまったく驚いてしまいましたの。すると奥様は大変怖い顔をなすって、この事は決して他言してはならぬと仰有《おっしゃ》るものですから。――」

「なるほど、そしてその刺青というのは、どんな形をしていましたか」

「二つの心臓《ハート》を一本の矢が貫いている形でございました」

「なるほど、よくある奴ですな。昔の恋の記念《かたみ》という奴ですな。いや有難《ありがと》う。それだけ分ればいゝのです。時にあなたは、この殺人事件について、何か心当りはありませんか」

「さあ、あの、わたくし一向に……」

「いや、よろしい、それではお引き取りになって下さい。何かまたお訊ねしなければならぬ事があるかも知れませんが、その時にはよろしく願います」

「はあ、御用がございます節にはいつ何時なりと。……」


と、なんとなくほっとした面持《おもも》ちで出ていく女の後姿を、由利先生は鋭い眼でじっと見送っていたが、やがてくるりと俊助のほうを振りかえると、

「どうだね。分ったろう、つまりこの馬鹿々々しく太い腕環は、その刺青を隠すために嵌めていたというわけなんだね」

「よく分りました。しかし犯人がそれを抉りとって寄越《よこ》したというのは、いったい、どういうわけでしょう」

「それはおそらく、この刺青を人に知られるということは、犯人にとっても被害者同様、困ることがあったんだね。だが……おや、ちょうど幸い、鑑識課の連中が降りて来たようだ。この間にちょっと、現場を見て来ようじゃないか」

マグネシュームの灰

なにしろ、警察の者ではないのだから、なるべく、警官の邪魔をせぬようにする必要があるのだ。鑑識課の連中が降りて来た隙を見て、二人は大急ぎで二十三号室のほうへあがっていった。

幸い現場はまだ殆《ほと》んど手がつけてなかった。由利

先生も一眼その場の様子を見ると、

「これはひどい！」

と、思わず眉をしかめたが、すぐつかつかと白いタイル張の浴場へ入っていった。

「なるほど、あれが君の言った幻の女の署名《サイン》だね。まぼろしの女か、いや、どうも」

由利先生はしばらく浴場の中央に突っ立って、あたりの様子を眺め廻していたが、ふと壁の上方についている小さな空気抜きに眼をとめた。それは方五寸くらいの小さい孔《あな》なのである。由利先生はその隙から向うに見える天井を眺めていたが、何を思ったのか、

「君、君！」

と、張番《はりばん》に立たされているボーイを呼びこむと、

「君、あの空気抜きの向うは何になっているんだね」

と訊ねた。

「はい、あの向うはこゝと同じ浴場でございます。この廊下のならびの部屋は、全部同じ構造になっておりますので」

「あゝ、そう、そして隣の部屋には誰か客があるのかね」

「はい、それが、八重樫さんは隣の部屋に人がいるのは困るといって、隣室も一緒にお借りになったのでございます。なんでも附添いの方が、夜だけ向うへ行ってお寝《やす》みのようでございました」

「その部屋をちょっと見せて貰えないかね」

「承知しました」

ボーイに案内されて、隣りの二十二号室というのへ入って見ると、なるほど、いかにも無人の部屋らしくがらんとして殺風景なところを除いては、全部二十三号室と同じである。

「先生、何かこの部屋に疑問がおありですか」

と俊助は不思議そうに訊ねる。

「いや、なんでもないのだが、あの空気抜きがちょっと気になるのでね」

由利先生はほかの部屋には見向きもせず、奥の浴場へ入っていくと、しばらく空気抜きのうえの天井を眺めていたが、ふとその眼を床のほうへ落すと、

「ほら、見給え、誰かその浴槽の縁にあがっていた者があるんだぜ」

と、指さすところを見ると、なるほど白いタイル

の縁のうえに、うっすらと土の跡がついている。由利先生はその土の跡を消さないように、浴槽の縁へあがったが、

「なるほど、こうするとこの空気抜きの孔から、隣の浴槽がひと眼で見える。確かに誰かゞ、こゝから八重樫麗子の部屋を覗いていたんだよ」

そういいながら、由利先生はしばらく天井を眺めていたが、やがてひらりと床にとびおりると、今度は床のうえに身を踞《こご》めて何か探しはじめた。探していたものはすぐ見附かったらしい。

「あった、あった、やっぱりそうだ！」

と、そういう声に三津木俊助が側《そば》へよって見ると、先生は床のうえに落ちている薄黒い灰のようなものを拾いあげて、鼻の先で嗅いでいるところであった。

「三津木君、君にはこれが何んだか分るかね」

「どれですか」

俊助もその側《そば》へしゃがむと、指の先にそいつをつけて嗅いで見たが、すぐはっとしたように、

「先生、こりゃマグネシュームの灰じゃありませんか」

「そうだよ、あの天井を見たまえ、あそこにも少し黒いあとがついているだろう。つまり誰かゞこゝで写真を撮ったのだよ。おそらくあの空気抜きの孔から、隣の浴場を撮影したのだろう、それも極く最近にね」

「なんですって？」

俊助は思わず眼を瞠《みは》って、由利先生の顔を見直した。

「どうだ、分ったかい。これだけ見ても、この事件が何かしら、容易ならぬ複雑さを持っていることがわかるだろう。誰がなんのために、写真を写したのか、また、撮影された場面がどんなものであったか。——あゝ、俺《わし》はその乾板《かんぱん》をひと眼でいゝから見たいよ。ひょっとすると、そこには恐ろしい殺人の場面が写されているかも知れないのだ」

あゝ、そんな馬鹿々々しいことがあり得るだろうか。殺人の場面が写真の乾板に刻みこまれるなんて、そんな突飛《とっぴ》なことが信じられるだろうか。由利先生はあまり空想力が発達しすぎてはいないだろうか。——いや、いや、由利先生の想像はやっぱり間違ってはいなかったのだ。諸君は間もなく、こゝで撮影された写真が、どんなに恐ろしいものであったか、

そしてまた、その写真のために、どのような恐ろしい事件が起ったかお分りになるだろう。

それはさておき、由利先生と三津木俊助の二人が、再びもとの二十三号室へかえって来ると、その時卓上の電話がはげしく鳴り出した。

「おや、電話だ。八重樫麗子にかゝって来たものなら、相手の名前をよく聞いておき給え」

俊助はすぐ受話器を取りあげたが、しかしそれは麗子にかかって来たのではなく、新日報社の編輯《へんしゅう》長からかゝって来たのを、交換台で気を利《き》かしてこちらへ繋《つな》いだのであった。

「ああ、三津木君だね。どうだ、今夜の夕刊に間に合わせたいのだがやって貰えるかね」

「えゝ、大丈夫です。これからすぐ社へかえって原稿を書きます。ところで何かそちらの方へ新らしいニュースは入っていませんか」

「あゝ、それがね、ちょっと面白いニュースが入っているんだ。例のまぼろしの女についてだがね」

「はあ?」

「今、サンフランシスコの新聞から電報が入ったばかりなんだが、まぼろしの女には非常に大きな目印があるというんだ」

「目印というと?」

「つまりね、あちらで捕えられた乾児《こぶん》の自白によると、幻の女という奴は、左の腕に大きな腕環、蛇の形をした黄金の腕環だそうだがね、そういう腕環を嵌めていて、その腕環で刺青をかくしているんだそうだ」

「な、なんですって? 刺青ですって?」

俊助が思わず大声をあげたので、由利先生も驚いて側《そば》へ駆けつけて来ると、ピンと聞耳《ききみみ》を立てた。

「そして、その刺青っていうのは、一体どんな形をしているんですか」

「それがね、極くありふれた図柄なんだが、なんでもね、二つの心臓《ハート》を一本の矢が貫いている。——とそういう模様なんだそうだ」

俊助はそれを聞くと、あまりの驚きのために、思わず受話器を取り落しそうになった。

現場写真

さあ、分らなくなった。

たった今までわれ〳〵は、まぼろしの女こそ八重樫麗子殺しの犯人だとばかり信じていた。ところが意外にも編輯長の言葉によると、八重樫麗子こそ、まぼろしの女そのひとだということになるのである。

つまり幻の女は犯人ではなくて、被害者だということになるのだ。あゝ、なんという変梃《へんてこ》な錯誤だろう。もし八重樫麗子がまぼろしの女であったとしたら、その幻の女を殺した犯人はいったい何者であろう。そしてまた、三津木俊助が会って話をした、あの奇怪な美少女は何者であろうか。

さすがの由利先生もこの話を聴くと、唖然《あぜん》として暫《しば》し言葉もなかったが、やがてにやりと微苦笑を洩《も》らすと、

「ほうら、いよいよ面白くなって来たぞ。こう来なくちゃ、俺《わし》の乗出《のりだ》した甲斐《かい》がない」

と、われにもなく嬉《うれ》しげに呟《つぶや》いて、しきりに両手をこすり合わせているのである。

それにしても、いったいどこで間違って来たのか、どこで話がこんがらがって来たのか。——だが、この事は暫くお預りにしておいて、筆者《わたし》はこの事件のもう一方の大立者である、籾山子爵の身辺に起った出来事について、お話を進めていくことにしようと思うのだ。

グランド・ホテルで奇怪な殺人事件があってから、一週間ほど後のことである。

麴町《こうじまち》にある豪壮な籾山子爵の邸宅。

いつものように朝食の後、書斎に閉じこもって、朝の便で来た夥《おびただ》しい手紙に眼を通していた子爵は、ふとその中から奇怪な一通の封書を発見した。上書《うわがき》を見ると単に籾山子爵の名前があるだけで、差出人の名もなければ切手も貼ってない。どことなく女の筆蹟《ひっせき》を思わせるような、細い紫色の書体を眺めているうちに、子爵の額にはさっと暗い影が走った。

しばらく子爵はこの封書を開いてみようか、どうしようかと、思案をしているふうであったが、急に思い直したように卓上の電鈴《ベル》を押すと、執事を呼び入れた。

「何か御用でございますか」

「ふむ」

と、子爵はむつかしい顔をして、

「こゝにあるこの手紙だがね、誰がこの手紙を持って来たか、おまえ知らないかね」

「はあ、どれでございますか」

篤実《とくじつ》そうな老執事は、ちょっとその手紙の上書を覗きこむと、首をかしげて、

「さあ、今朝郵便受に入っていたのを、そのまゝそっくりこちらへ持って来ておいたのでございますが。切手が貼ってございませんね」

と、ちょっと不安そうな顔をした。

政界の惑星といわれる籾山子爵には、味方も多かった代りに敵も相当沢山あった。時々無名の脅迫状や、性質《たち》のよくない無心状などが舞いこむのは珍しいことではなかった。

「御前《ごぜん》、また詰《つま》らない脅迫状ではございませんか。なんなら警察へお報らせ致しましょうか」

「いや、まだ中を読んだわけじゃないのだ。まあいい。何、大したことじゃないだろう」

と、子爵はわざとさり気なく言ったものゝ、額にかゝる憂愁《ゆうしゅう》の色は隠すべくもない。老執事はなんとなく不安な気がした。

この一週間ほど、子爵の様子が眼に見えて変っているのである。つまらないことを妙に気にしたり、何んでもないことに癇癪《かんしゃく》を起したり、そうかと思うと電話の電鈴《ベル》にもビクリとしたり、なんとなく唯事とは思えない。以前には華族のお殿様にも似合わない、闊達《かったつ》で平民的な方であったのに。……何かまた、政界に面倒なことでも起っているのじゃなかろうかと、忠義な老僕は、この間から心を痛めているところだった。

「爺《じい》や、もういゝよ。退《さが》っておいで。用事があったらまた呼ぶから」

「さようでございますか。でも御前、そんな怪しい手紙は、なるべく御覧にならない方がよろしくはございませんか」

「いゝから、おまえは黙って退っておいで」

と、極めつけられて老執事は、仕方なくしおしおとして部屋を出ていった。

その後を見送っておいてから、子爵はまた例の封筒を取りあげた。そして暫くためつすがめつそいつを眺めていたが、やがて思いきったように封を切って中身を引き出したが、そのとたん、おやというように首をかしげる。

中から出て来たのは一枚のレターペーパーに、一枚の写真。子爵は取りあえずそのレターペーパーのうえに眼を走らせた。

籾山子爵閣下。
仔細《しさい》あってわたくしはこのような写真を手に入れました。この写真はおそらく子爵にとっては、非常な価値あるものと拝察いたします。いずれ、そのうちに何等《なんら》かの具体的な要求を申上げますから、その時には何分《なにぶん》の御援助をお願いいたしたく、先《ま》ずは取急ぎ御挨拶《あいさつ》のみ申上げます。

まぼろしの女

子爵は不審そうな顔をして、写真のほうに眼をやったが、そのとたん、さすが沈着をもって鳴る子爵の秀麗な面《おもて》も、さっと紫《むらさき》色に変じたのである。

無理もない。それこそは八重樫麗子殺しの、その恐ろしい現場写真だったのである。裸体のうえを大きなタオルで簀巻きにされた麗子を中心に、右には黒ん坊のアリ、左にはかの怪美少女が、短刀をつきつけて覗きこんでいる。その三人が、おそらく、マグネシュームを焚《た》く音にびっくりして面をあげたのであろう、恐ろしい程はっきりと写っているのである。

子爵の額には、見る見るうちに、汗がビッショリと浮んで来た。恐怖におのゝく眼は、洞《うつろ》のように見開かれて、真蒼になった唇がわなわなと顫えた。あゝ、子爵を驚かしたのは、この殺人現場の恐ろしさばかりではない。子爵は実に、この怪美少女の正体を知っているらしいのだ。

「フーム」

子爵は思わず低い呻《うめ》き声を洩らすと、握りしめた拳《こぶし》で額の汗を、横なぐりに拭《ぬぐ》ったが、そのとたん、唐突《だしぬけ》にさっと扉《ドア》を開いて躍りこんで来たのは二十歳ばかりの、あまり美しくはないが、高慢そうな顔附きをした令嬢。

「伯父《おじ》さま」

と、言いかけて令嬢はびっくりしたように子爵の面を眺めている。子爵の驚きがあまり激しかったからである。

「あら、伯父さま、どうかなすって」

「いや、なに――京子《きょうこ》、どうしたのだ。お行儀の悪い！」

と、たしなめながら素早く写真のうえに、有りあう新聞紙をかぶせた。

「あら、御免《ごめん》なさい」

と、叱《しか》られて京子は不平らしく、

「だって、築地の伯爵様がお見えになって、早く伯父様にお眼にかゝりたいと仰有るんですもの」

「あゝ、そうか。よしよし。今すぐ行くからね。時に久美子《くみこ》はいるかしら」

「知らないわ。あたし久美子さんの番人じゃなくってよ」

京子はプリプリとして肩をゆすぶりながら、バターンと音をさせて扉《ドア》をしめたが、何を思ったのか、つと身を踞めると、鍵孔からそっと中の様子をうかゞっている。大家の令嬢としては甚だ怪《け》しからん振舞いであった。

子爵はそんな事とは気がつかない。新聞の下から例の写真を取り出すと、ズタズタに引き裂いて、そいつをストーブの中に放り込むと、上から念入りに石炭をかぶせた。

京子はそこまで見届けると、ニヤリと意地悪そうな微笑をもらして、そっと廊下の小蔭《こかげ》に身を隠していたが、やがて子爵が出ていくのを見送っておいて、又ぞろ書斎へ引返して来ると、ストーヴの中を掻《か》き廻しはじめたのである。

生れつき意地悪で好奇心の強い彼女は、こんなことをするのが面白くて耐らないのだ。幸か不幸か、ストーヴの火はまだそんなに燃えてはいなかった。京子は大急ぎで写真の破片《かけら》を掻き集めると、一度廊下の外を窺《うかが》っておいてから、卓子《テーブル》のうえでその写真を継ぎはじめたのである。

それはかなり骨の折れる仕事だった。しかし強い好奇心と、伯父に対する妙な敵意とが、とうとうその困難にうちかったのだ。やっと元通りに継ぎ終ると、しばらく彼女は、喰い入るように写真の面に眼を曝《さら》していたが、ふいにはっと息をうちへ引くと、顔色をかえてわなわなと顫え出したのである。

暫く京子はそうしてじっと考え込んでいるふうであったが、やがてニヤリと陰険な微笑を洩らすと、卓上の電話を取りあげた。

「あの、もしもし」

と、あたりを憚《はばか》るような低声《こごえ》で、

「警視庁へお願いします」

と、そういったが俄《にわ》かに思い直したように、一旦電話を切って、電話帳をバラバラと繰ると、今度は改めて新日報社へかけて三津木俊助を呼び出した。

「あのもしもし、三津木俊助さまでいらっしゃいますか。仔細あってこちらは名前を申上げられませんが、あなたがあのグランド・ホテルの殺人事件を担当していらっしゃることはよく存じております。それで、是非ともあなたにお見せしたいものがございますのですが――はあ、あの写真なんでございます。八重樫麗子さんが湯殿の中で殺されたときの、その現場の写真でございますの。はあ、ちゃんと犯人の姿も写っておりますわ。それで是非ともあなたにお眼にかけたいのでございますけれど、今夜八時ごろ、丸ノ内のK劇場の二階の廊下まで来て頂けません？　そうすればあたし、この写真をあなたのところへ持って参りますわ。えゝえゝ、わたくし、胸に薔薇《ばら》の花を挿《さ》して参りますから、決して間違いございませんわ。今夜八時、K劇場の二階の廊下ですよ。ではどうぞ、お間違いなく」

京子はそこで電話をきると、写真を掻き集め、ポケットの中に入れると、大急ぎで書斎からとび出したが、そのとたん、

「あら、久美子さん！」

と叫んで、その顔はみるみるうちに、真蒼になっていった。

京子と久美子

こゝで一応、籾山子爵の一家についてお話しておかねばならない。

子爵は数年まえに夫人を失って以来、親戚の奨《すす》めも退けて、ずっと独身で通していた。夫婦のあいだには子供がなかったので、亡くなった夫人の姪《めい》に当る京子を、幼い時分から引きとって、養女同様に育てゝ来たのだが、近頃また久美子という若い女性を、どこからか引きとって、わが子同様に可愛《かわい》がっているのである。

久美子の素性《すじょう》については、誰一人知っている者はない。子爵が人に語ったところによると、彼女は子爵の旧《ふる》い親友の遺児であるが、不幸にして幼時から孤児になって、田舎《いなか》の婆《ばあ》やのところで育てられて来たのだが、その婆やも近頃死んだので、余儀なく子爵が引きとってやったのだということである。

しかし、誰の眼にも子爵の久美子に対する愛情はひと通りではなかった。その愛しかたがあまり激し

いので、ひょっとすると彼女は、子爵の隠し子ではなかろうかと、内々噂《うわさ》する者さえあったくらいである。

この真偽はさておいて、京子にとってはこれが甚《はなは》だ面白くないのである。生れつき我儘《わがまま》で嫉妬《しっと》ぶかい彼女は、近頃ともすると、久美子に対する子爵の寵《ちょう》愛《あい》が、自分を凌駕《りょうが》しそうなところへ持って来て、相手の方がはるかに自分より美しいと来ているので、嫉妬と憤懣《ふんまん》に耐えかねているのだ。

その久美子とバッタリとこゝで出会ったのだから、京子が真蒼《まっさお》になったのも無理ではない。

「あら、久美子さん、あなたさっきからこゝにいらしたの」

「いゝえ、今来たばかりですわ」

久美子は平然として眉も動かさない。女にしては上背のあるほうで、彫像のようにととのった美しさの中に、なるほど子爵の落胤《らくいん》と噂されるのも不思議ではないほどの、高貴な品格をもっている。京子はその気品に気圧《けお》されたように、パチパチと眩《まぶ》しく瞬《まばた》きをしたが、それでも口だけは相変らず達者なのだ。

「あなた、まさかあたしの話を立聴《たちぎ》きしていらしたのじゃないでしょうね。尤《もっと》もあなたのような方、それくらいのこと、平気なのかも知れませんけれど」

と、まるでたった今、自分が泥棒のように、こっそり鍵孔《あな》を覗《のぞ》いたり、子爵の破り捨てた写真を、こっそり掻《か》き集めたりしたことは忘れてしまったかような口吻《こうふん》である。

「いゝえ、別に立聴きなんてした覚えはありませんけれど、でも、あなた他人《ひと》に聴かれて悪いような話でもしていらしたの。第一このお部屋には、誰もいない筈《はず》だけれど、あなた独《ひと》り語《ごと》でも仰有《おっしゃ》るくせがおありになって？」

「あら！」

京子はしまったという顔つきをしたが、それでもなかなか負けてはいない。

「いゝわ。なんとでも仰有い。どうせあなたのような育ちの好《い》い方と、口では敵《かな》いっこないの分っているんですから」

ぐいと肩を聳《そび》やかして、逃げるように足音あらく向うへ行く京子のあとを見送って、

「いったい、どうしたんだろう。写真がどうかしたとか、今夜八時にK劇場でどうとか言ってたようだ

けれど、一体、どこへ電話をかけていたのかしら」

京子の陰険な性質をよく知っている久美子は、なんとなく不安らしく書斎の中を覗《のぞ》いてみたが、何故《なぜ》か気になってそのまゝ行きすぎることが出来なかった。ついふらふらと部屋の中へ入ると、何気なく卓上電話のそばへ近附いて行ったが、その時ふと彼女の眼についたのは、破り捨てた一片《ひとひら》の紙片なのである。慌《あわ》てゝ出て行くはずみに、京子が一片落していったものにちがいない、あの恐ろしい現場写真の破片《かけら》だった。何気なくこの破片を取りあげて眺めていた久美子は、ふいにはっとしたように顔色をかえた。

われにもなく彼女は、胸をおさえてよろよろとよろめいたが、すぐきっと唇《くちびる》を嚙《か》みしめると、慌《あわ》てゝ受話器を外して、

「もしもし、ちょっとお訊《たず》ねしますけれど、今こちらから、どこかへお電話をかけましたわね。あれ、どこへかけたのか分りません?」

「はあ、あのちょっとお待ち下さい」

暫《しば》くしてから、

「お待たせいたしました。丸ノ内の新日報社でございました」

「あゝ、そう、有難《ありがと》うございました」

ガチャリと受話器をおいた久美子の顔には、恐怖のいろがいっぱい浮んでいる。頰《ほお》からさっと血の色がひいて、唇まで真白《まっしろ》になったかと思うと、その眼にはうっすら涙さえ浮んで来た。しばらくそうして、彼女は放心したように佇《たたず》んでいたが、急にきっと眉をあげると、

「えゝい、仕方がないわ。毒食《くら》わば皿までってこともあるわ。もう一度やっつけるより他に仕様がないのだわ」

彼女は何か決心したように、大急ぎで書斎をとび出すと、自分の部屋へも帰らず、そのまゝ表へとび出して通りがかりのタキシーを呼びとめた。

「巣鴨までお願いいたします」

巣鴨で自動車を降りると、久美子はちょっと前後《あとさき》を見廻《みま》わしておいてから、ソワソワとした歩調《あしどり》で、狭い横町へ曲りこんだ。濘《ぬか》るんだ雨上りの、迷路のような横町だった。その町をつきぬけると、向うに広っぱがあって、サーカスの幟《のぼり》がひらひらと朝風にひるがえっているのが見えた。

そのサーカスの天幕《テント》のまえまで来ると、

「小父《おじ》さん、有井《ありい》さんいて？」

と、木戸の外で働いている老人をつかまえて、なれなれしく訊ねるのである。

「おや、誰かと思やお久美坊じゃねえか。久しく見ぬ間に、随分綺麗になったな」

と、そういう口吻《くちぶり》から察すると、久美子はこの木戸番の老人とお馴染《なじ》みらしい。

「そんなことどうでもいゝからさ。有井さんいるかって訊ねているのよ」

と、久美子の言葉も俄《にわ》かに伝法《でんぽう》になって、これが子爵家に寄食しているお姫様とは、どうしたって考えられない。

「有井さん、いるよ。小屋の二階でごろごろしている筈だ」

「そう、有難う。小父さん、お土産《みやげ》を忘れたから、これで何かうまいものでも喰べて頂戴《ちょうだい》」

「こいつは済まねえな。そんな心配はいらねえのに」

爺《じい》さんのお世辞を聞き流した久美子が、危《あぶな》っかしい梯子《はしご》を物慣れた足どりで登っていくと、そこは丸太を組み合せたうえに、板を渡して茣蓙《ござ》を敷いた、名ばかりの二階、脱ぎ捨てた衣裳や、曲芸に使う小道具などが、いっぱい散らかった薄暗い片隅《かたすみ》に、小山のような肉体をもった男が、一人ぽつねんとしてギターを掻き鳴らしているのだ。

「有井さん」

という声にふと振り返った大男は、久美子の顔を見るとぎょっとしたように、

「おや、お久美坊、どうしたんだ。お前こんなところへ来て構わないのかい？」

と、そういったのは、このサーカス団の座頭株《ざがしら》、有井という力持ちの曲芸師だった。格別いゝ男というのではない。しかし、眉の太い、胸の厚い、いかにも頼もしげな男。久美子は側《そば》へ膝行《にじ》りよって、

「有井さん、久美子もう一度あなたにお願いがあるの。ねえ」

と、男の逞《たくま》しい膝《ひざ》に手をおいて、甘えるように、

「あなた、もう一度この間みたいに、黒ん坊のアリになって下さらない？」

「な、なんだって？」

と、有井はびっくりしたように、ギターをおいて、涙ぐんでいる久美子の手を握りしめたのだ。

劇場の惨劇

「ふうむ。それで相手はどこの誰とも分らないのかね」

妙に鋭い眼つきをして、そう訊《き》き返したのは由利先生である。

「えゝ、それが向うの方で言わないのですよ。自分で言いたいだけのことを言ってしまうと、そのまゝ電話を切ってしまったものですから、つい訊くひまがなかったのです」

こう説明しているのは、いわずと知れた三津木俊助なのだ。二人は今しも由利先生の宅から、自動車で丸ノ内のK劇場へ駈け着けようとしているその途中だった。

「後で電話局へ電話で、向うの番号でも訊いて見ればよかったね」

「それが、ちょうど折悪《おりあ》しく客がすぐ側《そば》にいたものですから、つい訊きそびれてしまったのですよ。それにね、あまり唐突《だしぬけ》のことでしょう、八重樫麗子殺しの現場を写した写真を、お眼にかけるから、今夜八時頃、K劇場へ来てくれなんて、あまり思いがけない電話なのですっかり面喰らってしまったのですよ」

俊助はいくらか極《きま》り悪そうに、弁解するように言った。

「まあ、それは仕方がないとして、するとやっぱり俺《わし》が想像していた通り、あの二十二号室の浴場から、八重樫麗子が殺されるところを、撮影した人物があるんだね」

由利先生はそう言うと、思わずさむざむと自動車の中で身をすぼめた。

「どうもそうらしいですね。実に奇妙な事件です。しかもそいつは、私にその写真を見せようというのです。むろん、相手はこの私が、最初からこの事件に係りあっていることを知っているのにちがいありませんよ」

「何にしても妙なことだ。俺はどうも最初から、この事件は気に食わんよ」

由利先生が吐き出すようにそう言った時、自動車はピッタリとK劇場の表へ横着けになる。二人は切符を買って中へ入ると、

「二階の廊下といったね」

「えゝ」

と、急ぎ足で、広い階段に敷きつめた、厚ぼったいカーペットを踏んで二階へあがっていった。

このK劇場というのは、もと都下一流の歌舞伎劇場であったのだが、ちかごろでは経営者の方針が変って、専《もっぱ》らトーキーの封切場として客を吸収しているのであった。

今はちょうど、その映画の上映中と見えて、廊下の隅に二三人の女案内人がひとかたまりになっているだけで、あたりには一人も客の姿は見えない。

「まだ来ていないようだな」

「それとも、待っている間に映画でも見ているのじゃありませんか」

俊助は扉《ドア》のそばへよって、ちょっと覗き孔から中を覗いてみたが、むろん、この真暗《まっくら》な観客席の中から、見も知らぬ一人の女を探し出すというのは、容易なことではなかった。

「今に来るさ。まあ、こゝで煙草《タバコ》でも喫《す》いながら待っていようじゃないか」

「そうしましょう。目印に胸に薔薇《ばら》の花を挿《さ》して来るといってましたから、やって来ればすぐ分るでしょう」

二人は廊下にある椅子に腰を下ろして、煙草を喫いはじめたが、しかし問題の女は仲々やって来そうには見えない。時刻は五分とすぎ、十分と経《た》って、間もなく正面の大時計が八時を示した。

「どうしたのだろう。まだ来ないね」

「えゝ、八時頃という約束でしたが、女のことだから少し遅れるのかも知れませんね」

俊助はそう言ったものゝ、やっぱりなんとなく不安なのだ。立ちあがって階段の方へ行ってみたり、扉《ドア》のそばへ寄って暗い観客席を覗いてみたりしたが、それらしい姿は見えないのである。

間もなく大時計の針は八時十五分を示した。

と、この時である。今までしーんと静もりかえっていた観客席の中から、ふいに、何やらけたゝましい叫声《さけびごえ》が聴えて来たかと思うと、わっと雪崩《なだれ》をうって立ちあがる音、つゞいて、あちこちの扉がバタバタと中から開くと、顔色を失った人々が、どやどやとわれがちに外へとび出して来たのである。

「あ、どうしたんだ!」

それと見るより由利先生、一つの扉《ドア》へ突進して行くと、中から揉《も》み合うようにしてとび出して来る人々の中を掻きわけて、まっしぐらに観客席のなかへ入っていった。

俊助もその後から続いて入ろうとする。しかし、悲鳴をあげて飛び出して来る観客のために、二三歩彼は後《うしろ》へ押し戻された。そのとたん、彼は思わず、

「あっ！」

と、ひくい叫び声をあげたのである。今しも観客に揉まれ揉まれながら出て来た一人の青年。——外套《がいとう》の襟《えり》を立てゝ、帽子を眉深《まぶか》にかぶっているけれど、まぎれもなくこの間、グランド・ホテルの八重樫麗子の部屋で会った、あの怪美少女ではないか。

「先生、先生、由利先生！」

叫んだが、先生はすでに観客席へもぐり込んでいる。あたりの騒ぎのために、俊助の声も届かないらしいのだ。却《かえ》って、青年のほうがその声を聴きつけると、驚いたようにつと身をひるがえして、一目散に階段のほうへとんでいく。

「待て！」

とばかりに、俊助がその後を追おうとした時である。ふいに誰かゞガッキリとうしろから首を抱いたかと思うと、やがてさゞえのような拳骨《げんこつ》が、いやという程俊助の顎《あご》へとんだ。

「あっ！」

と、叫んでくらくらと傍《そば》の壁に身を支えた三津木俊助、その時、雲突くばかりの黒ん坊が、真黒《まっくろ》な顔の間から、ニヤリと白い歯を出して微笑《わら》いながら、一散に階段のほうへとんでいくのが見えた。それきり俊助は立ったまゝ、呆然《ぼうぜん》として一時的失神状態に陥入《おちい》ってしまったのである。

何しろ咄嗟《とっさ》の出来事だし、それに折からの混雑の中なので、誰一人これに気がついた者はなかった。しかしたとい気がついた者があったとしても、あまりの早業《はやわざ》にどうすることも出来なかったゞろう。

由利先生はむろんこんな事とは知る由もないのである。総立ちになっている観客席の中へ分け入ったが、一体、どうしてこんな騒ぎが起ったかというと、それは大体次《つ》ぎのような事情であった。

この時、K劇場のスクリーンに映っていたのは、「間諜《かんちょう》Z」というスパイ劇であったが、劇中一人の美人が刺し殺される場面がある。刺殺《さしころ》された女は画面いっぱいにのたうち廻りながら、呻《うめ》き声をあげる

のだが、トーキーのことだから、その呻き声は暗い観客席の隅々まで響きわたったのである。

ところが、そのうちに人々がふと、映画の発する呻き声とは又別な、低い、気味の悪い呻き声を聴いて思わずぎょっとした。その呻き声は映画の声と縺《もつ》れあい、絡《から》みあいながら、絶えては続き、続いては絶える。低い、すゝり泣くようなその声の気味悪さ！　人々が思わずぞっとしたように顔を見合せた時、ふいに二階の一角から、

「あ、大変だ！　誰かこゝに殺されているぞ！」

という、素頓狂《すっとんきょう》な声が聴えたから耐《たま》らない。わっとばかりに人々は総立ちになったのである。

由利先生が駆けつけて来たのはこの時だった。漸《ようや》く騒ぎに気がついたものか、パッとばかりに場内に灯がついた。

その明りで見ると、なるほど、前から三列目の端の椅子に、一人の女がぐったりとして、今にも滑り落ちそうな恰好《かっこう》で腰を下ろしているのである。

由利先生はつかつかとその側《そば》へ寄っていった。そして、女の顎へ手をかけて、ぐいと顔をあげさせたが、その拍子に白い首からどくどくと血が溢《あふ》れ出して来たのである。何か鋭い刃物で、たった一突《ひと》き、闇の中から抉《えぐ》られたものにちがいない。むろんすでに息はなかった。

さすがに由利先生も思わずブルブルと身をふるわしたが、ふと気がついて覗きこんで見ると、まがう方なく女の胸には、一輪の薔薇の花が挿してあった。

あっ、無残！　いうまでもなく、この女こそ籾山子爵の姪、京子にちがいないのである。

「三津木君、たしかにこの女にちがいないね。ほら、見たまえ、この胸に挿している薔薇の花を。――」

と、そういいながらふと振りかえった先生は、はじめてそこに三津木俊助の姿が見えないことに気がついたのである。

風の悪戯

グランド・ホテルに於《お》ける八重樫麗子殺しの犯人の目星もまだつかないのに、又しても今宵《こよい》、衆人環視の中で行われた、大胆不敵なこの殺人事件なのだ。由利先生が呆然《ぼうぜん》として立ちすくんでしまったのも無理ではない。

「三津木君、見たまえ、この女に違いないぜ。君が

言った通り、胸に白い薔薇を挿している」

そう言いながら振りかえった由利先生、はじめてそこに俊助の姿が見えないことに気がつくと、驚いて客席から廊下へとび出した。

「三津木君、三津木君！」

呼ばわりながら探して見たが、俊助の姿はどこにも見えないのである。野次馬《やじうま》がひとかたまりになって、ジロジロとこちらを見ているばかり。あゝ、さっき黒ん坊の一撃に、もろくも気を失った俊助は、あれからいったいどこへ行ったのだろう。

なにかまた、彼の身に間違いが起ったのではなかろうか。

それはさておき、いつまで探しても俊助の姿が見えないので、諦《あきら》めた由利先生が、群がりよる野次馬を押しのけて、再びもとの観客席へかえって見ると、意外にも被害者のそばに一人の紳士が立っているのである。

しかもその様子が唯事《ただごと》とは思えない。

大きく瞠《みひら》いた眼には恐怖の表情《いろ》をいっぱいに湛《たた》え、きっと噛《か》みしめた唇の端が、ヒクヒクと歔欷《すすりな》くように痙攣《けいれん》しているのだ。

何かある！　と直感した由利先生、つかつかと側《そば》へよると、

「失礼ですが、あなたはこの御婦人を御存じですか」

と、慇懃《いんぎん》に訊ねながら、鋭い眼で相手の様子を窺《うかが》っている。見れば色の浅黒い、背の高い、顎髯《あごひげ》の美しい、どことなく犯しがたい威厳をそなえた紳士なのだ。

紳士は由利先生の言葉も耳に入らぬかの如《ごと》く、暫く放心したように、京子の白い面《おもて》を凝視していたが、やがてドシンと音を立てゝ、傍《かたわら》の椅子に腰を落すと、がっくりと両手の中に顔を埋めてしまった。そして暫く歔欷くような深い溜息《ためいき》を洩《も》らしていたが、やがて疲れたような顔をあげると、

「君は警察の者かね」

と、低い声で訊ねる。

「いや、そうじゃありませんが、しかし満更《まんざら》関係のないこともありません。私は由利麟太郎《りんたろう》という者ですが、あなたはこの御婦人を御存じですか」

「由利麟太郎――？」

紳士はぼんやりと呟《つぶや》くと、すぐ軽い驚駭《おどろき》のいろをうかべて、由利先生の顔を見直したが、やがて低い

声で、

「うむ、知っている。それは俺《わし》の姪《めい》だ」

「姪御さん？　そして、あなたのお名前は？」

「俺《わし》か、俺《わし》は籾山子爵だ」

それを聞くと、由利先生は思わずぎょっとして相手の顔を見直した。

無理もない。籾山子爵といえばグランド・ホテルの殺人事件の際にも、ホテルに姿を現わしたというではないか。俊助からその事を聞いている由利先生は、その後子爵が警察へ名乗って出るかと、心ひそかに期待していたのだが、一向それらしい様子もないので、勢い子爵に対して、深い疑惑を感じていた折柄《おりから》なのだ。その子爵が又しても、今宵の殺人事件に際して、そばに居合《いあわ》せるというのは、これが果して偶然であろうか。

「これは失礼しました。何しろあまり意外だったものですから」

と、由利先生は興奮した時の習慣《くせ》で、ソワソワと両手をこすり合わせながら、

「とにかく、この方が姪御さんと分ってみれば、こんなところへ放っておくわけにも参らぬでしょう。取りあえず事務所へでもお連れしようじゃありませんか」

「ふむ、何分《なにぶん》よろしく頼む」

日頃剛愎《ごうふく》をもって聞えた子爵だが、この悲惨な姪の最期《さいご》を目《ま》のあたりに見ては、さすがに気の毒なほど傷心している。年齢《とし》がいっぺんに十も二十も老けたように見えるのだ。

幸い、由利先生が呼びにいく迄《まで》もなく、折から惨劇を聞き伝えた支配人や事務員が、真蒼《まっさお》になってドヤドヤとこの場へ駆けつけて来たので、それに手伝わせて、京子の屍体《したい》を取りあえず事務室へ運びこむと、

「済まないが、誰かこの由をすぐ警視庁へ報《し》らせてくれないかね。それからちょっと、この方と話があるから、暫くこの場を遠慮してくれたまえ」

「承知しました」

不安そうな顔をした支配人たちが、それでも渋々《しぶしぶ》外へ出ていったあとで、改めて子爵のほうへ向き直った由利先生、

「子爵、それでは改めてお話を承《うけたまわ》ろうじゃありませんか。こんな際のことですから、腹蔵《ふくぞう》なく打明け

て戴《いただ》いた方が、お互いのために好都合だろうと思うのですが」

「何を話せというのだね」

「何をって、この姪御さんの殺人について御存じのことです」

それを聞くと、浅黒い子爵の面には、さっと怒りの表情《いろ》が現われた。

「何《な》んだ。俺《わし》が姪を殺したとでもいうのか」

「滅相《めっそう》もない、誰が子爵を人殺しだなどと申上《もうしあ》げましょう。たゞ子爵の御存じのことを、ちょっぴりとお洩らし願えれば結構なのです」

「ところが、ちょっぴりにも沢山にも、俺《わし》には一向心当りがないのだから仕方がないじゃないか」

「ほんとうに子爵は、何も御存じないと仰有るのですか」

「君もくどいね。一度言えば沢山じゃないか」

吐き捨てるような鋭い語気の中《うち》に、貴族院の虎《とら》と異名をとった、子爵の激しい性格がちらりと顔を出す。しかし、そんな事で辟易《へきえき》するような由利先生じゃなかった。ニンマリと辛辣《しんらつ》な微笑を口辺にうかべると、

「しかし、子爵、それではあなたは何んだって、今夜この劇場へいらしたのですか」

「映画を見に来たのさ。俺だってたまには、気保養に映画を見ることはあるよ」

「それはそうでしょうが、選《よ》りに選って姪御さんの殺された現場へ、あなたがお見えになったというのは、どうも少し不思議ですね」

子爵は答えようとしない。きっと結んだ唇を見ると、これ以上のことは金輪際喋舌《こんりんざいしゃべ》りそうには見えないのである。さすがの由利先生も取りつく島をうしなって、思わず白《しら》け切ったところへ、コツコツと扉《ドア》を叩く音が聞えた。

開いて見ると事務員がおずおずしながら、

「こんなものが洗面場に落ちていましたそうで。見るとこの通りベッタリと血がついているので、ひょっとしたらあの殺人事件に関係があるのじゃないかと思って、お届けに参ったのですが」

見ると派手な女持ちの手提鞄《ハンドバッグ》なのである。

「あゝ、そう、有難う。君は向うへ行っていてくれたまえ」

と、それを受取ってバッタリと扉《ドア》をしめた由利先

生、子爵のほうへ向き直ると、

「子爵、これに見覚えがございますか」

ベットリと濡《ぬ》れた血の色を見ると、子爵は思わず顔をしかめながら、

「姪のハンド・バッグだね」

「なるほど、では中を調べて見ましょう」

開いてみるとハンケチだの、コムパクトだのに交って、一枚の封筒が入っている。何気なくそいつを開いてみると、中に入っているのは、細《こまか》く引裂いた写真の破片。由利先生は思わずハッとしたように、

「あ、これだ、この写真です。姪御さんがわれ〳〵に見せたいと仰有ったのは……」

「何？　写真？」

「そうです。この写真には、グランド・ホテルに於ける殺人の現場が写されている筈なのです。こいつを継ぎ合せて見たら、犯人の正体が分るに違いありません」

さすがに由利先生も興奮しているのだ。細《こまか》い写真の破片をテーブルのうえにぶちまけて、一枚々々叮嚀《ていねい》に継ぎ合せる先生の手先は、われにもなくぶる〳〵と顫《ふる》えている。だが、傍《かたわら》からそれを覗きこんでいる子爵の焦燥《しょうそう》はもっと大きかった。

由利先生の器用な指先によって、次第に写真がもとの姿をとゝのえていくに従って、子爵の顔には追々と血の色がさして来たが、やがてそれが退くと、唇の色まで真蒼になった。

間もなく写真は九分《ぶ》通りまで継ぎ合された。あと一分——もう二三片《きれ》継ぎ合せれば、犯人の顔が浮き出して来る。——

だが、その時である。ふいに子爵が傍《そば》の窓をあけたから耐《たま》らない。さっと吹きこんで来た一陣の風に、折角《せっかく》苦心して継ぎ合せた写真が、ひらひらと宙に舞いあがると、あっという間もない。床一面に散らばってしまった。

「子爵！」

「や、これは失敬、失敬！　どれ俺《わし》もひとつ手伝って拾ってあげよう」

だが、暫くして拾い集めた写真を、再びもとのように継ぎ合せてみると、これはどうしたというのだ！肝腎《かんじん》かなめの、犯人の顔の部分だけ失《な》くなっているではないか。

「子爵！」

由利先生が子爵の顔をきっと見詰めながら、そう言ったのは、それから余程《よほど》たってからのことだった。さすがに先生も、内心こみ上げて来る怒りを制《おさ》えかねているらしいが、表面だけはそれでも至って穏《おだや》かに、

「こういうことが、子爵にとってどれ程不利であるか、分って戴けるでしょうね。これは立派な証拠湮滅《いんめつ》ですぞ」

「何のことを言っているのだね。俺《わし》には一向君の言葉の意味がわからないが」

「いや、よろしゅうございます。今更身体検査をしたところで、あの写真の破片《かけら》を持っていらっしゃるようなあなたでない事はよく分っています。写真のことはあきらめましょう。ところで子爵、あなたに折入って相談があるのですが」

由利先生の言葉が俄《にわ》かに穏かになったので、さすがに子爵も気味悪そうに、

「なんだね、言って見たまえ。俺《わし》に出来ることなら、なんでも応じよう」

「有難うございます。実は子爵にお訊ねしたいことがあるのです。グランド・ホテルでこの間演ぜられた殺人事件ですね。子爵はあれを御存じですか」

「ふむ、いや、知っている。何しろ近頃新聞で評判の事件だからね」

「いや、私がお訊ねしたのはそういう意味ではありません。あの事件の被害者、八重樫麗子を御存じですかと申上げているのです」

「八重樫麗子？　いや、一向知らないね」

「これは不思議ですね。子爵、嘘《うそ》をお吐《つ》きになるなら、もっと上手にお吐きにならなければいけませんね」

「何？　俺《わし》が嘘を吐いたと？」

子爵は思わず声を荒らげたが、しかしその調子にはなんとなく力がなかった。由利先生は冷嘲《あざわら》うように、

「そうですとも。いくら子爵がお隠しになっても駄目です。実は新日報社の三津木俊助という男ですね、あの男が事件の当時、グランド・ホテルに居合せた事は子爵も新聞で御存じでしょう。ところがあの男

がひそかに私に話したところによると、あの日、あなたがホテルの帳場で、麗子の部屋を訊ねているのを見たというのですよ」

子爵はふいに太い呻声《うめきごえ》を洩らしたが、飽迄剛毅《あくまでごうき》な彼は、すぐ気を取り直すと、

「それは何かの間違いだろう。それは俺《わし》じゃない。俺《わし》はそんな女を一向知らないのだ」

「そうですか」

由利先生は憫《あわれ》むように子爵の顔を見ながら、

「あなたが飽迄知らぬ存ぜぬと仰有るなら止《や》むを得ませんが、ねえ子爵、こゝのところを一つ弁《わきま》えて下さい。私は現在、直接警察に関係しているのではないから、子爵の秘密を承ったからって、即座にそれを警視庁の方へ報告しようとは思いません。こう見えても私は十分秘密を護《まも》り得る男ですよ。その点、些《いささ》か世間の信頼を得ている人間なのですが、あなたのようにそうヒタ隠しに隠されると、私と雖《いえど》もいくらか意地になります。知っていることを全部警視庁の連中に打明けたくなります。そうなると却《かえ》って事が表沙汰《ざた》になって、折角隠していらっしゃることも、明るみへ出るということになりますよ。いくらあなたが、ホテルへ行った覚えはないと仰有っても、番頭だのボーイだのと証人がある以上、そういつまでも白《しら》を切っているわけにもいかないだろうと思うのですがねえ」

事をわけた由利先生の言葉に、子爵の面はしだいに曇って来る。見ると額《ひたい》には大粒の汗がいっぱい浮んで、それを見ても子爵が内心いかに激しい苦悶《くもん》と闘っているか分るのだ。

しばらく子爵はきっと唇を嚙みしめ、由利先生の顔を見守っていたが、やがてほっと太い溜息を洩らすと、

「いや、恐れ入った。実はさっき君の名をきいた瞬間、万事をうちあけて相談しようと思ったのだが、あまり芳《かんば》しい話じゃないから黙っていたのだ。しかし、君は必ずこの秘密を護ってくれるだろうね」

「その点は、十分信用して頂《いただ》いて結構です」

「よし、それでは話そう」

子爵は決然として椅子を前に引きよせると、

「いかにも君のいう通り、あの日、ホテルへ麗子を訪ねていったのは、この俺《わし》に違いない。実は、恥をいわねば分らぬが、若い頃、俺《わし》は暫くあの女と同棲《どうせい》

していたことがある」

「ほゝう！」

「俺《わし》は生涯そのことを後悔しているのだが、彼女《あれ》は実に不しだらな女で、一年ほど同棲しているうちに、不都合を働いて、突然俺《わし》のもとから出奔《しゅっぱん》してしまった。爾来《じらい》、二十年あまりも消息がなかったものだから、おそらくどこかの果で野たれ死でもしたことだろうと思っていると、近頃になって、突如手紙を寄《よ》越《こ》して、もと通り一緒になってくれというのだ。厭《いや》だといえば、昔俺《わし》の書いた手紙を天下に公表するという——まあ、一種の脅喝《きょうかつ》だね」

「なるほど。その手紙には何か子爵の都合の悪いことでも書いてあるのですか」

「いや、単なる恋文だがね。しかしね君、現在の俺《わし》の地位を考えて見てくれたまえ。俺《わし》の生活というものは、まるで鋭い刃のうえを渡っているようなものだ。味方もあるが敵もある。いや敵の方が多いくらいだ。そいつらが寄ってたかって、俺《わし》を叩き潰《つぶ》そうと思って、鵜《う》の目、鷹《たか》の目になっているのだ。そういう連中にこの手紙が渡って見たまえ。どういうことになると思う」

「なるほど」

子爵の地位をよく知っている由利先生は、しかし、たゞそれだけの言葉に深甚《しんじん》の同情を寄せるが、しかし、たゞそれだけの事だろうか。若い頃の不仕末は誰しもありがちのことだ。子爵の敵がいかに陰険だったとしても、単に昔の恋文を手に入れたくらいでは、子爵を陥入《おとしい》れられそうにも思えない。そこには、子爵が語るよりも、もっと複雑な秘密があるのではなかろうか。

だが、由利先生は強《し》いてさりげなく、

「それで、あなたはその手紙を取り返しにいらっしゃったのですね」

「そうだ。ところが、教えられた二十三号室へ行って見ると——」

と、子爵は思わず声をのんで、

「あの仕末だろう。手紙どころの騒ぎじゃない。倉《そう》皇《こう》として遁《に》げかえったというわけだ」

「まさか、あなたがおやりになったのじゃないでしょうね」

「そう来るだろうと思った。ところがね由利君」

と子爵は急に膝を乗り出して、

「俺《わし》が犯人でないという、歴《れっき》とした証拠がこゝにある。というのは、俺《わし》にはあの女を殺す必要はなかったのだ」

「と、仰有ると？」

「あの女――グランド・ホテルの二十三号室で殺されていた女だがね、あれは八重樫麗子じゃなかったからさ」

「何んですって？」

青天の霹靂《へきれき》とはおそらくこういう時に使う言葉だろう。由利先生はしばらく呆然としていたが、急に大きく呼吸《いき》を弾《はず》ませると、

「あの女が――八重樫麗子と名乗って、グランド・ホテルに宿泊していた女が、その実、麗子じゃなかったと仰有るのですか」

「そうさ。少くとも、その昔俺《わし》と同棲していた八重樫麗子はあんな女じゃない。あれは全《まった》く見知らぬ女さ」

さあ、また分らなくなって来た。今の今まで八重樫麗子だとばかり信じていたあの女が、そうでないとすると、彼女はいったい何者なのだ。そして又まぼろしの女とは、果して何者のことだろう。事件はこうして、全くまぼろしの如く捕えどころもなく旋回していく。

しばらく、呆気《あっけ》にとられていた由利先生が、やっと気を取り直して、何か言おうとした時である。どやどやと入乱《いりみだ》れた足音と共に、大勢の男が部屋の中へなだれ込んで来た。やっと警視庁の連中が到着したのだ。

等々力警部は素速く由利先生から、事のいきさつを聴き取ると、

「ほゝう、又まぼろしの女ですか。それはまた妙な因縁ですな」

「妙な因縁？」

由利先生は不思議そうに、

「何かこゝに、まぼろしの女と関連でもあるのかね」

「おや、先生は御存じないのですか。ほら、そこにもポスターがブラ下っているじゃありませんか。覆面の踊子《おどりこ》――それがそうですよ」

なるほど、見れば、事務室の壁には、黒い覆面をした半裸体の踊子の写真が大きく掲げてあって、その下に、

『新帰朝の女流舞踊家、覆面の踊子K劇場に現る』

と、そんな文字が見える。

「何者だい、この覆面の踊子というのは」

「おやおや、それじゃ先生は全く御存じないのですか。現に今夜も出演した筈ですがね。実は警視庁の方へ届けがあった時、本名じゃ差し障《さわ》りがあるからといって許可しなかったのです。それで、あの通り覆面の踊子ということにしたのですが、先生あれは八重樫麗子の女秘書、鈴村珠子ですぜ」

警部の話の間、無言でこのポスター写真を見ていた籾山子爵の面には、その時、どうしたのか、ふいにさっと激しい驚《おどろき》駭の表情《いろ》がうかんだのである。

勝と負

子爵はいったい、何をあのように驚いたのであろうか。更にまた、グランド・ホテルの二十三号室で殺されたのが、八重樫麗子でないとすれば、真実の麗子はどこに隠れているのだろうか。それらの疑問はしばらくさておいて、筆者はこゝに筆を転じて、その夜の三津木俊助の冒険についてお話をしなければならぬ。

話は少し後へ戻る。

あの黒ん坊の一撃に、もろくも一時、失神状態に陥入った俊助は、しかし、すぐはっと気を取りなおすと、一散に廊下をとんで階段をおりていった。見れば今しも例の黒ん坊が一台の自動車に飛び乗るところだ。俊助はわざとそいつをやり過しておいて、客待ち顔のほかの自動車にとびのると、

「君、前へ行くあの自動車を尾《つ》けてくれたまえ。金はいくらでも払う、見失わぬようにどこまでも尾行してくれたまえ」

「オーライ」

運転手は慣れたもの、ハンドルを握り直すと、適当の間隔をおいて、たくみに前の自動車のあとを尾けていく。自動車は日比谷から三宅坂をのぼるとやがて半蔵門、そこを左に折れたかと思うと、再び右折して、やがてピタリとその轍《わだち》をとめたのは、上二番町の閑静《かんせい》なお屋敷町。それを見るより俊助も、半町ほど手前でひらりと自動車からとびおりると、

「君、すまないがしばらくこゝで待っていてくれたまえ。少し時間がかゝるかも知れないが、いゝかい、帰っちゃ駄目だぜ。合図をしたらすぐやって来てくれたまえ」

と、いくらかの金を握らせると、暗い物陰《ものかげ》をよっ

て、前の自動車へ近づいていく。見れば今しも前の自動車から、一人おりて来て、小走りに傍《そば》の門の中へ駆けこむところだったが、その姿を見ると、いつの間に変装をといたのか、楚々《そそ》たる洋装の美人である。

「フーム」

と、俊助が思わずひくい唸《うな》り声をあげた時、前なる自動車は赤いテールランプを瞬《また》かせながら、向うのほうへ立ち去っていく。その後を見送っておいて、今しがた怪少女の消えていった邸宅の表へ、そろそろと近附いていった俊助の眼に、その時ふと映ったのは、

子爵　籾山　四郎《しろう》

と、大理石の表面に書かれた六文字。

「フーム、こいつはいよいよ面白くなって来たぞ。するとあの怪少女は籾山子爵の親戚《みより》の者だな。はてな、令嬢かしら。いやいや、子爵にはたしか子供がなかった筈だが。……」

と、暗い路傍《みちばた》に佇んだ俊助が、とつおいつこんなことを考えている時、邸内の二階の一室にパッと明るく電灯がともった。どうやらあの怪少女の部屋らしい。しばらく俊助がその窓を見守っていると、やがて若い女の姿がうつった。何をしているのか、ひどく忙しげに部屋のなかを動き廻っているようすだ。

(はてな、何をしているのだろう)

固唾《かたず》をのんで、その窓を見護っている三津木俊助。――五分、十分、十五分と時間は容赦《ようしゃ》なくすぎていくが、依然として窓にうつる影は、高麗鼠《こまねずみ》のように急がしく部屋のなかを駆けずり廻っている。そのうちに、俊助はハッと気がついた。女は荷造りをしているのだ。

(高跳びをするつもりかな)

もうこれ以上愚図々々《ぐずぐず》しているわけにはいかない。俊助は思いきってつかつかと門の中へ入っていくと、ジリジリと玄関の呼鈴《ベル》を鳴らした。呼鈴に応じて現われたのは、例の忠実な老僕である。

「どなた様でしょうか」

「僕は三津木俊助という者ですが、お嬢さまにちょっとお話があるのです」

「どちらのお嬢さまでしょうか。京子さまですか。それとも久美子さまですか」

「えゝ。……と、たしか二十分ほどまえに帰られた

お嬢さまのほうですが」

「あゝ、久美子さまですね」

と、爺やはいくらか警戒するように、

「いったい、どういう御用件でしょうか」

「お眼にかゝれば分る筈ですから、とにかく取次いで見て下さい。新日報社の三津木俊助と、そう仰有って見て下さいませんか」

「承知しました」

老僕は不安そうに首をかしげながら、一旦奥へひっこんだが、すぐ出て来て、

「どうぞ、こちらへ」

と、玄関のすぐ側《そば》にある豪奢《ごうしゃ》な応接間へ案内する。俊助が緊張に胸躍らせて待っていると、やがて軽い足音とともに、

「爺やさん、こちら？」

と、若々しい女の声がしたかと思うと、扉《ドア》をひらいて顔を出したのは久美子。久美子は一寸《ちょっと》俊助の顔を見ると、すぐ扉の外へ振向いて、

「あ、爺やさん、あの済みませんが小石川の一九〇二番に電話をかけておいて下さいません。今日届けて戴いた洋服、少し身に合わないところがありますから、今からすぐ取りに来て下さいって。こちら久美子といえばすぐ分るわ。大至急よ。分って、小石川の一九〇二番よ」

それだけ言っておいて、久美子は用心ぶかく、うしろの扉をしめた。

「失礼いたしました。あたし、久美子でございますけれど、御用とおっしゃるのは？」

と、強いて平静をよそおっているものゝ、さすがに争われないのは顔色である。蒼褪《あおざ》めた額にはうっすらと汗さえ浮かんでいる。俊助はニヤリと微笑をうかべると、

「お嬢さん、いつぞやは失礼しましたね」

「あら」と、久美子は口籠《くちごも》りながら、

「どこでお眼にかゝりましたかしら」

「お忘れですか。ほら、グランド・ホテルの二十三号室でお眼にかゝったじゃありませんか」

「まあ、飛んでもない。グランド・ホテルとやら、二十三号室とやら、あたし一向覚えがございませんけれど」

「駄目ですよ、お嬢さん、おとぼけなすっちゃいけません。あの時はこの俊助、まんまといっぱい食い

ましたよ」

「あの失礼でございますけれど、そういうお話でしたら、またこの次ぎにして戴けませんか。あたし、今ちょっと急《いそ》がしいのですが」

「あゝ、そうですか」

俊助は憮然《むっ》としたように立ちあがると、扉《ドア》の方へいきかけたが、ふと思い直したように、

「あの失礼ですが、ちょっと電話を拝借願えませんか。グランド・ホテルへかけて見たいのですが」

「グランド・ホテルへ？」

久美子は思わずよろよろとよろめくと、

「ホテルへ電話をかけて一体どうなさるおつもり？」

「何ね、あの時怪少女に怪しげな薬を嗅《か》がされたボーイに、ちょっとこゝまで来て貰うのです。ボーイばかりじゃない。番頭にも一緒に来て貰《もら》いましょう。そうすれば私の言葉が間違いかどうかすぐ分ることです」

「あ、ちょっと待って！」

「何かまだ御用でございますか」

久美子は呼吸《いき》を弾ませながら暫くじっと俊助の顔を見詰めていたが、急にガックリと椅子に腰をおろすと、

「負けましたわ。三津木さま」

と、投げ出すように言って、

「さあ、何んとでもお好きなようにして頂戴」

「そうですか、それでは恐れ入りますが、ちょっと一緒に来て戴きましょうか」

「どこへ参ればよろしいんですの」

「K劇場まで」

K劇場と聞くと久美子はさっと恐怖の色をうかべたが、すぐ覚悟をきめたように、

「承知しました。お供しましょう。でも、そのまえに、ちょっとお願いがありますの」

「何んですか」

「子爵がお帰りになって御心配なさるといけませんから、一筆書き残していきたいと思いますの」

「あゝ、それぐらいの事でしたら構いません。どうぞ、御自由に」

路上の射撃手

久美子は応接間の片隅にあるテーブルに向うと、抽斗《ひきだし》から紙を取り出して、書いては消し、書いては

消ししていたが、なかなかうまく文案がまとまらないらしい。

その間、俊助は煙草をくゆらして待っていたが、一本、二本、三本喫ってもまだ書き終らない。表に待たせてあった自動車も待ちくたびれたのであろう。ブーブーと盛んに警笛を鳴らしはじめた。

「まだ、出来ませんか」

「あゝ、やっと出来ました。お待遠さま」

と、久美子は書き終った手紙を手早く封筒におさめると、呼鈴《ベル》を鳴らして爺やを呼んだ。

「爺やさん、これ小父さまがお帰りになったら、渡して頂戴。それからあたしちょっと外出しますから外套を持って来て頂戴な」

「今からお出かけになるのですか」

爺やが心配そうに覗き込むのを、

「何も心配しなくてもいゝのよ。あゝ、それからさっきの電話かけてくれたわね」

「はい、おかけしました」

「それじゃね、洋服屋さんが来たら、今夜は都合が悪いから、明日にでも出直して頂戴といっておいてね。それでは三津木さま、お供しましょう」

爺やが外套を持って来ると同時に、久美子は俊助とともに、表へ出た。俊助が手をあげて合図をすると、待たせてあった自動車がするすると側《そば》へ寄って来る。その中へ押しこむように久美子を乗せると、俊助もそのあとから乗り込んだ。

「君、もう一度K劇場まで引き返してくれたまえ」

「はい」

と、低声に答えたのは、黒い塵《ちり》よけ眼鏡をかけた運転手である。前蹈《まえかが》みになったまゝ、ハンドルを動かすと、やがて暗い路上にさっとヘッド・ライトを流しながら自動車は動き出した。ところが、それから三分ほど経って、ふと自動車の窓から外を覗いた三津木俊助、何に驚いたのか、ぎょっと体を前に乗出すと、

「おい、君、君、方角が違ってやしないかね。僕はK劇場と言ったのだぜ」

と、注意したが、運転手は返事もしない。依然として暗い夜道を、K劇場とは全く反対の方角に走っているのである。

「おい、君、違うじゃないか。丸ノ内のK劇場だぜ。これじゃ新宿の方へ出てしまう」

運転手は依然として返事をしない。

「おい、君、俺のいうことが聞えないのか。こら！」

と、腰をうかしかけたところへ、突然、嘲《あざけ》るような久美子の声が降って来た。

「駄目ですわ、三津木さま、この自動車とても丸ノ内なんかへ参りゃしませんわ」

「え？」

と振りかえって見ると、ふかぶかと外套の襟に顎を埋《うず》めた久美子が嫣然《えんぜん》と笑っている。

「おや、まだ気がおつきになりませんの。この運転手さん、少し変だとお思いになりません？」

「なに！」

と、訊きかえした俊助の鼻さきへ、運転手が塵よけ眼鏡を外しながら振り向くと、にやりと冷嘲《あざわら》うように白い歯を出して見せた。

「あっ！」

と、俊助が仰天《ぎょうてん》したのも道理、いつの間にやら運転手は黒ん坊のアリと変っているではないか。

「己《おの》れ！」

と、俊助が躍りかゝろうとするのを、傍《かたわら》から軽くおさえた久美子、

「駄目ですよ。三津木さま、あたしの持っているものが何だかお分りになりません？」

はっとして振りかえって見ると、久美子の手には、ピカピカとするピストルが握られているのである。

「ほゝゝゝほ、女だてらにこんな物を振り廻したりして、さぞお転婆《てんば》な奴とお思いになるでしょう。でもね、これあたしのピストルじゃありませんのよ。ほんとうの事を申しましょうか。ほら、いつぞや八重樫麗子さんの部屋でお眼にかゝった時、何気なくこのピストルが手に触ったので、そのまゝつい宅に持って帰ったんですの。つまりこれは八重樫さんのピストルなのよ。こんなものが、今夜役に立つなんて、思いも寄らぬ事でしたわ」

俊助は呆然として久美子の美しい顔を眺めている。いったい、いつの間にこのような素晴らしい罠《わな》が用意されたのだろうか。俊助は応接間ではじめて久美子と会ったときから、連れ立って自動車に乗るまでのことを考えてみたが、その間、久美子は一刻だって自分のそばから離れなかった筈だ。それでは、自分の名をきいてから、応接間へ出て来るまでの間に、何等《ら》かの方法で、この黒ん坊に危険信号をしたのだ

ろうか。いやいや、そのあいだ始終あの爺やが側《そば》にいた筈だから、まさかそのまえで変な真似《まね》も出来まい。――と、こゝまで考えて来たとき、突如、俊助のあたまにひらめいたことがあった。

「あっ、さっき洋服屋へかけさせたあの電話だ！」

「ほゝゝゝほ！」

久美子は嫣然と笑うと、

「やっと気がおつきになりましたのね。あの電話があたしたちの合図であったことが。……」

そうだ、そうだったのだ。そしてその電話によって、黒ん坊アリが引返して来るまで、時間をつなぐために、わざと手紙を何度も何度も書き直していたのだ。そういえば、自動車の警笛《サイレン》が聞えると同時に、急に手紙を書きおえたではないか。おそらくあの警笛が、やって来ましたという合図だったのにちがいない。

あゝ、何んという賢い女、そしてまた、何んという大胆な女だろう。俊助はむしろ、この罠に落ちたことが愉快でたまらなくなって来た。

「はゝゝゝは、こいつは見事にいっぱい食わされました。これでどうやら勝負は五分五分ですね」

「ほゝゝゝほ！」

久美子は快《こころよ》い嬌笑を車中にひゞかせたが、しかし、果してこの勝負はこれだけで終っただろうか。さすがの久美子もその時、一台の自動車がしつこく後から尾《つ》けて来ることに気がつかなかったのである。その自動車は、彼等が子爵邸を出たときから、いやいや、それよりも前に、彼等がK劇場を出たときから、こうして後を追っているのである。あゝ、この奇怪なる追跡者！　しかし、俊助もこのことに気がついていない。

「ところで、お嬢さん、これから僕をどうしようと仰有るのですか」

「そうね」

と、久美子は首をかしげると、

「実はね、あたし達にはまだ大事な仕事がのこっていますのよ。正直のところ、グランド・ホテルにおけるあたし達の仕事は全然失敗でしたの。あたしたちはまだ目的のものを手に入れていませんの。それで、もう一働きしなければならないのですけれど、それにはあなたがいては困るでしょう。それで暫く謹慎して戴きたいと思うのよ」

「早く言えば監禁ですね」

「まあ、そうね。それにね、もう一つあなたにお訊ねしたいことがあるのよ」

久美子は急に憂鬱《ゆううつ》な声で言った。

「何んですか」

「あなた、今夜K劇場で京子さんとお会いになる約束をなさいましたわね」

「京子さん？　あゝ、あの電話をかけて来た婦人ですね。僕に証拠の写真を見せると言って」

「そう、あたし、その電話を洩れきいたものだから、なるべくなら京子さんに、その写真を返して戴こうと思って劇場へ行ったのよ。ところが、京子さんがあの通り殺されているでしょう」

「ほゝう」

と俊助は驚いて、

「まさか、あなたが殺《や》ったのじゃありますまいね」

「あたしじゃありません」

久美子はキッパリと、

「あたしは随分いろんな真似をしますけれど、人殺しだけはまだした事がありません。これだけは信じて下さい」

「信じます！」

言下に俊助が力をこめていった。彼はしだいにこの女に対して好意を感じはじめていたのだ。不思議な女だ。大胆な女だ。しかし、決して悪い女じゃない。――そんな気が強くするのである。彼はなんとなくこの女が好きにさえなった。

「有難う」

久美子はいくらか涙ぐんだ眼で俊助の顔を見ると、

「それでお訊ねしたいのは、あなたは誰かに、今夜グランド・ホテルの事件のことで、人に会う約束をしたことをお話しになりませんでしたか」

「話しましたよ」

「誰です、その人は？」

久美子は急に面を輝かして訊ねる。

「由利先生」

「由利先生？　あゝ、あの有名な探偵ですわね。いいえ、違います。その他にまだ誰かにお話しになったに違いありませんわ。そしてその人こそ犯人なのですわ。ねえ、思い出して下さい。誰かにお話なすったでしょう」

「こうっと、いいえ、一向話した覚えはありませんねえ。だが――あっ！」

ふいに俊助がクッションからとび上った。

「そうだ。誰にも話はしなかったけれど、あの電話がかゝって来たとき、僕の側《そば》には一人の人物がいました。そいつはひょっとすると、僕の応対から、電話の内容を推察したかも知れません」

「誰です、誰です？　その人が犯人です。それは一体誰ですか」

久美子は躍起《やっき》となって俊助の胸にとりすがる。俊助の顔には、見る見るうちに、恐怖の表情《いろ》がいっぱい浮んで来た。

「そうだ、そうです。そいつが犯人でした。あゝ、僕はなんという間抜けだろう。そいつの名は――」

と、俊助が言いかけた時である。

さっきから一定の間隔をおいて尾行していたあの怪自動車が、ふいにスルスルとスピードをまして、追いすがって来たかと思うと、すれちがいざま、車中から体を乗り出した怪人物がズドンと一発！

狙いはあやまたず、黒ん坊アリに扮《ふん》した有井の肩に命中したからたまらない。

「あっ！」

と、叫んで思わずハンドルから手をはなした拍子に、方向を失った自動車は、轟然《ごうぜん》たる音響と共に、路傍の電柱にぶつかった。

黒衣女性

場所は代々木にちかい原っぱの側《そば》である。ましてやこの夜更《よふけ》、誰一人この騒ぎを知っている者はない。

怪自動車はそのまゝ、一丁《ちょう》ほど行きすぎたが、何を思ったのかまたソロソロと引返して来る。やがて半壊になった自動車のそばまで来ると、ピタリと車をとめて、中からひらりと飛びおりたのは意外！　黒衣の女なのである。顔は黒い布でつゝんでいるので、何者とも知る由はないが、まだブスブスと煙を吐いているピストルを、片手に握っているところを見ると、さっきの射撃手はこの女にちがいない。

女は久美子の自動車をちょっと覗いてみて、

「あら、いゝあんばいにみんな気をうしなっているわ。ビリー、手を貸してよ」

「O・K」

言下に自動車から飛びおりたのは、眼の色の碧《あお》い青年だった。どうやら混血児らしいのである。

「その女をね、こちらの自動車に連れこむのよ。あ、それからついでに、その黒ん坊も連れていこうよ」

二人が気をうしなっている久美子の体を、外へ運び出そうとした時である。今まで気絶しているとばかり思っていた俊助が、ふいにムックリと体を起すと、いきなり女の体にしがみついたのである。

「あ、畜生《ちくしょう》！　離せ！」

「馬鹿め、気絶してる風をしていたら、まんまと引っかゝりやがった。貴様は誰だ！　その覆面をとって顔を見せろ」

俊助が覆面をとろうとする。女がとられまいとする。狭い車内で揉《も》みあううちに、ビリビリと音がして、寛《ゆる》やかな女の洋服の片袖《かたそで》が千切《ちぎ》れて、ムッチリとした、肉附きのいゝ腕が現れたが、ひと目それを見ると、さすがの俊助も、思わずあっと呼吸《いき》をのんだのである。

白い、女の腕にまざまざと鮮《あざや》かに浮きあがっているのは、まぎれもなく双心臓の刺青《ほりもの》ではないか。

「あっ。まぼろしの女！」

俊助が叫んで、思わずうしろへたじろいだ時である。ズドンと音がして、女の持ったピストルが、ぱっと青い火を吐いた。弾丸は俊助の肩をかすめて、後《うしろ》のクッションにめりこんだ。

「あっ！」

と、ひるんだ俊助が、再び猛然と立ちあがって来た時、またもやズドンと一発！　白い煙がパッと車内に立てこめたかと思うと、あゝ、無残、俊助の体が朽木《くちき》を倒すように、ドタリとクッションのうえに倒れたのである。見ると左の胸のあたりから、真赤《まっか》な血がドクドクと吹き出しているのだ。

「若造のくせに、余計なおせっかいをするから、こんなことになるのさ」

女は千切れそうになった袖の中に、腕を入れながら、覆面の下から毒々しい眼を光らせて俊助の顔を見ていたが、やがてつと傍《そば》の混血児をふりかえると、

「ビリー、ハンケチをお出し」

「とうとう、殺《や》っつけちまったんですかい」

混血児はさすがに顔色がなかった。ガチガチと歯を鳴らしているのを、冷《ひや》やかに見やった黒衣の女性は、冷嘲うように、

「なんだね、ビリー、こんなことでビクビクしてちゃ、とても大仕事は出来やしないよ。さあ、ハンケ

チをお出しったら！」

　と、小刻みに顫えているビリーの手から、ハンケチを奪うと、俊助の胸から溢れ出る血をドップリと浸《し》ませて、傍《そば》のガラス扉《ど》のうえに、ぬたくるように書きあげたのは、

『まぼろしの女』

　と、いう六文字。

「さあ、こうしておいて、その女を連れていけば、そいつが犯人ということになるわよ、きっと。さあ、ビリー、手を貸して頂戴」

　と、ビリーに手伝わせた黒衣の女性、久美子と有井の体を自分の自動車に運びこむと、自分も悠々とその後から乗りこんで、グッタリとしている久美子の顔を覗きこむと、

「ふふん」

　と、さも憎らしげに鼻を鳴らした。

「なるほど、これは相当の女だわね。これじゃ子爵が迷うのも無理じゃないわ。こんな女がいるから、子爵の奴、あたしのいう事を肯《き》かないのだわ。ほんとうに、憎らしいったらありゃしない」

　そういう言葉から察すると、この女は久美子を子爵の恋人と誤解しているらしい。しばらく殺気をおびた眼で久美子の顔を見詰めていたが、やがて運転台のほうへ向き直ると、

「ビリー、何を愚図々々しているのさ。早くやらなきゃ駄目じゃないか」

「O・K！」

　自動車は間もなく、漆黒《うるし》の闇《やみ》のなかにヘッド・ライトの光を流しながら、いずこともなく走り去って行く。その後には、俊助が唯《ただ》一人血にまみれて倒れているのだ。

　あゝ、冷酷無慙《むざん》、鬼畜《きちく》の如きこの黒衣女性とは、果して何者であろう？

妖魔の踊

　その翌朝帝都の各新聞には、次ぎのような記事が掲載されて、東京市民をあっとばかりに顫えあがらせた。

跳梁《ちょうりょう》する幻の妖魔《ようま》
　一夜に二人の犠牲者
　　被害者は子爵令姪《れいてつ》と花形記者

凄惨《せいさん》なり矣、帝都は恐怖の巷《ちまた》

去る×月××日、グランド・ホテルに於《おい》て兇刃《きょうじん》を揮《ふる》った妖魔「幻の女」は昨夜又もや二人の犠牲者を血祭に挙げ徹底的な残忍振りを発揮した。犠牲者の一人は政界の惑星といわれる子爵籾山四郎氏の令姪京子嬢で、K劇場に於て映画観賞中不幸にも妖魔の毒刃に斃《たお》れたものである。ところが茲《ここ》に奇怪なのは、予《か》ねてよりこの事件の探査にあたっていた新日報社の花形記者三津木俊助氏は、現場より挙動不審の人物を発見しその後を尾行したものと信じられていたが、意外にも今暁一時頃、代々木附近の街路に遺棄された自動車中に死体となって横《よこた》わっているのが発見された。しかも車窓のガラスには生々《なまなま》しい鮮血でまぼろしの女なる署名が遺《のこ》っていたという。この残忍飽くなき犯行に警察は躍起となっているが、目下の所五里霧中《ごりむちゅう》という他なく、帝都は今や恐怖のどん底に叩きこまれてしまった。

さて、こういう記事が新聞に現れてから数日後のことである。

丸ノ内のK劇場は、今宵もまた破《わ》れるような大入りだ。都会人という奴は何んという奇妙な神経を持っているのだろう。あの恐ろしい事件があってからというもの、K劇場は以前にもましての繁昌《はんじょう》振り。さすがにあの惨《むご》らしい死体の横わっていた二階の正面附近だけは、あまり近寄る者もなかったが、それが今夜に限って、選りに選ってこの席へ姿を現わした人物がある。

帽子を眉深《まぶか》にかぶり、人眼を避けるように黒眼鏡をかけているが、まぎれもなくこの人は籾山子爵である。

子爵はいかにも落着《おちつ》かぬふうで、暫くソワソワと薄暗がりの中を見廻わしていたが、やがてその眼をプログラムの上に落す。プログラムには上映中の映画と映画に挟まって、

妖魔の踊　覆面の踊子

という文字が見える。それを見ると子爵は思わず白い頰をピクピク痙攣《けいれん》させた。

やがて、一本の映画が終って、場内にはほんのりと薔薇色の灯がついた。と、その時である、つかつかと子爵の背後に近附いて来た男が、いきなりポン

と軽く背中を叩いたのだ。

「子爵、やっぱりお見えになっていましたね」

子爵はその声を聞くと、ギクリとしたように跳びあがったが、相手の顔を見ると、

「あゝ、君か。――由利君」

と、がっかりしたように呟いた。言うまでもなくその男というのは、白髪の由利先生だった。幸い子爵の周囲《まわり》にはあまり沢山の人はいなかった。そこで由利先生は子爵の隣に腰を下ろすと、

「子爵」

と、声をひそめて、

「何も驚かれることはありませんよ。実はこの間から、今日はお見えになるか、明日はお見えになるかと、毎日のようにお待ちしていたところです。ちょうどいゝ時にお見えになりました。子爵、あなたが見にいらしたのは、この覆面の踊子なんでしょう」

図星をさゝれて、子爵は思わず激しく瞬きをしたが、強いてさりげなく、

「覆面の踊子――? 何んのことだね、それは。俺《わし》は姪の殺された場所がその後どうなっているかと思って、ちょっと見に来たまでさ」

「はゝゝゝは」

由利先生は思わず高らかに笑うと、

「子爵、もう兜《かぶと》をお脱ぎになったらいかゞです。あの覆面の踊子が八重樫麗子だということは、もうちゃんと分っているのですよ」

「馬鹿な、あの覆面の踊子は鈴村珠子という女だと、この間警部も言っていたじゃないか」

子爵は一言のもとに打消すように言ったが、その声音《こわね》には何んとなく力がない。

「そうです。しかしその鈴村珠子こそ実は八重樫麗子だったのです。そして子爵もちゃんとそのことを知っていられる、だからこそ、今夜こうして確かめにいらしたのでしょう」

子爵は何か言おうとした。しかし由利先生はいち速くそれを制すると、

「まあ、お聞きなさい、子爵」

と、あたりを見廻しながら、更に声をひくめて、

「八重樫麗子は秘書の鈴村珠子とすっかり身分を入れ変えて日本へ帰って来たのです。だからグランド・ホテルで殺されていた女こそ、その実秘書の鈴村珠子であり、現在、鈴村珠子としてこの劇場へ現れて

いる女こそ、ほんとうの八重樫麗子なのです。ところで、何故そのようなやゝこしいことをしたかというと、子爵、八重樫麗子こそは、あの恐るべきまぼろしの女だったからなのですよ」

「何んだって！」

子爵は思わず大声で叫んだ。しかし、すぐ気がついてソワソワとあたりを見廻わすと、わなわなと唇を顫わせながら、

「そ、それは本当のことかね」

と、悲痛な表情をうかべながら訊ねるのだ。

「遺憾《いかん》ながら、これはもう間違いのない事実です。われわれは実に馬鹿でした。子爵も御存じのとおり、グランド・ホテルで殺された女は片腕を斬落《きりお》とされ、しかもその片腕の一部分が無残にも抉り取られてあったでしょう。われわれはそれを見るとすぐに、そこに人に見られてはならぬ秘密——例えば痣《あざ》だとか刺青《ほりもの》だとかいうふうな、そういう秘密があったと思いこんだのです。ところが事実は反対に、そこには何んの秘密もなかったのです。秘密がなかったからこそ、抉り取る必要があったのです」

「と、いうと——？」

「つまりね、あわよくばあの女を『まぼろしの女』に仕立てゝしまおうという魂胆だったのでしょう。ほんものゝ『まぼろしの女』は官憲の追求が思いがけなく厳重なのに気がついた。いつか自分の腕にある双心臓の刺青のことも、アメリカから知らせてくるだろう。そこで先手を打って『まぼろしの女』は死んでしまったと思わせたかったのでしょう」

「なるほど」

子爵は額に深い八の字を寄せて考えこんでいたが、すぐまた気がついたように、

「しかし、それなら、何故犯罪の現場へあのような署名をのこしていったのだろう。『まぼろしの女』を死んでしまったと思わせたいなら、あゝいう署名、『まぼろしの女』の署名を壁のうえにのこしておくなんて、少し妙な話じゃないか」

「さあ、そこですよ。そこがこの事件の妙にこんがらがっているところですよ。そしてその謎《なぞ》を解く鍵は、子爵、あなた御自身の掌中にあるんですよ」

「由利君、それはどういう意味だね」

「子爵、もういゝ加減に仰有って戴けませんか。あの日アリという黒ん坊を連れて、グランド・ホテル

へ八重樫麗子を訪ねて来た怪少女は何者ですか。そしてその女は今、どこにいるのです。その人こそ、すべての謎を解く鍵を握っているのですよ」

由利先生はそういいながら、きっとばかりに秀麗な子爵の横顔を見つめた。子爵はドキリとしたように、周章《あわ》て眼を反らしたが、それでも素直に口を開こうとはしない。飽迄も子爵は久美子の秘密を守り通そうという決心らしく見えるのだ。その様子を見ると、由利先生はかすかに溜息をついて、

「あなたがもう少し正直に打明けて下すったら、事件はもっと簡単に片がつくのですがねえ。やむを得ません。いずれわれわれの手で、その女《ひと》を探して見ましょう。それより子爵、今に面白い観物《みもの》が始まりますから、気をつけていらっしゃい」

由利先生が意味ありげにそう言った時だ。場内の電鈴《ベル》がけたたましく鳴り響いたかと思うと、やがて舞台に下っていた緞帳《どんちょう》がスルスルとあがった。いよいよ問題の「妖魔の踊」が始まろうとするのだ。

劇場の大捕物

その夜K劇場に居合《いあわ》せた客の一人が、後になって人に語ったところによると、この幕が開こうとしたその瞬間から、その人はなんとなく異様な空気を感じたということだ。

電鈴《ベル》が鳴る少しまえに、その人はふと三々五々《さんさんごご》と連れ立った男たちが、めいめい奇妙な合図をしながら、舞台のまえに陣取るのを見たのである。むろん、その合図は非常に微妙なものだったから、他の人々は誰も気がつかなかった。しかし、その人は特別に注意力が発達していたと見えてそれと気がつくと、

(何かある！)

と、感じると、もう舞台どころの騒ぎではない。この連中から眼を離すことが出来ないのだ。みんな別に変った風をしているというのではない。普通の背広に鳥打帽《とりうちぼう》をかぶっているのもあるし、ソフトを眉深《まぶか》にかぶっているのもある。その中に一人、大きな黒眼鏡をかけて、マスクをかけている人物があったが、それがどうやらその連中の大将株らしく、時々他の連中が、指図を窺《うかが》うように振り返るのが見えた。

やがて緞帳があがると、オーケストラ・ボックスの中から微妙な音楽の音が湧《わ》き起って来る。と、同時に客席の電気がいっせいに消えた。舞台はたゞ見

る、一面の深海のように、淡《あわ》い薄明が漂っている。

その光がしだいに明るくなって来たかと思うと、正面の黒いカーテンを、さっと二つに割って、黒い踊《おど》子《こ》が舞台のうえに踊りだして来た。

全身をピッタリと身に合った黒衣に包んで、顔は紫繻子《むらさきじゅす》の覆面でかくしている。手にはきらきらと輝く槍《やり》のような物を持っていた。

言う迄《まで》もなく覆面の踊子なのだ。踊子は音楽の音につれて、しだいに舞台の中央へのりだして来たが、この時二階の正面では、籾山子爵が思わずひくい呻《うめ》き声をあげた。

「子爵、いかゞですか」

「フーム」

子爵は由利先生の問いに答えようともしない。呼《い》吸《き》がしだいに切迫して来て、黒眼鏡の下で激しく瞬《まばた》きをしたかと思うと、やがてつるりと一滴の汗が額《ひたい》から滑り落ちた。

最早《もはや》、重ねて訊《たず》ねる迄もない。子爵も明《あきら》かにこの踊子が、八重樫麗子であることを認めたのだ。由利先生は満足そうに頷《うなず》きながら、

「子爵、見ていらっしゃい。今に面白い観物《みもの》が始まりますぜ」

と、低声《こごえ》で囁《ささや》く。

舞台ではむろんこんな事とは気がつかない。踊子の体はしばらく蛇《へび》のようにグロテスクなうねりを見せていたが、やがて音楽の音がしだいに急テムポになっていくにつれて、その体は独楽《こま》のようにはげしく旋回しはじめた。

と、この時だ。観客席の後方から、突如さっと一条の白光が、矢のように舞台のうえに投げられた。その円光はしばらく踊子を中心として、巧みに舞台のうえを移動していたが、やがてピッタリと、黒い背景のうえに静止したまゝ動かなくなった。

するとその時人々は、何《な》んとも言えないほど不思議なものを、その円光の中に発見して、思わずザワザワとざわめき出したのである。

それは組み合された二つの心臓《ハート》なのだ。しかもその二つの心臓を貫く一本の矢が、舞台の踊子を指すようにジリジリと移動している。

刺青双心臓！　しかもそいつは本物の刺青《ほりもの》の何十倍、いや、何百倍という大きさをもって、気味悪くも今、舞台のうえに映出《うつしだ》されているのだ。あの奇怪

なまぼろしの女の噂《うわさ》を知っている人々は、思わずゾーッと総毛立つような感じに打たれたということだが、まことに無理からぬ話だった。

舞台のうえで踊り狂っていた覆面の踊子は、むろん最初のうちは、自分の背後に、そのような気味悪い幻灯が映し出されていようとは夢にも気附かない様子だった。だが、そのうちに、何んとなく観客席のざわめきに気がついたのであろう、何気なく振りかえって、ひと眼その幻灯を見た刹那《せつな》、思わず彼女の姿態がよろよろと崩れたのだ。

舞台の正面に陣取っていたあのマスクの男が、さっと片手をあげたのは実にその瞬間だった。と同時に今迄待ちかまえていた連中が、いきなりバラバラと舞台のうえに躍りあがったのだ。

「八重樫麗子！　警察の者だ、神妙にしろよ」

覆面の踊子はそれを聞くと、ギクリとしたようにうしろへよろめいた。それから蛇のように光る眼で、自分を取巻いている男たちを見廻《みま》わしていたが、やがて捨鉢《すてばち》な声で、

「まあ！　あなた方は何んです。こゝは舞台ですよ。お客様の邪魔をなすっちゃ困りますわ。それに八重樫麗子だなんて、人違いをなすっちゃいけませんわ」

「おいおい、麗子さん、もう駄目だぜ、何もかもネタはあがっているのだ。観客を騒がせないように、神妙に警視庁まで来て貰《もら》おう」

そう言ったのは例のマスクの男。

「まあ、いったいあなたは誰？」

「私だよ。ほら、等々力警部だ」

覆面をした麗子の顔は、そのとたん、さっと紫色になった。だが、すぐ気を取り直すと、

「まあ、あなたでしたの。御苦労様ね、そしてこれ、いったい何の真似《まね》なの」

「八重樫麗子――いや、まぼろしの女を捕えようというのだ」

警部が側《そば》へよって、麗子の手を捕えようとする。そのとたん、麗子はさっと身をひるがえすと、黒いカーテンを割って中へ姿を消した。

「畜生《ちくしょう》！　逃げる気か」

刑事の一人が追ってはいろうとした時だ。ズドンと一発。わっと叫んで刑事がうしろへたじろいだ瞬間、再びさっとカーテンを割って躍り出したのは覆面の踊子。見ると片手にギラギラと光るピストルを

持っている。それと見るより観席席はわっと総立ちになった。中には怯《おび》えて死物《しにもの》狂いに助けを呼んでいる婦人もある。

刑事は寄って集《たか》って、唯《ただ》一人の覆面の踊子を捕えようとするが、これがまた仲々容易につかまらない。何しろ相手は危険な飛《とび》道具を持っているうえに、人を殺すことを屁《へ》とも思わない殺人鬼なのだ。唯わいわいと遠巻きにしているばかり。

殺人鬼は覆面の下から、せゝら笑うように刑事の顔を見廻わしていたが、やがてツツウ！　と舞台を横ざまに走ると、パッと飛びついたのは天井からブラ下っているブランコだ。このブランコはかねて彼女の踊《おどり》のために用意されていたものなのである。そのブランコに飛びついたと見ると、まるで猿《さる》のような身軽さ、するすると天井へ登っていく。

「それ、天井へ逃げたぞ、逃がすな」

思いがけない相手の早業《はやわざ》に、等々力警部は必死となって部下を督励《とくれい》している。その声に刑事の一人がブランコに飛びつこうとすると、上からパンパンとピストルの弾丸《たま》が降って来るのだ。由利先生と糀山子爵の二人が、二階の正面から駆けつけて来たのはちょうどこの時だった。

「警部、愚図々々《ぐずぐず》していちゃいけない。見たまえ、観客が大騒ぎをしているじゃないか」

「いや、面目しだいもありません。女一人とあなどっていたのは不覚でした。しかしなに、天井へ逃げたからには袋の中の鼠《ねずみ》も同然ですよ。今に捕えて見せます」

「等々力君、まあ、こちらへ来たまえ、舞台裏には天井へのぼる階段がある筈《はず》だ。こゝは刑事にまかせておいて僕と一緒に来給《たま》え。子爵、あなたもどうぞ」

三人はバラバラと舞台うらへ駆けこむ。舞台裏ではこの騒ぎに気を呑《の》まれた道具方や事務員が、真蒼《まっさお》になってひとところにかたまっていた。

「君、君、階段はどちらだね」

「は、こちらです」

「有難《ありがと》う。君たちはこゝに見張っていてくれたまえ。気をつけないと相手は飛道具を持っているから危いぜ」

等々力警部を先頭に立てゝ、三人は狭い階段を登っていく。階段というよりも寧《むし》ろ梯子《はしご》なのだ。この梯子をのぼると、そこは危《あぶな》っかしい簀《す》の子《こ》になっている。舞台に紙の雪を降らしたり、ブランコを捲《ま》きあげたりする場所なのだ。

先頭に立っていた等々力警部が、ふいにしっと低声《こごえ》で由利先生たちを制した。

「居《い》るかい」

「居ます。幸い舞台のほうに気をとられて、こちらには気がつかぬ様子です」

由利先生がそっと頭を出して見ると、なるほど、舞台の光を下から受けたほの暗い簀の子のうえに、覆面の踊子が踞《うずく》まって、寄らば一発のもとに撃ち殺すぞとばかり身構えているのだ。

それと見るより等々力警部は、簀の子に四つん這《ば》いになりながら、そろそろと近附いていく。危い、危い。もし相手に覚《さと》られたら、一発のもとに撃ち殺されるのは知れているのだ。しかし、幸いにも折からの観客席の騒ぎにとりまぎれて、どうやら相手はまだ気がつかないらしい。二人の距離はしだいにせばまっていく。実に、息詰《いきづま》るような瞬間！

やがて、一間《けん》ほどうしろまで近附いていった時である。ふいに相手がくるりとこちらを振りかえった。

「畜生！」

という声もろとも、ズドンとピストルが白い煙を吐いた。しかし、相手もふいの事に狼狽《ろうばい》したと見えるのだ。弾丸《たま》は警部の耳もとをかすめて、ヒューとうしろにとんだ。相手が周章《あわ》て第二弾の身構えにうつろうとする時だ、警部の体が鞠《まり》のように弾《はず》んで、相手に躍りかゝったかと思うと、二人の体はもんどりうって簀の子のうえを転がった。

「先生、ピストル――ピストルを――」

揉《も》み合いながら叫ぶ警部の声に、

「よし！」

と、由利先生が危っかしい簀の子をわたって、側《そば》へ近寄ろうとした時だ。誰の指が引金にかゝったのか、プスッ！　と押し殺したような銃声。

「しまった」

「どうしたのだ」

由利先生が周章て近附いてみると、等々力警部の膝《ひざ》の下で、覆面の踊子がぐったりと伸びているのが見えた。見ると弾丸は顎《あご》から左の頬《ほお》を貫いたと見えて、真赤《まっか》な血がドクドクと吹き出している。

「殺《や》っちまったのかい」

「いや、殺すつもりはなかったのですがね、物のはずみで、こいつ自ら引金を引きやがったのですよ、畜生、折角《せっかく》こゝまで追いつめながら、殺しちまっちゃ玉なしでさあ」

「まあ、いゝ、仕方がないさ。どうせこうなる女なんだからね」

由利先生はあとからそろ〳〵と近附いて来た子爵の方を振りかえると、

「子爵、一つこの女の顔をよく見て下さい。八重樫麗子にちがいないでしょうね」

と、言いながら何気なく屍体《したい》の顔から覆面を剝《は》ぎとったが、そのとたん、

「や！　や！　こりゃどうしたのだ」

という叫び声が、期せずして三人の唇《くちびる》をついて出た。意外とも意外！　その踊子は男だったのだ。由利先生も等々力警部も知らなかったけれど、その青年こそ、まぼろしの女の手下、混血児のビリーだったのである。

妖魔の執着

一体いつの間にこんな奇蹟《きせき》が行われたのか。さっき、等々力警部が声をかけた時には、確かにこの踊子は女だった。しかもそれから後、一瞬だって人々の眼はこの踊子から離れたことはないのだ。いや、たゞ一度だけある。警部の手を振りはなして、彼女がカーテンの蔭《かげ》に姿を消した時。――あゝ、そうなのだ。

「しまった！」

と、警部は今更のように地団駄《じだんだ》を踏んで口惜《くや》しがったが、すでに後の祭だ。その頃には本物の踊子即《すなわ》ち八重樫麗子はすでに劇場を脱出してどこかで赤い舌をペロリと出していたことであろう。

これは要するにK劇場に於《お》けるこの捕物は、警視庁の大失態であった。大勢の観客を騒がせた揚句《あげく》、肝腎《かんじん》の「まぼろしの女」には、まんまと逃げられてしまったのだから、等々力警部の面目は丸潰《まるつぶ》れだった。上役からはお目玉を頂戴《ちょうだい》する。新聞では散々にやっつけられる。さすが元気な等々力警部も、その当座はすっかり腐りきってしまった。

さて、物語はそれから数日後の事に移る。

早春のよく晴れた午後のこと、籾山子爵はたゞ一人、深い物思いを胸に秘めて銀座の歩道を歩いていた。と、その時、ふいに路傍《ろぼう》から声をかけた者があ

る。

「旦那様《だんな》、花は如何《いかが》でございますか。赤いチューリップの花。愛しい人の思い出の赤い花。一つ如何でございますか」

子爵がふと夢を破られたように顔をあげて見ると、皺苦茶《しわくちゃ》の婆《ばあ》さんが、眼やにの溜《たま》った眼でじっとこちらを見ている。胸にさげた籠《かご》の中には赤や黄のチューリップの花が、こぼれるように盛りあがっているのだ。

子爵はふと久美子のことを思い出した。久美子はチューリップの花が好きだった。殊《こと》に燃えるような赤いチューリップの花を愛して、いつも室内に飾っていたが、――あゝ、その久美子はいまどこにいるのだろう。

「ふむ、この赤いチューリップを一つ貰おう」

「有難うございます、旦那さま、愛しい女《ひと》の思い出の花」

そこで老婆の声が突然かわった。

「これからすぐに横浜へ」

と早口で、

「桜木町の停車場に自動車がお待ちしています」

「え？」

子爵は愕然《がくぜん》として老婆の顔を見直した。

「警察へしらせたり、変な真似をなさると、愛しい女《ひと》の生命《いのち》はありませんよ。たゞ一人、誰にも知らさないで、――はい、旦那様、毎度有難うございます」

子爵はしばらく呆気《あっけ》にとられたように、老婆の顔を見ていたが、やがて無言のまゝその側《そば》をはなれた。赤い一茎の花を持って。

（あの女からの使いなのだ）

子爵は恐ろしさに思わず歯をガチガチと鳴らせた。膝頭がふるえて額にはいっぱい汗がうかんで来た。

しかし子爵はすぐ決心を定《き》めると、大股《おおまた》に新橋の方へ歩いていった。よしどのような危険があろうとも、久美子の生命だけは救わねばならないのだ。

桜木町で電車をおりると、一台の自動車が待っていた。

「籾山子爵ですね」

「そう」

「どうぞ、お乗り下さい」

子爵を乗せた自動車が、それから間もなくピッタリとタイヤをとめたのは、本牧《ほんもく》の海に臨んだ、古めかしい南京蔀《ナンキンじとみ》の家。嵐でもあれば波をかぶりそうな岸壁の突端に、一軒ぽつんと建っているこの家は、見るからに曰《いわ》くありげだった。自動車は子爵をおろすと、すぐいずくともなく走り去った。

見上げると屋上には一本のポールが立っていて、そのうえに青い旗がヒラヒラと飜《ひるが》えっている。海はよく凪《な》いでいた。

子爵は玄関のポーチに立って、二三度呼鈴《ベル》を押したが、返事がないのでそのまゝ思いきって扉《ドア》をひらいて中へ入る。薄暗い家の中は空家ででもあるかのように、湿《しめ》っぽい空気が漂って、人の気配はない。子爵が廊下づたいに間毎間毎《まごとまごと》を覗《のぞ》いていくと奥まった部屋にあたって、さやさやと衣擦《きぬず》れの音。子爵がドキリとして扉の前に立ちどまった時だ。

「どうぞ、こちらへお入り下さいな、子爵」

と、艶《なまめ》かしい声と共に、長椅子からやおら身を起したのは、炎《も》えるような緋色《ひいろ》の衣裳をまとった鈴村珠子。——いや八重樫麗子なのだ。

麗子は子爵の顔を見ると艶然《えんぜん》として微笑《わら》った。中年女の溢《あふ》れるような媚《こ》びと、殺人鬼の物凄《ものすご》い殺気をこめた微笑だ。

「あゝ、やっぱりお前だったのだね、麗子」

「子爵、どうぞこちらへお入りになって下さいな。あたし、まえからこうして二人きりでお話したかったのですわ」

立上《たちあ》がった麗子の肩から薄衣がすらりと足下に滑り落ちて、肉つきのいゝ肩が現れる。子爵が彼女を見るのは実に十数年目だった。子爵の知っている彼女はすでに四十近い年齢《とし》である筈だのに、今眼のまえに立っている女の美しさは、どうしても二十七八としか見えぬ。

「話？　いや俺《わし》は話など聞きたくもない。それより麗子、おまえはあの娘《こ》をいったいどうしたのだ」

「まあ、相変らずあなたはせっかちな方ね。そして少しもあたしの心持を汲《く》んで下さらないのね。ごらんなさい。この部屋を。——二十年以前《まえ》あんなに楽しく二人で住んでいた鎌倉の家《うち》を、思い出していたゞきたいばっかりに、折角苦心して装飾をしておいたのに。——」

その言葉に部屋のなかを見廻わした子爵は、思わず身をすくめて激しく身顫いをした。なるほど麗子のいう通り、部屋の中の装飾は、その昔彼等が妖《あや》しい痴夢《ちむ》を繰り返した、その隠れ家と全《まった》く同じように飾られている。だが、それが今更どうなるというのだ。子爵はいっそ嫌悪の情をかんずるばかり。

子爵はふいにさっと激しい怒りを面《おもて》にうかべると、

「麗子、おまえは恐ろしい女だ。俺《わし》は今更そんなたわごとを聞きたくはない。それよりあの娘をどこへやった。久美子をいったいどこへ隠したのだ！」

子爵は恐ろしい形相《ぎょうそう》をして詰め寄る。麗子はさっと嫉妬《しっと》のいろをうかべたが、すぐ冷やかなせゝら笑いをうかべると、

「まあ、とんだ御執心ね、あの娘はあたしにとって大切な人質よ。あの娘のいのちを救うも救わぬも、子爵、みんなあなたの胸三寸にあることですわ」

「いったい、どうしろというのだ。金か、金ならいくらでも出す」

「いゝえ、子爵、あたしお金が欲しいなんて、申しておりませんわ。あたしの欲しいのはあなたの愛情です。子爵、もう一度むかしの通りになっていたゞきたいの」

「なんだと！」

「子爵！」

ふいに麗子は崩れるように長椅子に泣き伏した。

「あたしも疲れました。あたしは安らかな家庭が欲しいのです。もう一度元通り一緒になって。……」

そう言いながら麗子は、肩をふるわしてよよとばかりむせび泣くのだ。あゝ、恐ろしい妖女の愛着。殺人鬼の悲恋。——さすがの子爵もそれには呆然《ぼうぜん》として、しばらくこの恐ろしい女の狂態を眺めているばかりだった。

赤い旗、白い旗

「麗子おまえそれは正気で言っているのか。おまえは自分が何者だか忘れたとみえる。おまえは『まぼろしの女』——恐ろしい殺人鬼ではないか」

「そう、そうでした。あたしの両手は真赤な血で染まっています。もしもこのまま捨てゝおかれたら、あたしは更に更に恐ろしい罪をかさねるでしょう。子爵、あたしを救って頂戴。あたしを救うことの出来るのはあなたよりほかにありません。もう一度あたしと結婚して……」

「フン、お前もずいぶん虫のいゝ女だね。わたしが最も愛している時に——わたしはそれを思い出して

もゾッとするのだが——お前は、わたしを裏切ってアメリカへ逃げていった。そしてさん〴〵悪事を重ねたあげく、今さら行くところがないからって、元通りになれとはよく言えたものだ」

「でも、でも、あたしはもう沢山すぎるほどのむくいをうけてきましたわ。アメリカでさん〴〵苦労をしたあげくの果てが『まぼろしの女』——あゝ、なんて恐ろしい烙印《らくいん》でしょう。ねえ、子爵、あたしと一緒に外国へ行って下さい。あたし、誰にも観破されないくらい上手に姿をかえることが出来ます。外国で数年暮してほとぼりのさめた時分に帰って来ましょう。誰もあたしを疑う者はありませんわ。あたし今度こそ本当にいゝ妻になりますわ。あたしあなたが必要なのです。子爵、お願いです。お願いです」

「駄目だ!」

「駄目?」

「駄目だとも、何度いっても駄目なことだ。ことわざにも覆水盆《ふくすいぼん》にかえらぬという。さあ、それより早くあの娘をこゝへ出しておくれ。あの娘を無事に返してくれたら、お前がこゝにいることだけは内緒にしておいてやろう」

麗子はふいにスックと立上った。上気した頬からさっと血の気《け》がひいて、真っさおになったかと思うと、唇のはしがヒク〳〵と痙攣《けいれん》して、両眼が鬼火《おにび》のようにもえあがった。

「ほゝゝゝほ、ひとの事をおっしゃれたものじゃありませんわ。あなたもずいぶん虫のいゝかたね。この隠れ家を密告するしないはあなたの御勝手よ。あたしの願いがだめならば、あなたの頼みもきかないまでのこと!」

「なんだと!」

「子爵、およしなさい、みっともない。いゝとしをしてあんな乳臭《ちちくさ》い女に夢中になるなんて。いったいあの女はあなたの何よ」

子爵は真っさおになった。何か言おうとして口をひらきかけたが、すぐまた黙りこんでしまう。

「またあの娘もとしに似合わず大胆な娘ね。男にばけてホテルへ入りこみ、あたしの替玉をしばりあげて脅迫《きょうはく》するなんて、ほゝゝゝほ、あたしの若い時そっくりよ。あなたは妙にそういう女に気を惹《ひ》かれると見えるのね」

子爵が黙っているのを見ると、麗子はますますか

さにかゝって、

「あの日、あたしがホテルの裏口からこっそり帰ってみると、どうでしょう、あの娘が変な黒ん坊と一緒に替玉の麗子を浴場で脅迫しているじゃありませんか。あたしはすぐ、これはあなたの廻し者にちがいないと思ったから、隣りの部屋から写真をとってやったのよ。その時のあの娘の驚きようったら。マグネシュームに驚いて、泡をくって逃げてしまいましたが、あたしそのあとで自分の部屋へ帰ると、しばりあげられている替玉の麗子、——ほんとはあれが鈴村珠子なのよ、その珠子をひと思いに殺してしまったの」

「おまえが——それじゃおまえが殺したのか」

「そうよ、あたし、自分の身が危険だと思ったから、アメリカをたつときあの女と身分を変えておいたのよ。こちらにはもうあなたをおいてほかに誰もあたしの顔を知っている者はあるまいと思ったから。そこであの女を殺してしまえば、八重樫麗子、——即ち『まぼろしの女』は死んだことになるだろうと思ったの。アメリカからいつ何んどき、八重樫麗子こそ『まぼろしの女』だという通信がこないとも分りませんからね。あたしの計画はほとんど成功したように見えたけれど、そこへ又あの娘が余計なまねをしたものだから、すっかりおじゃんになってしまったわ」

「あの娘が何をしたというのだね」

「あの娘はね、一たん逃げだしたあとで、何か忘れ物を思い出して、またあの部屋へとってかえしたというの。多分、あたしが替玉の麗子の片腕を斬りとってもう一度こっそりホテルの裏口から外へ出たあとでしょう、そこであの娘は替玉の麗子が殺されているのを見て、てっきり疑いは自分にかゝってくるにちがいないと思って、とっさの機転で三津木俊助という男から聞いた『まぼろしの女』に、その罪を転嫁《てんか》するつもりで、壁のうえにあんないたずら書きをしてきたというのよ」

なるほど、これで由利先生の推理の矛盾は解けたわけである。あの署名は実に久美子が書いたものなのだ。

「あたしが折角苦労して『まぼろしの女』を死んだものに見せようとしているのに、あの娘がよけいなお節介《せっかい》をするものだから、また事件はこんがらがってきたじゃないの。そこであたしは今度は、あの娘こそ『まぼろしの女』だと思われるようにしてやったの。あなたの姪《めい》の殺された時ね、あの日あたし新聞社に三津木俊助を訪問したのよ。そこへあなたの姪から電話がかゝって来たでしょう。あたしすぐ事情をさとったから、K劇場であなたの姪を待ちかまえていると、又してもあの娘が男装をしてうろうろしているじゃないの。だから私、あの娘に罪をきせてやろうと思って、あなたの姪も殺してしまったわ。どう、お分りになって？」

あゝ、何んという無恥、何んという大胆さ。彼女は眉も動かさずに平然として、恐ろしい罪悪の数々を語るのだ。

子爵はしばらく化物《ばけもの》をでも見るような眼つきをして、相手の顔を見詰めていたが、やがて呻《うめ》くように言うのだ。

「あの娘は——あの娘はどこにいる」

麗子は弾《はじ》かれたような眼で、苦悶《くもん》に歪《ゆが》んだ子爵の顔を見ていたが、やがてヒステリックな声で笑うと、

「ほゝゝゝほ、そんなにあの娘の顔が見たいの。いいわ。見せてあげるわ。ほら、この望遠鏡を覗いてごらんなさいな」

麗子は立って傍《そば》のカーテンをさっと開いた。見るとそこには窓に向けて一台の望遠鏡がすえてあるのだ。

「ほら、この望遠鏡で向うの海のうえを御覧なさいな。小さいヨットが浮んでいるでしょう。あの中にあなたの愛人はいるんですよ」

子爵は言下にその望遠鏡にとびついた。見える、見える。波間にうかぶ小さいヨット。その中に仰向《あおむ》けに縛られているのは、あゝ、無残、久美子ではないか。白い横顔、見覚えのある着物の模様。その傍《そば》には黒ん坊アリに扮した有井の姿も見える。二人とも死んだように動かない。そして舟の中には更にもう一人の男が、何をしているのか、黙々と向うを向いて作業を続けているのだ。

「麗子！　お前は——お前はいったいあの娘《こ》をどうしようというのだ！」

「どうもこうもないわよ。あそこに蹲《うずくま》っている男が何をしていると思っていらっしゃるの。あの男は私の合図を待っているのよ。白い旗が上ったら、あの娘は救《たす》かるし、赤い旗があがったら。——」

「赤い旗があがったら?」

「火薬の導火線に火をつけます。そうしたらあの娘の体は木《こ》っ葉微塵《ばみじん》となって天国へとんで行きます。さあ子爵、赤い旗をあげましょうか。白い旗をあげましょうか」

「麗子! お前は鬼だ! おまえは、お前は——」

「えゝえゝ、どうせ私は鬼よ。さあ、子爵、これが最後よ、私の願いをきいて下すって、あの娘の生命《いのち》を助けますか。それとも、赤い旗をあげましょうか」

「麗子!」

ふいに子爵が麗子の肩をつかんで、死物狂《しにもの》いにゆすぶった。炎《も》ゆるような眼で相手の眼の中を覗きこみながら、

「麗子! おまえは何も知らないのだ。あの娘は——あの娘は——」

「あの娘がどうしたと仰有るの?」

「あの娘はおまえの生みの娘だぞ!」

一瞬間、麗子は失神したような眼で子爵の顔を眺めていた。全くその時彼女は、そのまゝ石になってしまうのではないかと思われるほどだった。しばらく彼女は放心したように相手の顔を眺めていたが、
やがて低い笑い声をあげると、

「ほゝゝゝほ、出鱈目《でたらめ》もいゝ加減になさいませ。私の娘だなんて——私の娘の加代子《かよこ》は五歳の時に亡くなったって、いつかアメリカへ知らせて来たじゃありませんか」

「そう言った。だがあれは嘘《うそ》だったのだ。あの娘はお前に逃げられてから、里子《さとご》にやってあったのだが、五歳の時に悪者に誘拐《ゆうかい》されて行方《ゆくえ》が分らなくなってしまったのだ。だからお前があの娘の安否を問合せて来た時も、死んでしまったと返事を出しておいたのだが、それが近頃やっと、あるサーカスにいるのを発見して、邸《やしき》へ連れてかえったのだ」

「そして——そして、あの娘はそれを知っていますの?」

「知らない。どうしてそんなことが言えるものか。表面は親友の娘だということにして、あの娘もそれを信じている。お前のような、——お前のような悪い母親があることは知らせたくなかったのだ」

ふいに麗子はうしろへよろめいた。それから噛みつきそうな顔で子爵の顔を眺めていた。あゝ、嘘ではない。子爵の真剣な顔色。子爵は今こそ真実を物

語っているのだ。

麗子はさっと両手を振りあげた。そして何やらわけの分らぬことを口走りながら、裾《すそ》を乱していきなり部屋を跳び出していったのである。子爵が後を追っていくと、麗子は息もたえだえに屋上へかけのぼり、子爵の方へは見向きもせずに、スルスルと屋上のポールに白い旗――その娘を助けよという、信号の旗を掲げたのだ。

港の夕風をうけて、白い旗がヒラヒラと飜《ひるがえ》える。しかしこれはどうしたというのだ。

その旗を見ると何を感違いしたのか、ヨットの中にいた男は、いきなりマッチを擦《す》って導火線に火をつけたではないか。

「違う。――違う！」

それを見るより麗子は、髪振り乱し、地団駄を踏んで呼ばわるのだが、海上はるかの沖合まで、どうしてその声がとゞこうぞ。導火線に点火した男は、大急ぎでボートに飛移り、こちらの方へ漕《こ》ぎ戻って来る。

「あゝ、神様、助けて。その娘を助けて！」

こんな女にもやはり母性の愛はあったのだ。狂気のように連呼するのだが、今となってはすべてが後の祭なのだ。点火された導火線は刻々として燃えつきていく。

「あゝ！」

ふいに麗子が両手で顔を覆ってよろめいた。そのとたん、轟然《ごうぜん》たる音響とともに、紅《あか》い焔《ほのお》が竜巻のように水柱を立てゝ。――ヨットは木っ葉微塵となってとんだのである。

「あっ！」

蒼白《そうはく》になった麗子は、しばしうつろな眼を見張ってそれを眺めていたが、やがて、

「加代子――加代子――私の娘！」

と、一声高く絶叫したかと思うと、あっという間もない、その体は屋上の柵《さく》を乗り越えて、打寄《うちよ》する波の上に、もんどり打って顚落《てんらく》していったのである。

悲劇の結末

恐ろしい悲鳴、グシャッと岩角にあたって物の砕ける音、それから波の間にパッと飛び散った紅《くれない》の色。――子爵はそれを見るとツーッと全身のしびれていくのをかんじた。急にあたりの景色がぼやけて、体

の重心がなくなった。子爵はそのまゝ気を失って倒れてしまったのである。

それから凡《およ》そどのくらいたったか。

子爵が再び意識を取り戻した時には、自分の体は、見覚えのある麗子の部屋に寝かされており、側《そば》には二人の男が佇《たたず》んで、心配そうに顔を覗き込んでいるのだ。

一人はあの由利先生だったが、もう一人の方は子爵の知らぬ若い青年なのだ。子爵はその男の顔をぼんやりと眺めていたが、ふいにハッとしたように長椅子からはね起きた。

「貴様だな。――そうだ、貴様だ。さっきヨットに点火した男は！」

そうなのだ。その男にちがいない。子爵はたしかにさっき、この男がヨットの導火線に点火するところを見たのである。

由利先生はそれを聞くとはじめてにっこりと微笑をうかべた。

「子爵、改めて御紹介しましょう。こちらは新日報社の三津木俊助君です。おそらく名前は御存じであろうと思いますが」

「なんだって！」

子爵は今にも跳び出しそうな眼つきをして、

「三津木俊助君――だが、だが、その三津木俊助君なら、代々木附近でまぼろしの女に殺された筈ではないか」

「はゝゝゝは、あれはね、あの女を油断させるためのトリックだったのですよ。三津木君はなるほど、ひどい負傷をしましたが、御覧の通り生命には別条はなかったのです」

成程《なるほど》、そうだったのか！

子爵にも漸《ようや》く、事のいきさつが分って来たけれど、しかし呑込《のみこ》めないのは、さっきの俊助の行動なのだ。

「だが、だが、その三津木君なら、何故《なぜ》あのヨットを爆発させたのだ。あゝ、久美子！　君は久美子を殺してしまった」

「子爵」

俊助はおだやかな、さとすような微笑をうかべながら言った。

「その心配なら御無用です。久美子さんも有井君も無事ですよ。ヨットの中にいたのは、あれは身替りの人形だったのですから」

子爵はその言葉を聞き終らないうちに、再び朦朧《もうろう》として意識のぼやけて行くのを感じた。しかし、今度は決して恐怖や悲しみのためではない。長いあいだの苦闘の後にきた安堵《あんど》が、しばらく子爵に安静を要求したのであろう。子爵は忠実な乳母に見護《みまも》られた赤ん坊のように昏々《こんこん》として深いねむりに落ちていったのだ。

俊助の言葉は嘘ではなかった。久美子も有井も危《あや》うい瞬間に、三津木俊助の働きによって救われていたのである。

それから間もなく、再び意識を取り戻した子爵が、久美子の無事な顔を見て、どのように喜んだか、それらのことはあまり管々《くだくだ》しくなるから一切省略することにしよう。

こうして、さしも世間を騒がした「まぼろしの女」も、遂に自ら生命を断って死んでしまった。そして、久美子は再び甦《よみが》えり、子爵の秘密は保たれた。

したがって、この物語はたいへん目出度《めでた》い結末を結ばねばならぬ筈であったが、甚《はなは》だ遺憾《いかん》ながら、実はそういうわけにはいかなかったのである。

と、いうのは。――

それから数日の後、由利先生と三津木俊助の二人が、改めて麴町の子爵邸を訪れてみると、これはどうしたというのだ、子爵の面《おもて》には又しても、沈痛な表情が刻まれているではないか。

「子爵」

由利先生は不審そうに子爵の顔を見守りながら、すぐ用件を切り出したのである。

「今日、お訪《うかが》いしたのは、子爵にとって大変喜ばしいお報《し》らせを持って来たのです。というのは他でもありません。子爵があんなに探していらした手紙、――その昔、八重樫麗子にあてゝお書きになった手紙を発見したのです」

由利先生はそう言いながら、皺苦茶になった一枚の紙片を取出した。子爵はそれを見ると、さすがにピクリと眉を動かす。

「この手紙を無事に取返すことが出来たについては、子爵は久美子さんにお礼をおっしゃらなければなりません。これはあの方が取戻したのですから」

「何？　久美子が？」

子爵は何故かさっと顔を曇らせる。

「いや、久美子さんが取戻したとはいうものゝ、あの人自身は少しもそれを知らなかったのですよ。というのは、いつか久美子さんがホテルへ忍びこんだ時、何んの気もなく八重樫麗子のピストルを持って帰られた。そのピストルが廻り廻って、三津木君が代々木でまぼろしの女に襲われた時、自動車の中に落ちていたのです。多分、久美子さんが落としていかれたのでしょう。ところが、そのピストルの銃口の中に、この手紙は隠されていたのですよ」

そう言いながら、由利先生は小型のピストルを掌にのせて子爵に見せる。

「いかにも、あの女の考えつきそうな、うまい隠し場所ではありませんか。久美子さんはその後ずっと、ピストルを所持していながら、手紙の隠されていることに気がつかなかったと見えます。ところで、ここにお詫《わ》びしなければならないのは。——」

と、由利先生は子爵の顔を真正面から見ながら、

「実は私と三津木君とは、この手紙を発見すると、つい何んの気もなく中味を読んでしまったのです。そして。——そして、はじめて子爵が、何故この手紙をあんなに恐れていらっしゃるか、その理由を知りました。私はあの手紙に貼ってあった可愛《かわい》い赤ちゃんの写真を見たのです。子爵、久美子さんは、あなたと麗子の間に出来たお嬢さんなんですね」

子爵はそれを聞くと思わず低い呻声《うめきごえ》をあげる。由利先生はそれを制《おさ》えるようにしながら、

「いやいや、子爵、決して御心配なさることはありません。私も三津木君もこの事は生涯口外しないでしょうから。さあ、子爵、この手紙をお返しいたしましょう」

「有難う」

子爵はわなゝく指先でその手紙を受取ると、すぐそれに火をつけて燃やしてしまった。白い灰が、うつろの魂のようにヒラヒラと虚空《こくう》に舞いあがる。子爵は涙のにじんだ眼でそれをぼんやりと眺めていたが、やがて二人のほうを振りかえると、

「私はこの事を誰に知られても構わないが、たゞ久美子——いや、彼女《あれ》の本当の名は加代子というのだが——その加代子にだけは知られたくなかったのだ。だから、あのように苦しんで来たのだが、しかし、それもこれも今となってはすべて無駄になってしまった」

「無駄になったとは?」

「この手紙を読んでくれたまえ」

子爵はポケットから、一枚の紙片を出して見せる。それは美しい女の筆蹟《ひっせき》で書かれた手紙で、ところどころに、点々として涙の痕《あと》のにじんでいるのが何んとなく異様だった。

由利先生と三津木俊助が読んで見ると、

小父《おじ》さま。

私の親愛なる小父さま。どうぞ久美子のこの忘恩をお赦《ゆる》し下さいませ。久美子はやっぱり生れながらの放浪の娘でした。私には折角小父さまが与えて下すったお邸の、あの安易な、そして豊かな生活が身に合わないのです。私の魂の中には、自由と冒険を愛する気紛《きまぐ》れが火のように燃えています。私が男に変装したりして、グランド・ホテルへ乗込んだのも、ひそかに知った小父さまの苦悶をお助けしたいと思ったからでもありますが、一つには、私の血の中に流れているこの宿命的な冒険心が、やむにやまれぬ衝動となって私を駆り立てたのです。

小父さま。

私は再びお屋敷を出て、もとのサーカスの生活にかえります。どうぞどうぞ、私のこの忘恩をお宥《ゆる》しになって、そして、二度と私を探さないで下さいませ。私にはよき友があります。おそらく私はその人と共に生涯を、放浪生活で暮すでしょう。

御身御大切に。それからお序《ついで》がございましたら、由利先生や三津木俊助さまによろしくお伝え下さいませ。

哀れな　久美子より

由利先生と三津木俊助はその手紙を読むと、思わず暗然として顔を見交わした。

「あの娘にはやっぱり母親の血が流れているのだ。彼女《あれ》の母が私を捨てゝ家出した時の手紙がちょうどそれと同じだった。あゝ、可哀《かわい》そうな加代子！」

子爵はそう言って、声を立てゝ泣き伏したのであった。

鸚鵡《おうむ》を飼う女

切支丹《キリシタン》坂の怪

花時の日和《ひより》ぐせ、今にも雨になりそうな鬱陶《うっとう》しい春の夜の十時過ぎのことである。新日報社《しんにっぽう》の花形記者、お馴染《なじみ》の三津木俊助《みつぎしゅんすけ》は、唯《ただ》一人切支丹《キリシタン》坂を茗荷谷《みょうがだに》の方へ登っていた。

宵《よい》にバラ〳〵降った雨が、いつの間にか歇《や》んだあとには、うっすらと朧《おぼろ》の月さえ影を見せて、湿気《しめりけ》をおびた土の上には、貝殻を敷いたように、一杯白い花弁がこぼれている。

昔からいろ〳〵なあやかしの伝えられているこの坂は、今でもその前後《あとさき》だけ人家がぽっつりと途切れて、その昔、切支丹屋敷のあったというあたりには、今もなお、恐ろしい首洗い井戸の跡がのこっているとか。

俊助が今、この淋《さび》しい坂を八分目ほどまで登って来たときである。行手《ゆくて》にあたってハタ〳〵と軽い足音が聞えて来たかと思うと、突然坂のてっぺんに人影が現れた。その足音に何気なく、ヒョイと顔をあげた三津木俊助、折からの朧月にふと相手の姿を見ると、思わずぎょっとして立ちどまった。あまりといえばあまり異様な姿だったからだ。

黒い頭巾《ずきん》に大振袖《おおふりそで》、紫繻子《むらさきじゅす》の袴《はかま》の股立《ももだち》をきりゝと取って足袋《たび》はだし、頭巾の下から覗《のぞ》いている顔は抜けるように白いのだ。丁度昔の寺小姓《てらこしょう》か、七段目に出て来る力弥《りきや》といった扮装《いでたち》、今の世にあるべからざる姿なのである。

公達《きんだち》に狐化《きつねば》けたり春の宵。

場所が場所だけにさすがの俊助も、狐につまゝれたような妖《あや》しい驚きに打たれたが、相手の驚きはそれ以上だった。

急ぎあしで坂を二三歩、こちらの方へ降りて来たところで、ふと俊助の姿に気がつくと、あっと叫んでそのまゝ、今来た道を一目散に逃げだしたのである。

それと見るより持ってうまれた記者根性、仔細《しさい》ありげなこの相手を、どうしてこのまゝ見逭《みのが》せよう、俊助もこれまた一散に、相手の後を追って坂を登っていった。坂を登ると、小半丁《こはんちょう》ほど先《さ》きを、燕《つばめ》のように飛んでいく姿が見える。屋敷町の生垣《いけがき》にはさまれた狭い道なのだ。両の袂《たもと》を胡蝶《こちょう》のように飜《ひるが》えして走って行くその頭から、白い花弁がしきりにハラハラとこぼれている。

「待て！」

と、叫んだが相手は何しろ身軽な足袋はだし、宙を飛ぶように闇から闇へと潜っていくその素速さは、とても尋常《じんじょう》とは思えない。俊助も暫《しばら》くは巧みにその後を尾《つ》け廻していたが、生憎《あいにく》、迷路のようにくねくねと曲りくねった屋敷町の夜の闇、間もなくふーっとその姿を見失ってしまった。

俊助は呆然《ぼうぜん》として、暫《しば》し暗い路傍に立ちすくんでいたが、やがて未練らしくうろ〳〵とその辺を探してみた。しかし一旦見失った姿は仲々容易に見つかりそうにない。そこへ持って来て、生憎、又もや細かい雨がバラ〳〵と落ちて来る。

「チェッ！」

と、舌を鳴らした三津木俊助、考えて見ればだんだん馬鹿々々しくなって来るのだ。今の世に寺小姓みたいな服装をした男が、のこ〳〵と東京の町を歩いているなんて考えられない。なにかの思い違いであろうと、強《し》いて自分を慰《なぐさ》めた俊助は、

「止《よ》そう、止そう、つまらない！」

と、吐き捨てるように呟《つぶや》くと、いくらか残っていた未練をかなぐり捨てるように横町から元の通りへとってかえした。

もしその夜の出来事がそれだけで終っていたら、俊助も間もなく、こんな事は忘れてしまっただろう。ところがその晩の彼の冒険にはまだ続きがあった。そして、彼が見たあの奇怪な扮装《ふんそう》をした人物が、決して夢でも幻でもなかったことがじき分って来たのである。

それはさておき、段々はげしくなって来る雨に、いよ〳〵中《ちゅう》っ腹《ぱら》になった俊助が、それから間もなく、ふと暗い横町にさしかゝった時である。幌《ほろ》をおろし

た俥《くるま》が一台、雨の路傍に停っているのが見えた。近附いていくと、俥のかたわらに、雨外套《あまがいとう》を着た男が人眼を避けるように佇《たたず》んでいるのが、何《な》んとなく仔細ありげである。通りすがりに幌の中を覗いてみると、白い女の顔がちらりと見える。

「どうかしましたか」

思わず立ちどまってそう訊《たず》ねると、俥のそばに佇んでいた男は、帽子の下からちょっと眼を光らせたが、すぐさりげなく、

「さあ、どうしたのですか、実は私にもよく分らないのですよ」

と、外套のポケットに両手を突込《つっこ》んだまゝ、のっそりと闇の中から出て来た。三十五六の、色の浅黒い、髯《ひげ》の濃い男だった。

「御病人のようですね」

「それがね、少し妙なんですよ」

男は急に不安らしく顔をしかめると、

「実は私は里見《さとみ》という通りがかりの者なんです。この先《さ》きにある友人の家を訪ねての帰途《かえりみち》、向うの角でこの俥に出会ったところが、車夫が済まないが後を押してくれとこういうんでしょう。仕方なしに手を貸してやっとこゝまで来ると、この家《うち》だからちょっと中へ入って来る、その間こゝで待っていてくれと、その門の中へ入ったきり、車夫の奴、いまだに出て来ないんですよ」

里見はいくらか酔っているらしい。

「それはおかしいですね。この家ですか」

俊助が振りかえって見ると、古びた門がなるほど開け放しになっている。覗いてみると、広い庭の向うに玄関が見えたが、家の中はまっくらであった。門柱の表札を見ると、これはまだ新らしく、川島邦《かわしまくに》子《こ》という女名前。

「妙ですな。中はまっくらじゃありませんか」

と言いながら梶棒《かじぼう》の下を見た俊助は、

「あ！　それはどうしたのです」

と、叫んで思わず跳びのいた。驚いたのも無理ではない。幌でかくした俥の蹴込《けこみ》から、滴々《てきてき》として土のうえに落ちているのは、まがうかたなき血潮ではないか。

鸚鵡《おうむ》と博多《はかた》人形

「え、どうしたのです？」

驚いて訊《き》き返す里見の声に、答えようともせず俊助が、さっと黒い幌をひっぺがして見ると中には赤い膝掛《ひざか》けをした美人が、ぐったりと首うなだれている。パッと人目につく顔立ちの、若い女だったが、まっしろなその顔色の気味悪さ。膝掛けをとると、胸から膝へかけて血潮の河が流れている。心臓を一突き抉《えぐ》られたらしく、むろん既にこと切れているのだ。俊助も思わずぶるゝと身顫《みぶる》いをした。

「あ、こいつは大変だ！」

と、里見が一時に酔いもさめたらしく立騒《たちさわ》ぐのを、俊助は両手で制しながら、

「一体、その車夫というのはどんな男でした」

「それがね、どうも妙なのです。一文字笠《いちもんじがさ》を前かぶりにかぶって、雨合羽《あまがっぱ》みたいなものを着ていましたから、人体《にんてい》はよく分りませんでしたが、今から思えば普通の車夫のようではありませんでしたね。腰がいやにふら〳〵として、酒にでも酔っているのかと思ったくらいですよ」

「この門のなかへ入っていったのですね」

「そうですよ」

「実は私は三津木俊助といって、新聞社の者ですが、こんな事件に出会《でくわ》すと、このまゝ済ますわけには参りません。御迷惑でも附き合って貰《もら》えませんか」

「いゝですとも。こううまく騙《だま》されちゃ、私だって腹の虫が承知出来ません。一つ、私から先に中へ入って見ましょう」

里見は憤然として門の中へ潜りこむと、訪《おとな》いもせずに、いきなりガラリと玄関の格子戸《こうしど》を開いたが、その途端、

「わっ！」

と叫んでとびのくと、

「あ、ち、ち、痛ッ、痛ッ！」

と、俄《にわ》かに身を揉《も》んで苦しみはじめた。

「ど、どうしたのです！」

と、あわてゝ後からとび込んだ俊助が、ふと見ると、玄関まえの敷石のうえに小さい瓶《びん》が一つ転がっていて、何やら物の焦《こ》げる匂いがプンと鼻をついた。

「その瓶です。畜生《ちくしょう》、そいつを中からぶっつけやがったのです。あ、痛《た》ッ！　痛《た》ッ！」

見ると里見の胸から腹へかけて、外套がボロ〳〵に破れているのだ。

「あ、硫酸《りゅうさん》ですね」

俊助も思わず顔色をかえた。幸い狙いが外れて、里見は僅《わず》かに右手を少々火傷《やけど》をしたのに止《とど》まったけれど、もしもこいつを真正面《まとも》にくらっていたら、おそらく両眼も潰《つぶ》れてしまったことだろう。

俊助は思わずゾーッとしながら、格子の中を覗いてみたが、人の気配はしなかった。この騒ぎにも拘《かかわ》らず、家の中がしーんと静まりかえっているのが、いっそう気味悪いのだ。

「構わないから、一つ中へ踏みこんで見ようじゃありませんか」

「大丈夫ですか」

「危険とお思いになったら、あなたはこゝで待っていて下さい」

俊助はマッチを擦《す》って玄関の三和土《たたき》を覗き込んだ。開けっ放しになった障子の向うには、漆黒《しっこく》の闇がかぶさって、朱塗りの下駄箱《げたばこ》のうえに、小さな支那焼《シナや》きの一輪挿《いちりんざ》しがおいてあるのが、いかにも女主人の家《うち》らしい。俊助が構わず上へあがると、里見もあとからおずおずとついて来る。おぼつかないマッチの光を頼りに、玄関の三畳をつきぬけると、そこはすぐ台所になっていて、台所の戸がいちまい開いたまゝになっていた。

「あ、こゝから逃げたのじゃありませんか」

「そうかも知れませんね」

台所の隣はすぐ湯殿になっていて、その湯殿と廊下一つ隔てたところに、八畳と六畳の居間がならんでいた。俊助はそれらの部屋に一々電灯をつけて廻ったが、別に変ったこともない。衣桁《いこう》に女の着物などが無造作にかゝっているばかり、しかし、これだけの家に一人も人の姿の見えないのが、不思議といえば不思議だった。

この二つの居間のほかに、もう一つ離れのような小座敷があった。廊下づたいにこの小座敷へ入っていった俊助は、何気なく電灯の球をひねったが、その途端、二人ともはっとしてそこに立ちすくんでしまったのである。

杯盤狼藉《はいばんろうぜき》とはおそらくこんな場合をさして言う言葉に違いない。引っ繰り返った餉台《ちゃぶだい》の周囲《まわり》には、銚子《ちょうし》、盃《さかずき》、小皿などが雑然と転がっていて、踏みしだいた座蒲団《ざぶとん》のうえには、ひとかたまりの血が、ねっとりとこぼれている。殺人は明《あき》かにこの座敷の中で行われたのだ。

盃が二つあるところを見ると、差し向いでいっぱいやっていたところを、突然襲われたものに違いない。

「して見ると表に死んでいる女は、この家《うち》の主かも知れませんね」

里見が顫《ふる》え声で囁《ささや》いた。

「そうでしょう、犯人はこゝで女を殺して、屍体《したい》をどこかへ持ち去ろうとしたのですね。ところで、この座敷の有様を見ると、好《す》いた同志の小鍋立《こなべだ》てというところだが、はてな、犯人はその相手かしら、それとも他からやって来たのかな」

そう言いながら何気なく座敷の中を見廻わした俊助は、ふと眼を欹《そばだ》てると、

「おや、あれは何《な》んだろう」

と、低声《こごえ》に呟いた。

いかにも女あるじの居間らしく、艶《なま》めかしい装飾のなかにも、ひときわ強く人の眼を惹《ひ》くのは、座敷の隅《すみ》にある大きなガラス戸棚《とだな》である。側《そば》へよって覗いてみると、大小様々な博多《はかた》人形がぎっしりと詰まっている。所謂《いわゆる》、歌舞伎人形という奴である。色とりどり、千姿万態の役者の人形が、数にして凡《およ》そ五十あまりもずらりと並んだその見事さ。

「なるほど、これがあの女の趣味かな。それにしても随分集めも集めたりだな。おや！」

ふいに俊助はぎょっとして振りかえると、思わず怯《おび》えたような里見と、眼と眼を見交わせた。今まで森《しん》と静まりかえっていた家の中で、突然、甲高《かんだか》い、引き裂くような声が聞えたからである。

「バアヤ、バアヤ！」

妙に呂律《ろれつ》の廻らない舌の使いようだ。何しろ、今まで誰もいないと思いこんでいたこの殺人屋敷の中で、突然妙な声が聞えたのだから、二人がぎょっとしたのも無理はない。

「スーツェン、スーツェン」

同じ声がまたもや、森とした夜の静けさの中に響きわたった。その気味悪さ、恐ろしさ。

「バアヤ、バアヤ、スーツェン、スーツェン」

それからばた〳〵と羽搏《はばた》きをするような音が、静かな空気を掻《か》き廻す。俊助はつか〳〵と縁側のほうへよると、いきなりガラリと障子をひらいたが、そのとたん、

「なあんだ、鸚鵡《おうむ》か！」

と、気抜けしたように呟いた。

「鸚鵡――ですって？」

「鸚鵡ですよ、ごらんなさい」

いかにも、縁側に吊るした停まり木のうえに、羽毛を逆《さかだ》て、眼をいからせながら、

「スーツェン、スーツェン、ドワンシラン！」

と、わけの分らぬことを叫んでいるのは、嘴《くちばし》の紅《あか》い鸚鵡だった。里見はそれを聞くと、何故《なぜ》かはっと顔色をかえたが、

「畜生！　この気狂《きちが》い鸚鵡め！　驚かせやがる。何んだい、そのスーツェンというのは、毛唐《けとう》の寝語《ねごと》かい、それとも――」

と言いかけて、突然俊助の腕をつかむと、

「わっ、こゝにも人が……」

と、うしろに跳《と》びのいた。

見ればなるほど、その縁側の薄暗い隅のあたりに、男が一人、仰向《あおむ》け様に倒れているのだ。四十五六の、海坊主のような大男、はだけた胸のうえに、ぐさっと短刀が一本突き刺さっていて、そこから滾々《こんこん》として血を吹き出しているその恐ろしさ。

俊助はあわてゝ側《そば》へ駆けよると、男の体をぐいと抱き起したが、そのはずみに奇妙なものが彼の眼についた。まくれあがった二の腕に、何やら気味悪い虫が這《は》っている。はっとして見直すと、それは百足《むかで》の形をした刺青《ほりもの》であった。

百足の刺青

鸚鵡を飼う女。――

近所では被害者、川島邦子のことをそう呼んでいた。何をする女なのか分らない。二三ケ月まえにそこへ引き移って来て、お近《ちか》という婆《ばあ》やと、熊公《くまこう》というお抱え車夫を相手に、かなり贅沢《ぜいたく》な生活振りだったから、多分お妾《めかけ》だろうといい、時々訪ねて来る、海坊主のような大男が旦那《だんな》だろうなどと取沙汰《とりざた》していたのである。

その女が、旦那と一緒に殺されたというのだから、その翌日の茗荷谷一帯は大変な騒ぎである。原因は――？　むろん色恋の縺《もつ》れだろうと誰しも一番にそう考える。警察でもその見当で、早くも犯人の目星がついたらしいという噂《うわさ》もあった。

ところが、そういう事件のあった翌日の晩方、新日報社の編輯《へんしゅう》部へ、ひょっこりと三津木俊助を訊ね

て来た、白髪童顔の一紳士があった。言わずと知れた由利《ゆり》先生なのである。

　由利先生というのは、かつて警視庁の捜査課長を勤めた人物だが、今では麴町三番町《こうじまちさんばんちょう》に閑居を構え、悠々自適の生活を送っているのだが、どうかすると昔とった杵柄《きねづか》で、犯罪事件に顔を出すことがある。殊《こと》に俊助とはひとかたならぬ昵懇《じっこん》の間柄で、彼のために引っ張り出されるのは珍らしくなかったが、今日は反対に先生の方から乗り出して来たのだから、俊助もちょっと度胆《どぎも》を抜かれた。

「先生、これは先生が首を突込《つっこ》まれるような事件じゃありませんよ。簡単な事件です。既に犯人の目星もついていて、目下その行方《ゆくえ》を捜索中なんですよ」

「知っている。中村扇紫《なかむらせんし》という役者だろう」

「おや、先生はどうしてそれを御存じなんですか」

　俊助もこれには一寸《ちょっと》驚いた。犯人の目星のついた事は新聞にも出ているが、その名前までは発表されていない筈《はず》である。

「なあに、別に不思議でもなんでもない。さっき扇紫の母親《おふくろ》が訪ねて来てね」

「なんですって？　すると先生はあの男を御存じなのですか」

「ふむ、昔ちょっと贔屓《ひいき》にしてやったことがあってね。その縁故で母親《おふくろ》が泣きついて来たのだが、いったいどうして、あの男に疑いがかゝったのだね。君に聞けば多分わかるだろうと思ってこうしてやって来たのだが。……」

「そうですか、それじゃお話しますが、しかし、先生は扇紫の居所を御存じなんじゃありますまいね」

　俊助はいくらか疑わしそうな眼で、じっと由利先生の顔を眺めた。

「いや、それは俺《わし》も知らないのだ。母親《おふくろ》の話によると昨夜《ゆうべ》から家へ帰らないんだそうだが、そこへ今日、警官がどや〳〵と踏みこんで来たものだから、可哀《かわい》そうに婆さん、すっかり吃驚《びっくり》してしまって、泣きながら俺《わし》のところへ駆け着けて来たというわけだ。奴《やっこ》さん今頃はどこかに青くなって隠れているんだろうが、それはともかく君の話というのを聞かせてくれたまえ」

「そうですか。それじゃお話いたしましょう」

　そこで俊助が由利先生に語って聞かせたというのは、大体次《つ》ぎのような話である。

殺された川島邦子の旦那というのは、遠藤為三《えんどうためぞう》といって、横浜の骨董商《こっとうしょう》で、邦子と一緒に殺されていた、あの海坊主のような大男がそれである。二人とも長崎の人間だそうで、去年のおわり頃、こちらへやって来たのだが、邦子を一人茗荷谷に住わせるについては、旦那の遠藤もいくらか心配だったと見えて、車夫の熊公のほかに、お近という心利《こころき》いた老婆を一人つけておいた。つまりお近は隠し目附けという格で、邦子の監視役なのである。

昨夜《ゆうべ》お近は車夫の熊公と共に、一晩暇を出されて、親類のうちへ泊りがけで遊びに出かけたが、その事についてさすが海千《うみせん》の老婆だけに一寸《ちょっと》不審を感じた。それには、近頃の邦子の行状になんとなく面白くないところを嗅《か》ぎつけていたからである。邦子が時々、中村扇紫という若い歌舞伎役者と会っていることを知っていたので、ひょっとすると今夜あたり、その男を引っ張り込むつもりではなかろうか――そう思ったものだから途中から旦那のほうへ電話をかけておいたのである。

「ところが今朝帰って見ると、その扇紫のもじりと雪駄《せった》とが、あの家《うち》に残っていたというわけです。いやそればかりではない。実はかくいう私も、昨夜あの家の近所で中村扇紫の姿を見かけたのですよ」

と、俊助は改めて、昨夜切支丹坂で見た異様な風体の人物のことを繰り返すと、

「それで若《も》しやと思って、今日扇紫の出ている劇場の方を調べたところ、案《あん》の定《じょう》昨夜扇紫は、中幕に出るお小姓姿のまゝで劇場を出ていったらしいというのです。化物《ばけもの》の正体みたり何んとやらで、いやはや、私も少々毒気を抜かれた形ですよ」

俊助はそう言って、昨夜のことを思い出したのか急におかしそうに笑い出した。しかし由利先生は笑いごとどころじゃない、暫く難しい表情《かお》をして考え込んでいたが、

「成程《なるほど》、すると警察の見込みはこうなんだね。昨夜扇紫と邦子とが逢っているところへ、旦那の遠藤がふいにやって来た。そこで扇紫が二人を殺して逃亡したというんだね」

「まあ、そういうところです。しかしそれにはいくらか辻褄《つじつま》の合わぬ所もあるんですよ」

と、俊助は里見の一件を語って聞かせた。

「たとい、犯人は扇紫にちがいないとしても、邦子

の死体を運び出そうとしたのは誰か、それがまだ分っていないんです。里見という男がその俥に出会ったのは、時間から言って私が切支丹坂で扇紫に会ったのと同じ時刻らしいから、扇紫でないことは分っています。車夫に化けて邦子の死体を他へ運び去ろうとしたのは誰か、里見に硫酸をぶっかけたのは何者か、どうもその辺がハッキリしないんです、それにね、これは私だけの感じですが、もう一つこゝに妙なところがあるんですよ」

と俊助は急に声を低くすると、

「その旦那の遠藤という男の二の腕に、百足のような刺青があるんですが、驚いたことに、後になって邦子の体を調べると、やっぱりその二の腕に、同じような百足の刺青があるんですよ」

「何？　百足の刺青だって？」

由利先生は急にピクリと眉を動かすと、

「君、その人たちは確かに長崎の人間だといったね」

「えゝ、そうだそうです。しかし、先生は何かそのことに就《つ》いて心あたりがあるのですか」

「ふむ、いや、これはちょっと家へ帰って、調べて見なければ分らんが、君、その刺青というのはこんな形じゃなかったかね」

由利先生が鉛筆を取りあげて、紙のうえに書いた百足の絵を見て俊助は驚いた。

「あ、確かにそのとおりです。しかし先生はどうしてそれを。……」

由利先生ははじめてニヤリと会心の微笑を洩《も》らすと、

「いや、何事にも注意が肝腎《かんじん》だ。三津木君、この事件は君たちが考えているほど簡単なものじゃないぜ」

と、すっくと椅子から立上《たちあが》ると、

「いや、有難《ありがと》う。どうやら俺《わし》にも目鼻がつきかけて来た。いつもながら、君の注意ぶかい観察には感謝する。では左様《さよう》なら、いずれ家《うち》へ帰ってよく調べて見て、確かなことが分ったら、君にも電話で報《し》らせよう」

と行きかけるのをあわてゝ引止めた俊助、

「先生、すると先生は、中村扇紫はこの事件に関係がないと仰有《おっしゃ》るのですか」

「いや、満更《まんざら》無関係というわけにはいくまいが、犯人はおそらく他にある。第一俺は扇紫という男をよく知っているが、あいつは人殺しなんて出来る柄《がら》じゃないよ」

そういい捨てると、由利先生は飄々《ひょうひょう》として新日報社を出ていった。ところがそれから半時間ほど後のことである。

由利先生が市谷《いちがや》のお濠《ほり》に沿って、三番町の自宅へ帰ろうとしていると、突然、

「先生、先生！　由利先生！」

と、低声《こごえ》で呼ぶ者があった。おやと足を停めて辺《あたり》を見廻わすと、薄暗い黄昏《たそがれ》の土堤沿いには、柳の枝が静かに風に吹かれているばかり、あたりには犬の子一匹通らない。

(はてな、気の迷いかしら)

と、行きすぎようとすると、又しても、

「先生、先生！　由利先生！」

という声が聞える。

「誰だ！」

と立ちどまった由利先生、

「どこにいるのだ！」

「こゝです、先生、私です、中村扇紫です」

「なに、扇紫君！」

と言った由利先生、咄嗟《とっさ》に何もかも覚《さと》った。見ると濠端の土堤《どて》の小蔭に、二重廻しを着た男が、蝙蝠《こうもり》のように吸いついているのだ。

「あゝ、扇紫君！」

「側《そば》へ来ちゃいけません、先生、誰かあたしを尾《つ》けている者がいやしませんか」

由利先生は素速くあたりを見廻わすと、

「大丈夫だ、出て来たまえ、そんな所にいると却《かえ》って怪しまれるぜ」

その声にやっと小蔭《こかげ》から這《は》い出した中村扇紫は、いきなり由利先生に縋《すが》りつくと、

「先生、あたしを助けて下さい」

と、わっとばかりに泣き出したのである。

人形調べ

女のように噎《むせ》び泣く中村扇紫を、引き摺《ず》るようにして自宅の応接間へ連れ込んだ由利先生、気附け薬に一杯のウイスキーを振舞ってやると、改めて相手の姿を見直したが、すぐプッと吹き出して、

「どうしたんだ、その服装《なり》は。色男台なしじゃないか」

と、言われて中村扇紫、はじめて自分の姿をつく

づくと見直しながら、

「笑わないで下さいよ。友達のところで借着をして来たのですよ。この着物も外套も。——これでももう一生懸命なんで、さっきから二時間あまりも、あそこであゝやって先生のお帰《か》えりになるのを待っていたんですよ」

「とんだ忠兵衛さんだ。あまり御乱行がすぎるからだよ。たまにゃそういうお仕置も薬になっていゝかも知れない」

「御冗談でしょう、先生、そんな色っぽい沙汰《さた》じゃございませんので、ほんとうにもう飛んだお茶番で。……」

と、それでも一杯のウイスキーのお蔭か、大分《だいぶ》舌が滑《なめら》かになった。去年名題になったばかりの、まだ若い役者なのである。酒の酔いが廻るにつれて、紅味を増して来た頬《ほお》が、まるで女のように艶《なまめ》かしく美しい。

「一体どうしたというんだ。恐ろしい嫌疑が君にかゝっているという事は知っているだろうね。さきほどは又母親《おふくろ》さんが泣きながら駆け着けて来るという始末で、お前さんの姿が見えないものだから四方八方大騒ぎだぜ」

「済みません。何しろあまり恐ろしくて、今迄《まで》友達のところで隠れていたんですよ。先生お願いですからあたしを助けて下さいな」

「それはまあ、一通り話を聞いた上の事だね」

と、由利先生はわざと冷淡に、

「君はあの女と一体どういう関係なんだね」

「それがもう、何んでもありませんので、いえ、もう全《まった》く、サバ〳〵したもんで。こうなれば何もかもお話しますから、先生まあひと通り聞いて下さいな」

さすがは役者で、いくらか芝居がかりで扇紫の話したところによると大体こうであった。

扇紫がはじめて邦子に会ったのは、丁度ひとつき程まえのことだった。別になんという事もなく、唯《ただ》一緒に御飯を食うのが関の山だったが、二三度そうして会っているうちに、一つあなたに見て貰《もら》いたいものがあるから、そのうち、是非《ぜひ》家《うち》のほうへ来てくれと女が言い出した。そして昨夜《ゆうべ》出かけたのである。

「しかし、舞台姿のまゝで出かけたというのは、いったい、どういうわけなんだい」

「いえ、それには別に何んの意味もないので、昨夜舞台に出るまえに電話がかゝって来て、これからすぐ来てくれ、一刻も早くって、ひどく急《せ》き立てられたもんですから、役があがると、鬘《かずら》を脱いだゝけで駆け着けたというわけで、いやはやとんだお茶番になっちまいました」

「はゝゝゝは、色男になるのも急《いそ》がしいもんだと見えるね」

由利先生が三津木俊助のことを思い出しながら思わず笑うのを、

「いえ、もうそれがちっともそうじゃないので」

と、扇紫はムキになって弁解しながら、

「出かけて見るとなるほどお膳立《ぜんだ》てはちゃんと出来ているんです。しかし、それがちっとも色っぽくないんで。それは分りますよ、固くしてゝも気のあるのと、甘く見せかけてゝも、ちっともそういう気のないのとはね、でまあ、兎《と》も角《かく》いっぱいやっているうちに、ふいに女が居住《いずま》いを直して言うにゃ、実はあなたをお招きしたのも、決して淫《みだ》らな気があってのことではない、実はこゝにある博多人形の名前をお聞きしたかったからだ、とこういうんでしょう」

「とんだ御愁傷《ごしゅうしょう》さま」

「いえ、全く。照れましたねえ、あたしだって男ですもの、いくらか自惚《うぬぼ》れは持っていたんですが、その一言でペシャンコです。しかしまあこうなりゃ仕方がないと諦《あきら》めて、その人形というのを見せて貰ったんですが、そいつがまた馬鹿に沢山あるんです。数にして五十あまりもありましたろうか、みんな役者の似顔になっているんですが、その役者の名前を一つ〳〵聞かせて欲しいというんでしょう」

「ほゝう」

と由利先生も思わず膝《ひざ》を乗り出して、

「そんな事聞いてどうするんだろう」

「あたしにも分りません、全く妙なんです。しかもそういう女の表情《かお》ったらとても真剣なんでして、怖いくらいでした。そこでまあ、あたしが一々その名前を教えてやったと思いなさい。これが菊五郎《おとわやさん》の鏡獅子《かがみじし》、これが吉右衛門《はりまやさん》の大蔵卿《おおくらきょう》、これが羽左衛門《たちばなやさん》の助六《すけろく》、これが歌右衛門《おおなりこまやさん》の淀君《よどぎみ》というふうに……」

「ふふむ」

と、由利先生は興味ありげに益々《ますます》体を乗り出して来る。

「ところが、そうして人形調べをやっている最中に、ふいに海坊主のような大男が、ひどい権幕《けんまく》で躍りこんで来ました。今朝の新聞で見ると、これがどうやらあの女の旦那らしいんですが、いやもう大変な権幕なんで、弁解《いいわけ》をする間もなにもありやしません。あたしゃその形相《ぎょうそう》を見るとてっきり殺されるんだなと思いました。それでもう夢中になって、そこにあった盃洗《はいせん》をぶっつけておいて、足袋はだしのまゝ逃げだしたというわけなんです。あたしの知っているのは唯それだけなんで。……」

と言いかけて、扇紫はふいにギクリとしたようにうしろを振り返《か》えった。その時、けたゝましく呼鈴《よびりん》を押す音が聞えたからである。

「あ、ありゃ何んでしょう。ひょっとすると追手《おって》の者じゃありませんか」

由利先生はしかし、その声も耳に入らぬかのように、暫し黙然として考え込んでいたが、急にぐっと体をまえへ乗り出すと、

「すると、女が君を招《よ》んだのは、いや君に近附こうとしたのは、その人形の名を知りたかったためなんだね」

「えゝ、全くそうとしか思えません、あっ」

ふいに扇紫は唇《くちびる》の色まで真蒼《まっさお》になってしまった。その時、応接間の扉《ドア》があいて、二三人の刑事を後《うしろ》にしたがえた等々力《とどろき》警部が、ドヤ〳〵と中へ入って来たからである。

「先生、失礼します」

警部は尊敬すべき先輩として、由利先生に慇懃《いんぎん》な挨拶《あいさつ》をすると、つか〳〵と扇紫の側《そば》へよって、その肩に手をかけた。

「中村扇紫、お訊ねの筋があるから、神妙にするんだぞ」

「あっ、先生！」

扇紫がふるえあがるのを、由利先生は穏《おだ》やかな眼でおさえながら、

「なあに、心配することはない。おとなしく曳《ひ》かれて行きたまえ。二三日の辛抱《しんぼう》だ。すぐに助けてやる」

と、泰然《たいぜん》として警部のほうに向うと、

「等々力君、人気稼業《にんきかぎょう》のことだから、お慈悲に捕縄《ほじょう》だけは許してやりたまえ」

「承知しました。扇紫、妙な真似《まね》をするんじゃないぞ」

「はい」

扇紫もさすがに男である。諦めたようにおとなしく曳かれていった後では、由利先生の大活躍がはじまったのである。

密輸入団百足組

「すると先生はあくまで、中村扇紫の冤《むじつ》をお信じになるのですか」

それから二三時間ほど後のことである。電話で呼びよせられた三津木俊助は、由利先生と一緒に、再び自動車のなかに乗っていた。いったい、これからどこへ出かけようとするのか、俊助にはまだ分っていないのである。

「ふむ、信ずるね。俺《わし》に嘘《うそ》を吐《つ》いたところではじまらないことだからね。扇紫はたゞ、妙な廻り合せで、事件の中に捲《ま》き込まれただけのことさ。犯人はかならず別にある」

由利先生は自動車の窓から外を見ながらキッパリとそう言った。

「すると、扇紫が逃げ出したあとで、別に犯人がやって来たというわけですね。いったいその犯人とは何者でしょう。先生には当りがついているんですか」

「ふむ、ついている」

「え！」

俊助はびっくりしたように体を起すと、

「してして、そいつは一体誰ですか、私の知っている人物ですか」

「むろん君も知っている筈《はず》だ。考えて見たまえ、サー頭を働かせればすぐ分る筈だよ」

「そうですか、こいつは驚いた」

と、俊助は頭をかきながら、

「いったい誰です、あのお近という老婢《ばあや》ですか。それとも車夫の熊公と……」

と、言いかけて、

「あゝそうだ、熊公ですね。屍体を俥に乗せて他へ運び出すなんて、いかにも車挽《くるまひ》きのやりそうなことだ。先生、熊公ですね」

由利先生は答えないで、唯ニヤ〳〵と微笑《わら》っている。俊助はがっかりしたように、

「違いますか。どうも分らないな」

と呟いたが、急に思い出したように、

「それはそうと先生、さっきの百足の刺青のことですが、あれについて何か手懸《てがか》りがありましたか」

「あったよ。万事わかった」

「いったい、あれにはどういうわけがあるのですか」

「三津木君」

由利先生はきっと俊助のほうを振向くと、

「君も新聞記者なら、もっといろ〳〵な事に注意していなければいけないね。君は先年、長崎で検挙された大仕掛けの密輸団体のことを、記憶していないかね」

「こうっと、何しろ事件が沢山あるので、一々憶《おぼ》えているわけにはいかないのですよ」

「それだからいけない」

由利先生はたしなめるように、

「それじゃ話してきかせるが、去年の秋頃、百足組という密輸入の団体が長崎で検挙されたことがある。密輸入というよりむしろ海賊といったほうが正しいくらいの、兇暴なギャングの一味なんだが、その団員というのが皆二の腕に百足の刺青をしていたそうだよ」

「ほゝう、すると、昨夜《ゆうべ》殺された二人も、その一味の片われなんですね」

「おそらくそうだと思う。なんでもこの一味を検挙した時は、前代未聞の大乱闘で、警官が一人射殺されている。射殺したのは宇佐美慎介《うさみしんすけ》といって、まだ二十二三の青年なんだが、こいつは多分死刑になるだろうという評判があるくらいだ」

「へへえ、そんな事がありましたかね。すると、昨夜二人をやっつけたのも、やっぱりその一味に関係のある者でしょうか」

「多分そうだろうと思うのだが……おっと、ここは江戸川だね。君、すまないが小日向台町《こびなただいまち》のほうへやってくれたまえ」

こゝに至って俊助ははじめて、由利先生の目指しているところが分った。先生は茗荷谷の邦子の家《うち》へ行こうとしているのだった。

小日向台町の暗い横町で二人が自動車をおりたのは、夜もすでに十一時すぎ、寝るに早い屋敷町は早ひっそりと静まっていて、今夜もまた花時の雨がポツリポツリと降っている。

「先生。被害者の家へ行って、何かお調べになることでもあるのですか」

「ふむ、一寸。あの家には今誰かいるだろうかね」

「婆やと車夫の熊公というのが後始末に残っている

筈ですが……、屍体はありませんよ」
「あゝ、屍体には用はない」
間もなく二人は川島邦子という表札のあがってい
る、あの家のまえまでやって来た。
「先生、この家です」
と、俊助が先《さ》きに立って門の中へ入っていった時
である。突然、中から、
「スーツェン！　スーツェン！」
とけたゝましい声が聞えて来たのである。
「や、あれはなんだ」
と、由利先生が立止《たちどま》るのを、俊助は平然と受けて、
「なあに、鸚鵡ですよ」
「鸚鵡？」
と由利先生が聞きかえした時、又もや、
「スーツェン、スーツェン、ドワンシラン！」
というけたゝましい鸚鵡の声。
由利先生はハッとしたように俊助のほうを振り返
ると、
「三津木君、君はこの鸚鵡のことを、俺《わし》に話してく
れなかったね」
「どうしてゞすか。あの鸚鵡が何かこの事件に関係
があると仰有《おっしゃ》るのですか」
「あるとも、大有《おおあ》りだ！　君にはあの声が分らない
のかね、スーツェン、ドワンシラン、鸚鵡がちゃん
と事件の秘密を喋舌《しゃべ》っているじゃないか」
由利先生がそういいながら、玄関の格子に手をか
けた時である。突如、けたゝましい物音が奥の方か
ら聞えて来た。
「泥棒、泥棒、誰か来てえ！」
という女の悲鳴にまじって、どたんばたんと物を
打っつけ合うような音。鸚鵡の叫び、羽搏きの音。
――二人はハッとして家の中にとびこんだ。騒ぎは
あの離れ座敷である。
二人が大急ぎでその座敷へとびこむと、今しも、
二人の男女が組んずほぐれつ大格闘の最中なのだ。
その周囲《まわり》を、毛を逆立てた鸚鵡が気狂いのように飛
び廻っている。
「あ、あなた、捕えて下さい、泥棒、泥棒！」
と、組み伏せられたまゝ叫んだのはお近という老
婢である。俊助は一刻の躊躇《ちゅうちょ》もしない。いきなり馬
乗りになっている洋服男に躍りかゝったが、その拍
子に、曲者の顔を覆うている黒い襟巻《えりまき》がハラリと落

ちたが、その顔を見ると同時に、俊助はびっくりして、

「あ、君は里見君！」

と叫んだ。いかさま、その曲者こそ、昨夜《ゆうべ》俊助と一緒にこの惨劇を発見した、あの里見だったのである。

「暫《しばらく》」人形

「三津木君、その男の腕を調べて見たまえ。きっと百足の刺青がある筈だから」

由利先生の声を聞くと同時に、今まで必死に抵抗をしていた里見は、ぎくりと体を顫わせると観念したように急におとなしくなった。

俊助はしかし全く意外なのだ。この男が犯人だなんて、まるで夢のような気がする。

「三津木君、何をぼんやりしているんだ。邦子と遠藤を殺したのはこの男なんだよ。邦子の体を外へ運び出そうとしているところへ、折あしく君がやって来た。そこで咄嗟《とっさ》の機転で、あゝいう狂言を思いついたのさ。硫酸の一件だって、自分で自分にぶっかけたまでの事、ねえ、里見君、そうじゃないか」

里見は黙って、畳のうえに眼を落していたが、その声にふと頭をあげると、

「恐れ入りました。全くあなたの仰有るとおりです。だが、たゞひとつ肝腎なところが間違っています。お邦を殺したのは私じゃありません。成程、遠藤を殺《や》っつけたのは私ですが、お邦は遠藤に殺されたんで、私は即座にその敵《かたき》を討ってやったのです」

そういうと、里見はハラ〳〵と涙を落した。

「ほゝう、それは――そこまでは私も気がつかなかった。里見君、君も満更《まんざら》悪人ではなさそうだ。どうだ一つ、われ〳〵にすっかり話してくれないかね。大体のところは私も見当がついているのだが」

「有難うございます。そう優しく仰有って戴《いただ》いちゃ、返す言葉もありません。何もかもお話しますから、旦那聞いて下さい」

そこで里見は、俄《にわ》かに居住いを直すと。――

「既に旦那は御存じのようですが、私たちはみんな百足組の一味でした。去年の秋、こいつが検挙の大嵐を喰って、一味の者は大半挙げられましたが、その中に私の実の弟で、宇佐美慎介というのがありますす」

「え？　宇佐美慎介？――あの警官を射殺したという廉《かど》で死刑になろうとしている男だね」

「御存じですか、御存じならいっそう話がし易《やす》うございます。弟は可哀そうな奴でした。あいつは一味と何んの関係もないのです。運悪くあの晩、私のところへやって来て、涙を流して意見をしているその最中に、突然あの手入れです。弟の奴も一緒に挙げられたんですが、そのどさくさまぎれに、誰か警官を射ち殺したものがあるとかで、あろう事かあるまい事か、その疑いが弟にかゝったのです。しかしこの時、警官を射殺したのは別にあるので、それは仲間の仙公《せんこう》という奴でした。こいつはその時受けた大《おお》怪我《けが》がもとで、間もなく病院で息を引きとりましたが、死ぬ前に、警官を射ち殺したのは自分だという告白書を書いて、そいつを首領の遠藤に渡したのですが、遠藤の奴、それを握り潰してしまったのです」

「ほゝう、それはひどい。しかし、それは又どういうわけなんだね」

「つまり恋の遺恨《いこん》とでも申しましょうか、お邦がかねてから、私の弟に好意を持っていたんで、その腹《はら》癒《い》せでございましょう。私もその時挙げられたのですが、幸い証拠不十分で間もなく釈放されました。そして出て来てはじめて仲間の口からそのいきさつを聞いたんですが、その時には腹の中は煮えくり返るようでした。しかしその時には既に遠藤の奴、お邦を連れてこちらへ来ていたので、私もその後を追っかけて来ると一度お邦にあってその話をしました。お邦もそれは初耳だったらしく大変口惜《くや》しがって、もしそれが本当で、今でもその告白書を遠藤が持っているなら、きっと取返して弟を助けてやると約束してくれましたが、それが昨日手紙を寄越《よこ》して、どうやらその告白書の所在《ありか》が分りそうだから、今夜十一時ごろ忍んで来いとのことです。こういうと遠藤の奴がどうして、今迄その告白書を破棄せずに持っていたか不思議にお思いになるでしょうが、それには理由《わけ》があるのです。警官が射殺された現場には、あいつも居合《いあわ》せたのですから、幸いその場は逃げのびたものゝいつどういう廻り合せから、自分にその嫌疑が廻って来ないとも限らない。用心ぶかいあの男のことですから、その場合のことを考えて、証拠となるその告白書を自分のためにとっておいたのです。それはともかく、お邦の手紙を見ると、私は天にも登る気持ちで約束どおりやって来たのですが、無残や、ひと足違いでお邦の奴は、遠藤の手にかゝって、弄《なぶ》り殺しにされた後でした。私はそれを見るとかっとして、前後の考えもなく、遠藤の持っていた短刀でぐさりと一突き。……」

と、さすがに里見もその時のことを思い出したらしく身顫いをしながら、

「後はこちらも御存じのとおり、弟のために生命を隕《おと》したかと思うと可哀そうで、お邦の体をそのまゝにしておく気にはなれません。手篤《てあつ》く葬《ほうむ》ってやろうと外へ運び出したところを、こちらに見附かったのです。硫酸はもしもの際には遠藤の奴を拷問《ごうもん》にかけてゞもと思って所持していたのでございます」

「なるほど、分った」

由利先生は思わず歎息を洩《も》らしながら、

「それで、君は今夜またその告白書を探しに来たんだね。そしてその所在《ありか》は分ったかね」

「いゝえ、それが一向、……なにしろあんな悪賢《わるがしこ》い奴のことですからいったいどこへ隠したのやら」

その時である。鸚鵡が又しても、あの奇妙な叫び声をあげたのは。

「スーツェン、スーツェン、ドワンシラン！」

由利先生はその声を聞くと、思わずニンマリと微笑をうかべながら、

「里見君、君も長崎の人間なら、少しぐらい支那《シナ》語が分りそうなものじゃないか。今の鸚鵡の言葉が分らないのかね。ほら、スーツェン、スーツェン、ドワンシラン！」

「スーツェン、ドワンシラン？」

と、里見は首をかしげたが、急にハッとしたように、

「あ、それは市川団十郎《いちかわだんじゅうろう》という名の支那読みじゃありませんか」

「その通り！」

由利先生は手を打って、

「遠藤という奴は、よっぽど皮肉な奴だったにちがいない。市川団十郎即《すなわ》ち市川団十郎《スーツェンドワンシラン》の人形の中に告白書を隠しておいて、しかもその所在《ありか》をちゃんと鸚鵡に喋舌らせておいたんだ。つまり遠藤の気持ちにして見るとこうだったにちがいない。おまえの恋人を救うことの出来る告白書はおまえの身近《みぢか》においてある。しかもその隠し場所もちゃんと鸚鵡に喋舌

らせてあるんだ。それだのに、それに気が附かないのはおまえが悪いので俺の罪ではない、という一種の自己弁護。――それと、もう一つは、子供の欲しがる玩具《おもちゃ》をわざと見せびらかしながら、なか〳〵やろうとしない、あの気持ちに似た一種残忍な快感――、つまり遠藤という奴は、お邦さんが日毎夜毎《ひごとよごと》、鸚鵡の喋舌る言葉を聞きながら、一向それと気がつかずにいるのを見るのが、愉快で耐《た》まらなかったのに違いない。ところが、お邦さんもとうとうそれに気がつく日が来た。君の話をきくと、お邦さんは忽《たちま》ちそれと気がついたに違いない。しかし、悲しい哉《かな》、歌舞伎役者のことなんか皆目《かいもく》知らなかったものだから、役者のことは役者に聞くに限るとばかり、中村扇紫を連れて来て、こゝにある人形の中に団十郎がいるかいないか聞こうとしたのだね。そこを遠藤の奴が見附けたものだから、てっきり事が露見したと思いこみ、かつは又慎介君に対する嫉妬《しっと》もあったろう、到頭《とうとう》お邦さんを弄り殺しにしてしまったのだね」

と、そう言いながらガラス戸棚の側《そば》へよった由利先生、夥《おびただ》しい博多人形の中を、暫くあれかこれかと選《よ》っていたが、やがて、

「ほうら、これだ、これだ!」

と勝ち誇ったように叫んで取りあげたのは、市川家十八番、歌舞伎荒事《あらごと》の真髄、九代目団十郎「暫《しばらく》」の人形姿だった。そいつを発矢《はっし》と側の柱にぶっつけると、戛然《かつぜん》として音あり、飛びちった土塊《つちくれ》の中から、ひら〳〵と舞い落ちたのは、贋《まが》うかたなき一枚の告白書である。

里見はそれを取りあげると、あっと歓喜の声をあげて、

「あ、これです、これです。これが仙公の告白書です。旦那有難うございました。私の体はどうなっても構いません。旦那、お願いですから、とにかくこれで弟の奴を助けてやって下さい。お願いです。お願いです」

と、男泣きに泣き出したのである。

鸚鵡はまだ無心に叫びつゞけている。

「スーツェン、スーツェン、ドワンシラン!」

花《はな》髑髏《どくろ》

匿名の手紙

由利《ゆり》先生のような仕事をしている者にとっては、差出人不明の手紙に悩まされるということは、たいして珍らしい経験ではないのだが、さすがにその朝舞いこんだ匿名《とくめい》の手紙ほど、世にも奇怪な色彩をおびた奴を受取《うけと》ったのは、先生もはじめてだった。その手紙というのは、大たい、次《つ》ぎのような文句なのである。

由利先生。

世間の評判によると、あなたは今迄《まで》いちども失敗したことのない名探偵だそうですね。それが本当なら、是非《ぜひ》ともあなたにお報《し》らせしたい事があります。

現在《いま》ある所で世にも恐ろしい殺人事件が起ろうとしています。いや、こういううちにも、着々として血腥《ちなまぐさ》い殺人計画が進められているかも知れません。私はある理由から、この殺人事件の内容を知悉《ちしつ》しているのですが、あまり恐ろしい、そしてあまり取りとめのない事なのでこゝにはっきりと名前を挙げて申上《もうしあ》げることの出来ないのを残念に思います。しかし、私の申上げることは決して出《で》鱈目《たらめ》ではないのです。犯人は世にも狡猾《こうかつ》な、世にも恐るべき奴です。そしてそいつと太刀打ちの出来るのは、由利先生、あなたより他にはないのです。

先生、お願いです。明五月十五日正午頃、牛込M町の二本榎《えのき》の下で待っていて下さい。そうすればこの奇怪な手紙が、決して出鱈目でなかった事がお分りになるでしょう。

五月十四日　　　　花髑髏《はなどくろ》

「三津木《みつぎ》君、君はこの手紙をどう思うね」

市谷《いちがや》のお濠《ほり》を見下ろす閑静《かんせい》な由利先生の寓居《ぐうきょ》、その二階なる先生の応接間に向いあっているのは、言わずと知れた由利先生と、新日報社《しんにっぽう》の花形記者三津木俊助《しゅんすけ》。この二人のコンビからなる幾多の探偵譚は、諸君にとってすでにお馴染《なじ》みの筈《はず》である。

俊助はひと通りその手紙に眼を通すと、思わずきっと眼を欹《そばだ》て、

「なんです、一体これは。私も随分匿名の手紙を見てきましたが、こんなのははじめてゞすね。誰かの悪戯《いたずら》じゃありませんか」

「俺《わし》もこんな手紙を受取るのははじめてだよ。しかしね。三津木君、俺はこれを単なる悪戯だとは思わない。悪戯にしては事柄があまり妙だからね。それにこの手紙をよく見たまえ。何かしら文面をはなれて、妙に人を焦々《いらいら》させるようなところがありはしないかね」

「そうですね」

俊助は安っぽいレターペーパーに書かれた、拙《まず》い金釘流《かなくぎりゅう》の文字を拾い読みしながら、

「わざと筆跡《ひっせき》をかえて書いたのですね。それに署名が変っているじゃありませんか。花髑髏とはいったい何《な》んのことでしょう」

「俺にも分らないよ」

由利先生はぼんやりと窓外に眼をやりながら、吐き出すように言った。初夏の強い陽差《ひざ》しが、くわあっと白い道路にやきついて、お濠端《ばた》の柳が、あるかなきかの風にそよいでいる。由利先生は思わずしわしわと瞬《まばた》きをすると、くるりと俊助の方へ向き直って、

「しかしね、どうも俺にはこの手紙は気に喰わんよ。第一この手紙の主は俺に救いを求めようとしているのか、それとも俺に挑戦しているのか、それさえよく分らん。しかし、何かしら恐ろしい事件の匂いがするのだ。この香《か》ぐわしい五月の空気から、俺は血みどろな地獄絵巻の匂いを嗅《か》ぎわけることが出来るような気がするのだ。厭《いや》だね。何かしら俺はゾーッとするよ」

由利先生はそう言って、さむざむと肩をすぼめたが、すぐ次ぎの瞬間には、獲物を嗅ぎつけた猟犬のように鋭い眼附きをした。

「どうだ、これから一つ指定された二本榎まで出かけて見ないかね」

「え、本当に行くんですか」

「そうだ、今日は手紙にある五月十五日、正午といえばもうすぐだ。それとも君は手のはなせない用事があるのかね」

「いや、仕事のほうはどうにでもやりくりがつきます。しかし、驚きましたね。先生がこんな匿名の手紙を真《ま》に受けるなんて。よござんす。それじゃお供しましょう。もしこいつが事実だとすれば、素晴らしい特種《とくだね》になるんだがな」

俊助がつねに素晴らしい特種をつかんで来るのも、底をわれば由利先生という偉大な探偵が材料を提供してくれるからである。しかしさすがの由利先生も、その時受取った匿名の手紙の中に、どんな陰険な悪《わる》企《だく》みがかくされていたか、よほど後になるまで気がつかなかったのである。

長持《ながもち》の中

市谷薬王寺《やくおうじ》。

閑静なその屋敷町の一角にある、俥宿《くるまやど》の帳場の奥で、さっきから講談本を拾い読みしていた車夫の勝《かつ》公《こう》は、帳場のまえに立った人の気配に、ふと本をおいて顔をあげた。

「日下《くさか》の邸《やしき》から来たものだがね、ちょっと頼みたいことがあるのだが」

くわあっと炎《も》えるような白い道路に立っているのは、空色の合《あい》トンビを着た小柄の男。帽子を眉深《まぶ》かにかぶって、お誂《あつら》えの黒眼鏡、それにこの暑いのに大きなマスクをかけているので、さっぱり人相が分らない。男はマスクの奥で、もぐもぐと低い聞きとれない程の声で言った。

「へえへえ、毎度御《ご》贔屓《ひいき》に有難《ありがと》うございます」

勝公が帳場からとんで出ると、

「いや、俥に乗るんじゃないんだ。ちょっと届け物をして貰《もら》いたいんだ」

「届け物？　へえへえ承知しました」

「これから日下の屋敷へいくとね、玄関に大きな長《なが》持《も》ちがおいてあるからね、それを持って牛込の馬場下まで届けて貰いたいんだ」

「長持？　へえ、しますと荷車がいりますな」

「荷車はないのかい」

「いえ、じき調達して参ります。して馬場下はどなた様のお宅へ届ければよろしいんで」

「日下瑛一《えいいち》さんの宅だが。M町の二本榎のすぐ側《そば》だそうだ」

「あゝ、若旦那《わかだんな》のお家《うち》ですね。よござんす。それじゃすぐ荷車を調達してお訪《うかが》いします」

「そうしてくれたまえ。あゝ、それからね、日下の邸には今誰もいないんだが、構わないから君一人で長持ちを運び出してくれたまえ。大丈夫だろう。君一人で」

「へえへえ、長持くらい、なあに雑作《ぞうさ》はございません」

「そう、それじゃ頼んだよ」

合トンビの男は終始、もぐもぐと低い声で、それだけのことをいうと、コトコトと帳場のまえを離れて日下の邸の方へ歩いていった。歩いていくところを見ると、その男は軽く左の脚を引《ひ》き摺《ず》るようにしているのだ。

「おっ母《かあ》」

帳場の奥から顔を出していた女房と眼を見合せると、勝公は思わず低声《こごえ》で、

「お前、いまの人を知っているかい」

「知らないね。日下さんのお屋敷の方なら、みんな知ってるが、あんな人見た事がないよ。何んだか薄気味の悪い人じゃないか。今時、あんな大きなマスクをかけたりしてさ」

「そうさね、だがまあいゝや、大事なお得意だ。しくじっちゃいけねえ」

勝公が荷車を曳《ひ》いて、威勢よく日下の屋敷へやって来たのはそれから十分ほど後のことである。大事なお出入りなので勝公はかなり詳しくこのお屋敷の内情を知っていた。

主の日下瑛造《えいぞう》というのは、有名な精神病の学者だとのこと、家族はその瑛造のほかに一人息子《むすこ》の瑛一に、瑠璃子《るりこ》という美しい養女が一人、ほかに宮園魁《みやぞのかい》太《た》という少し智慧《ちえ》の足りない、というよりむしろ白痴《はくち》にちかい書生に女中が二人、という六人暮し。尤《もっと》も一人息子の瑛一は、ちかごろ親父と大衝突をして、家をとび出したという噂《うわさ》はきいていたが、その瑛一が馬場下に住んでいるということは勝公にも初耳だった。

勝公が玄関へ荷車を曳きこむと、なるほどそこに

黒塗りの大きな長持ちがおいてある。二三度声をかけて見たが、さっき合トンビの男もいったように、屋敷の中には誰もいないらしく、しいんと静まりかえっていて返事もなかった。合トンビの男も姿を見せない。

勝公はちょっと妙な気がしたが、もとよりあまり智慧の廻るほうでもないから、深く怪しみもせずに長持に手をかけた。何が入っているのか長持は意外に重かったが、どうやらそれを荷車に積上げると、勝公はすぐガラガラとそいつを曳き出した。

薬王寺から馬場下まで、そう大した距離《みちのり》でもない。しかし午《ひる》ちかい五月の陽差しは焼けつくように暑いのだ。勝公がグッショリ汗になって、M町の二本榎まで辿《たど》りついた時、ちょうど正午のサイレンが鳴った。

見るとその二本榎の木影に、洋服姿の二人の紳士が、人待ち顔に佇《たたず》んでいる。

「ちょっとお訊《たず》ねしますが」

と、勝公は片手で汗を拭《ふ》きながら、その二人づれの方へ近寄っていった。

「この辺に日下瑛一という方はありませんか」

「さあ、知らんね、僕はこの辺の者じゃないのだから」

若い方が素っ気《そっけ》なく答えた。

「そうですか、馬場下だというんですがね。この二本榎のすぐ側《そば》だというもんですから」

「馬場下ならその道を入ればいゝ」

「へえ、さようで、有難うございます」

勝公が行きかけた時だ。とつぜん年嵩《としかさ》のほうがあっと叫んだかと思うと、いきなり勝公の側へとんで来て梶棒《かじぼう》に手をかけた。

「おい君、その車に積んであるのは何んだ」

「はあ、これで？　御覧の通り長持ですよ」

「長持は分っているが、中に入っているのはなんだ」

「へえ」

勝公は不審そうに瞬《まばた》きをして、

「さあ、そこまでは存知ません。お得意様に頼まれて、馬場下まで届けに行く途中なんで」

「見ろ、君にゃこれが見えないのかい」

紳士の言葉に、指《ゆび》さされた路上に眼をやった勝公は、いきなりわっと叫んで梶棒をはなしたから耐《た》まらない。長持ちはズルズルと車から滑ってドシンと乾いた土のうえへ落ちた。見るとその長持の裂目から、点々として白い土のうえに垂れているのは真紅《まっか》な血潮だ。

　紳士はやにわにその長持にとびついて鐶《かけがね》に手をかけた。幸い長持には錠がおりてなかった。少し緩んだ鐶をピンと外して蓋《ふた》をとった刹那《せつな》、三人は思わずわっと叫んでうしろにとび退いたのである。

　長持の中には花のような断髪《だんぱつ》の美人が、猿轡《さるぐつわ》をかまされ、赤い扱帯《しごき》でぐるぐる巻きにされて、屍蝋《しろう》のようにぐったりと。

灰神楽《はいかぐら》

「三津木君、あの手紙はやっぱり出鱈目じゃなかったんだぜ」

「先生！　こいつは——こいつは素晴らしい特種だ」

いう迄もなくこの二人づれとは、由利先生に三津木俊助。由利先生は一瞬の驚きが去ると、すぐ落着《おちつ》いた様子で女の胸に手をあてた。

　ゾッとするような美しい女、しかも軽羅《うすもの》の裾《すそ》も乱れて、淫《みだ》らな程に艶冶《えんや》たる姿態《ポーズ》。由利先生は女の胸に手をあてると、すぐおやという表情《かおつき》をして、

「まだ生きている。気をうしなっているのだ」

　見ると、むっちりとした肩のあたりに、ぐさっと一本の短刀が突立《つきた》って、そこから泡のような血がぶくぶくと吹き出しているのだ。

「おい、君」

　車夫の方へ振りかえって、

「君はこの人に見おぼえはないかね」

　意外な出来事に、ぼんやり突立《つった》っていた勝公は、この時はじめて女の顔を見て、

「あ、日下のお嬢さんだ！」

「よし」

　由利先生はバタンと蓋をすると、

「三津木君、向うに医者の看板が出ていたね。君ちょっと、長持のまゝこの怪我《けが》人を連れていってくれたまえ」

「先生は？」

「俺はこれから、この人と一緒に長持の届先へ行って見る。日下とか言ったね」

「へえ、日下瑛一さんで。このお嬢さんの——」

「いや、話はあとで聞こう。それじゃ三津木君、そちらの方は万事頼んだぜ」

俊助と別れた由利先生は、車夫の勝公をしたがえてすたすたと馬場下の方へおりていく。

「二本榎のすぐ側だといったんだね」

「へえ、確かそう聞いて参りましたが」

少し土地の窪《くぼ》んだ、暗い日《ひ》蔭《かげ》の町なのである。建並んでいるしもた屋の軒先《のきさき》を、一軒々々のぞいていた由利先生は、いくばくもなくしてはっと立止《たちどま》った。小ぢんまりとした門構えの、その門柱に墨色もまだ新らしく、

　日下瑛一

「この家だね」

「へえ、そうらしゅうございます」

由利先生はちょっとガラス戸のしまった二階を振り仰《あお》いだが、すぐ門の戸をひらいて、つかつかと中へ入って行った。玄関の格子《こうし》をひらいて、

「今日《こんにち》は」

訪《おとの》うたが返事はない。

「今日は、お留守ですか」

あまり広からぬ住居《すまい》のなかに、由利先生の声が砲《つつ》抜《ぬ》けにひゞいたが、それでもやっぱり返事はなかった。

「はてな、誰もいないのかな。どこもかも開け放しで、ずいぶん不用心なことだ」

そう呟《つぶや》いた時である。ふいに二階にあたって、ミシリと畳を踏む音。

「あ、誰かいる」

由利先生は再び声を張りあげて、

「今日は、ちょっとお訊ねしたいことがあるのですが」

それでもやっぱり返事はなかった。由利先生の面《おもて》は急にきっと緊張して来る。人がいないのではない。二階にはたしかに誰かゞいるのだ。それでいて返事をしようとはしない。

何かある！

由利先生はふと、二階の畳に吸いついて、じっとこちらをうかゞっている人間の姿を想像してみた。

「構わない。踏みこんじまえ」

由利先生はそっと靴《くつ》を脱いで上へあがる。階段は玄関のすぐわきにあった。眼顔でそっと勝公を呼びよせた由利先生が、その階段に片脚かけた時である。ふいにがらがらと凄《すさま》じい音を立てゝ落ちて来たのは瀬戸の火鉢《ひばち》。

「あっ！」

危《あや》うくうしろへとびのいた由利先生の頭をこえて、瀬戸の火鉢がはっしとばかり、うしろの壁にあたって跳ねかえったかと思うと、あたりは濛々《もうもう》たる一面の灰神楽《はいかぐら》。

「あっ、畜生《ちくしょう》、ぺっ、ぺっ」

眼も口もあけていられたものではない。由利先生が思わずひるんで後じさりをした時だ。どどどど！　二階の床を踏み抜くような荒々しい足音がきこえた。

「畜生、逃げるつもりだな」

逃げられて耐まるものかと、由利先生が濛々たる灰神楽のなかをくぐって、階段をかけ登っていくと、今しも鳶色《とびいろ》の洋服を着た脊《せ》の高い男が、屋根の物干し台を越えて、裏庭にとびおりようとするところだった。

「あ、若旦那」

あとから上って来た車夫の勝公は、この男の顔を見ると、思わず仰天《ぎょうてん》したように叫んだ。その声にふとこちらを、振りかえった青年の顔は、まるで悪鬼の形相《ぎょうそう》さながらの凄《すさま》じさ。

色の白い、細面《ほそおもて》の、貴公子然たる風采の美青年なのだが、何に狂ったのか、髪は逆立ち、眼は血走り、きっと喰いしばった唇《くちびる》のはしからは、淋漓《りんり》たる血潮さえ吹出《ふきだ》していようという物凄《ものすご》さなのだ。

「待て！」

由利先生が叫んで、タタタタと側へ寄ろうとした一瞬、ひらり、青年は屋根から身を躍らせて、裏の路地へとび下りた。と、つぎの瞬間ダダダダとはげしいエンジンの響き。

由利先生が大急ぎで物干し台まで駆け着けて見れば、木の間がくれの細道を、一散に逃げていく一台のオートバイ。その上にはあの青年が、爽《さわ》やかな五月の風に背を丸くして、さっと一筋、鳶色の直線をあとへ曳くよと見る間に、はや向うの曲り角を廻って見えなくなった。

血の着いた外套

瑛一が父の日下瑛造氏と衝突した原因については、車夫の勝公如《ごと》きに分る筈がなかった。しかし、元来この二人は、昔からあまりそりの合う親子ではなかったのである。

父の瑛造氏が飽迄《あくまで》も冷徹な、科学者肌の人物であるのに反して、息子の瑛一は文学で身を立てようとしているのでも分る通り、どちらかといえば情熱家タイプの感じ易《やす》い青年だった。

しかし、かりにも親子だ、これだけの事で家をとび出すような大衝突が起ろうとは思えない。瑛一が家をとび出したのは、つい一ケ月ほど前のことだというから、その時分、何かしら、親子の間を裂くような深刻な争いが突発したのに違いない。しかし、その争いの原因がどういう種類のものであるか、それは勝公などには分る筈がなかったのである。

「でも、よっぽどの大喧嘩《げんか》をされたらしいんで、現に一昨夜なども、若旦那が薬王寺の本宅の方へお見えになって、夜晩《おそ》くまで旦那とはげしい口論をしていられたってことを、今朝方ちらと、女中さんの口から聞きましたが」

瑛一を取り逃がしたあと、車夫の勝公から手早くこんな知識を蒐集《しゅうしゅう》しているところへ、病院の方へ出向いた三津木俊助があとから駆けつけて来た。

俊助は階段いっぱいに散らかっている灰神楽を見ると、びっくりしたような顔をして二階へあがって来る。

「先生、これは一体どうしたんですか」

「あゝ、三津木君」

由利先生は苦笑いをしながら、

「大失敗だ。肝腎《かんじん》の鳥にゃ逃げられたよ。意外に手強《ごわ》い奴でね。ところで、婦人の方はどうだったね」

「なに、大したことはありません。傷は意外に浅いのです。医者の手当てゞすぐ正気にかえりましたが、何か非常なショックを感じているらしく、気も狂乱のていで、まだ碌《ろく》に口も利《き》けないしまつなんですがね」

「じゃ、生命《いのち》に別条はないんだね」

由利先生は何故《なぜ》か、深い思案のいろを眼にうかべながら言った。

「えゝ、大丈夫ですとも。いかに繊細《かよわ》い女だといって、あれしきの傷に死ぬなんてべら棒な話はありませんよ。ついでに警察の方へも報らせておきました」

「そう、それはよかった」

由利先生は何かしら、浮かぬ顔つきで、しきりに考えこんでいたが、急に思いなおしたように車夫の勝公の方を振りむくと、

「時にあの婦人は、日下のお嬢さんだといったが、するど、今逃げた青年の妹に当るわけなんだね」

「へえ、そうに違いありませんが、しかし瑛一さんと瑠璃子さんとは血をわけた御兄妹《ごきょうだい》じゃないんだそうで、何んでもあのお嬢さんは貰い娘だという評判です」

「ほゝう、そうかね」

由利先生はちょっと眼をすぼめて、何か考えるふうであったが、やがて俊助の方を振りかえって、

「三津木君、見たまえ、こんなものを手に入れたよ」

由利先生がかたわらの押入《おしいれ》から取り出したのは鼠《ねずみ》色《いろ》の合オーヴァ。しかもそのオーヴァの裾には、まだ生乾きの血がべっとりと着いているのだ。俊助は思わずぎょっとしたように呼吸《いき》をのむと、

「すると、あの令嬢をやっつけたのは、この家《や》の主人ということになりますか」

「そうかも知れない。しかしね、三津木君、このオーヴァの裾に着いているのは、あの婦人の血じゃないと思うね。何故って、これだけ多量の血を失っちゃ、人間とても、そう元気でいられる筈がないからね」

「なんですって？　すると先生はあの婦人のほかに、まだ被害者があるだろうと仰有《おっしゃ》るのですか」

「そうだよ」

由利先生はきっと唇をかむと、

「とにかく、これは尋常《じんじょう》の事件じゃないぜ。俺のところへ寄来《よこ》した、あの奇妙な手紙といい、妙にこんがらかっている事件の外貌といい、とにかく、これから早速出かけて見ようじゃないか」

「出かけるって、どちらへ行くんですか」

「日下の屋敷だ」

由利先生は車夫の勝公から聞いた話を、手短かに語って聞かせると、

「俺はどうも不安でならないんだよ。日下の屋敷で何かしら、もっと恐ろしいことが、もっと血塗《ちまみ》れな事件が起っているような気がしてならないんだ。婦人のほうはあのまゝ放《ほ》っておいてもいゝんだろう」

「えゝ、それは大丈夫です。医者によく頼んでおきましたから、いずれ警察の連中が駆けつけて来るでしょう」

「よし、それじゃ警察の連中が、あの令嬢の身許《みもと》を嗅ぎつけないまえに、日下の屋敷へ乗り込んで見よ

うじゃないか」

由利先生は例の証拠の合オーヴァを、くるくるとあり合う風呂敷に包むと、俊助と勝公をあとに従えて、颯爽《さっそう》と初夏の陽のくるめく街へととび出していった。

あゝ、その時彼等《ら》の行手《ゆくて》には、どんな恐ろしい事件が待ちかまえていたことだろうか。

白痴書生

牛込柳町《うしごめやなぎちょう》の停留場で電車を降りて、士官学校の方へもの〻小半町《こはんちょう》もいくと、やがて左へ曲る狭い路地がある。その路地の中へ、今しも急ぎ足に入っていく小柄の人物があった。

空色の合トンビにすっぽりと身を包んで、帽子を眉深《まぶ》かにかぶっている。その帽子の下から、無気味な黒眼鏡がきらりと輝かしい陽に光った。

小男は何んとなく不安そうな面持《おもも》ちで、狭い横町を急いでいったが、その歩き方を見ると、ちょっと著《いちじ》るしい特徴がある。跛《びっこ》というほどでもないが、軽く左の足を引き摺るように歩いているのである。

小男はそういう歩き方で、せかせかと日蔭になった横町を歩いていったが、もの〻一町ほど行くと、そこにちょっとしたお宮の境内《けいだい》があった。

何んというお宮だか知らないが、士官学校の裏手あたりに住んでいる人は、誰でもこの境内を斜《なな》めに突《つっ》切《き》るのである。小男は横門からそのお宮の中へ入っていくと、ふと境内にある大きな欅《けやき》の木のそばで足をとめた。

この欅というのは、界隈《かいわい》でも有名なもので、太さにして三抱えもあろうという大木、それが参差《しんし》と枝をまじえて空にそびえているところは、かなりの偉観だった。

小男はその欅の木の側《そば》で立止ると、急にきょろきょろと人気のない境内を見廻《みま》わした。それから、そっと大木の幹に近づいていくと、相変らずあたりの様子に気を配りながら、コツコツと下駄《げた》の爪先《つまさき》で大木の根を蹴《け》ってみる。どうもおかしい。妙である。一体欅の幹を蹴って見て、どうしようというのだろう。

小男はしばらく、緊張した眼のいろで、じっと小首をかしげていたが、やがてほっとしたような表情《いろ》をうかべて、その幹の側《そば》を離れると、帽子をとって額《ひたい》の汗を拭《ぬぐ》った。帽子を取ったところを見ると、かなり年配の老人である。上品な中にも毅然《きぜん》たる気《き》位《ぐらい》があって、ちょっと犯しがたい威厳をそなえているのだが、しかし、その顔には何んとなく不安ないろが動いていた。

老人はやがて帽子をかぶり直すと、例によって左の足を曳きずるような歩きかたで、お宮の正門から外へ出ようとしたが、その時、ふいにうしろから、

「あっ」

というような声が聞えた。

「あの人です。さっき長持のことを頼んで来たのは」

その声に何気なく振りかえった老人の面前へ、追っかけるように近附いて来たのは、いわずと知れた由利先生に三津木俊助、それから車夫の勝公の三人づれだった。

「あ、ちょっとお待ち下さい」

足早に近づいて来た由利先生の顔を眺めると、件《くだん》の老人はびくりとしたように眉をあげて、

「なんだ、君は、由利君じゃないか」

その声に由利先生ははっとしたように立止まり、しばらく相手の顔を凝視していたが、急にびっくりしたような大声で、

「あゝ、あなたは湯浅《ゆあさ》先生ですね」

「そう、俺《わし》は湯浅だが、何か御用かね。ひどくせきこんでいるじゃないか。はゝゝゝは」

湯浅先生と呼ばれた老人は、合トンビの肩をゆすりながら笑ったが、その笑い声には何んとなく力がなかった。

「これはどうも、とんだお見それをしました」

由利先生はちょっと照れたように顎《あご》を撫《な》でながら、傍《そば》で眼をパチクリしている勝公の方をふりかえって、

「君、間違いじゃないかね。たしかにこの人だったかね」

「さあ」

と、勝公は頭をかきながら、

「何しろ、さっきは大きなマスクをしていたんで、よく分りませんが、はてね」

と、老人の顔をジロジロと眺めている。

「いったいどうしたんだね。この人だったとか、マスクだとか、何かあったのかね」

そういう老人の顔には、一点のまじりけもない、不審のいろが浮かんでいる。

「いや、失礼いたしました。なに、こちらのことなんです。時に先生はどちらへ」

「俺《わし》かね。俺はちょっとこの向うにある友人の家へ」

「御友人というのは、ひょっとすると日下さんのところじゃありませんか」

「そう、その通りだが、君はどうしてそれを？」

「実は、われわれもその日下さんのお屋敷へお伺《うかが》いしようと思っていたところでした」

「あゝ、そう」

老人はちょっとの間黙っていたが、やがて気をかえたように、

「それは好都合だ。それじゃ一緒に行こう」

そう言って、自ら先《さ》きに立ってゆるゆると歩き出した。

老人は湯浅という、某大学の医学部に講座を持っている、有名な精神病科の泰斗《たいと》なのだ。由利先生はかつて、さる事件の際にこの湯浅博士の助力を仰《あお》いだことがあった。

この人がまさか恐ろしい犯罪事件に関係があろうとは思われぬ。だが――と、そこで由利先生はふいと肚胸《とむね》をつかれるような気がした。

ひょっとすると、あの匿名の手紙の主はこの人ではあるまいか。この人なら、自分のことをよく知っている筈だ。

この人自身、直接事件に関係はないまでも、何かしらそこに蟠《わだかま》っている事情を感知して、それとなく自分に警告状をくれたのではあるまいか。

そう思って、博士の横顔を見ると、何んとなくそこに、暗い、ぎごちない翳《かげ》が感じられるのだ。由利先生は素速い眼配《めくば》せを俊助との間に交わすと、黙って博士のあとについてお宮の鳥居から外へ出た。

こうして、四人の者がお宮の境内から見えなくなった時である。

例の欅の大木の影から、ふと一つの影が現れた。紺絣《こんがすり》の着物に、短い小倉《こくら》の袴《はかま》をはいた、面皰《にきび》だらけの青年なのだ。背はあまり高い方ではないが、ずんぐりと脂《あぶら》切った体格をしている。しかし、この青年の一番著るしい特徴は、何んとも形容の出来ない程醜悪《しゅうあく》なその容貌なのだ。ぶつぶつといっぱいに面皰の吹き出した顔、絶えず涎《よだれ》の垂れそうな、それでいて、反芻《はんすう》動物のようにピチャピチャと動きつゞけている厚い唇、どろんとして光のない双《そう》の眸《ひとみ》、一見

してこの男が、普通の智慧に恵まれていない低能者であることが分るのである。

この男こそ、日下家に寄食している白痴の書生、宮園魁太なのだ。

魁太は牛のようにもぐもぐと唇を動かしながら、暫《しばら》く由利先生たちの後を見送っていたが、やがてにやにやと微笑《わら》うと、熊《くま》のような手をこすり合せ、それからさっと身をひるがえすと、姿にも似合ぬほどの敏捷《びんしょう》さで、路地を抜けて柳町の方へ一散に走り出したのである。

血塗れ髑髏

丁度その頃、由利先生たちの一行は、日下家の門を入って、表玄関の外に立っていた。日下の屋敷はあのお宮の境内とは、塀ひとつ隔てた隣りになっているのだった。

湯浅博士は、この屋敷とはよほど昵懇《じっこん》な間柄と見える。自ら先きに立って玄関の格子をひらくと、二三度声をあげて訪うたが、返事がないのを見ると、不審そうに小首をかしげて、

「はてな、誰もおらんのかしら」

と、低声《こごえ》に呟きながら遠慮なく下駄を脱いで玄関にあがる。

「あ、先生」

と、周章《あわて》てうしろから呼びかけた由利先生。

「われわれも一緒に上っちゃいけませんか」

「君が？」

と、博士は黒眼鏡の奥で眼をショボつかせたが、すぐ吐き出すように、

「いったいどうしたというのだ。君は何かこの家に怪しいことでもあるというのかい」

「いや、はっきりとそう断言出来るわけではありませんが、われわれが一緒にいった方がよくはないかと思われる節《ふし》があるのです」

博士は黙って由利先生の顔を眺めていたが、

「よし、君の勝手にしたまえ」

「有難うございます。三津木君、君も一緒に来たまえ」

由利先生と三津木俊助は、遠慮なく博士のあとについて、よく磨きこんだ玄関に上った。博士は例の、左足を曳きずるような歩き方で、廊下を先きに立って歩きながら、

「日下、日下」

と、書生のように無遠慮な声で呼《よば》わりながら、

「珍客だぜ、日下、誰もいないのか」

博士は一間《ひとま》ごとに覗《のぞ》いていったが、どこにも人影はなかった。人影がないのみならず、しいんと強烈な初夏の陽ざしを吸いこんだ家の中からは、ことりとも音がしないのだ。

「はてな、書生も女中もいないのかな」

呟きながら、博士の顔色にはしだいに不安のいろが濃くなって来る。

「こうっと、奥の研究室かも知れないな」

廊下は中庭をはさんで、鍵の手に折れ曲っている。その一番先きに、土蔵作りの研究室があった。博士はそのドアのまえに立つと、

「日下、日下」

と、二三度呼んでみたが、やっぱり返事はなかった。博士はドアの把手《ハンドル》に手をかけると、それをそっと押して中を覗いてみた。

窓の小さい、土蔵作りの研究室のなかは、むしろうすら寒いくらいしいんと静まりかえって、光線の乏しい暗い部屋の隅々《すみずみ》には、人間の骨格模型だの、アルコオル漬《づ》けの大脳小脳だの、その他さまざまな珍奇な、学者らしい蒐集品が飾られている。

由利先生と俊助は、一瞥《ひとめ》この部屋のなかを見ると、ゾッと総毛立つような気味悪さをかんじたが、その時とつぜん、わっというような叫び声をあげて博士が部屋のなかに躍りこんだのである。

「ど、どうしたのです」

由利先生がつゞいて中へ躍りこむと、

「日下が。——日下が。——」

わなわなと顫《ふる》えながら博士の指さすところを見れば、何んということだ！　黒と白との碁盤縞《ごばんじま》に塗りわけられた床のうえに、半白頭の品のいゝ年輩の老人が、仰向《あおむ》けの大の字になって倒れているではないか。

しかも、その胸のところには、ちょうど昆虫の標本をとめるピンででもあるかのように、ぐさっと白鞘《しらさや》の短刀が突立《つった》っていて、そこら中《じゅう》一面の血溜《ちだま》りだった。それはちょうど、珍奇なこの部屋の蒐集品に、更に新らしい標本をつけ加えたように見えるのだ。

「あ！」

由利先生も思わず呼吸《いき》をのむと、

「これが、日下瑛造氏なんですね」

「そうだ、日下だ、俺《わし》の親友だ」

湯浅先生が思わずよろめいた時である。床のうえで何やらガラガラと音を立てて転がったものがあるので、三人がはっとしたようにその方を見ると、そこには何んともいえぬ程奇妙な物があった。

鐘型《かねがた》をした大きなガラスの標本容器、その標本瓶《びん》の中に入っているのは、一個の奇怪な人間の頭蓋骨《ずがいこつ》なのである。

これだけなら別に変でも何んでもない。この部屋の中には、ほかにも沢山、そういう種類のものが飾ってあるのだが、不思議なのは、その髑髏が真赤《まっか》に血に染まっているのだ。それはちょうど、誰かゞ日下氏の血をとって、上から注ぎかけでもしたように——。そして、更にこの血塗れ髑髏に奇怪な色彩を添えるようにそのガラス瓶の周囲には、一面に白い野菊の花がバラ撒《ま》いてあった。

「花髑髏!」

俊助が思わずそう叫ぶのを、しっと制した由利先生、身をこゞめて、野菊の一輪を拾いあげようとしたが、この時ふと、その標本瓶に貼りつけてある黄色いレッテルが眼についた。レッテルの上には、消えそうなインクで何やら書いてある。

「八十川藤松《やそがわふじまつ》、享年三十五歳」

由利先生のその声を聞くと、湯浅博士はふいに雷に打たれたように床から跳び上った。

「彼奴《あいつ》だ。矢張《やは》りあいつがやったのだ」

「誰が、誰がお父様をやったんですって?」

とつぜん扉《ドア》の外で声がしたかと思うと、左右から刑事に扶《たす》けられた瑠璃子が、——あの長持ちの中の美人が、真蒼《まっさお》な顔をしてよろよろとこの部屋の中に入って来たのである。

父子相剋

後になって一世を驚倒させた、あの日下氏の殺害事件について、その時瑠璃子が、「自分の知っているだけのこと」と前置きして述べ立てたところによると、大たい、それは次ぎのような事情によるものであった。

その朝の十一時頃、瑠璃子は一人自分の部屋でお友達に手紙を書いていた。するとその時、奥の研究室で恐ろしい悲鳴と共に、どすんと物の倒れるような音が聞えたというのである。瑛一が家出をしてから、家の中には主人の瑛造氏と瑠璃子をのぞいては、白痴の書生と、二人の女中しかいなかったが、しかもその朝は女中が二人とも外出していたので、瑛造氏と瑠璃子、それから書生の魁太とこの三人きりしかいなかった。

瑠璃子はまた、あの馬鹿の書生が何か縮尻《しくじり》をしたのではあるまいかと、何気なく研究室へ入っていくとあの恐ろしい出来事なのである。瑠璃子はハッとしてその場に立ちすくんでしまったが、そのとたん、誰かゞいきなりうしろから抱きしめて、ぐさっと短刀で肩をえぐった。そうでなくても、あの恐ろしい惨劇を眼《ま》のあたり見て、非常なショックを感じていた折柄《おりから》なのだ。瑠璃子はこのふいの襲撃者の顔を見定めようという余裕もなく、そのまゝ気をうしなって倒れてしまった。そして、あの二本榎の側《そば》の医院で、意識を取戻すまでの出来事については何一つ知らないというのであった。

「あなたは本当に、その犯人の顔を見なかったのですか」

こういう質問を切り出したのは、取調べに当った警視庁の等々力《とどろき》警部。警部は、瑠璃子の取調べのまえに、あらかじめ、由利先生から馬場下に於《お》ける出来事を一通りきいていたのだ。

「はい、見ませんでした。すっかり仰天していたものですから」

「しかし、犯人の身長くらいは分るでしょう。犯人はあなたより背の高い人物でしたか、それとも低かったですか」

「はい」

瑠璃子は何故かもじもじとしながら、

「そうですわね。ちょうどあたしと同じくらいの高さだったように思いますわ」

「なるほど」

警部は意味ありげに微笑をふくみながら、

「瑛一君はあなたよりずっと背が高かったそうですね」

「なんでございますって?」

「いや、なんでもないのです。時に瑛一君はお父さんと大喧嘩をされたという話ですが、その原因がなんであったか、あなたも御存知でしょうね」

「いゝえ、あたくし存知ません。何故兄が家出をしたのか、あたくし今もって疑問に思っているんですわ。でも、でも、あなたはまさか兄が……まあ、恐ろしい、そんな事が……」

「いや、まだそうだと申上げているわけではありませんよ。しかし、あなたはこのオーヴァに見おぼえはありませんか」

　警部が取出したのは、さきほど由利先生が瑛一の宅から押収して来た、あの血塗れの外套なのだ。瑠璃子はひと眼それを見ると、

「あっ、兄のオーヴァ！」

　それだけ言うのがやっとだった。さきほどからの恐ろしい緊張、不安、懸念《けねん》のためであろう、瑠璃子は再びその場に気をうしなって倒れてしまったのだ。

　俊助は由利先生の指図にしたがって、すぐその瑠璃子を別室へ運んでやったが、さてそのあとで取調べられる順番に当ったのは、例の車夫の勝公。彼はおずおずと今朝来の出来事を申立てた後、

「ところで、そのマスクの人物だが、君はその男に似た人が、この場にいると思うかね」

　そういう警部の質問に対して、

「はい、それが、はっきり分りませんが、左の足を引摺《ひきず》っていたところが、どうもこの人ではなかったかと思われますので」

　と、指さゝれて驚いたのは湯浅博士だ。

「馬鹿な！　そ、そんな馬鹿なことが！　誰かゞ俺《わし》の真似《まね》をして、俺を陥入《おとしい》れようと企《たくら》んだのだ。俺が日下を殺すなんて、そ、そんな馬鹿なことが……」

　博士が真赤になって激昂《げきこう》するのを、軽く制したのは由利先生。勝公を室外に立去らせると、きっと博士の方に向き直って、

「先生、あなたが今、非常に危険な立場にあることは、あなた自身もよくお分りでしょうね。車夫の勝公はマスクの怪人をあなただったと思いこんでいます。われわれは直《ただ》ちにそれを信用するほど早計ではありませんが、こゝで一応先生の立場を説明して戴《いただ》かねばなりません」

「よし、何んでも訊《き》いてくれたまえ。俺の知っているだけの事は話そう」

　博士はきっとへの字なりに唇をかみしめる。

「それでは等々力君、どうぞ君から」

「よろしい。じゃ私から質問します。博士、あなたは日下氏といったい、どういう御関係にありました

か」

「日下は俺《わし》の最もよき友達だった。学問上にも、私交上にも」

「分りました。それではあなたは、日下氏父子の葛《かっ》藤《とう》の原因をよく御存知でしょうな」

「知っています」

博士はきっぱりと言ったが、すぐ声を落して、

「しかし、この事は事件には何んの関係もないことゝ思いますが」

「いや、関係があってもなくても、われわれは知るだけの事を知らねばなりません。話して戴けるでしょうな」

「話しましょう。しかし、これは必要のない限り、絶対に秘密を保って戴きたいのだが」

「その点については、どうぞわれわれを信用して下さい」

「よろしい」

湯浅博士はいくらか言い難《に》くそうに、

「こんな事は、俺の口から言いたくないのだが、已《や》むを得ん。あの瑛一という青年は非常に善良な青年だが、いくらか激し易いところがあり、それにロマンチックな性質でしてな。その瑛一が実は瑠璃子に恋したんです」

「え？　瑠璃子さんに？」

「そう、瑠璃子というのは日下を父と呼んでいるが、実は養女なんで、その事は瑠璃子自身も瑛一もよく知っているんです。彼女《あれ》は五歳の時、日下がどこからか連れて来て、養女にした娘でしてな。あの通り、美しい娘だから、兄妹《きょうだい》としての愛が、いつしか恋愛に変化したのは何んの不思議もありません。それで瑛一は日下に向って、瑠璃子との結婚の承諾《しょうだく》を乞うたのだが、日下がそれに対して絶対反対を唱えたのです。それが抑々《そもそも》、親子不和の原因でしてね」

「なるほど、しかしその事は瑠璃子さん自身も知っているのですか」

「さあ、それは、――それは瑠璃子に直接聞いてみるよりほかはあるまいね」

博士は何故か、瑠璃子のことをあまり多く語るのを好まない様子だった。由利先生は博士の表情《かおいろ》をじっと眺めていたが、この時急に体をまえに乗り出すと、

「しかし、先生、日下氏は何故そのように、この結

婚に反対を唱えられたのですか。真実の兄妹でないとすれば、そして、瑛一君がそれほど希望しているとすれば、この結婚には何んの不合理もないように思われますがね」

　博士はその質問をきくとぎょっとしたように、由利先生の顔を凝視《みつ》めたが、すぐにその眼を他へ反らすと、

「さあ、そこまでは俺《わし》も知らん。それは日下自身何か考えるところがあったのだろう。しかし、これは俺だけの考えだが、日下はそれについて、何か俺に相談したいことがあったのじゃないかと思う。今朝俺のところへ電話をかけて来てね。学校の方の講義が終ったらすぐ来てくれというのだ。それでこうして出向いて来たらこの仕末で……」

　由利先生は黙っていた。等々力警部もしきりに指の爪《つめ》を嚙《か》んでいる。俊助は無言のまゝさっきからしきりに鉛筆を走らせている。その時彼等の頭に一様に浮んだのは、瑛一に対する深い疑惑だ。瑛一は瑠璃子に対する断ち切れぬ執着から、父を殺し、瑠璃子を奪い去ろうとしたのではあるまいか。

　それはあまり恐ろしい考えだ。しかし、恋に狂った、ましてや激し易い青年としては満更《まんざら》考えられないことでもない。

　暫く、しいんとした沈黙が、部屋の中に落込んできたが、やゝあって由利先生、ふいに博士の方へ向直ると、

「先生、それではもう一つ、お訊ねしたいことがあります。そして、これが一番重要なことなんですよ」

　由利先生はきっと博士の面《かお》を見て、

「先生はさっき、あの奇妙な髑髏の貼札《レッテル》を御覧になった時、あいつが犯人だと仰有《おっしゃ》いましたね。あれはいったいどういう意味ですか」

　博士はさっと顔色をうしなった。それから思わず手の甲で額の汗を拭った。その顔には何かしら名状すべからざる苦悶《くもん》が浮んでいる。暫く博士は、その苦悶と恐ろしい葛藤をつゞけていたが、やがて蒼白《そうはく》の面《おもて》をきっと上げると、

「よろしい、何もかも話してしまおう。これは実に恐ろしい話なのだ。しかし俺の考えでは、これこそ、今度の事件を解く鍵だと信ずる」

　博士は暫く言い淀《よど》んだように、由利先生と等々力警部の顔を交《かわ》る交《がわ》る眺めていたが、やがて次ぎのよ

うな恐ろしい話を始めたのである。

呪いの髑髏

「これは今から二十年程前の出来ごとなのだがその時分、俺《わし》と日下は同じ病院に勤めていた。ある精神病院なのだ。二人ともまだ若くて、学者的な功名心に燃えていた。そこへ入院して来たのが、あの髑髏の主の八十川藤松なのだ。そいつは実に恐ろしい奴だった。専門的な術語は煩《わずら》わしくなるから控えるが、とにかくそいつは、あらゆる悪質遺伝をうけついでいて、発作的に何をやらかすか分らないほど、兇暴な精神病者なのだ。現にその時までに数名の人間を殺傷していたような奴なんだ。入院してからもこいつは病院の持てあまし者だった。しばしば脱走を企てる。看護婦に対して乱暴を働く、他の婦人患者に怪《け》しからぬ振舞《ふるま》いをする。とにかく言語に絶した兇暴な奴だった。しかもこいつは当時、恢復《かいふく》の見込みのない結核患者でもあったのだ。ある時、こいつがあまり乱暴を働くもんだから、俺はふと、不謹慎にも日下に向ってこんな事を言った。「こんな兇暴な奴を、政府が金をかけて保護しておくという法はない。日本に安死術という手段が法律で禁じられているのは実に遺憾《いかん》なことだ。どうせこいつは長からぬ生命なのだから、いっそ医者の手で安らかに殺してやった方が、本人のためにも、社会のためにも、どれくらい仕合《しあわ》せだか分らない。われわれ医者にそういう権限が許されていないのは実に残念なことだ」こういう意味のことを日下に洩らしたんだ。今から思えば実に慙愧《ざんき》に耐えぬしだいだが、当時は俺も若かった。血気にはやっていたんだね。ところがこの話を日下は身にしみて聞いている様子だったが、それから二三日後、意外にも八十川の奴がころりと死んでしまったのだ。死因は心臓麻痺《まひ》だという事だったが、実はその係り医者というのが日下だったので」

湯浅博士はそこで言葉を切ると、きっと一同の顔を眺めた。誰も彼もこの異様な告白に固唾《かたず》を飲んで、一言も口を挟む者はない。

「幸い誰一人、その死因について疑いを挟《さしはさ》んだ者はなかった。いや疑うどころか、みんな手を打って喜んだくらいだ。さて八十川の奴には親戚《みより》という者がなかったと見えて、死んでも誰もその死骸《しがい》の引取り手がない。そこで日下はその死骸を解剖に附すと、あゝしてそいつの頭蓋骨を記念のために保存しているのだが、それから後の日下の様子には、眼に見えて苦悩のいろが深くなっていったのだ。われわれはその後、一言だってこの事件について語り合ったことはないが、ひそかに俺が注意していると、日下は八方手を尽して八十川の遺族を捜索している様子だった。八十川というのはなんでも群馬県S村の出身だという事だが、日下はわざわざその村まで出向いた様子だ。そしてそこで得た情報によると、八十川という男には正式に結婚した一人の妻があり、妻との間に、生れたばかりの子供さえあった筈だというんだ。ところがその妻子とも、八十川の死と前後して、村をとび出し、行方《ゆくえ》が分らない。日下は実に根気よくこの妻子の行方を捜索していた。おそらく、せめてその妻子でも拾いあげて、罪亡《つみほろぼ》しをしようと思っていたんだろう。ところが、その努力の効空《むな》しからず、それから五年ほど後、はじめてその妻の消息をきくことが出来たのだが、その時、その女はある施療院《せりょういん》で息を引き取る間際だったという。そして、その子供は他へ里子《さとご》にやられた筈だというんだが、——これが又、転々と他へ里子にやられて、結局、行方が分らないというんだ。そして、そして——今もってその行方は、つまり、その何んだ、分らないのだ」

湯浅博士は何故か、その後尾に至ると急に言葉を濁《にご》して、早口にその物語を閉じた。由利先生は、その様子をじっと注視していたが、やがておもむろに、口を開くと、

「分りました。それで先生は八十川藤松の子供が未《いま》だに生きていて、父の復讐《ふくしゅう》を遂げたとお思いになるのですね」

「そうだ、そうとより他に思いようがないじゃないか。君はあの髑髏のおかれてあった位置をよくおぼえているだろう。あれは丁度、日下の枕元に置いてあった。そして野菊の花が周囲《まわり》いっぱいに飾ってあったじゃないか。しかも、その髑髏に注がれていた血だ。昔の物語を読むと、よく親の仇《かたき》を討って、その敵の血を親の髑髏に注ぐというのがある。犯人はつまりそれを実行したのだね」

あゝ、何んという奇怪な物語！　なんという陰惨な、そして気味悪い事件だろう。俊助は思わずノートにひかえていた鉛筆の手をふるわせた。

「なるほど分りました。恐らくその通りでありましょう。ところで先生」

由利先生はそこできっと眼をあげると、

「その八十川という男の子供ですが、それは男ですか、女ですか」

「それが、――それが――」

博士は思わず口籠《くちごも》りながら、

「そいつは男なんだ」

「え？　男？　先生、それは確かですか」

「間違いはない」

博士はキッパリと、

「俺は一度、ずっと後になって、ある機会に日下から八十川という男の戸籍謄本《とうほん》を見せて貰ったことがあるが、今もってはっきり覚えている。

　八十川藤松　　明治十六年生
　妻　　ぬい　　明治二十年生
　長男アサオ　　大正六年生
ちゃんとそういう風に書いてあったんだ。まさか戸籍に間違いがある筈がないからね」

「アサオ――？　成程《なるほど》アサオですね。ところでそのアサオという字はどう書くのですか」

「それがね、確か片仮名で書いてあったよ」

「片仮名で？　なるほど、アサオ、アサオですね」

由利先生が何かしら、考えぶかげに呟いている時である。ふいに俊助が横から口を出した。

「あゝ、分った！　そいつは白痴だという書生ではありませんか。そういえば書生の姿が見えないではありませんか」

「そうだ、書生はどこへ行ったのだ」

等々力警部はきっと椅子から立上ると、

「書生の宮園魁太と息子の瑛一、犯人はきっとそのうちの一人なんだ。この二人を大急ぎで探し出さねばならん」

警部はそう叫ぶと、部下に手配を命ずるために、あたふたとこの部屋を出ていったが、あゝ、果して犯人はこの二人のうちの一人だったろうか。そして、八十川藤松の子供のアサオとは、俊助のいうとおり書生の魁太だったろうか。魁太は何んのために姿をかくしたのだろう。いやいや、犯人はもっともっと意外なところに隠れていて、更に第二第三の殺人を企んでいるのではないだろうか。

あゝ、それから間もなくあいついで起った人殺しの巧妙さ、陰険さ！

だが、さすがの由利先生も、そこまで予測する力を持ち合《あわ》さなかったのは是非もない。由利先生は疑わしげに博士の横顔を偸《ぬす》み視《み》ながら、ひとり黙々として口の中で呟いている。

「アサオ——アサオ——あゝ、アサオはいったいどこにいるのだ」

マスクの男

日下瑛造氏を殺害したのは果して八十川藤松の遺児アサオだろうか。もしそうだとしたら、そのアサオはいったいどこに隠れているのだ。三津木俊助が考えるように、白痴の宮園魁太こそアサオの変身なのだろうか。

秘密は秘密を生み、怪奇は怪奇を生ずとは全《まった》くこのことなのだ。いったい魁太はどこへ行ったのだ。いやいや、魁太よりもむしろ瑛一はどこへ姿を隠したのだ。もし犯人がアサオだったとすれば、瑛一はなんのために姿を隠さなければならなかったか。何もかも雲をつかむように漠然《ばくぜん》としている。

翌日の朝刊社会面は、どの新聞もこの奇怪な殺人事件で埋《うず》められた。何しろあの血に染まった髑髏という お景物《けいぶつ》が、一種名状することの出来ない無気味な色彩を添えているのだから、新聞が騒立《さわぎた》てたのも無理ではなかった。

ある新聞で魁太こそ真犯人に違いないというかと思うと、また他の新聞では恋に狂った瑛一の犯行であろうという。どちらにしても二人のうちのどちらかが捕まらない限り、雲をつかむような話なのだ。

警察ではむろん、躍起《やっき》となってこの二人を捜索していたが、二日たっても、三日たっても瑛一はおろかな事、魁太の姿さえ発見することは出来なかったのだ。

こうして早くも五日たった。

ある日の夕方、三津木俊助はふと由利先生を訪ねてみたが、するとその時、由利先生は丁度外から帰って来て、又これからどこかへ出かけようとするところだった。

「先生、あなたはこの間からいったいどこにいらしたのです。毎日電話をかけて見たのに、いつも外出だとばかりで、一向埒《らち》があかないものだから、今日はわざ〳〵出かけて来たのですよ」

「失敬、失敬。ちょっと旅行していたものだからね。群馬県の方へ行っていたのだ」

「群馬県？　あゝ、すると八十川藤松の郷里ですね。何か収穫がありましたか」

「まあね。それより三津木君、向うで面白いことがあったよ。俺の先廻りをして八十川の遺族について調べて廻った者があるのだが、君はそれを誰だと思うね」

「さあ、誰ですか。僕の知っている人間なんですか」

「そうだ、あの瑛一だよ」

「へへえ」

俊助はぎょっとしたように、

「そうですか。すると瑛一もアサオの行方を探しているんですね。ところでそのアサオですが、居所《いどころ》が分りましたか」

「いや、よく分らないんだ。何しろ古いことだし、それにアサオは生後一ケ月もたゝぬうちにあの村を離れているんだからね、誰も記憶していないのも無理はないやね。わしは役場へいって戸籍謄本も見て来たがね、湯浅博士の言ったとおりで、別に新らしい発見もなかった。しかし、それについて、一寸《ちょっと》博士の意見を訊《ただ》したいことがあるので、これから出かけようと思うんだが、君、何か用事じゃなかったのかい」

「いや、大した用事でもないのですが、実はこの三行広告についてお伺いしたいのですが」

俊助はポケットから折畳んだ新聞を出すと、

「この広告を出されたのは先生ですか」

俊助の示したのはある夕刊面に出た、『探ね人』の広告だった。そこには宮園魁太とおぼしい人間の人相書を詳しく記して、その男の居所を報らせてくれたものには薄謝を呈すとあったが、その名義人は紛《まが》うべくもなく由利先生なのだ。

「あゝ、その広告のことか、旅行したのですっかり忘れていたが、留守中何か反響があったかも知れないね」

由利先生はすぐ書生をよんで聞いてみたが、別に留守中、そのことで訪ねて来た者はないという返事、先生はそれでも別に失望した様子もなく、

「なあに、そのうちに分るさ。時に三津木君、俺《わし》はこれから湯浅博士を訪問してみようと思うのだが、君も暇なら一緒にいかないか」

「えゝ、お供しましょう」

「よし、それじゃ途中で飯を食っていこう」

由利先生と三津木俊助は早速出かけたが、あゝ、この時二人の出かけるのがもう半時間おくれているか、或《ある》いはあの訪問者がやって来るのがもう少し早ければ、これからお話しようとする事件は、もっと別な形となって現れていたのに違いない。

由利先生が出かけると、殆んど一歩《ひとあし》ちがいの差で、一人の妙な男がやって来た。一見木賃宿《きちんやど》の亭主とも見える男で、モジモジと揉手《もみで》をしながら、書生に向って由利先生はいるかと訊いた。書生が今出かけたばかりだというと、非常にがっかりとした様子で、

「実はあの三行広告のことで参ったのですが、お留守なら已《や》むを得ません。明晩もう一度参りますが、その時には是非とも御在宅になるようお伝言《ことづけ》を願います」

言ったかと思うと妙な男は、書生の言葉も待たず、あたかも人眼をおそれるようにこそこそと立去ったが、もしこの時、彼がせめて名前と住所でも打明けておいたなら、これから述べるような恐ろしい事件は起らずに済んだであろうのに。


それはさておき、こちらは由利先生と三津木俊助、途中で飯を食ったのが意外に手間どって、市谷薬王寺までやって来たのは夜のもう八時過ぎのことだった。

言い忘れたが事件以来、湯浅博士は瑠璃子の請いを容《い》れて、日下邸に寝泊りをしているのだった。

初夏の晴曇《せいどん》定めなき季節のことゝて、宵《よい》からポツリポツリと降り出した雨は、いつの間にか本降りになって、はげしく町に降り灑《そそ》いでいた。雨具を用意して来なかった由利先生と三津木俊助が、その雨に濡《ぬ》れそぼちながら、薬王寺の近所まで来た時である。

煙草《タバコ》屋と小間物屋の角に立っているポストの陰から、つと離れた男があった。見ると鼠色《ねずみいろ》の二重廻《にじゅうまわ》しを着て、大きな黒眼鏡をかけ、顔中かくれてしまいそうなマスクをしている。おまけに軽く跛を曳いているのだ。

俊助はそれを見ると思わず叫んだ。

「あ！　車夫のいった男だ！」

その言葉が耳に入ったのであろう。相手はぎょっとしたようにこちらを振りかえったが、二人の姿を認めると、急にさっと身をひるがえして、脱兎《だっと》の如《ごと》

く暗い横町へとび込んだのだ。

樹上の男

それと見るより由利先生と三津木俊助、一刻も猶予しているべき時ではない。

同じく相手のあとを追って、暗い横町へまっしぐらに入っていった。見ると半丁《はんちょう》ほど先を、例の男は蝙蝠《こうもり》のようにとんでいく。雨はいよいよ激しく、追う者も追われる者も、みるみるうちにズブ濡れになった。

やがてマスクの怪人は例のお宮の境内へとび込んだ。その境内には常夜灯がひとつ、雨に濡れてぼんやりとあたりを照らしている。

怪人はちらとその常夜灯の中に、姿を浮き立たせたかと思うと、すぐ大欅《おおけやき》のしたを潜《くぐ》って、正門から外へとび出した。

次ぎの瞬間、由利先生と三津木俊助の二人が、息せき切ってこの境内へ駆けつけて来る。二人もマスクの怪人と同じように、例の大樫の下を潜って、すぐ表門へとび出したが、もしこの時、彼等のうちのどちらかゞ、うえを向いて、欅の梢《こずえ》を見たとしたら、そこに、世にも異常な姿を発見したであろう。

網の目のように、枝を八方へさしのべたその欅の梢には、その時猿《ましら》のようにじっとこびりついている一つの影があった。

その影は雨に濡れるのを厭《いと》いもやらず、さっきからじっと日下邸のほうを眺めていたのだが、由利先生たちが通りすぎたあと、何を見つけたのか、ふいにあっと低い、叫声《さけびごえ》をあげたのである。

それはさておき、由利先生と三津木俊助、お宮の境内をとび出して見ると、怪人の姿はすでにその辺には見えなかった。

「はてな」

と、あたりを見廻しながらやって来たのは日下邸の門前なのだ。雨に濡れた門灯の光で、鉄の門が少しひらいたまゝになっているのが見えた。怪人はこの中へとび込んだのではあるまいか。

「あゝ、やっぱりそうです。御覧なさい、こゝにこんな足跡がついていますよ」

俊助の言葉に地面を見れば、なるほど男としては少し小さ過ぎる足跡が、道から門の中まで続いている。

「よし、とに角訪《かくおとの》うて見よう。どうせこの家を訪ねるつもりでやって来たのだから」

由利先生と俊助が、門をはいって玄関の呼鈴《ベル》に手をかけようとした時だ。

ふいに家の中から、

「あれッ、誰か来てッ！」

女の悲鳴なのだ。

「あ、瑠璃子さんの声だ！」

二人はもう案内を乞うている暇もない。玄関の格子に手をかけると、幸いなんなく開いた。とび込んだ二人が、靴《くつ》を脱いであがろうとすると、またしても、

「誰か――誰か来てえッ、――あ、おまえは宮園さんだね」

声はどうやら浴室の方から聞えるらしい。宮園――？　宮園といえばあの白痴の書生の魁太のことにちがいない。魁太がまたもや舞い戻って、兇刃《きょうじん》を揮《ふる》おうとするのではあるまいか。

由利先生と俊助の二人は、殆《ほと》んどひとゝびの早さで浴室のまえまでとんで来た。

見ると擦《すり》ガラスのはまった浴室のドアは、開け放したまゝになっていて、その隙から覗いてみると、大理石をたゝんだ豪華な浴槽《よくそう》のなかで、瑠璃子が真蒼な顔をしてふるえているのだ。

「あゝ、由利先生」

瑠璃子は二人のすがたを見ると、浴槽から思わず半身うかしたが、すると、そのとたん、湯の華《ゆはな》でも溶かしてあるのだろう、白く濁った湯がさやさやと波打って、その中から身を浮かした瑠璃子の白い裸身には、妖《あや》しいまでの艶《なまめ》かしさが湛《たた》えられていた。

「先生、いま、あいつが――あいつが――」

「あいつ？　あいつって魁太のことですか」

「えゝ、そうですの。あの魁太の奴が鼠色の二重廻しを着て、大きな黒眼鏡をかけたまゝ、ヒョイとそこから覗くと、ニヤニヤと気味悪い顔をして微笑《わら》ったのですわ」

そう訴えながら瑠璃子は、故意にか偶然にか、人魚のようになまめかしい肢態《したい》を、まるでひけらかすように、くねくねと伸ばしたり縮めたりして見せるのだ。

その度にほんのりと上気した肌を、宝石のように綺麗な露が、ツルツルと滑って、胸から腰へかけて

のなだらかな曲線には、眼をおおいたくなるほど、強烈な、刺戟《しげき》的な匂いがあった。

「それで、魁太はどうしましたか」

「えゝ、あたしが思わず叫び声をあげると、すぐ向うへ消えてしまいましたわ」

瑠璃子はハッと、自分のはしたない姿態に気がついたように、ボシャッと浴槽のなかに身を沈めると、

「さっき庭の方で妙な音がしましたから、あちらの方へ逃げたのではないでしょうか」

「そうですか。じゃ、とに角探して見ましょう」

由利先生は何故か、気乗りのしない声でそういうと、それでも俊助をうながしながら、浴室のまえを通って、裏庭の方へ廻ってみた。

「先生、湯浅博士はどうしたのでしょう。あの叫び声が聞えなかったのでしょうか」

「そうだね。留守かも知れない」

庭は広くて暗かった。死んだ日下氏の好みであろう。一面に芝を植え込んで、その間に迷路のような形をした花壇だの、コンクリートで固めた池だのがあったが、その池の中には睡蓮《すいれん》の葉がうかんでいた。

「三津木君、足跡らしいものがあるかね」

「さあ。よし、誰か通った者があるとしても、この芝生《しばふ》じゃとても足跡は残りますまいね」

「そう、誰か歩いたとしてもね」

由利先生が沈んだ声で言ったので俊助は驚いた。今迄かつて、事件に当って由利先生がこのように気のない態度を示した事は、殆んどないことだった。

「三津木君、そろそろ家の方へ帰ろうじゃないか。雨に濡れるばかりだ」

「そうですか」

二人が主屋《おもや》のほうへ取ってかえそうとした時である。背後にあたって、ふいにバサリと大きな音がしたので、驚いて振りかえって見ると、天から降ったか、地から湧《わ》いたか、今迄誰もいなかった庭の片隅《かたすみ》に、誰やら黒い影が佇んでいるではないか。

「誰だ！」

俊助が呼ぶと、相手はぎょっとしたように身構えをしたが、

「あゝ、由利君に三津木君じゃないか」

意外、その声は湯浅博士なのだ。

二人はつかつかと側《そば》へよると、

「先生、あなた今迄どこにいらしたのですか」

「なあに、一寸《ちょっと》散歩していたのだよ」

「この雨の降るのに、傘もさゝずに」

俊助はズブ濡れになった博士の様子を見ながら、ひょっとすると、さっきのマスクの男は、やっぱりこの博士ではなかったろうかと考える。

「そうさ、少し気分が悪かったものだからね」

「なるほど」

由利先生は博士の黒眼鏡を睨《にら》みながら、ふと皮肉な微笑をうかべると、

「先生、散歩も結構ですが、この雨の降るのに、木登りをなさるなんて、少しどうかと思いますね。三津木君、もう何も調べることはないよ。かえろうじゃないか」

由利先生はうえを仰いで、隣の境内から枝をさしのべている欅の梢を指さすと、くるりと踵《きびす》をかえしてさっさと歩き出した。

その欅の枝は、ちょうど今、誰かゞそこからとび降りでもしたように、ザワザワと葉を鳴らせながら、上下に大きく揺れているのである。

湯浅博士は、由利先生の言葉をきくと、薄闇の中でまっさおになったが、ちょうどその時、塀一重《ひとえ》外の境内では、するすると同じ欅の幹を伝っておりて来た者がある。さっきから、欅の梢にしがみついて、じっと日下邸をうかゞっていた男なのだ。その男は、そっとあたりを見廻わすと、急にバタバタと雨の中を駆け出したが、常夜灯の光にちらりと浮き出したところを見ると、それはまぎれもない、行方をくらましている瑛一ではないか。

瑛一はいったい、今頃欅のうえで何をしていたのだろう。

髑髏カード

「鈴木さん、鈴木さん」

階下から呼ばれて、牛のようにのっそりと畳のうえに体を起したのは、年のころ二十二三の、いかにも智慧の薄そうな青年だった。業平橋《なりひらばし》附近にある、穢《きたな》い木賃宿の二階の一室、由利先生があのマスクの怪人を取逃がしたその翌日の晩のことであった。

「何んですか」

青年は大儀そうな胴間声《どうまごえ》で訊ねた。

「お手紙ですよ。あがって行ってもよござんすか」

「手紙？」

と聞いて、青年は急に眼を輝かせる。顔中にブツブツと面皰《にきび》の吹き出した、押せばチューッと汁の出そうなほど脂ぎった、何んともいえないほど、不潔で醜悪な感じのする青年なのだ。今迄仮睡《うたたね》の夢をむさぼっていたのであろう、涎の垂れている口許《くちもと》を、あわてゝ紺絣の袖《そで》で拭きながら、

「へえ、どうぞ」

と、相変らず間の抜けた声でいった。

すると、その声に応じて、危《あぶな》っかしい階段をギチギチと鳴らせながらあがって来たのは、あゝたしかに昨夜、由利先生の宅へ、あの三行広告のことについて訪問した不思議な男ではないか。して見ると、今鈴木と呼ばれた、一見いかにも愚鈍《ぐどん》らしいこの青年は、ひょっとすると、お尋《たず》ね者の宮園魁太ではあるまいか。

そうなのだ。名前こそ鈴木とかえているが、面皰だらけの醜《みにく》い顔といい、どろんと濁った、白痴特有の眼附きといい、たしかに日下家の書生、白痴の宮園魁太なのだ。魁太は事件の日以来、名前をかえてこんな場所《ところ》に潜伏していたのである。

「お寝《やす》みでしたか」

宿の亭主は胡散臭《うさんくさ》そうに、ジロジロと部屋の中を見廻しながら言う。見廻わすといっても、三畳きりしかない、穢らしい部屋なのだ。

「うゝん、いや」

魁太は締りのない唇でにやにやと微笑《わら》いながら、それでも用事だけは忘れない。

「手紙は？」

「あゝ、そうそう」

亭主は懐中《ふところ》から手紙を出して渡すと、

「御親戚からでも来たのですか。それとも、いゝ人からなんで？　大方《おおかた》そうでしょう、お安くございませんな、へへへへ」

亭主が淫《いや》しい笑いをうかべながら、それでも油断なく相手の様子を打見守《うちまも》っているのを、魁太はそれとも気がつかず、いかにも嬉《うれ》しそうに、涎の垂れそうな眼つきで、鈴木良雄様と彼の変名をかいてある上書を眺めていた。

「どうぞ、御ゆっくり。御用がありましたらいつ何時でも呼んで下さいよ」

心にもないお世辞をたらたら撒《ま》き散らしながら、階段をおりていった木賃宿の亭主は、しばらく帳場

に坐《すわ》ってぼんやり考えこんでいたが、何を思ったのか急にムックリと立上ると女房を呼んで、

「おい、一寸出かけて来るから二階に気をつけなよ」

「あゝ、あの広告のことで行くんだね。なるべく早く帰っておいでよ」

「大丈夫だ。今夜こそはたんまりお礼にあずかれるよ。しかし何んだぜ、今どこからか手紙が来たようだから気をつけなくちゃいけないぜ。もし外へでも出るような様子があったら、何んとか口実をこさえて引き止めておきねえよ。逃がしちゃ大変だ」

「そこに如才があるものか、だけどお前さんも出来るだけ早く帰って来ておくれよ」

「よし来た」

亭主は粗末な草履《ぞうり》を引っかけると、あたふたと外へとび出していったが、こちらは二階の宮園魁太だ。そんなことゝは夢にも御存知ない。今来た手紙を胸に抱いて、頰擦《ほおず》りをしたり、接吻《せっぷん》をしたり、まるでラヴレターを受取った女学生のように、眼のいろかえて喜んでいたが、やがて勿体《もったい》ないものでも破るようにそろ〳〵と封を切っていったのである。

亭主が由利先生をともなって帰って来たのは、それから一時間ほど後のこと。

「いるかい？」

と、首をちゞめて女房に訊ねると、

「あゝ、いるよ、寝ているらしいの。さっきからことゝも音がしないもの」

「よう、それは好都合だ。それじゃ旦那、さっきいったように計らいますから、どうぞ御一緒においでなすって」

「よし」

由利先生は亭主のあとについて、暗い階段をギチギチと登っていく。亭主は油で煮しめたような障子に手をかけると、

「お寝みですか。もし、宮園さん」

わざと本名をいって、ガラリと障子をひらいたが、真暗な部屋のなかはしんと静まりかえっている。

「おや、よく寝ているようだ」

カチリと電灯のスイッチをひねると、なるほど綿の出た木綿蒲団《もめんぶとん》をひっかぶるようにして魁太は寝ているのだ。

「もし、宮園さん、お客さんですぜ、もし宮園さん」

揺《ゆす》ぶってみたが身動きもしない。どんな夢を見て

いるのか、醜い顔にほのかな微笑をうかべて、ぴったりと閉《とざ》した眼はなかなか開きそうにもない。

「どうしたんだ。起きないのかね」

亭主の背後《うしろ》からそっと覗いてみた由利先生、魁太の顔を見ると、何を思ったのかハッとした様子で、つか〳〵と枕元により、いきなりパッと掛蒲団をはぐってみた。

「御亭主」

魁太の胸に手をあてた由利先生、ギクリと眉を動かすと、あわてゝ亭主を振りかえり、

「医者だ。医者だ。それから大急ぎでこの事を警察へ報《し》らせてくれたまえ」

「え、警察ですって？」

「そうだ。この男は寝てるんじゃない。死んでいるんだぜ」

「ひえッ」

のけぞらんばかりに驚いた宿の亭主が、泡を喰ったようにドドドドドと梯子段《はしごだん》を踏み鳴らしておりていった後、由利先生は鋭い眼で部屋の中を見廻わしていたが、やがてふと眼についたのは粗末《そまつ》な煙草盆である。


見ると、今しがたその中で手紙を焼いたらしく、真黒《まっくろ》になった灰が堆高《うずたか》く盛りあがっているのだ。

由利先生はそっと指先でその灰をつゝいてみたが、灰はすぐぐずぐずと崩れてしまって、せめて筆蹟なりともと思った由利先生の努力は、全く水泡《すいほう》に帰してしまった。

「チェッ！」

軽く舌打《したうち》をした由利先生は、その他にも何か証拠の品はないかしらと、魁太の死体をめぐって、隈《くま》なくあたりを調べていたが、そのうちにふと眼についたのは、はだけた魁太の胸もとから、少しはみ出している白い封筒である。

「おや」

先生はそっとその封筒を摘《つま》みあげた。それは明《あきら》かにさっき来た手紙の中に入っていたものと見えて、縦に一条折目《おりめ》がついていて、別に封はしてなかった。

由利先生はそっとその封筒を開いて、中から一枚の紙片《かみきれ》を取出したが、さすがの由利先生も、そのとたん、ぎょっとしたように呼吸《いき》をのんだのである。

ザラザラとした、質の悪い西洋紙のうえ一杯に、下手《へた》くそな毛筆で画《か》いてあるのは、野菊の花で取り

かこまれた一個の髑髏、しかもその髑髏のうえには、血を濺《そそ》いだように赤いインキがなすりつけてある。

血に染まった花髑髏なのだ。

宮園魁太はこの奇怪な髑髏カードを胸にのせたまま、まるで眠るが如く、醜い顔には微笑さえ湛えながら死んでいるのであった。

又もや匿名の手紙

あゝ宮園魁太は自殺したのだろうか。

それから間もなく駆け着けて来た警察医の診断によって、彼の死因が流行薬によるものであることが明かにされた。

しかも魁太の死顔にうかんでいた、あの安らかな微笑からして、覚悟の自殺であろうことは、誰の眼にも想像される。不幸にも書置《かきおき》らしいものは見当らなかったけれど、大たい人々は次ぎのように魁太の死を想像してみた。

果して魁太が八十川藤松の遺児であったかどうかは疑問としても、彼が日下氏殺害の犯人であろうことは、最早《もはや》疑う余地はない。日下氏を殺して姿をかくした魁太は、おそらくその日から既に自殺の覚悟を極《き》めていたのだろう。それに拍車をかけたのが、あの自殺の直前に受取った、差出人不明の手紙である。

魁太はその手紙によって、既に遁《のが》れられぬ運命であることを覚《さと》り、潔《いさぎよ》く服毒処決したものにちがいない。

あの流行薬は実験用として日下氏の研究室に沢山蓄《たくわ》えてあったから、魁太は予《あらかじ》め、それを用意していたのだろう。

こう考えてみると、そこに少しも不合理な点は発見されない。遺書のなかったことゝ、それからあの手紙の主が不明なのが気がかりだったけれど、そんな事は犯人の自殺してしまった今となっては、大した問題でもない。

唯《ただ》奇怪なのはあの髑髏カードだが、それとても、魁太がやっぱり八十川藤松の遺児であったとしたら説明出来ることだ。魁太は父の位牌《いはい》の代りに、あの花髑髏のカードを抱いて死んだのではあるまいか。

とにかく警察の意見は右の通りであった。

そして新聞もいっせいにその通り報道したから、さしも世間を騒がせた花髑髏事件も、こゝに一段落ついた形だった。

ところがこゝに唯一人、以上のような説に納得しない人物があった。ほかでもない由利先生なのだ。

「君、宮園魁太のような男が自殺などすると思うのかい」

警察がこの事件から手を引いたという記事が、新聞に出たその晩、由利先生は三津木俊助をとらえて、非常に昂奮《こうふん》した顔色でそうなじっていた。

「自殺をするなんて人間は、たいてい人一倍神経の鋭い男に限っているんだぜ。ところが魁太という男はどうだ。あいつはまるで白痴同様な人間じゃないか。そんな男がたとい人殺しをしたとしても、その罪の恐ろしさに自殺するなんて、そんな馬鹿な事があるもんか」

「しかし、事実がちゃんとそれを示しているんだから仕方がないじゃありませんか、それとも先生は、魁太が毒を飲んだのは自らの意志ではなくて、誰か他人に飲まされたのだと仰有るのですか」

「そうさ。それに極まっているさ」

「えッ？」

さすがの俊助もびっくりしたように、由利先生の顔を見ながら、

「しかし、先生、あの時魁太の側《そば》には誰一人いなかった筈じゃありませんか」

「そう、人はいなかった、しかし、あの手紙が側《そば》にあったよ。ねえ、三津木君、残念ながら僕にも、どうして犯人があんなに巧妙に毒を飲ませたか分っていないんだ。それだけに俺《わし》はいっそう恐ろしいんだ。三津木君、日下殺しの犯人は実に容易ならん奴だよ。そいつは悪魔みたいな奴なんだ。そいつの血の中には悪魔以上の、何かしら気狂《きちが》いじみた陰険さが流れているんだよ」

由利先生はそういうと、真実恐ろしくて耐《たま》らぬというふうに、我れにもなくブルブルと体を顫わせるのだった。

ところが、由利先生のこの言葉が当っていたのかいなかったのか、それから二三日後、とつぜん由利先生のもとへ、又もや奇怪な匿名の手紙が舞いこんだのだ。

由利先生はひとめその内容を読むと、さっと顔色をうしなったが、すぐ決心のいろをうかべると、新日報社の三津木俊助に電話をかけて呼びよせた。

「三津木君、どうだ、やっぱり僕の言葉が正しかったのだぜ。君はこの匿名の手紙をどう思うね」

あたふたと駆けつけて来た俊助の顔を見ると、由利先生はそう言って、いきなり手紙を差しつける。

俊助もそれを読むと、思わずさっと顔色をうしなった。そこには大たい次ぎのような意味のことが書いてあるのだ。


由利先生へ一筆申上ます。

八十川藤松の遺児アサオとは、決して宮園魁太のことではありません。したがって日下瑛造氏を殺害した犯人は魁太ではないのです。犯人はほかにいます。そして、そいつは、又もや恐ろしい殺人を企んでいるのです。日下事件の関係者のある一人に、今や恐ろしい危険が迫っています。御用心、御用心。

花髑髏

「あっ！」

俊助は思わず呼吸《いき》をのむと、

「先生、これは——？」

「どうだね、三津木君、日下事件はまだ終ってしまったわけではないのだよ。放っておけばまだまだ恐ろしい事件が起るだろう。八十川藤松の執念はまだこの世に生きているのだ。ところで三津木君、君はこの手紙をどう思うね」

「どう思うって、むろん、来《きた》るべき大惨劇の予告なんでしょう」

「ふむ、それに違いはないが、しかし、俺《わし》のいうのはそれではない。この手紙の主《ぬし》はね、三津木君、前に受取ったあの匿名の手紙とは又違う人間によって書かれたのだよ」

「何んですって、先生！　だってこゝには、前と同様、花髑髏と署名してあるじゃありませんか」

「ふむ、それはそうだが、しかし三津木君、この二通の手紙を比較して見たまえ」

と、由利先生はこの物語の冒頭に掲げた、もう一通の手紙を出して並べると、

「一見して、この二つの筆蹟《ひっせき》の間には、非常に大きな差が見出《みいだ》されるだろう。誰だって、こんな手紙を他人に代筆させるわけはないからね。明かにこの二通の手紙は、全然別の人間によって書かれたのだぜ」

「すると先生、これはいったい、どういう事になるのですか」

「まあ、いゝ、いずれ分る時があるだろう。俺《わし》には大たい、第二の手紙の筆者は想像がついているのだ」

由利先生は何んとなく物思わしげな眼で、二通の手紙を机の抽斗《ひきだし》の中にしまいこむと、

「とにかく一度日下邸へ電話をかけて見よう。何か変った事がなければよいが」

由利先生は直ちに受話器を取上げて、日下邸へ電話をかけたが、急にはっとしたように顔色をかえ、がちゃんと受話器をかけると俊助の方へ振りかえった。

「三津木君、大変だ！」

「え、何か起ったのですか」

俊助がびっくりして腰をうかすと、

「いや、まだ起ったというわけじゃないが、瑠璃子さんは世間がうるさいというので、昨日から鎌倉の別荘の方へ行ってるんだそうだ。そして」

と、由利先生は意味ありげに言葉を切ると、

「湯浅博士も一緒だそうだ」

「先生」

ふいに俊助がすっくと椅子から立上った。

「ひょっとすると、瑠璃子さんの身に何か間違いが起るんじゃありませんか」

「そうかも知れない。三津木君、大急ぎで自動車を呼んでくれたまえ。鎌倉まで行って見よう」

由利先生と俊助の二人は、泡を食ったように麴町《こうじまち》にある由利先生の寓居を飛出《とびだ》したが、さて、それから一時間程後、二人が鎌倉大町にある日下氏の別荘を訪ねてみると、丁度今しがた瑠璃子は、江島《えのしま》を見物するとて出かけたところだという。

「湯浅博士は？」

「はい、先生も御一緒でした」

留守番の老婆の言葉を聞くと、由利先生はどきりとしたように顔色をかえた。

「三津木君、行こう。大急ぎだ。あゝ、あの手紙がもう少し早くついていたら！　こうなれば神に祈るよりほかに手段はない。三津木君、われわれが向うに行きつくまで、何事も起らないように、君も祈ってくれたまえ」

俊助は長い間由利先生と一緒に仕事をして来たが、この時ほど取り乱した先生の様子を見たことがなか

った。再び自動車を雇って江島まで走らせる途中、由利先生は自分も押せるものなら一緒に車を押したいほどの、焦燥《しょうそう》にとらわれているのだった。

俊助は何んともいえない程心細さをかんじたが、やがて彼等が片瀬の海岸で自動車を乗りすて、江島へ渡る、あの長い桟橋《さんばし》にさしかゝった時である。ふいに由利先生がぎょっとしたように俊助の手をとらえて立止った。

「三津木君、あれを見たまえ、あの男を！」

由利先生が指したのは、今しも桟橋を渡り終えて、江島のだらだら坂を登っていく一人の男の姿だった。その男はまるで、幽霊にでも追いかけられるように、こけつ、転《まろ》びつ、蹌踉《そうろう》としてだらだら坂を登っていったが、やがて見る見る間にその姿は暗い岩蔭にかくれて見えなくなってしまった。

「先生、あの男がどうかしたのですか」

「あゝ、君はまだ知らなかったのだね。あの男だよ、日下氏の一人息子瑛一だよ」

言ったかと思うと、由利先生は脱兎《だっと》の如く狭い桟橋を踏み鳴らして走り出したのである。

アサオの正体

その昔、稚児《ちご》が身を沈めたという伝説が伝わっている江島の稚児ケ淵《ちごふち》、その稚児ケ淵の岩頭で、さっきから恐ろしい眼をして睨みあっている二人の男女があった。

数十丈の断崖《だんがい》の下には、白蛇《はくじゃ》のような怒濤《どとう》が、無数の沫《あわ》をあげ、空は血のような夕焼けの色に濡れている。

この夕焼けを全身に浴びながら、人形のように身動きもせずに突立っている男女とは、いう迄もなく瑠璃子と湯浅博士の二人なのである。

意外なことには、博士の方が真蒼になって、ブルブルと顫えているのに、反して、瑠璃子の方は、顔色こそ蒼褪《あおざ》めていたが、その態度には水のような静けさがあった。見ると彼女の手には、ギラギラと銀色に輝く小型のピストルが握られているのだ。

「先生、もう何んと仰有っても駄目でございますわ。あたし一度こうと決心したら、絶対にそれを翻《ひるがえ》さない、執念深い女でございますのよ。さあ、先生、もう諦《あきら》めてお念仏でもお唱《とな》えになった方がお為でございますわ」

あゝ、何んという恐ろしい言葉であろう。瑠璃子のような女の唇から、こんな憎々しい言葉が洩れようとは、誰が想像することが出来たろう。

瑠璃子はそういうと、手に持った、ピストルを持ちかえ、足下においてあった小さな風呂敷包みをひらいた。と、その中から出て来たのは、何んということだ、血に染まった髑髏、八十川藤松の髑髏ではないか。それを見ると、湯浅博士はまるで子供のような悲鳴をあげて、あっと二三歩うしろにとびのいた。

「あゝ、それじゃ――それじゃ、藤松の遺児のアサオとは、やっぱりおまえだったのだね」

博士が押し潰《つぶ》されたような声でいうのを、瑠璃子は憎々しげに見やりながら、

「えゝ、そうよ。それだからこそ先生、あなたの生命《いのち》を貰いうけねばならないのですわ。ごらんなさい、先生」

瑠璃子はきっと無気味な髑髏を指さすと、

「これが、あなたの不謹慎な言葉から、生命を失ったあたしの父の髑髏なんですわ。そして、この髑髏のうえに注がれているこの血こそ、父の敵《かたき》、日下瑛造の血なのです。しかし、父の敵は日下瑛造一人ではありません。あなたもやっぱり敵の一人なのです。父の髑髏はあなたの血を求めて、日夜あたしに迫ります。先生、お気の毒ですが、いまあたしはあなたの血を戴いて、この髑髏のうえに注ぎかけねばなりません。先生、よござんすか」

悪鬼の形相とは、全くこの時の瑠璃子の顔をさしていうのだろう。きりゝと逆立った柳眉《りゅうび》、ぽっと紅《くれない》に染まった頬、殺気を含んできらきらと輝いている双《そう》の眸《ひとみ》。――美しいだけにそれはいっそう、何かしら現実的でない、一種妖異な物凄《ものすさま》じさを秘めているのだ。あゝ意外とも意外、日下殺しの犯人は実に、その妙齢の処女、瑠璃子だったのだ。

「あゝ」

湯浅博士は思わず両手で顔を覆うと、

「恐ろしい、おまえは悪魔だ、おまえはやっぱりあの男の娘《こ》だ。おまえの体内には気狂いの血が流れているのだ。おまえは気が狂っているのだ！」

「ほゝゝゝほ、そうかもしれません。いや、きっとあなたの仰有る通りなのでしょう。だからこそ、あ

たしは気狂いの父の執念をうけつがねばならぬのですわ。先生、それではよござんすか。あなたの生命はお貰いしましたよ」

ピストルを擬しながら、瑠璃子はジリジリと博士の方へ寄る。博士の顔には、今や救いようのない程、激しい絶望の表情がうかんだが、その時である。瑠璃子の背後にある岩蔭にあたって、ちらと動く影が見えた。

それを見ると、博士の顔にははっと動揺のいろが浮んだが、すぐにそれを押し包むと、

「瑠璃子や、待っておくれ」

と、喘《あえ》ぎ喘ぎ叫んだ。

「待ってって、先生、あなたはこの場に及んで、尻込みなさるのですか。それではあんまり卑怯《ひきょう》じゃございませんか」

「いゝや、瑠璃子、どうせ俺《わし》の生命はないものと諦めている。しかしねえ、瑠璃子、俺にはいろいろと腑《ふ》に落ちないことがある。冥途《めいど》の土産《みやげ》にそれをきいていきたいのだ。瑠璃子や、おまえは悪の天才だ。いや、お世辞でもなく俺はそう思うのだ。瑠璃子や、おまえはどういう風にして今度のような素晴らしい犯罪をやってのけたのだ。俺はそれがきいておきたい。それを聞いておいて、冥途とやらへ行って日下に話してやりたいのだ」

博士のこの言葉は、見事に瑠璃子の心臓を貫いたのである。犯罪人にはいつも共通した虚栄心がある。大犯罪人であればある程、いよいよその虚栄心は大きくなるのだ。

瑠璃子もこの弱点からまぬがれることは出来なかった。彼女はまんまと博士の術中に陥ったのである。

「ほゝゝゝほ、それほどでもないけど、そうね。どうせ死んでいく人なんだから、話したってちっとも差支《さしつか》えはないわね」

瑠璃子はそれでも用心ぶかく、ピストルを身構えたまゝ、傍《かたわら》の岩のうえに腰をおろすと、べらべらと彼女の恐ろしい罪状を告白しはじめたのである。その様子には、どこか尋常でない、言って見れば、美しき白痴とでも例えられそうな精神的な歪《ひずみ》が見られるのである。

その時、彼女の話した言葉を、そのまゝこゝに書記《かきしる》すのは、あまりにも恐ろしいことである。そこで筆者は、その要点だけを掻抓《かいつま》んでお話することにし

よう。

瑠璃子が自分の素性《すじょう》を知ったのは、ごく最近のことである。瑛一の彼女に対する思慕があまり気狂いじみていたので、万一のことが起るのを懼《おそ》れた日下氏は、ある日瑛一を呼び寄せて、とうとう瑠璃子の素性を打明けた。

瑠璃子はそれを秘かに偸《ぬす》み聴いたのである。そしてその瞬間から、瑠璃子は恐ろしい執念の復讐鬼となってしまったのだ。

瑠璃子は美しい女であった。しかし美しい彼女の外貌の下には、忌《いま》わしい気狂いの血、殺人鬼の遺伝が流れていたのだ。それは恋に狂った瑛一の眼には分らなかったが、分別に富んだ日下氏の眼には歴然とうつっていた。さればこそ彼は、飽迄も息子の希望に反対を唱えたのだが、その悪血《あっけつ》が今や猛然として猛《たけ》り狂いはじめたのだ。

この意外な秘密を洩れきいた瞬間から、彼女はもう尋常の女ではなかった。恩人は一瞬にして仇敵《きゅうてき》と化した。

しかも恋人はまたその仇敵の血をひいているのだ。彼女は毎夜のように、あの標本瓶の中にある髑髏が、無気味な歯をむき出して、彼女に愁々《しゅうしゅう》として訴えている夢を見た。

「瑠璃子や、私《わし》の敵《かたき》を討っておくれ。そして敵の血を私のうえに注いでおくれ。でないと私はもう永劫《えいごう》に浮かぶことが出来ないのだ」

髑髏はあの醜い、黄色い歯をガタガタと鳴らせながら、綿々として彼女に訴えるのだ。

瑠璃子の血はいよいよ狂い立ち、そしてしまいには、とうとう、この恐ろしい妄念《もうねん》のとりことなってしまったのである。

彼女は先ず第一に当の日下氏を槍玉《やりだま》にあげようと決心した。しかし、日下氏を殺したあと、その疑いが自分の身にふりかゝって来ては困るのだ。何故ならば日下氏の他にも湯浅博士という敵がある。

そこで疑いが自分の身にかゝって来ない方法で日下氏を殺す必要があった。

彼女はさんざん考えた揚句《あげく》、とうとう世にも奸悪《かんあく》な一計を思いついた。つまり、自分も被害者の一人らしく見せかけようというのだ。

瑠璃子はいつか湯浅博士の口から、由利先生の噂をきいて知っていた。そこで由利先生を利用してやろうと考えた末、思いついたのがあの匿名の手紙なのである。つまり由利先生を自分に有利な証人として利用しようと考えたのだ。

そこで花髑髏という署名のもとに、あの匿名の手紙を書くと、その翌朝、とうとう彼女は日下氏を殺してしまった。そしてすぐそのあとで、湯浅博士に変装すると、あの長持ちの一件を車夫の勝公に頼んだのだ。

勝公が来る迄に、彼女は大急ぎで変装を解くと、自ら短刀で自分の肩をつき、そして扱帯《しごき》で縛られたような風をして長持ちの中に入りこんだ。あの長持は中からバタンと蓋を落すと、自然に鐶《かけがね》がはまるようになっていたのである。

勝公はむろんそんな事とは知らないで、彼女の命令したまゝにその長持を馬場下の瑛一の宅に運んでいく。その途中には、あの匿名の手紙に誘《おび》き出された由利先生が待ちかまえているという仕組みになっていたのだ。

こゝまでは万事うまくいった。いや〱彼女が最初計画したよりもはるかにうまくいったのだ。

というのは、その朝日下氏が殺されたあと、偶然瑛一が訪ねて来て、父の死体に躓《つまず》いたからである。瑛一は父の死体を見ると何を思ったのか(多分自分に疑いがかゝって来ることを恐れたのだろう)警察へ知らせずにそのまゝ飛出してしまったのである。

物蔭にかくれてこれを見ていた瑠璃子は、これでいよいよ、瑛一を父殺しの罪に陥《おと》せると北叟笑《ほくそえ》んだのだが、こゝに一つ思いがけない故障が突発した。

その朝用事をこさえて、外へ出しておいた白痴の魁太が意外に早く帰ったのだ。瑠璃子はハッと当惑したが、そこはさすがに稀代の妖婦なのだ。

魁太がひそかに、自分に思いをこがしていることを知っていた彼女は、巧みに魁太をたらしこむと、この事件が無事に終ったら、必ず彼と夫婦になると、すっかり相手を喜ばせた。白痴の魁太は瑠璃子の言葉を真実と思いこみ、大喜びで彼女の命ずるまゝに、業平橋附近の木賃宿に身をかくしたというわけなのである。

岩頭の惨劇

「あゝ、何んというズバ抜けた悪智慧だろう。瑠璃子や、おまえはそれですっかりあの由利君の眼を誤《ご》魔化《まか》してしまったのだね」

聞いていた湯浅博士は、ほっとしたように額の汗を拭いながら呟くのだ。

「えゝ、そうよ。いかに悧巧《りこう》な探偵でも、こちらがそれ以上の智慧を働かせれば、誤魔化すのは何んでもありませんわ」

瑠璃子は得意になって、

「現にこの間だってそうですもの。魁太へ送る手紙をポストに入れて帰りがけ、あたし危《あや》うくあの探偵につかまりそうになったのだけど、大急ぎで家へとび込むと、変装を解いて着物を着更《きか》えるひまがなかったし、それに雨に濡れた頭を拭くひまがなかったので、咄嗟《とっさ》の思いつきで、あたしくるくると裸になると、そのまゝ浴槽の中にとび込んだのよ。あの時、あたしの入っていた浴槽の底に、変装用のマスクや眼鏡や、それから二重廻しまでかくしてあったと知ったら、ほゝゝゝほ、あの馬鹿な探偵さん、いったいどんな顔をするでしょうね」

「分った、分った。お前はなんという悧巧な悪魔だろう」

湯浅博士はますます相手を煽《おだ》てるように、

「それじゃ何かい。魁太が死ぬまえに受取ったあの手紙は、おまえが書送《かきおく》ったのだね。瑠璃子や、私に話しておくれ、おまえは一体どうしてあんなにうまく魁太を死なせることが出来たんだね。俺は是非それを後学のために知っておきたいのだよ」

「ほゝゝゝほ」

彼女はいよいよ得意になった。恰《あたか》も彼女は小説家が自分の小説を褒《ほ》められた時のように得意の絶頂に達した。

「あれは何んでもないの。あたしあの手紙の中に散々甘い言葉を書きならべた揚句、魁太様、あたしは世にも不思議な呪《まじない》を知っています。その呪いをして寝ると、きっと自分の思うまゝの夢を見ることが出来るのです。あたしも今夜その呪をして寝ますから、あなたもこの手紙をよんだら、すぐその呪をして寝て下さい。そして夢で逢《あ》いましょうと、そう書いてやったの、ところでその呪いというのはどんな事だか教えてあげましょうか」

瑠璃子はさも面白そうに、気の狂った悪魔の笑《わらい》を笑うと、

「それはこうなのよ。魁太さま、この手紙を読んで

しまったら、すぐそれを焼捨《やきす》てなさい、そしてその灰を少しとって、それと一緒に手紙の中に入れておいた薬を飲んで頂戴《ちょうだい》。そして寝床の中に横になったら、手紙の中に同封してある白い封筒を胸のうえにおいて、静かに眼をつむるのよ。そうしたら夢の中であたしと逢うことが出来ます。もしこの中のどれ一つ間違えても呪は絶対に利《き》かないのだから、決して間違えちゃいやよ。——というの。どう、ところで、その薬というのが恐ろしい毒薬なのだから、あの人とうとう、永劫《えいごう》覚めることのない眠りに落ちてしまったってわけ。ほゝゝゝほ」

あゝ何んという陰険さ、何んという巧妙さ、悪魔の智慧といえども、おそらく彼女のこのやり方にくらべたら三舎《さんしゃ》を避けた事だろう。

博士は思わず激しく身ぶるいすると、

「あゝ、おまえはやっぱり八十川の娘だ。おまえには悪魔が取り憑《つ》いているのだ」

「ほゝゝゝほ、そうよ、そしてその悪魔は、あたしにあなたを殺せと命令するのよ」

「あ、一寸待っておくれ。瑠璃子、もう一つお前に聞きたいことがある」

「何よ」

「私は一度、八十川の戸籍謄本を日下に見せられた事があるが、あの男の遺児はたしかアサオという男名前になっていたが、あれもおまえが改竄《かいざん》したのかい?」

「ほゝゝゝほ、何かと思ったら、そのことなの。あれは何んという愉快な間違いでしょう。あたし日下を殺すまえに、あの人の口からきいたものだけど、あたしの母はあたしに阿佐緒《あさお》という名前をつけるつもりだったのですって、ところが無学なあたしの母は漢字を知らなかったものだから、片仮名でとゞけたところが、役場の書記が早合点《はやがてん》で、男だと思いこんで、さてこそこんな間違いが起ったのよ。よくあることだけど、それがあたしにとっては何よりの倖《しあわ》せになったの。さあ、これで何もかも話してしまったから、いよいよ、あなたの生命を貰ってよ」

美しき悪魔は急にきっと眼を輝かせると、ギラギラと光るピストルを身構えたが、その時である。突如、岩蔭からさっと一つの影が躍り出したかと思うと、いきなり彼女の右手に武者振《むしゃぶ》りついたのだ。

「あ!」

ふいを喰った瑠璃子はからりピストルを取落したが、次ぎの瞬間相手の顔を見ると、

「あ、あなたは瑛一さん！」

「瑠璃子、覚悟をおし」

瑛一はそのピストルを拾いあげるや否《いな》や、いきなりズドンと一発、瑠璃子の胸もとめがけてぶっ放すと、返す手もとで、我れとわが咽喉《のど》めがけて又もや一発。

「あ、瑛一、何をする」

これ等の出来事は実に一瞬にして起ったのだ。湯浅博士と、そしてさっきから別の岩蔭にかくれて、鬼のような瑠璃子の話に耳をすましていた由利先生と、三津木俊助があわてゝ側《そば》へかけよった時には、瑠璃子も瑛一も血に染まって岩角に倒れていた。

瑛一は博士が側《そば》へ寄ろうとすると、力のない手で押しのけながら、

「小父《おじ》さん、許して下さい。——僕は——僕は——こんな悪魔と知りつゝも、まだ思い諦めることが出来ないのです。瑠璃子」

瑠璃子の瞳《ひとみ》がかすかにくる〳〵と動いた。

「さあ、これでおまえの怨《うら》みも消えたゞろう。——われわれは——われわれは——一緒に手をとって、暗い暗い、路《みち》を歩んでいこう」

瑠璃子の顔がその時ちょっと、微笑したように見えた。瑛一はそれを見ると、そっと側《そば》へ這《は》いよって、相手の唇に自分の唇を重ねたが、そのまゝ二人とも呼吸《いき》がたえてしまったのである。

夕焼はいよいよ赤く、この凄惨《せいさん》な岩頭の悲劇をまるで地獄絵巻のように照らしている。

×　　×

「あの二度目の匿名の手紙を出したのは、私だった。私も瑛一も最初から瑠璃子を疑っていたのだが、瑛一は決してその事を言ってくれるなというのだ。あれは日下の死体を発見すると、すぐ私のところへ電話をかけて来てね、しばらく姿をかくすが、金が欲しいから、あのお宮の境内にある欅の洞《うつろ》に隠しておいてくれというのだ。そこであの雨の晩、欅の木に登って金をかくして来たところを、君たちに見つかったというわけだよ。しかし、私は瑠璃子と一緒にいるのが恐ろしくて耐《た》まらなかった。殊《こと》にあの女が鎌倉へいこうと言い出した時には、てっきり私を殺すつもりだと思ったから、それとなく保護を求める

ために、君にあのような手紙を出したのだよ」

　事件がすんでからずっと後に、湯浅博士は由利先生にそう話したという事だが、しかしその博士もあまり長くは生きていなかった。

　自分のふとした不謹慎な言動が、今度の事件の発端となったことを思えば謹厳な博士は、自責の念に耐えられなかったのであろう。

　その後快々《おうおう》として楽しまなかったが、夏の終頃《おわりごろ》、心臓麻痺でポクリと死んでしまった。

　髑髏の執念はこうして、遂に最後の呪《のろい》を全《もっと》うしたのだ。


　由利先生はその後、この事件の記録を読むごとに、なんともいえぬ程、不快なかんじに打たれるという。殊に瑠璃子が魁太を殺害した、あの巧妙な手段に思いいたる度に、さすがの由利先生も、慄然《りつぜん》として舌を巻かずにはいられないのであった。

「恐ろしい奴だ。恐ろしい奴だ。おそらく世界中の犯罪者を選《よ》りすぐっても、彼女に匹敵する頭脳を持っている奴は一人だっていないだろう」

　由利先生は幾度《いくど》も幾度も、俊助に向ってそう話したという。

迷路の三人

幽霊屋敷の一夜

月も星もない暗い晩だった。おどろに響く波の音を、はるかに聞きながら、今しも山沿いの道を各自《めいめい》懐中電灯を振りかざし、何が面白いのか笑い興じつつ行く三人の避暑客。

「鳥羽《とば》さん、そろ〳〵気味が悪くなって来たわね」

一番若い美雁《みかり》の声に、鳥羽は笑って、

「はゝゝゝは、そろ〳〵臆病風に誘われて来ましたね。気味が悪いくらいじゃないと、わざ〳〵探検に来た効《かい》がない」

「それはそうだけど、あまり暗いんですもの。月でも出ればいゝんだけど」

「月の出るのにはまだ大分《だいぶ》間がありますよ。こうしてまっくらなところが幽霊屋敷の価値《ねうち》なんです。ねえ、梨枝《りえ》さん」

「さあ」

梨枝の声はほのかに微笑《わら》っていた。

「ほうら御覧なさい。梨枝さんは少しも怖がっちゃいない。それに引きかえ美雁さん、あなたさっきの自慢はどうしたかって言いたいですね。慄《ふる》えてるんじゃありませんか」

「嘘《うそ》よ、あたしの慄えているのは怖いせいじゃないの。寒いのよ」

言いざま、それを証明するように二つ三つ可愛《かわい》い嚔《くさめ》をするのを姉の梨枝が聞きとがめて、

「美雁さん、駄目よ。だから言わないことじゃないわ。さあ、あたしのケープでも着ていらっしゃい」

「いゝのよ、大丈夫よ」

「駄目よ、そんな事いって風邪《かぜ》でも引いたらお母様に申訳《もうしわけ》がないわ」

「そう、じゃ拝借するわ。でも本当はまだそれ程で

もないの。寒くなってから着るわ」

姉から渡されたケープを、畳んだまゝ左の手に持ち添えて、

「さあ、ケープを拝借したからにはもう百万人力よ。矢でも鉄砲でも持ってらっしゃい。幽霊屋敷だなんて、へん、おかしくって」

抑々《そもそも》この幽霊屋敷の探検を最初に言い出したのは美雁だった。それは八月ももう半ばすぎの事で、単調な避暑地の生活にすっかり気を腐らせていた美雁が、とつぜん思いついた冒険なのだ。

美雁はこの思いつきを最初、ちかごろ心易《やす》くなった鳥羽慎介《しんすけ》や、姉の梨枝にはかって同意を得ると、ついで母の珠江《たまえ》や、珠江の古い友人で、この避暑地で偶然巡《めぐ》りあった進藤《しんどう》という男なども誘ってみたのだが、さすがにこの二人は取り合わなかった。

「お止《よ》しなさいよ。美雁さん。幽霊屋敷の探検だなんて縁起でもない。そんな詰まらないこと止したらどう」

母夫人はこの企《くわだ》てにのっけから反対した。二人の子持ちとは見えないほど、若々しい、綺麗な未亡人だった。

「いやよ、お母さま、幽霊屋敷だなんて名前ばかりなのよ。何もありやしないわ」

「だって、あの家の御主人はあそこで首を縊《くく》って死んだというじゃないの」

「だからお母さまは時代おくれだって言われるのよ。そんな事昔の話じゃありませんか。それにあたし鳥羽さんともお約束してしまったの。今更反古《ほご》に出来やしないわ」

「まあ、鳥羽さんも御一緒かい」

母夫人は急に機嫌を直しかけたが、

「えゝ、それからお姉様もいらっしゃるの」

と、先手をうつような美雁の言葉に、忽《たちま》ちもとの不機嫌にかえってしまった。

「まあ、梨枝さんも一緒なの？　あなたが誘ったのかい」

「えゝ、いけなくって？」

「美雁さん、あなたはお人好しね。お母さんがこんなに苦労しているのが分らないの。行くのなら鳥羽さんと二人で行けばいいのに」

美雁には母の肚《はら》が分りすぎる程よく分っていた。梨枝は珠江の継子《ままこ》なのである。何かというと、その

梨枝を除外して、自分を鳥羽に押しつけようとしている母の肚が分っているだけに、一層梨枝をかばわずにはいられない美雁だった。それに自分という餌《え》で、鳥羽を釣り寄せようとしている古風な母の策略も、美雁には気が喰わなかった。

母の珠江は虚栄心の強い浪費家で、数年前政府の相当の地位にいた父が亡くなると、またゝく間にその遺産を蕩尽《とうじん》してしまった。そして二進《にっち》も三進《さっち》もいかなくなって今日この頃の母の希望は、唯《ただ》一つ、美雁の美貌に繫《つな》がれているといってもよかった。

美雁が金持ちの坊っちゃんとでも結婚してくれゝば——と、そう願っている母の鑑識《めがね》に叶《かな》ったのが、この避暑地で識合《しりあ》った鳥羽慎介なのだ。慎介は大きな商事会社の取締役の息子で、しかも現に自分の自由になる数十万円の財産を持っているという話だから、珠江にとっては願ってもない程の相手だった。

「いゝわ。お母様ったらあんな事ばかり仰有《おっしゃ》るんだもの、あたし嫌いよ。いやならいやでいゝの。進藤さん、あなたどう?」

「まあ止しましょう。お嬢さん方の相手になってゝも詰まらない。それに俺ゃそんなケチな幽霊屋敷なぞより、何十倍という冒険を幾度《いくど》もやって来たからね」

若い頃から世界を股《また》にかけて歩いたという進藤は、腹をゆすって取り合わなかった。

「そう、じゃいゝわ。それじゃあたし達三人だけで行こうっと」

と、いうわけで、その翌晩の今日、美雁たちは町《まち》端《はず》れの幽霊屋敷へやって来たのだ。

光る藁《わら》人形

この幽霊屋敷というのは、それを建てた主人が数年まえ邸内で縊死《いし》してからというもの、住む人もなく、荒《あ》るゝにまかされているので、今では草蓬々《くさぼうぼう》と生いしげり、さてこそこんな忌《いま》わしい名がつけられたのだが、この邸内には一つの迷路があった。縊死を遂げた主人というのはよほど奇人だったと見えて、もとは迷路のほかにも、様々な奇妙奇天烈《きてれつ》な仕掛があったということだが、今ではすっかり毀《こわ》されて、残っているのはこの迷路が一つきり。そして美雁たちが探検しようというのは、その迷路の奥なのであった。

「さあ、いよいよ問題の迷路の入口ですよ。美雁さん、大丈夫ですか」

「大丈夫よ、何が怖いもんですか」

「へへへ、さっきはあんなに慄えていた癖に」

「あれは寒かったから。いやよ鳥羽さんたらあたしばかり揶揄《からか》って、少しは鋭鋒《えいほう》をお姉様の方に向けてよ」

「梨枝さんは大丈夫。落着《おちつ》いた人だからね。ねえ、梨枝さん、そうでしょう」

「さあ」

梨枝はちょっと鼻白《はなじろ》んだように、

「でも、この中へ入るのはどうかしら。種々噂《いろいろうわさ》のある場所なんだから」

「いやよ、お姉様、だって口惜《くや》しいじゃないの。あたし進藤さんに散々威張《いば》って来たんですもの」

と、こんな押問答《おしもんどう》があった末、結局三人はこの迷路の中へ入っていくことになった。

迷路の中は暗かった。曲りくねった狭い路の両側は、金網の垣で囲まれていて、その垣には棘《とげ》の多い蔓薔薇《つるばら》が隙間もないほど生いしげっている。垣の高さは人の倍ほどもあるので、空を仰《あお》ぐと孔《あな》の底から上を見るよう、月が出たのか空はほんのりと明るんでいる、路には雑草が膝《ひざ》も埋まるほどはびこって、時々その雑草の間から、小動物がとび出したりした。

しばらく三人は無言のまゝ、この迷路を進んでいったが、慎介がふと振りかえって見ると美雁の姿が見えないのだ。

「おや、美雁さんがいない」

「え？」

と、先頭に立った梨枝も驚いて立止《たちどま》ると、

「美雁さん、美雁さん」

「美雁さん、悪戯《いたずら》をしちゃ駄目だ。どこに隠れているんです。出ていらっしゃい」

慎介がいうと、いつの間に枝路にそれたのか、二つ三つ垣をへだてた向うの路から、

「大丈夫よ、あたし先にお池の側《そば》までいってるから、あなたも早くいらっしゃい」

美雁の元気そうな声とともに、雑草を踏む音が聞えた。

「駄目よ、美雁さん、そんな勝手なことをしちゃ。はぐれてしまったらどうするの」

「大丈夫ったらお姉様。鳥羽さん競走よ。どっちが

先にお池の側まで駆けつくか」

美雁はくす〳〵笑いながら、枝路の多い迷路の中を一人で歩いていく。彼女は持ちまえの老婆心《ろうばしん》から、姉と慎介を二人きりでおいてやりたかったのだ。それにこの迷路へは昼間二三度来たことがあるので、路に迷うわけはないと思っていた。

「美雁さん」

姉の声がまた聞えた。

「なあに?」

「じゃね、お池の側までいったら動かないでね。あたしたちすぐ後からいくから」

「えゝ、待ってるわ」

真暗《まっくら》な迷路の中に、梨枝と慎介のあわたゞしい足音が聞えて来る。その足音は遠くなったり近くなったりした。

美雁は面白そうに微笑《わら》いながら、わざと足音を忍ばせて歩いていたが、そのうちにどきりとして立止《たちど》まる。うしろから誰かついて来る! しかも忍びやかに、息をころして。

「誰?」

美雁は思わず低声《こごえ》で訊《たず》ねたが、すると雑草を踏む音がピタリと止《とま》った。

「お姉様? 鳥羽さん?」

言いながら美雁はさっと懐中電灯をその方に向けたが、そのとたん、世にも異様な姿がちらと雑草の中に浮きあがったのだ。もじゃもじゃと顔中に髯《ひげ》を生やしたいが栗頭、蛇《へび》のように光る二つの眼、左の眼尻から頬《ほお》へかけての恐ろしい疵痕《きずあと》。

「あれ!」

と、叫んでとび上る拍子に、美雁はポロリ、懐中電灯を落したから耐《た》まらない、あたりはあやめも分ぬ真の闇。

「美雁さアん、どうかして?」

遠くの方で姉の声。

「お姉様、誰か——誰かいるのよ」

「誰? 誰がいるんです?」

鳥羽の声だった。

「誰だか分らないの。訊《き》いても返事しないのよ。あれ!」

ふいにザザザザと雑草を掻《か》きわけて、近づいて来る足音が聞えたので、美雁は夢中になって走り出した。

「お姉様ア、あたし怖い。誰かゞあたしを追っかけて来るの。早く来てエ」

「美雁さん、美雁さん」

梨枝と鳥羽の声が、ずっと向うの方で泡を食ったようにあちこちしている。

美雁はもう夢中だった。暗闇の中でいくどか薔薇《ばら》の垣に突当《つきあた》って、浴衣《ゆかた》が鍵裂きだらけになった。奇怪な男はまるで蛇の走るような音を立てゝ、相変らず追って来る。

「美雁さアん」

ふいに姉の声がすぐ垣一重向うで聞えた。

「あ、お姉様、こちらへ来て」

「駄目よ、とてもこの垣越えられないわ」

「だって、だって、お姉様」

「しっかりなさい。大丈夫よ。さあ、大急ぎでお池の方へいらっしゃい。あたしも一緒についていくわ」

「えゝ、お姉様。鳥羽さんはどうなすって?」

「鳥羽さんはほかの路へお廻りになったの。あ、ここで路が又岐《わか》れているわ」

「お姉様」

「大丈夫よ、美雁さん、すぐ会えるわ」

姉の足音はしだいに遠くなっていく。美雁はまたもやひとりぽっち。しかもあの気味悪い足音だけは相変らずついて来るのだ。

美雁はまるで悪夢にうなされているような気持だった。行けども行けども果しなき迷路の闇。八幡《やわた》の藪《やぶ》知らず。美雁は全身にびっしょりと汗をかいていた。今にも倒れそうだった。それを耐《こら》えてこけつ、転《まろ》びつ走っていくうちに、嬉《うれ》しや、向うがボーッと明るんで来た。迷路の中央にある池の側まで、やっと辿《たど》りついたのだ。

「お姉様、あたしお池の側まで来てよ。早く来て、お姉様ア。鳥羽さアん」

池の縁に立って呼んで見たが、どういうわけか返事はなかった。美雁はふと妖しい身顫《みぶる》いをすると、思い出したように姉から借りたケープを肩にひっかけた。

「お姉様、鳥羽さん」

呼びながら美雁はふと足下の池を見た。池の周囲はかなり広い空地になっているので、月光が垣のうえから滑りこんで、どろんと濁《にご》った池のなかに妖《あや》しい陰翳《いんえい》を作っている。その池の中に何やら妖しい光を放って、ぶかぶかと浮んでいるのは、あゝ恐ろしい、人の屍骸《しがい》――？

（まあ、そんな事が、馬鹿々々しい。信じられないわ。でも、でも、あの形、両手を左右に伸《のば》して、脚をピンと開いて大の字型。やっぱり人かしら。でも、でも、変だわ、どうしてあんな光を放っているのだろう）

怖いもの見たさとはこの事なのだ。美雁はそっと池の縁へおりていくと、ありあう棒切《ぼうきれ》を拾って、えたいの知れぬ光る物体を足下に引き寄せ、かぶせてあった黒いマントを取りのけた。

と。――その下から現れたのは一個の水死人――ではなかった。なんだ、藁人形《わらにんぎょう》！　しかし何《な》んという気味悪さだろう。その藁人形の胸もとが、まるで鬼火《おにび》のようにチロ〳〵光っているのだ。

「あらまあ！」

美雁はあまりの気味悪さに、ひょいと体を起したが、そのとたん、ザザザザと草を踏む足音が背後《うしろ》に迫って来たかと思うと、ふいにぐさり、背中を一突《ひとつき》抉《えぐ》られた美雁は、

「あれッ！」

とひとこえ、闇を貫く悲鳴と共に、がっくりその場に突伏《つっぷ》してしまった。

迷路の怪人

「はてな、あの声はなんだろう」

暗い丘の上にすっくと立上《たちあが》ったのは、年の頃四十三四の、痩《や》せぎすで眼つきの鋭い紳士だった。黒い洋服に身躾《みだしな》みのいゝネクタイをキチンと締めて、無帽の頭は夜目にもしるく銀色に輝いている。

幽霊屋敷を足下に見下ろす小高い崖《がけ》のうえなのだ。紳士は二三歩崖をおりかけたが、その時、坂の上から急歩調《いそぎあし》に下りて来る黒い人影があった。人影は紳士の姿を認めると、ぎょっとしたように足をとめ、しばらく月明りでこちらを窺《うかが》っていたが、ふいに、

「あ、由利《ゆり》先生ですね」

と、滑るように坂を下りて来た。

「進藤です。進藤俊策《しゅんさく》です」

言いながら由利先生のまえに立ったのは、小肥《こぶと》りに肥った中年の男、夜霧に濡《ぬ》れないためだろう、縕袍《どてら》の上に鼠色《ねずみいろ》の二重廻《にじゅうまわ》しを着て、太いステッキをついている。言わずと知れた珠江の旧友、世界を股

にかけたという進藤俊策なのである。

「先生、あなた今の悲鳴をお聞きじゃありませんか」

「聞きました。たしか幽霊屋敷の中だったようですね」

「あゝ、じゃやっぱり俺の聞き違いじゃなかったのだな。先生、一緒に来て下さい。何か間違いが起ったのかも知れません」

「どうかなすったのですか」

「実は」

と、進藤は早口に美雁たちの話をして、

「これで私は、間違いがあっちゃならんと、あとからそっとついて来たんですよ」

進藤は語りながら滑るように坂を下りていく。由利先生もその後からついていった。

由利先生。――この有名な私立探偵について今更喋々《ちょうちょう》する迄《まで》もあるまい。由利先生も二週間ほど前より、この避暑地に滞在していたが、その間に美雁一家や進藤とも、親しく言葉を交わす間柄になっていたのだ。

二人は間もなく、幽霊屋敷の雑草を掻きわけて迷路の入口まで辿りついた。迷路の中は相変らずまっくらだったが、二人はちっとも躊躇《ちゅうちょ》しない、ずんずん中へ入っていくうちに、ふと向うから慌《あわただ》しい足音が聞えて来たので、

「誰？　美雁さん、鳥羽君かい？」

進藤が声をかけると、その足音はふいにざざざと雑草を鳴らしてもと来た道へと逃げ出した。それと見るより由利先生、進藤の側をすり抜けて、相手に追いすがったかと思うと、

「待て！」

と、一声裂帛《れっぱく》の気合。ざざざと激しく草が鳴ったかと思うと、空気がさっと動いて、どしいんと大地を撼《ゆる》がすような物音だ。

「進藤さん、マッチ、マッチ」

由利先生の声に、進藤がライターを灯《とも》して近づいていくと、由利先生の膝下《しっか》に組敷かれているのは、もじゃもじゃと髯を生やしたいが栗坊主、左頰に大きな疵痕《きずあと》のあるのは、たしかにさっき美雁をおびやかしたあの怪物にちがいなかった。

「あっ！」

由利先生はその男の顔を見ると、思わず腰をうかして、

「御覧なさい、こいつはこの間から新聞を賑《にぎ》わせている脱獄囚の黒沼辰蔵《くろぬまたつぞう》ですぜ」

「畜生《ちくしょう》ッ」

匕首一閃《ひしゅいっせん》、辰蔵がさっと一突き、下から突いてかゝるのを、ひらりとかわした由利先生、相手の利腕《ききうで》とって引起《ひきおこ》すと見るや猛烈な巌石落《がんせきおと》し、いやという程地面に叩きつけたから耐《たま》らない。辰蔵の奴、ぐうともいわず伸びてしまった。

「脱獄囚ですって？」

「そうです。一週間ほど前にK市の刑務所を破って行方をくらました兇暴な殺人鬼です。こんな所に隠れていやがったのですな」

「由利先生、こんな奴が隠れていたとすると、いよいよさっきの悲鳴が気になります。もしや姉妹《きょうだい》の身に間違いでもあったのでは……」

「とにかく奥へ行って見ましょう」

由利先生は帯革をとって素速く辰蔵の両手を縛りあげると、ぐいぐいとそいつを引摺《ひきず》って、迷路の奥へ幾曲《いくまが》り、漸《ようや》く中央の池の縁《ふち》までやって来ると、朧《おぼろ》なる月光の中に、ひしとばかり抱き合っているのは梨枝と慎介だ。

進藤はぎょっとしたように、

「梨枝さん！」

と、その場に立ちすくんでしまう。

「あ、進藤さん、美雁さんが、美雁さんが……」

「美雁さんが？」

「美雁さんが殺されたのです」

「え？」

と、叫んだ進藤は、年甲斐《としがい》もなく、そのまゝへなへなとその場へへたばってしまった。

見ればなるほど、美雁は池の縁にうつ向けに倒れている。由利先生が近づいてみると、白地の浴衣の背中から泡のような血が吹き出して、草叢《くさむら》にじっとりと無気味な血溜《ちだま》りをつくっていた。そしてその血溜りの中に、真紅《まっか》に染まって光っているのは、メスのように鋭い細身の短刀なのである。由利先生は用心ぶかくハンケチでそれを摘《つま》みあげると、

「はてな、誰がこの兇器を背中から抜いたのかしら」

「あゝ、それは梨枝さんが抜いたんだそうです。梨枝さんが駈けつけた時には、そいつがぐさっと突立《つきた》っていたそうで、ねえ、梨枝さん、そうでしたね」

「え？　えゝ、そうよ、そうだわ」

「なるほど」

由利先生は鍔《つば》のない細い刃物が、べっとりと血に濡れているのを見ながら、

「それにしても、浴衣についている血の量が少いですね。美雁さんはこの上に何かもう一枚着ていたのではありませんか」

「さあ」

慎介は小首をかしげながら、

「そういえば美雁さんは、ケープを持っていた筈《はず》ですが、見当りませんね」

ケープと聞いたとたん、梨枝は何故《なぜ》かふいに激しく身顫《みぶる》いをしたが、幸いみんな屍体《したい》の方に気をとられていたので、誰一人それに気附いた者はなかった。

「ケープ？　そうだ、ケープの上からぐさりと突かれたのだ。しかし、そのケープはどこへ行ったのだろう」

探して見たがケープはどこにも見当らぬ。

「おや、あれは何《な》んだろう」

由利先生はふいにつか〳〵と池の縁へおりていった。そして池の中から妖しい燐光《りんこう》を放っている藁人形を引きあげたが、いきなりあっと叫んでうしろにとびのいた。

あっ、何んという事だ。

その妖しい藁人形の胸もとにも、美雁を殺したと寸分ちがわぬ細い兇器が——鍔のない、メスのように鋭い刃物が——ぐさっと一突き簪《かんざし》のように打ちこんであるではないか。

三本目の短刀

幽霊屋敷の殺人事件、迷路の中の藁人形、しかもその藁人形は鬼火のようにチロチロ光っていたというのだから、夏向きの怪談としても、これほどお誂向《あつらえむ》きな道具立てはない。

「やっぱりあの幽霊屋敷には祟《たた》りがあったのね。きっと首を縊って死んだ主人の怨念が、今もあの迷路の中をさまよっているのよ」

「馬鹿な、今時そんな古風な話ってあるものか。犯人は幽霊でも化物《ばけもの》でもない、あの脱獄囚にきまってるさ」

「そうかしら。じゃ池の中に浮んでいた藁人形はどう説明するの。燐のようにチロチロ光っていて、おまけに胸には短刀がさし込んであったというじゃな

いの。それでもやっぱり脱獄囚の仕業《しわざ》なの？」

「それはさ、殺人事件に関係はないんだぜ。ほら、昔からよくいうじゃないか。丑《うし》の時参りっていう奴さ。憎い敵《かたき》を藁人形になぞらえて、五寸釘《ごすんくぎ》を打つ。あれだよ、きっと」

「まあ、その方がよっぽど古風な話だわ」

等々。無聊《ぶりょう》を喞《かこ》っていた折柄《おりから》だけに、狭い避暑地は寄ると触ると、この噂でもちきりなのだ。殊《こと》にあの兇暴な脱獄囚が、迷路の中にかくれていたという事実がわかった時には、町中で顫《ふる》えあがらぬ者はなかったくらい。何しろ前科何十犯という兇悪無慙《きょうあくむざん》な殺人鬼なのだ。現にK市の刑務所を破った時にも、二人の看守を殺傷したという。新聞では連日、この男の写真を掲げて騒ぎ立てゝいたが、そいつが自分たちのつい目の先に隠れていようとは、まさか誰一人考えなかった。人々は今更命拾いをしたように、ほっと胸を撫《な》でおろしたものだ。

ところが当の脱獄囚、黒沼辰蔵だ。報告《しらせ》によって早速K市から出張して来た警部の手で、峻烈《しゅんれつ》な取調べをうけていたが、美雁殺しについては飽迄《あくまで》知らぬ存ぜぬの一点張り。

彼の申立《もうした》てによると、五日あまりもあの迷路の中にかくれていて、折々町へ出て食物を盗んで食ったりしたが、美雁殺しはおろかなこと、あの藁人形についても一向知らぬと言い張るのである。

「旦那、俺《わっし》も男でさ。今更白《しら》を切ったところで少しも罪が軽くなるわけじゃなし、殺《や》ったものならお手数はかけやしません。あっさり申上《もうしあげ》ちまいますが、根っから覚えのねえことなんで、へい」

そういう辰蔵の面《おもて》には、太々《ふてぶて》しい嘲笑《ちょうしょう》の影はうかんでいても、満更嘘《まんざら》を言っているとも思えないのだ。警部はすっかり持てあまして、由利先生の援助を乞いに来た。由利先生は嘗《か》つて、警視庁の捜査課長をしていたことがあるので、警部も十分尊敬を払っていたのだ。

「よろしい。それじゃ私が一応調べて見ましょう」

引き受けた由利先生が、早速訪れたのは狭い警察署の二階の一室なのだ。そこで由利先生は改めて辰蔵と向い合った。

「辰蔵、貴様はあの娘さんを殺したことについちゃ、飽迄、知らぬ存ぜぬと言張《いいは》っているそうだが、全《まった》くそうか」

「へえ、旦那《だんな》のまえですが、こればっかしは全く覚えのねえことなんで」

「よしよし、分った。しかし辰蔵、貴様があの娘さんを殺したのではないにしても、誰が殺したか、貴様知っているだろうな」

「旦那」

それを聞くと辰蔵はふいに真蒼《まっさお》になった。今迄のふてぶてしさはどこへやら、俄《にわ》かに歯をガチガチ鳴らせながら、

「俺《わっし》もそれについちゃ不思議でならねえんです。旦那、ありゃ幽霊の仕業ですぜ」

「馬鹿！」

側できいていた警部がふいに怒鳴りつけた。

「貴様、そんなことで我々を誤魔化《ごまか》す気か」

「まあまあ、一寸《ちょっと》待って下さい。おい黒沼、貴様どうしてそんなことを考えるのだね」

「俺にゃどうも分らねえんです。何んだか夢を見ているような気持ちなんです」

「何が分らないのだね」

「あの娘さんの殺された時のことなんでさ。なんだか、こうぼうとして、畜生、いけねえ。いけねえ」

悪党にも似げなく、ゾッと身顫いをする辰蔵の様子には、何かよほど妙な事情がありそうだった。

「旦那、お願いですから暫《しばら》く俺《わっし》を一人にして考えさせておくんなさい。俺は何んだか狐《きつね》につまゝれたような気がしてならねえんで」

「考えてみれば、その時の様子が思い出せるというのかい」

「へえ、じっくり考えて見ればひょっとすると、呑《のみ》込《こ》めるようにお話が出来るかも知れねえと思うんです」

辰蔵は殆《ほと》んど哀願するような眼で由利先生の顔を見る。その様子には微塵《みじん》も嘘や誤魔化しはなさそうに見えた。こういう悪党に限って、とかく人並以上に迷心ぶかいものであることを知っている由利先生は、辰蔵も何かしら、詰まらないことを誤解しているのであろうと思った。

「どうでしょうな。あゝいうから暫く考えさせてやったらどうでしょう」

「そうですな。あなたがそう仰有《おっしゃ》るならこちらは構いませんが」

警部もすぐ承諾《しょうだく》した。

「黒沼、こちらもあゝ仰有るから、貴様よく考えて、決して詰まらねえ真似《まね》をするんじゃねえぞ」

「へえ、どうも有難《ありがと》うございます」

辰蔵は何んとなく元気のない様子でペコペコとお辞儀をしていたが、後から考えるとこれが大きな間違いのもとだったのである。

何故といって、由利先生と警部の二人が、ピッタリと扉《ドア》に錠をおろして引きあげてから、ものゝ三分も経《た》たぬうちに、ふいに部屋のなかから、恐ろしい悲鳴が聞えて来たのだ。

「や、あれはなんだ」

と、あわてゝもとの部屋へとって返した由利先生と警部の二人が、扉《ドア》をひらいてとびこむと、辰蔵は窓をひらいて片脚かけ、今にも外へ飛び出しそうな恰好《かっこう》をしているではないか。それと見るより警部が、

「こん畜生、ひどい野郎だ」

いきなり背後からとびかゝろうとするのを、何を思ったのか由利先生。

「待ちたまえ」

と、片手で軽く制すると、

「少し妙ですよ。おい、辰蔵どうしたのだ」

声をかけたが辰蔵は身動きもしない。相変らず窓に片脚かけたまゝ、人形のようにじっと向うを向いているのである。由利先生の眼に、ふいにさっと狼狽《ろう》狽《ばい》の表情《いろ》がうかんだ。

つかつかと側へよって、

「辰蔵、おい、辰蔵どうした！」

肩に手をかけ、軽くゆすぶったとたん、辰蔵の体はまるで雪達磨《ゆきだるま》がとろけるように、ぐにゃりと床のうえに転がった。

「わっ！」

警部が叫んでうしろにとびのいたのも無理ではない。

くわっと眼をいからし、歯を食いしばった脱獄囚の胸には、ぐさりと一本、例の奇妙な短刀が、まるで銀簪《ぎんかんざし》でもうち込んだように、のぶかく突立って、ブルブルと顫えているのだ。むろん辰蔵の呼吸《いき》はすでになかった。

ケープの秘密

由利先生は後にも前《さき》にも、こんな大失態を演じたことは初めてだった。

ほんの僅《わず》かな油断から、肝腎《かんじん》な生証人《いき》を殺されてしまったのだ。しかし、いったいどうしてこんなことが起ったのだろう。犯人はいったい、どこからやって来て、いったいどこへ逃げていったのだろう。

窓はむろん、それほど高くないから、下から登って来ようと思えば、のぼれないことはない。しかし、どんなに大胆な犯人といえども、まさか昼日中《ひるひなか》、警察の窓へよじ登ろうとは思えない。現にその窓の下には、一階の窓があって、その部屋の中では小使いが二人無駄話をしていたのだが、誰も怪しい者の姿を見たものはないという。

幽霊の殺人。——結局、そんな風にしか思えない。しかし、幽霊が人を殺すのに、短刀などを用いるだろうか。馬鹿な。そんな馬鹿々々しい話ってある筈《はず》がない。

何かこれには恐ろしいトリックがあるのだ。そしてこのトリックが解ければ、迷路の殺人の謎《なぞ》も解けるのだ。辰蔵はそれを幽霊の仕業だったといった。して見れば、何かよほど異常な、あの兇悪無慙な脱獄囚をさえ、畏怖《いふ》せしめるような不可思議なことが起ったのにちがいない。

由利先生は考えた。あらゆる可能性を頭に描いてみた。中学生が難しい代数の問題を解くように、頭の中でいろんな式を書いたり消したりしていたが、そのうちに突然はっとしたように椅子からとび上った。

「そうだ、そうだ。それにちがいない。それでこそ、あの藁人形の謎も解けるのだ。しかし、あゝ、何んという恐ろしい奴だろう」

叫んだかと思うと、由利先生は帽子もかぶらずに宿からとび出していった。

一体由利先生は何を考えついたのだろう。

それを説くまえに、私は筆を転じて、その夜起った次《つ》ぎのような場面をお話しなければならぬ。

一昨夜、恐ろしい殺人事件が起ったばかりの、あの迷路の中へ、又もや今宵《こよい》、忍びやかに入っていく一人の女があった。

梨枝なのだ。

梨枝はいくどかためらい、立止まり、あたりの様子を窺《うかが》いつゝ、雑草を掻きわけてまっくらな迷路の奥へ忍んでいく。彼女の顔は幽霊のように真蒼だった。額《ひたい》にはいっぱいの汗がうかんで、眼の中には容易ならぬ決心の表情《いろ》がうかんでいる。

梨枝は漸く迷路の中央まで来た。そこには相変らず、どろんと濁った池の水が、無気味な迄に静かな暗さをたゝえているのだ。

梨枝はふとかすかな身顫いをした。それから素速くあたりの様子を窺うと、つかつかとその池の縁へ降りていって、出っ張った大きな石に手をかけた。石は少しずつ動いていく。やがて土から五寸《すん》程も盛りあがった時、梨枝はその下に手を入れて、ズルズルと何やら引き出した。

と、その時である。ふいに傍《かたわら》の闇からとび出して、いきなり彼女にしがみついた者があった。

「あ、お母様！」

折からの月明りで、相手の顔を眺めた梨枝は、殆《ほと》んどのけぞらんばかりに驚いた。

「お母様、あなたどうしてこんな所へ」

「梨枝さん、おまえこそこんなところで何をしているのです、わたしはおまえの素振《そぶ》りがあまり妙だから、そっと後をつけて来たのです。さあ、いまお前が石の下から取り出したものをこちらへお出し」

言葉は静かだったけれど、珠江の顔は殺気立って、藍《あい》のように蒼《あお》かった。

「いゝえお母様、これぱかりはいけません」

「どうしていけないの。何故母さんに見せられないの。あゝ分った。美雁を殺した証拠の品なんだね。梨枝さん！」

珠江の顔にさっと血の気がのぼったかと思うと、いきなり彼女は梨枝をその場に捩伏《ねじふ》せた。

「おまえは何んという恐ろしい娘《こ》だろう。なんの怨《うら》みがあっておまえは美雁を殺したの。あんなに姉思いで、始終おまえをかばい立てしていたあの可愛い美雁を、おまえはなんの怨みでお殺しだ。あゝ、おまえは鬼だ、夜叉《やしゃ》だ。えゝ、畜生だ。さあ、あの娘を返しておくれ。あの可愛い美雁をもー度生かしておくれ」

言いつゝ梨枝の髪をつかんで、ぐいぐいと土の上に押しつける。

「あれ、お母様、堪忍《かんにん》して」

「なに、堪忍してくれ？　あゝ、そういうからには、やっぱり美雁を殺したのはおまえだったのだね。えゝもう、この娘は、どうしてくれよう、どうしてくれよう」

愛娘《まなむすめ》を失った母の心は、悲歎のあまり狂乱してしまったのだ。日頃の上品な面影《おもかげ》は悪鬼の形相《ぎょうそう》とうち変り、たおやかな体からは、憤りと怨みが火となって噴出《ふきだ》している。

「いゝえ、いゝえ、お母様、あたし決してそんな恐ろしいことを」

「した覚えはないというの。じゃなんだって今頃、こんな場所へ忍んで来たの。いゝえ、そうは言わさないよ。鳥羽さんの話によると、美雁が殺された時、お前が側で短刀を持って、ぼんやり突立《つった》っていたというじゃないか。さあ、何んだって美雁をお殺しだ。あの娘をも一度返しておくれ」

「お母様、お母様」

土のうえに捻伏《ねじふ》せられた梨枝の唇《くちびる》は破れ、そこからたらたらと血が流れた。梨枝は必死となってもがきながら、

「お母様、それは、それは、恐ろしい誤解です。お母様こそあたしを——お母様こそあたしを……」

言いつゝ梨枝はわっと泣き伏した。

「え？　母さんがおまえをどうしたというの。このあたしがお前にいったい何をしたというの」

「お母さま、堪忍して。あたし恐ろしい考えちがいをしていたのですわ。お母さまがあたしを殺そうとして、間違って美雁さんを殺したのだとばっかり」

「まあ、おまえ」

この意外な梨枝の言葉に、さすがの珠江もびっくりして髪をつかんでいた手を離した。

「お母さま、堪忍して。あたしお母さまをお疑いしていたのをすまないと思いますわ。でも、でも、あたしが美雁さんを殺したなんて、そんな恐ろしいこと。お母さま、どうぞ、これを御覧になって」

梨枝は土のうえに起き直ると、いままで膝の下に敷いていたものを取り出して母に見せた。それは今、彼女があの石の下から取り出したものにちがいなかった。

「まあ、おまえ、これはおまえのケープじゃないか」

「えゝ、そうなんです。でも、そのケープをよく御覧になって」

言われて珠江はそのケープをひらいて見て、思わずぎょっとした。そのケープのひとゝころに、プツリと孔があいていて、しかもそこにいっぱい血がこびりついている。しかし、珠江が驚いたのは、その

ことではないのだ。その孔の周囲が、これはいったいどうしたというのだろう、ボーッと鬼火のように光を放っているのである。

「お母さま、美雁さんが殺された時、そのケープを着ていたのです。そして、短刀はその光のまん中にプッツリと突立っていたんですわ」

「それが――それがいったいどうしたというの」

「お母様、家を出る時、そのケープをあたしに渡して下すったのはあなたでしたわね。あたしそのケープを何んの気もつかずに美雁さんに貸しましたの。ところがそのケープを着たまゝ美雁さんが殺されているのを見たとき、すぐ考えたのは、これはあたしと間違えられて殺されたのだ。そのケープの真中《まんなか》についている光は、この暗闇の中で、間違わないためにつけた目印なのだ。そう考えたものですから、あたし、あたし、お母様をお疑いして。……」

「まあ！」

この意外な告白に珠江もあいた口がふさがらなかった。だが、これは彼女にとって悪いことではなかったのだ。何故といって、こうして話をしているうちに、しだいに彼女の気持ちは落着いて来たし、そうすると彼女は、今迄いちずに梨枝を犯人だと思いこんでいた、自分のはしたなさが顧《かえりみ》られて来たからである。

「それでおまえどうしたの」

「お母さま、どうぞお怒りにならないで。いゝえ。どんなに怒られてもあたし仕方がありませんわ。お母さまをお疑いするなんて、それこそあたし、鬼のような悪い女でしたわ。このケープについている光はあたしの目印なのだ。そしてお母さまは先廻りをして、この迷路の中にかくれていて、あたしと間違えて美雁さんを殺したのだ。そう考えたものですから、あたし短刀を抜いてこのケープを隠してしまいましたの」

「どうして、どうして梨枝さんはそんなことをしたの」

「だって、そのまゝにしておけば、お母さまに疑いがかゝるだろうと思ったものですから」

「まあ、おまえ」

ふいに珠江は激しく体をふるわせた。大きく見張った眼から、大粒の涙がポロポロと落ちて来た。

「梨枝さん、おまえは、おまえは――」

「お母さま、すみません、堪忍して」

「いゝえ、いゝえ、あたしこそ。あたしこそ悪かったのですわ」

珠江はわっとその場に泣き伏した。

恐ろしき実演

「いや、有難う、これで何もかも分りました。梨枝さん、よく本当のことを話してくれましたね」

そういう声に、梨枝と珠江がはっとして顔をあげると、いつの間にやら、由利先生と鳥羽慎介が立っている。

慎介は静かに梨枝の側へ寄ると、泣き崩れている彼女の体をそっと抱き起してやった。

「何も心配することはないのですよ。何もかもすぐよくなります。由利先生が万事心得ていらっしゃるのです」

慎介は静かに梨枝の涙をふいてやった。

「奥さん、それからお嬢さん」

由利先生は泥まみれになったケープを拾いあげると、静かにその土を払いながら、

「私の探していたのはこのケープなのです。そして、このケープの上にこのような光がついているだろうことは、ちゃんと私にも分っていたのです。さあ、見ていらっしゃい。今に面白い芝居がはじまりますよ」

由利先生がそういった時である。静かに迷路の草を踏む音が聞えて、やがてひょっこりと、現れたのはほかでもない進藤俊策。

進藤は一同の顔を見ると、ぎょっとしたように立止ったが、やがて作ったような微笑をうかべて、

「やあ、これは皆さん、お揃《そろ》いですな。由利先生、お招きにあずかって、早速参上いたしましたが、いったいこゝで何が始まろうというのですか」

「いや、ちょっとした芝居をはじめようと思いましてね。御足労を煩《わずら》わして恐縮でした。では、早速始めましょうか」

由利先生はそういうと、きっと唇をかみしめ、あたりを見廻わしていたが、

「進藤さん、あなたステッキをどうしました」

「ステッキ？」

進藤はびっくりしたように、

「ステッキがどうかしたのですか」

「いや、何んでもないのです。あのステッキはいつも影の形に添うように、あなたには附き物でしたからね、ステッキを持っていらっしゃらないあなたを見ると、何かしら物足りない気がしたのです」

「はゝゝゝ」

進藤は面白そうに笑ったが、その笑い声には何かしら毒々しい響きがあった。

「私だって、たまにゃステッキを持たずに歩くこともありますよ。宿へおいて来たのですよ」

「あゝ、そうですか」

由利先生はケロリとして、そんな事は忘れてしまったかのように急《いそ》がしく一同の側を離れると、やがて木蔭《こかげ》から例の藁人形をかゝえて来た。その藁人形の胸は、例によってぼんやりと妖しげな光を放っている。

「さあ、皆さん、今かりにこの藁人形を美雁さんだとして、もう一度、あの時の事件を復習して見ましょう。梨枝さん」

「はい」

「あの晩、美雁さんが倒れていたのはたしかにこの辺でしたね」

「えゝ、そうでした」

「よろしい、じゃこゝへこの藁人形を立てゝおきましょう。ところで美雁さんが殺された時には、あの人の周囲には誰一人いなかった。いやいや、あの脱獄囚の黒沼という男が、すぐその背後《うしろ》にいたのですが、あいつは犯人じゃないのです。とすれば、あいつは当然犯人の姿を見なければならなかった筈ですが、あいつは誰も見なかった。あいつが美雁さんの背後から駆け寄ろうとすると、突然、美雁さんは倒れてしまったのです。さてこそ、あの男はてっきり幽霊の仕業だなんて、怖気《おじけ》づいてしまったのですが、なァに、こりゃ幽霊でもなんでもない。この事件の場合には、犯人は被害者のそばにいる必要はなかったのです。さあ、皆さん、少しうしろへ退《の》いていて下さい。今その時の様子をもう一度演じて見ましょう」

由利先生は一同を藁人形から五六間《けん》離れたところに追いやった。

「よく見て下さい。この藁人形の胸には今何も刺さってはいませんね」

「はい」

慎介と梨枝が答えた。

由利先生はそれを聞くと、まるで奇術師のようににっこり微笑《わら》うと、やがてポケットから懐中電灯を取り出して、それを大きく宙に打ち振った。

と、その時である。何やらきらりと闇の中に閃《ひら》めいたものがあったかと思うと、バサリ、音を立てゝ藁人形が倒れたのである。

「あ！」

一同が驚いて側へ駆けつけて見ると、これはどうしたというのだ。藁人形の胸にはぐさりと例の短刀が突立っているではないか。

「まあ！」

梨枝は思わず犇《ひし》とばかりに慎介の胸にすがりつく。と、この時、ふいに背後に当って、どーんと大地を撼《ゆる》がすような音が聞えたかと思うと、

「鳥羽君、危い、ピストルを、ピストルを――」

由利先生の声なのだ。

はっとして振りかえると、今しも雑草のうえを由利先生と進藤の二人が、組んずほぐれつ転げ廻っている。進藤の手にはギラギラと光るピストルが握られていた。

「あ」

急いで側へ駆け寄った慎介、いきなり靴《くつ》の先でいやという程進藤の拳《こぶし》を蹴《け》ったから耐らない。ピストルは宙をとんで、ドボンと池の中へ落ちてしまった。

「畜生！」

ふいに恐ろしい力で由利先生をはねのけた進藤俊策、

「おい、由利麟太郎《りんたろう》、このお礼はいずれきっとするぜ。それから珠江さん、これもみんなおまえを想えばこそしたことだ。間違って美雁さんを殺したとて、あんまり怨んでくれるなよ」

いったかと思うと、飛鳥《ひちょう》の如《ごと》く身をひるがえして、一散に迷路の闇へかけ込んでいく。

「待て！」

血気に逸《はや》る慎介が、後を追おうとするのを、軽くうしろから抱きとめた由利先生、

「大丈夫です。逃げようたって逃げられやしません。表には警官がいっぱい張りこんでいるのですから」

「あゝ！」

今迄呆然《ぼうぜん》としていた珠江がふいによろよろとうしろへよろめいた。

「それじゃ進藤さんが――あの、進藤さんが――」

「そうですよ、奥さん、今御覧になったように、あの短刀は迷路の外からとんで来たのですよ。奥さんはいつも進藤が肌身離さず持っていたステッキを御存じでしょう。あれは本当はステッキでなくて銃なのです。それも普通の銃ではなくて、吹矢のように短刀をぶっ放す銃なのですよ。進藤はあの丘の上から、ケープについた光を的にそいつをぶっ放したのです」

「まあ！」

珠江はあまりの恐ろしさに、思わずよろよろとするのを、梨枝が素速くそばへ寄って抱きとめてやった。

「あいつは世界を股にかけて歩いているうちに、あんな銃をどこかゝら手に入れたんですね。それで梨枝さんたちがこの迷路を探検するという話をきいた時、それで殺《や》っつけようと思ったのですが、何しろ闇夜のことだし、うまく当るかどうか自信がなかったものだから、前の晩、藁人形に燐を塗って、それで試して見たんですよ。ところがそいつがうまく行ったものだから、翌晩、梨枝さんのケープに燐を塗っておいてそいつを的にしたのです。しかしその短剣が外からとんで来たということが分れば、自分の身が危くなるものだから、同じような手段で、警察の二階にいた黒沼を、窓の外から射ち殺したのですよ」

「しかし、何んの怨みがあってあの人は美雁を――美雁を殺したのでしょう」

「奥さん」

由利先生はきっと珠江の顔を凝視すると、

「あなたは今、進藤が言った言葉をお聞きでしょう。進藤は梨枝さんと間違えて美雁さんを殺したのです。奥さん、私は今更奥さんを責めようとは思いません。しかしあなたはいつも、梨枝さんを殺そうとは思わない迄も、いなくなってくれゝばいゝと思っていたでしょう。思い内にあれば色外に現わる。あなたに懸想《けそう》していた進藤は、それを察して、あなたの歓心を買うために、梨枝さんを殺そうとはかったのですよ」

「あゝ、恐ろしい、天罰です、天罰です」

珠江はふいに両の顳顬《こめかみ》をおさえてその場に突伏すと、

「梨枝さん、許しておくれ。美雁さん、許しておくれ。あたしが馬鹿だったのです」

「お母さま、もういゝの、お母さま」

慎介がそっと梨枝の肩に手をかけた。

「梨枝さん、お母さまにお願いしておくれ。僕たちが近く持つことになっている新らしい家庭へ、お母さまも来て下さるようにって。それがいつも私たちのために計っていてくれた美雁さんのために、何よりの供養《くよう》なのだから」

「勿体《もったい》ない、梨枝さん、慎介さん」

珠江はそれを聞くと、いよいよ声を立てゝ泣き出したのである。


進藤はついに警官の手につかまらなかった。彼は警官に追われ追われて、高い崖のうえから海にとびこんで死んだが、波間に漂う彼の死体が、夜光虫に包まれて、きらきらと光っているのが、丁度、あの池の中の藁人形にも似て、これも何かの因縁であろうと、人々はずっと後まで語り合ったということである。

付録

夜光虫

（未発表版）

魔犬《まのいぬ》

よくあることである。

はじめは極《ご》く詰《つま》らない出来事のように見えていた事件が、後になって考えると、実に、素晴らしい大事件の発端であった。というようなことがこの世にはよくある。

穏《おだや》かに凪《な》いだ水平線のはるか彼方《かなた》に、ポッツリと現れた一点の黒雲、——はじめは誰も、気にも止めなかったその黒雲が、みるみるうちに空一杯にひろがって、風を呼び、波を捲《ま》いて、目もあてられない大暴風雨になる。——それに似たようなことが、世間には珍らしくない。

しかし、こんな際にも、それがよく熟練した観察者だったら、その一点の黒雲の中に、台風の卵を発見することは、さして難事ではなかった筈《はず》だ。

新報知社《しんぽうち》でも腕利《うでき》きといわれる、敏腕記者の三津《みつ》木俊助《ぎしゅんすけ》が、あの夜、上野の杜《もり》のなかで経験した事件というのがちょうどそれだった。

まるで夢のようにとりとめもない、人に話せばおそらく、一笑に付されてしまいそうな、そういう得体の知れぬ出来事だったが、俊助はその時からして、すでに一種無気味な予感に脅《おび》えていたのだ。

寒い晩だった。人気《ひとけ》のない、まっくらな上野の杜を、谷中《やなか》からうぐいす谷のほうへ抜けようとして、俊助は一心に足を急がせていた。

時刻は十二時少しまえだったろう。

空には一面に、寒そうな星がチカチカと光っていたが、広い上野の杜の中には、どうかすると、鼻をつままれても分らぬような、まっくらな一画《いっかく》がある。

俊助は別に、そういう暗さに恐れを抱いたわけではないが、筑波颪《つくばおろし》の冷さが、ぞっとばかりに身にしみるのだ。思わずぶるると首をすくめながら、足を早めて美術館の横を抜け、お霊屋《たまや》のほうへ歩いていくと、その時ふいに、うわーッというような物凄《ものすご》い獣の咆哮《ほうこう》がきこえた。

それが些《いささ》か、普通の獣の声とはちがっているのである。ゴーッと渦巻く風の中に、威嚇《いかく》するように長く長く尾を曳《ひ》いて、その瞬間、上野の山《やま》じゅう、シーンと息をひそめたように思えたから、俊助も思わず、おやとばかりに歩調をゆるめた。

「はてな、動物園にしては、少し方角がちがうようだが」

と、何気なく向うを見ると、はるか彼方の樹立《こだち》を縫《ぬ》うて、流星のようにこちらへ飛んで来る光物《ひかりもの》がみえる。距離があるのでよくはわからないが、闇の中にボーッと燐光《りんこう》をまたたかせながら、うねるようにして飛んで来るそのありさまが、とても尋常《じんじょう》とは思えないのだ。

俊助は思わず、ぎょっと身構えたが、そのとたん、闇をつんざいて聴えてきたのは、恐怖におののく女の悲鳴だ。

見ると、今しもお霊屋の杜陰《かげ》からとびだした黒い人影が、こけつ転《まろ》びつ、命からがら逃げて来る。そのうしろから、物凄い唸《うな》りをあげて追って来るのは、例の怪しい光物《ひかりもの》。

犬だ。子牛ほどもあろうかという、とほうもなく巨《おお》きな犬なのだ。耳がピンと立って、尾がきりりと巻いて、そいつが逞《たくま》しい四肢で、土を蹴《け》って飛んで来る物凄さ。

しかし、その犬のほんとうの恐ろしさは、そんなところにあるのではない。世にも恐ろしい、不可思議なことがそこにあるのだ。

その犬は全身から、鬼火《おにび》のような燐光をあげているのである。くわっと開いた口からは、紅蓮《ぐれん》の焔《ほのお》が渦をまき、青白い燐光で隈取《くまど》られた、その形相《ぎょうそう》の兇悪さ。——ああ、このように恐ろしい魔獣が世界に二つとあるだろうか。

さすがの俊助も、思わず手に汗を握ったが、その時、こちらへ駆けて来る女が、ふいに両手をあげてバッタリと倒れた。南無三《なむさん》！　俊助が駆けだすと、幸い怪我《けが》はなかったらしく、ふたたび起き上った女は、しどろもどろの足許《あしもと》で、こちらの方へ逃げてくる。間もなく二人は闇のなかでぶつかった。

「助けて、助けて」

と、夢中になって俊助の胸に縋《すが》りついた女、

「あ、あそこへ来ました。あなた、あなた」

と、まるで気が狂ったようである。

無理もない、俊助でさえ、全身の血がシーンと凍るような気がしたくらいだもの。

しかし、さすがは俊助、すぐ気を取り直すと、女のからだを抱くように、ちかくの樹蔭《こかげ》へ逃げこんだが、みるとちょうど幸い、手のとどきそうなところに、一本の枝が出ている。それにとびついた俊助は、尻あがりの要領で、くるりと樹上にまたがると、手を出して、

「さあ、この手につかまりなさい。早く早く」

——女は言下にとびついた。

ゴーッと山海浪《やまつなみ》のような音をたてた魔の犬が、青白い旋風を巻いて、まっしぐらに走りすぎたのは実にその瞬間だった。さすがの怪獣も、樹の上までは眼がとどかなんだと見える。物凄い咆哮をあげながら走りすぎたあとには、ひらひらと金色の虹《にじ》が尾を曳《ひ》いて、間もなくその姿は、向うの杜陰に隠れた。

その間、実に数分間。

しかし俊助にとっては、一時間も二時間も経《た》ったような気がした。

「恐ろしい奴ですね」

と、やっと正気にかえった俊助が、かたわらを見ると、女は俊助の胸にもたれたまま、ぐったりと首をうなだれている。恐怖のあまり気をうしなったらしいのだ。若い女の体臭が、ぷーんと俊助の鼻をついて、これには彼も弱った。しかし、幸い婦人は、それほど長く俊助を困らせはしなかったのである。

間もなくパッチリと眼をひらくと、

「あらまあ、あたしどうしましょう」

と、あわてて俊助の胸をはなれたが、すぐまた脅えたような眼をして、

「ああ、あれはどうしまして？　あの恐ろしい犬は……」

「大丈夫、どこかへ行っちまいましたよ」

「まあ、そうですか」

ほっと溜息をついた女は、急に恥かしさがこみあげて来たらしく、からだを固くして後退《あとじさ》りをしながら、

「まあ、どうしましょう。とんだ御迷惑をおかけし

てしまって。……」

「なに、そんなことはありません。それより早くここから下りようじゃありませんか」

俊助はかるがると女の体を地上におろすと、自分もつづいてとび下りた。

「どちらのほうへおいでになります。ついでに安全な場所までお送りしましょう」

「ええ、有難《ありがと》うございます。では、自動車の拾えるところまでお送り願えれば。……」

「そうですか。じゃ、うぐいす谷はどうです。僕はそちらへ行くのですが」

「結構ですわ」

二人は寄り添うようにして歩き出した。

「それにしても、どこからあんな奴が飛びだして来たのですか」

「あたしにもよく分りませんの。お霊屋の杜を抜けようとすると、うしろで妙な声がするんでしょう。振り向いてみるとあいつなんです。それから後はまるで夢中でしたわ」

「さぞ怖かったでしょう。僕もはじめは驚きましたが、考えてみると、あれは誰かの悪戯《いたずら》でしょうね。夜光の犬なんている筈がありませんからね。多分、からだに燐でも塗りつけてあるのでしょう。外国の探偵小説にやはり犬に燐を塗って、人を脅《おど》かすというのがありますが、おおかた、そいつを真似《まね》たのでしょう」

「でも、どうしてそんなことするんでしょう」

「さあ、それは、犬の主人にでも聞いてみなければ分りませんが、人騒がせをして喜ぶ、性質《たち》の悪いいたずらじゃありませんか」

「そうでしょうか。ただそれだけの事でしょうか」

女はなんとなく腑《ふ》におちぬように呟《つぶや》いていたが、急にゾッとしたように身をすくめると、

「どちらにしても恐ろしい犬ですこと！」

間もなく二人は闇の社を抜けて、明るい通《とおり》へ出て来た。

さっきからそれとなく感じていたことだが、こうして明るみでみると、俊助は今更のように女の美しさに眼をみはった。地味な粧《よそお》いの底に、高雅な教養を包んだ、いかにも大人《おとな》らしく落着いた、澄んだ美しさだった。

「有難うございました」

婦人は通りがかりの自動車を呼びとめると、改めて俊助のほうへ向き直って、

「お名前をきかせて下さいましな。いずれ、お礼に訪《うかが》わねばなりませんから」

「いや、お礼など、とんでもない」

「いえ、そうではございませんわ。ほんとに恐ろしいところでしたもの」

「そうですか。では怪しい者ではないという証拠に名刺をさしあげておきますが、お礼など、決してそんな御心配はなさらないように」

と、俊助がさしだした社名入りの名刺を、自動車の室内電灯《ルーム・ライト》のひかりで読んだ婦人は、なにを思ったのか頓狂《とんきょう》な声をあげると、

「おやまあ、これは失礼しました。あたし降旗美紗子《ふりはたみさこ》ですの。御存じでしょう、降旗男爵の妹でございますのよ」

降旗男爵一家

俊助はその夜以来、なんとなく美紗子のことが忘れかねた。そのうちにお礼にあがりますといった彼女の言葉をあてにして、毎日心待ちにしている自分に気がついた。

降旗男爵というのは、俊助が勤めている新報知社の社主なのである。したがって俊助もかなり詳《くわし》くその内情を知っていた。

降旗家はもと御国筋の大名に仕えていた、極く身分の軽い侍だったが、先々代の伍介というのが維新《いしん》前後に東京へ出て来て、生糸《きいと》商売をはじめたのが、とんとん拍子に当って、それからしだいに大きくなり、ついには実業界一方の雄と称せられるまでに、巨万の財を積んだ。その伍介翁《おう》の死後、家業は二代目の新兵衛氏によって継承されたが、これがまた、初代に輪をかけたような傑物で、益々《ますます》財を殖したばかりか、晩年には爵位まで授けられようという出世振り。

しかし、その新兵衛氏も十年ほど前になくなって、今では長男の欣一氏があとをついでいるが、この人は父や祖父に似ぬ変人で、いわゆる唐様《からよう》で書く三代目というほどではないにしても、業務に対してあまり多くの興味を持っていないらしい。

そのほうは専《もっぱ》ら、令弟の哲二郎氏にまかせきった態《かたち》で、自分は鎌倉に居を構え、猟に凝《こ》ったり、スポ

ーツの後援をしたり、言わば金持ちのお坊っちゃんにありがちな、一種のジレッタントだった。性質なども気難しく出来ているとみえて、やがて四十に手がとどこうというのに、まだ独身で暮している。

美紗子はこの欣一、哲二郎兄弟の次《つ》ぎの妹で、その下にもう一人、珠実《たまみ》という美しい令嬢があるという話である。

俊助は別に調べたというわけではないが、だいたい、以上のようなことを知っていた。

彼はこうして、降旗家に対する関心をたかめる一方、例の怪しい犬についても、ひそかに調査の手をのばす事は忘れなかったが、そのほうはとんと、雲をつかむような頼りなさなのである。

不思議なことに、あの恐ろしい魔の犬を目撃したのは、俊助と美紗子のふたりきりだったと見えて、その後、どこからも魔犬騒ぎの評判など、伝わって来るふうは見えないのだ。

その静けさが俊助にはいっそ気味悪かった。

あの後、彼はしばしば青白い燐光に包まれた妖犬の幻を見ることがある。音もなく燃えあがる燐光に隈取られた、あの兇悪な魔犬の形相を思いだす度に、ゾッとして、何か恐ろしい出来事が突発するのではないかと、漠然《ばくぜん》とした不安を感ずるのだったが、果して、彼の予感は間違ってはいなかったのだ。

雉《きじ》が地震を予知するように、俊助の鋭い本能は、その時すでに、あの一大犯罪の血の匂いを嗅《か》いでいたのである。ああ、それからいくばくもなくして、再び彼が魔の犬に見参した時の、どんなに恐ろしかったことか。

だが、それはずっと後のお話。

ある日、新聞社にいる俊助のもとへ、女の声で電話がかかって来た。出てみると美紗子なのである。彼女はひと通り、この間のお礼をのべたのち、

「あたし今、日比谷のSホテルのグリルにいるんですけれど、あなたここまで来て下さいません。御懇意でもないあなたに、こんなこと言って失礼なんですけど、どうぞ、どうぞ、……美紗子の一生のお願いです」

その調子がなんとなく変っていたので、俊助はすぐ承知して社をとび出した。

なにかある！　という鋭い直感が猟犬のように彼を駆りたてるのだ。

Ｓホテルの地下グリル。カーテンで包まれたその小房へ、俊助が急ぎあしで入ってゆくと、美紗子は今や、制《おさ》えきれぬ焦燥《しょうそう》で、唇《くちびる》まで蒼褪《あおぎ》めているようであった。

「ああ、とうとう来て下すった」とび立つように迎えた美紗子は、頼もしそうに眼をうるませて、「こんなところへお呼び立てして、さぞ礼儀を知らない奴だとお思いでしょう」

「いや、そんなこと。……それより用件とおっしゃるのはなんですか」

美紗子はふいに思いあまった風情で、

「三津木さん、あたしたちを救って下さいまし。あたしたち、降旗一家の者はいまにみんな殺されてしまいますわ！」

とそういうと、手袋をはいたままの手で、いきなり俊助の腕をぎゅっと摑《つか》んだのである。

これには俊助も驚いた。いや驚くというより呆《あき》れてしまった。話があまり唐突《だしぬけ》なのだ。ちょっとの間彼は、この美しい令嬢は気が狂っているのではないかと、そんな失礼な憶測をさえ下したくらいだった。

「いったい、どうしたというのです。僕にはさっぱりわかりませんが。……」

「まあ、あたしとしたことが。……」

美紗子はぽっと頰《ほお》を紅《あか》らめ、

「いきなり、こんなことを申上《もうしあ》げてさぞ妙な女だとお思いになったでしょう。実はあたし、あなたのことを他からききましたの。あなたと、もう一人のお方、由利《ゆり》先生という方が、共同で解決された数々の事件、それを承《うけたまわ》って、いまあたし達一家のうえに振りかかっているこの災難から、あたしたちを救ってくれることの出来るのは、あなたより他にないと考えたのです。それで、兄ともよく相談して、実は今日は兄の使者としてお願いに参ったのですよ」

「お兄さまとおっしゃると？」

「鎌倉のほうにいる、一番上の兄ですわ」

「ああ、男爵ですね。しかし、それはどういうことなのですか。降旗家の者がみんな殺されるなんて、そんな馬鹿なこと。……」

「ええ、そうお思いになるのも無理ではございませんわ。あたしにだってよくわかってはいないのですもの。わかっているのは、片耳の男に気をつけろ、と、ただそれだけの言葉なんですの」

「片耳の男?」

俊助は思わず訊返《ききかえ》した。どうもこの令嬢の言葉はときどき、ひょいひょいと飛躍するので困る。

「ええ、それが降旗家に仇《あだ》をする人物なんですって。でもそれがどういう人間で、なんの為にあたし達を憎んでいるのか存じません。兄はよく知っているようですけれど。……」

「妙ですな」

「ええ、それは妙なんです。でもあたしにははっきりと分っています。何かしら恐ろしい出来事がいま、あたし達のうえに落ちて来ようとしている。それはもう、譬《たと》えようもないほどの恐ろしい出来事が。……ちょうど母親の乳房をはなれた赤ん坊が、ものに脅《おび》えて泣くように、あたしは時々、ハッキリそれを感ずるのです。目に見えぬ真黒《まっくろ》な手——避けようとして避ける事の出来ない魔の手が……ああ!」

美紗子はとつぜん蒼白《そうはく》の顔をひきつらせ、熱病に取憑《とりつ》かれたように劇《はげ》しく身顫《みぶる》いした。

「あの魔の犬も、恐ろしい陰謀の一部分なんです。あたし達の敵は、いつもああしてあたし達を監視しています。三津木さん、あなた、あたし達を救って下さるわね。これからあたしと一緒に鎌倉までいって下さるわね」

美紗子はうっすらと涙を湛《たた》えた眼で、哀願するように俊助の顔を振り仰《あお》ぐ。その眼の中には、拒むことの出来ない強い誘引力があった。

「あなたも御存じでしょう。明日は兄が恒例としている、仮装舞踏会があるのですが、その席で何か起りはしないかと、兄はたいへん気に病んでいるのです。ですから、今日あなたが行って下されば兄はどんなに安心することでしょう」

降旗男爵の仮装舞踏会は、社交界でも有名だから、むろん俊助もよく知っていた。

「そうですか。それじゃお供しましょうか」

と、俊助がいうと、美紗子は飛立《とびだ》つばかりに喜んで、

「まあ、うれしいわ。それじゃ表に自動車が待たせてありますからそれで行きましょう」

そう話がきまった二人は勘定をすますと、大急ぎで表へとび出したが、後になって考えると、この時彼等《ら》はもう少し注意をすべきだったのだ。

というのは、ふたりが出ていく、その後から、追

っかけるようにしてグリルを出た紳士が、これまた待たせてあった自動車にとび乗ると、二人の後を追いはじめたからである。

もじゃもじゃと顔中に髯《ひげ》を生やした胡麻塩《ごましお》あたま、それに人眼を避けるような青眼鏡が妙に気になる。ひょっとするとこの人は変装しているのではあるまいか。

それはさておき、坦々《たんたん》たる京浜《けいひん》国道を西へ走る二台の自動車が、間もなく六郷《ろくごう》の鉄橋にかかろうという頃である。今までじっと前方の自動車を睨《にら》んでいた件の紳士が、何やら運転手に合図をしたかと思うと、その自動車は急にスピードを増し、どしんとばかり前の自動車に追突したから耐《たま》らない。あっという間もなかった。俊助たちを乗せた自動車は、煽《あお》りをくらって路傍《ろぼう》の電柱にぶつかったのである。

「や、これはどうも、とんだ粗忽《そこつ》を。……」

急停車をした自動車から飛下《とびお》りて来た件の紳士、壊れかかった自動車から這《は》い出す俊助に、ペコペコと頭をさげている。

「困るじゃありませんか、気をつけて下さい」

「まことにどうも、お怪我はありませんか」

「僕はいいが、婦人が気絶したらしい。兎《と》に角《かく》外へ運び出すから手を貸して下さい」

「それはそれは。――」

紳士も手を貸して、気絶した美紗子を外へ運び出した。衝突の刹那《せつな》、美紗子は唇を嚙《か》みきったと見えて、一筋の血がタラタラと垂れている。

「これはたいへんだ」と驚いた紳士、「幸いこの向うに識合《しりあ》いの医者があるから、とりあえずそこへお連れしましょう」

「そうですか。ではそう願いましょう」

さすがの俊助もまんまと一杯喰わされたのだ。

怪紳士の乗って来た自動車へ美紗子を乗せ、自分もその後から乗込んだその刹那、はっしとばかり紳士の拳骨《げんこつ》が俊助の顎《あご》にとんで来た。

実に物凄い力だった。たったその一撃で、俊助は脳天がシーンと痺《しび》れ、あたりがまっくらになるのを感じた。

だが、その瞬間、俊助は見たのである。

真黒な髯の中から、皓《しろ》い歯を出して嘲《あざけ》るように笑っているその紳士には、左の耳がなかった。ギザギザと、鋭い野獣の歯に嚙みきられでもしたように、半分千切《ちぎ》れているのだ。

片耳の男だ！ と気がついた時は遅かった。それきり俊助は昏倒《こんとう》してしまった。

そのとたん、バターンと扉がしまると、自動車はなにごともなかったように、京浜国道をふたたび東京方面へむかって、まっしぐらに駛《はし》り出したのであった。

ルパン登場

こうして美紗子と俊助のふたりが、怪紳士のために人しれず、京浜国道から拉致《らち》されたその翌晩のこと。

鎌倉のはずれ、稲村ヶ崎の巌頭《がんとう》にそそり立つ降旗男爵の邸宅では、いましも百花いちじにひらく、仮装舞踏会の幕が切っておとされたところだ。

元来、碧漾館とよばれるこの邸宅は、男爵が外遊のみぎり、イタリヤかどこかで見てきた、向うのお城をそのまま写したという評判で、海に面した巌頭に、屹然《きつぜん》として聳《そび》えるところはたしかに一つの偉観だった。

お定まりの尖塔《せんとう》もあれば望楼《ぼうろう》もあり、鐘楼《しょうろう》もあれば、銃眼のついた煉瓦塀《れんがべい》には、葛《くず》の葉が一面に繁《しげ》っていようという凝《こ》りかた。ちかごろ湘南《しょうなん》名物の一つにかぞえられるのも、無理ではなかった。

この碧漾館に、今夜は上から下まで、窓という窓ことごとく、薔薇《ばら》色の灯が華《はな》やかにともされて、そして舞踏会はいまたけなわ。

なにしろここに集るのは、この国のあらゆる分野を代表しようという、撰《え》りぬきの名士貴夫人たちばかり、それが思い思いに好みの装いを凝らして現れるのだから、碧漾館の大ホールは、絵具箱でもひっくり返したような、華やかな色彩で塗り潰《つぶ》されてしまった。

そこには時代と国籍を超越した、あらゆる風俗の粋《すい》が蒐集《しゅうしゅう》されるのだ。日本古代のさまざまな風俗は申すに及ばず、異国風な騎士《ナイト》から甲冑《かっちゅう》武士、王様から御姫様、海賊から道化師に至るまで、実に雑多な衣裳の陳列だ。

その中にあってひときわ眼立つのが、ルイ十四世風の扮装《ふんそう》を凝らした瘦身《そうしん》の一紳士、この人の周囲には、いつも多くの人々が集って、口々にお祝いの言葉を述べているのだが、それでも分るとおり、この人こそ碧漾館の主人《あるじ》、降旗欣一男爵なのである。

男爵はしばらく、人々に向って愛嬌《あいきょう》をふり撒《ま》いていたが、そのうちにさりげなく座を外すと、かたわらの小房に入っていった。

「どうしたのだね、権田、何か変った報告《しらせ》でもあったのか」

権田というのは男爵の秘書なのである。

「はい、五味博士から電報が参りましたので」

「五味さん」と、男爵は不安そうに眉をひそめて、

「どれどれ、見せてごらん」

男爵が急《いそ》がしく抽《ひら》いてみると、そこには、ニゲタゴミ——とただ五文字。

しかし、この簡単な五文字が男爵に与えた影響というのは非常なものだった。

もとより蒼白な面《おもて》が、さっと紫《むらさき》色になって、唇がわなわなと慄《ふる》えた。

「逃げた、ふむ！」

呻《うめ》くようにそう言った男爵の額《ひたい》には、びっしょりと汗が浮んで、瞳《ひとみ》には恐怖のいろがいっぱいに漲っている。

しかし、男爵はすぐ気を取り直すと、

「報告《しらせ》というのは、ただこれだけかね」

「はい」

「美紗子の消息はわからないかね」

「はい、なんとも。……」

「ふむ」

と、太い呻きを洩《も》らした男爵はいかにも切《せつ》なげである。見るに見かねた権田が、

「旦那《だんな》様、こんな事を申上げると又お叱《しか》りを蒙《こうむ》るかも知れませんが、これは一応、警察へお届けになった方がよくはございませんか」

「いけない、いけない！　そんな事をする位なら、なにもこんなに心配しやしない」

「でも。……」

「いや、断じていけない。これは降旗家の秘密なのだ。美紗子や珠実さえ知らぬほどの秘密なのだ。そんな事ができるものか」

「さようでもございましょうが、私は不安でなりません。この間からお邸《やしき》には妙なことばかり起ります。何かしら旦那様のお身に、間違いがありはしないかと、それが心配で心配で。……」

「馬鹿なことをいうもんじゃない。なに、大したこ

とはないのだ。そのうちに万事都合よくいくだろう。さあ、お前も元気を出して。誰にもこんなこと喋舌《しゃべ》るんじゃないよ」

男爵は電報をやきすてると、権田をあとに、再びホールへはいっていったが、そのとたん、とびつくように彼の前へ現れた、ふたり連れの若い男女があった。

「おや、お兄さま、今迄《まで》どこにいらしたの」

「おや、珠実か。それに直樹さまも。これはようこそお越し下さいました」

「男爵、お目出度《めでと》う」

「有難うございます」

この大ホールには、随分美しい男女もいたが、この二人ほど優れた一対はほかになかった。女は十八九、男は二十二三というところだろう。ふたりとも沙翁《しゃおう》劇にでも出て来そうな、優雅な、ヨーロッパ中世紀風な扮装をしているのだ。

この二人が手を組んで歩いていくと、人々は思わず眼を欹《そばだ》てる。そして婦人たちの唇からいっせいに洩れるのは、驚嘆したような溜息《ためいき》なのである。まったく、少女のほうも少女の方であったが、それよりも、その青年の照輝いた美しさは、殆《ほと》んど較《くら》べるものがないくらいだった。油壺《あぶらつぼ》から出たような男。というのはおそらくこういうのを言うのであろう。全くぞっと身顫いが出るくらいの美しさなのだ。

それでいて美少年にありがちな、虚弱さがどこにもない。腕も太くて逞《たくま》しい。軍隊式に丸刈りにした頭も颯爽《さっそう》として、それに態度がいかにもきびきびとして歯切れがいい。

この青年は降旗家の旧藩主、瓜生伯爵家の嫡男《ちゃくなん》で直樹というのである。

「珠実、おまえの扮装はなんのつもりだね」

男爵は眼を細めて、この美しい一対《つい》を見較べながら、にこやかに訊《たず》ねた。

「これ、ジュリエット」

「ほほう、たいへんなジュリエットだ。しかしロミオはどこにいるのだね。ロミオのいないジュリエットなんておかしいじゃない」

「ロミオはそこにいらっしゃるわ、ほら」

と、珠実が微笑《わら》いながら眼で示すのを、

「ほほう」

と、男爵は眼を丸くして、

「これはこれは……なるほど、直樹さんのロミオはうってつけだが、それにしてはジュリエットの方がどうかと思うね」

「いいわ、たんと悪くおっしゃい。どうせあたしは美紗子さんみたいなわけにはいかないわ。そうそ美紗子さんといえば見えないわね。どうかして？」

姉を姉といわないで、美紗子さんと呼ぶのが、この降旗家の慣例なのだろうか。いったい、こういう大家《たいけ》になると、兄弟の親しみが薄いものであるが、それは美紗子と珠実はことにそれがひどいらしいのである。美紗子がいつも鎌倉にいるのに反して、珠実のほうは、東京の哲二郎氏のところで暮す日が多かったから、自然そうなったのかも知れない。

「美紗子はちょっと用事があってね。時に哲二郎に話があるのだが、あれも今夜来てくれるだろうね」

「ええ、いらっしゃるわ。ああ、あそこへ入って来たの、そうじゃないかしら」

そのとき、大ホールの入口に、悠然と姿をあらわしたのは、シルクハットに燕尾服《えんびふく》、瀟洒《しょうしゃ》なインヴァネスに眼隠しという変った扮装の紳士だった。手にしたステッキの握りも、どうやら象牙《ぞうげ》細工の髑髏《どくろ》らしいのである。

「ほほう！」

と、それを見ると直樹は思わず眼を欹《そばだ》て、

「あれが哲二郎さんですか。妙な扮装ですね。いったい、なんのつもりだろう」

珠実はくすくす笑いながら、

「茶目でしょう。あれはね、アルセーヌ・ルパンですって。ほほほほほ、フランスの探偵小説に出てくる有名な紳士強盗、御存じでしょう。そのルパンのつもりなの——ずいぶんお茶目さんね」

装飾灯《シャンデリヤ》異変

さあ、これで主要人物はひと通り揃《そろ》ったわけである。そしてこの国では珍らしい仮装舞踏会はいよいよ闌《たけなわ》となったのだ。

撰りぬきの楽師たちによって奏でられる甘美な舞踏曲は、古城のような大ホールの壁にこだまして、いみじき夢を織りなしている。人々はあいてを求めては踊り狂い、それにつかれると上等の酒や料理に舌鼓《したつづみ》をうった。

そこには夢のような歓楽があるばかりで、くらい眼をして考えこんだり、ひそやかな私語を交わしたりする隙は、一秒だってない筈だった。ところが、実際はそのとき、一種異様な、なんとも名状できぬような不安な感情が、ホールの中に漲《みなぎ》って、人々の心を掻《か》きみだしていたのである。

よくあることだ。

親しい友達同士が集って、陽気におしゃべりをしている。それがふととぎれた瞬間、別になんという理由もないのに、ぞーっとするような寒気に襲われて、お互いの顔を見合わすことがある。

このとき、碧漾館の大ホールを、つなみのように襲ったわけのわからぬ恐惶《パニック》は、ちょうどそういう感じだった。

人々はふと踊《おどり》をやめて、探るようにお互いの眼と眼とを見交わす。職業である筈の楽師《しょうばい》たちでさえが、どうかすると、楽器をまさぐる手を止めて、なんとなくあたりを見廻わすことがある。

どうやらそれは、ルパンに扮した怪紳士の、奇妙な行動からくるらしいのである。

この人がほんとうに哲二郎氏であったにせよ、またそうでなかったにせよ、実に巧みに、雰囲気を創《つく》造《りだ》したものだということが出来る。

不思議なことには、この人はふつうの目隠しのしたに、もう一つ黄色い仮面をかぶっていて、完全に顔をかくしているのだ。だから、これが果して哲二郎氏だったかどうか、はなはだ疑問だった。

彼は踊りくるっている人々のあいだを、無言のまこっそりと歩きまわりながら、何かしら警告めいた身振りをしては、天井を指してみせる。そのくせ、相手がその理由をきこうとしても、意味ありげに首を振るばかりで、なんとも答えないのである。

はじめはニヤニヤと微笑《わら》っていた人々も、だんだん妙な気持ちになって来た。むろん、人々には、その警告の意味はわからない。しかし、一種いいようのない不安な気持ちは、男から女へ、女から男へと、しだいしだいに伝染して、またたく間に、ホール一杯にひろがっていったのだ。

降旗男爵はちょうどこの時、ホールの片隅にある、彫《ほ》刻《り》の美しい、大きな椅子に腰をおろしていた。そしてこれまた他の人と同じように、なんともいえぬ不安な感じにいらだちながら、いまいましげに、この奇妙な、ルパン姿の怪人物をながめていたが、そのうちになにを発見したのか、ぎょくんと体をまえに乗りだした。そして、傍のひとに何かいおうとした。

ホールの一角から、突如、女の叫び声が起って、ひとびとを驚かしたのはちょうどこの時だったのである。

「あれあれ、装飾灯《シャンデリヤ》が。……」

叫んだのは珠実だった。

その声に、ぎょっとして天井をふり仰いだ人々は、なんとも言えぬほど恐ろしい出来事をそこに発見したのだ。

ああ、これはいったいどうしたというのだ。

大ホールの天井に、王冠のように輝いている大装飾灯《シャンデリヤ》が、まるで風鈴のように音を立てて、ゆさゆさと揺めいているではないか。

それは一つの大きな球《たま》を、九つの小球がとりまき、更にその小球が、無数の小さな球によって取りかこまれている、直径《さしわたし》一間以上もあろうという、花のような大装飾灯《シャンデリヤ》なのだが、そいつが恰《あたか》も、巨人の手にでも打ち振られるように、カチカチと音をたてて揺《ゆら》めいているその恐ろしさ。

人々はあまりのことに、茫然《ぼうぜん》としてそこに立ちすくんでしまった。恐怖のあまり逃げだすことさえ忘れてしまったのだ。

とつぜん誰かが叫んだ。

「逃げろ！　逃げろ！　装飾灯《シャンデリヤ》が落ちてくるぞ！」

その声にはっとわれにかえった人々は、紳士も淑女も、蜘蛛《くも》の子を散らすようにわれがちにと八方に逃げ惑う。ホールの中は大混乱だ。

そのあいだも、装飾灯《シャンデリヤ》の動揺はやもうとはしない。いや、ますます激しくなるばかりだ。宝石をつないだような美しい切子硝子《カット・グラス》の瓔珞《ようらく》が、カチカチと音をたてて触れあい、やがて千切れとぶガラスの顆《たま》が、霰《あられ》のように賓客《まろうど》たちの頭上から降ってくる。

とつぜん、人々ははっと耳を掩《おお》うてそこにひれ伏した。と、殆んど同時に、支柱をはなれた大装飾灯《シャンデリヤ》が、物凄い音をたててホールの中央に落下してきた。十数個の電球が、百雷のひびきをたてて爆発した。と、同時に、ホールの中の電灯という電灯が、みんな一時に消えて、あたりはまっくらになってしまった。

するとこの時、人々は第二の怪異をそこに発見して、あっとばかりに立ちすくんでしまったのである。

いったい、これはなんということだ。すべての物が悉《ことごと》く、漆《うるし》のような闇の一色に塗りつぶされた中に、ただひとり、全身からボーッと、虹のような光を放っている奇怪な人物があるではないか。

例のアルセーヌ・ルパンなのだ。シルクハットといわず、燕尾服といわず、インヴァネスといわず、あの不気味な仮面といわず、足の爪先《つまさき》から頭のてっぺんに至るまで、閃々《せんせん》として青白い光を放っているその気味悪さ、まるで金色の像が動きだしたようだ。

人々はあっけにとられて、この金ピカの怪人物をうち見守っている。あいつぐ異変に、思考力をうしなってしまったと見えて、まるで木偶《にんぎょう》のように口あんぐりと突っ立っているばかりだ。

と、この時怪人は、ふいにスルスルとホールを横切っていった。ちょうど獲物にとびかかっていく蛇《へび》のように、金色のからだをくねらせながら、音もなく、闇のなかをななめに突切《つっき》ると、しだいに男爵のほうへ近づいていくのだ。

男爵はこの時、椅子に腰をおろしたまま、恐怖のあまり金縛りにかかっていた。椅子から立ちあがろうとしても立ちあがることが出来ない。何か言おうとしても、舌が縺《もつ》れ、心臓が咽《のど》をふさいで声が出ないのだ。

怪人はいま、すっくと男爵のまえに立ちはだかった。見ると何やら、ギラギラと光る銀色の管《くだ》を手にもっている。その管がさっと男爵のからだのうえにおりた。

こういう風に書くと、いかにも悠長なようだが、実際は電気が消えてからこの時まで、一分とは経っていなかった。実にとっさの出来事なのだ。

「うむ!」

という男爵のうめき声。

その声に人々がはっとしたときには、怪人はすでに、蝙蝠《こうもり》のように身をひるがえして、大ホールの入口までとんでいた。と、その時、

「ああ、そいつを捕《つかま》えて。──誰か、そいつを捕えて。──」

と、闇の中からたまぎるような女の声がきこえた。珠実の声なのだ。

笑う男爵

なにしろ、暗闇のなかにおける咄嗟《とっさ》の出来事なのだ。

それに、相つぐ怪事にいくらか、放心状態におちいっていた人々が、この変事に際してすばやい判断をめぐらすことが出来なかったといっても、決して責めるわけにはいかない。

勝気な珠実は、しかし、こうして一同《みんな》が逡巡《しゅんじゅん》しているのをみると、口惜しくてたまらないのだ。よし、ほかの人が駄目なら、自分ひとりでも捕えてみせる！——大胆にも彼女は、たったひとりで怪人の後を追っかけていった。

大ホールの入口で、彼女の手はほとんど、怪人の肩にふれそうになった。そのとたん、くるりと振りかえった怪人の手が、さっとあがったかと思うと、何やらきらきらと光るものが、矢のように飛んできた。

「危い！」

誰か、闇の中から珠実の肩をつかんで、ぐいとうしろへ引き戻した者がある。と、間髪を入れず、銀色の矢がさっと珠実のからだを掠《かす》めると、床にあたってガチャンと音をたてて砕けた。後からわかった事だが、それはとほうもなく大きな注射針だった。

「放して、放して。——」

珠実はなおも、それを踏みこえていこうと、しきりに身をもがいている。

「お止《よ》しなさい。女の身で危いから、あいつは僕にまかせておきなさい」

そういう声は直樹だった。こんな際にも拘《かか》わらず、ひどくおちつき払っているのが、珠実には涙の出るほど、頼母《たのも》しかった。

「あ、直樹さん、それじゃお願いしますわ」

「よし」

と、直樹はいきかけたが、すぐ足をとめると、

「おや、あれはなんだ」

その時、又もや、実にへんてこな事がそこに起ったのだ。うちつづく変事に、ザワザワとざわめき立っている、まっくらなホールの中に、突如、奇怪な笑い声がきこえたのである。

場合が場合だから、人々はそれを聴くと、なんともいえぬほど妙な気がした。一瞬間、大ホールの心

臓が、その鼓動を停止したかとさえ思われたくらいだった。そういう、針がおちた音でも聴えそうな、シーンとした静けさのなかに、ひときわ高く、傍若無人《ぼうじゃくぶじん》にひびきわたる笑い声の気味悪さ。

はじめのうちは、なにやら掻き口説《くど》くように、低い声でくどくどと呟いていたのが、次第次第に高くなって来ると、しまいには旋風のようにそこら中を駆けまわり、ピンピンと四方の壁にこだまするのだ。

誰だ？　こんな際に？

人々の視線はいっせいに責めるように、この不謹慎な笑いの主のほうへ集中する。すると、これはまたどうしたというのだ。笑っているのは降旗男爵ではないか。

そうだ。それに違いない。漸《ようや》く闇に慣れてきた人々の眼は、隅《すみ》のほうで、椅子に腰をおろしたまま、とめどとなく笑いこけている男爵の顔を、おぼろげながらも見ることが出来るのだ。ああ、その形相の恐ろしさ。髪振りみだし、くわっと眼をみひらき、歯をむき出して、気狂《きちが》いじみた笑いをあげている。その気味悪さ、物凄さ。

人々はざっと総毛だったような怖さを感じた。彼等は本能的に、それが尋常の笑い声でないことに気がついていた。男爵は気が狂ったのだ。いや、ひょっとすると、それよりも、もっと悪いことが起ったのかも知れないのだ。

――直樹もこの笑い声に気をとられて、ほんのちょっとの間、怪人の姿を見うしなったが、すぐ気がついて暗い廊下へとび出してみると、怪人は今しも、稲妻型に虚空《こくう》をきっている、高い階段を登っていくところだった。くらい階段の途中に、例の燐光がきらきらと明滅しているのだ。

直樹はそれを見ると、すぐさま階段のほうへ突進していった。それに勢いを得たのか、五六人のひとびとがバラバラとその後に続く。甲冑武士に道化師、海賊にサムライ、そういう人たちが、直樹のロミオを先頭に立てて走っていくのだ。

なにしろ、これは妙な取りあわせだ。追跡されるのが、アルセーヌ・ルパンで、追跡するのが、ロミオや海賊やサムライなのだから、時代錯誤も甚《はなは》だしいのだが、みんな笑いごとじゃない。必死の追跡なのだ。いったん、広間へひきかえした珠実も、気になるのかふたたび後から追って来る。

階段の途中でルパンはバッタリと躓《つまず》いて倒れた。あの奇妙な扮装の犠牲になったのだ。長いインヴァネスの裾《すそ》が、脚にまきついて、うっかりそれを踏んだのである。

「しめた!」

勇躍した直樹は、二三段ずつ階段をとび越えて登っていく。もう少しのところで彼の手が、相手の脚に触れそうになった。

その時、すっくと起きなおった金色のルパンは、殆んどひととびの早さで階段の頂上に達すると、ふと眼についたのが、その踊り場の隅に飾ってある、大きな支那《シナ》焼の花瓶《かびん》だった。

それは殆んど、大人《おとな》の背くらいもあろうという、大きな花瓶なのだが、それをみるより件《くだん》の怪人、いきなりその口に手をかけて、えいやとばかり、眼よりも高くさしあげたから、さすがの直樹もぎょっとして、思わずそこに立ちすくんでしまった。

恐ろしい怪力だった。

ふつうの人間なら、二人がかりでも持ちあげられそうにない大花瓶を、まるで玩具でも拵うように、軽々と振りまわす怪人の底知れぬ恐ろしさ。

人々はシーンと、からだ中の痺《しび》れるような恐怖にうたれたが、わけても、その時一番後《あと》から追って来た珠実の驚きは大きかった。

階段のうえに仁王《におう》立ちになって、寄らば投げるぞと身構えている、あの金色燦爛《こんじきけんらん》たる怪人の姿をみると、彼女は自分の眼をうたがうように、いくどとなく生唾《なまつば》をのみこんだ。

怪人はしばらくそのままの姿勢で、人々の顔をうえから眺めまわしていたが、やがて、カラカラと仮面のしたで笑うと、はっしとばかりに大花瓶を投げおろした。花瓶は鞠《まり》のように人々の頭上を越えて、はるか下のほうへ落下したが、ガチャーン、グワラグワラと、物凄い音を立てて砕けいく音を聴いたときには、さすがの直樹も、思わず縮めた首をなでてみたくらいである。

その隙に、怪人はさっと身をひるがえすと、二階の廊下から露台《バルコニー》へととび出した。

「あ、あれを捕《つかま》えて。——誰かあいつを捕えて頂戴《ちょうだい》」

またしても珠実の金切声《かなきりごえ》だ。

それを聴くと、人々は一瞬うしなわれた勇気をふたたび取りかえした。雪崩《なだれ》のように揉《も》みあいながら階段をのぼっていくと、怪人のあとを追って露台へと跳びだしていった。

ロミオの射撃

ここで一応、碧濛館の風変りな構造について説明しておかねばならない。

前にもいったようにこの建物は、外国の古城をまねて建てられたものなのだが、そのせいか、岩端《いわはな》にそそり立つ煉瓦塀は、凡《およ》そ半間《けん》あまりの厚さがあって、そのうえを自由に人が歩けるようになっている。つまりそこが、歩哨《ほしょう》の立つところになっているのだ。しかもこの塀は、ある部分では建物とすれすれになっているので、二階の露台から、細い桟道《さんどう》をとおって、自由に往来することが出来るようになっている。

人々が露台にとび出した時、怪人はいまこの桟道を通って、塀のうえへさしかかっていた。折からの青白い月光のなかに金色の虹をなびかせながら、潮風をうけて、インヴァネスの袖《そで》が、はたはたと、蝙蝠の翼のようにひらめいている、得体の知れぬ美しさ。

「あそこだ、あそこだ！」

人々も躊躇《ちゅうちょ》なくその後を追っていった。

どこかに月があると見えて、あたりはおぼろな明藍色に染めだされて、海のうえは絖のような底光《そこびかり》を湛《たた》えてふくれあがっている。その中に、怪人の放つ光だけが、まるで蛍火《ほたるび》のように美しくキラキラと輝いているのだ。

突如、人々はワッと歓声をあげた。

怪人の行手《ゆくて》にあたって、一団の人々が現れたからである。それは秘書の権田を先頭に立てた、この邸の召使いの一群だった。彼等はひそかに、別の通路から、この塀のうえにのぼって、怪人を挟み撃ちにしようと計ったのだ。

この策戦は見事図にあたった。

進もうとすれば召使いの一群、退こうとすれば、直樹たちの一群だ。一方は剪《き》り立てたような十数丈《じょう》の断崖《だんがい》、他方は男爵邸の庭で、そこにはいつの間にやら、大勢の客人たちが、ワイワイと言い罵《ののし》りながら犇《ひし》めいているのだから、進退ここに谷《きわ》まったとは、全《まった》くこの事だった。

さすがの怪人も思わずそこに立ちすくんでしまったのである。

それを見るより群をはなれて唯一人《ただ》、バラバラと駆け出していったのは秘書の権田だった。主人の敵《かたき》とばかり、いきなり怪人の腰に組みついたのだが、ああ、なんという無暴な振舞《ふるま》いだったろう。もし彼が、階段における怪人の、あの物凄い手練《てなみ》をちょっとでも知っていたら、いかに血迷ったとて、こんな無茶な真似《まね》は出来なかった筈だ。

危い！　と、見ていた人々は思わず手に汗をにぎった。

怪人ははじめのうち、子供でもあやすように軽く相手をあしらっていたが、それをいいことにして執念ぶかく獅噛《しが》みついてくる権田を見ると、ええ、面倒とばかり、いきなりその首筋をつかむと、ええやと、頭上たかく差しあげたから、人々はワッと悲鳴をあげて後退《あとじき》りをする。

「ヒーッ！」

と、救いを求める権田の悲鳴がきこえるけれど、どうにも手の下しようがなかった。相手はなにしろ人間ばなれのした怪人なのだ。うっかり側へよるとどんな目にあわされるか知れたものではない。無慈悲なようだが、ただ遠巻きにして騒いでいるよりほかに、なんとも策の施《ほどこ》しようがないのだ。

そのうちに件《くだん》の怪人、しばらく権田の体をきりきりと宙に振り廻していたが、やがてええいという懸声《かけごえ》もろとも、塀のうえから投げだしたからたまらない。権田の体はくるくると虚空に旋回しながら、礫《つぶて》のように落ちていく。――あっという間もなかった。恐ろしい悲鳴があたりの空気をつんざいたかと思うと、やがて、はるか下のほうから聴えて来たのは、グシャリと骨の砕けるような無気味な物音。

ああ、なんという物凄さ。なんという気狂いじみた強力なのだ。

これを見ると、さすがに自分から飛び出そうとする乱暴者はひとりもいない。思わず浮足《うきあし》だって後退りをするその隙に、ひらりと身をひるがえした件の怪人、深夜の海上にツーッと鮮《あざ》やかな金色の虹を描いたかと思うと、やがてドボーンと飛沫《しぶき》をあげて。――飛んだのだ。十数丈もあろうかという塀のうえから、海面めがけて飛びこんだのである。

あっと驚いた人々が、塀のうえから体を乗り出して覗《のぞ》いてみると、いったん、水底ふかく潜りこんだ怪人は、やがてくらい海面に、きらきらと夜光虫のように美しい光を撒きちらしながら、再びブクブクと浮きあがって来た。

助かったのだ。あの岩の多い海のなかで、奇蹟的《きせき》に彼は生命を完《まっと》うすることが出来たのである。そこで一息《ひといき》いれた怪人は、やがて塀のうえに向って、挑戦するように手をふってみせると、あの不自由なインヴァネスを物ともせず、悠々と抜手をきって泳ぎ出した。くらい海面に、金蛇のように、美しい黄金色《こがねいろ》の尾をひいて。――

「口惜《くや》しい」

珠実はそれを見ると地団駄《じだんだ》を踏んで口惜しがった。

「なんとかして、とっちめてやる法はないの」

「とっちめるって、ここから降りていく間には、どこかへ逃げてしまうでしょう」

「誰か、ここから跳び込む勇気のある人はなくって」

「冗談じゃない。あいつが助かったのからしてむしろ不思議なくらいです。どんな跳込《とびこ》みの名人だって、こんなところから跳び込むのはまっぴら御免《ごめん》ですね」

「誰も彼も意気地なしね。ああ、あいつ、向うの岩の上へあがっていくじゃないの。ね、どうにもならないの、これだけの人がいて、たった一人の人間がどうにもならないの」

その時まで無言のまま、海の上を見詰めていた直樹が、とつぜん静かに口をきった。

「珠実さん、銃はありませんか」

「銃？」

「鉄砲です」

「ああ」

と、珠実ははじめて気がついたように、

「誰か鉄砲を持ってきて。お兄さまの書斎に猟銃があるからあれを持って来て」

言下に召使いがひとり走り出した。

「早くよ。早くしないと逃げてしまうわ」

その時、水の中からあがった夜光虫は、入江を隔てた向うの岩を大急ぎで登りはじめていた。水にぬれてひとしお鮮やかさを増したあの衣裳が、例によって仄白《ほのじろ》い燐光を、ボーッと闇のなかに撒きちらしている。

間もなく彼は岩をのぼって、頂上の平地まで辿《たど》りついた。さっきの男が猟銃をかかえて、急ぎあしに引きかえして来たのは、ちょうどその時だった。

「弾丸《たま》は？」

「こめてあるようです」

「二連銃ですね」

直樹は念のためにもう一度銃をあらためる。

「大丈夫？」

心配そうに珠実が横から訊ねたが、直樹はそれに答えようともしない。やがて銃を調べおわると、彼はしずかに左脚を塀のうえにかけ、銃をあげて身構えた。

白い頬にさっと紅《くれない》を呈して、輪郭の正しい横顔から、艶々《つやつや》とした黒ビロードの衣裳のうえに、青白い月光が飴《あめ》のようにひらひらと粘着している。まるでギリシャ彫刻のような美しさだ。

やがて直樹の眼がきっと澄んだ。唇がきりりと結ばれた。

と、ダ、ダァーン！　と続けさまに二発。

白い煙がパッと立って、そのとたん人々は、夜光虫がよろよろと岩のうえによろめくのを見た。

彼はすぐ起きなおった。よろよろと二三歩いきかけた。しかしすぐまたバッタリと腹這《はらば》いになった。

弾丸は見事に命中したのである。


（つづく）

編者解説

日下三蔵

まず、由利《ゆり》・三津木《みつぎ》ものの内訳を記しておこう。文庫本の組で一〇〇ページ以上を中篇、二〇〇ページ以上を長篇とすると、こうなる。

長篇5作　白蠟変化《びゃくろうへんげ》（白蠟怪）、真珠郎、夜光虫、仮面劇場、蝶々殺人事件
中篇4作　石膏《せっこう》美人（妖魂）、幻の女、双仮面、憑《つ》かれた女
短篇22作　獣人、蜘蛛《くも》と百合《ゆり》、猫と蠟《ろう》人形、首吊船、薔薇《ばら》と鬱金香《うっこんこう》　など
未完2作　神の矢、模造殺人事件

本シリーズは、以上の作品を概《おおむ》ね発表順に収めている。

金田一《きんだいち》ものの選集が、各社から何度も出ているのに対して、由利・三津木ものをまとめたシリーズは東方社の〈由利・三津木探偵小説選〉（全6巻／56〜57年／61〜62年に新装版）しかない。そして、未完の二作は別としても、この東方社のシリーズは『蝶々殺人事件』が未収録、短篇も二十二作中十四作しか収められていないのだ。

角川文庫の作品集では、すべての長篇および中篇と「迷路の三人」を除く短篇二十一作が収録されているものの、由利・三津木ものがメインの本は『蝶々殺人事件』『真珠郎』『仮面劇場』『夜光虫』『花髑髏《はなどくろ》』『悪魔の設計図』『幻の女』『憑かれた女』『双仮面』の九冊で、「木乃伊《ミイラ》の花嫁」「悪魔の家」「銀色の舞踏靴」「黒衣の人」「血蝙蝠《ちこうもり》」「嵐の道化師」「菊花大会事件」「三行広告事件」の八篇は単発短篇集

の中に含まれてしまっていた。

つまり、金田一耕助《こうすけ》や人形佐七《さしち》と並ぶ横溝正史《よこみぞせいし》の重要なシリーズ・キャラクターでありながら、由利・三津木ものを完全な形で読めるのは、今回が初めてということになるのである。

第二巻の本書には、昭和十一年から翌年にかけて発表された八篇を収めた。各篇の初出は、以下のとおりである。

夜光虫	「日の出」	昭和11年11〜12年6月号	
首吊船	「冨士」	昭和11年10月増刊〜11月号	※「首吊り船」改題
薔薇と鬱金香	「週刊朝日」	昭和11年11月1〜22日号	
焙烙《ほうろく》の刑	「サンデー毎日」	昭和12年新春特別号（1月）	
幻の女	「冨士」	昭和12年1〜4月号	※「まぼろしの女」改題
鸚鵡《おうむ》を飼う女	「キング」	昭和12年4月増刊号	
花髑髏	「冨士」	昭和12年6月増刊〜7月号	
迷路の三人	「キング」	昭和12年8月増刊号	

「夜光虫」は新潮社の月刊誌「日の出」に掲載され、『夜光虫』（37年6月／新潮社／書影A）に初めて収録された。戦後には、自由出版版（46年7月／DS選書／B、C）、東方社51年版（51年4月／D）、同53年版（53年7月）、同人社版（56年6月／昭和名作選書／E）、東方社の由利・三津木探偵小説選57年版（57年2月／F）、同61年版（61年6月／G）、講談社『新版横溝正史全集3　夜光虫』（75年6月／H）、角川文庫版（75年8月／I、J）、徳間文庫版（07年4月／K）などの刊本がある。

戦後、高階良子《たかしなりょうこ》によって「血まみれ観音《かんのん》」としてコミカライズされ、講談社の月刊少女マンガ誌「なかよし」七三年十一月号から翌年二月号まで連載された。単行本にKCなかよし版（75年7月／L）、角川ホラー文庫版（95年4月／M）、講談社漫画文庫版（99年7月／N）がある。

連載に先立つ「日の出」十月号の「編輯《へんしゅう》だより」に、「次号には珍らしい人の珍らしい大長篇小説が発表される。作者、内容はわざと伏せて置くが、とにかく従来本誌に足らなかったものがこれで充《み》たされることになる。たのしみにしてお待ちを請う」とあるが、これが『夜光虫』のことであると思われる。

十一月号の同欄に、「「夜光虫」は、本誌にとって特に待望久しい探偵小説であり、その作者が斯界《しかい》随一の花形で今や油の乗りきった横溝正史氏であり、更に本誌に始めての発表とて『特に力の籠《こ》もった本格的なもので今までにない一風変ったものを』という野心満々の作だけに、沈滞せる斯界に大きな衝動を与えること疑いない。問題の傑作だ」とあるように、講談社「キング」の後発雑誌で探偵小説が手薄だった同誌にとって、力の入った連載であったことが解る。

十二月号の同欄でも、「「夜光虫」の評判は実にすばらしい。前号

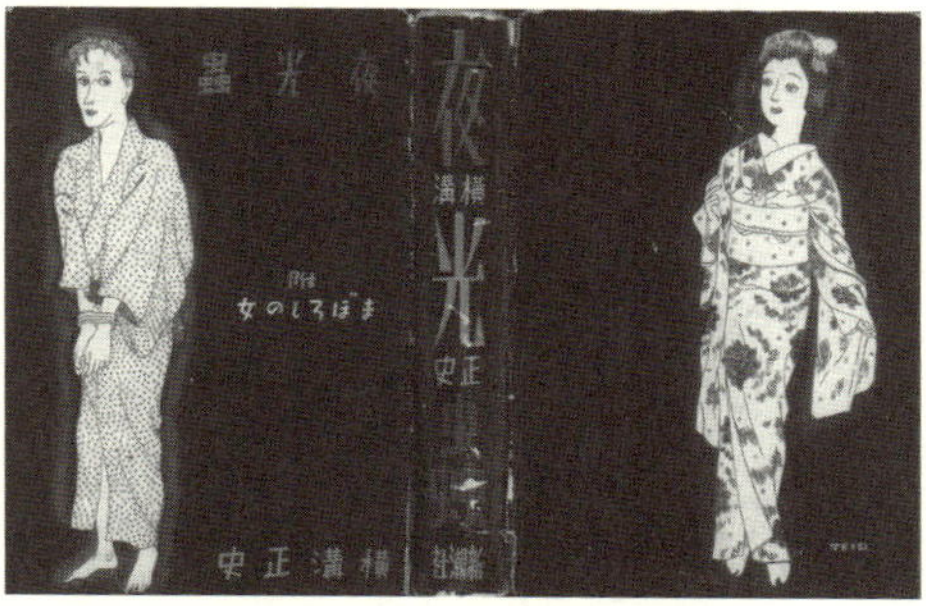

A『夜光虫』新潮社版表紙
両面に描かれた装画は高井貞二によるもの

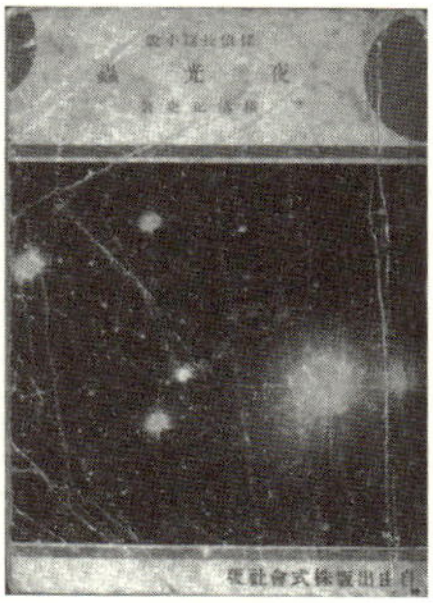

B『夜光虫』
ＤＳ選書版表紙（初版）

C『夜光虫』
ＤＳ選書版表紙（重版）

F『由利・三津木探偵小説選』東方社(57年版)函

E『夜光虫』
同人社版カバー

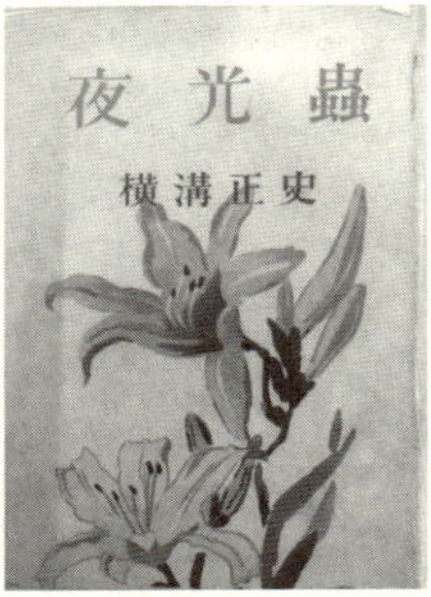

D『夜光虫』
東方社版カバー

にやっとその第一回が発表されたゞけで、この凄《すさま》じい人気なのだ。しかも第二回に入って愈々《いよいよ》奇、益々《ますます》怪、正に端倪《たんげい》すべからざる筋と場面の変化に、読者は斉《ひと》しく驚嘆されることゝおもう。昭和十二年度の読書界を圧倒する大探偵小説は正《まさ》しく本誌によって生れたといっていゝ」と意気軒昂《いきけんこう》である。

最終回の末尾には、以下のような編集部のコメントが付されていた。

世にも怪奇な物語『夜光虫』も、全読者絶讃の暴風《あらし》におくられてこゝに幕を閉じたが、いよ〳〵油の乗り切った作者は、更に第二作の構想に入った。

『全心全霊をこめて、今度の探偵小説に体当りを食《くら》わせる』と作者自身は言っていられる。

引きつゞき、若《も》しくは一二ケ月後、再び本誌に連載されて、探

G『由利・三津木探偵小説選』東方社(61年版)函

H『新版横溝正史全集 3』
講談社版函

偵小説界に大きな爆弾を投ずる問題作となるであろう。御期待を請う――。

しかし、「日の出」には昭和十四年の短篇「銀色の舞踏靴」まで作品は発表されていない。

志摩耕作殺害事件の発生が初出では「二十年前」となっていたが、初刊本で「十八年前」と訂正された。整合性から判断して、この訂正を活《い》かした。

冒頭の事件発生年は初出および初刊時には伏せられた形だったが、DS選書版で「昭和十一年」と明記されている。続く文章の流れから、この修正を活かした。また、初出時には「髪長の長次」だった登場人物が、初刊以降は「関羽《かんう》髯《ひげ》の長次」に変更されており、これもそのまま活かした。

初出及び初刊時には全部で三つに分けられていた第八編の項見出しが、DS選書版で「二」が脱落した形のまま、続く項が「三」となってしまっていた。その後の版では、「三」を「二」にする修正がなされていたが、本来の「二」の脱漏はそのままだったので、初出・初刊の形に戻した。また、第十編の項見出し「三」が同じくDS選書版以降で脱落、初出・初刊の形に戻した。

DS選書版以降、由利先生と三津木の会話部分に、二人の発言をつなげてしまった形になっている個所があったので、初出・初刊の状態に戻した。

I 『夜光虫』
角川文庫版カバー（初期）

J 『夜光虫』
角川文庫版カバー（後期）

K 『夜光虫』
徳間文庫版カバー

L『血まみれ観音』
ＫＣなかよし版カバー

M『血まみれ観音』
角川ホラー文庫版カバー

N『血まみれ観音』
講談社漫画文庫版カバー

顕著なのはラストでの由利先生と三津木の会話で、ＤＳ選書版以降、〈「鮎子のために？」／「Ｏ・Ｋ」／**そうしてそれから鱗次郎と琴絵のためにふたりは勢いよくビールのコップをあげた。**〉と少し不自然な流れとなってしまっている。おそらく、ＤＳ選書版編集時に、初出・初刊時で「鮎子のために？」と「Ｏ・Ｋ」の間にあった由利先生の台詞「そう、それから鱗次郎と琴絵のために」が脱漏し、それを補う加筆（ゴシック部）をしたものの、かえってぎくしゃくしたものになってしまったのだろう。これは初出・初刊時の状態に戻した。

全体的にＤＳ選書版で発生した間違いが、その後も引き継がれてしまっており、終戦直後の混乱した出版事情の一端がうかがえる。

「首吊船」は大日本雄弁会講談社の月刊誌「冨士」に「首吊り船」のタイトルで犯人当ての懸賞小説として発表され、八紘社『悪魔の設計図』（39年10月）に初めて収録された際に「首吊船」と改題された。

戦後、日正書房からこの作品を表題とした仙花紙《せんかし》本（47年6月／Ｏ）が出ている。基本的に「首吊船」として刊行されているが、角川文庫『憑かれた女』（77年6月）のみ、なぜか旧題「首吊り船」で収録された。

初出では「島木耕作の冒険」の章までが問題篇に相当し、末尾に「犯人探し大懸賞！」として以下のようなコメントが付されていた。

右に掲げた横溝正史先生の『首吊り船』に於《おい》て**五十嵐磐人を殺した犯人は誰か？**　当てて下さい。犯人は必ず本号発表の分に出ております。別項六七〇頁《ページ》大懸賞募集御参照の上奮《ふる》って御投書下さい。なお本篇の解決篇は『富士』十一月号に発表いたしますから、誰方《どなた》も是非《ぜひ》引き続きお読み下さい。

O『首吊船』
日正書房版表紙

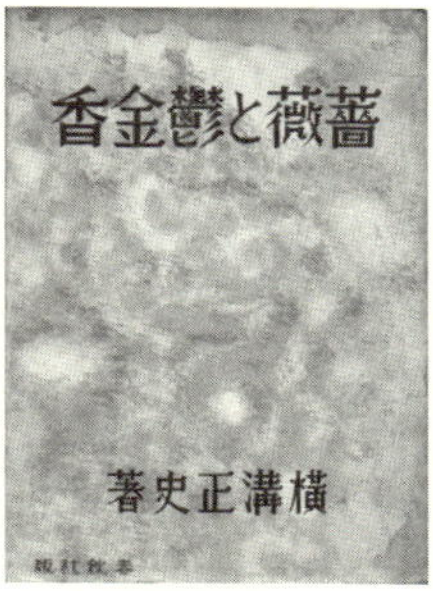

P『薔薇と鬱金香』
春秋社版函

賞金は、一等三十円が一名、二等二十円が三名、三等十円が五名、四等五円が十名、五等一円が百名で、当選者は三七年一月号で発表されている。

「薔薇と鬱金香」は朝日新聞社の週刊誌「週刊朝日」に四回にわたって掲載され、『薔薇と鬱金香』（36年12月／春秋社／P）に初めて収録された。角川文庫版では『蝶々殺人事件』（73年8月）に併録された。

第四節の見出しは初出時には「薔薇と鬱金香」だったが、初刊時に「薔薇と鬱金香花咲く園」と改められていたので、これを活かした。また、その後の刊本では一部、「鬱金香」を「チューリップ」と表記している部分があったが、すべて初出・初刊時の漢字表記に戻した。また、初刊時までは文中、見出しともに「聖母頌歌《アヴェ・マリヤ》」表記だったものが、その後の版で「アヴェ・マリヤ」と変更されている

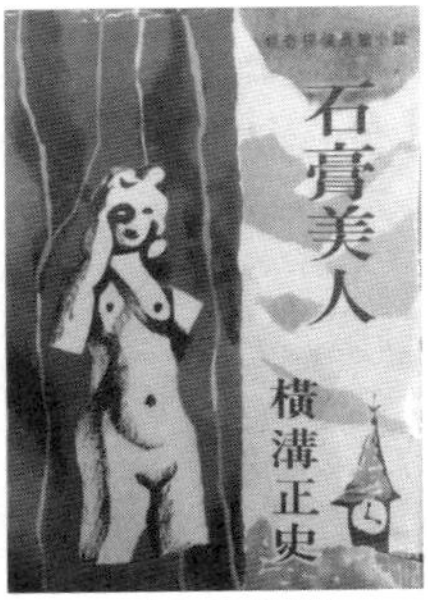

Q『石膏美人』
東方社版カバー

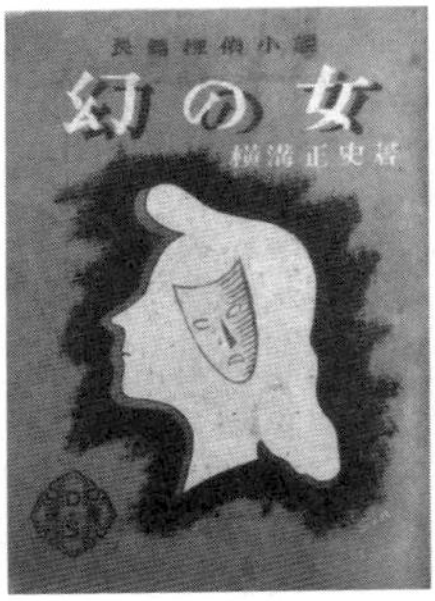

R『幻の女』
ＤＳ選書版表紙

S『幻の女』
東方社（53年版）カバー

が、初出・初刊時の漢字表記に復した。

「焙烙の刑」は毎日新聞社の週刊誌「サンデー毎日」の特別号に連載され、東方社版『石膏美人』（53年2月／Q）、に初めて収録された。角川文庫版では『花髑髏』（76年4月）に収録。

初出時には三千円だった身代金の額が、初刊時に三万円に変更。この変更はそのまま活かした。

「幻の女」は「冨士」に「まぼろしの女」のタイトルで連載され、新潮社版『夜光虫』（37年6月）に初めて収録された。戦後、自由出版のＤＳ選書（47年10月／Ｒ）に単独で収められた際に『幻の女』と改題され、以後、東方社53年版（53年5月／Ｓ）、同62年版（62年4月）、同63年版（63年2月）、同64年版（64年5月）、角川文庫版（77年3月／Ｔ）などの刊本がある。

Ｔ『幻の女』
角川文庫版カバー

Ｕ『花髑髏』
角川文庫版カバー

連載に先立つ前年十二月号の次号予告には、「日比谷の怪殺人事件。犯人は米国《アメリカ》帰りの妖美人「幻の女《ファントム・ウーマン》」と分っていながら、その正体はまるで分からないのだ。名探偵由利先生が登場して、この謎の女と死闘を演ずる。まぼろしの女とは果して何者？」とある。

同じ号には別に、「新年号から新連載の読物」という予告記事が組まれており、中村武羅夫《なかむらむらお》、川口松太郎《かわぐちまつたろう》、村上浪六《むらかみなみろく》、鶴見祐輔《つるみゆうすけ》、大島伯鶴《おおしまはっかく》とともに「六大家」の一人として「作者の言葉」が掲載されている。その全文は以下の通り。

アメリカ全土を股にかけ、『幻の女《ファントム・ウーマン》』として恐怖の的となっている、兇悪無残な女賊が、日本に潜入した。しかも、この『まぼろしの女』たるや、実は日本人だというのだから、大変。新聞社の神経がピンと緊張した折しもあれ、突如、日比谷グランド・ホテルで恐《おそろ》しい殺人事件が起った。犯人はまぼろしの女なのだ。その上、なおこの女が覘《ねら》っている可憐楚々《かれんそそ》たる一処女がある。そこで、敢然と奮起したのが、由利先生と三津木俊助。この物語は今迄《まで》私の書いたものゝうちで、最も恐怖的《ショッキング》なものとなるであろう。

このあとに、「怪殺人事件の犯人は得体の知れぬ妖美人『幻の女《ファントム・ウーマン》』だ。名探偵由利先生も今度ばかりは、どこからどう手をつけていゝか、あまりの兇悪無残さに呆然《ぼうぜん》とした！　まぼろしの女とは果して何者？　背後に糸を引く国際的大ギャング団の正体は？　奇々怪々、未曾有《みぞう》の大探偵物語。読み出したらとてもたまりません」という編集部からのコメントが続いている。

初出時に見出しや文中で「怪美少年」と表記されていたもの、及び八重樫麗子の秘書・珠子の呼び方が「婆《ばあ》や」とされていたものが、初刊時に前者は「怪青年」、後者は「秘書」「附添いのかた」などと改められていたので、それに従った。

ＤＳ選書で、本書三〇〇ページ上段六行目と七行目の間に動かされていた章見出し「マグネシュームの灰」を、初出・初刊時の位置に戻した。

「鸚鵡を飼う女」は大日本雄弁会講談社の月刊誌「キング」に発表され、『幻の女』東方社53年版（53年2月）に初めて収録された。角川文庫版では『双仮面』（77年10月）に収められている。

「花髑髏」は「富士」に犯人当ての懸賞小説として発表され、八紘社『悪魔の設計図』（39年10月）に初めて収録された。角川文庫版では『花髑髏』（76年4月／U）の表題作になっている。

初出では「呪いの髑髏」の章までが問題篇に相当し、末尾に以下のようなコメントが付されていた。

> 殺人に次ぐ怪事件の続発！　流石《さすが》の由利先生も犯人の予想すらつき得ず、迷々《めいめい》の中《うち》に事件は一層深刻を加えて行く。
>
> 犯人は果たして誰なのか？――日下瑛一か、瑠璃子か、或《ある》いは湯浅博士か、それとも書生の魁太か、――作者は次号に於てこの疑問を解決して下さる筈《はず》ですが、犯人が誰であるか、読者諸君《みなさん》も是非お当て下さい。（五九四頁の規定を御覧の上一人残らず御応募願います。賞品莫大）

賞品は、一等キングポータブル蓄音器と二等アース双眼鏡が各十名、三等美術煙草《タバコ》セットと四等本社発行図書二円以上が各五十名、五等本社発行図書一円五十銭以上と六等本社図書券一円が各百名、七等本社特製タオルが二百名、八等十大家揮毫《きごう》美人絵はがきが一千名で、当選者は九月号で発表されている。

「迷路の三人」は「キング」に発表され、『幻の女』東方社53年版（53年2月）に初めて収録された。著者自身が中島河太郎《なかじまかわたろう》氏に「あれは翻案《ほんあん》だよ」と語ったことがあるため、角川文庫版の作品集には収められていない。平成以降は出版芸術社の『横溝正史探偵小説コレクション1　赤い水泳着』（04年9月）にのみ収録。

迷路の中での殺人事件というシチュエーションからは、エラリー・クイーンの短篇「暗黒の家の冒険」（創元推理文庫『エラリー・クイーンの新冒険』所収）が元ネタとも思えるが、読み比べてみると、当然のことながら、細部はかなり違う。

戦前は海外作品のトリックや設定をそのまま使うケースも珍しくなく、由利先生もので言えば、『夜光虫』はモーリス・ルブランのルパンもの『金三角』を下敷きにしているし、『真珠郎』もエラリー・クイーンの長篇『エジプト十字架の秘密』のトリックに影響を受けているという。元ネタを既にお読みの方も、アレンジの妙を楽しんでいただきたいと思う。

なお、本書には付録として、世田谷文学館所蔵の未発表原稿「夜光虫」を、特別に収録させていただいた。冒頭部分のみが現存する未完の作品だが、三津木俊助《しゅんすけ》が登場している。戦時中もしくは戦後に書かれた作品のようだが、戦前版「夜光虫」とはタイトルが同じだけで、内容的なつながりはない。

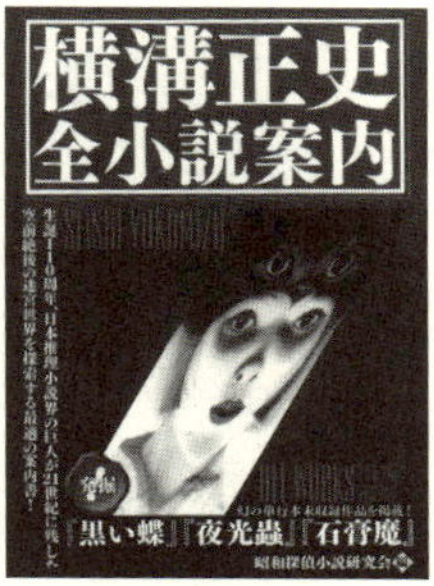

V『横溝正史 全小説案内』洋泉社版カバー

洋泉社のブックガイド『横溝正史 全小説案内』（12年11月／V）で初めて活字化された。横溝正史の著書に入るのは、今回が初めてである。発端はドイルのホームズもの『バスカヴィル家の犬』のシチュエーションを借りており、どんな作品に発展するはずだったのか気になるところだ。なお、この冒頭は由利先生が登場する少年向けミステリ『夜光怪人』でも、ほぼそのまま使われている。

本稿の執筆にあたっては、浜田知明、黒田明、野村恒彦の各氏および世田谷文学館から、貴重な資料と情報の提供をいただきました。ここに記して感謝いたします。

本選集は初出誌を底本とし、新字・新かなを用いたオリジナル版です。漢字・送り仮名・踊り字等の表記は初出時のものに従いました。角川文庫他各種刊本を参照しつつ異同を確認、明らかに誤植と思われるものは改め、ルビは編集部にて適宜振ってあります。また、付録の「夜光虫」（未発表版）は、『横溝正史 全小説案内』（二〇一二年十一月、洋泉社）収録の、自筆原稿から起こされた版を底本としたうえで、表題・人名に用いられていた旧漢字をすべて新漢字とし、ルビを適宜振ったものです。なお、今日の人権意識に照らして不当・不適切と思われる語句や表現については、作品の時代的背景と価値とに鑑み、そのままとしました。

由利《ゆり》・三津木《みつぎ》探偵小説集成《たんていしょうせつしゅうせい》2

夜《や》光《こう》虫《ちゅう》

二〇一九年一月五日　第一刷発行

著　者　横溝正史《よこみぞせいし》
編　者　日下三蔵《くさかさんぞう》
発行者　富澤凡子
発行所　柏書房株式会社
東京都文京区本郷二－一五－一三（〒一一三－〇〇三三）
電話（〇三）三八三〇－一八九一［営業］
（〇三）三八三〇－一八九四［編集］

装　丁　芦澤泰偉
装　画　大竹彩奈
組　版　有限会社一企画
印　刷　壮光舎印刷株式会社
製　本　小髙製本工業株式会社

ISBN978-4-7601-5052-6